Kamienne tablice

PERŁY
LITERATURY

Wojciech Żukrowski

Kamienne tablice

BELLONA • **ALBATROS RECORDS**
Warszawa

Projekt okładki i stron tytułowych
Anna Damasiewicz

Redaktor prowadzący
Maria Magdalena Miłaszewska

Redaktor techniczny
Elżbieta Bryś

Korekta
Janina Bożenna Łyszkowska

Zapraszamy na strony: www.bellona.pl, www.ksiegarnia.bellona.pl

Dołącz do nas na Facebooku
www.facebook.com/Wydawnictwo.Bellona

Nasz adres: Bellona Spółka Akcyjna
ul. Bema 87, 01–233 Warszawa
Dział Wysyłki: tel. 22 457 03 02, 22 457 03 06, 22 457 03 78
faks 22 652 27 01
biuro@bellona.pl

Książka wydana w koedycji z Albatros Records
Wydawnictwo Muzyczne

ISBN 978-83-11-13999-2 Bellona
ISBN 978-83-936859-9-8 Albatros Records

Postacie tu występujące nie mają nic wspólnego z osobami, z jakimi się zetknąłem w czasie dwuletniego pobytu w Indiach. W szczególności nie mają żadnego podobieństwa z ówczesnymi dyplomatami węgierskimi, których tam poznałem.

W. Ż.

Rozdział I

Ponad oślepiająco białymi bryłami willowej dzielnicy New Delhi niebo już zaczynało mętnieć, na horyzoncie opustoszałym wstawał żółty pył, dymił kłębami zacierając zębate linie wierzchołków drzew, powietrze zgęstniało, upał nie zelżał, zmieniło się tylko jego źródło, żar bił od czerwonawej, spieczonej ziemi i rozpalonych kamieni. Płaskie dachy, na których o zmierzchu koczowały całe rodziny, nadal były opustoszałe, mimo że słońce zaryło się już głęboko w gaje palmowe.

Istvan Terey niechętnie spoglądał w szczelnie zamknięte okno. Za szybą, poprzez siatkę drucianą, na której lśniły nici pajęcze i tęczowy kurz, widział rozległy trawnik, zbielały od długotrwałej suszy, trawy wydeptane, kruszące się pod nogami niespiesznych przechodniów. W szkle zmętniałym od pyłu dostrzegał odbicie własnej twarzy, pociągłej, ściemniałej w tropikalnym słońcu, odciętej ostrą bielą kołnierzyka.

Już drugi rok tkwił w Indiach, a raczej dwie wiosny, bo one najbardziej dokuczały, pora upałów, kiedy praca staje się udręką. Całą ambasadę węgierską ogarniała omdlewająca senność, drzemali nad papierami, ocierali lepkie dłonie o płócienne spodnie, rozchyliwszy koszulę nadstawiali lśniącą od potu pierś w strumień chłodu napędzany wentylatorem.

Chmurnie spoglądał na spękaną ziemię, która zaczynała świecić czerwienią i fioletem. O siatki napięte za szybą wielkie muchy uderzały na oślep ze wściekłym bzyknięciem, próbowały się wedrzeć siłą do wnętrza domu. Suche stukanie, jakbyś ziarnkami grochu ciskał, rozjuszone głosy owadzie, posapywanie maszyny chłodzącej powietrze i sykanie śmig wielkiego wentylatora wirującego pod sufitem tworzyły muzykę indyjskiego zmierzchu.

Powietrze pełne martwego światła zsiadało się nad ogrodami. Dymne grzywy sięgały w niebo chorą zielenią; ogromna, pusta przestrzeń zwisała łagodnie, naginana wieczornym powiewem.

Między bananowcami o szerokich liściach, jak naddarte flagi, stał czokidar w krótkich spodenkach i szczodrze polewał ocalałą zieleń z czerwonego, gumowego węża. Struga wody bryzgała iskrami. Spragnione szpaki nurkowały w deszcz kropel rozchyliwszy skrzydła z rozkoszy, tarzały się w mokrych trawach.

Terey przetarł dłonią czoło. Próżno chciał wzbudzić w sobie ptasią radość. Pojmował uciechę szpaków, sam przed chwilą wyszedł z wanny. Woda czekała, aż powróci z biura. Kucharz już napuszczał ją o świcie, bo w ciągu dnia blaszany zbiornik na dachu tak się rozgrzewał, że z kranu walił ukrop.

Jeszcze parę tygodni i będzie czym oddychać – westchnął, tępo zapatrzony w opustoszałe niebo, gdzie tytoniowe pyły zaczynały pulsować aromatem.

Monsuny, trzeba tylko dotrwać do nagłej ulewy, a świat się odmieni. Wszyscy czekali, aż na pierwszych stronach delhijskich gazet pojawi się mapka z wykresem, dokąd przywiało już wskrzeszającą wilgoć, którędy przesuwają się upragnione deszcze.

Czuł na plecach przyjemny chłód świeżej koszuli, z odrazą myślał o białym żakiecie, który ma włożyć.

Opadł na fotel, z wyciągniętymi nogami wypoczywał. Wiatrak pod sufitem utykał w leniwych obrotach, dmuchał jednak, muskając krótko przystrzyżone włosy. Spadało napięcie prądu, bo i maszyny chłodzeniowe wmontowane w okna pochrapywały nierówno.

Tchnienie ich owiewało twarz zapachem oliwy, kauczuku i kurzu. Od płyt posadzki przetartej niedawno mokrą szmatą wstawała woń wysychającego kamienia. Smoking wiszący na oparciu krzesła nasiąkł flitem i kamforą.

Z kuchni dochodziły zgłuszone wrzaski, odgłosy kłótni kucharza z rodziną, czekającą na resztki z obiadu. Szum motorów, świdrujące tryle cykad ukrytych w pnączach porastających werandę nie pozwalały osunąć się w drzemkę bodaj na krótką chwilę. Słyszał niespokojne tętno swojej krwi. Miał ochotę zapalić papierosa i nie chciało mu się po niego sięgnąć.

Obłędny pomysł z nagłym ślubem w taki upał – krzywił się z urazą.

Znał dobrze młodożeńców Grace Vidżajavedę i radżę Ramesha Khaterpalię, oficera gwardii prezydenta. Nawet przyjaźnił się z nimi, bywał na piknikach, jeździł na polowania, czasem zatrzymywali go, aż ciżba gości spłynie, żeby pogawędzić, jak zaznaczali, „w swoim gronie". Powoli toczące się rozmowy, w zmierzchu ledwie rozjaśnionym lampami stojącymi na podłodze, długie chwile zgodnego uciszenia ze szklanką w dłoni i papierosem, mierzone łagodnym brzękiem złotych obręczy przesypujących się na uniesionej ręce dziewczyny, upewniały, że został zaliczony do bliskich, zaufanych, mimo że pracował w czerwonej ambasadzie. Zawiadomienie o nagłym ślubie Grace sprawiło mu przykrość.

Jednak skoro pan młody sam sprawdził telefonicznie, czy posłaniec doręczył złotem drukowane zaproszenie, wypadało się pokazać.

Istvanowi wydawało się, że między nim a młodą Hinduską jest jakieś niedopowiedziane porozumienie. Jeszcze dwa tygodnie temu opowiadała, że jej stara aja, piastunka, wyruszyła na pielgrzymkę z żebraczą miseczką, by wybłagać błogosławieństwo u niebian dla swojej panienki. Mówiła monotonnym, łagodnym głosem, jakby chciała błahymi zwierzeniami przysłonić wędrówkę szczupłej dłoni po jego karku, poufałe pogłaskanie skroni... Słuchał brzmienia powolnie wypowiadanych słów, a chłonął te płochliwe, niby mimowolne dotknięcia, bezwiedną pieszczotę; dłoń mówiła więcej niż nabrzmiałe wargi, wabiła, obiecywała.

Podobała mu się Grace. Matka jej była Angielką, może dlatego dziewczyna nie miała w sobie pokory indyjskich kobiet, nie czekała z opuszczonymi powiekami i pochyloną głową, aż ją mężczyzna raczy dostrzec, zaszczyci skinieniem – sama dążyła naprzeciw.

Drobne, zwięzłe ciało, owinięte w zielone sari, które wabiąco przesłania jej nagość, pobudza wyobraźnię. Duże, ciemne oczy zdają się pytać zaczepnie. Czarne włosy zebrane w luźny węzeł oplata wianek z nawleczonych pączków jaśminu; umierając ślą słodkie tchnienie. Oprócz złotych kółek brzękających na przegubie nie nosiła żadnych klejnotów. Nie musi zdobić szyi i uszu, wie, że jest piękna. Wąskie, wypielęgnowane dłonie nigdy nie pokalały się pracą. Posażna panna z najwyższej kasty, jedynaczka.

Poznając Istvana nie zadała ani jednego z obowiązujących pytań: czy mu się podobają Indie, jak długo zostanie, kim właściwie jest tam w Europie... Kim jest? Czyli – co posiada: ziemię, fabryki, domy, akcje... Pracownik ambasady, zależny od opinii przełożonych, kapryśnych ocen innych urzędników, nie mógł się liczyć. Był jedynie młodym poetą, przystojnym mężczyzną, który tu przyjechał na krótko, ptak przelotny, mile witany przez grono nudzących się piękności.

Chwytał spłoszone, porozumiewawcze spojrzenia, jakże wolno przemykały się ciemno malowane powieki, podając sobie sygnały, że warto go mieć pośród kornych adoratorów. Wolał więc zachować dystans, który pozwalał na wycofanie się w porę, uniknięcie upokorzeń, słów, gestów potwierdzających nieprzekraczalne granice.

– Uważaj, Istvan – ostrzegał sekretarz Ferenz – uważaj, żeby za dużo o tobie nie gadali, bo wtedy koniec... Pójdzie raport, odwołają, zapaskudzą ci opinię i będziesz latami szlifował stołek w ministerstwie, zamiast pożeglować w szeroki świat.

– Przecież bywamy razem, te same przyjęcia, widzisz mnie...

– Właśnie widzę, jak się do ciebie high life garnie...

– Robię to dla was, nie dla siebie. Pozyskiwanie sympatii jest jednym z obowiązków. Nawet jak odjadę, następnemu będzie łatwiej, moszczę mu gniazdo.

– Ja ci tylko przypominam, żebyś za wcześnie stąd nie wyfrunął.

Istvan uśmiechnął się drwiąco.

– Robię to co wszyscy, niczym się od was nie różnię.

– Udajesz kawalera, a my tu mamy swoje żony. Jakie są, to są, ale przynajmniej możemy spokojnie patrzeć na indyjskie ślicznotki...

Niekiedy zaczynali w ambasadzie dociekliwe rozmowy o skórze tutejszych kobiet, szorstkawej w dotyku, o włosach lśniących i twardych jak końskie włosie, o zawiłych praktykach miłosnych. Zgadywał, że koledzy chcą wybadać, czy daleko zabrnął w znajomościach, jakie zdobył doświadczenie. Wtedy wbrew rozsądkowi milkł, zmieniał temat, odsyłał ich do Kamasutry w angielskim tłumaczeniu, ilustrowanej fotografiami kamiennych rzeźb z Czarnej Pagody.

– Uważaj, Istvan, uważaj na siebie, żebyś się nie pośliznął – groził żartobliwie.

– Czuję się zupełnie bezpieczny, bo wszyscy mnie podglądacie – odpowiadał.

Grace Vidżajaveda ukończyła studia w Anglii.

– Chciała, to ją wysłałem, jednak to wyrzucone pieniądze, skoro nie wyszła za Anglika. Tu sędzią ani adwokatem nie zostanie, więc na co jej prawo? – zrzędził ojciec. – Stać mnie na jej zachcianki... Oczywiście w granicach zdrowego rozsądku.

Istvan nie mógł sobie skojarzyć nalanego, łysawego właściciela tkalni w Lucknow, z drobną, wysportowaną postacią córki. Siwe włosy jakby świecącą aureolą wieńczyły żółtawą twarz, pełną dobrodusznej chytrości. Tylko duże, ciepłe oczy, o kolorze zmiękłej na słońcu czekolady, mieli podobne. Stary fabrykant krzyżował stopy, rozchylał grube uda widoczne pod nieświeżą dhoti. Wolał przewiewny strój tradycyjny od wełnianych spodni; był jednym z filarów partii kongresowej, kiedyś nawet Gandhi u niego nocował, poszukiwany przez policję. Potrafił przeszłość, nieco lekkomyślną, dobrze sprzedać. Robił interesy, wyciskał dochody, zasłaniając się szlachetnymi słowami, że dla Indii trzeba pracować w pocie czoła, rozbudowywać przemysł, budziły się w nim zapędy wodzowskie, umiał pomnażać pieniądze, rozgrzeszał się, gdy je innym wydzierał. Póki tkalnie należały do Anglików, zwalczał ich ostro, wszystkimi środkami. Kiedy zgromadził pakiety akcji, przejął mienie cudzoziemców, wcale go nie raziło, że postępuje tak samo jak kolonizatorzy.

– Jestem Hindusem, jestem synem tego kraju, nie żadnym przybyszem – tłumaczył Istvanowi – to zasadnicza różnica. Może niedługo przyjdzie i na was kolej – zezwalał melancholijnie. – Dobierzcie się do władzy, tak, wy, komuniści, a fabryki już będą stały... Przyjdziecie na gotowe.

Jednak widać było, że mówi bez przekonania, że wywoła współczucie i podziw dla ryzyka, jakie podejmował, radykalnych zmian nie brał poważnie w rachubę, odpychał na dziesiątki lat.

Istvan lubił się z nim droczyć, barwnie opowiadał, jak na Węgrzech dzielono ziemię, wywłaszczano fabrykantów. Stary słuchał chciwie, dawał się postraszyć, by potem jeszcze milej odczuć własną absolutną władzę nad tysiącami niedożywionych, potulnych robotników. I za tę pomnożoną radość sączył jeszcze jedną podwójną whisky z lodem.

Grace z wdziękiem nosiła sari, a jednak wyglądała w udrapowanych jedwabiach jak przebrana. Istvan wolał ją w klubowym stroju amazonki, wiśniowym fraczku, żółtej kamizelce i czarnej przydługiej spódnicy. Siedziała w siodle po damsku, galopowała płynnie, miękko, trochę brawurując.

Od dziecka zżył się z koniem, jeździł z pastuchami w pusztę. Pod koniec lata tabun dziczał, ogiery gryzły się, stawały naprzeciw siebie dęba, waliły kopytami. Grzywy miały pełne bodiaków i czepliwych kulek łopianu, nawet ich sierść pachniała dymem i wiatrem.

– Po pierwsze naucz się spadać z konia... I zaraz masz wstać, otrzepać się i znowu go dosiąść. Musi pojąć, że się ciebie nie pozbędzie, choćby skakał i wierzgał. Ta nauka ci się przyda na całe życie, bo życie to złośliwa kobyła, lubi ponieść... – mówił stary czikos z twarzą jak miedziany sagan i podkręcał szpakowatego wąsa.

W Indiach hodowano konie podrasowane, nieprzekarmione, układne – słuchały głosu i nacisku łydki, same biegły za białą kulą, jakby rozumiały prawidła gry w polo, ustawiały się, żeby ułatwić uderzenie młotkiem, kiedy kurz wstawał z tratowanej spękanej gliny. Instruktorzy w czerwonych turbanach, wąsaci Sikhowie z podwiniętymi brodami, lśniącymi, jakby przed chwilą pili czarny lakier, pokrzykiwali judząco. Konie rwały krótkim galopem, rozpierały się nad kulą, bielejącą w trawach, rozumiały, że należy zastąpić drogę przeciwnikowi, uniemożliwić uderzenie młotem. Napięte nogi, zaryte kopyta i pysk skrzywiony jakby w drwiącym uśmiechu złościły Istvana, zataczał kłusem ciasne koło, chcąc się dobrać do piłki.

I znowu jeźdźcy ruszali kawalkadą, kołysani na grzbietach niby na fali, w radosnej wrzawie, z uniesionymi młotkami, które bielały w zachodzącym słońcu. Później mrowiło się w mięśniach miłe zmęczenie. Zsiadali, oddawali konie stajennym, którzy podbiegali bezszelestnie; dobra, stara szkoła. Zapach końskiego potu w hallu klubowym mieszał się z wonią perfum. Jakże smakował pierwszy łyk chłodnej whisky szczypiący w gardle.

Grace oddychała głęboko, widział jej piersi niepokojąco blisko, włosy na skroni zwilżone kroplami potu, rozchylone usta.

Służba odbierała młoty, przynosiła ręczniki namoczone w gorącej wodzie, parujące... Przetrzeć nimi twarz i szyję z czerwonego pyłu. Powietrze w mrocznej sali pachniało dymem cygar, żyło cichym brzękiem szklanek, szelestem okruchów lodu w srebrnym szejkerze, gardłowym bulgotem przechylonej butelki.

Grace lubiła zjawiać się nie proszona, gdy niedzielnym rankiem wyjeżdżano gromadą na polowanie z lancą na szakale. W tradycyjnej zabawie lansjerów królowej więcej było okazji do popisania się zręcznością, składania do pchnięć w galopie, prób przygwożdżenia szybko pomykającego celu niż rozlanej krwi i martwo zwisającego trofeum. Szakale z trójkątną przewrotną mordką i długą puszystą kitą kluczyły między kępami trzcin, łapki ich pracowały szybko, wydawało się, że ulatują nad stratowaną murawą. Koń niesiony sportową ambicją, czując nacisk ostrogi, dochodził drapieżnika i wtedy była pora spróbować lancy... Krzyki rozjuszonych myśliwych ponaglały. Dźgnąć grotem, podjąć zwierzę z ziemi, lekki okuty drążek tkwił pod pachą, koń gnał niemal tratując uciekającego szakala. Cios, pchnięcie, ofiara uskakiwała, a jeździec, którego lanca zaryła się w ziemię, wykonywał wzlot, jak o tyczce, dźwignięty z siodła rysował ostrogami niebo i walił ciężko plecami o ziemię jak rzucony pajac. Szakal zaszywał się w najbliższej ciernistej kępie, musieli go krzykami wypłoszyć. Hinduska służba nadbiegała ciskając kamienie i nagle pod nogi koni dygocących w pianie rudą błyskawicą wślizgiwał się smukły kształt i śmigał, myląc pościg.

Rowy groziły upadkiem, masztalerz sprawdzał przed wyruszeniem, czy jeźdźcy włożyli hełmy korkowe, zgodnie z przepisami klubowymi. Istvan mało karku nie skręcił, zwaliwszy się między wypalone pnie. Mimo że w kilkunastu polowaniach uczestniczył, ani razu nie widział zakłutego szakala; wymykały się, zaszywały w gęstwinie, zapadały w norach. Trzeba więc było wypłoszyć następnego i zabawa trwała dalej, póki brzuchy końskie nie spłynęły pianą, od kurzu czerwoną, póki schrypnięci jeźdźcy nie ucichli i wołanie trąbki nie obwieściło kresu gonitwom. Gniewnymi głosami, przerywanymi brakiem tchu, opowiadano o pięknych pchnięciach, o zrywie i rozumie konia, wyśmiewano majora Stowne'a, który stracił lancę, wbitą w skalistą ziemię.

Grace z uporem towarzyszyła zawodnikom, wiedziała, że dobrze jeździ, jednak nie narzucała się nikomu, po prostu – była. Czuła, że jej obecność podnieca mężczyzn, że każdy z nich chce się trochę popisać zręcznością, zyskać jej pochwałę, przyjazne trzepnięcie po ramieniu rękawicami pociemniałymi od końskiej piany i chwycić w oczach błysk podziwu.

Niedzielnego ranka słońce paliło nieznośnie, koszule zesztywniały od potu, głosy niosły się gniewne, pełne źle skrywanej wściekłości. Naprawdę chcieli zadźgać to płochliwe ścierwo, przygwoździć i dźwignąć drgające ciało na lancy, przerwać bezsensowną pogoń, której już mieli dosyć. Jednak nikt nie ośmielił się kończyć polowania, część jeźdźców nieznacznie odpadła od czołowej grupy, puszczali luzem wodze, konie przechodziły w stępa, jakby cicha dezercja.

Jednak Grace z rozpalonymi policzkami galopowała na karym koniu tuż przy Istvanie. Przed nimi gnał wyciągnięty szakal, wąski język zwisał mu z pyska, kapała ślina, słyszeli chrapliwe pojękiwanie szczutego zwierzęcia.

– Uderzaj! – krzyknęła wysokim głosem, pełnym okrucieństwa.

Istvan pchnął lancą, musiał zwierzę drasnąć, bo nagle prysnęło w bok z piskliwym szczeknięciem. Spłoszony koń Hinduski skręcił w miejscu. Grace przeleciała przez kark, sunęła parę metrów wleczona za rękę omotaną wodzami, w trawach został ślad jej rozrzuconych nóg.

Zeskoczył z konia, dźwignął ją wpół jak snop. Rzemyk pękł i korkowy kask zapadł w krzewy. Spódnica podwinęła się wysoko, zobaczył jej śniade, jędrne uda.

– Co ci jest, Grace? – potrząsnął nią w ramionach, aż opadła mu czołem na policzek. Czuł zapach włosów, ciepło od niej biło, lepkie ze zmęczenia wargi lgnęły do szyi.

Otworzyła oczy i spojrzała przenikliwie, aż przeszedł go dreszcz. Dłonie przywarły do jej pleców, niósł ją na sobie. To nie było przypadkowe zetknięcie, tylko pocałunek.

– Przestraszyłeś się, Istvan – powiedziała niskim głosem. – Byłoby ci przykro, jakbym się zabiła?

Chciał zamiast odpowiedzi całować jej wargi, ale jeźdźcy już nadjeżdżali gromadą, zsiadano z koni. Upadek Grace stwarzał okazję, by zakończyć udrękę gonitwy w żarze południa.

Stała wsparta o niego, otrzepując spódnicę, wydało mu się, że chce przedłużyć chwilę zbliżenia.

Nadjechał jej narzeczony na jabłkowitym arabie. Widząc, że Grace już stoi, nawet nie zsiadł z konia.

– Miałem go, jak zaczęli trąbić – krzyknął podniecony. – Popatrz, zahaczyłem go w kark, jest sierść na ostrzu.

Podsunął grot lancy niepokojąco blisko ich twarzy. Czy to był znaczący gest? – przemknęło Istvanowi.

Służący podprowadzili schwytanego konia.

– Czy pani może go dosiąść? – spytał Terey.

– Mów mi: Grace. On nie ma nic przeciwko temu. Prawda, mój radżo?

– Tak, tylko musi zacząć ode mnie. Mister Terey jest dżentelmenem. Niech jej pan pomoże dostać się na siodło.

Wbił lancę w czerwoną ziemię i wiercił lej.

Istvan uniósł dziewczynę, posadził w siodle, wsunął stopę w strzemię, poprawił zebrane wodze, jakby mu trudno było od niej się odsunąć.

Wtedy widząc, że radża już zatoczył koniem i nie czekając ruszył na przełaj łąkami, odgarnęła spódnicę i pokazała stłuczone kolano.

– Boli – skarżyła się jak dziecko. Pocałował szybko niebieskawą plamę. Bez słowa ruszyła kłusem za oddalającym się radżą.

Istvan odwrócił się. Jak posąg stał za nim na koniu stary wąsaty wachmistrz, ostrze lancy sterczało nad czerwonym turbanem.

Widział? – pomyślał zaniepokojony o Grace. – Czy on z tego coś pojął?

Kiedy dogonił narzeczonych i jechał stępa tak blisko Grace, że strzemiona podzwaniały, tępo trącając o siebie, nie wspominano już o wypadku, rozmowa toczyła się o zaletach arabów półkrwi, o paszy, o pielęgnowaniu grzywy...

Zeskoczył z konia, Grace zsunęła się sama, zanim zdążył jej pomóc, wachmistrz krzyknął na luzaków; w krótkich spodniach i wełnianych pończochach przypominali postarzałych skautów.

Istvan zajrzał w wąsatą twarz wachmistrza, ale błyszczące oczy spod krzaczastych brwi spoglądały wyrozumiale.

– Udane polowanie, sab? – powiedział znacząco i wyciągnął rękę po napiwek.

W ciemnym wnętrzu kolorowe iskry padały z herbowych witraży, wędrowały powietrzem. Myśliwi stłoczyli się przy barze, choć wabiła ich samotność rozległej sali. Głębokie skórzane fotele zapraszały do spoczynku, towarzystwo opornie rozpraszało się na grupki. Bosonoga służba biegała bezszelestnie, podając trunki i cygara. Ktoś włączył wentylatory i nakrochmalone muśliny, sterczące jak grzebienie na turbanach boyów, poruszyły się własnym życiem, gazety rzucone na stole, wpięte w trzcinowe ramki, zaszeleściły, jakby je odwracały niewidzialne ręce dawno zmarłych członków klubu, którzy jeszcze raz przerzucają niedbale kronikę towarzyską. Istvan osadził lancę na stojaku.

– Chodź tu – wołał radża. – Musimy dopełnić obrzędu. Siadaj przy Grace.

Dziewczyna tonęła między skórzanymi oparciami zamyślona, obca, zdążył tylko spostrzec, że obie dłonie złożyła na kolanie, które pocałował.

– Boli ją – powiedział radża.

Spojrzał z urazą na biały żakiet smokingowy, rozwieszony na oparciu. Śmigi wiatraka goniły własne cienie po suficie. Jaszczurka, jak ulepiona z ośródki chleba, powolnymi ruchami wędrowała po ścianie.

Przecież się nie zakochałem – pokręcił głową; drażnił go ten nagły ślub. W końcu nic się nie zmieni, nadal oboje będą moimi przyjaciółmi – myślał, a jednak czuł niejasną urazę. Jakby się naprawdę żegnał z dziewczyną, jakby ją tracił.

Pożegnania... Zima pięćdziesiątego piątego roku. Zasępiona twarz Beli Feketiego na budapeszteńskim dworcu.

– Jakiś ty szczęśliwy! Zawsze marzyłem, żeby zobaczyć Indie... Zrobię to *per procura* twoimi oczami. Tylko pisz mi o wszystkim! Cieszę się, że ciebie posyłają i szkoda mi się z tobą rozstawać.

– Wrócę, ani się obejrzysz. Za trzy lata przyjdziesz mnie witać.

– Co można wiedzieć? – posmutniał Bela. – Trzy lata w naszych czasach...

Syczała para krzepnąc w iglasty zamróz na złączach rur, szczęk żelaza, posapywanie lokomotywy potęgowały uczucie chłodu, przejmowały dreszczem. Jednak Bela nie umiał się długo smucić.

– Jak będziesz miał dość tych Indii, daj mi znać, a tak cię w MSZ-ecie obmaluję, że natychmiast zostaniesz odwołany.

Istvan stał w otwartych drzwiach, miedziana klamka zdawała się topnieć w dłoni. Pociąg już ruszył i Bela owiany parą przyspieszył kroku, wymachiwał kapeluszem o szerokich skrzydłach. Okno, przylutowane naciekami lodu, nie dawało się otworzyć. Pociąg wyskoczył w słońce, zeszklone pola biły zwierciadlanym blaskiem, aż musiał zmrużyć oczy.

Zostawił przyjaciela w czasie, który zdawał się pachnieć przemianą, radosnym niepokojem, było w powietrzu jakieś niecierpliwe napięcie. Po kawiarniach zasłonięci płachtą partyjnej gazety ludzie szeptali o rychłych przesunięciach w rządzie.

Wkrótce listy, jakie zaczął otrzymywać, pełne złośliwego humoru, sceptycznych uwag okrzyków nadziei, stały się zapowiedzią, że coś się musi dziać. Tylko gazety zostały bez zmian, szare, ziejące nudą kolumny druku. Na próżno szukał w nich znaków, że coś nadchodzi.

I wtedy zaczął zazdrościć Beli, że został w Budapeszcie, że odczuwa ten mocny, scalający prąd...

Uśmiechnął się przypominając sobie jego zjadliwe słowa: Człowiek nie powinien być jedynie fabryką g... i żyć dla zdobywania surowca na tę produkcję... Krew w żyłach jest jak sztandar zwinięty. Musimy o tym pamiętać.

Jak tylko wrócę z wesela, napiszę do Beli – postanawiał – opowiem o Grace, uporządkuję całą historię i zaraz mi będzie lżej.

Prezent ślubny zawczasu przygotował, podłużny pakunek spowity w białą bibułkę, posznurowany, jak łydka tancerki, złotą wstążką. Nie stać go było na biżuterię, nie mógł imponować szczodrym darem, wybrał więc polewany dzban, który się Grace na wystawie węgierskiej spodobał. Kołysała go w rękach, a pyzata twarz z sumiastymi wąsami, namalowanymi pędzlem chłopskiego artysty, spoglądała na nią okrągłymi, trochę osłupiałymi oczami.

– Przysięgłabym, że z Indii – powiedziała. – Od razu widać, że garncarz się bawił, lepiąc te kształty...

Do środka, pod czapę pokrywy, wsunął butelkę śliwowicy; pamiętał i o panu młodym, który lubił angielskim obyczajem wypić przed posiłkiem szklaneczkę plum brandy.

Usłyszał zgrzytanie żwiru pod oponami hamującego samochodu i długi, triumfalny skowyt klaksonu. Za szybą pojawiła się krępa sylwetka czokidara, który skrobał w drucianą siatkę, rozpłaszczył na niej nos i osłaniając się z obu stron rękami, próbował wypatrzyć Tereya w ciemnawym wnętrzu pokoju.

– Sab, Kriszan podjechał.

– Dobrze. Słyszałem.

Nauczono go już, że powinien przyjmować usługi z lekkim zniecierpliwieniem, skoro są ich obowiązkiem, okazaniem należnej uległości, dowodem przywiązania. Podziękowanie słowem albo uśmiechem byłoby oznaką słabości, upadkiem autorytetu. W tym kraju dziękować należy monetą.

Włożył smoking, poprawił końce wąskiej muszki.

Kiedy sięgał po pakunek, wśliznął się sprzątacz, który musiał podsłuchiwać pod drzwiami lub tkwić z okiem przy dziurce od klucza, i chwycił w czarne, patykowate ręce podarek. Długie chude palce na białej bibułce wyglądały jak pazurki płazów. Koszula w niebieskie pasy spękana na ramionach, dziury jeżyły się frędzlami nakrochmalonych nici.

Wiedział, że sprzątacz znowu obnosi swoją biedę, kole w oczy wypuszczoną na spodnie rozłażącą się szmatą. Jednak zgodnie z indyjskim obyczajem udał, że tego nie widzi, nie poniży się do spostrzegania nędzy, cierpienia, chorób. Prócz zgodzonej zapłaty podarował mu trzy koszule. A jednak *sweeper* z uporem donaszał stare łachy. Gdy mu kiedyś zwrócił uwagę, że wstyd przynosi domowi tymi szmatami, służący spokojnie oświadczył:

– Sab powie, kiedy sprowadza gości, i ja będę ubrany w nową koszulę. Tamte podarowane oszczędzam, chowam od święta. Sab wyjedzie, a ja nie wiem, czy od nowego pana coś dostanę. Hindusi służbie nie dają, mają krewnych, którym się wszystko przyda...

Przeszli przez hall; *sweeper* upewniwszy się, że utrzyma jedną ręką pakunek, ostrożnie otworzył pierwsze drzwi. Przez drugie, obite siatką, buchnęło tchnienie upału. Wyszli na werandę obrosłą „złotym deszczem". Gęsty, cienisty kożuch listowia zaszeleścił

jak poruszony podmuchem wiatru. Jaszczurki wspinały się po ple-
cionce wiotkich gałązek, skakały w liście jak w wodę.

Skrzypnął nagle trzcinowy fotel, podniósł się z niego drobny,
szczupły mężczyzna, ciemna cera odbijała od bieli otwartego koł-
nierza, oczy miał zaczerwienione i błyszczące, jakby przed chwilą
płakał.

– Dlaczego pan tu siedzi, panie Ramie Kanvalu?

– Czokidar widział mnie kiedyś z panem i zaliczył do kręgu
pańskich znajomych. Pozwolił mi wejść, ale przestrzegał, że pan
zaraz wyjeżdża, więc wolałem tu czekać.

– W czym mogę panu pomóc?

– Nie zapowiedziałem wizyty telefonem, bardzo przepraszam.
Przyniosłem panu mój obraz, to chwileczkę zajmie – schylił
się, zza fotela dobywając blejtram owinięty w arkusz papieru,
gwałtownie szarpał sznurki. – Pan lubi malarstwo, pan się na
tym od razu pozna. Proszę siąść na minutę – podsuwał pleciony
fotel.

Zachęcał tak żarliwie, z taką nadzieją, że Terey uległ. Przycupnął na brzegu fotela, zaznaczając samą postawą, że się spieszy.

Malarz wyszedł na schody w żółte światło zachodu, obracał
płótnem, lękając się, że werniks błyszczy.

– Teraz dobrze – uspokoił go Terey.

Z ciemnego wnętrza werandy, między nieruchomymi festonami
rudo zakurzonych liści i zwitkami przyschniętych kwiatów, przyjrzał się obrazowi. Na czerwonym tle postacie o patykowatych nogach, owinięte w szaroniebieskie płachty, dźwigały na głowach
ogromne kosze barwy osiego gniazda. Zaledwie mógł rozpoznać
zniekształcony brzemieniem kształt człowieczy; obraz był mocny,
dobrze skomponowany. Z góry ujmowała go wąska, dziewczęca
ręka malarza, ucięta jasnym rękawem z czesuczy. Dalej drgało niebo o kolorze żółci i czerwony turban wartownika nachylał się ku
głowie sprzątacza, po babsku okręconej chustą. Z zainteresowaniem oglądali odwrotną stronę obrazu, bure napięte płótno z paroma plamami oleju.

Milczenie przedłużało się niepokojąco. Terey smakował tę chwilę, o której pomyślał – warto o tym Beli napisać, on zrozumie. Wreszcie malarz załamał się i spytał:

– Podoba się panu?

– Tak, ale nie kupię – odpowiedział twardo.

– Chciałbym za niego sto – zawahał się, żeby zbyt wygórowaną ceną nie zniechęcić nabywcy – sto trzydzieści rupii. Panu oddałbym za sto...

– Nie, choć mi się naprawdę podoba.

– Niech go pan zatrzyma – powiedział cicho – nie chcę już z nim wracać do domu... Niech go pan u siebie powiesi.

– Drogi mistrzu, mnie nie wolno przyjmować tak drogich podarków.

– Każdy pomyśli, że go pan kupił. U pana bywa tylu Europejczyków, szepnie pan za mną słowo. Pan przecież wie, że to dobry obraz. Ale ludziom trzeba o tym powiedzieć, po prostu wmówić, oni znają parę nazwisk i patrzą na cenę. Może pan ją podwoić. Tylko nie wobec Hindusów, pomyślą, że udało mi się pana okpić.

– Nie, panie Ramie Kanvalu – powiedział z przesadną stanowczością, bo kompozycja podobała mu się coraz bardziej.

– Kiedy wychodziłem z domu, cała rodzina zebrała się na barsati, wujowie ze mnie się śmieli, żona popłakiwała. Oni mnie uważają za szaleńca, i to kosztownego, bo nie tylko trzeba mnie żywić i przyzwoicie odziewać, ale dawać na ramy, płótno i farby... Zostawię u pana ten obraz. Niech sobie wisi, może się pan do niego przyzwyczai i zechce zatrzymać. Niech mi pan nie odbiera nadziei. Pan nawet nie wie, jak ja się nauczyłem kłamać. Opowiem w domu całą historię o szczęściu, jakie mnie spotkało. Byle tylko przestali wyliczać, ile dają, wypominać, że jestem darmozjadem.

Istvanowi zrobiło się przykro, że zmusił go do takiego wyznania, spoglądał zakłopotany na rękaw kremowej marynarki i ciemną dłoń potrząsającą obrazem. Twarz Hindusa przysłaniały festony ściekających gałązek.

– Ja bym panu coś zaproponował – zaczął ostrożnie. – Jadę teraz na wesele do radży Ramesha Khaterpalii, niech pan ładnie obraz zapakuje i jedzie ze mną, spróbujemy namówić pana młodego, żeby kupił jako prezent.

– Nie kupi, on się nie zna, to dla niego nie ma wartości – rozważał zgaszony – ale żeby i w tym dostrzec szansę, pojadę z panem. I tak żyję złudzeniami.

– Będę panu pomagał, musimy obraz dobrze sprzedać – powiedział sztucznie dziarskim tonem. – Tam zbiera się cała śmietanka, ludzie zamożni, sama obecność w tym gronie już podnosi pana w opinii delhijskiej, zaczyna się pan liczyć... Chodźmy, najwyższy czas!

– Na pogrzeb nie wolno się spóźniać, zmarli nie mogą czekać w takim upale, ale na ślub zawsze zdążymy... Czy to według angielskiego rytuału, czy tradycyjny indyjski? Z rejestracją w urzędzie i braminami, ślepcami, co wróżą z rozsypanych kamyków?

– Nie wiem – odpowiedział szczerze Terey.

– U nas obrzędy trwają trzy dni i trzy noce.

– I młodożeńcy cały czas są obecni? Biedny pan młody.

– Oni odchodzą na łoże, odgrodzeni kotarą z czerwonego muślinu, ale nie wolno im się zbliżyć cieleśnie. W każdej chwili może ich rodzina wywołać. Ich ciała mają się oswoić ze sobą, poznać, zapragnąć, nie ma mowy o gwałcie, jaki się dokonuje u was, w Europie. Mówiono mi...

Malarz opowiadał żarliwie, jakby chciał zapomnieć o poniesionej przed chwilą klęsce.

Wsiedli do auta. Kriszan zatrzasnął drzwiczki i spytał, czy może ruszać. Między nimi, jak przegroda, spoza której wystawały tylko ich głowy, tkwił nieszczęsny obraz, owinięty naderwanym papierem.

– Źle panu opowiadano, w barbarzyńskiej Europie to, co u was zaczynacie dozować po ślubie, jest długo przed nim... Sam ślub coraz bardziej staje się prawnym potwierdzeniem istniejącego już stanu. Dawniej, pół wieku temu, przywiązywano wagę do dziewictwa, wyżej ceniono towar z plombą – drwił brutalnie – dzisiaj nie, uważa się to za kłopotliwy relikt, jaki stwarza sama natura...

– U nas dziewictwo jest ważne. Kobieta powinna prosto z rąk matki przejść w ręce męża, rodzina panny młodej ręczy za nią. Dziewczynie nie wolno stykać się z mężczyznami spoza rodziny ani zostawać sam na sam...

– A więc, według pana, reputacja panny Vidżajavedy jest wątpliwa?

– Och, ona może sobie na wszystko pozwolić, ojciec jest bogaty. Zresztą jej nie obowiązują nasze surowe obyczaje, jest bardziej Angielką niż Hinduską, ona jest, jeśli nie ponad zakazami, to poza kontrolą...

Jechali ulicami dzielnic willowych, asfaltową jezdnią, po której bezładnie, jak garście białych, nastroszonych ciem, snuli się rowerzyści. Pedałowali opieszale, po kilku, obejmując się za ramiona. Rozmawiali głośno i wybuchali śmiechem. Na trawnikach zastępujących chodniki rozsiadły się całe rodziny.

Zapadał szybki zmierzch, niebo pozieleniało. W okna auta chuchał odór otwartych ścieków, czosnkowego potu i mdlące, słodkawe wonie olejków, którymi namaszczano włosy.

Istvan teraz dopiero pojął, że czupryna kierowcy pachnie różami, a jaśminem niesie od malarza. Oni mają w sobie wdzięk zepsutych kobiet – pomyślał i odruchowo dotknął dłoni, spoczywającej na brzegu blejtramu. Była chłodna i wilgotna. Ram Kanval zwrócił ku niemu czarne, zamglone źrenice i uśmiechnął się porozumiewawczo, jak do wspólnika.

– Musimy ten obraz dobrze sprzedać – powiedział z nagłym zapałem.

Kriszan prowadził maszynę z zuchwałą swobodą, rozmowa chwilami zamierała, bo Terey musiał śledzić, jak auto wciska się w tłum, jednym susem mija inne wozy. On musi kogoś zawadzić – myślał z odrobiną złośliwości – to nie jazda, tylko akrobacja. Malarz nie zdawał sobie sprawy z niebezpieczeństwa, zadowolony, że siedzi na miękkich poduszkach, podciągnąwszy kolana,

plótł o potrawach weselnych. Wreszcie przemknęli tak blisko dużego dodge'a, aż skrzyżował się blask reflektorów i usłyszeli ostry
skowyt hamulców.

– Spokojnie, Kriszan – nie wytrzymał – mógł cię stuknąć!

Kierowca odwrócił uszczęśliwioną twarz, błysnął kocimi, drobnymi zębami, wyraźnie bawiła go rozwaga Tereya, brał ją za lęk.

– On musiał zwolnić, sab, on czuł, że ja nie będę hamował. On
mnie zna, wie, że nie ustąpię.

– Aż wreszcie trafisz na obcego i rozbije ci maszynę.

– Jeżdżę osiem lat i nie miałem wypadku – triumfował. – Ojciec
zamówił mi horoskop, jak tylko się urodziłem. Gwiazdy mi sprzyjają. Astrolog powiedział matce, a ona pamięta każde słowo, dlatego wiem, że zgubić mnie może jedno: słodycze. Toteż ich unikam.
Najwyżej syrop trzcinowy z wodą.

– Patrz przed siebie, uważaj! – krzyknął Terey, gdy białe, szerokie portki rowerzystów zabłysły w światłach i już ich wymiotło,
skręcali gwałtownie w ciemność.

– Wjechał na krawężnik – śmiał się Kriszan. – Oni w światłach
głupieją jak króliki. O, zwalili się na kupę.

Mknął zostawiając za sobą brzęk dzwonków rowerowych
i gniewne okrzyki.

Czerwienią błyskało światło auta jadącego przed nimi. Po obu
stronach alei, w głębokiej ciemności stały limuzyny, liźnięcie reflektorów budziło ich kolory i znowu się przyczajały wygaszone
lub mrużyły ślepia postojowych świateł.

Policjant regulował ruch, widać było jego opalone kolana,
krótkie spodenki i białe niciane rękawiczki. Oczy błyszczały mu
w pełnym świetle jak u wołu, władczym gestem zmusił Kriszana
do zgaszenia lamp, zezwolił w strudze aut skręcić na podjazd.

Fronton pałacu palił się bielą, mnóstwo kolorowych żarówek
uczepiono na krzewach, rozwieszono w gałęziach drzew, powsta-
wały różnobarwne bukiety rozkwitające w ciemności, tworząc nastrój tajemniczy, trochę z baśni, a trochę przypominający dekora-
cję z podrzędnego teatrzyku.

Służba w operetkowych czerwonych mundurach, obszytych złotym galonem w sute pętle, rzuciła się otwierać drzwiczki.

– Nie czekaj na mnie, Kriszan.

– Będę na końcu alei, po lewej stronie – odpowiedział niby nie słysząc rozkazu. Nie mieściło mu się w głowie, poniżałoby jego własną godność, gdyby radca wracał pieszo lub ktoś ze znajomych przy okazji go odwiózł. Zresztą chciał uczestniczyć w uroczystości, pogapić się na klejnoty kobiet, sądził też, że dla kierowców przygotowano jakiś poczęstunek.

Malarz wysiadł pierwszy, onieśmielony, bo nad nim, jak wodzowie ogarniający pole przyszłej bitwy, stali obaj witający. Stary Vidżajaveda, ojciec Grace, i radża Khaterpalia w galowym czerwonym dolmanie, przepasany białą szarfą. Wydawało się, że i ich spojrzenia, i szpaleru służby skupiły się na mizernym papierze, który dobyło w całej lichocie niskie światło reflektora, ukrytego w lakierowanych liściach ostrokrzewu. Szybko zdarł opakowanie i chciał zmięty arkusz wrzucić na siedzenie, ale już auto spłynęło pod naporem limuzyn dygocących z niecierpliwości. Zakłopotany złożył papier na czworo, potem jeszcze raz, wepchnął rulon w kieszeń spodni, schylił się po sznurki i motał je pospiesznie, na wpół ukryty za wstępującym Istvanem, który piastował w ręku pakuneczek owiązany wstęgą, niby niemowlę w powijakach.

– Miło, że pan o nas pamiętał – witał stary fabrykant. Jego białe, młode zęby raziły w ciemnej i nalanej twarzy jak zbyt dobre protezy.

– Gratuluję – powiedział półgłosem Istvan. – Przywiozłem państwu młodym prezenty.

Ale radża od razu przerwał:

– Daj go Grace, ona się ucieszy, zajmuje się teraz gośćmi. Porozmawiamy, jak tylko skończę z tym...

Radża ze znudzeniem w oczach wyciągał pulchną dłoń ku następnemu gościowi. Odbierał podarek i niedbale oddawał za siebie służącemu, który z zaciekawieniem szarpał bibułkę pod nadzorem dalszych członków rodziny.

– Mój przyjaciel, znakomity malarz Ram Kanval.

– Bardzo mi przyjemnie – Vidżajaveda nawet nie raczył odwrócić głowy.

Służący wydarł Ramowi obraz, spojrzał odwróciwszy bokiem, pokręcił głową ze zdumienia i podał siwemu staruchowi.

– Piękny – mruknął stary bez przekonania i postawił na fotelu, ale napływające podarki szybko wyparły go stamtąd. Obraz tkwił wsparty o ścianę, żarzył się pomidorowym tłem, na którym mrowiły się cienie nóg przechodzących gości.

– Zdaje się, żeśmy go przynieśli nie w porę – jęknął malarz, upychając zwitki sznurka do kieszeni.

– Jeszcze nic straconego – pocieszał go Terey. Walka o sprzedaż obrazu wydała mu się nagle beznadziejna, a malarz raził każdym nieporadnym gestem, wlokąc za sobą atmosferę troski, biedy i smutku. Kto zbiera stare sznurki i podnosi guziki – wspomniał ludowe porzekadło – nigdy nie będzie bogaty, bo nie umie tracić. – Chodźmy, trzeba poszukać panny młodej. Chcę się już tego pozbyć – uniósł zawinięty dzban.

– Jeśli pan chce się napić, ja potrzymam – ofiarował się malarz, ścigając oczami tacę wysoko ponad głowami. Butelka whisky koloru starego złota, srebrny koszyk z bryłkami lodu, syfon i szklanki pobrzękiwały leciutko, jak ściszona muzyka, ale za służącym tłum się zamykał.

Wyszli do parku.

Na trawniku goście stali gęstą, niemrawo poruszającą się ciżbą, sylwetki kobiet i białe smokingi mężczyzn dobywał gejzer zmiennych świateł, pienisty wodotrysk, otwierający jakby strusie pióra. Niebieskawy, zielony, fioletowy i pomarańczowy; chwilami służący, zmieniając szkła w latarni, zagapił się i w białym obnażającym świetle błyskały pawie kolory sari, drobne iskrzenie bransolet i pierścieni, diademów i naszyjników. Tęgie ciała pachniały mdląco mieszaniną perfum i wschodnich przypraw korzennych. Ponad gwar rozmów wzbijał się nosowy głos śpiewaka, któremu wtórowało trio złożone z fletu, trzystrunnej gitary i bębenka;

gwar rozmów artyście nie przeszkadzał, siedząc w kucki z rękami opuszczonymi między kolana, w bufiastych białych spodniach, zawodził z przymkniętymi oczami, a zawieszenie melodii wspierał cielesny odgłos poklepywanego bębna.

Doktor Kapur w białym turbanie, przeciskając się zręcznie, wymieniał ukłony, składał dłonie przed piersią w hinduskim pozdrowieniu. Złapał Tereya za rękaw.

– Szuka pan panny młodej? – pytał poufnie. – Przecież mamy ją przed sobą!

Odgrodzona czerwoną liną krążyła wokół stołów, na których wystawiono podarki; z otwartych etui błyskały złote łańcuchy i kosztowne brosze, klejnoty rodzinne i podarki radży, tym hojniejsze, że zostawały nadal jego własnością. Za stołem, z rękami skrzyżowanymi na piersi, czuwali dwaj rośli, brodaci strażnicy.

Grace płynęła w białej sukni z koronek, jak zanurzona w pianie; głęboki dekolt prawie odsłaniał piersi, zdawało się, że ramiączka się zsuną i stanie obnażona do pasa, niezawstydzona, wyzywająca urodą. Gdy Terey podszedł, prosząc, by mu wybaczyła tak skromny upominek, pokazywała właśnie łańcuch z medalionem, zdobiony perłami, wywołując okrzyki zachwytu skupionych przyjaciółek.

– Co dostałaś? Zobacz zaraz – prosiły ptasimi głosami, napierając na czerwoną linę ogrodzenia.

Miły mu był dziecięcy pośpiech, z jakim zdzierała wstążki i dobywała wąsatego chłopa, wspartego pod boki. Spoglądał na rozłożone klejnoty z tępym zadowoleniem.

– Pamiętałeś, że mi się podobał? Co to za bożek? Jakie szczęście mi zapewni?

– Woźnica. Dostałem go od przyjaciela, żeby mnie cało dowiózł z powrotem do kraju, żeby mi naszą pusztę przypominał...

– Och, to dobrze – rozradowana czymś tylko dla niej jasnym, postawiła dzban na środku stołu ponad klejnotami i nagle wydało się, że ta żółto-czarna figurka jest ważniejsza od całej wystawy jubilerskiej. – Istvan – usprawiedliwiała się – muszę jeszcze tkwić jakiś czas w tym zoo, a tak bardzo chciałam się czegoś napić. Posłałam Margit po drinka, ale ona przepadła. Służący krąży tylko na skraju tej ciżby. Bądź tak dobry, przynieś mi podwójną whisky.

Teraz dojrzał, że jest chmurna, a powieki ma pociemniałe z niewyspania.

– Nie jest mi łatwo – szepnęła poufnie, kładąc mu rękę na dłoni. Mówiła trochę tak, jakby gromadka przyjaciółek już się nie liczyła, jakby zostali sami, zsiadłszy z konia na opustoszałych pastwiskach. Chciał ją pocieszyć, powiedzieć parę dobrych, prostych słów, czuł jednak tylko gorycz: jestem tu obcy, wyjadę, dlatego może być ze mną szczera, ja się nie liczę, tak samo by się żaliła, gładząc odruchowo koński kark.

– No nareszcie jesteś – krzyknęła radośnie.

Szczupła, rudowłosa dziewczyna w sukni zielonkawej, prostej jak tunika, spiętej na jednym ramieniu dużą klamrą z turkusów, szła ku nim, trzymając w rękach wysokie szklanki. Grace bez wahania odebrała jej obie i obdzieliła Istvana.

Patrząc na wilgotne, odęte wargi panny młodej, pijącej łapczywie, przechylił szklankę. Szczypiący w gardle smak whisky i banieczek gazu rzeźwił przyjemnie.

Życzył jej w myślach szczęścia, jednak innego niż to, które dzisiejszego wieczora zaczynało się weselnym obrzędem, jakoś i siebie w tym szczęściu zawierał, równie niewinnie jak koty, wędrując za smugą słońca, pragną drzemać letnim popołudniem na parapecie. Była w nim leniwa czułość i dla niej, i dla siebie.

Gwar rozmów szumiał przyjaźnie, tłum gości stał się nagle nieważnym tłem upragnionego spotkania.

– Grace – mówił półgłosem – pomyśl czasem o mnie.

– Nie – wzdrygnęła się – za nic.

Spostrzegłszy, że się żachnął, pogłaskała mu dłoń.

– Chyba nie chcesz, żebym cierpiała? Ten ślub jest jak okute wrota, niech się już raz zatrzasną...

Mówiła spiesznie, trochę do własnych myśli. Nagle ścisnęła za końce palców, wbiła paznokcie.

– Ale jutro ty też będziesz. I pojutrze... Gdybym ci mogła rozkazać: wyjedź stąd albo umrzyj... Nie mogę. Nielekko mi dzisiaj, Istvan, choć się do wszystkich uśmiecham. Chętnie bym się upiła, ale to nie Londyn, nie wypada.

Ruda dziewczyna, która stała przy nich, trochę osłaniając przed ciekawymi spojrzeniami, odwróciła głowę, pojmując, że dzieje się między tym dwojgiem coś szczególnego; spokojnym ruchem odebrała puste szklanki, uznając jak gdyby swoją służebną rolę.

Tereyowi zrobiło się przykro.

– Przepraszam, bezmyślnie wypiłem whisky, pani na pewno niosła dla siebie...

– Drobiazg, Grace to despotka, dobrze, że pan i ja jesteśmy gośćmi. Nam się udało, biedny radża.

– No, tego jednego o nim nie można powiedzieć, nie pozwolę drwić z mojego prawie męża. Mówicie ze sobą tak, jakbyście byli starymi znajomymi; radca Terey, Węgier, bądź ostrożna, czerwony – ostrzegała, wpadając w ton żartobliwy. – Panna Ward, Australijka, uważaj, bo lubi się poświęcać, po to przyjechała do Indii. U nas dosyć nędzy i cierpienia, więc jest w swoim żywiole, chce pomagać, uszczęśliwiać, od razu czuje się lepsza. Może nawet zostanie świętą. Mów jej po imieniu – Margit. No, korzystaj, Istvan, całuj ją. Ma obie ręce zajęte, wolę, żebyś to zrobił teraz niż za moimi plecami...

– Wychodzisz za mąż i jesteś zazdrosna? – roześmiała się panna Ward. – Ty już wybrałaś, daj i mnie szansę... No, niech się pan nie płoszy, jeśli tak mnie zachwala, pocałuj, proszę – podstawiła różowy policzek z zabawnym dołeczkiem. Wargi Istvana dotknęły napiętej skóry, nie używała perfum, wystarczała jej świeżość.

– Zdaje się, pani doktor, że jest już pierwszy prywatny pacjent w Indiach. Wpadłaś mu w oko – śmiała się Grace. – Chcesz, to poznam cię, Istvan, z najładniejszymi dziewczętami New Delhi, a jest w czym przebierać – wodziła ręką, po której wędrowały kolorowe światła i nagle jej biała suknia okryła się fioletem, a potem spłynęła szkarłatem. – Lakszmi, Dżilla. Chodźcie tu! – wołała na dziewczęta spowite w mieniący się jedwab.

Podchodziły niosąc wysoko piękne głowy w hełmach kruczych włosów, ogromne oczy patrzyły z iskrą humoru, były świadome własnej urody, przewagi, jaką daje bogactwo.

– Czuję się przy nich jak suchy patyk, brzydka i bez wdzięku – powiedziała Margit. – Prawda, jakie są piękne?

– O tak, zwłaszcza w tym opakowaniu – zadrwił. Ale ona już nie słuchała, korzystając, że przesunął się służący z tacą pełną pustego szkła, wśliznęła się w tłum, niby chcąc się pozbyć szklanek po whisky.

Kilka dziewcząt znał, nosiły nazwiska, które się liczą w Indiach: Savitri Dalmia, prawie monopol na koprę i oleje kokosowe w południowej Azji, Nelly Sharma z Electrik Corporation czy wiotka, o cudownie długiej szyi, Dorota Shankhar Bhabha, której ojciec miał gigantyczne kretowisko, zasnute siarczanym dymem, od którego włosy robotnic rudziały, a trawa i drzewa schły – kopalnię węgla prowadzoną, jak w Anglii bywało dwa wieki temu. Do ich rodziców należą latyfundia, chyba niewiele mniejsze niż ćwiartka Węgier, a wpływy sięgają szerzej. Terey spoglądał w oczy dziewcząt pełne krowiej łagodności, podmalowane niebiesko powieki dobywały całą ich głębię. Każda z nich inaczej miała spiętrzone włosy, ujęte klamrami z rubinów i szmaragdów. Dorota nosiła bicze pereł na przegubach obu rąk, igrała nimi i słysząc żartobliwe zachwyty Istvana, śmiała się błyskając równymi zębami. Gawędzili wesoło, uroda dziewcząt ciągnęła mężczyzn jak magnes. Rozbawioną gromadkę czającym się krokiem okrążał fotograf i raz po raz błyskał lampą, robiąc pamiątkowe zdjęcia. Machając rękami musieli go odpędzać jak natręta. Doktor Kapur, w turbanie nieskazitelnie ułożonym w drobne pliski, chwycił dziecinną, miękką jak listek dłoń Doroty Shankhar i zaglądając z nieprzyjemną natarczywością w oczy zaczynał wróżyć.

– Kwadraty i prostokąty, zamykają się linie – szeptał – stoły zastawione przez los.

– Nie sztuka powiedzieć, jak się wie, kim jest jej papa – protestowała Grace. – Jej powiedz – podtykała dłoń rudowłosej Margit.

– Daj spokój, ja nie wierzę – opierała się dziewczyna. Po jej dłoni chwyconej mocnymi rękami chirurga, przechylonej w światło, ściekał zmienny blask bijący z fontanny, która parskała iskrami.

– Niedawno pani przyleciała i niedługo odleci, słyszę chór błogosławieństw...

– Niech pan wróży, doktorze, o jej sercu.

– Tak – krzyknęły dziewczęta. – Chcemy usłyszeć o miłości. Może ją tu wydamy za mąż?

Doktor przyłożył dłoń dziewczyny do czoła, wydymał kosmate policzki, zamknął w skupieniu oczy. Ta poufałość wydała się Istvanowi niestosowna. Tani aktor! Obrzękłe, lśniące, jak pomazane tłuszczem, wargi doktora rozchylały się z cmokaniem, coś mamlał, zanim powiedział:

– Niedobrze, bardzo niedobrze, droga koleżanko, miłości nie można kupić...

Dziewczęta wybuchnęły śmiechem.

– Dosyć już – Margit wyszarpnęła dłoń i ukryła za sobą, jakby się bała coś więcej usłyszeć. Oczy miała spłoszone i zaciśnięte usta.

Istvan cichaczem wysunął się z gromady dziewcząt, poczuł nagły przesyt, były zbyt piękne. Chód ich był jak muzyka. Jedwab ciasno spowijał ich biodra, obnażone talie miały ciepły odcień brązu. Długie, szczupłe ręce gięły się z wdziękiem, sypiąc iskrami klejnotów.

Trzeba je było podziwiać, jednak nie budziły pożądania.

Przeszedł parę kroków, by wymknąć się z tłumu gości, skręcił w alejkę. Tu światła mrugały rzadziej. Na łysych konarach siedziało kilka pawi, zwieszone ogony ociekały zmiennym blaskiem, zaniepokojone ptaki wydawały okrzyk przykry, jakbyś pchnął zardzewiałą furtę. Wszedł na mostek, sztuczny strumień o tej porze roku ledwie się ślimaczył, bił z rowu odór bagienny. W matowym zwierciadle, między kożuchami porostów, chwiały się odbite światełka, woda była pełna ruchu i życia, owady ślizgając się po powierzchni rozwlekały chybotliwe błyski.

Gwar rozmów, ponad który wznosiło się słyszalne chwilami zawodzenie śpiewaka, mlaskanie bębna i ptasie trele fletu niosły smutek. Wydało mu się nagle, że jest na Górze Gellerta i patrzy z tarasu ku mostom na Dunaju wytyczonym światełkami, przemierza okiem ulice Budy i Pesztu, pomykające auta, neony wystaw, a suchy powiew przeciąga po stoku, niosąc wapienną woń nagrzanych traw i piołunu. Za nim w hotelu brzęczy daleka muzyka, góra dokoła dzwoni w upalną noc tysiącami świerszczy. Tam, po moście idzie sprężystym krokiem dziewczyna, migają opalone ręce na prostej sukni, ma krucze włosy, puszczone luźno na ramiona. Widać ją z góry wyraźnie, gdy wchodzi w białe kręgi lamp. Ma dla niej ogromną czułość, pragnąłby ująć pod rękę, porwać do kawiarenki otwartej i po północy. Ale jest w nim poczucie bezsilności, jak czasem we śnie.

Nie rozłoży ramion jak skrzydła i nie spłynie jastrzębim lotem w dół. Zanim zbiegnie serpentynami ścieżki, ona już będzie daleko, i kroki innych przechodniów zadudnią na moście, już jej nie znajdzie...

Grace. Czyżbym za nią tęsknił? Uprowadzał do Budapesztu? Uśmiechnął się na myśl, że zrywa obrzęd zaślubin, oświadcza, że się dziewczyna nie zgadza. Tylko, co on może powiedzieć, jakie ma dowody? Pocałunek, parę niejasnych słów... Patrzono by na niego jak na szaleńca albo gorzej – głupca. Mówiliby: ależ ten Węgier ma słabą głowę, odholujcie go dyskretnie, i przyjaciele powiedliby go na werandę, wetknęli w rękę potężną szklankę soku z grejpfruta. Kto pojmie, że tu w przepychu, przy muzyce i festynowych światłach dokonuje się gwałt? Jest pewny, że i Grace nie byłaby mu wdzięczna, zaparłaby się wszystkiego... Oni są u siebie – myślał cierpko o Hindusach – i prawo zwyczajowe ich wesprze. Dokona się wola obu rodzin i młodzi będą jej posłuszni. Dziś jeszcze dziewczyna targa więzami, ale jutro pogodzi się, a za rok przywyknie.

Poczuł ciepłą dłoń wsuwającą się pod ramię wsparte na poręczy. Odwrócił się gwałtownie.

– Uciekłeś? Chciałam, żebyś się bawił. Przywołałam dziewczęta, mogłeś wybierać. Reszta od ciebie zależy, a ty umiesz zawracać głowę...

– Czemu dokuczasz, Grace?

– Muszą ci się podobać. Tylko nie mów, że mnie byś wolał. Wychodzę za mąż. One są swobodne. Piękne jak kwiaty i równie bezwolne. Zajmiesz się może Dorotą? Albo Savitri Dalmia? Podobna trochę do mnie – mówiła półgłosem, oddychając niespokojnie, podniecona. – Chciałabym, żebyś miał je wszystkie, każdą...

Patrzył na nią zdumiony.

– Bo wtedy nie byłoby tej jednej, której już teraz nienawidzę – tchnęła mu w twarz. Oddech jej pachniał rozgryzionymi ziarnkami anyżku i alkoholem. Oczy błyszczały w mroku jak u kota.

Chyba za dużo wypiła. Czego ode mnie chce? – naszły go wątpliwości. – Ostro gra. Tylko po co?

Wysunęła nagle dłoń, stała teraz wyprostowana, obca, władcza. Już sama jej postawa zmuszała do czujności.

Odwrócił się. Nadchodziło kilku mężczyzn. Widział ogniki papierosów. Od razu poznał sylwetkę starego Vidżajavedy, łyse, orzechowe ciemię w wianku siwych włosów.

Poczuł się wspólnikiem Grace. Nikt nie zwrócił uwagi na ich samotną rozmowę. Wydawało się oczywiste, że wyszli tamtym naprzeciw.

– Ojcze, przyszli bramini. Umieściłam ich w twoim gabinecie. – Widząc, że stary się żachnął, uspokoiła: – Jest z nimi stryj i chłopcy. Kazałam podać ryż i owoce. Wszystko w porządku.

– Dobrze, córeczko. Zaraz tam zajrzę. Masz jeszcze czas, dopiero dziesiąta. Powinnaś odpocząć. Zaślubiny zaczną się o północy.

– Tak, tatusiu.

– Powinnaś ładnie wyglądać. Tej nocy nie będziesz spała. Może teraz odpoczniesz?

Istvan przyjrzał się jej spod oka, dialog toczył się czysto, troskliwy ojciec i posłuszna córka, dobra aktorka; czy i z nim gra, udaje, oszukuje?

Ruszyli w stronę pałacu pomarańczowego i złotego w świetle lamp. Minęli tłum gości drepczących na trawniku, okrążonych przez służbę z tacami pełnymi szklanek i kieliszków. Śpiewak przymknąwszy oczy, nie zważając na gwar, zawodził sam sobie, rytm akompaniamentu brzmiał nieskładnie, może się nawet nie słyszeli, trwał improwizowany koncert zgodny z nastrojem nocy weselnej.

Istvan kroczył obok starego fabrykanta.

– Grace będzie szczęśliwa – powiedział Terey półgłosem, jakby sam siebie chciał o tym upewnić.

Hindus, niższy, położył mu dłoń na ramieniu zabawnie poufnym gestem i poprawił:

– Będzie bogata, i to bardzo bogata. Nasze rodziny mogą więcej niż u was ministrowie... Ale Grace musi urodzić mu syna.

Słupy niskiego światła raziły źrenice. Obok czarnych spodni smokingowych europejskich gości, białe, wąziutkie i zmięte spodenki służby, ich dhoti niedbale okręcone na biodrach i wypuszczone na wierzch koszule robiły wrażenie, jakby pomyłkowo przyszli w samej bieliźnie.

Owadzia zamieć tańczyła bijąc o szkła reflektorów. Ćmy i żuki ginęły od razu, skwiercząc na rozpalonej blasze, inne odlatywały zwabione jaskrawobiałą plamą ściany, biły w nią na oślep i osuwały się z trzaskiem otwartych pokryw i wściekłym brzękiem. Oszołomione trzepotały się na płytach chodniczka, pancerze chrząszczy trzeszczały pod nogami przechodzących gości.

Istvanowi zdawało się, że u źródła światła czuje swąd tej owadziej śmierci, jakby spalonego rogu.

Cienie spacerujących przesuwały się po ścianie, chude nogi i rozdęte kadłuby z ogromnymi głowami. Przypominały mu postacie Rama Kanvala. Żałował teraz, że nie kupił obrazu.

W rozległym hallu panował spokojny półmrok, kilka lamp w ozdobnych abażurach, ustawionych nisko, rzucało na dywany ciepłe kręgi światła.

Radża, wyciągnąwszy nogi przed siebie, na wpół leżał w fotelu. Paliły się szmaragdem lampasy na jego szaserach. Cały blask niewielkiej lampy, osadzonej w miedzianym dzbanie, skupiał się na lakierowanych sztybletach i na obrazie, który trzymał w wyciągniętych rękach podpity malarz.

– Co to właściwie przedstawia? – rozważał wzgardliwie radża. – Niczego nie można się dopatrzyć. Co to za ludzie? Dziecko by lepiej namalowało! Przecież pan skończył szkoły, Ramie Kanvalu, czy nie mógłby pan wziąć się do jakiejś uczciwej pracy? Po co się okłamywać, pan nie ma odrobiny talentu. Nie zapłacę panu przelotu do Paryża. Wyrzucone pieniądze. Jak pan będzie chciał zacząć pracę u mnie albo u teścia – spostrzegł nadchodzącego Vidżajavedę – jesteśmy gotowi przyjąć pana na praktykę.

– A mnie się ten obraz podoba – powiedział przekornie Terey – ludzie dźwigają toboły na głowach, wracają po dniu pracy w upale.

– To dhobi znad rzeki, pracze z brudną bielizną – wyjaśniał niecierpliwie malarz. – Obraz przedstawia troskę, jałowy trud...

– I to ci się naprawdę podoba? – dopytywała się niedowierzająco Grace. – Powiesiłbyś u siebie?

– Oczywiście.

– Smutne.

– O to malarzowi chodziło.

– Pracze, a cóż to za temat? – szydził siwy Vidżajaveda. – Widuję ich dosyć u siebie w kuchni! Mam ich jeszcze oglądać na ścianie jadalni? Ani oczu, ani nosów, głowy jak tobołki. To żadne malarstwo. Tło w jednym kolorze, płaskie, brakło panu farby?

– Chodź – litościwie Grace pociągnęła ojca za sobą. Istvan miał wrażenie, że robi to dla niego. – Dziękuję panu, Ramie Kanvalu, może to i dobre, trzeba tylko przywyknąć.

Podniosła obraz, który jej służący z rąk odebrał.

– Och, panna Grace jest bardzo kulturalna – powiedział Kanval, nachylając się do radży, jednak pochwała zabrzmiała dwuznacznie.

Obawiając się, by malarz nie uraził gospodarzy, Istvan powiódł go ku drzwiom do ogrodu.

– Niech pan coś zje, Ramie, roznoszą świetne pierożki...

Malarz brnął po pas w białej strudze światła, które dobyło jego chudą, wysoką postać, radża odprowadził go wzrokiem i rzucił drwiąco:

– Kombinator, chciał mnie naciągnąć na bilet do Paryża. Mówił tak przekonująco, że i mnie obdzieli swoją sławą, aż zażądałem, by mi pokazał, jak maluje... Przecież to nieporadne, po prostu – nic.

– Nie kłamał, wart jest poparcia. To nie kopista, ani fotograf, chce być sobą. Jeżeli wytrwa, będzie sławny.

– Po-cze-kam – cedził radża łaskawie. – Ile on chce za te malowidła?

– Dwieście rupii.

– A ile mu naprawdę dają?

– Sto, sto dwadzieścia...

– I sprzedaje dwa na rok, jeden do jakiejś ambasady albo amerykańskiemu turyście, drugi mu zakupują z litości na dorocznej wystawie. Sama cena wskazuje, że te obrazy nic nie są warte. Mam paru impresjonistów u siebie w Cannes, bo tego nie wolno z Francji wywieźć, agent płacił po parę tysięcy funtów. To są malarze.

– Byli – poprawił Istvan.

– Tym lepiej. Nie obniżają ceny na rynku nowymi obrazami. Gdyby twój protegowany nie żył, może warto byłoby zaryzykować i kupić parę płócien... Boy! – zawołał – nalej nam koniaku. Nie, nie tego. Z pękatej butelki, Larsena. Wszystkie stare francuskie koniaki mają oszukańcze nalepki, ani jedna piwnica nie wytrzymała naporu wojsk niosących wyzwolenie. Ocalał tylko koniak, który Szwedzi kupili przed trzydziestym dziewiątym, wierzę w Larsena, ponad czterdzieści lat leżakowania, solidna firma.

Boy zbliżył się na klęczkach, rozdał baniaste kieliszki, przechylił butelkę, zerkając na uniesiony mały palec radży, skinienie wystarczyło, by poderwał szyjkę nie roniąc kropli.

Ogrzewali kieliszki całą dłonią, kołysali lekko, patrząc z uznaniem, jak oleisty płyn ścieka koronką po ściankach. Radża wsunął mięsisty nos, węszył.

– Co za aromat...

Terey upił łyczek, koniak rozlał się po języku piekącym smakiem, potem ocenił go podniebieniem, miał różne dna, szlachetny płyn, dla znawców.

– Jeszcze godzina tej udręki – ciężko westchnął radża rozchylając uda. – Trzeba będzie pożegnać gości. Ty, oczywiście, zostaniesz zobaczyć tradycyjny obrzęd? Teraz możemy wypić na konto moich przyszłych obowiązków! Od północy już ani kropli.

– Tak ci pilno do Grace?

– Gdybym chciał, dawno mógłbym ją mieć – machnął niedbale ręką. – Myślałem o czym innym... Marzę, żeby zrzucić mundur. Dotknij – ujął dłoń Istvana i wsunął pod czerwoną bluzę.

Terey namacał wzdęcie sprężystego gorsetu.

– Mówią, że jestem tęgi, choć uprawiam sporty. Mam dobry apetyt, potrawy mi służą; czyż muszę sobie odmawiać? Jedni nie jedzą, bo nie mają, a ja mam się głodzić, gdy mnie stać na wszystko? Chudy radża to chory radża. Moje stanowisko wymaga, żebym wyglądał okazalej. U nas mówią: gruby, bo ma wszystkiego w bród, gruby – to znaczy bogaty, a bogaty, bo umie robić pieniądze, czyli mądry – logiczny ciąg. Chciałbym już wyzwolić się od tej gali, pofolgować sobie w luźnym dhoti.

Temu niskiemu, tęgawemu mężczyźnie, o twarzy błyszczącej od wypoconego alkoholu jak odlew z brązu, przyglądał się Terey z rosnącą niechęcią. Radża rozchylił ciemne wargi i dyszał dławiony obcisłym mundurem rotmistrza lansjerów gwardii prezydenckiej. Istvana dotknęły słowa o Grace. Zmrużył powieki, zerknął przez uniesiony kielich i twarz radży, rozdęta jak w krzywym zwierciadle, wydała mu się odrażająca. Łyknął koniaku, pijąc właściwie przeciw niemu. Jednak radża inaczej gest pojął.

– Dasz się lubić – klepnął Tereya w kolano – umiesz przyjaźnie milczeć. Rzadka zaleta u komunisty, bo wy stale musicie pouczać, jakbyście nie trawili waszej wiedzy, czego się sami dowiecie, zaraz zwracacie bezwstydnie. No, nie gniewaj się, że tak mówię...

Teraz już sięgnął po butelkę i dolał sobie.

– Chcesz?

Istvan zaprzeczył ruchem ręki.

– Dlaczego przyspieszyłeś ślub? – zapytał ostrożnie.

– Pytasz dla siebie czy służbowo? – ocknął się radża. – Już słyszałeś o tej ustawie? Ona i wam utrudni życie.

Umilkł z kieliszkiem opartym o wargę.

– Nie masz ochoty, to nie mów – Istvan wzruszył ramionami.

– Koniec ze swobodnym transferem funtów za granicę. O pół roku wcześniej, niż przewidywano, ustawa wejdzie w życie. Stary Vidżajaveda od paru lat lokował kapitały w tkalniach australijskich. Dzięki wpływom w Partii Kongresowej miał przywileje, dostał specjalne zezwolenia. Moje kopalnie miedzi przejmuje państwo. Część odszkodowania, jakie mi rząd wypłaca, chciałbym powierzyć teściowi. Godna rodzina. On pomagał Gandhiemu, razem siedzieli, to się liczy, warto o tym w porę wspomnieć kilku ministrom. Adwokaci obwąchali nasz stan majątkowy, zawarowali interesy „obu wysokich stron" – zaśmiał się. – W rodzinach odbyły się narady, rozważano korzyści i pewne ryzyko, no, a małżeństwo jest jakby gwarancją długotrwałego kredytu, jakiego udzielam teściowi. Musiałem się spieszyć, nie chcę, by mi tu zamrozili kapitały. Chyba szczegóły już cię nie obchodzą...

– A Grace? – kręcił kieliszkiem Terey, złotawy płyn obiegał szkło.

– Ona jest dobrą córką, rada familijna postanowiła, to wystarczy. Mogłaby się opierać, ale po co? Czy może liczyć na lepszą partię?

– Kocha ciebie?

– Tylko u was, w Europie, robi się z tego wielką sprawę. Miłość to wymysł literatów, filmowców i dziennikarzy, żerujących na skandalach małżeńskich, na podtrzymaniu tego mitu nieźle zarabiają. U nas do małżeństwa podchodzi się serio, to może być *big business*, zwłaszcza gdy w naszej sferze angażuje się poważne pieniądze... Czy Grace mnie kocha? – powtórzył i nagle ożywił się. – A dlaczegoż by nie miała kochać? Jestem zamożny, zdrowy, wykształcony, zapewnię jej dobrobyt i pozycję towarzyską, zostaje w gronie nie tylko górnych dziesięciu tysięcy, ale tego tysiąca, który decyduje.

Końcami palców rozgniatał krople potu na górnej wardze i brwiach, ocierał o poręcz fotela. Powieki miał prawie czarne, znać było zmęczenie i nadmiar alkoholu.

– Czy musisz robić aż taką kombinację? – nachylił się Terey, częstując go papierosem.

Służący czaił się, niewidoczny w półmroku, podskoczył z ogniem. Zapalili. Ściszona muzyka skomliła za szeroko otwartymi drzwiami werandy.

– Wy mnie do tego zmuszacie. No, może nie ty – uwalniał Tereya od współwiny – jednak łatwiej nam przyszło usunąć stąd Anglików niż opanować to, coście rozkolebali... Mamicie ludzi rajem na ziemi. To wasza przewaga i słabość. Wprawdzie stale termin szczęśliwości przesuwacie za którąś tam pięciolatkę, ale ludzie jeszcze wierzą... Pierwszy etap na pewno do was należy: odbierać bogatym i dawać biednym, tylko że tego na długo nie starcza i bieda robi się dotkliwa, bo zbuntowani zasmakowali w odmianie, krzyczą, domagają się, prą...

...Mnie też zabrano ziemię. No, nie wszystko, jeszcze starczy. Rząd wypłaca mi dożywotnią rentę, rocznie wcale ładną sumkę w funtach. Coś z tym trzeba zrobić. Bywają interesy ryzykowne, ale dają szybki zysk i łatwe są do zwinięcia. Choćby lotnicza spółka transportowa „Ikar". Samoloty mamy z demobilu, Dacoty, w niezłym jeszcze stanie. Kupujemy na licytacji. Już moja głowa, żeby nie dopuszczono konkurentów, tylko zaufanych ludzi. Pieniądz musi pracować, każda rupia ma się potroić – kiwał z namaszczeniem głową. Umilkł, chwilę jakby drzemał, i nagle ocknąwszy się z ożywieniem ciągnął dalej. – O moje małżeństwo nie pytałem astrologów, tylko ekonomistów, prawników, tych, co znają międzynarodowe rynki, koniunktury na miedź i wełnę, rozmawiałem z politykami, nie z tymi od reprezentacji, ale od steru... Z całej Azji mamy sygnały – odwrót, oporny, bo go można działaniem opóźniać i przejść, jak w komunikatach wojennych „na z góry upatrzone pozycje", ale spychanie nas trwa. Jestem człowiekiem nowoczesnym. Muszę z tego wyciągnąć wnioski. Ja się nie zadowolę wyprzedażą rodzinnych klejnotów. – Pochylił się i dmuchnął smugą dymu.

– Prowadzę dostatecznie rozległe operacje finansowe, żeby, jeśli jeden interes weźmie w łeb, na pięciu innych odbić straty z nadwyżką: małżeństwo uważam za jeden z najlepszych.

Były w tych rozważaniach nawroty dokuczliwych lęków, radża musiał się przed kimś wygadać, Tereya uważał za nieszkodliwego poetę, a trochę i przyjaciela, mówił szczerzej niż do rodaka, nie czuł skrępowania.

Goście już zaczęli wychodzić parami, chyłkiem, unikając pożegnań. Błyskały w niskim świetle lamp lakierki mężczyzn i srebrne sandałki kobiet.

Z werandy dolatywał huk wystrzałów i głosy pełne zachwytu, zaczęto puszczać sztuczne ognie.

– Nie liczysz się z rewolucją?

– Nie w Indiach. Na długo mamy spokój zapewniony. Słuchaj, Istvan, czy Węgrzy to dobrzy żołnierze? Tacy jak Niemcy?

Dotknęło go to przypomnienie, jednak odpowiedział rzeczowo:

– Raczej tak. Bitna armia, tylko że jesteśmy małym narodem. Trzeba o tym pamiętać.

– Rozumiem, my samych sadhu mamy więcej. U nas dziesięć milionów świątobliwych snuje się po drogach w poszukiwaniu wiecznej prawdy, ale chodzą w pojedynkę i to nas ratuje. A wam narzucono komunizm.

– A przykład Chin, dosłownie o miedzę? – judził.

– Ładna mi miedza, Himalaje. Wepchali się tam i z góry do nas zaglądają. Tu ich nie lubią, lud mówi o Chińczykach: trupojady, bo jedzą mięso.

– Już oni by wam zorganizowali życie, nauczyli pracować.

– Obejdzie się! Ja rozumiem, że biedni gromadą zawsze zdławią bogatego, niewiele ryzykują, nie cenią życia. A bogaty nie lubi nadstawiać karku ani narażać majątku... Rewolucję łatwo szczepić w biednych narodach, weź Rosjan, weź Chińczyków.

– W Indiach nędzarzy nie brak.

– A właśnie, nędzarzy... Za słabi, żeby unieść nie tylko karabin, ale i kamień. Dumni są z własnej bezsiły. Pomyśl, nas jest czterysta milionów, mrowie, podbijano nas, a myśmy zdobywców wchłaniali i dalej zostawali sobą. Nie, tu będzie długo jeszcze spokój...

Z parku dolatywało trzaskanie rakiet, sypały festonami iskier pękające pociski. Gwizd wzlatujących fajerwerków drażnił Istvana, przypominał wojnę.

– Chodźmy – zaproponował, odstawiając kieliszek – warto przyjrzeć się iluminacji.

– Zostaw mnie w spokoju – opędzał się radża – idź sam. Ja dokładnie wiem, co tam pokażą, podpisywałem rachunek.

Siedział z głową wspartą na dłoni, z obu kolanami wciągniętymi na fotel, przypominał rozpieszczonego jedynaka, którego w porę nie położono spać i teraz ma urazę do całego świata.

Terey stanął w drzwiach. Uderzyła go głęboka ciemność, wyłączono kable, pogasły reflektory i wieńce różnobarwnych żarówek. Goście, zbici ciasno, z zadartymi głowami, przyglądali się temu, co się działo na wysokościach. Krzyżowały się tam świetliste szarfy, łuki zieleni, jakbyś pierścieniem ze szmaragdu śmignął, rozkwitały chryzantemy ognia i łagodnie ściekały. Wtedy wzbijały się gwiazdy ciężkie od złota, rwały wzrok, a tamte kwiaty ogniste niepostrzeżenie omdlewając gasły, wchłaniane przez noc.

Ogrodzony sznurem trawnik, gdzie wystawiano ślubne podarki, zagarnął pirotechnik, Chińczyk. Dwaj pomocnicy wbijali w murawę bambusowe pręty z grotami, pełnymi stężonej mocy. Mistrz magiczną laseczką, zakończoną czerwonym płomykiem, pobudzał lonty do iskrzenia. W ostrym gwieździe, od którego cierpła skóra, pociski pełne gwiazd szybowały w niebo, poprute błyskawicami kolorów.

Istvan palił papierosa oparty o framugę.

Ciepła dłoń dotknęła jego pleców, był pewny, że to radża wyruszył do gości. Wodził oczami za wzlatującą gwiazdą, kiedy owionął go znajomy zapach perfum. Odwrócił się gwałtownie, za nim stała Grace.

– Jeszcze parę godzin, Istvan, i przestanę być sobą... – skarżyła się po cichu. – Nabył mnie jak sprzęt domowy. Nikt mnie nie zapytał o zdanie, po prostu oznajmiono mi, że tak ma być.

– Przecież od roku wiedziałaś, o co zabiega.

– Nie myślałam, że to nastąpi tak prędko. Będę już tylko Hinduską – powiedziała z niepojętą dla niego rozpaczą.

– Angielka się w tobie szamoce – pogładził jej rękę, palce zacisnęły się same.

– Angielka we mnie umiera – szepnęła.

– Chciałaś tego...

– Chciałam być z tobą, tylko z tobą.

Płatki chybotliwych blasków spływały po jej twarzy, zapałały iskrami w źrenicach. Ogarnął go z nagła żal, że oto mu się wymyka, będzie niedostępna, odgrodzona małżeństwem, czujnością pomnożonej rodziny, śledzona przez służbę.

– Przecież nie mogłaś wyjść za mnie.

– Nigdy nie wspomniałeś o małżeństwie nawet żartem.

Uchwyciła go za rękę z niespodziewaną siłą.

– Nie mówiono ci o przeznaczeniu? – zapytała.

– Wygodnie spychać wszystko na los.

– A ja cię przekonam, że on istnieje. Chodź. Miejże i ty odwagę, bo ja ją mam.

Milczał, czuł dla niej tkliwość. Musiała to pojąć, odwróciła się pomału i szła skrajem ciemności przez hall ku schodom wiodącym w głąb domu na piętro.

Postąpił za nią krok. Była już po drugiej stronie rozległej sali, gdzie w fotelu, z podkulonymi nogami, drzemał radża. Istvan przypomniał sobie jego przechwałki, wróciła gniewna niechęć. Grace stała już na stopniach, z jedną ręką wspartą na poręczy, przyzywała go. Biała sakiewka, którą miała u przegubu, kołysała się jak wahadło, mierząc czas. Istvan zdecydowanym krokiem przeszedł salę i przypadł do dziewczyny. Wstępowali po schodach już razem, jakby wszystko z dawna zostało przewidziane.

Dom opustoszał, goście i służba wylegli do parku podziwiać cuda ogniste. Głuche echo oddawało huki pękających rakiet. Szli w milczeniu, szybko.

Stanęli przed ciemnymi drzwiami.

– Gdzie mnie prowadzisz?

– Tutaj – powiedziała schylona wyłuskując kluczyk z sakiewki.

We wnętrzu paliła się jedna tylko lampa, podobna do kwiatu na wysokiej łodydze. Na stołach i kanapach piętrzyły się pudła kunsztownie związane wstążkami, sterty poskładanej wyprawowej bielizny i jedwabnych sari złożone na podłodze.

– Tu są podarki, które otrzymałam... Ten wezmę sobie sama.

Świadomy, czym ona ryzykuje od chwili, gdy usłyszał trzask zamka, garnął się do niej, już było mu wszystko jedno. Jeśli ich tu zastaną, nie będzie tłumaczeń.

– A tamte drugie?

– Nie bój się, drzwi do mojej gotowalni. Też zamknięte – szeptała, tuląc wargi do jego szyi.

Zanurzył usta w pachnące włosy, zwisła mu w ramionach. Osuwała się po nim, uklękła. Szeptała tkliwie:

– Mój najdroższy, jedyny, mój mężu...

Oczy jej szeroko otwarte patrzyły bezbronnie.

– Tyś oszalała – zarył palce w jej włosach, potrząsnął za głowę.

– Tak, tak – potwierdziła żarliwie, przywierając do niego, suknia jej podwinęła się, ściągnięta niecierpliwą ręką, zobaczył smukłe, śniade uda. Była pod spodem naga.

– Masz mnie – tchnęła mu w oczy.

Pochylił się nad nią, widział jej biodra złotawe, ciemny kędzierzawy trójkąt. Jak fala wbiegająca na brzeg szła naprzeciw, uderzała o niego niecierpliwie. Z gniewną rozkoszą wdarł się, oplotła go mocno nogami, chłonęła w siebie, brała w niewolę, zaciskała gorące pęta. Czuł jej wnętrze palące i śliskie. Oddawała mu się z rozpaczliwą żarliwością. Aż szarpnął się, odepchnął, uskakując.

Leżała z rozchylonymi ustami, odsłoniwszy zęby jak w grymasie bólu. Ręce skrzyżowała na piersi obronnym gestem, zwierała pięści.

– Co ci, kochanie?

– Nic, nic... Nie patrz – odchylała głowę i z jękiem wyłamywała palce. Włosy jej się rozplotły, ciemne, pełzały szerokim kręgiem, drobna twarz zdawała się w nich tonąć. Nogi rozrzucone, otwarte, niby brama wyważona przez napastnika.

Widział, jak dygocze, łono jej pulsowało. Wreszcie oczy jej spotkały się z oczami Istvana, wpatrywała się w napięciu.

Gładził ją, uciszał, łagodził.

Wielkie łzy staczały się po rozpalonych policzkach. Wracała jej przytomność i rozwaga. Widząc, że nad nią klęczy, podała mu skraj szerokiej, pienistej, koronkowej spódnicy.

– Już mi nie będzie potrzebna.

Ocierał się suknią weselną, niejasno pojmował, że za tę chwilę wściekłego pożądania jeszcze mu przyjdzie zapłacić, serce kurczyło się gwałtownie, ognie zgasły, czuł tylko wstyd i niepokój. I rosło pragnienie ucieczki. Chciał stąd zniknąć, obudzić się jak ze snu.

Nagle posłyszeli grzmoty braw. To goście dziękowali Chińczykowi za pokaz. Gwar rozmów, odgłosy stąpań po płytach przybierały na sile. Niespodzianie za oknami zapaliły się reflektory, oświetlając ściany pałacu. Blask uderzył jak pięścią w okiennice, bluznął do wnętrza, pociął nagie uda żółtymi pasmami.

Grace zerwała się, zgarnęła ręką włosy.

– Wyjdź – prosiła. – Uciekaj.

– Kiedy cię zobaczę?

– Nigdy. – Wiedział, co ma na myśli. – Za godzinę wypowiem słowa przysięgi... I dotrzymam. Hinduska nie zdradza męża.

Wywinęła mu się z ramion.

– Idź, już idź – popychała w stronę drzwi.

Przekręciła klucz i wyjrzała.

– Teraz – musnęła końcami palców, jakby przepraszając, i już drzwi się zatrzasnęły.

Oszołomiony zstępował do hallu. Fotel radży był pusty. Nalał dużą whisky i wrzucił parę kostek lodu. Nie czekając, aż się oziębi, pociągnął haust.

Coraz więcej gości gromadziło się przy barze, potrącali go, napierali, a tak chciał być sam, zupełnie sam. Lękał się, czy nie przyglądają mu się zbyt natarczywie. Kołysząc szklankę podszedł do wysokiego lustra, nie widział wyraźnie swego odbicia, ale się uspokoił.

– Szalona – szepnął z podziwem, w przypływie nagłej wdzięczności. – Biedna.

– Czy to, co pan widzi w lustrze, jest ciekawsze od tego, co tu się dzieje? – posłyszał za sobą głos doktora Kapura.

– Nie – powiedział z naciskiem – chciałem tylko siebie zobaczyć... A może mi pan powróży, doktorze? – wyzywająco podtykał mu otwartą dłoń.

Kapur ujął ją, jakby badając, czy jest z dość opornej materii; nie spojrzawszy w linie mówił:

– Szczęśliwcze, nawet twoje błędy obracają ci się na korzyść. Co powinno cię zgubić, obdarowuje nad miarę... Kara ci wymierzona będzie ocaleniem – płynęły słowa z nieprzyjemną łatwością zawodowego chiromanty. – Panna Vidżajaveda...

Terey wzdrygnął się, szarpnął rękę. I nagle pojął, że to już nie wróżba, tylko naprawdę ze schodów zstępowała Grace, przysłonięta czerwonym welonem, w otoczeniu dwóch starych Hindusek, jak pod strażą.

Nie odpowiadała na ukłony europejskich gości, którzy już zaczynali opuszczać pałac, drobnym krokiem sunęła jak lunatyczka. Kiedy zanurzyła się w jarzące światła, pochwycił ciemnawy owal jej twarzy, zarys brwi i plamy opuszczonych powiek. Zabolało go jej wywyższenie i skupiona powaga. Należał do przeszłości, która jest już poza nią, raz na zawsze zamknięta.

Naprzeciw wyszedł radża w bieli i złocie. W ciszy słychać było szuranie jego pantofli o czubkach zadartych jak księżyc na nowiu.

Młodzi oddali sobie pokłon, radża ruszył pierwszy ku baldachimowi z uwieszonymi pękami bananów, ona szła za nim potulnie, o trzy kroki, jak na żonę przystało. Usiedli ze skrzyżowanymi nogami na skórzanych poduszkach.

Teraz wystąpili kapłani i śpiewnie recytowali wersety, wzywali gości na świadków, że obecna tu para zgodnie, dobrowolnie przysięga sobie dozgonną wierność, dokonując aktu zaślubin.

Nieprawda, nieprawda – powtarzał sobie – przecież ona... Jednak na dnie tkwiła gorzka pewność, że przestał się liczyć. To była już inna kobieta, kobieta, której nie znał.

Obrzęd toczył się pomału. Wygasała ciekawość, goście pozasiadali na murawie, mężczyźni i kobiety osobno, snuły się półgłosem rozmowy, których nie rozumiał. Odczuł, że zwraca uwagę, razi wieczorowym strojem, był już jedynym Europejczykiem, który pozostał, przekraczając godzinę wyznaczoną na złoconych kartach zaproszenia.

Nagle po drugiej stronie kręgu szepczących kobiet dostrzegł miedziany hełm gładko zaczesanych włosów, podawano właśnie krzesło pannie Ward, przypuszczając, że nie potrafi długo w kucki wysiedzieć. Patrzyła w jego stronę, więc uniósł rękę i dał jej znak dłonią. Odpowiedziała skinieniem głowy.

Ceremonia wlokła się ospale.

Grace pod czerwonym welonem błyskała klejnotami, nieruchoma, zamknięta. Radża opuścił na kolana pulchne dłonie, przymknął obrzękłe powieki, świecące, jakby je natarł oliwą, zdawał się drzemać. Była senność w powietrzu, światła przygasły, jak przytłumione niebieskawym pyłem, który sypał się niepostrzeżenie. Nosowy głos bramina wznosił się i urywał nagle, by znów powrócić wsparty mruczeniem akolitów.

Terey nachylił się do siedzącego obok doktora Kapura, który podsuwał mu otwartą złotą papierośnicę. Palili ukradkiem, jak sztubacy, wydmuchując dym w różne strony i rozganiając dłonią dla niepoznaki.

Tak zamyka się sprawa, rozważał. Przynajmniej jedno z nas powinno było mieć trochę rozsądku. Grace... Ona jest bezbronna, osaczona. Ale ja? Wyobraził sobie plotki szeptane na ucho, skutki skandalu obnoszonego szeroko, przewrotne współczucie kolegów i bezradny gest rozłożonych rąk ambasadora – „rozumiecie, towarzyszu radco, trzeba po cichutku zniknąć, już wysłałem do Budapesztu szyfrówkę, w której prosicie o natychmiastowe odwołanie. Oczywiście podpisałem was, bo nie chciałem szkodzić. Rozumiem, wypiliście, ładna dziewczyna, upał, poniosło was... Szkoda tak kończyć karierę".

Noc się obniżyła i zgęstniała, świerszcze podzwaniały w trawach, jakby przyciągane światłami. Słyszał dalekie głosy przejeżdżających aut, rozdrażniony pisk hamulców i niecierpliwe klaksony. Przed pałacem drzemały jeszcze stada wozów.

Nikt nas nie widział – pomyślał z ogromną ulgą. Gardził sobą za to tchórzliwe zadowolenie, którym odżegnywał się od Grace.

Z kuchni wynoszono na olbrzymich tacach mnóstwo szklaneczek z lemoniadą. Służący przyklękał podsuwając je siedzącym na murawie.

Kapur podał jedną Tereyowi. Spróbował łyk i zaraz odstawił, w ustach został mdły smak syropu trzcinowego, lepka słodycz i kosmaty listek mięty.

Spojrzał w stronę panny Ward, już była po tym doświadczeniu, bo zmarszczyła nos i wzdrygnęła się z obrzydzeniem.

– Czy pan chce, żebym dalej mówił? – zaczął doktor, przygładzając brodę zwiniętą ciasno i podwiązaną tasiemką – co los przeznaczył panu, co w liniach wyrył?

– Dziękuję...

– Tego jednego nie wolno robić, bo to przywołuje zmiany.

– Boję się, że już whisky przez pana przemawia, nie intuicja.

– Jeżeli chcę, alkohol na mnie nie działa – upierał się Sikh. – Robię taki znak – zarysował zygzak w powietrzu nad szklanką – i mogę wypić nawet truciznę.

– Jednak tej lemoniady naprawdę bym nie radził.

Pierwszy krąg świadków obrzędu siedział sztywno, ale po brzegach ciżby już wstawano. Mężczyźni przeciągali się, odchodzili niedaleko w krzewy i po chwili wracali, poprawiając szaty.

Terey podszedł do panny Ward, równie jak on obcej w tym tłumie.

– Podobają się pani zaślubiny?

– Za długo to trwa. I dziwnie smutny obrzęd – zastanowiła się. – Nic jeszcze nie zapowiada końca... Chyba się wymknę.

– Gdzie pani mieszka?

– Tu, chciałam w hotelu, ale uparli się, żebym u nich została.

– Nic więcej nie będzie się działo. Bramin wygłasza nauki, udziela błogosławieństw młodej parze.

– A pan zostaje?

– Nie, także uciekam.

Odchodzili. Nie próbowano ich zatrzymać, nikt ich nie żegnał.

Na młodożeńców padał cień kapłana, krąg potrójny siedzących bielał w rozproszonym świetle, ciemne głowy ginęły na tle zieleni, wyglądali jak toboły bielizny, powiązane niedbale, rzucone na trawie, obraz ze złego snu.

– Pani pierwszy raz w Indiach?

– Tak, przyjechałam do ośrodka UNESCO. Jestem lekarzem okulistą...

– Najlepsze miejsce na praktykę – rozległ się tuż za nimi głos Kapura – nawet, jak pani tu wydłubie pacjentowi oko, będzie błogosławił, bo nareszcie ktoś się nim zajął.

– Pan jest lekarzem? – żachnęła się.

– Z tego żyję, nie stać mnie na filantropię. Leczę tych, którzy płacą. Im więcej żądam, tym bardziej wierzą w skuteczność porad i mnie, i swoje zdrowie wyżej cenią.

– A biedni?

– Zostają do pani dyspozycji – rozłożył ręce dwornie. – Może pani eksperymentować... Z nimi jednak trzeba twardo, trzymać hołotę na dystans. Radziłbym zacząć od zaangażowania dwóch mocnych czokidarów, żeby robili porządek, inaczej ta nędza oblezie panią jak wszy.

Pod domem zaczął się tumult, usłyszeli brzęk tłuczonych szklanek. Nagle w drzwiach werandy ukazał się Ram Kanval podtrzymywany przez służącego.

– Puść mnie – próbował go strząsnąć – sam pójdę... O, pan radca! – zawołał ucieszony jakby brał Tereya na świadka. – Postawiłem pustą szklankę, a on przechylił całą tacę i wszystko poleciało.

– Gdzie się szkło tłucze, tam spieszy pomyślność. Dobry znak – kiwał głową Kapur. – U nas pannie młodej rzuca się pod nogi gliniane garnki, kruszy o próg domu skorupy... Żeby tylko przywołać szczęście.

Łagodnie, ale stanowczo służący pchał przed sobą chudego malarza, mówiąc coś w hindi.

– Pora już spać, powinien iść do domu – przetłumaczył doktor.

– Dobra rada – przystał Terey – nie czekajmy, aż zaczną nas wypraszać... Dobranoc, miss Ward.

Podała mu rękę, którą odruchowo podniósł do ust, i wtedy poczuł wżarty w skórę zapach środków dezynfekcyjnych. Od razu pojął: Uwaga, Kapur ma dobry węch, a nie zdolności wróżbiarskie.

– Zobaczymy się jeszcze, Indie tylko na pozór są takie wielkie.

– Będzie mi bardzo miło – odpowiedziała gładko.

Ujął pod ramię malarza, skinął uniesioną dłonią doktorowi i wyszli przed pałac. Znowu bluznął aromat podzwrotnikowej nocy. Było pusto. Wielkie ćmy z furkotem opisywały niestrudzenie ósemki wokół lamp.

Kierowcy spali w wygaszonych autach, dźwignąwszy chude nogi na oparcie. Inni siedzieli w otwartych wozach i paląc papierosy obgadywali swoich państwa.

– Ja mam do pana wielką prośbę – zaczął malarz. Wódka ośmielała go, robił się natarczywy, przystawał co chwila. – Nie mogę z pustymi rękami wracać do domu... Niech mi pan pożyczy dwadzieścia rupii.

– Nawet czterdzieści – przystał łatwo Terey.

– Jak tylko sprzedam jakiś obraz, zwrócę, przysięgam.

Auto było puste. Radca nacisnął klakson, obcy, mechaniczny dźwięk obudził szoferów. Podchodzili ziewając bezwstydnie, wreszcie zjawił się przywołany Kriszan.

– Radża niby wielki pan, a nam ryżu wydzielono niby wróblom – pokazał płaski jak deska brzuch. – Pusto, aż kruczy...

Wyprowadził wóz na drogę, światła rozbryzgiwały się o pnie drzew. Gnali, teraz już Terey nie próbował go hamować. Chciał jak najszybciej być sam.

Zacinał w reflektorach deszcz owadów.

Gdy zajechali pod dom, czokidar wstał z werandy; przy blasku żarówki, wiszącej w oplotach zieleni pod sufitem, stary wiarus robił na drutach wełnianą skarpetkę.

– Wszystko w porządku – meldował stukając o ziemię bambusową pałką jak kolbą karabinu.

– Kriszan, odwieziesz pana na Stare Delhi.

– Dobrze, sab.

Malarz wylewnie się żegnał dłonią lepką od trzcinowego syropu.

Istvan czekał, aż wóz odjedzie. Tego wymagała grzeczność. Na suficie werandy, koło żarówki, przywarowały białawe jaszczurki, miały tam świetne łowisko. Przechodząc, zawsze zadzierał głowę i patrzył podejrzliwie, czy mu któraś na kark nie spadnie. Jednak trzymały się mocno.

– Dobranoc, sab – wyprężył się wartownik.

– Dobranoc.

Drugie „dobranoc" było niepotrzebne. Jemu mieli dobrze życzyć, on powinien to przyjmować i milczeć, tak wymagał obyczaj. Zamykając drzwi dostrzegł światła swego wozu.

Już wraca, nie chciało mu się odwozić starego Hindusa i wysadził go na sąsiednim rogu. Jednak nie miał siły, żeby przywołać kierowcę i natrzeć mu uszu. Zresztą wiedział, jak się Kriszan będzie tłumaczył: on sam nie chciał dalej, on lubi chodzić, ciepła, dobra noc, szkoda wozu dla niego, gnać taki szmat drogi... Niech się przespaceruje, szybciej wytrzeźwieje.

Rozdział II

Maszyna chłodząca powietrze szumiała miarowo. Terey siedział za biurkiem zawalonym stertami tygodników i papierów. Nieporządek przypominał mu redakcję w Budapeszcie, gdzie na stole z trudem mógł zmieścić maszynę do pisania, orał nią zwały drukarskiego śmiecia, a z dołu dolatywał podobny do odgłosów gradu, bijącego w blachy parapetu, szczęk linotypów. Wpadali chłopcy w wyszmelcowanych do połysku fartuchach i rzucali na biurko wilgotne pasy korekt, ostro pachnące farbą. Wściekły, że mu przeszkadzają w pisaniu, strącał je na podłogę. Wybity z toku myślenia, zrywał się, palił papierosy i deptał po zmiętych płachtach papieru, by za chwilę podnieść je i rozpostarłszy czytać sprawnym, czujnym redaktorskim okiem.

Nie lubił, gdy mu sprzątaczka robiła porządki, doskonale się orientował, gdzie położył artykuły do oceny, czyją fotografię ukrył w grubym słowniku. I w Delhi próbował przeszczepić te obyczaje. W tym jego pojęcie o pracy zbiegało się z upodobaniami ambasadora, który twierdził, że na puste biurko tylko on jeden może sobie pozwolić.

Bez pukania uchyliły się drzwi i wsunęła łagodna twarz Judyty Kele.

Udał, że jej nie widzi, zajęty podziwianiem łysej głowy dostojnika na portrecie, więc zastukała ołówkiem w odrzwia.

– Budzę cię, Istvan.

– Latasz cichcem jak na miotle... Wejdź. Co się stało?

– Żal mi ciebie. Chyba zginiesz młodo i niesławnie. Nadzwyczajny i pełnomocny ciebie wzywa.

Podniósł się opieszale.

– Może trochę poczekać, wpuściłam do niego jakiegoś Hindusa.
Istvan lubił sekretarkę ambasadora, była ciepła i koleżeńska.
Czuwanie na progu Starego dawało jej przywileje: liczyli się z jej uwagami, szeptano po kątach, że miewa poufne zlecenia, naświetla sprawy i opiniuje pracowników. Kiedyś ją wprost o to zapytał. Odpowiedziała:

– Zaszkodziłam ci? Nie? To siedź cicho i nie wtrącaj się w nie swoje rzeczy. Ja w każdym razie nie będę tych plotek prostowała, lepiej, że się mnie boją.

Poklepała go teraz przyjaźnie, jak konia, nim ruszy na przeszkodę.

– Trzymaj się...

– Jest aż tak źle? – przechylił głowę zdziwiony.

Wstał, zgarnął dwa dokumenty do papierowej teczki, przy okazji chciał uzyskać zgodę Kolomana Bajcsyego na wyświetlenie filmu o komunach ryżowych znad Dunaju. Zresztą Stary lubił, kiedy go o radę pytano, czuł się wtedy ważny, niezbędny.

Ambasador przywitał radcę dźwignąwszy opasły podbródek. Rosły, ciężkawy, z małymi oczkami i rzadkimi, siwiejącymi włosami, które mu się nieco stroszyły na przedziałku, sprawiał wrażenie mocnego człowieka. Kiedyś, w przystępie szczerości, tłumaczył Tereyowi, dlaczego z kierownictwa wielkimi zakładami im. Stalina przeszedł do dyplomacji, wyznał szczerze:

– Jestem człowiekiem twardej ręki, a miałem ich więcej niż moje dwie, własne, więc trzeba było zejść trochę ludziom z oczu... Sami wiecie, że u nas nie wystarczy krzyknąć, żeby zaprzęg ruszył, trzeba sięgnąć i po bat.

Na placówce usiłował pozyskać pracowników, okazać im niekiedy ojcowską troskę, wypytywał o zdrowie żon i dzieci. Tereyowi parokrotnie obiecywał, że mu sprowadzi rodzinę, ale wydanie paszportów jakoś się opóźniało. Ilona nie napierała, obaj chłopcy zaczęli naukę, a w New Delhi oczywiście nie było szkoły węgierskiej. Angielskiego nie znali; nim by się poduczyli, już byłaby pora wyjeżdżać, zwłaszcza że stale przebąkiwano o zmianach i kurierów czekano trochę jak katastrofy.

– Siadajcie, towarzyszu – wskazał miejsce przy stoliku, gdzie już kulił się chuderlawy Hindus, w okularach, z kopą tłustych włosów, które nosiły wyraźny ślad grzebienia. – To nasz radca od spraw kultury, z nim już resztę będzie pan załatwiał.

Terey uścisnął zimną dłoń o długich palcach z plamami fioletowego atramentu, obaj nie dali poznać, że już nie jedną odbyli rozmowę. Radca nie uważał za potrzebne powiadomić o zamysłach Hindusa nie tylko ministerstwa, ale nawet ambasadora, tak wydawały mu się bezsensowne.

– Pan Dżaj Motal jest znanym literatem i chce napisać o nas książkę, żeby pokazać Hindusom nowe, ludowe Węgry, nasze osiągnięcia, zdobycze socjalne... Wprawdzie już zapoznał się z naszymi broszurami, ale to mu nie wystarcza, chciałby przeprowadzić wywiady z dostojnikami, przyjrzeć się naszemu życiu z bliska. Weźmiecie od niego dane i trzeba wysłać szyfrówkę do ministerstwa, ustalić, na jakich warunkach mogą go przyjąć...

Mówił w sposób namaszczony, pochylił głowę w stronę Hindusa, ten również się odkłonił, czując bliską wygraną.

– Jak pan sobie wyobraża pobyt, co by pan chciał zwiedzić?

– Chciałbym napisać grubą książkę, więc musiałbym po Węgrzech podróżować ze trzy miesiące. Chyba sfinansujecie zwiedzenie kraju, hotele, utrzymanie...

– A droga?

– Przelot Air India do Pragi byłby najprostszy. Jeżeli okazałoby się to za kosztowne, mógłbym wracać przez Polskę i NRD, rozpytałem się w ambasadach, również obiecano pomoc...

– Czy pan o nich też chce pisać grube książki? – spytał łagodnie Terey.

– Jeżeli robię tak daleką wyprawę, wydaje mi się, że mógłbym za jednym zachodem – przekręcił dłonie gestem tancerki. – Oni gotowi mnie przyjąć, ale uzależniają od opłacenia biletu.

– W jakim języku pan pisze?

– W malajalan. Zbiegłem z Cejlonu... Byłem za przyłączeniem
go do Indii.

– Ile pan książek napisał? – dociekał radca.

– Trzy, nieduże...

– Jaki nakład?

– One nie wyszły drukiem, trudno u nas znaleźć wydawcę,
zresztą musiałem uciekać, byłem prześladowany. Anglicy mnie
chcieli uwięzić.

Ambasador słuchał w skupieniu i spytał:

– Z czego pan się utrzymywał, chyba nie z literatury?

– Do teścia należał młyn ryżowy, prócz tego pożyczaliśmy pieniądze na godziwy procent...

– Wierzyciele nie oddawali?

– Musieli – uśmiechnął się nad naiwnością radcy. – Braliśmy
biżuterię pod zastaw, w kantorze stały opieczętowane skrzynki
z wadiami.

– Więc właściwie nic pan nie drukował? – radca wrócił z uporem do tematu.

– Dużo drukowałem – wskazał na pożółkłe wycinki z gazet,
starannie przyklejone do tekturek, sfatygowane od częstego po-
kazywania, ze śladami tłustych palców, podobne do kart, jakich
szulerzy używają na jarmarkach. – Tu artykuł o Polsce, ten o Cze-
chosłowacji, a ten o was, drukowane po angielsku, możecie sprawdzić, jak serdecznie o Węgrzech piszę.

Radca nachylił się i bez trudu poznał całe zwroty zaczerpnię-
te z broszurki o nowym szkolnictwie na Węgrzech, rozdawanej
w czasie zjazdu UNESCO.

– Jak pan sobie wyobraża popularyzację Węgier w Indiach, kto
tę książkę wyda?

– Można ją wydać bez ryzyka w Madrasie, nakład tysiąc egzem-
plarzy. Ponieważ ambasada będzie je rozsyłała, chyba z góry za-
kupi osiemset sztuk i zapłaci mi honorarium? Wtedy łatwo znajdę
wydawcę, no bo niczym nie ryzykuje.

– Ilu mówi językiem malajalan? – zainteresował się ambasador.

– No, kilkanaście milionów. Mamy wspaniałą literaturę. Wielkich poetów, historia sięga dwóch tysięcy lat.

– Czy nie lepiej wydać w języku angielskim, wtedy inteligencja całych Indii... – zastanawiał się radca.

– Mogę napisać i po angielsku – zgodził się szybko.

– Nęcąca propozycja – stukał papierosem o brzeg popielniczki ambasador. – Ile wynosiłoby pańskie honorarium?

– Dwie rupie – zawahał się wpatrzony czujnie w ciężką nalaną twarz Bajcsyego – no, półtorej od sprzedanego tomu...

– Wlicza pan i te egzemplarze, które wzięłaby ambasada?

– Oczywiście.

– Musimy uzyskać zgodę ministerstwa – stwierdził ambasador – sądzę jednak, że nie będzie oporów.

– Więc pojadę? Kiedy to mogłoby nastąpić?

– Objazd kraju musi być zaplanowany, potrzebny będzie tłumacz lub może lepiej tłumaczka – uśmiechnął się ambasador. – Kobiety w te zajęcia wkładają więcej serca... Niech się pan do nas zgłosi za miesiąc, może już będziemy wiedzieli coś konkretnego. Dziękuję za gotowość do współpracy.

Młody człowiek chciał jeszcze coś powiedzieć, ale i radca już wstał, wyciągając rękę, ceremonialnie odprowadził go do sekretariatu, wymienili znaczące mrugnięcie z Judytą, która pisała na maszynie.

Pisarz z Cejlonu nie dał się jednak spławić i zebrawszy odwagę poprosił Tereya o pudełko węgierskich papierosów, bo jego córka jest kolekcjonerką, modne hobby...

– Masz tutaj – podsunęła Judyta. – Weź moje, prawie puste...

– Nie, łaskawa pani – obruszył się Dżaj Motal – musi być nie uszkodzone opakowanie... Tak jak przy znaczkach pocztowych urwany ząbek i już najcenniejszy okaz jest śmieciem.

– Dobrze, zaraz panu dam – sięgnęła do szuflady. – A może chce pan różne? Dam panu kilka gatunków papierosów.

– Pani mnie rozumie, co za radość będzie dla dziecka – upychał pudełka po kieszeniach. – Inne dziewczynki będą jej zazdrościć.

W hallu zapytał jeszcze, czy może wziąć kilka ilustrowanych publikacji, wyłożonych na stoliku, chciałby zgromadzić materiały o Węgrzech, więc Terey kazał woźnemu przygotować plik czasopism.

Już mu się wydawało, że pożegnał petenta ostatecznie, kiedy Motal zawrócił z fali gorąca, bijącego z otwartych drzwi wejściowych i spytał urażony:

– Chyba mnie odeślecie autem na Connaught Place? Tak zawsze robią w rosyjskiej ambasadzie. Ja od nich dostałem cały koszyk różnych konserw i win na święto Divali, żona moja szal, a córka wielką kasetę różnych papierosów; pamiętali o całej rodzinie. Bardzo lubię Rosjan, to wielki naród. I was też lubię, niech pan będzie tak grzeczny i postara się o samochód...

Radca wezwał Kriszana, żeby odwiózł Hindusa.

Upał był dojmujący, białe światło kładło się ciężarem na barki, nawet wróciwszy do ciemnego wnętrza ambasady czuł rozgrzany materiał marynarki na plecach, jakby się wsparł o kafle pieca.

– Do przerwy 1:0 – szepnął Judycie – trzymaj palce...

Zastukał do drzwi, wszedł usłyszawszy przyjazny pomruk. Ambasador popatrzył na niego okiem rozjuszonego byka, rozmawiał z kimś przez telefon. Chyba z domem, bo po węgiersku. Wreszcie troskliwie opuścił słuchawkę, jakby się bał ją rozgnieść ciężką ręką.

– Cóż jeszcze powiecie, radco? – zaczął wytrzymując go długim milczeniem. – On się przyszedł poskarżyć, że go zwodzicie.

Terey słuchał spokojnie, nie spiesząc się z obroną, wybierał papierosa, osadzał w kościanej lufce.

– Czy można?

– Ależ oczywiście, palcie. Na to są. Obawiam się, że tylko w takich sprawach pytacie mnie o pozwolenie, przypominacie sobie o moim istnieniu... Jeżeli chodzi o zawieranie znajomości, o nocne przesiadywanie w klubie, to wam moja opinia jest obojętna. No, cóż tak na mnie patrzycie? Mówcie coś.

Terey wolno wydychał smugę dymu. Tylko się nie denerwować, trzeba najpierw znać zarzuty, żeby przedwczesną obroną nie odsłonić słabych miejsc.

– Myślę, towarzyszu ambasadorze, że jesteście dobrym psychologiem...

Tamten poprawił się za biurkiem, przyjrzał się podejrzliwie. Jednak ciekawość wzięła górę, nie wytrzymał:

– Musicie mieć coś na sumieniu, skoro zaczynacie od kadzenia mi, śmiało, ja i tak wiem niejedno. Delhi to duża wieś, plotki krążą szybciej niż gołębie.

– Od razu rozpoznaliście, towarzyszu ministrze, co ten pisarzyna wart. Chce, jak wszyscy, wyjechać stąd, uciec... Chodzi po ambasadach i żebrze, przecież on nie umie pisać.

– A to, co nam pokazywał?

– Streszczenia z propagandowych broszur.

– Jednak mu drukują?

– Poznałem cały mechanizm. Nagar mi opowiadał. On przynosi powystrzygany tekst, wtyka dziennikarzom obiecując, że im da zarobić... Potem goni z wycinkiem do nas i domaga się honorarium za urabianie życzliwej opinii, dostaje trzydzieści rupii, dziesięć chowa dla siebie. Zadowala się okruchami. Pochłania, urzeka go jedna myśl: wyjechać na nasz koszt do Europy, zapomnieć o biedzie, dopytujących spojrzeniach żony i córek, skromnym obiadku, wyliczanych papierosach, wstydliwej pustce w kieszeni. Towarzysz ambasador od razu go przejrzał, skoro zapytał, ile książek wydał i w jakich nakładach...

Kupi komplement, czy się żachnie? Powinien pamiętać, kto zadał te pytania. Bajcsy milczał ze zmarszczonym czołem.

– Biedny człowiek. Jednak i Rosjanom przydaje się na coś.

– Dają mu gotowe artykuły, które pod swoim nazwiskiem umieszcza, płacą mu za firmę choć i tak to, na czym naprawdę im zależy, nie może się ukazać. Płotka bez autorytetu... Więc wykreśla sam co ostrzejsze zwroty, potem mówi, że cenzura artykuł okroiła...

– Jednak był działaczem wolnościowym, Anglicy go chcieli aresztować, uciekł z Cejlonu...

– Zasięgałem opinii. Trzeba zawsze pytać Hindusów z innej grupy, oni się wzajemnie sobą brzydzą. Siedział za lichwę i sprzeniewierzenie depozytów zastawnych. Nawet sam nie zawinił, tylko rodzina go wyznaczyła na ofiarę; uciekł, a oni na niego wszystko złożyli. Mieli mu przysyłać zasiłek, ale ostatnio rzadko kapią.

– Skąd wy to wszystko wiecie? Czy z wiarygodnych źródeł?

– Głowy bym nie dał, ale różne drobne fakty potwierdzają te informacje. Na przykład dla pokazania w jednej ambasadzie, że ma dobre stosunki z inną, wyjmuje zagraniczne papierosy przed chwilą wycyganionę i pobudza w ten sposób hojność... Towarzysz ambasador znakomicie się na nim poznał, zyskaliśmy miesiąc czasu, a nie zrazili człowieka. Nadzieja wyjazdu do Europy, potężny motor, jutro pół Delhi będzie o tym mówić. I zacznie czekać na spełnienie jego przechwałek. Trochę będą nam współczuć, żeśmy dali się nabrać, a może na odwrót, podrażniona konkurencja wyśle go, by nas uprzedzić... Polacy albo NRD? On ma stały cykl krążenia, jak żebracy obchodzący swój rejon nie za często, próbuje sprawiedliwie każdego podoić...

– Dlaczegoście mnie nie uprzedzili? Nie przyjąłbym go.

– Zameldował się w sekretariacie, wszystko się działo ponad moją głową... Miał mnie już dość, chciał wyżej zapukać. Nawet nie wspominałem o nim, bo i po co? Przecież na to jestem, bym scedzał prawdę o ludziach i tym kraju, a was oszczędzał.

Ambasador ujął twarz w grube palce, porosłe ciemnym włosem, tłuste podgardle wylewało się przez nie fałdami. Patrzył ciężko, nieprzychylnie.

– Powiedzcie mi jedno, czy wy musicie do późna w noc przesiadywać w klubie? Opowiadano mi, że na weselu Khaterpalii też wszyscy już wyszli, a wyście zostali, bo otwarty był bar. Nie za dużo pijecie?

– Zależy od okoliczności – rozłożył ręce Istvan.

Koloman Bajcsy sapnął.

– Żebym miał chociaż jeden dowód, że nie mydlicie mi oczu.

Terey pomyślał chłodno – nie spieszyć się, wytrzymać, musiał ktoś już naszczekać.

– W czasie tego wesela dowiedziałem się, że przyspieszono o pół roku wprowadzenie ustawy o zakazie transferu funtów. To się odbije poważnie na imporcie i nam też ograniczy swobodę – rzucił niby od niechcenia.

– Informacja pierwszorzędnej wagi – dźwignął się ambasador.

– I wy mi dopiero teraz o tym mówicie? Czy to pewne? Nie pytam o nazwisko...

– Sprawdzałem, szukałem potwierdzenia, właśnie od wczoraj mam pewność. Zgadza się. Ryglują bramy. Pierwszą wiadomość mam od oficera gwardii prezydenta; sam był zainteresowany, żeby jakieś kapitały jeszcze wypchnąć za granicę.

– Napiszcie mi, Terey, notatkę o tym.

– Właśnie przyniosłem, ale towarzysz ambasador nie dał mi dojść do głosu. – Położył na biurko arkusik z wystukanymi kilkoma zdaniami.

Bajcsy czytał powoli, ruszając grubymi wargami. Potem spojrzał podejrzliwie, jakby dopiero teraz przyszło mu na myśl, że mimo woli uczestniczy w grze, ale Terey spokojnie zamknął teczkę i siedział skromnie, palił papierosa.

Wychodząc napotkał pełne życzliwości spojrzenie Judyty, podniósł kciuk do góry, że w porządku. Czekała za drzwiami niby matka niespokojna, jak się synowi powiedzie egzamin.

– Ambasador prosi, żeby mu przysłać szyfranta.

– Było mycie głowy? – dopytywała troskliwie.

– Za co? Żyję skromnie, pracuję. Oglądacie mnie, jak przez szybę, a cóż ja mam do ukrycia?

– Już ty dobrze wiesz – pogroziła mu palcem. – Uważaj, żebyś się nie doigrał...

Mimo sapania wentylatorów przez pojedyncze szyby dobiegało bolesne pojękiwanie, skrzywił się, nasłuchując.

– Kto tak wyje?

– Żona Kriszana. Przejdź do pokoju Ferenza, aż serce się kraje, jak się ta kobieta męczy.

– Co się jej stało? Chora?

– Nie wiem. Kriszan tylko się śmieje, szczerzy zęby. To niedobry człowiek.

– A może byśmy tam zajrzeli? Nie można pozwolić, żeby tak cierpiała...

– Po co mnie ciągniesz? – opędzała się Judyta. – Boję się chorób, brzydzę, jak na mój gust życie tu trwa za krótko, czternastoletnie dziewczynki zostają matkami... Obłąkany pośpiech. Dzieci rodzą dzieci – wzdrygnęła się. – Tu nawet każdy zapach jest podszyty tchnieniem zgnilizny, swądem palonych ciał... Nie, nie pójdę.

Wychodząc z budynku ambasady zanurzył się w gęsty roztwór kurzu i słońca, od razu cała skóra pokryła się potem. Mrużył oczy, powietrze było pełne tęczowych cekinów, ulatywały i falowały zgodnie ze skurczami ciężko tłukącego się serca.

Obszedł narożnik z kępami drzew o cynobrowych pochodniach, ciemnozielone listowie podtrzymywało kiście płonących jaskrawo kwiatów. Duża, pokryta mieniącą się łuską jaszczurka stanęła na tylnych łapkach, przyglądała mu się bystro okiem żółtym i nieprzyjaznym, kolce na grzbiecie jeżyła przy każdym oddechu, wyglądała jak miniatura przedpotopowych potworów.

Stary ogrodnik w rozpiętej koszuli rzucił w nią grudką ziemi, syknęła tylko i znikła, wspinając się na pień drzewa.

– Ona pluje, sab – ostrzegał – można oślepnąć.

Światło przenikało jego siatkową koszulę, lśniło na żebrach i pomarszczonym karku. Nogi miał czarne, pokryte grudkami zaschłego błota, jak ze rdzawego żelaza.

– Sab tam idzie? – wskazał na oficynkę, której parterowe pomieszczenia zamieniono na izby mieszkalne dla służby. – Ona przyzywa śmierć, taka ładna, tłusta kobieta – mamlał. – Już drugi dzień modli się do Durgi...

– Ale co jej jest?

– Któż może wiedzieć?

– Był lekarz?

Stary oparł się na motyce, wytarte do srebra ostrze rzucało świetliste plamy na jego węźlaste, chude łydki. Popatrzył zmętniałymi, pełnymi smutku oczami na Tereya.

– A na co lekarz? Był yoga, odczynił, ale teraz już nie chce zajrzeć. Dał tylko zioła, po których przespała noc. Tu jedna śmierć pomoże...

– Głupstwa pleciecie – żachnął się Istvan. – Trzeba dopilnować Kriszana, żeby ją odwiózł do szpitala.

– Ona tam była, sab, mieli ją kroić. Ona nie chce, żeby ją palili po trochu, ona woli, żeby od razu całą... Bo gdzie potem będzie szukać następnych narodzin?

Jęki dochodziły coraz wyraźniej, już rozróżniał zaśpiew błagalny wykrzykiwanych modłów.

Bielone ściany oślepiały, od muru biła duchota. Drzwi zdjęto z zawiasów i wyniesiono do garaży, wisiała tylko podwiązana muślinowa zasłona.

Na łóżku leżała ubrana w sari tęga kobieta z rozrzuconymi nogami. Widział jej stopy pomalowane na czerwono, obnażony wałek tłuszczu w talii nad wzdętym brzuchem. Pępek z wprawionym kolorowym szkiełkiem zerkał szyderczo.

Mała dziewczynka siedziała przy chorej i wachlarzem z pawich piór odganiała muchy, które włazily natarczywie do oczu, nosa, pchały się do ust otwartych w jęku.

– Umrzeć! – zawyła.

– Ale gdzie cię boli?

– Tu – dotknęła podbrzusza – i głowa, głowa mi pęka...

– Trzeba do szpitala – namawiał. – Do porządnego lekarza, ambasada zapłaci.

– Nie. Ja chcę umrzeć albo urodzić...

Uniosła rozpaloną twarz, znak wymalowany na czole rozpuszczał się w pocie, ściekał na brwi jak krew. Rozdziałek na głowie kobiety zabarwiony czerwono, zgodnie z obyczajem mężatek, sprawiał wrażenie otwartej rany.

Istvan przypomniał sobie konających, trafionych w głowę przez snajpera, ale oni nie krzyczeli tak rozpaczliwie, gaśli cicho. Po pierwszej uldze, jaką odczuł wchodząc pod dach, teraz nie miał czym oddychać, dusił go cierpki zapach tlącego się nawozu pod glinianą kuchenką, dławiące perfumy i odór potu.

Bezradnie wracał do ambasady. Znał tutejsze obyczaje, niczego nie wolno przeprowadzać na siłę. Chora nie chce – jej prawo, rozporządza sobą. Żaden lekarz jej nie tknie, nie ma prawa, chyba że chora utraci przytomność, choć i wtedy jej wola nadal obowiązuje, jeśli została dobitnie wyrażona.

Obok auta przykucnął Kriszan, palił papierosa, wypoczywał, krzyk dochodzący z domu nie mącił mu sjesty. Słońce lśniło w kędzierzawych natłuszczonych włosach. Na ręce miał wytatuowaną małpę, która zasłaniała sobie oczy. Niechaj nie widzą, co czynię – wyrażała obrazkowa modlitwa. Na palcu nosił gruby złoty sygnet, podarunek żony. Trudno byłoby go zaliczyć do biednych.

– Kriszan, twoja żona rodzi?

Podniósł twarz trójkątną, ukazał spod wąsów drobne, kocie zęby w uśmiechu podobnym do grymasu.

– Zostaw, sab, ona tak rodzi co miesiąc... Krew z niej zepsuta nie chce zejść i uderza do głowy. Ona ma guz, ale jakby go wyciąć, nie będzie mogła już rodzić, to na co mi taka żona?

– Kriszan, ona się męczy.

– A ja nie? Już drugi dzień nie daje chwili odetchnąć... Niech już zemrze, albo niech wyzdrowieje... A tak to tylko zawada, ani do życia, ani do roboty. Ona wie o tym, więc nie chce operacji. Ona mnie kocha, wróżyli jej, że urodzi... Może jej przejdzie, sama się wyleczy? Mój stryj miał guza, a potem przyszedł sadhu i przebił bolące miejsce widłami i tam zrobiła się malutka ranka, ciekło z niej trzy tygodnie i po guzie. Zależy, co komu sądzone. Mnie horoskop nakazuje – unikaj słodyczy – to nie jem...

Terey poszedł do sekretariatu, żeby się napić herbaty z termosu. Opłukał dłonie w podmuchu wentylatora. Judyta wysłuchała sprawozdania, potem powiedziała o Kriszanie:

– Bydlak.

Wyciągnęła z apteczki płaską butelkę, nalała pół szklanki koniaku.

– Dam jej łyknąć.

– Zabijesz ją... Mąż cię oskarży.

– Stary sposób angielski. Jak byłam w Londynie...

– Czy na Syberii? – przerwał.

– Tam też, jak się którejś spóźniał okres, nie bez jej zresztą zasługi, brała szklankę czegoś mocnego i do łaźni. Tu łaźnię mamy
wszyscy, tylko brak bodźca w płynie. Zobaczysz, poskutkuje.

Twardym krokiem ruszyła przez korytarz.

– Muszę jej sama wlać, bo gotowa z miłości zostawić koniak
Kriszanowi.

Szła korytarzem lekko zgarbiona, wpatrując się w powierzchnię
złotawego płynu, nalanego do szklaneczki.

Istvan wrócił do siebie, rozsiadł się, z ulgą zapalił papierosa.
Jeszcze raz przeżywał rozmowę z Bajcsym, teraz znajdował o wiele zręczniejsze odpowiedzi, lepsze posunięcia.

Spokój, aktorzyno – skarcił się i zaczął przeglądać pocztę. Nadeszły zaproszenia na odczyty, pytali w listach, kiedy wystawa rę-
kodzieła węgierskiego zjedzie do Kampuru, i kilka zawiadomień
o fajfach, w tym jedno od wiceministra rolnictwa.

Pośród czasopism leżała podłużna, brunatna koperta, którą mu
przyniosła Judyta. Wytrząsnął fotografie, rozsypał wachlarzem na
stole.

Oto miał je wszystkie, piękne dziewczęta uchwycone niespo-
dziewanym, okrutnym błyskiem flesza. W przegięciu smukłych
ciał, w gestach tanecznych znajdował radość owej nocnej godziny.
Żarówki w tle majaczyły jasnymi plamami, podobnymi do zbyt
bliskich gwiazd. Jakie będą losy tych rozkwitających dziewcząt?
Co je spotka? Pozornie błysk zatrzymał je, utrwalił, osłonił przed
niszczącą i wyzwalającą mocą czasu. Ale na jakże krótko. Dla
mnie jeszcze te fotografie będą miały znaczenie, przywołają upalną noc delhijską, ale dla synów?

Jeśli wypatroszą z szuflady plik lśniących kartonów z egzotycz-
nie ubranymi pięknościami, nachylą się chciwie, będą je sobie wyrywać... Może o nim wspomną ze szczenięcym wulgarnym słowem

podziwu, które będzie w ich pojęciu oznaczać męskie porozumienie. Ojciec, ten umiał dziewczyny przygarnąć! Będą rozważać na chłodno urodę Grace... Patrzeć w oczy Hinduski o rozszerzonych źrenicach, na pełne wargi. Ileż z tego, co przeżył, jest do przekazania? Jak wzburzone oddechy i szelest paznokci drapiących dywan, aromat włosów, w których twarz zanurzał, utrwalić słowami? Jak zatrzymać tamto wzruszenie, które jeszcze teraz wzmaga uderzenie serca? Pisywał wiersze. Wydał dwa tomiki, chwalone w miarę, trudno zrozumiałe. Może więc owa cudza noc weselna jeszcze strofą powróci?

Czuł jednak dla Grace wdzięczność, choć z odrobiną niechęci. Zadowolony był, że wyjechała z mężem do Dżajpuru, by ją przedstawiono reszcie rodziny, wprowadzono w nowe włości – choć to brzmiało jak w romansie sprzed wieku – musiała odebrać hołd poddanych, dla których młody radża był nie tylko panem, władcą, ale człowiekiem bliskim, o kim mówili z troską i poważaniem, znali przecież od dziecka... Istvan czuł ulgę, że nie musi męża spotykać, patrzeć mu w oczy, uśmiechać się, ściskać rękę, że to wszystko zostało mu oszczędzone. Choć, oczywiście, potrafiłby kłamać, jeśli tak można określić powrót do gestów przyjaznych sprzed wydarzenia, które wolałby wyprzeć z pamięci.

Wdzięczność odczuwał dla Grace, że jej nie było w Delhi. Tchórzliwe zadowolenie wspólnika, któremu wzrok współwinnego nie przypomina zdrady, pozwala o sobie samym myśleć z pobłażaniem, łagodzić poczucie winy i rozgrzeszać oboje.

Przeszłość do ukrycia, do pogrzebania. Czy jakiegoś dnia ten krok lekkomyślny, szalony, nie zostanie ukarany? Czy sprawiedliwość nie każe jeszcze raz o tym myśleć już poza gwałtownymi skurczami ciał i szumem krwi?

Drgnął nagle. Zaczął nasłuchiwać. Krzyk za oknem, który się monotonnie powtarzał, do którego prawie już przywykł, ustał z nagła. Umarła – pomyślał z ulgą, poprzez osad żalu i odrazy dla nieszczęsnej głupoty żony Kriszana. Czy jednak miał prawo ją sądzić? Co mogła ze sobą począć? Posag jej dawno Kriszan przepuścił... Bezpłodna, więc przeklęta. Odeśle ją na wieś rodzicom na pośmiewisko. Może lepiej, zamiast dać się wytrzebić, przyjąć śmierć jak wyrok?

Kiedy wychodził po pracy z ambasady, spotkał Judytę, wracającą z oficyn, twarz jej świeciła od potu, ale uśmiech miała triumfujący.

– Poszło, płynie – szepnęła mu w ucho. – Ona nigdy w ustach nie miała alkoholu, to religijna Hinduska. Koniak dokonał cudu.

– Nie na długo.

– Żaden cud nie uwalnia od śmierci – powiedziała poważnie – w każdym razie przestała cierpieć, mamy miesiąc czasu, by ją wypchnąć do chirurga.

Terey popatrzył w jej ciemne, posępne oczy, teraz w blasku słońca prześwietlone jak bursztyn. Była wyraźnie przejęta.

– Ty nie jesteś zbyt uczuciowa.

– Chciałbyś, żebym nad nią płakała? Nienawidzę uświęconej głupoty. Jeżeli nas nie posłucha, trudno, niech ginie. Boję się, że miesiąc wyda jej się strasznie długi. Ma jeszcze tyle czasu. Pojutrze zapomni, że przyzywała śmierć, by się wyzwolić od cierpienia... Gdy lepiej poznaję ludzi, nawet kiedy patrzę na ciebie, wydaje mi się, że każdy jest sam dla siebie katem i ofiarą. Nie do uratowania.

– Zostaje ci dość jałowa satysfakcja, żeś przewidziała bieg wydarzeń. Musisz mieć tylko cierpliwość, wystarczy trochę poczekać...

– Tak, Istvan – kiwała głową – jednak zdarzają się czasem niespodzianki, udało mi się parę razy trafić na człowieka.

– No i co z tego? Było ci lżej?

– Nie pora na takie rozmowy. Naciągasz mnie na zwierzenia o przegranych miłościach... Wierz mi, dla tych paru ludzi, a mogę ich policzyć na palcach jednej ręki, warto było żyć.

Z ambasady wyszedł Lajosz Ferenz, po dniu pracy czyściutki, świeży, z muszką u wykrochmalonego kołnierzyka zawiązaną równo. Włosy długie, falujące, lekko zaczynały srebrnieć. Przystojny mężczyzna, podobny do manekinów na wystawach z gotowymi ubraniami.

– Czy ktoś z was będzie dziś w mieście? Czeka mnie trochę roboty i muszę zostać w domu, a mam filmy do odebrania.

Nigdy by się nie przyznał, że chce poleżeć, przejrzeć tygodniki czy zagrać w brydża z żoną i sąsiadami. Nie, on zawsze musiał zasiąść do pracy, ustalić, poszerzyć wiedzę, nie wychodził też, ale udawał się w celu...

Unikał spotkań z kolegami; gdy wszyscy umawiali się po prostu na lody do Volgi, on również tam się pojawiał, ale przy innym stoliku spożywał lody w oczekiwaniu na interesujący kontakt, który nie pozostanie bez wpływu na rozpoznanie politycznej sytuacji w kraju urzędowania.

– Będę na wystawie dziecięcego malarstwa, stary Shankar zaprosił mnie do jury, mogę ci załatwić te filmy – zgłosił się Istvan.

Ferenz wręczył mu kwity i podziękował wylewnie, ruszył wyprostowany ścieżką w stronę domu.

– Odwiozę cię, Judyto, poczekaj – Istvan wyprowadził auto z nikłego cienia. – Uf, co za piekarnia!

Plastikowe oparcia nawet przez płótno pokrowca grzały w plecy. Mijając Ferenza zwolnił, gestem zapraszał do wozu, jednak sekretarz podziękował, lekko unosząc panamę. Takie same kapelusze noszą w ambasadzie radzieckiej, skojarzyło się Tereyowi.

– Wiesz, co mi dzisiaj powiedział, jak go spytałam, czy mu czasem nie nudno? – zaczęła Judyta. – Człowiek, który uczciwie pracuje, nie ma czasu na przeżywanie samotności... Mówię ci, on zajdzie wysoko.

– I nikomu się nie narazi – potwierdził Terey – co nie znaczy, że nie ma własnego zdania, tylko po co ma je wypowiadać, skoro można powtórzyć ważkie uwagi samego ambasadora.

– Przyznaj się, zazdrościsz mu?

– Nie. Wolę być sobą i mieć czas na przeżywanie samotności.

– I ja też wolę, że taki jesteś. No, żegnaj... Gdybyś jechał do kina w tym tygodniu, pamiętaj o mnie, godzina dobroci dla starzejących się kobiet – żartowała niewesoło, potrząsając jego ręką.

Nie spieszył się z odjazdem, patrzył na nią, jak idzie ścieżką pod ogromnymi drzewami o lakierowanych liściach.

Niewiele o niej wiem. I ona też przysłania luki w swoim życiorysie... Jeżeli uczyła się języków przed wojną, nie mogła być z proletariatu. Jaka jest naprawdę? Mówi, że dobroć jest odmianą słabości.

Przed domem Tereya stał dwukołowy wózek zaprzężony w kuca, wyładowany rulonami dywanów. Spał na nich gruby handlarz.

Syk opon hamującego auta obudził go, poderwał się jak pająk, wysuwający się ze szpary, gdy trącona sieć zadrga.

– Babudżi – wołał – przywiozłem dywany.

– Nie dzisiaj – minął go szorstko – innym razem.

– Tydzień temu sab też obiecywał. A przecież ja nic nie chcę. Proszę tylko o pozwolenie, żebym mógł pokazać moje kaszmirskie skarby.

– Nie będę kupował.

– Kto mówi o kupowaniu? Pan nie ma czasu na obejrzenie całej kolekcji, przyniosę jeden jedyny dywan, który dla pana wybrałem. Nie mówmy o pieniądzach. Ja mam jedno marzenie, chcę go rozłożyć u pana w pokoju. Spodoba się, niech zostanie. Nie? Przywiozę za tydzień inny... Aż utrafimy... Nie, ani słowa o pieniądzach. Chodzi o moją małą radość, że pan coś sobie upatrzy. Dobrze? Proszę wyświadczyć mi łaskę – błagał, wyciągając ręce.

Drogę zastąpił mu czokidar, trzymając w poprzek gruby bambus.

– Nie dzisiaj. Nie mam czasu – opędzał się Terey.

– Sir sam siebie krzywdzi... Najlepsze sztuki wybiorą Amerykanie, ale czy oni się znają? A ja się tak cieszyłem. Sab pozwoli rozścielić pod stopy taki w kolorze rdzy, krótko strzyżony, o rozkwitającym wzorze roślinnym, prawdziwy złoty dywan... Specjalnie dla pana odłożyłem.

Między festonami pnączy, rozgarniętych ciemnymi dłońmi, ukazała się sępia głowa kucharza w nakrochmalonym, niebieskim turbanie.

– Sab – doradzał – to nic nie kosztuje... On miewa ładne, stare sztuki, niech położy.

Istvan poczuł się nagle zmęczony. Więc i kucharza już pozyskał handlarz, by umocnić okrążenie? Czokidar też się oglądał, teatralnym gestem czyniąc przegrodę z bambusowej lagi, handlarz miał zbolały wyraz twarzy, jaki rzadko się widuje nawet na pogrzebach. Kucyk potrząsał krótko przystrzyżoną grzywą, dokuczały mu bąki, bił kopytami w czerwoną glinę spękaną od suszy, aż pryskały grudy. Czekali... Czyż mogę im wszystkim sprawić zawód? Za parę dni powiem, żeby sobie ten dywan zabrał... To, że go dziś rozwinie, do niczego jeszcze nie zobowiązuje.

– Dobrze, pokażcie – skinął ręką. – Tylko szybko, bo nie mam czasu.

I stało się coś niepojętego. Pokorny kupiec krzyknął władczo, czokidar oparł pałkę o murek i skoczył, by dźwignąć na ramieniu potężny rulon dywanu. Kucharz zniknął już w głębi domu, dochodziły jego komendy, poganiał sprzątacza, ze zgrzytem przesuwali stół, wlekli krzesła, robili miejsce.

– Kto z nas ma czas do stracenia, sab? – westchnął kupiec. – Ten dywan wart jednak, żeby chwilę nań popatrzeć... Ja już uciekam. Sab dziś spojrzy, jutro siedząc w fotelu wypali papierosa i pomyśli, dlaczego właśnie ten dywan stał się najmilszym miejscem w całym pokoju... On cieszy nie tylko oczy. Trzeba bosą nogą... Niech decyzja dojrzewa. Ja się nie napieram. Mnie już nie ma.

Gruby, spocony, w szumie nakrochmalonych bufiastych, białych portek szedł do furty, jakby go wcale wynik oględzin nie obchodził.

– Sir – odwrócił się, wyznając z tkliwie przymkniętymi, łzawymi oczami – na panu nie muszę zarobić. Ja znam pańską duszę, ona łaknie piękna.

Dusza? A cóż on może wiedzieć o mnie. Przeprowadził wywiad u sąsiadów, zebrał opinie, upewnił się, że jestem wypłacalny. Nie ryzykuje... Obiecał garść miedziaków służbie, wciągnął ich do zmowy. Ustalili taktykę i porę ataku.

Wszedł do wnętrza. W tym krótkim momencie, gdy uchylił drzwi obite siatką, garść much wcisnęła się i poszybowała, nieomylnie zwabiona zapachami z kuchni.

Kucharz i sprzątacz stali z przechylonymi głowami, pogadywali ze sobą, jak papużki w klatce, podziwiając rozłożony dywan. Był piękny, rdzawo-zgniłozielony, z drobnym, niebieskawym motywem drzewa i żółto-zielonymi kwiatami. Tony dobrano łagodnie. Nie lada artysta rysował wzór. Dywan podobał się Tereyowi i to go rozgniewało. Handlarz musiał być dobrym psychologiem, a może wpuścili go ukradkiem i rozejrzał się po ścianach, podpatrzył ulubione zestawienia barw na obrazach.

Sprzątacz ukucnął i gładził sękatą dłonią krótką sierść dywanu, jakby w lęku, że obudzi uśpione barwy.

– Kupiec wyznał – uderzył na ślepo Istvan – że dał wam po pięć rupii, żebyście mu dom pokazali.

– Kłamie, sab – obruszył się kucharz – on mi tylko obiecał pół rupii. Czokidarowi musiał od razu dać dwadzieścia najapaja, bo go nie wpuszczał za furtkę. Ja jeszcze nic nie dostałem...

Brzmiało to jak wyrzut, kiedy spoglądał czarnymi oczami spod nastroszonych, siwiejących brwi.

– Więc wystarczyło obiecać pół rupii, żebyś zdradził i zakłócił mój spokój? Czy mało dostajesz?

– Sab, ja chciałem jak najlepiej. Myśmy dwa dni wybierali ten dywan.

– Podawaj obiad. Jeżeli ci u mnie źle, możesz w każdej chwili iść na pomocnika do tego kupca, skoro tak znasz się na dywanach.

Kucharz stał jak piorunem rażony, szczęka mu opadła na myśl, że może odejść z tego domu. Miał łzy w oczach. Istvanowi zrobiło się go żal.

Sprzątacza dawno już wymiotło; słysząc gniewne słowa, wolał zniknąć.

Terey ściągnął lgnącą do pleców koszulę, zdejmował sandały. Z uczuciem ulgi zanurzył się po szyję w wystałej wodzie, która wypełniała wannę. Wypoczywał. Trwało to kilka minut zaledwie i już Pereira zaskrobał dyskretnie w matową szybę w drzwiach łazienki.

– Sab, obiad na stole – wabił – dziś mamy kurę z ryżem i rodzynkami.

Kiedy o szóstej prowadził wóz w stronę centrum New Delhi, upał osiadał złotawym pyłem, rozmiękły asfalt cmokał pod kołami. Mijał powoli toczące się arby, zaprzężone w łagodne, białe woły. Ptaki siadały na ich białych karkach i dziobami przeczesywały sierść w poszukiwaniu kleszczy. Obnażeni woźnice drzemali przykucnąwszy na dyszlu. W półśnie wydawali okrzyki, nieskładnymi ruchami dźgali bawoli zad ostrym prętem. Na głos klaksonu budzili się, szarpali sznur uwiązany do miedzianego kółka, które dziurawiło mokre nozdrza bydlęcia, i zanim minął arbę, już im głowy opadały na chudą pierś, lśniącą strużkami potu.

Łyse, kamieniste wzgórza wokół miasta wyglądały jak po niedawnym pożarze, ciemnoczerwonawe rozpalone głazy i biaława jak popiół szczeć wyschniętych traw. Wiatr wstawał słupami rudej kurzawy, pudrował czoła pielgrzymów, omotanych w białe prześcieradła, stąpających drobnym, upartym krokiem z ręką wspartą na pasterskim kiju.

Postacie, jak z miedziorytów Dorégo w starym wydaniu Biblii – pomyślał Istvan – świat sprzed tysięcy lat...

Ogromne ciężarówki, których platformy podwyższono kojcem z desek, chybotały się wyładowane stertami worów z bawełną. Maski aut pomalowane w kwiaty i gwiazdy przypominały wieka chłopskich skrzyń spod Debreczyna.

Mijali się, witając radosnymi głosami klaksonów. Niektórzy kierowcy poprzyczepiali miedziane trąbki, po dwie, po trzy, z gruszkami z czerwonej gumy. Prowadzili ciężarówki jedną ręką, drugą wygrywali całą gamę skowytów i zawodzeń. Przygodnie zabrani pasażerowie, porozwalani na ładunku, przyjaźnie unosili chude, patykowate ręce i przesyłali pozdrowienia.

Chmarami, w łopocie dhoti, jak kłęby białawe, trochę na oślep nadlatywali zziajani rowerzyści, ich ciemne kolana unosiły się jak dźwignie maszyny. Rozsznurowane trzewiki ledwie tkwiły na bosych zrogowaciałych stopach. Pora wyrojenia, zaczynał się powrót z pracy.

Przedostał się pod wiaduktem, z trudem wymijając tramwaje oblepione gronami wiszących ludzi, skręcił na Connaught Place. Nieruchome kępy drzew, kwitnące gałęzie pachniały zwarzoną zielenią i kurzem. Zaskoczyła go cisza. Dalekie dzwonki rowerzystów ćwierkały jak cykady. Święte krowy spały w cieniu, obok całych chłopskich rodzin, które tam szukały złudnego chłodu i wypoczynku.

Zahamował.

Szerokim łukiem ciągnęła się kolumnada centrum Delhi z zasobnymi sklepami, które miały nawet witryny. Cały plac można było obejść w cieniu, pod łukami wspartymi na jasnych słupach. Tutaj rozsiedli się handlarze pamiątek, wyklepanych z rozgotowanego rogu w kształcie kielichów i abażurów, grubas zachwalał stertę sandałów, na kawałku plastiku wabiły kolorowe amerykańskie okładki tanich, detektywistycznych powieści, a sprzedawca dyskretnie podsuwał kolekcję zdjęć posplatanych zmysłowo par, naśladownictwo fryzu Czarnej Pagody, wykonanych po burdelach Kalkuty lub Hongkongu.

Z piecyka pod filarem niósł się swąd prażonych małpich orzeszków i wyciągała się pełna pierścieni ręka, ofiarująca fistaszki w rożku skręconym z liścia. Spojrzał z przyjemnością w piękne oczy kobiety, ale potrząsnął przecząco głową.

– Nie dzisiaj – zostawiał jej nadzieję.

Odebrał filmy Ferenza i kierował się do Volgi na mrożoną kawę, kiedy spostrzegł pannę Ward. Smukła sylwetka, zgrabne nogi. Kasztanowate włosy w smudze słonecznej połśniewały rudawo. Była tak pochłonięta oglądaniem bawełnianych samodziałów, na których odbito kolorowe wzory z koników, rogatych bawolich łbów i tańczących bogiń, że zaszedł ją niepostrzeżenie. Stał chwilę tuż za nią, patrząc na dłonie, przez które przelewały się strugi płótna, zanim powiedział głosem podszytym śmiechem:

– Halo, Margit.

– Halo – odrzuciła. Ale dopiero spojrzawszy na niego przeraźliwie niebieskimi oczami, pojaśniała przyjaznym uśmiechem.

– Ach, to pan...

– Zapomniałaś, jak mi na imię? Istvan. Czemu nie dajesz znaku życia? Myślałem, że ugrzęzłaś w Agrze?

– Na razie mnie zatrzymali w Delhi. Mam cztery godziny zajęć w klinice. Uczę się języka, tych niezbędnych zwrotów: „Spokojnie, to nie boli, spojrzyj w lewo, w prawo, nie ruszaj się, wszystko będzie dobrze...”

– Długo zostajesz?

– Do końca miesiąca.

– Co robisz sama?

– Skąd wiesz, że jestem sama? Myślisz, że się nudzę? – zaśmiała się dziewczyna. – Wprawdzie Grace jest w Dżajpurze, liczyłam, że mnie w ten świat wprowadzi, ale teraz widzę, że doskonale dam sobie radę. Chodzę po sklepach, więcej oglądam, niż kupuję... Praca rąk ludzkich jest tu za darmo. Hafty, chłopskie druki, takie jak ten – potrząsnęła pasem materii z galopującymi konikami – figurki z drzewa sandałowego. Każdej przyjaciółce muszę coś przywieźć na dowód, że nawet w Indiach pamiętałam o nich.

– Nie kupuj tutaj – wyjmował jej z rąk materię podrukowaną cynobrem i błękitem – pokażę ci prawdziwe chłopskie sari. Byłaś już na Starym Delhi?

– Nie. Krążę po tych dzielnicach, które znam. Pan Vidżajaveda radził, żebym się tam nie zapuszczała. Miałbyś może czas któregoś dnia pojechać ze mną?

– To przyjemność oprowadzić kogoś po raz pierwszy, słuchać zachwytów i okrzyków podziwu, cudzymi oczami raz jeszcze oglądać Indie.

– Jesteś autem? Samochód z UNESCO odesłałam. Chciałam się trochę przejść, jak skwar zelżeje.

Słońce wdzierało się skosem na kamienne płyty podcieni. Drobinki kurzu żeglowały w blasku. Sprzedawca materiałów rozpiął koszulę po pępek, rozchylił dłonią i wachlarzem z liścia palmowego studził kosmatą, tłustą pierś.

– Jak się tu czujesz? – ujął dziewczynę za rękę.

– Dobrze, nawet bardzo dobrze. Popatrz, jak się opaliłam – podsunęła zgięte ramię.

Skórę miała złotawą, wystąpiły na niej piegi, trochę go to śmieszyło.

– Zaczynamy od kawy i lodów? Czy najpierw jedziemy na łowy pamiątek?

– Można zaryzykować tutaj zjedzenie czegokolwiek? Tyle razy mnie straszyli amebami, czerwonką, tyfusem...

– Popatrz, one wszystkie jedzą i żyją – pokazał na chłopki w pomarańczowych spódnicach koczujące pod drzewami.

– Ale ich takie mnóstwo, a ja jestem jedna – zaśmiała się.

– To trzeba jeść, co jedzą wszyscy – tłumaczył, kiedy zasiedli w głębi kawiarni. Panował tu półmrok i paliły się elektryczne światła, stwarzając złudę nocy. Mimo aromatów mocnej kawy, którą roznoszono w kolbach umocowanych na statywach, i powiewu bijącego z maszyn chłodzących, prawie nie słychać było gwaru rozmów, osowiali Hindusi siedzieli przy stolikach z głowami wspartymi na rękach, pięknookie kobiety bawiły się kwiatem lub łyżeczką, krusząc ciastka. Chińczyk wybijał jazzowe rytmy. Zauważył Istvana i skłoniwszy głowę zagrał na jego cześć marsza Radetzkiego, jedyną melodię, która mu się kojarzyła z Węgrami.

– Zacznij od tego ciastka – namawiał Terey, dolewając kawy.

– Czym ono jest posypane – zawisła palcem nad tacą z ciastkami.

– Prawdziwym srebrem. Tak długo bito je młotkiem, aż rozpadło się na płateczki. Rozpuszczą się, organizm je wchłonie... Oni uważają srebro za dodatek niezbędny dla dobrego samopoczucia.

Próbowała na końcu łyżeczki z zabawną nieufnością, pogryzała w skupieniu. Oczy świetliste, jak czasem miewają lalki. Śmiesznie marszczyła mały, piegowaty nos. Nie była na pewno klasyczną pięknością, ale budziła powszechne zainteresowanie, widział kierujące się ku niej spojrzenia, słyszał szepty. Sprawiało mu to przyjemność. Nowa twarz, nieznana kobieta, o której jeszcze wszystkiego nie wiedzą.

– Srebra się nie czuje – triumfowała – zupełnie smaczne. A to zielone od spodu też można zjeść?

– Masa pistacjowa.

– Będziesz mnie miał na sumieniu – pogroziła. – Znowu zapomniałam jak ci na imię.

– Istvan.

– Trudne.

– Zapamiętasz, jeśli często będziesz powtarzać. Zwłaszcza przed snem.

– Istvan, Istvan – wymawiała z angielska, jak grzeczna dziewczynka, która uczy się zadanej lekcji – czy nie mogłabym tego zmienić na Tery? Miałam takiego psa.

– Przyjmę każde imię, jakie mi nadasz – przystał łaskawie.

– Grace słusznie przed tobą ostrzegała... Lubisz mącić w sercach.

– Nie – zaprzeczył gorliwie. – Sama mówiłaś, że jesteś osamotniona. Bez specjalnych poświęceń mogę dzielić twoją samotność. Dam ci domowy telefon. Może któregoś dnia pójdziemy do kina? Albo zabiorę cię na polowanie? Wybierzemy się autem i pokażę ci prawdziwą wieś. Chłopi są dobrzy i gościnni. Nie trzeba się ich bać. Póki tu jesteś...

– Tyle projektów, Istvan. Trzymam cię za słowo – popatrzyła na niego ciepło. – Musisz się tego nudzić, jeśli nawet towarzystwo pani doktor uważasz za rozrywkę. A może mnie mylisz z Grace?

Spojrzał na nią przez sinawy dym papierosa, na zgrabną głowę, szczere usta, nieumalowane, bose – pomyślał żartobliwie, i oczy, które tak były przejrzyste, pełne niebieskich światełek, aż budziły niepokój.

– Na pewno cię nie mylę z Grace.

Czuł dla niej życzliwość, przyjemnie było pokazać się z przystojną, dobrze ubraną, młodą kobietą.

– Nawet nie wiesz, jaka ja jestem. Może po jednym spacerze będziesz miał mnie dość.

– Nie – potrząsnął głową, był tego pewny. Patrzyła z przekornym uśmieszkiem, który zarysował jej dołki w policzkach, spoglądała trochę z góry, jakby wiele już o nim wiedziała. Ogarnął go niepokój: a może Grace jej coś szepnęła?

– Uciekajmy stąd – poderwał się nagle, dotykając jej dłoni, bo uchyliły się podwójne kotary i w okrutnym żarze słonecznym dojrzał Judytę z dwiema znajomymi Bułgarkami.

Podnieśli się, wymienił ukłon z nadchodzącymi wskazując opróżniony stolik, na który już czaił się brodaty Sikh. Zdążył jeszcze zauważyć, że Judyta nieznacznie uniosła kciuk do góry, że pochwala jego wybór. Mrużąc oczy wyszli na słońce.

Austin buchał gorącem. Rzucili się, by opuścić szyby. Pęd powietrza smalił twarze.

– Dlaczego się spłoszyłeś, jak tamta pani weszła? – obciągnęła sukienkę podrywaną powiewem.

– Sekretarka ambasadora. Zaraz będą gadać. A co ich to obchodzi...

– Oj, Tery, Tery, musiałeś tu nabroić. Już wiem, kogo zapytam o twoją przeszłość, jeżeli mi sam nie opowiesz; koło nas mieszka doktor Kapur.

– Na pewno ci policzy jak pacjentowi za poradę. Tylko musisz pamiętać, że jest jasnowidzem. Opowiada o sprawach przyszłych, których jeszcze nie było...

– Kapura się boisz? – klasnęła w dłonie. – Ładna historia... Grace wyjechała, jestem zdana na twoje wybiegi, całkiem bezbronna. Kto mi zdradzi, jaki jesteś naprawdę?

Po drodze, wspinając się na łysy pagór, ciągnęła karawana wozów zaprzężonych w woły i wielbłądy. Skrzypiały głośno pełne koła zbite z desek, pokrzykiwali woźnice. Ogromne rogi bawołu nurzały się w czerwonym słońcu, wielbłądy dostojnie płynęły, kołysząc głowami.

Dziewczyna w zielonym sari, z baniastym naczyniem na głowie, przyklękała na środku szosy, uniosła dłonie ruchem pełnym wdzięku. Bransolety miotały ogniem, brzękały dzwoneczki, którymi miała opasane kostki u nóg.

Terey nacisnął klakson.

Obejrzała się przelękniona i sfrunęła na krawężnik.

– Stań. Chcę ją sfotografować – prosiła Margit. – Tak pięknie tańczyła...

– Wolałbym, żebyś ją oglądała z daleka, ale podejdź, zobacz, co robi.

Zatrzymawszy wóz na skraju drogi, ze złośliwym zadowoleniem patrzył, jak Margit podchodzi do dziewczyny, pokazuje na migi, że chciałaby zrobić zdjęcie, tamta się broni, zasłaniając twarz gwałtownie, naczynie spada i ciemne grudy wysypują się na szosę.

– Ostrzegałem – otworzył drzwiczki – dobrze ci tak, słuchaj starszych.

– Ona zbierała bawole łajno – dziwiła się – rękami... Pakowała do naczynia na głowie. A wygląda jak księżniczka z bajki, tyle ma klejnotów.

– Kółka z bambusów oblepione cekinami i kolorowe szkiełka. Zbierała opał. Ulepi placuszki i będzie je suszyła na słońcu, przylepione do ściany. Komu by tu się chciało ścinać żylaste krzewy, pełne cierni. Kiziak dobrze się pali. Popatrz, tam wiozą całe wory suchej mierzwy.

Niskie lepianki ciasno obstąpiły drogę, na dachach krytych płatami pordzewiałej blachy dreptały gołębie. Przy kopcących ogniskach ukucnęły kobiety smażąc placki na patelniach, nagie dzieci wielkimi oczyma wodziły za buczącymi na drodze autami i sennie ssały okruch trzciny cukrowej. Niebieskawy dym wisiał smugami w powietrzu, fioletowy na tle szkarłatnego nieba.

– Zapamiętaj sobie tę cierpką woń – upominał – to zapach Indii w porę wieczerzy.

Skręcili z szosy, ogromna czerwona budowla Wielkiego Meczetu zębatymi murami groziła niebu. Nad bramą drzemały sępy, każdy na swojej wieżyczce, jak ozdoby odlane z brązu. Niezliczone stragany przywarły do stopni wiodących ku warownym wejściom.

Otoczył ich tłum, pokrzykiwali wędrowni fryzjerzy, czyściciele uszu, sprzedawcy zupy jarzynowej i wydrwigrosze z małpkami, przebranymi za żołnierzy.

Dławiąc klakson, Terey z trudem rył sobie drogę w ciżbie, odsuwali się niechętnie, zaglądali natarczywie do wnętrza, stukali palcami po szybach. Otaczał ich gwar głosów zachwalających towary, stare garnki, druty, śrubki, porozkładane na gazetach. Każdy śmieć odrzucony w europejskiej dzielnicy bywał tutaj po trzykroć obejrzany. Wszystko się mogło przydać, jedne przedmioty sprzedawano, inne można było wymienić, jeśli kupującym brakowało i tych paru miedziaków. Bezdomne łaziki, gapie, kręcili się przy straganach, pośród rozłożonych rupieci, w nadziei, że jeśli zachwalą towar, wezmą udział w targu, przydadzą się jako pośrednicy, może pochlebstwami wyłudzą choć parę pajsów.

Terey rozgarnął tłum i zaparkował austina. Obstąpiono ich tak ciasno, że Margit zawahała się, czy ma wysiąść.

– No, śmiało – zachęcał – oni ci zrobią miejsce, zaraz się odsuną. Przecież chciałaś zobaczyć prawdziwe życie.

Półnadzy chłopcy podskakiwali podnosząc ręce jak pilni uczniowie, wołali:

– Ja popilnuję auta! Ja będę czokidarem!

Wyznaczył dwóch, żeby im się nie nudziło, mieli strzec wozu z obu stron. Pokrzykiwali na przechodniów, dumni, że pełnią służbę.

Margit chwyciła Istvana kurczowo za rękę jakby w lęku, że ją od niego tłum oddzieli, wciągnie w kręte, wąskie uliczki i już nigdy się nie odnajdą.

Odór rynsztoków, gnijących łupin i parującego moczu bił w nozdrza. Domy dwupiętrowe, dołem podmurowane o niedbale skleconych piętrach tętniły życiem. Przez szpary w ścianach wyciekało światło lamp, niosły się odgłosy patefonów i maszyn do szycia kręconych niecierpliwą dłonią, śpiewy i płacz niemowląt. Rozsnuwały się zapachy przypalonego kokosowego oleju i trociczek, które tliły się wetknięte po kilka w naczynia pełne popiołu wotywnego. Na dachach ledwie zabezpieczonych poręczami z żerdek, piszcząc, goniły się dzieci. Przez tłum dyszący im w twarze, pachnący korzennymi przyprawami, przepoconą odzieżą i pomadą do włosów, przepychali się powoli. Chudzi spoceni chłopi próbowali wyprzedzić Istvana, dotykali go dłonią poufale i spostrzegłszy, że to Europejczyk, cofali się pospiesznie. Przed parą białych było luźniej, za nią gęstniała ciżba gapiów, którzy ich nie odstępowali, głośno omawiając urodę Margit, dziwiąc się jej sukience i pantofelkom na wysokich obcasach.

– Sklepy złotników. Patrz – ścisnął jej dłoń.

Chłopka w suto marszczonej spódnicy koloru pomarańczy i obcisłym zielonym staniku zsunęła szal z kruczych włosów, omotała nim nagie ręce, stała z jedną nogą wspartą na stopniach, a czeladnik pieszczotliwymi gestami dopasowywał srebrną, ciężką bransoletę na kostce. Palnik acetylenowy szumiał jasnym płomieniem. Skrzyły się ornamenty ze srebra. Kobieta miała zachwyt w twarzy, musiała tej ozdoby od dawna pożądać. Wsparty o ladę majster, z tłustą, nieomal kobiecą piersią, pokrzykiwał na chłopaka, który właśnie rozgrzewał srebrny nit i lekkimi uderzeniami młotka umocowywał na trwale bransoletę. Dwaj wąsaci chłopi, bardzo czarni, w szatach wybielonych słońcem, porozpinanych, luźnych, z czerwonej chustki łuskali monety, ustawiwszy w słupki na ladzie, dotykając palcem, liczyli po kilkakroć. Łańcuszki, naszyjniki, klamry, pozawieszane na drutach opuszczonych z sufitu niewidocznego w mroku, obracały się powoli, wabiąc. Błyski palnika rzucały ruchliwe cienie, światełka po ornamentach ściekały kroplami.

– Jaka ona piękna – szepnęła Margit. Tłum ich otoczył ciasno, czuli na karkach ciepłe oddechy pachnące korzennie. Chłopka spłoszyła się, próbowała obciągnąć spódnicę na chudej łydce, ale rzemieślnik podzwaniał jeszcze młoteczkiem.

– Tego nie da się zdjąć?

– Nie... Będzie strażnikiem skarbu, który na sobie nosi. Gdy im brakenie pieniędzy, przyjdzie na tę ulicę, postawi nogę na stopniu, złotnik wybije nity lub przepiłuje bransoletę, rzuci na szalę i zapłaci. Nie za ornament, za dzieło sztuki, tylko za srebro. Na wagę. To jego zysk.

Kobieta spoglądała ogromnymi, wspaniałymi oczami wyraźnie zakłopotana, chłopi pomylili rachunek, jeden z nich pocierał kciukiem czubek dziobatego nosa. Złotnik uniósł rozlane cielsko i cienkim głosem kastrata zapraszał cudzoziemców, by raczyli wejść, obejrzeć ozdoby. Podniósł wieko inkrustowanej skrzyneczki i jak poślad dla drobiu sypnął na ladę pełną garść nie oprawnych kamieni.

– Może wejdziesz? Wybierzesz coś dla siebie? Ostrzegam, że to niewiele warte. Prawdziwe klejnoty kryje w głębi domu, pokazywałby w asyście, celebrował, opowiadał historie, jak je zdobył, w czyich rękach były poprzednio i jakie szczęście przynoszą właścicielowi. Oprócz wartości kamienia wysoko cenią ich siłę magiczną.

Ale Margit już ruszyła uliczką, zapatrzona w wysokiego Hindusa o czarnej grzywie namaszczonej tłuszczem. Na czole miał żółtobiały znak trójzębu. Kroczył obojętnie, jakby nie widział nikogo. Tłum się przed nim rozstępował. Był nagi, muskularne ciało lśniło ciepłym brązem, haftowany koralikami futerał okrywał szczelnie męskość, raczej ją podkreślał niż przysłaniał.

Minął ich, patrząc nad głowy ludziom, w niebo czerwone, pełne ogni wieczornych.

– Sadhu... Czciciel Wisznu.

– Nie rozumiem...

– Święty. Świat jest dla niego złudą, jak dla ciebie sny. On już jest przebudzony dla wieczności.

Potrząsnęła głową, że nie jest w stanie tego pojąć, aż jej miedzią zalśniły włosy.

Drobna dziewczynka, dźwigając niemowlę posadzone okrakiem na biodrze, zabiegała im drogę i chłonęła Margit. O nic nie prosiła, nie zwracała uwagi, że ją tłum spycha pod ścianę, wpatrywała się natarczywie zaskoczona kolorem włosów, niebieskimi oczami i strojem.

Drogę im zastąpiła krowa, ze zwiotczałym, przechylonym garbem na karku. Wierni pomazawszy dłonie minią odcisnęli znaki palców na jej płowym grzbiecie. Różańce korali chrzęściły wokół pomarszczonej szyi zwierzęcia, pierścień ze szkiełkiem, zatknięty na rogu, skrzył się zielonkawo. Poczciwym, zaślinionym pyskiem wjechała do kobiałki handlarza jarzyn i wyskubywała marchew z pęczka. Słaby, zabiedzony mężczyzna nie krzyknął, nie rozgniewał się, ani nie uderzył, tylko złożywszy dłonie prośbami próbował przekonać ją, by postąpiła krok dalej i sięgnęła ku innym straganom.

Krowa międliła powoli pyskiem, zdawała się w zadumie coś rozważać, marchew znikała w jej ciemnych wargach. Oczy miała, jak Hindusi, czarne i pełne melancholii.

Nagle się rozkraczyła, uniosła ogon i obficie oddała mocz. Margit ze zdumieniem patrzyła, jak stara kobieta w szafirowym sari złapała strugę w stulone dłonie i nabożnie przemyła oczy towarzyszącej jej dziewczynce.

– Święta krowa – tłumaczył – więc wszystko, co od niej pochodzi, kryje siłę magiczną...

Przepływała rzeka ludzka, aż mąciło się w głowie od pstrych turbanów, ognistych szali, złotem lamowanych sari, twarzy dojmująco pięknych, ust nabrzmiałych, oczu podmalowanych o spojrzeniu głębokim.

– Czy na ciebie działa ich uroda, Tery? – spytała. – Czuję się tutaj strasznie pospolita.

Uśmiechnął się lekko, nachylił do ucha.

– Nie ma drugich takich oczu jak twoje. Dopiero na tle tego tłumu zobaczyłem cię. To chciałaś usłyszeć?

– Trochę mnie pocieszyłeś – odetchnęła z żartobliwą ulgą i zaraz dodała pospiesznie, jakby uderzona nagłym odkryciem: – Czyś widział, ilu tu chorych na oczy? Pomalowane, a ropiejące, piękne, a zagrożone ślepotą.

– Masz zawodowy uraz, ja widzę tylko ich kształt i blask. Na szczęście nie jestem okulistą.

Skręcili w boczną uliczkę, jeszcze ciaśniejszą, pełną sklepików z jedwabiami. Całe pęki pomarańczowych i żółtych chust zwisały z drągów, jak chorągwie upalnego lata. Siedząc w kucki na stołach, sprzedawcy przelewali przez obnażone ręce przejrzyste jak mgła wiotkie woale z migotami złotych i srebrnych nici.

– Szale z Benares dla najpiękniejszych... Błogosławione szale – wołali cierpliwie.

Na piętrkach za drewnianymi kratami z cienkich listewek ukazywało się mnóstwo uróżowanych twarzy, dziwnie wesołych, aż ta nagła radość, zaczepne pokrzykiwania, śmiech jak gruchanie gołębi i brzęk muzyki zaniepokoiły Margit.

Wodziła oczami po gęstwie głów, których przybywało na ganeczkach. Kobiety pokazywały ją palcami, wydając ptasie okrzyki zdziwienia.

Uniosła ku nim rękę, zatrzepotała dłonią na powitanie, odpowiedział jej gwar rozbawionych głosów.

– To szkoła?

– Nie. Burdel.

Wodziła wzrokiem wzdłuż uliczki, patefony grały, chrypiały głośniki radiowe. Takie same dziewczęta z klejnotami we włosach wychylały się z niezliczonych okien.

– Jak to możliwe? Te wszystkie domy? – nie mogła pojąć – cała ulica? Tu chyba są setki.

– Tysiące – poprawił. – Lekkiego życia to one nie mają. Co sobota przychodzi ojciec ze wsi, żeby odebrać pieniądze na ryż dla rodziny...

– Byłeś tu kiedy?

– Tu chodzą najbiedniejsi, ci, których nie stać na żonę... To nie dla Europejczyka.

Odgłosy zaułka mieszały się z pobrzękiwaniem muzyki. Ktoś wołał z dachu i klaskał w dłonie, by zwrócić ich uwagę. Pachniało drażniąco kadzidłem.

Jak zbłąkane dzieci szli jedno za drugim, trzymając się za ręce, bruk był nierówny, śliski od pomyj i kisnących łupin.

– Och, poczekaj – uczepiła się jego ramienia – tego brakowało, złamałam obcas.

– Idź boso, wielka mi historia – zaśmiał się. – Połowa ludzi tak tutaj chodzi.

– Wracajmy do auta. Naprawdę, nie wiem, co cię tak bawi? – dreptała kulawo.

– Skaczesz jak wróbel.

Wydało się nagle Margit, że ze wszystkich domów, z ganków i dachów patrzą na nią i zaśmiewają się, nawet tłum sunący w uliczce wydał się zbiorowiskiem szyderców. Pot wystąpił jej na całym ciele. Co mnie oni obchodzą – karciła się w myśli – wsiądę do auta, odjadę, zniknę. Tak, jakbym umarła. Jestem z innego świata.

– Dobry wieczór państwu – odezwał się za nimi ktoś po angielsku.

Zatrzymali się, dogonił ich Ram Kanval. Niczym nie różnił się od innych mężczyzn z tej dzielnicy. Rozpięta koszula na chudej piersi, połśniewającej od potu, sandały na bosych nogach, to samo senne i głodne spojrzenie czarnych oczu.

– Może zechcą mnie państwo odwiedzić? – zapraszał. – Mieszkam niedaleko, przy Bramie Adżmirskiej... Pokażę nowe obrazy.

– Dobrze, ale nie dziś... Miss Ward złamała obcas. Musi kupić sandałki.

– Tu niedaleko mój znajomy ma sklep z obuwiem. Zaprowadzę państwa.

Przez mroczne podwórko zastawione beczkami, obok restauracyjki, gdzie na ogromnej patelni smażono bąblaste pasemka ciasta, wcisnęli się w bramę i wyszli na inną ulicę.

Czerwony odblask na niebie już nie wystarczał, zapalały się mżącym światłem wnętrza sklepów. Mrugały tysiące kolorowych żarówek.

Gdy usiedli na podsuniętych krzesłach, malarz zniknął na chwilę w labiryncie izdebek i przegródek, skąd dochodził turkot maszyny i klepanie młotkami.

Sam właściciel wkładał już marynarkę na wypuszczoną koszulę. Był to brodaty Sikh o mięsistym nosie. Kazał podać kawę. Odczuli, że budzą poważne nadzieje i nie obejdzie się bez większych zakupów.

Dwu chłopców uklękło przy Margit. Zdjęli jej pantofle. Niska lampa, którą obok niej postawiono na ziemi, rzucała ostre światło na bose, wąskie stopy. Przyniesiono pęczki różnobarwnych sandałów, pasek oddzielał wielki palec i skosem ujmował podbicie.

W pełnym świetle Istvan zobaczył jej nogi, smukłe, zgrabne, obnażone. Gesty klęczących chłopców, których cienie padały na sufit, zamieniały przymierzanie obuwia w tajemny obrzęd.

– Ten sklep to prawdziwe odkrycie – zachwycała się Margit, wychodząc z trzema parami sandałów. – Od razu inaczej się czuję.

Na ulicy zapadła już noc. Gęste, dławiące od woni powietrze stało nieruchome.

– Chwileczkę, proszę zaczekać, ja zaraz państwa odprowadzę – powiedział malarz i wśliznął się w głąb sklepu.

– O co oni się kłócą? – nasłuchiwała Margit. – Czy Sikh nas oszukał?

– Nie podglądaj – prosił Terey. – Nie powinnaś w ogóle tej sceny zauważyć... Malarz dopomina się o prowizję, bo przyprowadził klientów i to dobrych, którzy się nie targowali. Zrozum, to nie chciwość, on walczy o życie. Żyć, to znaczy jeść, a skąd brać pieniądze?

– Nie chciałam go urazić. Popatrz, ulica teraz wygląda jak scena z opery.

Mimo mnóstwa świateł i mrugania neonów w złotawym półmroku krążyły postacie spowite w prześcieradła, z zahaftowanymi otworami na oczy, podobne do widm. Muzułmanki wracały z meczetu. Pięknookie, smukłe kobiety w sari płynęły z godnością. Kolorowe błyski plamiły białe koszule mężczyzn. Odurzający zapach bił z wnętrza sklepów, woń korzeni, płynu przeciw pluskwom i kadzidła. Chichocząc beztrosko chmary dzieciaków goniły w tłumie.

Ram Kanval wrócił z chłopcem, który odebrał od Margit pakunek z sandałkami.

– Musiałem dopilnować, żeby państwu odstawiono zakupy do auta.

Mali czokidarzy podnieśli radosny wrzask dostawszy pół rupii.

Malarz się kłaniał zapraszając na obejrzenie obrazów.

Mury Wielkiego Meczetu sięgały bliskich gwiazd. Minarety podobne były do zatkniętych włóczni.

– Zadowolona jesteś? – zwrócił się do Margit, płosząc światłami reflektorów białe postacie.

– Czułam się kroplą w tej napierającej rzece życia, znikoma, bez znaczenia. My, biali, uważamy siebie za ważnych, tak jakby świat się bez nas mógł zawalić. Poczucie nadrzędności podsycają gazety, filmy, krąg znajomych. Tu odczułam straszliwą żywotność tego kraju. Oni się mnożą, mrowią, suną pochodem... Żeby wiedzieć, ku czemu ten pochód zmierza?

Terey słuchał z pobłażliwym uśmiechem: zauroczenie Indiami. Jeszcze się zachwyci życiem duchowym, filozofią wyrzeczenia. A potem dostrzeże skutki. Pojmie...

– Pokażę ci, gdzie jest kres tej rzeki.

Zasępił się. Minęli ostatnie domostwa. Zjechali nad Dżamunę. Wody jej płynęły mulistym korytem, splatały się w pokarbowany nurt pod mostem kolejowym. Przemierzał go wartownik z karabinem, gwiżdżąc żałosną melodię.

Nad brzegiem płonęły dziesiątki ogni. Jedne porastały grzywą kamieni, inne tylko żarzyły się czerwono, gdy lekki powiew od wody przeciągał.

– Po cóż mnie tu przywiozłeś?

Z kępy drzew cykady grały tak ostro, aż świdrowało w uszach.

– Tutaj palą zmarłych? – spytała szeptem.

– A tam jest cmentarz – pokazał na wody dropiate od gwiazd. Smugi dymu wędrowały nad zwierciadłem. Po moście dudniąc, sunęły kwadraciki oświetlonych okien, pociąg do Bombaju, na południe.

Ujął Margit za rękę, poprowadził między płonące stosy. Sucho trzaskał ogień. Dwaj palacze oszczędnie przykrywali kamienie szczapami drewek formując skąpe łoże z żylastych patyków dla ciała spowitego w prześcieradła. Kobieta w bieli przyniosła niewielkie mosiężne naczynie i wylała trochę roztopionego masła na zwłoki. Stos podpalony pochodnią zajmował się opornie.

Nie było śpiewu, mów pogrzebowych, tylko suchy trzepot chybotliwego ognia, swąd masła i ów, wywołujący dreszcz, zapach dobrze mu znany z czasów wojny, z popalonych, bombardowanych miast, odór zwęglonych trupów.

Nagle ruchliwa grzęda ognia, stos, obok którego stali, poruszył się od wewnątrz, jakby umarły chciał się dźwignąć, i spośród płonących gałęzi wysunęła się sczerniała ręka, dłoń otwarta błagalnym gestem, dopalały się na niej strzępy płótna.

– Co to? – Margit przytuliła się do Tereya.

– Skurcz mięśni w ogniu.

Jeden z żałobnych palaczy drągiem docisnął sterczącą rękę, przytrzymał w gęstwinie płomieni, aż osunęła się zwęglona.

– Tu kończy swój bieg rzeka życia, która cię tak zachwyciła. Bez zobaczenia tego miejsca niewiele mogłabyś pojąć z Indii...

Po pas zanurzeni w ciężkim dymie wracali w stronę auta. Na lekkich marach znoszono umarłych.

– Gdzie chcesz teraz jechać?

– Do domu, Tery, do domu – wyszeptała potulnie. – Uczysz mnie pokory.

– To nie ja, to oni – pokazał na migoczące podłużne ognie jak na ostrzegawcze znaki.

Rozdział III

– Powiedz, Istvan, co się z tobą dzieje? Dawniej znajdowałeś czas dla mnie – robiła wyrzuty Judyta. – Wczoraj byłeś bardzo nieuprzejmy, nie chciałeś iść ze mną do kina, mówiłeś, że masz pilną robotę.

– Bo naprawdę miałem – popatrzył na nią zakłopotany.

– Przynajmniej nie kłam, bo nie umiesz. Poszłam sama.

– Na jakim filmie byłaś? – zainteresował się nagle.

– Na tym samym – dobiła go. – Siedziałam dwa rzędy za wami.

– Nie widziałem cię.

– Nic dziwnego, byłeś nią tak zajęty. Przyjemna dziewczyna, ale trochę za często razem was widują. Zanadto skaczesz koło niej, uważaj, żebyś się w kangura nie zmienił. – Uśmiechnęła się, jednak oczy patrzyły poważnie i z troską. Obróciła wentylator, nadstawiła twarz w strugę powietrza.

Na zasłonie żółciło się gorzko palące słońce.

– Piekielnie gorąco...

– Nie zagaduj. Sporo przeżyłam i widziałam, powinieneś trochę liczyć się z ludźmi, wiesz, w jakim getcie żyjemy.

– Mogę ci przysiąc, że mnie z nią nic nie łączy – patrzył jej uczciwie w oczy – po prostu miła dziewczyna, mam okazję do rozmowy po angielsku.

– Biedaku, mało tu innych, z którymi mówisz po angielsku? – skrzywiła się współczująco. – Mógłbyś się już nie sypać... Jestem pewna, że wzbogacisz słownik, ale w zakresie dalekim od służbowego.

– Brzęczysz jak mucha. Pod słowem, z miss Ward to zupełnie inna historia.

– Zaplątałeś się?

– Skąd? Wierz mi, niepoważne.

– Tym gorzej. Istvan, należysz do kolektywu naszej ambasady, a ona jest z wrogiego obozu. Obie strony będą na nią patrzeć niechętnie. Robisz jej krzywdę. Przynajmniej, stary koniu, powinieneś o tym pamiętać, mieć odrobinę rozsądku.

– Przestań, bo nudzisz – udawał, że się zabiera do roboty, jednak Judyta rozsiadła się na dobre i zapaliła papierosa.

– Nie przeszkadzaj sobie, pracuj. Przyszłam popatrzeć na ciebie, bo już prawie zapomniałam, jak wyglądasz.

– Przecież widujemy się w ambasadzie – próbował się bronić.

– Takie tam widywanie – zbyła machnięciem ręki. – Dawniej przychodziłeś na coca-colę i pogadałeś jak człowiek bliski.

Milczeli chwilę. Strzyżenie cykady w pnączach za oknem, zamkniętym szczelnie, dzwoniło natarczywie, owad śpiewał upojony nadmiarem słońca.

Istvan popatrzył na łagodny profil Judyty, kapryśne wargi, ciężką falę farbowanych włosów. Musiała być bardzo przystojną kobietą, dużo przeszła, mądra i opanowana. Chce teraz jednego: spokoju, życzliwości, odrobiny wygody.

– Przecież mnie znasz nie od dziś – łagodziła urazę – jeśli cię ostrzegam, to dla twego dobra, a nie, żeby dokuczać... Chyba mnie nie posądzasz o zazdrość?

– Jasne, że nie – podjął gorąco, nie spostrzegłszy, że sprawia jej przykrość.

– Istvan, Istvan, ty we mnie wcale nie widzisz kobiety.

– Bardzo cię przepraszam – uniósł jej dłoń do warg.

– No to w nagrodę możesz mi opowiedzieć, jaka jest ta twoja Australijka – mrugnęła porozumiewawczo. – Śmiało. Tak, jak wy, chłopcy, gadacie między sobą. Kto to jest?

– Lekarz, okulista, pracuje w UNESCO. Tata ma jakieś fabryki wełny, raczej bogata rodzina. Mają jacht. Matka jej umarła, ojciec drugi raz się ożenił, jednak ona ocenia macochę z sympatią.

Judyta założyła dłonie pod pachy i kiwała głową współczująco.

– Tak o niej mówisz, jakby była Hinduską: bogata, fabryki, jacht... A cóż mnie to obchodzi? Mów mi o niej, jaka ona jest? Coś w niej upatrzył?

– Nic. Naprawdę nic – wykręcał się jak chłopak, którego matka przyłapała na pierwszym papierosie. – Trochę ją oprowadzam i straszę Indiami. Bo ona na złość rodzinie chce tu w Instytucie Oftalmologicznym przynajmniej rok popracować. Już rozumiesz? – powiedział prawie błagalnie.

– Więcej niż ci się zdaje.

Drzwi uchyliły się ostrożnie. Stanął w nich Ferenz.

– Nie słyszycie, że telefon w tamtym pokoju dzwoni i dzwoni?

– Słyszymy – odpowiedziała niefrasobliwie.

– To czemu nie podejmiecie?

– Pośpiech jest niezbędny tylko przy łapaniu pcheł. Podzwoni i przestanie. Nie masz większych zmartwień? Jeżeli naprawdę ważna sprawa, to się jeszcze odezwą.

Jednak sekretarz nachylił się i szepnął:

– Ambasador zarządził odprawę na jedenastą. Za pięć jedenasta zbiórka u mnie.

Powiew wentylatora dmuchnął mu w starannie ułożone fale włosów, więc je natychmiast przygładził.

– Terey – popatrzył z naganą – znowu jesteś bez krawata... Wprowadzasz obyczaje z bohemy.

– Nie wiesz, o co chodzi Staremu? Nasiadówki zwykle zapowiada przynajmniej dzień naprzód. Mam krawat w szufladzie, wystąpię godnie.

– To się pospiesz – Ferenz stukał paznokciem w szkiełko płaskiej, złotej doxy.

– Wiesz, o czym będzie mowa?

– Wiem – podniósł brwi i widząc ich zaciekawienie wycofał się zamknąwszy drzwi.

– Pewnie znowu zaczną mnie wychowywać – westchnął Istvan – mam dosyć tego strofowania.

– Nie, twoja sprawa czeka na właściwą porę. Jeszcze dojrzewa... Ja też wiem, o co Staremu chodzi.

– Wszyscy wiedzą oprócz mnie. Jestem niegodny zaufania – chodził po pokoju zaciągając krawat z wyrazem udręki, trochę jak stryczek.

– Najlepszy dowód, jak się oddaliłeś; Istvan, nie można myśleć tylko o niej jednej. Gdybyś przed zaczęciem pracy przyszedł powiedzieć mi głupie „dzień dobry", szepnęłabym ci: Zajrzyj do garażu. Porozmawiaj z Kriszanem.

– Ale po co, u licha?

– Chodźmy, już czas – zgniotła papierosa w glinianej popielnicy. – Nas obowiązuje zegarek Bajcsyego, nawet gdyby się o kwadrans spieszył.

Ujęła go za rękę, pociągnęła żartobliwie.

– Wiedzieć nie znaczy rozumieć. A tym bardziej rozpowiadać. Co wiesz, schowaj dla siebie i ciesz się, że jesteś wtajemniczony. Pamiętaj, mówi ci to stara Judyta, i uważaj, bo czasem twoja wiedza może się obrócić przeciw tobie.

Ambasador robił wrażenie człowieka, w którym obudziły się nagle energie, trafił na opór, musi z całą bezwzględnością wymóc posłuszeństwo, przeprowadzić sprawę tak, jak sobie z góry założył. Przypominał trochę drapieżnika, który kładzie ciężki łeb na miękko podwiniętych łapach i mruży żółte ślepia, jednak od czasu do czasu skurcz przebiega mięśnie i pazury wysuwają się same, gotowe orać żywe ciało.

Siedli półkolem w fotelach, Ferenz na krześle, poprawny, przechyleniem głowy sygnalizujący skupienie, gotowość do usług, byle nie uwłaczały godności. Judyta na kolanie wsparła blok, gdyby zaszła potrzeba stenografowania jakichś decyzji, szyfrant, mały, tęgi człowieczek, podkulił nogi, wyraźnie się nudził, bo w końcu co go te instrukcje mogły obchodzić? Jego obowiązkiem było zamienić słowa na liczby, odczytać depesze, niszczyć starannie notatki i strzec klucza od pancernej szafy, w której ukrywano kopie raportów, zalecenia MSZ i kod. Drugi klucz nosił w portfelu ambasador. Znak najwyższego wtajemniczenia. Na kanapce, częstując się papierosami, czekali pracownicy misji handlowej.

Brakowało tylko woźnego Karolyego.

Kilka butelek coca-coli i syfony wody sodowej lśniły na stole nakrytym zielonym suknem – groziło dłuższe zebranie.

– Drodzy towarzysze – zaczął Koloman Bajcsy – czy przypominacie sobie niedawny wypadek ambasadora tureckiego, kiedy polował na pawie? Paw jest tu świętym ptakiem. Zresztą diabli wiedzą, co tu nie jest święte, bo i małpa, i wąż, i krowa. Mięso z pawia to przysmak – zdawał się rozpamiętywać, przymknąwszy podpuchnięte powieki – zwłaszcza z pawicy... Wyjechali o świcie i utłukli parę ptaków. Kierowca poupychał je do worka, uczciwy muzułmanin, nie brzydził się krwi... Ale pani ambasadorowej zachciało się wachlarza na ścianę z pawich piór, więc zamiast im powydzierać ogony, zmiąć i wyrzucić w krzaki, zostawili: Sterczała z worka cała miotła. Pech chciał, że dwa razy siadło koło. Szofer już nie miał zapasu i trzeba było łatać dętkę. Zatrzymali się w wiosce, zebrał się tłum gapiów. Tu wszystko jest wydarzeniem wartym oglądania, a cóż dopiero zdejmowanie opony, szukanie dziury... Chłopi usłużnie przynieśli ceber z wodą, asystowali tłumnie. Nieszczęście chciało, że szofer otworzył bagażnik i błysnęła wiecha pawich piór. Tłum zawył, zaczęli rzucać kamieniami. Ambasador nie czekał, aż oberwie, tylko w nogi. Kierowca próbował bronić wozu, ma złamaną rękę. Auto chłopi przewrócili i podpalili, chcąc zapewnić godny pogrzeb świętym ptakom. To jeszcze nie koniec kłopotów pechowego dyplomaty, bo sprawa się rozniosła, trafiła do gazet. Choć nie ma oficjalnego zakazu polowania na pawie, obyczaj powinien być przestrzegany. Wprawdzie ambasador został przeproszony przez indyjskie MSZ, ale klimat wytworzył się wokół niego taki, że musiał prosić o odwołanie. Nie mówiąc już o tym, że Hindusi nie zwrócili za zniszczony wóz.

Bajcsy nagle się ożywił, przypatrzył się z uwagą twarzom nie zdradzającym zainteresowania i uderzył:

– Pewnie zastanawiacie się, po co Stary o tym ględzi? Wczoraj miałem wypadek. Ten idiota Kriszan wpakował się autem na krowę.

Wszyscy się poruszyli, patrzyli mu w oczy z napięciem.

– Na świętą krowę? – zapytał Ferenz z lekkim uśmiechem w głosie.

– A czy tu są inne bydlęta? – obruszył się Bajcsy, wydymając grubą wargę. – Na szczęście tylko maska trochę się zgniotła i rozbił reflektor. Mogliśmy uciec, zanim by nas zatłukli. Zapewniam was, że i na to mieli ochotę. Lecieli z kijami i zgarniali kamienie, a to bydlę z przetrąconym grzbietem leżało na szosie i ryczało jak na alarm. Stara sparszywiała krowa. Kriszan to histeryk, rozkleił się, zakrył oczy i beczał. Musiałem sam wóz prowadzić.

– Czy towarzysz minister jakoś zabezpieczył się od strony prawnej? – zapytał radca handlowy głosem pełnym troski, jak o zdrowie.

– Jasne. Podjechaliśmy do gubernatora prowincji i opowiedziałem o wszystkim. Wezwał komendanta policji, spisali zeznania, zwłaszcza tego roztrzęsionego durnia, Kriszana. Najgorsza rzecz, że z Dehra Dun nie ma innej drogi powrotnej i musieliśmy pruć przez tę samą wioskę. Wóz łatwo rozpoznać, wybite ślepie... Nie chciałem jechać z jednym tylko światłem, nocą. Naprawę mogą zrobić tylko tutaj w Delhi. Więc gubernator dał ciężarówkę z eskortą. Pluton policji, z pałami. Co wy tam notujecie, towarzyszko? – zaniepokoił się, spoglądając na blok, który trzymała Judyta. – To, co mówię, jest ściśle poufne.

– Tak sobie bazgrzę – pokazała blok z geometrycznym deseniem.

– Wyobraźcie sobie, chłopi czekali na nas, szosa była zagrodzona... Ale policja z nimi raz dwa się uporała. Grzali pałami po łbach jak przy młócce – przymknął oczy z uznaniem – w trzy minuty było po wszystkim... Patrzyłem, jak ich zapędzono, żeby uprzątnęli szosę. Od razu zrobili się tacy, jakich znamy na co dzień, powolni, słabiutcy, bardzo cisi. Tylko rękami wycierali zasmarkane nosy, z których kapała krew, bo policja im nieźle przyłoiła. I spokój. Ciekawi jesteście, co dalej? Pod baldachimem uwieńczonym kwiatami leżała święta krowa. Postękiwała tylko, z otwartym pyskiem. Nastawiali przed nią pełno lampek. Ale żeby przynieść wiadro wody i napoić zdychające bydlę, o tym nikt nie pomyślał. To już nie na ich rozum. Opodal na łące zbierały się sępy, podskakiwały, żeby się lepiej przyjrzeć, czy ofiara dochodzi. Gdyby nie zawodzący chłopi, byłyby krowinie żywcem flaki wypuściły. Wolałem, towarzysze, sam o tym wypadku opowiedzieć, żeby na moim przykładzie pokazać niebezpieczeństwa, jakie się tu czają.

Wsparty obu rękami o biurko dorzucił:

– Wnioski? Prosiłbym, żebyście zapamiętali to, co wam podałem, bo tu czasem lubią robić z igły widły. Przypominam, że sprawa poufna; choć moje stanowisko, immunitet dyplomatyczny dostatecznie mnie chronią, proszę o ucinanie rozmów na ten temat, odwołuję się do waszego rozsądku. Nie życzę sobie, zwłaszcza żeby to doszło do ludzi nam nieżyczliwych – popatrzył znacząco na Tereya – spoza naszego obozu, bo oni mogą nie mnie, ale nam, jako całości, szkodzić... Jasne? Czy są jakieś pytania?

– Nie, nie – odpowiedzieli.

– Tościе mieli, towarzyszu ambasadorze, przygodę – kręcił głową radca handlowy – mogło być znacznie gorzej.

– Mam nadzieję, że na tym się skończy – zastanowił się Ferenz.

– Żeby tylko głupi Kriszan za dużo nie gadał.

Ambasador podparty na łokciu dźwignął górną powiekę palcem. Po wierzchu dłoni ciemną smugą słały się kępki kędzierzawych włosów.

– Więc, co radzicie?

– Ja bym go zwolnił. Tylko nie zaraz. Powodów jest dość... Uszkodził maszynę, jeździ jak wariat... – Ferenz zaglądał w oczy Bajcsyemu.

– Żonę ma chorą – próbował ratować Terey.

– O, właśnie – podchwycił Ferenz – jego stosunek do żony jest obrzydliwy, zamiast ją posłać do szpitala...

– A ja bym mu odpalił parę rupii, niech cicho siedzi – podsuwał radca handlowy, oglądając się na szyfranta, który milczał, postukując palcami o poręcz fotela, jakby coś nadawał Morsem.

– Nie, żadnych pieniędzy. Najgorzej zacząć – ambasador ciął dłonią powietrze – później się nie odczepi. W każdym razie zgadzacie się ze mną, że nie jest to dobry kierowca, a co gorsza, człowiek. Na razie trzeba go znosić. Jednak, towarzyszu Ferenz, ostrzeżcie Kriszana, że przy pierwszym przewinieniu będę bez litości, wywalę! Tu musi być porządek. I wierzcie mi, ja go potrafię utrzymać.

Patrzył na nich ciężko, nieprzyjaźnie, jakby już próbował rozpoznać, kto z nich pierwszy okaże się jego wrogiem. Nagle zwrócił się do szyfranta, który aż na wpół otworzył usta:

– W tej sprawie nie będzie żadnych meldunków do kraju. Naprawa jest minimalna, wyklepać, polakierować, założyć nowe szkło. Sam pokryję. A teraz, drodzy towarzysze, w taki upał, skoro nasze zebranie dobiega końca – powiedział ojcowskim tonem – może by nam Judyta dała buteleczkę tokaju? No, to małe buteleczki, mogą być dwie, trzy... Po co dwa razy chodzić?

Wszyscy poruszyli się zadowoleni. Tylko radca handlowy poprosił o zwolnienie, bo miał umówione spotkanie z kimś, kto chciał kupić tuzin autobusów i otworzyć własną linię komunikacyjną do Agry.

Kiedy już się rozchodzili, ambasador zatrzymał Tereya, otworzył szufladę i podał mu list. Poznał od razu charakterystyczne, drobne literki, łańcuszkowe pismo żony.

– Musiał się zaplątać przy rozdzielaniu porannej poczty – wyjaśnił.

Istvan wziął go w palce, nacisnął, list był rozcięty. Ostatnio zaginęło mu kilka. Czy ambasadorowi zależało na kontrolowaniu korespondencji? A może przypiął je jako załączniki w aktach personalnych?

Bajcsy zawisł ciężką bryłą, pochylił głowę, spoglądał spod nastroszonych brwi.

– No, cóż was tak dziwi?

– Można było nad parą odkleić i oddać bez śladów włamania. Nie takie sztuki robi każda zazdrosna żona.

– Spokojnie, Terey, spokojnie. Ten list otwarłem przez omyłkę. Odruchowo. Najpierw pruję, a potem ze zdziwieniem patrzę, że nie do mnie. Przepraszam was.

– Ale mnie się te omyłki układają w jakiś logiczny ciąg. Dlaczego moja żona dotąd nie dostała paszportu? – trzymał rozwartą kopertę o postrzępionych brzegach, jakby go brzydziła.

– Pisałem ponaglenie. Zdaje się, że przyjazd waszej żony bardzo by się tu przydał. A co do listu, powiedziałem: przepraszam, i to powinno wystarczyć. Żegnam was. Nieznośne gorąco wszystkim działa na nerwy...

Kiedy zamknął drzwi gabinetu i grube poduszki obite ceratą cmoknęły szczelnie, Judyta uniosła pytająco brwi.

– No?

Pokazał rozdartą kopertę.

– Taką dostałem. Powiedziałem, co o tym myślę.

– Zaręczam ci, to nie on – kręciła głową.

– A kto?

– Nie wiem na pewno. Zapytaj woźnego. W poczcie, która przeszła przez moje ręce, tego listu nie było. Wycofałabym go.

– Bóg ci zapłać, Judytko.

Popatrzyła na niego z namysłem.

– Jak to słyszę, czuję groźbę.

– Bo ty znasz tylko Ojca, a ja Syna – odpowiedział poważnie – nie przyzywałem pomsty na twoją głowę.

Wyszedł na korytarz, nie spieszno mu było list przeczytać. Miał uczucie, jakby sięgnął po jabłko, które już ktoś z drugiej strony nadgryzł.

Dopiero usiadłszy za biurkiem, po zapaleniu papierosa, wytrząsnął kartki papieru i fotografie synów. Trzymali owczarka na obroży, spoglądali bystro w stronę aparatu. Drobni, szczupli, krótko ostrzyżeni, to już była robota dziadka. I poczciwy Tibi, ogromne kosmate psisko, które dawało się dosiadać jak kuc.

Ilona nie robiła nadziei, że szybko zjawi się w Indiach, natrafiła na opory, prosiła, żeby się nie martwił, bo są zdrowi, chłopcy uczą się nieźle, a ona daje sobie radę. Wielkanoc spędzili u dziadków, stąd fotografie z Tibim.

Jak ciebie nie ma, ustał napływ gości... Rozkoszny spokój w domu, aż mi dziwno. Jeden Bela, poczciwy, o nas pamięta. Teraz dopiero widzę, że bez ciebie nie jestem nikomu potrzebna, tylko chłopcom. Oni proszą, żebyś dużo marek nalepiał i różnych, bo wymieniają się z kolegami. Tęsknimy, całujemy – Twoja i kulfoniaste dopiski synów – i ja też Geza, i z wymyślnym zakrętasem – Sandor.

List był sprzed dwóch tygodni. Co się przez ten czas stało? Nic. Jasne, że nic. Dostałbym telegram. Albo nawet mogłaby zadzwonić. Co dnia była wyznaczona godzina na połączenie z Budapesztem, kabel przez Londyn, okrężną drogą. Pamiętał tylko jedną rozmowę, dotyczyła jakiejś nagłej decyzji na propozycje radcy handlowego. Telefoniczne połączenie istniało raczej jako możliwość, jednak byłyby to zdania wypowiadane przy wielu świadkach, jakby widzenie w więziennej rozmównicy.

Smutek bił z tego listu, Istvan, robiąc sobie wyrzuty, że mało o domu myśli, jeszcze raz kartki przebiegał oczyma. Nie, nie znalazł nic, co by mogło zaniepokoić. A jednak jakiś osad pozostał w sercu, Ilona już przestała wierzyć, że będziemy tu razem, postanowiła odczekać, uważa, że samotny pobyt w Indiach potrzebny jest dla mego dobra. Życie wypełniła troską o synów. Właściwie łatwo jej przyszło pogodzić się z tą długą rozłąką. Nie jestem jej potrzebny? Przecież uczucia ocalały, nie są tylko więzami. Jeżeli Bajcsy rzeczywiście wysłał ponaglenie...

Usłyszał warkot motoru. Popatrzył w okno rozświetlone żarem słonecznym z mimowolną niechęcią. Pogoda, do znudzenia pogoda. Kriszan przyjechał, trzeba zapytać, jak było z tą krową.

Suche powietrze pachniało spieczonymi liśćmi i kurzem. Płyty chodniczka, prowadzącego wokół budynku, parzyły przez podeszwy sandałów.

Zajrzał w półmrok garażu. Widział tylko beton z tłustą plamą smaru. Nachylony, dotknął palcem. Lepki, świeża. Musiał mocno uderzyć, skoro olej wycieka, pomyślał, mogło być gorzej.

– Co tu robisz? – usłyszał nad uchem głos Ferenza.

Wzdrygnął się, nie pochwycił lekkiego stąpania.

– Zdawało mi się, że Kriszan przyjechał.

Sekretarz spoglądał zaczepnie.

– Chciałem go zapytać – plątał się zakłopotany.

– A ja zaszedłem z polecenia ambasadora, żeby mu nakazać milczenie. Radzę ci, pilnuj własnych interesów. Żadnych prywatnych dochodzeń. Jesteś od kultury. Niepotrzebnie poufalisz się z kierowcą przez te różne pogawędki. Każdy Hindus musi składać raporty o nas, nawet głupi sprzątacz. Tutejszy aparat kontroli działa sprawnie, chcą mieć wgląd w nasze sprawy. Jak się wybierasz na jakąś eskapadę, nie mówiąc już o poufnych spotkaniach, zawsze lepiej samemu wóz prowadzić, to pewniejsze. A z Kriszanem nie mów o wypadku, po co go uczulać, że to ma jakiekolwiek znaczenie...

– Dobrze – skinął głową.

Wyszli w słońce. Terey czuł niesmak, że się tak dał przyłapać.

Naprzeciw nich dreptał Mihaly, synek szyfranta, w rozpiętej pidżamce i kapeluszu uplecionym z trzciny, ciągnął na sznurku blaszane pudełko.

Dziecko pozbawione rówieśników wymyślało sobie dziwaczne zabawy, asystowało kierowcy przy pracach w garażu. Cztery godziny z rana chłopiec był w szkole prowadzonej przez zakonnice. Tam szybko nauczył się paplać po angielsku, a od rówieśników Hindusów i w hindi. Matka często brała go na targ jako tłumacza, bo umiał się lepiej wysłowić: On ma do tego głowę, pyszniła się synem, co się przy nim powie, od razu zapamięta, aż trzeba uważać...

– Namaste dżi – pozdrowił ich chłopiec.

– Co tam masz, Mihaly? – przygarnął go Istvan.

Malec uniósł główkę, ocierał się o niego, szeleszcząc rondem wielkiego kapelusza.

– Autobus, odwożę ptaszki do cienia.

– Powycinałeś z papieru?

– Nie, one są żywe.

Podniósł pudełko i wręczył Tereyowi.

– Przyłóż, wujku, do ucha, usłyszysz, jak dziobią. I ty też – zwrócił się do Ferenza – tylko nie otwierajcie, bo wyfruną.

Istvanem targnęła tęsknota za synami, wzruszyła ufność Mihalya. Cień kapelusza, pomalowanego w czerwone zygzaki, padał na opaloną twarzyczkę chłopca.

W pudełku coś stukało, kiedy je przytknął do ucha. Ferenz nie wytrzymał i uniósł wieka, wystrzeliły duże, polne konie, otwierały rdzawe skrzydła i odlatywały w blask z głośnym furkotem. Spadały wysoko między pnącza, które kołysały się, jak muśnięte powiewem.

Mihaly wcale nie wyglądał na zmartwionego, raczej bawiło go zaskoczenie sekretarza.

– A mówiłem, że wyfruną.

– To polne koniki.

– Nie, ptaszki – upierał się. – Prawda, wujku? – pochwycił za rękę Istvana.

– Oczywiście, że ptaszki, pan Ferenz nie ma okularów, więc nie zobaczył.

– To tak jak z Panem Bogiem – mówił chłopiec poważnie. – Siostry opowiadają, że jest, a tata mówi, że nie ma. Pewnie też nie ma okularów.

– Mącą dzieciakowi w głowie – obruszył się Ferenz. – Jasne, że nie ma żadnego Boga – uważał za stosowne pouczyć chłopca.

– Ty zawsze lubisz mówić na przekór – zaśmiał się Terey – jasne, że jest. Tylko nie każdy Go widzi, a nawet temu, co widzi, wygodniej uważać, że Go nie ma.

Ferenz westchnął ciężko i bezradnie opuścił ręce.

– Prowadźcie dalej dysputę teologiczną beze mnie. Za gorąco. A jak dojdziecie do porozumienia, zajrzyj, Istvan, do mnie. Chciałbym ci coś prywatnie powiedzieć.

Odszedł cichym krokiem, słońce biło z wysoka, nawet cień kurczył się od upału.

– A teraz wypuśćmy resztę koników, bo się w tym skwarze upieką.

– Ptaszków – poprawił Mihaly. – Przecież widzisz...

Brał je w dłoń, bawiło go, jak mocnym uderzeniem długich nóżek wypryskiwały w powietrze, migotały czerwonymi skrzydełkami w słońcu i nikły nagle, spadały w liście, jak okruch brunatnej gałązki, wtapiały się w tło i już ich nie było znać, póki nie zaczęły sykać i podzwaniać.

– Pokaż mi, wujku, te okulary – prosił przymilnie.

– Jakie okulary?

– No, te, żeby zobaczyć Pana Boga.

– Nie mogę ci ich pokazać, bo każdy musi mieć własne. Nazywają się: wiara – szeptał poufnie dziecku. Spoglądało szeroko otwartymi oczyma. Odczuł nagle skurcz żalu; kto mówi o tym moim chłopcom?

– I ja też je będę miał, gdy będę duży?

– Jeżeli będziesz tego chciał, na pewno dostaniesz. Wielu dorosłych je ma, tylko nie chcą się do tego przyznać...

– Żeby im nie zabrali?

Zza węgła ukazał się Kriszan. W białej koszuli z nierówno podwiniętymi rękawami, w płóciennych szerokich spodniach wyglądał jak tysiące innych mężczyzn na ulicach New Delhi. Istvana uderzyło, że mimo chudości ma węźlaste mięśnie widoczne pod cienką skórą. Zgrabny, mocny chłop. Gruby złoty sygnet na palcu prawej ręki i zegarek przypominały, że dobrze zarabia. Szedł lekko zgarbiony, w jego wyrazistej twarzy można było odczytać zgnębienie.

– Kriszan, towarzysz Ferenz chciał z tobą rozmawiać.

– Właśnie od niego wracam, sab, ale co ja zrobię, jak mnie policja jeszcze raz wezwie?

– Przecież złożyłeś już zeznanie. I podpisałeś.

– Tak – patrzył żałośnie na Tereya.

– Trzymaj się tego, co powiedziałeś.

– Sab wie wszystko?

Terey skinął głową.

– Już na wieczór wóz będzie gotowy.

– Więc nie martw się, zapomną. Tylko musisz być rozważny. Nie gadać za dużo.

– Wiem, sab. Sekretarz kazał.

Kriszan zawrócił ociężale i szedł w stronę izby w oficynie. Istvanowi wydało się, że kierowca oczekuje pociechy. Patrzył tak, jakby szukał zrozumienia i ratunku... Przypomniał sobie jednak wskazówki Ferenza i wzruszył ramionami. Kriszan był na wojnie w Afryce, chłop ma doświadczenie, nie jest małym dzieckiem, powinien wiedzieć, co robi. Cóż mnie w końcu obchodzi? Ma żonę, niech ona go pociesza.

Mihaly obejrzał się za Hindusem.

– Kriszan jest smutny. Dlaczego, wujku?

– Bo ma zepsute auto.

Chłopiec szedł za nim i brzęczał blaszanym pudełkiem, wleczonym po płytach.

– Wujku – chwycił Istvana za rękę, gorącą, wilgotną dłonią – czy to prawda, że masz kangura?

Terey przystanął zaskoczony, trochę go plotkarska atmosfera zaczynała złościć, ale i śmieszyła.

– Mama mówiła, że widziała cię w Dżantar Mantar z twoim kangurem. Ja bym tak strasznie chciał go zobaczyć. Pokażesz mi?

– Pokażę, ale nikomu nie mów. To będzie nasza tajemnica.

Pociągnął za rondo i nasunął chłopcu kapelusz na nos, a sam wszedł w duszne wnętrze ambasady.

Więc co robić? Ukrywać się? I z czym właściwie? To śmieszne. Mogliby przestać się mną zajmować. Teraz na szczęście mają wypadek samochodowy do omawiania, może mi dadzą spokój?

Poczuł dla ambasadora prawie wdzięczność, że skupił na sobie uwagę małego światka... Jednak zniecierpliwienie rosło. Jeśli Ferenz spróbuje udzielać mi nauk, spotka się z taką odprawą, że długo popamięta.

Samo tłumaczenie się ze znajomości z Margit, rozmowa o niej, drwiące uśmieszki, jakich oczekiwał, wydały mu się obrzydliwe. Chciał ominąć pokój Ferenza, ale drzwi czekały uchylone i sekretarz zapraszał przyjaźnie:

– Wejdź, jesteś mi bardzo potrzebny.

Wstawał zza biurka, zamykał drzwi i jakby chcąc jeszcze zyskać na czasie, podsuwał papierosy. Istvan wewnętrznie się najeżył.

– Dużo zamówiłeś skrzynek whisky u Gupty? – zaczął sekretarz.

– Co cię to obchodzi? Czy i to macie mi za złe?

– Upał, wszyscy sobie do oczu skaczą, ty też robisz się draźliwy. A ja chciałem, żebyś na swoje konto wziął dla mnie jeden gros. Po prostu za dużo ostatnio zamawiałem, a nie chcę zwracać uwagi celników.

– W ostatnim miesiącu wcale nie brałem.

– Więc miałem nosa, wypełniając kartę zamówień. Tylko podpisz, a ja resztę z Guptą załatwię. Niech cię o nic głowa nie boli.

– Na co ci tyle wódki? – zdziwił się Terey, sięgając po kartę.

– Skrzynka ma tuzin butelek. Jestem tu dłużej od ciebie o całe dwa lata, mam mnóstwo znajomych... A każdy lubi brać. Whisky najlepszy podarek. Zwłaszcza, jak podniosą opłaty celne. Jasne?

– Teraz jasne – uśmiechnął się Terey. – Przecież nie posądzam cię, że pijesz do lustra.

Ferenz roześmiał się szczerze. Rozstali się w przyjaznej zgodzie.

Istvan wrócił do swego pokoju, by napisać list do „Times of India", prostujący złośliwości o Węgrzech, przedrukowane z amerykańskiej agencji. List taki miał szansę ukazania się w rubryce: Rozmowy z czytelnikami, jednak lepiej było, żeby go podpisał ktoś spoza ambasady. Może Ram Kanval? A może sam Vidżajaveda? Margit nie chciał plątać w polityczne rozgrywki.

Przejęty kucharz meldował mu, że były dwa bardzo ważne telefony.

– Zapisałem na kartce – opuścił z czoła okulary w drucianej oprawie, próbował sylabizować własne bazgroły. – Sir Vidżajaveda przypomina o party z okazji powrotu młodej pary i pani, to jest panna – poprawił się, łypiąc wielkimi, posępnymi oczami – mam tu zapisane... Też pytała, czy pan będzie.

– Ale kto?

– Tu mi się coś pomyliło, nie mogę odczytać – rozprostowywał pomiętą karteczkę – ale to był ważny telefon. Po angielsku.

Może Grace chciała się upewnić, czy przyjdzie? Lepiej wcale się tam nie pokazywać. Na myśl o spotkaniu ogarniał go niepokój i zawstydzenie. Jak z nią mówić, żeby jej nie dotknąć? Pominąć wszystko milczeniem? Ona zadecyduje, wyznaczy miejsce barwą głosu, spojrzeniem, sposobem podania ręki. Wolałby uniknąć spotkania, a równocześnie czuł, że zmienić nagle postępowanie byłoby jeszcze trudniej, po prostu głupio, musiałby tłumaczyć się radży i Vidżajavedzie.

Ledwie usiadł za stołem, nakrytym lnianą serwetką, i Pereira wydobył grejpfrut z lodówki, odniósł wrażenie, że coś się w pokoju zmieniło, przez mgnienie zawahał się, nim spostrzegł, że na posadzce leży błękitno-biały dywan, puchaty, jak mchy w bukowych lasach.

– Gdzie tamten dywan?

– Był kupiec i wymienił, ja sam wybrałem.

– Ale kto ci kazał?

– Sab nie powiedział jednego słowa, że tamten rudy pasuje.

– Poszukasz kupca i powiesz, żeby mi go zostawił – burczał gniewnie, jakby rozporządzili się jego własnością – ja chcę, żeby ten dywan do mnie wrócił.

– A jak on znalazł nabywcę?

– Ja byłem pierwszy – wybierał łyżeczką pestki.

Twarz kucharza rozpogodziła się, jakby przeszła po niej smuga blasku, już obliczał napiwek, jaki wyciągnie z handlarza.

– Sab chce rudy dywan na zawsze? – upewnił się drapiąc zgiętym palcem nad uchem, włosy trzeszczały sucho. – Będzie drogi, prawdziwy kaszmir.

– Jak myśli, że mnie obedrze, niech raczej go wcale nie przynosi... Nie chcę oglądać ani jego, ani dywanów. A wy, zamiast robić interesy, zajmijcie się kuchnią.

Ostry swąd przypalonego ciasta niósł się z uchylonych drzwi.

Pereira pokłusował klapiąc rozdeptanymi pantoflami, nigdy nie czyszczonymi, o kształcie łódek, jakie chłopcy strugają z kory sosnowej. Zaraz wrócił i przerzucał z dłoni na dłoń czarny, dymiący krążek.

– Spaliły się alberty – oznajmił jak o wielkim osiągnięciu.

W jadalni było duszno mimo wentylatora, który pod sufitem bełtał powietrze. Maszyna do chłodzenia szumiała jak odgłos morza w muszli. Na myśl o ciężarze niewidocznego słońca, które, gdy tylko przekroczy próg, zwali mu się na barki, naciśnie ciemię, ogarnęła go nagła słabość.

Położył się na łóżku, zaczął czytać „Nagich i martwych", gdy otwarta książka stuknęła go w czoło, upuścił ją i osunął się w sen.

Obudził się nieswój, z rosą potu na piersi. Śnił, że wchodzi po stromych drewnianych schodach nierówno obrobionych siekierą, jak to w chałupach bywa, prowadzących na duszny stryszek, gdzie wiszą suche wywrócone włosem do środka skóry baranie, w odorze zjełczałego tłuszczu i jakiegoś ziela, które wepchano przeciw robactwu, miała tu czekać Ilona. W ciemności wyciągnął dłoń i trafił na śpiące w niecce wiklinowej spowite ciasno niemowlę. Namacał końcami palców wilgotne i otwarte usteczka. Zacmokało i spało dalej.

Parskając w wannie, przypomniał sobie dziadka, który umiał sny wykładać. „Dziecko, to kłopoty. Śpi spowite, to pomyślnie, tylko uważaj, żeby nie rozbudzić..." Poweselał wydało mu się, że słyszy pełen życzliwości gderliwy głos, tuż za sobą. A dziadek zmarł jeszcze przed wojną, zanim Horthy... Ach, głupstwa, poklepywał barki zwiniętym ręcznikiem, osuszał, zamiast wycierać. Chciał zachować złudzenie chłodu, jakie na krótko dawała kąpiel.

Wyprowadził auto i podjechał do ogrodnika na tyły cmentarza europejskiego, gdzie rosły zagony lwich paszczy, gladiolusów i drobnej kwitnącej srebrzyście kaszki, która tworzyła jakby mgiełkę nad zbitą wiechą kolorów, niezbędne dopełnienie bukietu. Kupił kwiaty dla Grace.

Radża witał go ze szczerą radością, podsuwał wysoką szklankę whisky, w której kostki lodu lśniły jak topazy. Jakiś szczupły mężczyzna, w spodniach zaprasowanych nieskazitelnie, widząc łączącą ich zażyłość, ustąpił Istvanowi miejsca. Skórzany fotel westchnął po człowieczemu, przyjmując nowe brzemię.

Przedstawiono szczupłego Hindusa radcy, niewyraźnie zabrzmiało nazwisko. Skóra napięta na policzkach nie pozwalała określić wieku, jednak musiał mieć ponad czterdziestkę, bo srebrem powlekły mu się wysoko podstrzyżone skronie.

– Kto to? – spytał półgłosem.

– Jeszcze jeden zabiegający o kredyty. Nikt na tyle ważny, żebyś go musiał zapamiętać – zbył radża. – Ja nie pytam, na co mu pieniądze, grunt, żeby je zwracał w terminie i płacił odsetki. A co z nimi zrobi...

Rozmowa toczyła się tak, jakby szczupły Hindus dla nich obu nie istniał. Jednak on, nie zrażony, stał w usłużnej gotowości, o krok, by w każdej chwili móc się włączyć.

Radża zaczął się rozwodzić nad wspaniałym hołdem, jaki mu zgotowano w Dżajpurze, o setce słoni, która im wyszła na spotkanie. Wjechali w swoje włości na słoniu ubranym w złocisty czaprak. Kupcy znosili podarki, mimo że prawna zależność od panującego rodu od paru lat ustała, jednak oni sami podtrzymują tradycję, by zaznaczyć, że są w zażyłości z możnymi Radżastanu.

Panny Ward nie było na przyjęciu, więc to jednak musiała dzwonić Grace. Że też Pereira nie potrafi niczego powtórzyć – zżymał się Terey, słuchając jednym uchem przechwałek radży.

Grace ukryła się w gromadce otyłych dam, których życie upływa na leżeniu, napychaniu się ciasteczkami i plotkach. Co roku rodzą i wyłudzają od męża klejnot w nagrodę, którym jątrzą zazdrość przyjaciółek.

Twarz Grace pełna łagodnej pogody, nieprzenikniona, podobna do stojących wód w świątynnych stawach, kryła tajemnicę. Czyżby małżeństwo tak odmieniało?

Skorzystał z pierwszej sposobności, by wymknąć się radży i dołączyć do Vidżajavedy, doktora Kapura i wysokiego, zgarbionego mężczyzny w białej, suto marszczonej koszuli, ściągniętej tasiemką pod szyją, i w dhoti, którego koniec, jak tanecznica spódnicę, trzymał w palcach, wachlując obnażone łydki.

– Wojna nie jest straszna, gdy się ma nasze lata – postukał się w pierś Vidżajaveda. – Mówimy o zajściach w Tybecie, znowu mały bunt lamów, wyrżnięto trochę doradców chińskich – objaśnił Tereya. – Nawet gdyby za Dalajlamą ujęli się Amerykanie...

– Mówi pan o czymś, czego pan nie doświadczył – obruszył się Węgier. – Ja wojnę widziałem z bliska. Trzeba mieć mnóstwo cierpliwości i wielki rozum, żeby powstrzymać pełnego pychy, zadufanego w swoją technikę przeciwnika. Trzeba, kosztem nawet wielkich wyrzeczeń, ocalić pokój.

– Powtarza pan jak zaklęcie: pokój, pokój – atakował Kapur – bo tego wymaga taktyka komunistyczna. Straszycie świat atomową zagładą, a sami małe wojny rozniecacie, i wtedy już są sprawiedliwe, bo o wolność...

– Wojna nie jest taka zła – upierał się fabrykant – przyniosła Indiom swobodę, wyparła zagraniczny kapitał. A wszystko się odbyło niewielkim kosztem.

– Niewielkim? Jeśli pominąć tych kilka milionów, które zmarło z głodu. Mimo klęsk suszy z waszą pomocą Anglicy przepompowali ryż na front afrykański. Bierna śmierć Hindusów jest też wkładem w tę wojnę – powiedział wysoki mężczyzna w dhoti.

– I tak nas dosyć zostanie – zbył Vidżajaveda. – Wolałbym wojnę widzieć w Europie, zaraz by się u nas ruszyło: zamówienia dla fabryk, obroty, postęp techniczny. Wojna nie straszna, bylebyśmy zachowali neutralność.

– Ba, ale kto to może zagwarantować – rozłożył ręce wysoki Hindus, uniósł skraj dhoti, odsłaniając pół chudego uda.

– Polityka Gandhiego, Nehru – powiedział Kapur. – Póki Partia Kongresowa, partia byłych więźniów, prześladowanych i walczących o wolność, będzie u władzy...

– Pan dobrze wie, że cały Kongres jest jak *joint family*, wspólnota rodzinna; byliście uczciwi, póki siedzieliście w więzieniach, jak dorwaliście się do władzy, od razu nastąpiły w was zmiany. Nie przeczę, Nehru, Prasad, Radhakrishnan to ludzie szlachetni, ideowi przywódcy... Ale reszta? Za ich plecami robi interesy, cycka lud jak bąki, co obsiadły kark wołu. A pieniążki idą do wspólnej kasy, odpalają Kongresowi na propagandę, na policję, która jest czokidarem ich afer. *Joint family*. Inne twarze od frontu i do wewnątrz – zapalał się, wymachując żaglem dhoti. – A kiedy zostaną przyłapani, zaraz przypominają dawne zasługi, często nawet je mieli, bo wówczas nie zdawali sobie sprawy z niebezpieczeństwa. Lubią też pokazywać cudze blizny i Gandhi, Gandhi, gdaczą, myśląc, że to zaklęcie uciszy wzburzoną opinię... Pora już, żebyśmy mieli właściwy udział w kierowaniu tym krajem. Socjalizm.

– Takie samo zaklęcie – wzruszył ramionami Vidżajaveda. – Dziewiętnastowieczna, przestarzała teoria ekonomiczna, którą podniesiono do godności filozofii.

– Profesor Dass, jak pan się zdążył przekonać, jest już zarażony przez was, marzy mu się rewolucja – szeptał doktor Kapur – a ona tym humanistom, którzy ją zachwalają, pierwszym łby ukręca.

– Nigdy nie obejmiecie rządów w Indiach – uderzał pięścią w otwartą dłoń Vidżajaveda. – Jesteście raz na zawsze skompromitowani... Gdyśmy w czasie wojny ogłaszali bojkoty, targowali się o wolność z Anglikami, żeby za darmo krwi nie dawać, komuniści zalecali robotnikom, żeby lojalnie pracowali dla Anglików, potępialiście strajki i demonstracje. A dlaczego? Skąd ta nagła lojalność? Bo Moskwa była zagrożona, a wy jej słuchacie. Co was obchodzą interesy tego ludu? Czandra Bose był lepszy.

– Nie Moskwa, tylko ludzkość była w śmiertelnym niebezpieczeństwie, dlatego szliśmy na ustępstwa – żachnął się profesor. – Wrogowie naszych wrogów byli naturalnymi sojusznikami. Do czasu, oczywiście, do czasu... A jakby się Czandrze Bosemu powiodło, mielibyśmy okupację japońską, zapytajcie w Singapurze, jak to smakowało? Wypędzać Anglików z pomocą Japończyków, demona zastąpić piekłem, szaleństwo!

– A co się z nim właściwie stało? – pytał Istvan, przypomniawszy sobie strzęp starej kroniki filmowej i tłum widzów, nieskorych do jawnych wystąpień, wstający w ciemności dla oddania hołdu.

– Zginął pod koniec wojny – rzekł Vidżajaveda.

– Kiedy się nie udała wyprawa na podbój Indii – skrzywił się szydliwie profesor Dass – mocodawcy wezwali go do Tokio, żeby się wytłumaczył, dlaczego u nas nie wybuchło powstanie. Ale już po drodze okazało się, że wyrok zapadł. Rozhuśtali go za ręce i nogi i wyrzucili z samolotu...

– To był uczciwy człowiek – powiedział Kapur.

– Gdzie on by nas zaprowadził? – syknął Dass. – Może i marzyły mu się wielkie Indie, ale za cenę jakich krzywd? Lud przeczuł w nim tyrana i nie poparł go...

– Przestańcie się zasłaniać ludem. Lud to, lud tamto – krzyknął Vidżajaveda. – Lud to wielki niemowa. Najpierw nie mówi, bo nie wie i wy za niego krzyczycie... A potem, jak weźmiecie władzę, nie może, choćby chciał, bo mu trzymacie łapę na ustach.

Podskakując jak na sprężynie, unosząc wysoko zad, wbiegła z ogrodu szara małpka. Długi ogon łukiem wisiał nad łebkiem o starczej brzydocie. Zielone jak agrest oczy patrzyły kpiąco. W łapie wlokła otwartą torebkę jednej z pań, siejąc po drodze chusteczkę, szminkę w złotej pochewce i pęk dzwoniących kluczy.

Służący rzucił się na ratunek, usiłował łup wydrzeć, jednak małpka parsknęła, wrzeszcząc histerycznie, i z najeżonym grzbietem przypadła do Grace. Żaliła się niby dziecko i popłakiwała wtulając pyszczek pod pachę.

– Niech się pobawi – zezwoliła obrabowana – znudzi się, to sama rzuci. Nie warto jej drażnić.

Hinduskie damy powróciły do rozmowy, a małpka uspokojona wskoczyła na oparcie kanapy i zaczęła wydzierać kartki z czerwonego notesika, niby robiąc porządki.

– Rozkoszna – zachwycała się poszkodowana. – Grace, czyś ty ją wychowała?

Małpka mierzwiła jej włosy, rozgrzebywała fryzurę. Ściągnąwszy nawleczone kwiaty jaśminu zaczęła je żuć i wypluwać. Potem znów wzięła się do rozczesywania splątanych włosów.

– Uważaj, boli – żachnęła się Hinduska, podając zwierzątku owoc mango. – Zachowuje się całkiem jak mój mąż. Jemu też we śnie moje włosy przeszkadzają. Mówi, że mu włażą na twarz, duszą, mocuje się z nimi... Nie może rano wymotać palców.

Małpka siedziała ponad ich głowami na oparciu kanapy.

– Mój też zaczepia pierścieniem – dorzuciła bratowa radży osłaniając się serwetką przed kroplami soku, który ściekał z czarnych ruchliwych małpich łap.

Obserwując zabawne zmagania, Kapur mrugnął do Tereya.

– Spotkałem się z pańskim ambasadorem w Amritsarze...

– Wiem, opowiadał o złotej świątyni Sikhów i niezwykłym powodzeniu na odczycie. Podobno sala była tak nabita, że nie mieli czym oddychać...

– Zastaliśmy ze trzydzieści osób: urzędnicy, inteligencja, członkowie Towarzystwa Indyjsko-Węgierskiego. Zresztą ci sami należą też i do czeskiego, i do bułgarskiego.

– Sympatycy socjalizmu – wtrącił profesor Dass.

– Niekoniecznie. Snoby, a części to wprost zarzucono, tylko spora ilość raportów daje pewność, że działalność Towarzystwa nie wymknie się spod kontroli – dorzucił fabrykant. – Może panu przykro, mr Terey, ale tak musi być. Samoobrona.

– Pozwólcie mi skończyć – dopominał się Kapur wzdymając kosmate policzki w tłumionym uśmiechu. – Było już po uroczystym powitaniu, kiedy do salki wcisnęła się ciżba, z żonami, dziećmi, nie tylko wszystkie miejsca zostały zajęte, ale siadano nawet na podłodze i parapetach okiennych... Ambasador dziękował uszczęśliwiony, myślał, że to jego osoba budzi takie zainteresowanie. Nikt go nie wyprowadzał z błędu. Tymczasem słuchaczy napędziła mu do sali wściekła małpa, która skakała z drzew na kark przechodniom i gryzła. Zwłaszcza atakowała rowerzystów, pewnie ją drażniło niemrawe pedałowanie.

– Czytałem w gazecie – przypomniał sobie Terey – jakiś Sikh ją zabił. I nawet nie zgłosił się po nagrodę.

– Rozsądny, gdyby to nie szło o wściekłą małpę, odpowiadałby za świętokradztwo – wyjaśnił Kapur. – Ustrzelił ją z łuku... Świst strzały nie zwraca uwagi. Wezwano pokąsanych, żeby się zgłaszali na szczepienie przeciw wściekliźnie, przyszło coś ze trzysta osób, ale bez śladu zadrapania, po prostu ludzie bardzo lubią się leczyć, szczepią darmo, trzeba korzystać.

– Nie odszukano pokąsanych? – zaniepokoił się Istvan.

– Nie ma pan większych zmartwień? – wzruszył ramionami doktor. – Zachorują, wymrą i krąg zarażonych sam się zlikwiduje. Ufajmy mądrości natury.

– Mówi pan tak – oburzył się Dass – jakby chciał powiedzieć: zostawmy to bogom.

Nie, Kapur lubił leczyć. Nawet obrzędowe zapytanie o zdrowie brzękało skrywaną nadzieją, że usłyszy ostrożne wyznanie, podpatrzy pierwsze objawy choroby. Był chirurgiem z zamiłowania, miał szczęśliwą rękę i nawet w tym przeklętym upale rany zamykały się łatwo, ropa przestawała sączyć. Uwielbiał zastrzyki, stosował najczęściej te, które otrzymywał z darmowych przesyłek zakładów farmaceutycznych wraz z reklamowym prospektem. Pacjentów dzielił na przewlekle chorych i nieuleczalnych. W czasie kuracji nie szczędził kosztownych zabiegów, zwłaszcza gdy specyfiki traciły już ważność i szybko należało je zużyć. Zresztą każda choroba pod jego tkliwą opieką mogła przybrać charakter przewlekłej, czarne perspektywy, jakie roztaczał pacjentom, podnosiły sukces późniejszego wyleczenia.

Członkowie korpusu dyplomatycznego już go znali i nawet lubili, bo z góry zapewniał, że wszystkie choroby mieszkają w każdym ciele, chodzi jedynie o znalezienie form koegzystencji, w czym wydatnie pomaga podwójna whisky z lodem, oczywiście pita po zachodzie słońca.

Dozowanie whisky zalecał zgodnie z ilością lat przebytych w tropiku – na głębokość pudełka zapałek. W pierwszym roku kładł je przy szklance na płask, w drugim podnosił na bok, w trzecim stawiał, potem można było dowolnie wypychać palcem środek, różnie ustalając poziom nalewanego alkoholu. „Bo jeżeli trzy lata w Indiach nie zrobiły z pana mego dożywotniego pacjenta, to i whisky z pewnością nie zaszkodzi" – żartobliwie pocieszał pracowników ambasad.

– Muszę do pana się zgłosić, doktorze – zaczął Terey – osiem miesięcy temu szczepiłem ospę, a są liczne świeże wypadki.

– Nie ma czym się przejmować, ospa u nas mieszka na stałe, ciągle ktoś choruje, tylko nie podają w gazetach, bo to czytelników nudzi. Jeśli się zdarzy duże ognisko, kilkuset zmarłych, i w pobliżu Delhi, wówczas biją na alarm. Wyjedzie ekipa, poszczepi, spali graty nieboszczyków, spryska kreozotem kąty i po krzyku. Niech pan do mnie zadzwoni, wezmę szczepionkę ze szpitalnej chłodni.

Mężczyzna, który siedział na brzeżku fotela przygięty w stronę radży, prawie klęcząc w geście penitenta, wstał nagle i odszedł z opuszczoną głową, jakby otrzymał rozgrzeszenie. Powoli zamyślone jego oczy zaczęły dostrzegać otoczenie, bo uśmiechnął się przepraszająco do Istvana. Odchylił połę marynarki, z wewnętrznej kieszeni, gdzie zwykle nosi się portfel, wystawał rząd metalowych futerałów.

– Może pan zapali? Zdrowsze od papierosów – zachęcał otworzywszy aluminiowy pocisk, wytrząsnął na dłoń grube brunatne cygaro z pąsowo-złotą banderolą. Odruchowo przesunął je pod ruchliwymi nozdrzami, delektując się aromatem.

– Hawana, hawana – zachwalał – cały sekret doskonałości tych cygar to ręczna robota. Dziewczyny zwijają liście na obnażonym udzie. Ręka zwilżona śliną, udo spocone, ułatwia odmienną fermentację, która decyduje o smaku cygara... Tego nie da chemik i maszyna. Proszę, niech pan się nie krępuje, mam ich więcej – odchylił i drugą połę marynarki gestem człowieka, którego poddają rewizji. Cygara tkwiły jak patrony w galowym kozackim mundurze. – Dla mnie Amerykanie sprowadzą każdą ilość, dostaję wprost z ambasady, bez cła...

Wyjął małą gilotynkę, obciął koniec.

– Niech pan odczeka – trzymał uniesioną zapałkę – żeby siarką nie psuć smaku. Teraz już czerwony płomień, możemy palić – komenderował. – No, jak? Warto było? – dopominał się pochwały.

Chwilę w skupieniu zaciągali się dymem, wreszcie Istvan podniósł cygaro bijące gęstą smugą aromatu i musiał przyznać:

– Doskonałe.

– Proszę wziąć jeszcze parę, na później, zrobi mi pan przyjemność – podsuwał mu kieszeń, jednak Terey lękał się odruchów nagłej serdeczności. Instynktownie czuł, że za tym się kryją nieokreślone zobowiązania.

– Czy pan jeździ czasem do Pakistanu? Myślę przede wszystkim o Karaczi.

– Nie. Nie mam po co, tam też jest nasza ambasada. – Po namyśle dodał: – I nie bardzo mam za co.

– A do Hongkongu?

– Też nie. Nie mój zasięg urzędowania.

Hindus zamyślony zdawał się rozważać, wodził końcem cygara po wąskich fioletowych wargach.

– Ale czy mógłby pan mieć powody, żeby tam pojechać? Środki dałoby się znaleźć. O pieniądze najłatwiej. Gdyby trafiła się okazja, czy zechciałby pan o mnie pamiętać? Miałbym prośbę. – Patrzył na Istvana łagodnie jak nierozumne dziecko. – Dlaczego wy macie zawsze tyle oporów? Twardo was trzymają. Z Amerykanami łatwiej się porozumieć.

– Ale o co panu chodzi? – dociekał Istvan. Tamten uśmiechnął się samymi wargami, grymasem pobłażliwości i lekkiego obrzydzenia.

– Niech pan się nie boi, nie o wywiad. Zwyczajne interesy. Jestem, jak i radża Khaterpalia, człowiekiem interesu. Ale skoro pan nie jedzie, to na razie nie ma o czym mówić – sapnął lekceważąco. – Niech pan sobie głowy nie łamie. To jest moja wizytówka, gdyby pan wyjeżdżał, proszę dać mi znać. Myślę, że pan tego nie pożałuje.

Podał mu kremowy kartonik i nagle jakby straciwszy dla Istvana całe zainteresowanie przeszedł w kąt, gdzie na kanapie i skórzanych fotelach rozsiadły się bogate damy w różnobarwnych sari. *A.M. Czandra* – przeczytał radca. Czandrów było mnóstwo, pospolite nazwisko. Poniżej drobnymi literkami – *dobroczyńca*. I w rogu adres. Brama Kaszmirska, biuro porad prawnych, telefon. Tak, Stare Delhi. Istvan musiał się uśmiechnąć, uderzyło go pełne pychy określenie – dobroczyńca. Przypominało wizytówkę, jaką z żartów na urodziny wydrukowali jednemu z redaktorów, który stale przesiadywał w pobliskiej kawiarni, po nazwisku, dużą czcionką – z a ł o ż y c i e l – a poniżej nonparelem – nogi na nogę. Jednak tu dziwaczne określenie d o b r o c z y ń c a musiało mieć jakieś szczególne znaczenie, ustalać pozycję, wabić, budzić szacunek?

Terey skorzystał z osamotnienia Vidżajavedy i zapytał poufnie, czym naprawdę zajmuje się Czandra.

– Wszystkim, czego nie wolno. Doskonały prawnik, zna tysiące wybiegów, potrafi się powołać na przykłady rozstrzygnięć nawet sprzed pół wieku... Przeprowadza sprawy niemożliwe do załatwienia, ciągnące się latami. Z piekła wydostanie świadków. Kiedy utopił się w bagnie, no, dosyć bogaty właściciel kopalni miedzi, ponieważ brakowało zwłok, nie można było przejąć spadku, on potrafił zrobić zwłoki. Podobno innemu nieboszczykowi zakładano złote plomby, żeby dentysta mógł go rozpoznać jako swego pacjenta. To człowiek ostrożny, niczego sam nie tknie. On wie, ile komu należy dać, żeby sprawę popchnąć, uzyskać niezbędny podpis i pieczęć na decyzji – rozważał z pełnym uznaniem radża.

– Brać każdy gotów, ale do roboty są już mniej skorzy... On zna sprężyny, ludzi. To nieoceniona znajomość. Robił panu jakieś propozycje?

– Tak, dosyć nieokreślone – zawahał się Istvan.

– Można go traktować poważnie – uspokajał. – Pożyczałem mu już spore sumy i zawsze w terminie się wywiązywał. Budzi zaufanie. Nigdy nie wiadomo, kiedy taki człowiek może się przydać i do czego. Ja bym na pańskim miejscu podtrzymał tę znajomość.

Przez salę mile przyciemnioną podpłynęła ku nim Grace, sunęła drobnym krokiem, lekko podana do przodu biodrami, z głową odchyloną, jakby pod ciężarem bujnych czarnych włosów. Na szyi miała złoty łańcuch w formie liści i kwiatów lotosu, wysadzany rubinami. Za nią stąpał służący z tacą pełną kieliszków.

– Zadowolona jesteś, Grace, że znowu przyjmujesz gości w starym domu? – spytał radża.

– Mój dom jest tam, gdzie ty jesteś – odpowiedziała spuszczając ciemno pomalowane powieki.

Wyznanie przy świadku sprawiło mężowi przyjemność. Istvan pomyślał z ulgą – koniec, tak jakby tamtego nie było. I nagle zrobiło mu się duszno, stał chwilę ze zgaszonym cygarem w uniesionej dłoni, wodził oczyma po twarzach, łowił gesty, trzepoty białych dhoti, nienaganną kadencję zdań wypowiadanych po angielsku. Wentylator wirował nad nim, osypał się zdmuchnięty popiół z cygara. Miał dość. Czego się spodziewał? Co miało go tu spotkać? Nosowe, rozlazłe głosy, ogromne błyszczące oczy, teatralne gesty. Ukłonił się Grace i radży, pokazując palcem zegarek na przegubie ręki, bez słowa wyszedł. Za nim pokuśtykała znudzona małpka. Stanęli, on i zwierzątko, na skraju schodów, próbując słonecznej topieli. Z drzew osypywały się poskręcane, uschłe liście. Niosła się woń tabaczna umierającej zieleni. Tylko jedna cykada terkotała na bezlistnej akacji, widać było jej przejrzyste skrzydełka jak rozedrgany okruch miki.

Zrywały się gorące podmuchy, poskręcane liście toczył wiatr po asfalcie. Gumy aut mełły je na pył, który niosło powietrzem w twarze przechodniom.

Właśnie Istvan wyjeżdżał za bramę, kiedy taksówka prowadzona przez rozmemłanego Sikha zahamowała ze skowytem opon. Wysunął głowę i już chciał mu naurągać, kiedy dojrzał pasażera. Z auta wysiadała Margit Ward, trzymając koszyczek z rafii pełen brzoskwiń.

– Dlaczego nie dałeś znać, że tu będziesz? – wyrzucała mu. – A ja czekam i czekam w Voldze... Przecież mogłeś zadzwonić.

Przyjemność mu sprawiała jej nagła złość, podobała mu się z zaciśniętymi wargami, niedobrym błyskiem w źrenicach.

– Mam pechowy dzień. Od rana mi się nie wiedzie. Bardzo cię potrzebowałam, żeby się przed kimś użalić, a ciebie oczywiście nie ma... Odjeżdżaj! – przepędziła kierowcę taksówki gestem dłoni w zielonej nylonowej rękawiczce; pociemniałe od słońca palce rysowały się jakby widziane przez wodę.

– Pani jeszcze nie zapłaciła. – Sikh wydął wąsate wargi i zadowolony z jej zakłopotania drapnął się pod pachą.

– O, przepraszam – rzuciła się, by dobyć portmonetkę z dna koszyka, a dwie brzoskwinie potoczyły się niknąc pod taksówką.

– O co taka złość? Ja nie jestem doktor Kapur, żebym skoncentrował się i odgadł, że siedzisz w Voldze. Mogę ci tylko zazdrościć. Mocna kawa, lody – wetknął pieniądze kierowcy, który opieszale zapuszczał motor swego gruchota. – Dokąd pędzisz? – zatrzymał Margit. Tam jeszcze fajf.

– Chciałam się umyć... Cała jestem lepka. I taka zmęczona. Przebacz, że się i tobie dostało – wargi jej drgały jak u dziecka, które z trudem wstrzymuje płacz – ale gdybyś wiedział, co mnie spotkało, nie dziwiłbyś się niczemu.

Odebrał jej z rąk koszyczek, posadził obok siebie. Nim się spostrzegła, ruszyli aleją.

– Muszę okropnie wyglądać – zerkała w lusterko. – Dokąd mnie wieziesz? Przecież nigdzie nie mogę pokazać się w wymiętej sukience.

Milczał wybiegając wzrokiem daleko po szosie. Powietrze pożyłkowane dreszczami gorąca rozmazywało pnie przydrożnych drzew, zacierało brunatną zieleń koron. Asfalt lśnił rozlaną kałużą błękitu.

Dokoła pola opustoszałe pełne cynobrowych grud, ścierniska nie przeorane. Jedynie zagony trzciny cukrowej stały jak zielony mur. Rowem kroczyła para bocianów z odrazą chwytając ościste polne koniki.

W pustym niebie, wykorzystując niewidoczne prądy, krążył sęp zwiadowca podobny do czarnego krzyża.

– Nie raczysz ze mną rozmawiać? Obraziłeś się?

– Wiozę cię za miasto. Posiedzimy w cieniu nad wodą. Odpoczniesz trochę. Chyba nie żałujesz, że cię porwałem?

Prowadził lewą ręką, prawą wystawił za okno, pęd powietrza przyjemnie opływał ciało, łopocząc koszulą.

– Miałam dzisiaj ze trzydziestu pacjentów, prawie same dzieci. Co one zawiniły, że tak cierpią? Zapuchnięte, ropiejące powieki... Źrenicę, która nie znosi blasku, słońce kłuje jak igłą. Wiesz, te dzieciaki mają na policzkach wyżłobione ślady po łzach. Powtarzam stale ten sam zabieg. Założyć hak, wywrócić powiekę, oskrobać, wyrwać podwinięte rzęsy, które drażnią, kaleczą gałkę oczną. Pielęgniarka trzyma dziecko za głowę, a matka kucnąwszy obejmuje mnie za nogi, jak gdyby w błaganiu, żebym nie sprawiła bólu – wyrzucała gniewnie słowa nie patrząc na Istvana, tylko w pustkę spalonych pól i sine niebo jakby pełne gorącego popiołu. – A może cię to brzydzi? Masz już dość?

– Chętnie słucham opowieści o nieznanej mi doktor Margit Ward – nacisnął klakson, bo stadko pawi przecinało szosę. Mieniące się zielonymi złotem ogony zamiatały kurz i liście. – Dotąd znałem tylko miss Margit.

– Każda matka kocha swoje dziecko, ale tu miłość krzywdzi, oślepia, a czasem zabija. Smaruję powiekę od wewnątrz maścią, zapuszczam krople i widzę później przez okno, jak rąbkiem spódnicy przeciera dziecku oczy, plując na palce zwilża zaogniony brzeg powieki... A w domu wezwie sadhu i pozwoli mu odprawić czary, będzie przykładała lepkie od brudu woreczki z amuletami albo krowie łajno. Żebym po stokroć uczyła, jak ma postąpić, zrobi inaczej. Będzie nieprzytomnie powtarzała moje nakazy, a ja widzę po jej oczach, że obiecuje, by mnie uspokoić, jednak u siebie zrobi inaczej. Skrzyknie kumy, opowie, jak było w klinice, a potem kiedy już dosyć się nawydziwiają, przystąpi do malowania powiek dziecka tą ohydną mazią z tłuszczu kokosowego i sadzy.

Ja jestem winna, bo przemyłam dziecku oczy i ono ma powieki białe jak u sępa, a powinno być piękne. Wiesz, ja bym matkom siłą odbierała chore dzieci. Bo całe leczenie na nic. Wystarczy, żeby trochę powieka się zagoiła, już lekceważą zabiegi, przestają przychodzić. Czasem ogarnia mnie taka wściekłość jak dziś. I tobie się oberwało. Przepraszam.

– Nic, nic... Mów dalej – uspokajał.

– Wczoraj przyprowadzono dziewczynkę. Wierz mi, ja naprawdę chcę pomóc, jednak po trzydziestu zabiegach ręce mi dygoczą. Kazałam, żeby z matką była dziś rano, chciałam ją mieć pierwszą, kiedy mam jeszcze tę zarozumiałą pewność, że potrafię wzrok uratować. Czekałam, odprawiałam inne matki, tej ani śladu... Nie przyszła. Nawet nie możesz pojąć, jak sobie wyrzucałam, że ją wczoraj puściłam, aż zapytałam pielęgniarkę. Siostra po kursach, angielska szkoła, wie, co to higiena. Ona mi spokojnie wytłumaczyła: Matka kupiła czarne koźlę, podcięła mu gardło i wodziła wokół ołtarza bogini Kali, krew spłynęła, to i ropa, cała ta zaćma z oczu dziecku zejdzie. A jeżeli nie, po co leczyć, skoro bogini tak chce. Patrzyłam dotąd na pielęgniarkę jak na kogoś, kto jest po mojej stronie, jak na sprzymierzeńca... Wtedy ona powiedziała z miłym uśmiechem, który bym jej zdrapała z twarzy – zgięła palce obu rąk o krótko obciętych niepolakierowanych paznokciach.
– Ja jej to sama poradziłam, bo po co pani doktor ma się tak męczyć, dla tej ciemnej chłopki? Rozumiesz? Ona jej to podsunęła, więc jak mogę liczyć, że matki zastosują się do moich zaleceń? Beznadziejne – krzyknęła z rozpaczą – gorzej, głupie, a ja wierzyłam, że im mogę pomóc...

– Za dużo chcesz naraz. Zobaczysz, oswoisz się, przywykniesz.

– Już jestem dwa miesiące. Istvan, nie umiem pracować bez wiary, że to ma sens.

Milczeli chwilę wsłuchani w równy śpiew motoru, potem zwrócił ku niej głowę zaczepnym gestem:
– Uda ci się uratować wzrok chociaż jednemu dziecku?

– Oczywiście – wykrzyknęła.

Ale on ciągnął dalej nie zważając na jej oburzenie:

– Będzie mogło rozpoznawać kolory, kształty, darujesz mu cały świat, to mało? Czy dla szczęścia choćby jednego dziecka nie warto było przyjechać?

– Nie przejmuj się moim rozgoryczeniem. Coś mnie dzisiaj napadło, jestem zła jak osa.

– Przyjrzyj się – wskazał na niebo białosrebrzyste. – Chmury piaskowe, nabite elektrycznością. Idzie sucha burza. Ptaki się chowają, cykady ucichły, my też odczuwamy napięcie, jednak zatraciliśmy instynkt i nie wiemy, co nam grozi. Jest w nas tylko niepokój.

Skręcili między rozłożyste drzewa. Stało tam kilka powozów i riksz motocyklowych z baldachimami w niebieskie pasy. Porozpinani kierowcy spali w ruchliwym cieniu. Koniki targały żółtymi zębami zakurzone, suche liście krzewów i smagały się ogonami po kłębach ciętych przez gzy.

– Zakaz wjazdu – pokazała znak drogowy.

– Nas nie obowiązuje. Wóz CD – prul po chrzęszczącym żwirze pod same ruiny pałacu Wielkiego Mogoła. Metaliczne muchy, które powpadały w czasie jazdy i przygniecione strugą powietrza tłukły się na tylnej szybie, teraz z głośnym, rozpaczliwym bzykaniem rzuciły się do ucieczki, obijały o twarz, grzęzły we włosach Margit.

– Wstrętne – wzdrygała się wyczesując je palcami.

Martwa, upalna godzina wymiotła park. Stali u stóp czerwonawej, trzydziestopiętrowej wieży, która w srebrzystych smugach rozwleczonych po niebie zdawała się chwiać, groziła, że na nich runie.

W mrocznej bramie z głową zawieszoną na piersi spał półnagi żebrak. Chude, czarne ręce opuścił między rozchylone uda. Paznokcie u nóg miał długie jak u psa.

Nie obudził się, kiedy przechodzili korytarzykiem wstępując na kręcone schody o wydeptanych stopniach z kamienia. Wąskie okienka strzelnic rozpylały białawe światło. Wspinali się prawie po omacku. Na ścianie widniały dobyte płomykiem zapałki tłuste smugi brudu. Setki tysięcy zwiedzających opierały się dłonią, wodziły spoconymi palcami, polerując tynk. Z wnętrza biła piżmowa woń nietoperzy i moczu oddawanego ukradkiem przez pątników. Z wysokich kondygnacji dobiegały ich piskliwe głosy dziewcząt, pomnożone echem.

– Wejdziemy na samą górę? – zapytał. – Osiemset sześćdziesiąt dwa stopnie...

– Nie darowałabym sobie, jakbyśmy się nie wdrapali – przyspieszyła kroku. – Muszę być na szczycie.

Minął ich szereg dziewcząt w luźnych pantalonach, barwnych tunikach i lekkich szalach, których końce zwisały na plecach. Długo słychać było piski, śmiech i klapanie sandałów.

Przystawali coraz częściej zasapani. Margit przyciskała dłonią serce.

– Ale się tłucze...

Spłoszyli przytuloną parę w bieli. Młodzi, nadąsani, ujęli się za ręce, zaczęli schodzić, ale odgłos kroków szybko ścichł, wcale nie było im spieszno wyjść z kamiennego ustronia.

– Widziałaś? Całowali się – powiedział rozbawiony. – Takie sceny cenzura wycina z filmów.

– Mnie też zastanowiło, że większą czułość okazują sobie mężczyźni, chodzą objęci, trzymają się za ręce, wplatają kwiaty we włosy... Chłopca i dziewczyny nie widziałam idących pod rękę. A jeśli się to zdarzy, maszerują w asyście całej rodziny. O, już niedaleko – uradowało ją światło, bijące z wyjścia na szczyt wieży.

Przed nimi widniała jałowa równina z zetlałymi pasmami ciernistych chaszczy, kępami żółknących drzew. Pod niebem zmąconym, jak smugi dalekiego deszczu, niosły się welony lotnych pyłów i raz po raz przetaczał się pomruk grzmotu. W zagajnikach, niby skorupy ogromnych żółwi, ciemniały kopuły dawnych grobowców, odarte świętokradczą ręką z majolikowych łusek.

Bliżej, w sadzie bananowym bielało kilka lepianek, a w stawie, jak obudzone głazy, ugrzęzły czarne cielska bawołów.

Gdy Margit wychyliła się poza ceglaną cembrowinę, przytrzymał ją wpół. Po stromej gładkiej ścianie wzrok spadał w dół przeskakując dwie galeryjki z białymi postaciami mężczyzn, sięgał ziemi, kamiennych płyt i czerwonawego klepiska posypanego żwirem. Aż mrowie przechodziło na myśl, że można runąć z krzykiem rozpaczy, który nikogo nie przywoła, aż głuche uderzenie o ziemię uciszy ostatecznie.

– Ostrożnie, proszę – przestrzegał strażnik w wojskowym mundurze, podkute buty zazgrzytały. – Dwa dni temu dziewczyna się stąd rzuciła. Jeszcze jest ślad – pokazał zaschłe, czarne bryzgi na stromiźnie ściany. – Kiedy ją podnieśli, była jak worek mokrej wełny, wszystkie kostki połamane. Zaraz po święcie Divali też jedna para stąd skoczyła. Trzymali się za ręce. Miłość, a rodzice nie pozwolili, bo on był braminem, a ona z wioski... Dziwnie sobie tę wieżę upodobali samobójcy. Lepiej się nie wychylać, ziemia wabi, ciągnie, zakręci się w głowie i łatwo o nieszczęście.

Strażnik spoglądał na Margit pełen podejrzliwej troski.

– Postawili mnie, żebym pilnował – dodał. – Ale jak się kto uprze i skoczy... Odwrócę się, a on już w powietrzu koziołkuje.

Wiatr przybierał na sile, wąskie okienka wieży grały jak flety. W dole wstawała chmura kurzu, naszarpanych traw i zeschłych liści. Podmuch targnął za włosy, czuli, jak ich opływają ciepłe strugi powietrza. Margit przykucnęła przyciskając wokół kolan wzdętą sukienkę.

– Będzie silna burza – przestrzegał wartownik – lepiej zejść.

– Nie – upierała się – jeszcze chwilę.

Pod nimi drzewa krzyczały. Wiatr tarmosił korony, rwał garściami liście. Wyschnięte pole dymiło czerwono.

– Niech się pan nie boi, nie będzie ze mną kłopotu – uspokajała strażnika. Chłonęła niebo poszarzałe gwałtownie, z atramentowymi naciekami, nieprawdziwe. Różowo-żółte migotanie rozjarzało chmury pulsującym światłem, błyskawice zapowiadały suszę, siarkową pogodę.

Próbowała grzebieniem wygładzić włosy zdmuchnięte na czoło, ale nasycone elektrycznością unosiły się sypiąc iskrami.

– A jak piorun uderzy – przestraszyła się nagle. – Nie mam ochoty ginąć z ręki bogów. Już wyrosłam z lat, kiedy się bez lęku myśli o śmierci.

Zamilkła, po chwili powiedziała z nienaturalnym spokojem:
– Kiedyś chciałam się zabić.

Zajrzała mu w twarz.
– Byłam wtedy bardzo młoda i bardzo głupia.

Milczał, miał na wargach jałowy smak pustyni.

Wokół nich rósł szum i łopot, ziarna piasku uderzając w policzki kłuły jak szpilką.
– Kochałam kuzyna. Całowaliśmy się po kątach, jak tamta para... Wspaniały chłopak. Sama radość. Poszedł na ochotnika. Przysięgłam, że będę czekała. Miał pisać. Nie dostałam ani jednego listu. To był rok czterdziesty trzeci. Birma. Zginął na tej piekielnej drodze do Mandala. Zamordowali go Japończycy.

Przysunęła się, bo wiatr porywał słowa, stała tak blisko, że spódnica łopotała mu o kolana, chwytał zapach rozgrzanego ciała.
– Chciałam jakoś być z tymi, którzy walczą. Pracowałam wtedy w szpitalu w Melbourne. Jeszcze nic nie wiedziałam o wojnie. Rannych nie mieliśmy zbyt wielu... Ani morze, ani dżungla nie zwraca ofiar – mówiła w jakimś zapamiętaniu, wiatr głośno zawodził, szumiało w dole, chwilami do Tereya trafiał tylko surowy ton jej głosu. – Kiedy mi powiedziano: Siostro Margaret, na dole czeka jakiś wojskowy, byłam pewna, że to Stanley. Biegłam korytarzem, stukot moich obcasów pamiętam dotąd. Niosło mnie jak na skrzydłach. Ale tam stał obcy mężczyzna. Powiedział z okropną serdecznością: Niech pani będzie dzielna. Stanley nie żyje... Nie miałam po nim żadnej pamiątki. Nic. Gdyby tamten miał odrobinę serca, byłby mi podarował choć własny guzik, mówiąc, że to od Stanleya. Dobre chłopaczysko, tylko bez wyobraźni. I tego samego wieczora temu człowiekowi się oddałam. Ja ze Stanleyem nie... A ten wracał tam. Myślałam cały czas, kiedy mnie całował; przecież to bez znaczenia. Nie ma Stanleya, nie ma, i ja nie chcę żyć. Wiedziałam, że ciało może się bronić, zbuntować. Może mnie jeszcze odratują. Pamiętałam jedno: jeśli truciznę strzykawką wprowadzę do mięśni,

nic już nie pomoże. Dostęp do ampułek miałam łatwy. Ale skoro nie zrobiłam tego zaraz po jego odejściu, nie byłam zdolna zrobić w tydzień później. Może ten pierwszy, nawet nie wiedząc, uratował mnie? Mój kochanek... – zaśmiała się drwiąco. – On nawet tego nie zauważył, że był pierwszy, raczył mnie ohydnymi opowieściami, co Japończycy robią jeńcom. Nazajutrz zatelefonował, żeby się pożegnać. Może to ja powinnam była jemu posłać kwiaty?

Całe niebo dygotało nad nimi, suche ognie zapalały się po kilka naraz. Nie było czym oddychać, wichura przybierała na sile. Siekło piaskiem.

– Niech państwo zejdą – podszedł znowu wartownik i ostrzegał – tu może być niebezpiecznie.

Ziemi już nie było widać, dołem chmurami waliła kurzawa buroczerwona przysłaniając drzewa. Kłęby pyłu gotowały się ponad ruinami pałaców.

– Trzeba go jednak posłuchać – namawiał Terey. – Robi się nieprzyjemnie. Oczy mam pełne piasku.

– Dobrze. I przepraszam cię, że do tamtej sprawy wróciłam. Pomyślałeś pewnie: histeryczka. Czas wszystko łagodzi, a życie i tak trwa za krótko. Nie wolno go odtrącać. Trzeba mieć odwagę czuwania do końca. Tak przynajmniej dziś myślę.

Strażnik mocował się z drzwiami, którymi szamotał wiatr, z trudem wpychał skoble.

Stali w ciemności obok siebie, światło latarki białą plamą ślizgało się po murze.

– Dlaczego nie wyszłaś za mąż? – zapytał nagle. – Jesteś ładna, wykształcona, no i masz pieniądze.

– Dają mi niezależność. Nie muszę pracować. Wykonuję zawód, bo chcę się na coś przydać.

– Nic mi to nie tłumaczy – upierał się, ujmując ją pod ramię. We wnętrzu wieży zawodził wiatr i przez strzelnice ciskał kłębami kurzawy.

– Nie czuję jeszcze popłochu przed słowem: sama. Wyjść za kogoś... Na taki związek zawsze jest czas. Zrozum, ja jeszcze się nie wyrzekłam miłości.

– Nie zmuszam cię do wyznań – prostował pospiesznie.

– Mówię tyle, ile sama chcę. Z tobą można się przyjaźnić. Nie jesteś łapczywy. Czujesz się zawiedziony, że nie spaliśmy razem? Zdajesz sobie sprawę, że ten pierwszy nie był jedyny, po nim było jeszcze paru, równie nieważnych – poprawiła się, znalazłszy właściwe określenie – niegodnych zapamiętania. Dość wcześnie spostrzegłam, że choć nietrudno przebierać w mężczyznach, nie będę się czuła szczęśliwa, choćby zadowolona... nazajutrz. Mówię szczerze, jak jest, żeby nie zepsuć tego koleżeństwa między nami.

Zaczęli schodzić w milczeniu. Widział jej zgrabne nogi obnażone światłem latarki wartownika, korytarz spiralą drążył gruby mur wieży, zstępowali monotonnym skrętem aż do zawrotu głowy.

– Chyba nie czujesz się dotknięty moją szczerością? – spytała zdyszanym głosem, kiedy stanęli na dole.

– Zaskoczyłaś mnie odwagą. Kobiety nie mówią tak o tych sprawach. Przynajmniej ja takiej nie spotkałem.

– Może w ogóle nie spotkałeś kobiety? – zaśmiała się w ciemności. – A znałeś tylko towarzyszki snu.

Pęd wichury rwał ciasnym korytarzykiem jak kominem. Powietrze suche i gorące miało smak miedzi. Plecami odwrócony do wejścia, oparłszy czoło na kolanach, opasanych ramionami, siedział obojętnie stary żebrak. Wiatr mierzwił mu włosy, osypywał nagi grzbiet kurzawą.

Istvan zaniepokoił się o wóz. Zaciskając powieki wyjrzał na plac. Auto stało opodal, jak wierne zwierzę, zdawało się drgać lekko pod tętentami przeciągającej wichury. Pomyślał, że nawet jeśli nie odjadą, lepiej tam na wygodnych siedzeniach przeczekać burzę.

Przebiegł, otworzył kluczykiem drzwi, które pchnęły go gwałtownie. Mocował się, zanim Margit zapadła we wnętrzu i sam się usadowił.

– Dokoła nas kipią chmury. Jesteśmy jak w kabinie samolotu – dokręcał szyby, przez które wdzierał się pył.

W rwącej strudze piasku zobaczyli zieloną papużkę, którą wiatr przetaczał z rozrzuconymi skrzydłami, wyłamując jej długie lotki.

– Biedny ptak.

– Ludzie biedni – poprawił. – Pomyśl o budach, które kopniakami rozwala wichura, zdartych arkuszach blachy, wiechciach
trzcin... O piachu, który się sypie przez podważone dachy w garnki
z ryżem i usta niemowląt. Biczuje twarze.

Wokół auta szumiało, grube ziarna dzwoniły o dach, jakby za-
cinała ulewa. Falująca szarość przestworzy rozdarła się żółtym
blaskiem. Ognistą kulę wielkości piłki futbolowej sypiącą iskrami
podrzucał wiatr. Trzy duże skoki i uderzyła w pień drzewa. Bry-
znęły jadowite zygzaki białego światła, wsiąkając w ziemię z hu-
kiem armatniego wystrzału. Wydało im się, że cały świat zadrżał.
Margit przerażona chwyciła Istvana za rękę.

– Co to?

– Chyba kulisty piorun – widział ją niewyraźnie, zieloną sylwetkę, źrenicami, które poraził błysk.

– Odjedźmy stąd. Jeżeli możesz prowadzić – głos jej się łamał.
– Wieża ściąga pioruny.

Zapuścił motor, zwolnił ręczny hamulec, ale nim włączył bieg,
austin zaczął się lekko toczyć pchany wichurą.

Przed nimi coś ciemnego miotało się w chmurach kurzu. Wicher
wlókł odrąbany konar, dmiąc w gęstwę liści jak w żagiel.

– To nie ma sensu, Istvan – prosiła. – Szosa będzie zawalona
połamanymi drzewami. Schowajmy się w ruinach pałacu.

Grube mury dawały osłonę. Zgasił motor, dociągnął hamulce.
Czoło miał lepkie od potu.

Wewnątrz wozu brakowało powietrza.

– Bałaś się? Mnie też zrobiło się nieprzyjemnie, jak leciał ku
nam ten kłąb błyskawic.

– Daj papierosa – odpowiedziała niecierpliwie. – Może trochę
uchylimy okno.

Palili w milczeniu patrząc, jak wiatr szoruje po płytach pałaco-
wego dziedzińca, tarza się w suchych, ogromnych liściach, roz-
łupuje długie jak ostrze szabli wiśniowe strąki zerwane z drzew
cierniowych.

– Wiem, że ta chwila musi przyjść. A jednak trwoży mnie zaproszenie w ciemność – mówiła z namysłem, cicho, jakby ją nie obchodziło, czy usłyszy.

Dopiero po chwili, z ogromnym zdziwieniem pojął, że ona mówi o śmierci. Naszła go fala zawstydzenia, że widział w niej tylko ładną, trochę z nudy bawiącą się w leczenie Hindusów, australijską lalkę. Zdawało mu się, jakby tymi wyznaniami bardziej się obnażyła, niż gdyby zrzuciwszy suknię, podsunęła mu piersi.

– Bo jeśli tam się jeszcze jest sobą i pamięta? – Siedziała zadumana ścigając wzrokiem smugi pyłu, który zdawał się dymić spomiędzy kamiennych płyt, wygłaskanych do połysku stopami pokoleń. Głowę miała lekko przechyloną i usta trochę ściągnięte grymasem skrywanego cierpienia.

Chciał pomóc, pocieszyć, bodaj pokazać, że jej nastrój rozumie.

– Na nas obojgu zaważyła wojna, ja też miałem swoje złe dni... Zmobilizowali mnie z uniwersytetu, nie pomogły starania o odroczenia, choćby na parę miesięcy, żebym mógł pozdawać egzaminy, zaliczyć rok. Posłali mnie na Ukrainę, na front, a w czterdziestym czwartym roku walki toczyły się już nad Dunajem, na węgierskiej ziemi. Łatwo się dziś mówi: kapitulacja sprzymierzeńca faszystów. Wtedy czuliśmy inaczej...

Zaciągnął się głęboko, wydmuchnął dym płosząc muchy, które łaziły po szybie.

– Biłeś się z Rosjanami? – zwróciła ku niemu drobną twarz z falą ciężkich, kasztanowych włosów.

– Tak. Wiedziałem już wtedy, że Niemcy przegrali. Była we mnie wściekłość i rozpacz, że zostaliśmy w to wciągnięci. A jednak biliśmy się do ostatka. Dla Niemców był to tylko teren odwrotu, dla mnie – dla mnie konanie ojczyzny. Chciałbym, żebyś wiedziała: byłem wtedy i twoim wrogiem.

Skinęła głową, że rozumie.

– Widziałem, jak Niemcy kładli ogień na węgierskie wycofujące się oddziały, mimo że pozycja była nie do utrzymania i oni sami już w odwrocie. Nienawidziłem ich. Ale bałem się Rosjan. Kiedy Budapeszt padł, chciałem się zabić. Wydało mi się, że to koniec Węgier, że jesteśmy jako naród straceni. Przypadek sprawił, że dostałem się do jakiejś rodziny, byłem ranny, głodny, bez sił, dali mi ubranie, przechowali. Wyszedłem po paru tygodniach, kończyć studia, jakby tamtego nie było... Na śmierć jest zawsze czas. I tak przyjdzie nieproszona. Okazało się, że trzeba zaczynać od początku. Roboty starczyło dla wszystkich. Wtedy jeszcze nie pytali zbyt dociekliwie, kim jesteś naprawdę, nie przetrząsano przeszłości, jak kieszeni.

Skinęła głową, żeby mówił dalej.

– Pewnie niedużo wiesz o moim kraju, bo i skąd? Jesteśmy małym narodem, otoczeni morzem słowiańskim. Wydawało się, że nigdy już nie wychylimy głowy, trzeba się pogodzić z gwałtem historii, która sucho rejestruje ten fakt. Byłby on dla mnie wyrokiem. Myślałem, że nas poćwiartują, rozdzielą między tych, których okupowaliśmy, że przestaniemy istnieć jako państwo. Jednak stało się inaczej. Mamy republikę.

Przed nimi odsłoniły się arkady pałacu Akbara, potrzaskane kolumny w deszczu piaskowym, zarys niejasny niby na zdartym filmie.

– I jak wam jest teraz? – zapytała gasząc papierosa.

– Można żyć.

Zastanowiła się chwilę, zanim odważyła się powiedzieć:

– Więc nie jest wam dobrze?

– Nie. Myślisz: sami jesteśmy sobie winni. Pewnie, że tak. Z Rosjanami przyszli tacy, którzy kiedyś u nas mieszkali, dla tamtych byli najlepszymi Węgrami, dla nas nie. Mówili, że przychodzą nas uczyć, wychować w duchu równości i wolności... Jednych dobyła z więzienia łaska Stalina, inni, jeśli nawet udało im się krat uniknąć, skarleli, byli powolnym narzędziem, wiedzieli dobrze, czym grozi opór. Skwapliwie zaczęli wznosić mury więzień, których cień padał na podjęte prace. Niewiele mieli wspólnego z krajem, którego nie znali... Straszyli samym wymawianiem słów, obcym akcentem, wtrąconym zwrotem, który przypominał, skąd są i kto za nimi stoi. Niesprawiedliwe wyroki, trud nad siły i gwałt niedbale wliczali do rachunku w cenę budowy. Nie wyobrażali sobie, że może być inaczej. Oni powinni stać na czele, przemawiać z trybuny, ich twarze na portretach i popiersiach... Oni, Oni! Ale wtedy powstało coś, co było jednak republiką ludową, robotnicy uczyli się mechanizmu polityki, chłopi zaczynali czytać. Powstały nowe siły, z którymi muszą się liczyć.

Patrzyła na niego z zaciekawieniem. Ku czemu zmierzał?

– Cóż to za sztuka zapewnić sobie wygodne miejsce, basować silniejszym, a bezkarnie kopać słabszych dla dobrego samopoczucia... Pisać tak, żeby nie wadzić nikomu, zyskując uznanie. Dla mnie żyć, ale tak bym czuł, że warto – to działać, nie okadzać... Kocham Węgry. Czas miesi nas jak piekarz ciasto, szukam zaczynu, próbuję rozpoznać siły, które służą narodowi, chcę sprawiedliwości i wolności. A one są, i wbrew tamtym gipsowym popiersiom wymuszają zmiany, skoro socjalizm ma być socjalizmem. I te zmiany są nieodwracalne. Nie miej złudzeń, jakie by nie były Węgry to moja ojczyzna.

– Więc i ty podajesz cegły, gdy budują mury więzienia – powiedziała z pobłażliwym uśmiechem, wpatrzona w czubki zakurzonych pantofli – służysz tym, których nie uważasz za godnych szacunku.

– Jeśli wsadzę ręce w kieszenie i powiem na wszystko: nie, także niczego nie zmienię. Nawet siebie. Był czas, kiedy myślałem, że wystarczy, bym tylko pisał po węgiersku, pięknym językiem. Dziś wiem, że to za mało. Drzemie wiele sił w narodzie, socjalizm je budzi, to nie frazes. Oni często sami nie zdają sobie sprawy, co rozpętali. Przychodzi czas, że pośrednicy muszą odejść. Zmiany zaczęły się w Rosji, od czasu Chruszczowa... U nas jeszcze stary, wypróbowany system: podejrzenia, donosy, lęk. W Polsce już myślą inaczej. Odwilż, pękanie lodów – tak to uprzejmie nazywają politycy, jakby sami stali się nagle poetami. Idzie burza. Musi i do nas przyjść. Musi. I to jest walka, w której nie może mnie braknąć. Inaczej musiałbym się oskarżać, gardziłbym sobą.

Przyglądała mu się niebieskimi oczami, jakby ten upór i jej się udzielał.

– Więc ty nie widzisz już życia bez polityki – szepnęła z urazą.

Skinął głową.

Niebo się przecierało i nagle poczuli niskie słońce, które zamazaną świetlistą plamą w potrójnym kręgu tęczy wyjrzało zza horyzontu. Wiatr ustał. Zrobiło się nieznośnie gorąco, żar bił od piasku pustynnego, którym burza zasypała drogi i drzewa.

Zapadło między nimi przyjazne milczenie. Wyprowadził wóz na szosę. Asfalt pokrywał piach zamieciony w karby, jakie prąd układa na dnie rzeczułki. Leżały nakruszone gałęzie i zwały liści, spalonych suszą.

– Kiedy potrząsnę głową, czuję, jak mi się piasek osypuje po karku. Muszę się wykąpać. Odwieź mnie do domu.

– Dobrze, rozkaz.

Skręcił ku willowym przedmieściom. Po kilku minutach czokidar meldował mu, że szyba zbita w hallu, i jakimś tajemnym instynktem wiedziony pojawił się kucharz.

– Gdzie mnie przywiozłeś? – spytała ocierając przybrudzoną twarz.

– Do domu, jak kazałaś. Zaraz ci dam ręcznik, płaszcz kąpielowy. Ostrzegam: w kranie z napisem „zimna" jest właśnie gorąca. No, co tak na mnie patrzysz? Najpierw tyle mówisz o przyjaźni, a potem jesteś zaskoczona.

Weszła do pokoju, rzucił jej się w oczy rudawy ciemnozielony dywan rozjarzony w światłach zachodu. Przystanęła.

– Piękne kolory – skinęła z uznaniem – podoba mi się.

– Mnie też. Ciebie przypomina.

Przyjrzała mu się z ukosa.

Pokazał łazienkę, rzucił kosmaty ręcznik.

– Gdybyś chciała, żebym ci plecy namydlił... – ofiarowywał żartobliwie usługi.

– Jak będę chciała, to zawołam, tylko żebyś się wtedy nie speszył – przerwała, zamykając drzwi na klucz.

– Pereira! – przywołał kucharza. – Co masz dobrego na dinner?

– Ryż z sosem i kawałek kurczęcia w lodówce – łypał bezradnie oczyma, widząc zniecierpliwienie Tereya, szybko dodał: – Mamy węgierskie salami i śliwowicę... Ja zaraz skoczę na rynek i coś dokupię. Pan nie uprzedzał, że będziemy mieli gościa.

– Masz zieloną paprykę? Cebulę, pomidory?

– Mamy – wykrzyknął radośnie.

– A bekon i jajka?

– Też mamy.

– W porządku. Jesteś wolny. Sam zrobię węgierską potrawę.

– Ja wiem – opuścił porozumiewawczo ciemne powieki.

– Nic nie wiesz – rozgniewał się nagle Terey. – Ta pani jest lekarzem od oczu. Złapała nas burza piaskowa za miastem. Przyjechała, żeby się umyć.

– Ja rozumiem – powtórzył Hindus, wycierając ręce skrajem wypuszczonej na wierzch koszuli.

– Nakryj do stołu. Pamiętaj o jakichś kwiatach.

Był zły, poczuł, że się przed kucharzem usprawiedliwia.

Pereira zniknął, z kuchni dolatywały krzyki i tupot rozbieganych kroków. Istvan zajrzał w korytarz, leżały tam tobołki i laski pielgrzymie.

Gdy kucharz wrócił z obrusem i sztućcami, zapytał wprost:

– Co za zbiegowisko w kuchni?

– Krewni przyjechali ze wsi, pierwszy raz są w mieście, chcieli obejrzeć jak my bogato mieszkamy, sab i ja. Oni niczego nie ruszą, a spać mogą na barsati. Na dachu dosyć miejsca.

– Istvan, chodź tu – usłyszał zza drzwi głos Margit.

Siedziała już w fotelu czyściutka i złotawa, wyszczotkowane włosy spływały gładko.

– Obeszło się bez twojej pomocy. Weź tusz, zaraz odżyjesz. Słyszałam, jak komenderowałeś kucharzem. Natychmiast zrobiłam się głodna. No, skacz do wanny, z brudasem nie siadam do stołu.

Kucharz już wnosił mosiężną tacę, a na niej podzwaniały wysokie szklaneczki, stała whisky, lód w kostkach i niebieski syfon, dwie szklaneczki coca-coli.

– Dam sobie radę – odpędzała go – uciekaj.

Posłuchał. Ciepły tusz przynosił ulgę. Strugi wody zabarwiły się na czerwono od pyłu pustyni, skóra zaczynała oddychać. Wycierał się, z wyrachowaniem zostawiając miłą wilgoć. Włożył czystą koszulę. Spojrzał w lustro. Twarz o niewesołych oczach i upartych ustach. Przystrzyżony krótko włos jeszcze się lepił w kosmyki.

Nagle ze wzruszeniem zobaczył cudzy grzebień leżący obok przyborów do golenia.

– Czego ci się zachciewa? – pogroził odbiciu, czując falę ciepła.

– Masz swoją zgubę – upuścił grzebień na kolana dziewczynie.

Ze szklaneczką w dłoni spoglądała na stojące na biurku zdjęcie kobiety i dwu chłopców z psem.

– Moi synowie i żona.

– Nigdy o nich nie mówiłeś – wzięła fotografię do ręki, przyjrzała się z bliska. – Piękna kobieta – powiedziała z namysłem.

– Nie pytałaś... Muszę cię na chwilę zostawić. Chyba nie tęsknisz za indyjską kuchnią?

– Dobrze, teraz już mogę czekać i do północy. Wypij – podała mu chłodną szklaneczkę. – Pamiętasz, od tego zaczęła się nasza znajomość.

Ujął jej dłoń i pocałował. Milczeli chwilę. Oto ją masz – pomyślał – wyłuskałeś z tłumu gości owej nocy weselnej, oswoiłeś, jest wam dobrze razem. Czego chcesz więcej?

– Zaraz wracam – postawił szklankę.

W kuchni stał zaduch korzennych przypraw i spoconych ciał. Pereira rozłożył na stole pomidory, obłuskane białe kule słodkiej cebuli i zielone sople papryki. Z nożem w ręce patrzył, jakby czekając na rozkaz – do ataku!

Istvan wyjął z lodówki bekon, pokroił w paski i rzucił na patelnię. Zanim się tłuszcz stopił, wydłubał środek z papryki, wytrząsnąwszy pestki, skrajał drobno.

Kucharz go naśladował, robota szła sprawnie jak koncert na cztery ręce. Już zielona sieczka pokryła się ceglastymi plastrami pomidorów, zabieliła od cebuli, z wierzchu obłożona talarkami kiełbasy. Jarzyny puściły sok i patelnia perkotała mile. Posolił i dodał szczyptę ognistej papryki. Teraz czekał, póki jarzyny nie zmiękną.

– Tylko nie waż mi się zrumienić cebuli – przestrzegał kucharza – trzymaj pod pokrywką. Przed podaniem wbij dwa jajka i dobrze wymieszaj. Pilnuj, żeby się nie przypaliło. Podaj czerwone wino.

Przez cały czas wydawało mu się, że słyszy gardłowe szepty za gęstą siatką opinającą okno, jednak nie mógł dojrzeć krewnych kucharza w ciemności, która nagle zapadła.

– Chyba niedługo to trwało, Margit, nudziłaś się?

– Nie. Myślałam – podniosła na niego oczy. – Ja się nigdy nie nudzę i nie trzeba mnie bawić. Co robiłeś?

– Leczo. Naszą najprostszą potrawę. Jeśli się zadajesz z Węgrem, musisz spróbować.

– Namówiłeś mnie na ciastka ze srebrem, dlaczego nie miałabym dalej ryzykować?

– Do tego „Bycza Krew" – bawił się jej grymasem niechęci. – Nie bój się, to nazwa czerwonego wina.

Za oknem zapalały się światła w willach i żółtawe latarnie zakurzone wichurą.

– Wystarczy nam jedna lampa? Czy chcesz górne?

– Zostaw. Lubię półmrok.

– Nie jesteś zła, że cię tu przywiozłem?

– Wcale nie byłam zła – zaprzeczyła. – Sama nie wiem, jak do tego doszło, że tak chętnie włóczę się z tobą po Delhi. Jesteś miły. Czasem w szpitalu wpada mi na myśl: o tym muszę mu opowiedzieć.

Zapukano do drzwi.

– No, co tam?

Jednak kucharz dyskretnie nie wchodził. Istvan musiał otworzyć drzwi, by usłyszeć szept:

– Sab, wszystko gotowe.

– Dobrze, podawaj – zobaczył, że Pereira włożył białą płócienną marynarkę i białe rękawiczki, występował w pełnej gali.

– Chodźmy. Teraz mnie poznasz z lepszej strony – zapraszał. – Koniec z whisky, przechodzimy na wino.

Stół nakryty haftowanym obrusem, owoce na słomianym koszyku błyszczały w świetle wiszących lamp. W gliniany dzbanuszek kucharz włożył pomarańczową gałązkę kwitnących pnączy, aż kędzierzawą od zbitych płatków.

Ledwie usiedli, Pereira wniósł na tacy parującą patelnię i podsuwał Margit.

– O, przyjemnie pachnie.

– Bierz śmiało, spróbujesz, możesz mnie chwalić.

Wyciągany korek głośno cmoknął. Odebrał butelkę z rąk kucharza i napełnił kieliszki.

Nagle poczuł, że Margit patrzy na niego z ogromnym zdziwieniem.

– Co się stało? Niedobre? Przez tę chwilę potrafił spaprać?

– Obejrzyj się.

Odwrócił głowę. Za nim pod ścianą kucnęło czterech mężczyzn w bieli i młoda dziewczyna. Wpatrywali się szeroko otwartymi oczami. Złożywszy dłonie oddali pokłon. Bosi, bezszelestnie wsunęli się na skinienie kucharza.

– Co oni tu robią, Pereira? Weź ich do kuchni i poczęstuj czymś. Czyś ty zwariował?

Kucharz stał z całą powagą trzymając patelnię na tacy jak świętość.

– Oni już jedli. Tego nie wezmą do ust, to wierzący Hindusi, a tu jest mięso. Ja im obiecałem, że pokażę, jak sab je, oni tego nigdy nie widzieli. Dla nich to są prawdziwe sztuki. Oni mówią, że przecież po to mamy palce, żeby wszystko wymieszać, ugnieść i zjeść, jak ludzie jedzą. A pani i sab zupełnie inaczej, nożem i widelcem. To jest sztuka, którą im obiecałem pokazać.

– Słyszałaś? – zwrócił się do Margit. – Robi z nas przedstawienie. Trzeba ich wygonić.

– Zostaw – zaśmiała się rozbawiona – nie powinieneś im sprawić zawodu. Co ci szkodzi? I kucharz tak na ciebie liczył, jest strapiony jak dyrektor teatru przed premierą. Nie złość się, nie zważaj na nich – podniosła kieliszek, czerwony płomyk przesunął się po obrusie. – Twoje zdrowie. Pamiętajmy, że jesteśmy w Indiach.

– Jesteśmy w Indiach. Musimy ich dziwić i drażnić.

– Czy wy mówicie po angielsku? – zwróciła się do postaci w bieli.

– Nie, pani – odpowiedział kucharz – to ciemni chłopi, a ta mała jest narzeczoną mojego najmłodszego syna. Sab go widział.

– Ileż ma twój syn? Osiem lat?

– Dziesięć, a ona piętnaście. Już dojrzała. Będzie się nim opiekować, zapracuje na niego. Dla nich to wielki zaszczyt związać się z takim człowiekiem jak ja...

Mimo że leczo było udane i wytrawne wino podnosiło ostry smak potrawy, rozmowa się rwała, czuli na twarzach i rękach czujne spojrzenia milczących świadków. Obiad stawał się torturą.

On ode mnie usłyszy – odgrażał się w duchu kucharzowi – we łbie mu się przewróciło.

Pereira puszczał, to włączał śmigi obu wentylatorów pod sufitem. Czarował chłopską rodzinę, imponował znajomością techniki.

Margit wypiła kawę. Zapaliła papierosa i niecierpliwie zdusiła.

– Odwieziesz mnie – poprosiła – teraz poczułam się zmęczona.

Kiedy siedzieli w aucie ujęła go za rękę.

– Nie gniewaj się, pomyśl, zrobiliśmy im taką przyjemność. Autorytet kucharza urósł, będą mieli co opowiadać, gdzie to ich nie przyjmowano, czego nie widzieli. Chyba mnie jeszcze zaprosisz, bo mi leczo bardzo smakowało.

W świetle reflektora błysnęła uniesiona pałka czokidara, wołał do wartownika sąsiadów w hindi:

– Mój sab jedzie... Z kobietą.

Tyle przynajmniej Istvan pochwycił. Zacisnął ręce na kierownicy. Ogarnęła go wściekłość. Wielkie wydarzenie! Sab jedzie z kobietą, która była u niego w domu.

Rozdział IV

Spotkanie odbyło się w serdecznej atmosferze, pełnej wzajemnego zrozumienia, stało się jeszcze jednym dowodem zacieśnienia stosunków kulturalnych – Istvan odłożył pióro i westchnął głęboko, właśnie takich okrągłych, niewiele znaczących zdań oczekiwano w sprawozdaniach wszystkich MSZ-ów.

W szparze odchylonej zasłony słońce pulsowało bielą, która zmuszała do zmrużenia powiek, wyciskając grymas znużenia. Maszyna chłodzeniowa szumiała, jednak Terey odróżniał miarowe stuknięcie kropli, która zbierała się na końcu rurki i rozbryzgiwała w blaszanej foremce, wysychając bez śladu. Powolne kapanie mierzyło czas. Z rozdrażnieniem podnosił oczy, by się upewnić, czy kleista kropla znowu nabrzmiewa i leniwie odrywa się od miedzianej rurki, ponaglał ją spojrzeniem, niemal błagał, żeby już odpadła.

Telefon zaterkotał.

– Bądź łaskaw pofatygować się do sekretariatu, towarzysz ambasador cię wzywa – usłyszał głos Judyty.

– Czy zaraz mam przyjść, bo właśnie rozpocząłem...

– Radziłabym, Ferenz już tam jest.

– A po co? – ociągał się jeszcze; spocone uda lgnęły do spodni, skóra fotela była rozparzona nieznośnie, nie chciało mu się wstać, wyjść w duszny żar korytarza, z udanym uśmiechem prowadzić rozmowę.

– Agra – powiedziała i wyłączyła aparat.

Natychmiast zerwał się, aż jaszczurki drzemiące na suficie smyrgnęły w odległe kąty.

Ambasador z rękami w kieszeniach stał wsparty szerokim zadem o krawędź biurka, pochylony, z brwią uniesioną, jak byk gotowy ruszyć do szarży. Z czarną szopą kędzierzawych włosów i układnością prymasa cygańskiej orkiestry Ferenz otwierał tekę.

– Przyszło zaproszenie na kongres ku czci Tagorego – zaczął, jakby serwując piłeczkę.

– Jak się czujecie, towarzyszu? – zapytał troskliwie ambasador Tereya. – Upał was nie rozłożył?

– Nie. Lubię taką suchą pogodę.

– On to lubi – powtórzył posępnie Koloman Bajcsy – a więc pojedziecie do Agry. Tagore – wasz dział, pisarz, laureat Nobla. Będziecie reprezentować Węgry – dodał z namaszczeniem.

– Myślałem, że się obejdzie. U nas go nie wydają. Uniknęlibyśmy kłopotliwych pytań – bronił się jeszcze.

– Liczę na waszą zręczność. Przemówicie, ale bez angażowania nas. Od siebie, półprywatnie, w rozmowach nie szczędźcie pochwał, nic nie kosztują – pouczał – a któż nie lubi pławić się w uznaniu?

– Towarzysz Ferenz nie był jeszcze w Agrze, miałby okazję obejrzeć zabytki. Tadż Mahal jeden z siedmiu cudów świata – podsuwał Istvan. – Weźmie wóz i Kriszana, będzie swobodny...

– Kriszana nigdzie nie poślę – obruszył się ambasador. – To wyjątkowy dureń. Muszę mieć na niego oko. Tak się rozpuścił, że byłaby już pora rozejrzeć się za nowym kierowcą. Wypadek niczego go nie nauczył. Wy macie auto, sami prowadzicie i pogoda sprawia wam przyjemność – ironizował – machnijcie się na trzy dni do Agry.

– Więc to polecenie towarzysza ambasadora? – pytał z tajoną uciechą. – Czy naprawdę nasza obecność jest tam konieczna?

– Życzę sobie, żebyście jechali – powiedział z naciskiem Bajcsy.

– Ja mam coś z oczami – Ferenz poprawiał szkła odblaskowe, duże, zwierciadlane, które nadawały mu wygląd rozdrażnionego trzmiela. – Słońce razi mnie do bólu. Naprawdę z radością bym pojechał, ale czasu nie starcza, goni robota. Mamy sygnał, że za parę dni kurierzy przylecą, trzeba przygotować pocztę, zestawić raporty. Wszystko na mojej głowie...

– Dobrze. Pojadę – zgodził się Terey.

– Kongres zaczyna się jutro – przypomniał ambasador, podsuwając ozdobną kartę zaproszenia. – Zastąpicie przy okazji i naszego korespondenta. Wprawdzie jesteście poetą, jednak to nie powinno przeszkadzać w zredagowaniu nierymowanego komunikatu. No, tylko spiszcie mi się godnie – położył grubą rękę na ramieniu radcy. Było w tym geście coś z poufałości dowódcy, który dodaje otuchy oficerowi posłanemu na niebezpieczne zadanie.

Jacy oni naiwni – pomyślał podkręcając okno, duże gzy wpadały na oślep i tłukły się na szybie – sądzili, że mi zrobią na złość, a ja właśnie szukałem sposobności, żeby wyskoczyć do Agry.

Naprawdę ciągnie mnie, żeby ją zobaczyć – przyłapał się zaskoczony. – Jakże mi jej w ostatnich dniach brakowało... Dobrze się z nią rozmawia, świetny kompan wieczornych spacerów na Stare Delhi i do kina, jakoś weszła w jałowy rytm mego życia.

Czerwonawymi smugami paliły się pola w podmuchach wiatru, spieczone i puste. Na łysych konarach samotnych drzew gromadami drzemały sępy.

Jedyna jaskrawa zieleń to skrzydła papużek, które niezdarnie zataczając się żerowały na drodze, rozdziobując zeschłe wielbłądzie odchody. Zrywały się tuż przed maską, czasami miękko trąciły błotnik i odlatywały skrzecząc, jednak żadna nie wpadła pod koła.

Czego właściwie chcę? Na co liczę? – pytał w myślach i nie dopuszczając odpowiedzi uśmiechał się, bo widział ją, jak nadchodzi, szczupła, sprężysta, z miedzianym blaskiem na włosach kołysanych rytmem stąpania i ogarnia spojrzeniem oczu niebieskich świetlistych jak woda w górskim potoku, wiosną, gdy śniegi tają. Powinna czekać... Depeszę musiała dostać wczoraj.

Wpadał do wiosek ulepionych z gliny, pustych. Chude kury uciekały w popłochu wyciągając oskubane szyje. Tylko przy studni kobiety w zielonych i pomarańczowych sari tłukły kijankami namoczoną bieliznę, plotkowały wesoło. Na widok auta przerywały zajęcie, przysłaniały oczy dłonią, wypatrując autobusu. Skrzyły się ich naszyjniki i bransolety pozorem bogactwa.

Przed samą Agrą musiał zwolnić, wokół świątyni w cieniu drzew zatoczono arby z uniesionymi dyszlami, woły leżały gromadą, przeżuwając leniwie suchą trawę. Tłum wiernych śpiewał, dzwoniły gongi.

Parę ostatnich minut wdzierania się poprzez urzeczoną ciżbę zmęczyło go i rozdrażniło.

Kiedy zajechał przed parterowy, pełen cienistych werand i pergoli, podkową rozrzucony w parku, budynek hotelu, pewien był, że Margit natychmiast wyłoni się z cienia. Nawet chwilę marudził, podniósł maskę, sprawdzał oliwę, oglądał rozgrzane opony.

Pokój mu zarezerwowano.

– Czy panna Ward tu mieszka?

– Tak – odpowiedział urzędnik, spędzając ze stołu kota, który przeciągał się i ziewał szeroko, ukazując bladoróżowe wnętrze pyszczka. – Tak, sab, pod jedenastką, na prawo.

Podpisując się w księdze meldunkowej, zobaczył depeszę wetkniętą za ramę wielkiej fotografii Gandhiego. Adres mógł odczytać. Jego depesza do Margit. Trochę był zaniepokojony.

– Miss Ward jest u siebie?

Służący bezradnie rozłożył dłonie.

– Nie wiem, sab. Klucza nie ma – sprawdził w przegródce szuflady. – Panna Ward nie jest turystką, nie znam jej programu... Przewodników biorą od nas, z hotelu. Może sab...?

– Znam Agrę. Sam byłbym niezłym przewodnikiem. Dziękuję.

Dwaj służący w turbanach obszytych złotą lamówką już się czaili na jego walizkę.

– Piętnastka, trzeci pokój za miss Ward, trzynastki u nas nie ma, turyści nie lubią diabelskiego tuzina.

Odprowadził wóz do cienia. Blachy już się rozgrzały nieznośnie. Ruszył za służącym pergolą porośniętą gęstą siecią wistarii.

Drzwi od jedenastki były uchylone. Wszedł bez pukania, ciesząc się, że Margit zaskoczy. Białe wnętrze łudziło chłodem, rozejrzał się: łóżko, stolik, dwa fotele, szafa, nieodzowny kominek. Żadnego śladu kobiety, fotografii, kwiatów. Już pomyślał, że portier się mylił, gdy spostrzegł pod ścianą kilka par pantofelków, poznał sandały, które razem kupowali pierwszego wieczoru. Z łazienki tętnił szum płynącej wody.

– Margit – zawołał, bębniąc palcami.

Drzwi uchyliły się natychmiast, stara Hinduska na klęczkach zmywając wannę odpowiedziała zaskoczona, że panna Ward z rana wyjechała autem z tym panem, co po nią zwykle przyjeżdża.

Zabolało go jak zniewaga.

– Kiedy wróci?

– Wzięła ze sobą torbę z pościelą, może tam będzie nocować – mówiła rozwlekle służąca, przechyliwszy głowę z wyrazem zdziwienia.

Na biureczku leżał papier listowy i koperty z obrazkiem grobowca księżniczki Tadż, dla którego odwiedzano tłumnie Agrę. Może by napisać kilka słów, już odsunął krzesło, gdy nagle z nierozumną zawziętością szepnął: nie, nie...

Przeszedł do swojego pokoju, kroki stukały na ceglanej posadzce. Westchnął jak pies, który utracił trop.

Dokąd ją poniosło. Co to za jeden, który po nią przyjeżdża? Wydało mu się dziwne, że czuje tak dotkliwą zazdrość od razu przeczuwając rywala. Może po prostu lekarz, kolega z ośrodka?

Mył ręce i twarz, wiązał krawat niecierpliwymi ruchami. Wnętrze hotelowego pokoju pachniało płynem przeciw owadom i niedawnym bieleniem. Przeczuwał, że pierwsze niepowodzenie jest sygnałem dalszych, obrzydł mu cały kongres.

Usiadł za kierownicą, błąkał się ulicami, ale wszystkie wyprowadzały nad rzekę, gdzie chłopi pławili bydło i palono ciała zmarłych. Poprzez smugi sinawego dymu widział rytmiczne gesty nachylonych pastuchów, którzy stuliwszy dłonie chlustali blaskiem na bawole grzbiety.

Białe rybitwy ulatywały nad wodą i pomiaukując jak koty zderzały się z własnym odbiciem, otrząsały krople i machały skrzydłami zawiedzione, że woda jest tylko wodą, a nie przestworzem pełnym światła, które nosi ich odbicie migocąc srebrem.

Nie wystarczył mu planik wyrysowany na zaproszeniu, musiał pytać przechodniów, którzy patrzyli na niego, potem na auto, dużymi, czarnymi oczami, jakby żałując, że nie rozumieją. Tu, na przedmieściach, trudno było znaleźć mówiących po angielsku. Nagle wypatrzył peugeota korespondenta francuskiego i jadąc za nim trafił do rozległego parku.

Pod ogromnymi pniami mangrowców stali grupkami Hindusi i rozprawiali z ożywieniem. Sam uniwersytet, jak go szumnie nazywano, przypominał grecką świątynię o harmonijnych proporcjach i tympanonie wspartym na kolumnach.

Ledwie postawił austina, podeszli ku niemu przedstawiciele zarządu, witali z wylewną serdecznością. Przypięto mu złoty żeton z kwiatem lotosu i czerwoną wstęgę, na której odczytał: Tagore, poznanie, prawda, Bóg.

Mówiono okrągłymi zdaniami o pogodzie, urokach podróży, powabach kraju. Kiedy się dowiedzieli, że reprezentuje Węgry, próbowali ustalić, gdzie taki kraj jest, oczywiście mieli ogólne pojęcie – że gdzieś w Europie.

Wprowadzono go do budynku, został przedstawiony przewodniczącemu, który mógłby pozować do pomnika Tołstoja, z majestatyczną grzywą siwych włosów i bujną brodą.

Otwarto uroczyście wystawę tłumaczeń Rabindranatha Tagore. Z przyjemnością wypatrzył kilka książek wydanych po węgiersku. Pokazał je przewodniczącemu, dyskretnie przemilczając, że to publikacje przedwojenne, bo rozżarci krytycy opatrzyli Tagorego piętnem naiwnego idealizmu i mętniactwa mistycznego, uniemożliwiając wznowienia.

– Czy nasz wielki pisarz jest u was popularny? – pytał przewodniczący z twarzą proroka, ciemna, szlachetnie wychudzona twarz obramowana białymi promieniami wzburzonych włosów, oko pełne żaru zdawało się przenikać Istvana na wskroś. Znany? Przed wojną nakłady były niewielkie, czytała go elita, głównie kobiety. Popularny? Nazwisko padało w rozmowach po salonach, rzadko krytycy je wymieniali. Na pewno nie był mniej znany niż tu, gdzie dziewięćdziesiąt procent ludzi nie miało jego książek w ręku.

– Oczywiście – stwierdził gorąco – Tagore jest świetnie tłumaczony, zaliczany do klasyków. Nie można być kulturalnym człowiekiem, jeśli się nie wie, kim był dla Indii.

– Wspaniale – ucieszył się prorok i zaczął opowiadać, kto pod starymi drzewami przechadzał się z mistrzem, jakie nauki pobierał. Z tej łagodnej, pełnej wyrzeczeń teorii powolnego zmieniania świata przekonywaniem i osobistym przykładem rodziła się moc, zdolna dać opór brytyjskiemu imperium. Tu formował się trzon Partii Kongresowej, tu przemawiał Gandhi. A zaczęło się od towarzyskich spotkań, przechadzek w cieniu starych drzew i dzielenia się poglądami na piękno, postęp i twórczość.

Sala była pusta i chłodnawa. Istvana powołano do prezydium, gdy wypadnie jego kolej, miał wygłosić słowa pozdrowień i zapewnić, że myśl Tagorego na Węgrzech żyje i owocuje. Część zebranych, dla których zabrakło krzeseł, rozsiadła się w kucki na dywanach.

Organizatorzy w wypuszczonych na wierzch koszulach przenosili mikrofon, próbowali brzmienia, młodzi chłopcy z szarfami przez pierś, w spadających sandałach, bawili się świetnie, pod pozorem utrzymywania porządku. Łowili w tłumie piękne kobiety, rzucali im na szyje honorowe wieńce nawleczonych kwiatów, których, jak się okazało, przygotowano zbyt wiele.

Uroczystość zaczęto odśpiewaniem hymnu na cześć Matki Indii, do którego słowa napisał sam mistrz.

Mała dziewczynka wbiegła z tacą i pokłoniwszy się namaściła im czoła, by myśli zwróciły się wyłącznie ku sprawom doskonałym. Mówca skandował patetycznie po bengalsku, czasami odwracał się i w paru zdaniach dla nielicznych Europejczyków streszczał po angielsku swoje wywody.

Białe, udrapowane szaty, ciemne, uniesione ramiona stwarzały pozór gestów z teatru, przypominały dawnych Greków lub Rzymian.

– Nie nudzi cię to gadanie – dopytywał się mały z przystrzyżonym wąsem i bardzo pachnący Maurice Nagar.

– Jeszcze nie – przyznał szczerze. Siedzący obok profesor Rosjanin musiał znać kilka indyjskich języków, bo cieszył się dyskusją, która niespodzianie wybuchła, gdy przemawiający stwierdził, że najwspanialsza literatura Indii poczęła się w Bengalu, i tylko dlatego geniusz Tagorego znalazł doskonałe narzędzie, mógł się tak swobodnie wypowiedzieć... Wywołał natychmiastową replikę ze strony Tamilów i oficjalne zaprzeczenie zwolenników hindi, który jako język państwowy miał wyprzeć angielski.

Spór zaognił się mimo prób mediacji samego przewodniczącego, którego głowa niby zjawa na seansach spirytystów zdawała się wzlatywać nad wzburzonym audytorium. Podnosił i opuszczał dłonie gestem dyrygenta, który nie zdoła nadążyć za burzą przekrzykujących się instrumentów.

Istvan robił notatki do sprawozdania i komunikatu prasowego.

Francuz przyglądał mu się sceptycznie, wiedział, że dobrym obyczajem angielskim gotowy komunikat zostanie im doręczony przed zakończeniem sesji, i trzeba będzie tylko nieco go zmienić w zależności do jakiego kraju i pisma ma być przesłany; ale to kosmetyka.

Kiedy ogłoszono przerwę, Nagar przytrzymał Tereya za rękaw.

– Chyba masz na tyle doświadczenia, żeby przewidzieć, co będzie dalej, zostańmy tu – kusił. – Pogadamy, zapalimy...

Wywlekli leżaki pod drzewo, gruby, powęźlony pień wyglądał, jakby nie wyrastał z ziemi, ale zastygł ściekając z góry, pęki napowietrznych korzeni wisiały z konarów. Stali w niby nie dokończonej klatce.

– Co ci to przypomina? – pokazał Nagar nieruchome liny korzeni. – Mnie po prostu stryczek.

– A mnie sznury na dzwonnicy. Zawsze mam ochotę targnąć za nie, zakołysać całym drzewem. Zazdrościłem kiedyś ministran-

tom, że uczepieni lin mogą wzlatywać nad deski podłogi, podry-
wani przechyłami dzwonu, i grzmieć na całą okolicę – trącał szpi-
cem buta gruby splątany warkocz białawego korzenia.

– Bądź ostrożny – Nagar zmarszczył w obrzydzeniu malutką,
chłopięcą twarzyczkę – ja raz spróbowałem i strząsnąłem sobie
na łeb setkę szczypawek, gąsienic, czerwonych mrówek, które tną
nawet rozduszone palcem. Zdawało mi się, że mnie ktoś zapałką
przypala.

Z daleka docierał głos kolejnego mówcy, wzmocniony megafo-
nem. Zaszyte w liściastym sklepieniu sprzeczały się papugi. Białe,
podobne do ogryzionych kości mamuta, ogromne konary tonęły
w grubym cieniu.

Ulicą przetaczała się dwukołowa tonga, człapały ospale siwe
bawoły, między ich zadami na grubym dyszlu, jak brudnawy tłu-
mok, spał przykucnięty Hindus.

Upał stężał, powietrze drżało jak szklista galareta.

– Można by pomyśleć, że się w tym kraju nic nie dzieje – mówił
Nagar pokazując na rozległy krajobraz, puste pola i kępy drzew
o wybielonych pniach, prawie czarnych kopach listowia, rozmazane dygotem gorącego powietrza – jednak od mojego przyjazdu,
a jestem tu dziewiąty rok, zaszły olbrzymie zmiany... Dokonywa-
ły się niepostrzeżenie, jakby mimo woli. Przebudzenie ujawni się
w zbiorowym działaniu, staje się zaskoczeniem dla tych, których
czujność uśpiła pozorna nieruchawość Hindusów. W głębi tego
zlepka ludów rośnie świadomość praw, już nawet nie klasowych,
a człowieczych... Gdyby jeszcze chcieli uwierzyć, że raz tylko
żyją, że są niepowtarzalni, że jednak powinni się spieszyć. Jeżeli
gdzieś prymitywne określenie religii jako opium może mieć za-
stosowanie, to przede wszystkim tu, w Indiach. Cierpią łagodni
jak woły, podlegają jarzmu przeznaczenia, ufają, że w następnym
wcieleniu za to korne poddanie, za brak buntu zostaną nagrodzeni.
Wiesz, życzyłbym temu krajowi krwawej rewolucji. Jeśli do tego
w ogóle są zdolni.

– I ty to mówisz? – spojrzał na czerwoną pomiętą twarzyczkę
Francuza. – Myślałem, że szukasz tu przede wszystkim spokoju...

Wasz kraj przeżył dosyć, klęska, bolesna kapitulacja. Walki generałów o władzę, o wpływy u Amerykanów i Anglików, o łaskawy protektorat. Rozpad imperium. Wietnam, potem Maroko, Algier. Przecież wy już macie dość chwiejnych rządów, intryg ministrów, przekupnej policji i wpływowych kolaborantów.

Nagar kołysał się z wyrozumiałym grymasem uśmiechu.

– Spokój... Ma się te lata, żeby go cenić – zaczął bawiąc się papierosem – i trochę jeszcze sił, żeby wytrwać tu, na moim obserwacyjnym posterunku, gdy nowe, dla nich samych nieznane potęgi, będą próbowały przejąć władzę. Zdziwisz się, że ja kocham Indie. Wspaniały kraj. Pieniądz tu znaczy więcej niż w Europie, wszystko mogę dostać za centymy... Gdzie znajdę tak oddaną służbę, takie kochanki – mrugnął porozumiewawczo. Nie krył słabości i często pokazywał się w towarzystwie wiotkich młodzieńców o karbowanych włosach, ociekających wonną brylantyną. – Gdzie mnie będą z tak królewskim przepychem podejmować? Jestem na „ty" z władcami całych departamentów, a bogatymi jak monarchowie. Co za wspaniałe polowania! A jednak życzyłbym temu krajowi, tym trawożernym owieczkom krwawej kąpieli. Wojna... Choć niewielu z Hindusów zginęło za Anglię w Afryce, Birmie i we Włoszech, wojna otworzyła im oczy i pokazała, że Anglia jest słaba, lew brytyjski będzie ryczał, straszył, ale jak mu pomachać głownią przed pyskiem, to się cofnie.

Nagar był w swoim żywiole, dopadł cierpliwego słuchacza, perorował z gestami trybuna. Istvan palił papierosa i myślał o Margit.

– Wojna? Przyspieszyła niepodległość Indii. Mimo że jest mi w obecnym stanie bardzo dogodnie, chętnie widziałbym już następny etap: rewolucję. Właśnie dlatego, że na swój sposób pokochałem tych ludzi – mówił z ogniem. – Ty, Istvan, powinieneś mnie rozumieć. Czuję się po prostu lepszy, kiedy dopuszczam myśl, przystaję wewnętrznie na te zmiany, które mi dzisiejsze Indie odbiorą...

Łatwo ci ogłaszać rezygnację – pomyślał Terey – skoro nadejście tej chwili widzisz w odległej przyszłości, jesteś prawie pewny, że to ciebie już nie będzie dotyczyć...

Dym papierosa rozwiewał się w słońcu, papugi pokrzykiwały i dobiegał szum niedbałych oklasków, łaskawie akceptujących koniec czyjegoś przemówienia.

– Czy ci się nie zdaje, że można teraz zaobserwować niezdrową ruchliwość w interesach, pośpiech, gazety są pełne sensacyjnych tytułów, roi się aż od afer finansowych... Aż szkoda, że one nikogo poza Indiami nie obchodzą. Mielibyśmy lekkie życie, myślę o nas – Nagar pokazał kciukiem na pierś opiętą koszulą w niebieskie paseczki, duża szafirowa muszka zatrzepotała jak spłoszony motyl – o nas, korespondentach. Ci, co mają pieniądze, chcą jak najszybciej nimi obrócić, zarobić, ukryć dochody, wycofać kapitał. Ziemia drży pod nogami. Swąd w powietrzu. Rwać, wyszarpnąć, co się da, i póki się da. Nie myślę o zagranicznym kapitale pod indyjskimi szyldami, tylko o nie mniej drapieżnych indyjskich nababach... Działanie instynktowne – rozważał gniotąc w palcach gauloise'a – jak z muchami, najbardziej dokuczają jesienią, w przededniu pierwszego chłodu, który je wytępi.

– Jesteś w dobrym humorze – kiwał głową Terey – galopujesz na koniku, którego dla nas zastrzeżono... Straszenie rewolucją, to przywilej komunistów.

– Mogę przystać i na wojnę – ustępował Nagar – tutaj potrzebne są bodźce scalające narody... Mogą przyjść zarówno od wewnątrz, jak i z zewnątrz.

– Tylko kto się będzie chciał z nimi bić – powątpiewał Terey. – Zwycięstwo w takiej wojnie mogłoby stać się większym kłopotem dla zdobywców niż przegrana. Bo co zrobić z tymi setkami milionów, jak je wyżywić i przyodziać? Jak je zmusić do jakiegoś sensownego działania?

– Może na nich uderzyć Pakistan przy cichej zgodzie Amerykanów, jeśli zanadto skręcą na lewo – rozważał Nagar – lub Chiny, jeśli się w miejsce Anglików zanadto zadomowili Amerykanie. Może przyjść od środka nagłe objęcie władzy przez wojsko, jak to bywa w świeżo uformowanych demokracjach. Tak było i w Egipcie, i w Turcji, tak jest od niedawna w południowej Korei. Wcale bym się nie zdziwił, gdyby jeszcze za naszego pobytu zaczęły się wielkie wydarzenia.

– Jednak Partia Kongresowa i Nehru...

– Partia jedzie jeszcze na tradycji, zasłania się zasługami z czasu walki o niepodległość, ale to już historia, obrona władzy, którą im naród ofiarował, a oni potrafią z niej zdrowo korzystać. Nehru jest starym człowiekiem. Może tylko jak Gandhi prosić, by uszanowali siwy włos... Jednak każde błaganie, apel do rozwagi może jutro zagłuszyć wrzawa zniecierpliwionego tłumu.

Spoza rzeki nadleciał długi gwizd lokomotywy, skowyt na dwóch tonach jak piszczałki pastucha. Maurice nasłuchiwał z przechyloną głową.

– Bierzesz mnie za podpitego wróżbitę, a ja mam gardło suche jak pieprz... Nie umiem pić sam. Chętnie bym cię namówił, żeby się wymknąć do baru hotelowego. Jeżeli weźmiemy całą butelkę, możemy być pewni, że nas nie nabiorą chrzczoną whisky, jaką mnie próbował uraczyć mój lokaj... Ostrzegam, dolewają herbaty.

– Jeszcze mnie to nie spotkało – zaśmiał się Istvan – może dlatego, że kiedy zejdą się znajomi i zaczniemy butelkę, nie spoczywamy, aż się dno pokaże.

– Dobra zasada, ale trzeba mieć twoje lata. Ja piję, żeby posmakować, raczej dla wspomnień niż nowych podniet. No, jedźmy, bo i tak poczucie obowiązku nas tutaj przygna – popędzał zrywając się żwawo z przesadną dziarskością starszych panów, którzy mając widzów udają, że młodość jest stanem, który uchowali.

Obejrzał się ku jasnym kolumnom budynku, głosy wstępowały śpiewnie, odczuwali przewrotną uciechę uczniów wymykających się na wagary. Maurice wyprowadził pierwszy swojego peugeota, za nim pomknął Terey; mijali zaprzęgi chłopskie, wciskając się między wozy wyładowane drągowiną, auta goniły się jak dwa psy.

Na wąskiej drodze rwące podmuchy wzbijały kłęby rudego pyłu, pełne złotych błysków sieczki, wyschłej mierzwy zmielonej kołami arb, ciężkimi jak chłopski los.

Kiedy pod smagnięciem klaksonu woźnice się kulili, zgadywał, że auta przemykające w błyskach szkła i niklu, z rozpartymi na poduszkach Europejczykami, muszą uważać za przelot demonów. Wypadają z chmury kurzu, wyją, grożą zmiażdżeniem i z jękiem opon hamują, prawie dotknąwszy lśniącą maską. Gdy przesmyk między powolnymi arbami się na chwilę otworzy, skaczą niespodzianie, spod opon pryśnie piach i żwir. Nie auta, ale straszydła z piekieł siejące niepokój.

Uśmiechnął się pojmując, że woły z rojami much pasących się na obdartych karkach, skrzypiące tarcze kół, palma, która niechętnie odchodzi, są dla chłopów cząstką natury, powszedniego ładu. Ci drzemiący półnadzy woźnice pewno myślą: gdzie i po co biali tak gnają, ku czemu się spieszą? Czy nie wiedzą, że wszystko, co zdobędą, oddadzą, a to, co posiedli, porzucą...

Istvan próbował doścignąć Francuza, jednak Maurice prowadził auto po mistrzowsku. Bystro oceniał odległość i szybkość wozu, potrafił się przemknąć nie zahaczając za wystające, okute miedzią osie arb, a Terey utykał, wytracał szybkość. Chciał dopaść telefonu i zadzwonić do szpitala, do Margit, albo zabębnić w jej drzwi... Może nareszcie wróciła? Choć nie wiedziała o przyjeździe, sama jego tęsknota, uporczywa jak wołanie powracająca myśl, powinny ją zwabić, pchnąć mu naprzeciw.

Ledwie postawili auta w cieniu pergoli, radca przeprosił Nagara, że musi go opuścić na chwilę.

– Ja też idę siusiu – powiedział tamten poufale.

– A ja do telefonu – raziła go swoboda Francuza, zwłaszcza gdy napomykał o swoich chłopcach, z drastycznymi szczegółami, a bez przechwałek, trochę jak starzy ludzie zwierzają się z przypadłości jelitowych.

Numer szpitala znalazł od razu, podkreślony wielokroć kolorowymi znakami długopisów. Ośrodek badań oftalmologicznych UNESCO miewał tu swoich lokatorów. Zaraz po sygnale odezwał się głos nosowy w nieznanym języku, wołał, powtarzał coś dobitnie, jakby w nadziei, że Europejczyk jednak zrozumie.

– Poproście kogoś mówiącego po angielsku – wołał Terey rozdrażniony. – Doktor, doktor, daj tu doktora. Angielski – wybijał poszczególne słowa.

W słuchawce słyszał zakłopotane sapanie. Strażnik czy posługacz znał wyłącznie swój wioskowy język.

– Zawołaj doktora – krzyczał Terey, ale tamten zniecierpliwiony, chcąc się pozbyć kłopotu, odłożył słuchawkę.

– Nie zrozumiał, głupi chłop – powiedział z przypochlebnym uśmiechem portier Hindus – oni tam trzymają straszną hołotę, zupełnych dzikusów... Może ja pomogę, będę za tłumacza. Kogo mam wezwać?

– Miss Ward – powiedział takim tonem, jakby urzędnik biura hotelowego powinien był dawno wiedzieć, zapamiętać, o czyj pokój z rana dopytywał.

Jakże go drażnił ten chudy, ciemny palec powoli zanurzający się w otworach tarczy, odprowadzający uważnie jej obroty. Potem jakaś rozmowa, przerwa, w czasie której portier łypał porozumiewawczo okiem w stronę Istvana.

– On nic nie wie. Poszedł zapytać – wyjaśnił. – Teraz oni mają lunch... Do szpitala ściągają tłumy żebraków z całych Indii.

Jakże bardzo czekanie drażni. Portier nie potrzebuje się krępować, nie przysłania dłonią słuchawki, chciwego lejka, który chwyta dźwięki, tamten i tak nie rozumie, portier czuje się bliższy swoim zagranicznym gościom. Nawet każda ich słabość, którą podpatrzył i skrycie w pamięci zachował, jest jak wtajemniczenie. Oni mogą sobie na niejedno pozwolić, nie uznają zakazów, praw boskich i ludzkich, bo mają nadmiar pieniędzy. On chciałby znajomością angielskiego manifestować gotowość do służb poufnych. Lokaj, znieprawiony łaskawością władców – myśli Istvan. Kot leży na grzbiecie, wodzi oczami za dużą, dzienną ćmą, która tu pod dachem zieleni łazi w trzepocie skrzydeł po kiści fioletowych kwiatów wistarii. Terey łapie się na tym, że zachęca w myśli kota, by skoczył, schwytał w pyszczek ćmę, która wlecze gruby odwłok, aż zginają się płatki.

– Już, sab. Niech pan mówi – skłonił się portier. Zanim podał słuchawkę, otarł ją o rękaw – tam jest doktor naczelny.

Przedstawiają się. Teraz wiadomo. Nie ma co liczyć, by dziś Margit zobaczył, może nawet w ogóle się nie spotkają. Pojechała na statystyczne badania z całą ekipą. Dokąd? Nie może powiedzieć, wszystko zależy od ilości ustalonych wypadków, pojechali w busz, będą krążyć po wioskach, sto mil i dalej. Anglik, bo mierzy w milach. Zaprasza do siebie, do szpitala. Istvan położył rupię na biurku urzędnika, podrapał kota w puch na szyi, drgała pod palcami grdyczka zwierzęcia w rytmicznym pomruku zadowolenia. Nie musiał się nigdzie spieszyć. Słyszał dźwięk owadzi w kwitnącym dachu pergoli, płaczliwe wołanie handlarza orzeszków i kołatkę czarownika, który stał przy otwartej bramie wjazdowej z płaskimi koszami gadów i patrzył tęsknie, czy ktoś nie wezwie go skinieniem ręki. Hindusowi nawet przez myśl nie przeszło, że mógłby przekroczyć szeroko otwartą bramę. Tresura angielskich sabów została mu we krwi. Fakir podniósł kołatkę wysoko ponad głową, ostry dźwięk łamał się echem odbity od ścian hotelu. Terey potrząsnął przecząco dłonią. Nie, nie miał ochoty na widowisko, nie teraz, nie dziś.

Gdybyż tu byli moi chłopcy – pomyślał z nagłą tęsknotą o synach – warto by pokazać im tańce węży. Za mało o dzieciach pamiętam, wydaje mi się, że nie ulegają zmianom, nie rosną, zastanę ich po powrocie dokładnie takimi, jak pożegnałem. Ilona? Zwlekanie z paszportem staje się obelżywe, jeszcze jeden dowód, że jestem elementem podejrzanym, niepewnym, skoro trzymają zastaw. Tak? Jeden z tych najpewniejszych, kiedy już zbiegł, a wyrzucono mu, że zostawił rodzinę w kraju, odpowiedział zuchwale: „ja rodzinę wywiozłem ze sobą, nigdy się z nią nie rozstaję", i wymownie pogłaskał się po kroczu.

Bezszelestnie Terey stąpał po grubym dywanie, który go wiódł prosto do baru. Długie ramiona wiatraka obracały się od niechcenia. Francuz przycupnął już z podgiętymi kolanami na wysokim stołku. Złociła się whisky nalana w szklanki.

– No, nareszcie.

– Trzeba było zaczynać samemu.

– Wiesz dobrze, że alkohol nie sprawia mi przyjemności, to klucz do rozmowy. Lubię mieć słuchacza. Samotność? Można ją odczuć dopiero w Azji, w morzu ludzkim, obojętnym, giniemy tu, zagubione drobiny, całkiem obcy i zbędni.

Terey dosiadł stołka. Podniósł szklankę, zapraszając. Wypili pod czułym okiem barmana, który z usłużną gotowością przysuwał kanciastą butelkę i srebrną miarkę do ustalania dozy.

– Jednak czujesz się tu najswobodniej.

– Tak, bo moje dochody nabierają przy powszechnej biedzie podwójnej wartości. Mogę sobie nawet pozwolić na luksus zachwalania rewolucji, serio myśleć o podniesieniu człowieka, o prawach obywatelskich. Jednak to rozważania czysto teoretyczne. U nas doły stały się napastliwe, naciskają. Proletariusz porósł w pierze i nie daje się byle czym zaspokoić. Wyście mu w głowie przewrócili, rządów mu się zachciewa... Czyli, że chce się odegrać, wyzwolić z kompleksów swojej klasy. Oczywiście i moim kosztem.

– Ja bym na twoim miejscu Indiom zbytnio nie ufał.

– No, zmiany są, sam o nich mówiłem, ale w stosunku do potrzeb... Trzymam zakład, że jak się spotkamy za dziesięć lat, największa różnica będzie w cenach whisky, oczywiście podrożeje. – Oparł się łokciem wygodnie i prorokował, patrząc w szklankę, którą kołysał w dłoni. – Amerykanie nie są zręczniejsi od Anglików, obraża nawet ich pomoc.

– Twoi Francuzi też nie postępują zbyt rozsądnie – drażnił go radca – przypomnij sobie Dien Bien Phu i OAS w Algierze.

– Nie krępuj się... Poza interesami i sympatią dla prawdziwej kultury, a tę mogę znaleźć tylko w kuchni, niewiele mnie z Francją łączy.

– Mówisz, jakbyś się nie czuł Francuzem.

– Jestem nim, jestem. Tylko przedtem byłem Austriakiem, a urodziłem się w Sosnowcu...

– Gdzie to jest?

– Dawniej Rosja, potem Polska, potem Niemcy i dziś znowu Polska. Miejsce urodzenia też zmieniało przynależność państwową.

Terey przyglądał się ukradkiem w lustrze małej, zniszczonej twarzyczce dziennikarza, czasem ją przysłaniała biała plama pleców barmana, wydało mu się, że poznaje cechy najbardziej udręczonego narodu, któremu i Bóg nie daje wytchnienia. Pomyślał ze współczuciem o wiecznej tułaczce, uciekaniu przed śmiercią...

– Twoja rodzina żyje?

– Ojciec? Matka? To było tak dawno i tak źle, że czasem mi się zdaje, jakby moje życie zaczęło się, odkąd zarabiam na siebie... We wcześniejsze wspomnienia się nie zapuszczam. Czuję się tak, jakbym sam siebie urodził. Myślisz, że tam nie zajrzałem zaraz po wojnie? Nie ma nikogo. Nawet drewnianego domu, pomalowanego na piernikowy kolor... Belki uszczelnione pluskwami – uśmiechnął się, ale oczy miał pełne żalu – nad oknem, dla zaspokojenia wymagań artystycznych, wycinanki z drzewa, jakie spotkasz w całej Rosji, aż po Władywostok. Nie poprawiaj, w carskiej...

– Dom spalili Niemcy?

– Za duży zaszczyt, po prostu kazali go Żydom uprzątnąć, rozebrano, zrobiono tam ulicę.

– Nikt nie ocalał?

– Nawet pamięć o nich. Inna dzielnica, inni mieszkańcy.

– Mówisz jeszcze po polsku?

– Trochę. My jesteśmy zdolni, to jest konieczne, żeby żyć. Ja bym się raz dwa nauczył nawet po węgiersku. Już nieźle sobie daję radę z hindi. Nie lubię się odróżniać, chcę spokoju. Natura nas obdarowała w nadmiarze, jesteśmy wiecznie na dorobku, musimy się więcej uczyć i po nocach pracować. Chcemy obwarować naszą pozycję, a to dają tylko pieniądze. Jeśli już je zdobyłeś, ludzie ci tego nie wybaczą... Dlatego wolę Azję, tu mnie nikt nie wytyka palcem, że jestem Żydem, może nawet nie odróżniają. Jeżeli nienawidzą, to tak jak wszystkich Europejczyków. I to jest ulga. Oddycham.

– Kiedyś się dostał do Francji?

– W samą porę. Wyjechałem do Algieru na pół roku przed klęską. Tam doczekałem przyjścia Amerykanów i de Gaulle'a. I wtedy już z nim na jednej fali. U Amerykanów było dosyć naszych, jakbyś zapytał w jidisz, każdy się żachnie, ale po cichu pomogą, ułatwią, dadzą kontakty. Naprowadzą na trop, szepną poufnie. A cóż to jest dziennikarz? Człowiek, który wie, gdzie szukać informacji, zna dojścia. I który potem całkiem co innego pisze. Ze mnie żadna gwiazda, zwykły depeszowiec, ale mnie cenią. Co Nagar przesłał, to święte. A ciebie ja coś lubię...

Nachylił się i stuknął szklanką z życzliwą troską.

– Gdyby cię przycisnęło, wal do mnie jak w dym. Nagar ma głowę, nieduża, ale ile ona pomieści, ile warta... Oj, niejeden by dobrze zapłacił, żeby z niej wszystko wytrząsnąć jak ze skarbonki.

Patrzył mrużąc oczy, zmęczony.

– Korzystaj, że mam do ciebie feblika. Mój dziadek tak mówił, wsadzając kciuki w kieszenie kamizelki: „No, Moryc, dobra godzina wybiła, mów, to może dostaniesz, proś, tylko mądrze". I czasem dał mi dwadzieścia kopiejek. To był pieniądz. Nie ma co się śmiać... A czasem brał za pejsy, okręcał na palec i kołysał całą głową, aż bolało: „Ty, miszuge, ty pobełtaniec, czego ci się zachciewa?", bo go naciągałem na pięć kopiejek, żeby iść do fotoplastikonu, zobaczyć wielki świat. O moje szczęście! Teraz wącham te smrody od Rio de Janeiro po Hongkong i nic mnie nie dziwi. Czego mi się zechce, mogę mieć, a nie czuję frajdy. Nie ma komu zaimponować. W naszej branży, ledwie usta otworzysz, żeby powiedzieć, każdy ci przerywa: był, widział, lepiej zna... Nie dopuści do słowa.

Wysączyli whisky, zaczęli wchodzić inni uczestnicy kongresu, przy barze zrobiło się ciasno.

– Ruszaj – powiedział Nagar – trzeba popracować, przesłuchasz jednych, ja drugich. Siądziemy razem do lunchu i wymienimy wiadomości.

Chwycił gorącą, suchą łapką dłoń Tereya, potrząsnął, jakby dawał mu znak.

– Dziękuję za rozmowę – szepnął – choć właściwie to tylko mnie się zebrało na zwierzenia. Żebym był trochę uczciwszy, powiedziałbym: dziękuję za twoje milczenie, za to, żeś zechciał wysłuchać starego gadatliwego człowieka.

Terey popatrzył za nim, jak się przeciskał między stolikami, wszyscy go tu znali, witali przyjaźnie. Dlaczego czuje się osamotniony – pomyślał – czy wszystkich uważa za silniejszych od siebie? Stara się całe otoczenie pozyskać? Udaje, że jest kimś innym, gra sybarytę, smakosza, zamożnego Francuza, którego bawi dziennikarka, bo daje złudzenie, że tkwi w tętniącym młynie zdarzeń, jeśli sam nie wpływa na nie, przynajmniej wie... Ta wiedza rzadko się przydaje, ciężar do dźwigania... I łatwo może go zgubić.

Lepiej nie wiedzieć. A jeśli przypadkiem byłeś świadkiem wydarzeń, nie chwal się: znam prawdę, bo to oskarża. Nagar na pewno dużo wie, o wiele za dużo. Lepiej, że rozgłasza na lewo i prawo – tak się zżyłem z Indiami, że tu chcę zostać.

Obiad straszył angielskimi daniami, z kuchni niosła się mdląca woń miętowego sosu, którym obficie polewano czarne plastry baraniny. Dziennikarz jugosłowiański, rosły góral z blizną na czole, przyzwał go uniesioną dłonią. Jeden z bosonogich operetkowych generałów, za jakich przebierano kelnerów, już odsuwał krzesło.

– Macie indyjskie potrawy? – zapytał Terey z nadzieją.

– Tak, sab, ale tylko jarskie.

– Z curry?

– Z ostrym czy łagodnym? – dociekał kelner, czarny wąs miał podkręcony dziarsko, biały nakrochmalony turban i pokarbowane końce sterczały jak pęki piór. – Woda mineralna? Coca-cola? Sok pomarańczowy? A może piwo z puszki? Mamy świeże z Niemiec – pytał zgodnie z rytuałem.

– Proszę wodę.

Kosztowała więcej niż tamte napoje. Prawdziwa Vichy, skrzyniami sprowadzana z Francji. Butelka zamgliła się, szklaneczka sperlona, musująca budziła pragnienie.

– Napije się pan? – spytał Jugosłowianina.

– Chętnie, przypomina nasze źródła bijące w jaskiniach... Niezapomniana woda, zwłaszcza gdy ją chłeptałem po śmiertelnym wyścigu z Niemcami, smakowała jak samo życie.

– O czym mówili na kongresie?

– Rabindranath Tagore jako akwarelista.

– Jak go oceniają?

Dziennikarz wzruszył ramionami. Sięgnął po rzodkiew, zostawiała na talerzyku fioletowe plamy roztworu kali, w którym ją dla dezynfekcji moczono.

– Kiedy się już jest zaliczonym w poczet świętych, wszystko staje się doskonałością. Nawet koszula, którą nosił. Wierni domagają się relikwii.

– Ale według was?

– Wystarczy przytoczyć cudze opinie, tam autorytetów nie braknie.

– To aż tak niedobre?

– On się bawił w malarstwo, a teraz próbują celebrować. Dam notę o wystawie i spokój. Wieczorem przyjęcie, niestety suche, zbyt uduchowione towarzystwo.

Tereya śmieszył grymas zniechęcenia, z jakim Jugosłowianin mówił o party. Sala szumiała zmęczonymi głosami, tęgi pisarz włoski piał z takim zachwytem o urodzie Hindusek, jakby skandował wiersze d'Annunzia. Przysiadł się do nich ubrany po europejsku czarnoskóry mężczyzna, zwabiony indyjskimi potrawami.

– Jestem delegatem Cejlonu – przedstawił się, nie podając ręki. – Nie przeszkodzi panom, jeśli będę spożywał zgodnie z naszym obyczajem?

Miesił ryż prawą dłonią, żółty sos, gdy ścisnął garstkę ryżu, wyciekał spomiędzy palców, wtedy z dziecięcym zadowoleniem zlizywał go bezwstydnie. Grube, niebieskawe wargi rozchyliły się w łakomym uśmiechu.

– Niech pan spróbuje... Ryż z curry należy jeść zgodnie z naturą, dłonią można smakować, cieszyć się gęstością tej papki. A jak pan obgryza kurczaki? Cały urok, że się je trzyma w garści, jak praojcowie. A kraby? Bez rąk i zębów, stosując cały wasz arsenał kleszczy, dłut i haków, jedzenie zmienia się w operację ginekologiczną, zatraca pierwotną urodę. W Londynie na każdym przyjęciu budziłem sensację, ale ja jestem uparty, nie dam się pozbawić rozkoszy tradycyjnego jedzenia. Mogą się krzywić, udawać obrzydzenie, ale ja wiem, że zazdroszczą, bo jestem w pełni sobą, gdy oni imitacją innych – zapędzał się zbierając sos z talerza wskazującym palcem i łapczywie chłonąc grubymi wargami.

– Ja też jadłem ręką, jeśli musiałem – wzruszył ramionami Jugosłowianin – mnie to nie imponuje. Ani zbytnio nie razi. W partyzantce, w dębowych lasach Welebitu.

Istvan nawet nie słuchał, przypomniały mu się pieczone na ognisku kukurydze, aromat dymu z badyli, kawałki mięsa zwęglonego po wierzchu, a na wpół surowe od środka, natarte szarą bydlęcą solą i czosnkiem. Do tego wino czerwone i cierpkie, pite aż do utraty tchu, wielkimi łykami z pękatej butli.

– Nie czekałeś na mnie – położył mu z nagła rękę na ramieniu Maurice Nagar. – I słusznie, bo mnie tam złapali. Czy mógłbyś nadać mój komunikat, wysyłając własny? A ja bym się na chwilę zdrzemnął. Czuję zmęczenie. Gwar mnie usypia.

– Z największą chęcią – odebrał stroniczki zapisane równiutkim pismem – właśnie wybierałem się na pocztę.

Zmierzali ku wyjściu żegnani ukłonami służących. W cieniu pergoli powiało im w twarz gorącym tchnieniem, wonią przekwitających pnączy, zeschłymi liśćmi i kurzem.

– Lubię cię – powiedział Nagar niespodzianie. – I trochę się o ciebie martwię.

– Wiem o tym – uścisnął mu małą, suchą dłoń, z góry spoglądał na łysiejące ciemię dziennikarza, opalone i lśniące. – Jakieś chmury się nade mną gromadzą?

– Nie. Ptasi niepokój. Przeczucie. Zbyt wiele razy musiałem wszystko rzucać i uciekać, żebym te sygnały lekceważył. Coś niedobrego jest w powietrzu.

Podniósł żałosne oczy pierrota, uśmiechnął się lekko.
– Do wieczora. Idę odpocząć.
Podreptał ceglanym chodnikiem w stronę gościnnych pokoi.
Istvan ruszył do wozu. Cień się przesunął, blachy buchały żarem
i oparami benzyny. Otworzył drzwiczki z obu stron, zanim zdecydował się usiąść. Drobniutki pot od razu wystąpił mu na plecach,
jak przy ataku malarii. On coś wie – myślał – chociaż nie chce mówić. Chyba to było ostrzeżenie. Ale o co chodzi? Margit? Doszły
go jakieś plotki z ambasady?

Tekst do nadania, który mu Francuz powierzył, był dowodem
zaufania i uprzejmości, mógł z niego skorzystać, wybrać sobie, co
uzna za przydatne do własnego komunikatu. Co prawda był spoza
kręgu zawodowców, nie liczył się jako rywal, więc przyjazny gest
niewiele kosztował Nagara.

Goście już się wysypali z jadalni. Chciał być sam. Zapalił motor
i powoli wyprowadził austina ku otwartej bramie.

Od popołudniowej sesji, poświęconej metaforom Tagorego,
zapragnął uciec bodaj do Tadż Mahalu. Doskonałość grobowca,
kopuła podobna do obłuskanej cebuli i cztery szparagi minaretów
na tle nieba koloru farbki przypominały tani plakat AIR INDIA.
Z nieskazitelnego piękna biła nuda.

– Ach, więc to stworzyła miłość szacha – mówiła chuda Angielka, przyglądając się grobowcowi z grymasem kwaśnego podziwu.
– Ciekawam, czy ona była ładna?

– Miała dziewięcioro dzieci – wyczytała na głos jej towarzysz-
ka z czerwonego oprawionego przewodnika – nie sądzę, by przy
takiej produkcji mogła zachować urodę.

– Może dlatego wolała umrzeć.

Terey przyglądał się, jak zwiedzający stąpają onieśmieleni po
wygładzonych kamieniach, zwierciadło basenów nie zmącone
fontannami odbijało harmonijną fasadę meczetu. Cyprysy i tuje
stały na tle białych ścian jak odlewy żelazne. W polerowany mar-
mur ręka rzeźbiarza wkuła czarnym zygzakiem dziewięćdziesiąt

dziewięć imion Allacha, oddając mu hołd i sławiąc moc. Z odległości napisy wyglądały jak kapryśny meander.

Niebo poczerwieniało, zaciągnęło się wiotkimi zasłonami na różnych głębokościach. Kopuła grobowca świeciła fioletem. Krajobraz przypominał miniatury perskie, brakowało tylko jeźdźców na białych rumakach, spowitych w szkarłatne opończe, potrząsających złotymi łukami w pogoni za zwinną cętkowaną panterą.

Przysnuty opadającym zmierzchem, zepchnięty do roli niemego widza, poczuł się wydzielony ze świata i bardzo samotny.

Przyjechałem do Indii, bo całkiem inaczej wyobrażałem sobie ten kraj. Myślałem, że będę im opowiadał o mojej ojczyźnie, mamy przecież jakąś wspólną przeszłość, my też wyszliśmy z Azji... Ale jak tu wiązać przyjaźń, kiedy oni jej wcale nie pragną. Europą dla nich jest wyłącznie Anglia. Nie imponuje postęp techniki, tylko tradycja, ustalone normy społeczne, przestrzeganie podziału nawet w pubie, no i królowa. Cóż my ich obchodzimy? Rewolucja raczej ich napełnia lękiem i odrazą... Gwałtowne zmiany, konieczność działania, nawet tylko sprawa wyboru drogi, nagląca, już... Nie, to nie dla nich. O ileż lepiej spowitym w tiule zasiąść na wygrzanej kamiennej ławie, zapatrzyć się w zmienną grę świateł na wygłaskanych marmurach, pogrążyć w półsenne marzenie o przemijaniu. Nie słyszeć chrapliwego wołania żebraka, nie widzieć wzniesionych błagalnie kikutów trędowatego, zapomnieć o głodzie i nie zawinionym cierpieniu dzieci, odpływać, tonąć w zachwyceniu nad pięknem wieczoru, godzić się całym sobą na to, co jest i co nadejdzie, szeptać ulegle: losie, czyń swoją powinność, jak skazaniec pochyla głowę bez buntu pod topór kata.

Nie, wzdrygnął się, jestem z innego świata, odmiennie uformowany, żyć – to znaczy nie godzić się na świat zastany, przyspieszyć zmiany, obalać rządców i budować. Poprowadziłbym tych zagłodzonych, tłum chwiejnych cieni na pełne sklepy, dałbym się im raz nasycić... Wsunąłbym broń do ręki, uderzył piętą w zeschłą ziemię jak w bęben, wzywając do walki o prawa człowiecze. Ale oni łagodnymi, krowimi oczami patrzyliby nie pojmując, do czego wzywam... Z bezwolnych palców wypadłby nóż, brzęcząc fałszywie o kamienne stopnie świątyni. Uważaliby mnie za szalonego, a może za jednego z demonów, których Ganesza, bóg o głowie słonia, zaparł swym ciałem w czeluściach piekieł.

Niebo nasączyło się szkarłatem, porywało oczy; gdyby je malarz utrwalił, byłby krytykowany za brak umiaru. Jedynie natura mogła sobie pozwolić na tę wściekłą rozrzutność, zestawienia barw, które aż bolały.

Wonderfull, that is really exciting – usłyszał za sobą kobiece głosy, odwrócił głowę, niewiele widział, źrenice miał pełne pożarów niebieskich. Powoli oswajał się z półmrokiem warownej wieży. W obszernym przejściu żółto świeciły cztery lampy naftowe, wyznaczając scenę z postrzępionej maty, rozesłanej na kamieniach. Jakieś zwierzę skakało, podobne do kuny. Na środku dźwignęła swój rozdęty, płaski kaptur rozjuszona kobra, nie spuszczała oczu błyszczących w świetle lamp, jak krople roztopionej miedzi, z roztańczonego drapieżnika. Syczała, łeb podobny do szerokiego grotu trzymając płasko, gotowa do uderzenia.

Podszedł bliżej i natknął się na fakira, który podsunął mu płaski koszyk.

– *Give me five rupies*, sab – napierał.

Taki sam pojedynek odbywa się w rzeczywistości, tylko o wiele szybciej – pomyślał – szkoda, że tego chłopcy nie mogą zobaczyć, inaczej by czytali „Księgę Dżungli"...

Kiedy gad przechylał się gotów spłynąć z oświetlonej areny w przyjazną ciemność, para turystek cofała się z okrzykami przestrachu.

Rzucił dwie rupie do koszyka.

– To prawdziwa? – zapytała chuda Angielka.

– Nie rozumiem – odpowiedział – oczywiście, że jest żywa.

– Ale czy ma jad? Czy ukąszenie grozi śmiercią, bo podobno wyrywają wężom zęby i wyciskają gruczoły z jadem.

– Memsab spróbuje – zachęcał fakir – proszę dać rękę.

– Och, nie, nie! – otrząsnęła się z obrzydzeniem. – Myślałam, że to wszystko udane. Przedstawienie dla turystów.

Mangus, znużywszy gada monotonią skoków, nagle zamącił rytm swego łowieckiego tańca i spadł mu na kark, przycisnął pyszczkiem do ziemi, białe ząbki jak piłka zgrzytały na łusce kobry.

Trzymał ją tak, jak zwycięzca w zapasach, który chce, by prócz sędziego i widzowie ocenili jego przewagę, potem odskoczył i przeciągnąwszy się ułożył w koszyku. Kobrą wstrząsnęło kilka skurczów, odrażających w bezsilnej wściekłości. Syczała, z otwartym szeroko pyskiem ruszyła w stronę widzów i wtedy z ciemności wynurzyło się nagie, czarne ramię fakira, zgrabnie chwycił ją tuż przy łbie.

– Dlaczego on jej nie pozwolił zagryźć? – pytała Angielka. – Nabrał nas...

– Z zagryzieniem trzydzieści rupii – powiedział rzeczowo poskramiacz węży – to wyjątkowo mądry gad.

– Zapłacę – grzebała nerwowo w torebce – chcę mieć pewność, że zostanie zabity. Tu są pieniądze!

Hindus, zgarnąwszy skwapliwie datek, wypuścił z worka wężyka, którego zachwalał jako bardziej jadowitego od kobry, jednak mangus błyskawicznie z nim się uporał i przegryzłszy na trzy części, grzebnął tylnymi nogami ze wstrętem.

– Oszustwo – nadęła się Angielka – zapłaciłam za kobrę.

Hindus nie chciał o tym słyszeć. Wołał:

– Jestem uczciwy, miał być zagryziony jadowity wąż i leży na macie... Miała być śmierć, jest śmierć.

– Gdyby im każdy płacił za ubitą kobrę – mruczała turystka – oni by je sami wyłapali i wytępili. Od razu Indie stałyby się przyjemniejsze.

– Nikt nie żąda od pogromcy w cyrku, żeby zastrzelił swego lwa – usprawiedliwiał go Terey, jednak Angielka zażądała twardo:

– Zapłaciłam za kobrę.

– Kobra jest świętym wężem – rozłożył dłonie Hindus – nie wolno jej zabijać dla zabawy.

– U was wszystko jest święte – wrzasnęła doprowadzona do wściekłości – małpy, krowy, węże... Dlatego człowiekowi przypada los bydlęcia.

Chudy Hindus wpatrywał się w nią tak, jakby rozumiał, choć znał zaledwie słowa niezbędne do przywołania widzów. Twarz stężała, sucha, lśniła jak stara kość słoniowa. Skulił się za plecami odchodzącej, jakby chciał jej na kark skoczyć.

Z tymi ludźmi jeszcze dałoby się coś zrobić – zacisnął pięści Istvan – tylko potrzeba mocnych bodźców... Bardziej od utraty życia boją się stracić godność. I w tym ich siła.

Wszedł między ogromne drzewa. Pod nogami szeleściły grube liście, pozwijane i łamiące się z trzaskiem. Na niebo sypnęły się gwiazdy. Popatrzył na fosforyzujące wskazówki zegarka, pora przebrać się w smoking i wypłynąć na przyjęciu.

Czas wlókł się opieszale. Podświadomie czekał, łudził się, że ją spotka, niespodzianie pojawi się między gawędzącymi grupkami gości. Margit... W pewnej chwili wydało mu się, że dostrzega jej rudawe włosy, ruszył przez zetlały trawnik, gdy nagle kobieta odwróciła głowę i zobaczył fioletową, starą twarz, podgardle zwiotczałe, jak u indyczki.

W czasie wieczornego przyjęcia zaskoczyła go obecność adwokata Czandry, utkwił mu w pamięci skromny tytuł z wizytówki – dobroczyńca. Przywitali się i znowu został obdarowany cygarem.

– Dziwi się pan, co tu robię? Tagore to moja prawdziwa pasja – Hindus kpił w żywe oczy. – Jedyna okazja, by poznać ludzi, którzy jak i ja go uwielbiają, wymienić sądy, wzbogacić umysł... No, niech się pan nie zżyma, oczywiście, że interesy mnie tu sprowadziły. Jednak hasło wywoławcze: Tagore.

Porzucił Istvana dla jakiegoś magnata w białej, długiej bluzie i pomarszczonych wąziutkich spodenkach, z tyloma pierścieniami na palcach, że dłonie pod ich ciężarem zdawały się zwisać bezwładnie.

– Kochany – powiedział Nagar, który znał prawie wszystkich – nie wymagaj od bliźnich zbyt wiele... Czandra niebezpieczny człowiek, bo mądry i bez sumienia, on naprawdę przyjechał wygłosić studium o Tagorem. To mu się opłaci. Spotkanie z elitą tutaj można po stokroć zdyskontować w Delhi. I nie tylko w Delhi, w całych Indiach, ba, może i na świecie.

– Ale jak?

– Nie bądź naiwny – skarcił go Maurice – ważne jest pierwsze wrażenie, miejsce spotkania, ludzie, którzy temu towarzyszą. Później powoła się na tę znajomość, dyskretnie zaznaczając jej zażyły charakter, trudno go będzie nie przyjąć, odmówić prośbie, skoro tak pięknie komentował prozę Tagorego. Imię zmarłego pisarza może być użyte jak wytrych.

– Do czego mu posłuży? Dużo bym dał, żeby wiedzieć.

– Po co? Jeśli znasz przestępcę, powinieneś go wydać, jak tego nie zrobisz, staniesz się wspólnikiem... Po diabła nim być mimo woli, bez wyraźnych korzyści? Lepiej trzymaj się od niego z daleka. Niech ci wystarczy, że ja go znam i nie polecam.

– Gdzie on właściwie i dla kogo pracuje?

– Pracuje? – zastanowił się Nagar, śmiesznie marszcząc całą twarz. – Nie najtrafniej powiedziane. Czandra jest artystą w interesach, muszą go bawić, lubi ryzyko, gdybym szukał dominującej cechy jego charakteru, powiedziałbym: pycha. On podejmuje się spraw beznadziejnych z przekory, dla pokazania sobie i światu, że podoła, potrafi wygrać. Oczywiście nie robi tego za darmo, bądź spokojny.

Patrzyli za nim, póki nie zgubił się w tłumie.

Ranek, trochę szydząc z samego siebie, zaczął się od wędrówki pergolą i zastukania do drzwi panny Ward, nasłuchiwał i czuł się jak chłopiec, który ma randkę. Oglądał się ukradkiem, czy go służba nie podpatruje.

Na przedpołudniowej sesji pisał listy, pozornie notując przemówienia, skreślił złośliwie galerię portretów, wiedząc, że sprawi uciechę przyjacielowi w Budapeszcie. List do Beli będzie głośno odczytywany kolegom w redakcji.

Do synów pisał w tonie tajemniczo groźnym, o białym grobowcu księżniczki Tadż, o kobrach i fakirach, aż sam cieszył się na myśl, jaką im przyjemność sprawi taką opowieścią. Zobaczą Indie, dla których przyjechał na placówkę i których nie znalazł. Indie z powieści ubiegłego wieku.

Gdy wpadł na lunch do hotelu, dostrzegłszy dżipa z wymalowanym czerwonym krzyżem, wiedział, że Margit już jest. Zaraz też wybiegł mu naprzeciw urzędnik z portierni i meldował:

– Panna Ward wróciła. Jest u siebie.

Gdy ruszył szybkim krokiem przez cienisty tunel kwitnących pnączy, gałązki poruszały się, kołysane skokami jaszczurek, wyszła mu naprzeciw służąca w białawym sari, dotknąwszy złożonymi dłońmi pochylonego czoła, szepnęła:

– Miss Ward się kąpie...

Dał jej napiwek, jednak dotknęło go powszechne uczestniczenie w jego niepokoju.

Margit już się wykąpała, bo stojąc przed jej drzwiami z uczuciem dziwnego zmieszania nie słyszał szumu wody, tylko koncert Bartoka. Szybkie głosy orkiestry zdawały się go naglić, przyspieszały rytm serca. Nagle muzyka umilkła, wydało mu się, że go dziewczyna przeczuła, biegnie naprzeciw. Jednak po chwili melodia odezwała się znowu. Więc tylko odwróciła płytę. Teraz już nie spieszył się, miał ją blisko, była o krok, oddzielały ich cienkie drzwi pomalowane brunatnym, łuszczącym się lakierem. Był szczęśliwy i chciał ten stan radosnej pewności przedłużyć, zatrzymać.

Zastukał lekko.

Nie odpowiedziała. I wtedy ogarnął go lęk, że pojawia się za późno, że nie jest sama, został zastąpiony, wyparty przez kogoś, kto był tu, na miejscu, pod ręką. Nie kochała, mógłby przysięgać i tamten nie mógł jej kochać, tylko pożądał, pragnął, wabił, oswajał z ręką i wargami.

Nacisnął klamkę, drzwi otworzyły się po cichu. Muzyka nawoływała.

Margit odwrócona plecami leżała z głową przechyloną, wspartą na dłoni. Ociekała falą ciężkich, rdzawych włosów.

Spod rozchylonego szlafroka widział jej nogi obnażone wysoko, ponad kolano, złotawe od tropikalnego słońca. Na bosej stopie wystającej poza łóżko kołysał się sandał, drugi leżał na podłodze, odwrócony do góry podeszwą wyślizganą do połysku. Płyta obracała się szybko i melodia biła jak fontanna, czuł jej chłód, wzruszenie ścisnęło krtań. Dziewczyna była sama.

Pojął, że wśliznął się jak intruz, przychwycił ją na chwili zamyślenia, bezbronną, wydaną na jego spojrzenia. Powinien zastukać palcami nawet w otwarte drzwi, powiedzieć zwyczajne słowa pozdrowienia, może trochę głośniej, by ukryć wzruszenie. Chciał tę chwilę zatrzymać. Chłonął powolny gest uniesionego ramienia, dłoń, palce wplątane we włosy. Przegarniała je sennie. Słyszał dźwięki fortepianu, bolesne. Blask z otwartych drzwi musiał ją połaskotać, bo zakołysała sandałkiem, zawieszonym na wielkim palcu, zanurzyła stopę w słońcu jak w złotawej wodzie.

Płyta wirowała zbyt szybko, muzyka rozsypała się żałobnie, zgasła i wtedy dziewczyna pochyliła się, by wyłączyć patefon, w tym przeciągnięciu się kocim, leniwym geście, który groził, że stoczy się z łóżka, było tyle piękna, że postąpił dwa kroki i przytrzymał ją mocno za kostki.

Do pokoju wpadł nagły wrzask spłoszonych papug.

Dziewczyna zwinęła się ruchem jaszczurki, błysnęły niebieskie oczy pełne przestrachu.

– To ja, Margit – szepnął – to ja... Było otwarte.

Podniosła się, uklękła skulona, okrywając kolana połami szlafroka, ciemnozielony deseń rozbłysnął kolorami, schlapany słońcem.

– Tery – wyciągnęła rękę. Gdy się nachylił, by dłoń ucałować, potrząsnęła nią krótko, po koleżeńsku i zeskoczyła z łóżka. – Przyłapałeś mnie na leniuchowaniu, ale należy mi się trochę odpoczynku. Właśnie wróciłam z buszu, robiliśmy przerażającą statystykę. Nawet kąpiel po tamtej nędzy nie wystarcza, czułam wstręt do siebie, że tyle lat przeżyłam w dobrobycie, że jestem mocna, zdrowa... Musiałam się opłukać w innej muzyce, oni tylko skomlą do nieba, żebrzą zmiłowania, ich flety i śpiew powolny to skarga bez nadziei.

Mówiła pospiesznie, jakby chciała coś ukryć, nie dopuszczając do głosu, unikając pytań. Ruchem prawie tanecznym porwała z fotela sukienkę i zniknęła za drzwiami łazienki.

– Dosłownie minuta – zawołała. – Zaraz będę. Nie spodziewałam się ciebie. Kiedy przyjechałeś?

– Jestem już dwa dni – powiedział, odruchowo jak współwinny poprawiając pled na wzburzonej pościeli. – Czekałaś na kogoś? – z trudem powstrzymał się, żeby nie dodać: dla kogo już nie trzeba się ubierać.

– Nie! Skądże. Najwyżej mogli wpaść koledzy, którzy się ze mną włóczyli po wsiach. Musisz ich poznać. Tobie pewnie wydadzą się zabawni, wierzą, że zreformują Indie. Tyś mnie już zaraził nieufnością. No, jestem gotowa. Zaraz się inaczej czuję – wyszła z półmroku w prostej sukience, uszytej z chłopskiej bawełny zadrukowanej nierówno.

Siadła blisko, życzliwie zajrzała w ciemne oczy.

– Nocujesz tutaj? Będziesz jeszcze parę dni? Nawet nie wiesz, jak się ucieszyłam. Czasem mi ciebie tak brakowało...

– Ale nie zdobyłaś się na list.

– Tak mnie wychowano. Jeżeli masz napisać list, raczej wyślij depeszę, mniej zrobisz głupstw. Jeżeli masz zamiar depeszować, lepiej zadzwoń; a jak masz zadzwonić, to już miej odwagę spotkać się i mów patrząc w oczy.

– Długo bym musiał czekać – westchnął; podobała mu się bardzo, wyciągnięta w trzcinowym fotelu paliła papierosa.

– Właśnie zdarzyła się okazja, żeby na parę dni wyskoczyć do Delhi, jakbyś nie przyjechał, byłabym u ciebie jeszcze w tym tygodniu.

– Chyba mój przyjazd nie wpłynie na zmianę twoich planów?

– Pewnie, że nie. Stęskniłam się za tobą. Mam ci tyle do opowiedzenia – stuliła wargi jak przy pocałunku, pojął, że przywykła do wieczornej włóczęgi po Starym Delhi, rozmów, porad i zwierzeń, aż poczuł się wyróżniony.

Zastukano do drzwi.

– Wejść – zawołała, ale nikt się nie kwapił, żeby drzwi otworzyć. Chciała wstać, jednak Istvan ją uprzedził. W blasku niskiego słońca, bardzo ciemna przy swych siwych włosach kłaniała się stara służąca.

– Przepraszam, miss – składała ręce jak do modlitwy – ale portier kazał mi przyjść, żebym zabrała sukienki do prania. Nie wiedział, że pani ma gościa.

Patrzyła spod opuszczonych powiek, czarne źrenice potoczyły się po łóżku, obiegły pokój. Ona dobrze o mnie wiedziała, tylko chcieli sprawdzić, co nas łączy, znajomość, czy głębsza zażyłość, tutejszy hotel słynie jako azyl dla zakochanych.

– Idź, weź. Wszystko wrzuciłam do kosza w łazience.

– Może jutro, nie chciałam przeszkadzać.

Istvan spojrzał na Margit, rozumieli się bez słów.

– Nie, weź zaraz, przelicz i zapisz na kartce. Wcale nam nie przeszkadzasz.

Właściwie oboje byli zadowoleni, że pokojówka tkwi za uchylonymi drzwiami. Zmieniała charakter ich spotkania, uwalniała od gestów poufałych, słów, a może nawet wyznań, których by potem mogli żałować.

Wreszcie wyszła z zawiniątkiem, które za progiem położyła sobie na głowie. Odczuli chęć ucieczki.

Na dinner było za wcześnie. Terey postanowił zrobić dziewczynie niespodziankę i porwać ją do miasta duchów – Fathepur Sikri.

Wielkie drzewa, o liściach jak wyciętych ze skóry, sterczały nieruchomo, podobne do dekoracji teatralnej. Opustoszałe pola drzemały w słońcu, żółte i czerwonawe. Niebo, mimo blasku, nieprzyjazne, wyblakłe, nużyło wzrok. Z ulgą powitali łagodny pagór i zębatą linię murów obronnych z czerwonego kamienia.

Kiedy zajechał pod uchyloną ogromną bramę, ściany nad nimi wyrosły, dyszały żarem, straszyły pustką. Spały nietknięte pałace, miasto, nieuszkodzone żadnym oblężeniem, stada małp wzięły w posiadanie. Siedziały na gzymsach między rzeźbami, same do nich podobne, czasem drapały się niemrawo, trzęsąc srebrną grzywą i szczerząc żółte kły w grymasie odrazy. Niepokoiła cisza tym dotkliwsza, że w obrębie murów nawet nie zgrzytały cykady. Było coś niedobrego w powietrzu, przyczajenie i oczekiwanie. Tak przynajmniej odczuła Margit. Kroki ich pomnażało echo, przedrzeźniało głosy, aż mimo woli starali się stąpać lekko i mówić po cichu.

Nagle dobiegło ich śpiewne wołanie, dostrzegli chudą, czarną sylwetkę na szczycie muru. Stał w czerwonej przepasce, jakby przecięty na pół, z tej odległości podobny do zwidzenia, postąpił krok i wyciągnąwszy ku nim rękę, jakby ich chciał zatrzymać, przechylił się niezręcznie i z podkulonymi nogami runął w dół. Słyszeli rozpaczliwe wycie i lepki trzask uderzenia.

– Boże – jęknęła Margit – zabił się!

Murek z rzeźbami przysłaniał miejsce upadku. Biegli, pomnożone kroki zadudniły, jakby tłum niewidzialnych spieszył wraz z nimi.

Ciała nie mogli dojrzeć.

– Rzucił się, jak nas zobaczył. Dlaczego?

– Chciał mieć widzów – odpowiedział, bawiąc się jej przerażeniem.

– Jesteś naprawdę wstrętny – parsknęła. – O, Boże – zatrzymała się przejęta zgrozą – wpadł do studni.

Trzymając się kurczowo ręki Istvana patrzyła w głąb czeluści, na kamiennej cembrowinie ciemniały bryzgi wody, kolebała na dnie zielonym kożuchem roślinności, rozdartym pośrodku upadkiem ciała.

– Utopił się – szeptała – potworne... Z trzech pięter uderzył o wodę, bezwładnie, to wystarczy.

Wtedy spod szmat wodnego zielska coś się wynurzyło, zarysowała kula głowy, rozsuwając strzępy nawisłe na oczy, wyszczerzył do nich białe zęby i zakrzyczał radośnie.

Po chwili już wyłaził i znacząc mokre ślady na czerwonym kamieniu, obciągając dłońmi wodę z chudego ciała, szedł ku nim uszczęśliwiony i wołał:

– To był skok na cześć szlachetnej pani, żeby ją zabawić. Tylko pięć rupii, sab. Mogę powtórzyć, żeby pani zrobiła foto.

Kiedy już się go pozbyli, Margit z zaciśniętymi pięściami stanęła przed Istvanem.

– Tyś wiedział od początku... Dlaczego mi nie powiedziałeś?

– Nie chciałem ci psuć wrażenia. To strażnik umarłego miasta. Zrobiłaś mu największą przyjemność, jeśli przeżyłaś jego śmierć. Przecież to popis aktorski... Pamiętasz, jak leciał? Wyglądało na prawdziwy wypadek. Dobry akrobata. Zasłużył na zapłatę. A mógł nie trafić do studni, i gdyby go obróciło, uderzyłby karkiem o cembrowinę i już po nim, jak po króliku.

– Przestań – zasłoniła uszy rękami – nawet nie chcę tego słuchać. Jesteś wstrętny.

Szli obok siebie, echo mąciło rytm kroków. Cienie padały na czerwone ściany. Suche jaszczurki zadarłszy ogony przebiegały szarozieloną smugą po kamieniach. Wymiecione, jasne niebo rozjarzało na przestrzał komnaty. Jakże ona mi się podoba – myślał ciepło – ładnie jej z tym gniewem. Przypomina rozzłoszczoną kotkę. Choć na pewno by nie drapała, tylko biła po chłopięcemu pięściami. Trochę sztywne włosy dają się układać swobodnie, rude lśnienia po nich chodzą, gdy ciepły wiatr przeciągnie. Ogrom pustych budynków uciszał te myśli, budził zadumę, karmił serce smutkiem.

Wstępowali po stopniach na krużganki, mijali sale, gdzie jak dywany złociste rozścielał się blask niskiego słońca. Powiew pachniał jałową skałą, zeschłymi ptasimi odchodami, choć ani jednego ptaka nie spłoszyli. Chwilami słychać było głosy małp, szmer stąpań jakby bosych nóg, ale kiedy wstępowali na taras, małpy w srebrnych pelerynach długiej sierści siedziały na sąsiednim dachu, który oddziela przepaść ulicy, i przyglądały się żółtymi, niedobrymi oczami, z daleka towarzysząc, jak przebrane straże.

– Z tego ganeczku szach przyglądał się zapasom, tam był jego harem. Licząc tylko po jednej żonie na komnatę, co wątpliwe, bo chyba umieszczano po dwie, trzy, wypadłoby skromnie – trzydzieści kobiet. Widzisz te kwadraty posadzki na podwórzu, ogromna szachownica, na której żywymi ludźmi rozgrywał partie. Legenda głosi, że zawsze wygrywał, odkąd ściął jednego z radżów, który z nim ośmielił się grać jak z równym, więc mógł stać się i politycznym rywalem.

Wyszli na dziedzińczyk i przystanęli w zachwycie. Na tle czerwonej ściany malutka świątynia z białego marmuru dźwigała trzy kopułki o kształcie pąków lotosu, ściany z marmurowych gałązek i liści lśniły w zachodzie różem, wygłaskane rękami rzeźbiarzy i wiernych, którzy modlili się wczepieni palcami w kamienną plecionkę, błagając łask u guru, pochowanego we wnętrzu pod surowym blokiem białego złomu. Świątyńka odbijała się w płytkiej sadzawce, służącej pielgrzymom do obrzędowego obmywania nóg, nim wejdą na stopnie.

– Powiedz, dlaczego ludzie stąd odeszli – zwróciła ku niemu pojaśniałe oczy – przecież tu jest pięknie.

– Mam ci powiedzieć prawdę czy legendę?

– Wolę legendę, żebyś nie psuł uroku. Całe miasto należy do nas. – Zzuła sandałki i ostrożnie, zebrawszy spódnicę, weszła w wodę.

– Gorąca! – syknęła. – Chyba wolno? Nie popełniłam jakiegoś świętokradztwa?

Cętki blasków biegały po łydkach, brnęła ku stopniom świątyni, mącąc białe odbicie trzech stożkowych dachów.

Usiadł na wypolerowanych flizach podwórka, opasał rękami kolana, patrzył na nią zachłannie. Nie z powodu upału, zmysłowego tchnienia Indii ani mojego osamotnienia tak jej pragnę. Mógłbym ją wyłuskać z sukienki tu, na środku tego dziedzińca i mieć na tych kamieniach, dyszących ciepłem. Jednak nie ruszył się, nie przywołał. Chłonął muzyczne linie jej szyi, gdy niecierpliwie strząsała falę włosów, proste plecy, łuk biodra. Podniosła obie dłonie i uczepiła się kamiennej plecionki, próbowała zajrzeć w cieniste wnętrze. Wyglądała jak modląca się Hinduska – pomyślał – a może o coś prosi, nie tylko dla siebie, ale i dla nas.

– Słuchaj, tu jest pełno jakichś poprzywiązywanych czerwonych sznureczków – skubała, rozplątywała włóczkę, którą okręcono wokół rzeźbionych pędów i liści.

– Nie ruszaj, to błaganie o dziecko – krzyknął ostrzegając, więc schyliła się i przewlekła włóczkę, związała końce.

Jak przestraszona dziewczynka wróciła do niego znacząc mokre ślady.

– Dlaczego mi nie powiedziałeś wcześniej?

– Nie czekałaś. Szach był władcą wielkiego państwa, najpiękniejsze kobiety zwożono z krańców Azji do jego haremu, jednak nie miał potomstwa. Próbował różnych leków i czarów, ale i to nie skutkowało. Wtedy zwrócił się do świątobliwego starca o pomoc. Ten nakazał dwadzieścia dni postu i samotności, potem nakarmił obficie i przysłał ulubioną żonę. Owej nocy poczęła. Szach miał wtedy dwadzieścia dwa lata. Za pierworodnego, za spadkobiercę chciał się starcowi odwdzięczyć, spytał, czego pragnie... Sadhu odpowiedział: chcę spokoju, bo to cenniejsze od wszystkiego, co masz w swoim skarbcu, chcę ciszy. I szach, żeby nie mącono świętemu medytacji, nakazał, by ludność opuściła miasto i sam odszedł z całym dworem. Trzy lata później zmarł raniony zatrutą strzałą.

– Nieprawdopodobna historia...

– Oczywiście – przystał łatwo. – Jednak ten człowiek, który skakał do studni, jest z rodu starca cudotwórcy. Tylko ta jedna rodzina mieszka w Fathepur Sikri; choć poza murami, strzeże opuszczonych pałaców, otwiera bramy o świcie i zamyka o zmroku. Nocą miasto jest we władaniu duchów.

– Chciałabym tu spędzić noc – szepnęła. – W czasie pełni musi być fantastycznie.

– Zupełnie jak między makietami w Hollywood podczas kręcenia „Indyjskiego grobowca". Niestety nie pozwalają tu zostawać, odkąd pewien Amerykanin próbował wyłamywać rzeźby i na linie spuszczał za mur.

– Mówiłeś tyle razy, że tu wszystko wolno, jeżeli się tylko dobrze zapłaci.

– Bo tak jest. Ale czego chcesz tu szukać? Mało miałaś dreszczów? Powiem, żeby na twoją cześć jeszcze raz skoczył do studni, chcesz?

– Nie, nie – opędzała się dłonią.

– Legenda o uzdrowieniu niemocnego szacha wabi bezpłodne kobiety. Przychodzą, szepcą błagalnie przez plecionkę marmurową, a potem przywiązują czerwoną nitkę.

– Po co?

– Żeby nie krwawiły. I wiesz, że to skutkuje.

– Jesteś wstrętny. Wszystko potrafisz zepsuć – zerwała się zgarniając sandały. – A dlaczego oni naprawdę się stąd wynieśli?

– Popatrz na swoje nogi, dotknij. Szorstkie od soli. Pod nami są jakieś złoża, woda nie nadaje się do picia ani do podlewania upraw. Miejsce obronne, piękne położenie, ale bez drzew, z pustynną roślinnością. Po prostu nie można tu żyć. Chodźmy. Odbyłaś już pielgrzymkę, zawiązałaś czerwoną nitkę. Możemy wracać.

Blanki murów rozpalały się w zachodzie. Długie cienie padały od wież. Pierwsze nietoperze popiskując dygotały w powietrzu, mącąc blask, i znowu rozpływały się w półmroku wnętrz, krążyły przyzywając noc.

Margit stała w słońcu spłoszona, zawstydzona, gotowa strząsnąć sandały, przebiec basen i zerwać tamtą nitkę, ale widząc, że Istvan z niej kpi, zła, zmierzała ku wyjściu.

– Głupie zabobony – wzruszyła ramionami. – Jestem lekarką, doceniam wpływ pragnienia, oczekiwania na procesy biologiczne. To może zakłócić rytm, ale nie da dziecka.

Z dali słychać było trąbkę: zamykamy – podobną do sygnału, który wypędza spacerujących w miejskich parkach.

– Od tego są potomkowie świątobliwego staruszka – ujął dziewczynę nad łokciem. – Dzięki ich bardzo nieskomplikowanym praktykom tradycja trwa, pomnażają się wypadki obdarowania dziećmi. I kobiety wędrują do tego grobowca.

– Ty jesteś potwór.

– Po pierwszym dziecku żona wyrusza w pielgrzymkę dziękczynną, pokłoni się tutaj i znowu obdarzona będzie następnym potomkiem. To cudowne miejsce, nawiedzone przez duchy niezmiernie życzliwe kobietom.

Zanim weszli w mrok wieży, obejrzeli się – na niebie ognistym groziły czarne kontury pałaców i świątyń, światło zdawało się krzyczeć, rozpaczać, noc wstająca od ziemi szła jak wielkie milczenie.

W uchylonej bramie czekał strażnik, przykucnąwszy nad mnóstwem małych słoni, małp, bawołów i tygrysów, wystruganych z kamforowego drzewa.

Margit również przykucnęła i wybierała zwierzątka. Kiedy nachylił się doradzając, poczuł ciepłe tchnienie jej ciała, aromat kamfory i odór szlamu, bijący z niewyschniętego turbanu skoczka.

Hindus wpakował rzeźby w torbę plecioną z liści palmowych i podał w ukłonie Margit. Istvan chciał zapłacić, ale dziewczyna odsunęła jego dłoń z pieniędzmi.

Kiedy zjechali z pagóra, musiał zapalić światła, mimo odblasku na niebie. Stała już noc i gwiazdy nadlatywały chmarą: najpierw wielkie, potem natrzęsło ich, jakbyś złotym piaskiem posiał.

– Jesteś zadowolona?

– Z wycieczki? Tak. Bardzo ci dziękuję.

– A ze mnie?

– Nie mów tyle. Uważaj, żebyśmy nie wpadli na arbę. Będę ci wdzięczna, jeśli dowieziesz mnie cało.

Gdy stanął w głębokim mroku pergoli przed drzwiami jej pokoju, był pewny, że pójdą razem na obiad, odgłosy krzątania, szczęk sztućców i szkła dobiegały z jadalni wyraźnie. Cykady dzwoniły prosto w ucho, szeleściły liście, na których żerowały nie nasycone jaszczurki. Daleko w mroku błyskały czerwone ogniki papierosów, widać, że już wrócili uczestnicy kongresu. Margit namacała w ciemności jego rękę, wetknęła mu torbę z rzeźbami. Myślał, że szuka klucza, jednak drzwi były już otwarte, bo wionął mu w twarz ostry zapach flitu.

– Jestem zmęczona. Wybacz, nie pójdę do restauracji.

– Zjemy u mnie. Napijesz się whisky z lodem i zaraz ci humor wróci.

– Jestem śpiąca.

Ręce się spotkały, palce splotły.

– Idź sam. Łyknij za moje zdrowie. Wiem, że cię ciągnie do kolegów – mówiła półgłosem, trochę sennie. – Zwierzątka wzięłam dla twoich chłopców. A może już im posłałeś takie same?

– Nie – przyznał zawstydzony.

– A widzisz... Ty mi za dużo czasu poświęcasz.

Milczeli chwilę, dzwonienie świdrowało w uszach.

– Kiedy cię zobaczę?

– Dziś już nie.

– To do jutra, dobranoc.

– Pokażę ci szpital. Poznasz naszych lekarzy. Dobranoc.

Palce wyśliznęły się z dłoni. W ciężkim mroku, choć nie widział, odczuł, że zniknęła, i kiedy wyciągnął rękę, dotknął zamkniętych drzwi.

Wzruszył ramionami urażony i zawrócił do siebie. Co jej się nagle stało, czym ją dotknąłem? – rozpamiętywał każde słowo, nie mógł się jednak dopatrzeć winy. Jawiła mu się pod powiekami zgrabna, przegięta w słońcu, z karkiem wyzłoconym, miedzianym błyskiem we włosach. Oczy niebieskie, jasne do dna, zmrużone w słońcu. Kilka piegów koło nosa, rozrzewniających, jak u małej dziewczynki, i wargi pełne, świadome, które go wołały.

Rzucił torebkę na rozścielone łóżko, moskitiera związana na węzeł ulatywała w półmroku jak grzyb atomowej eksplozji, który malują na plakatach straszących wojną.

– To jest kobieta. Tak, kobieta – powtórzył z ulgą, jakby mu to odkrycie wyjaśniało wszystkie niepokoje.

Jak latarnia morska wyznaczała drogę oszklona i bijąca dokuczliwym światłem recepcja. Minął pokój Margit, trzymając się na wodzy. Trzeba mieć trochę godności – strofował siebie – powiedziała: nie. Gdyby chciała, bylibyśmy razem, więc się nie narzucaj. Skąd mogę wiedzieć, co zaszło w dniach gdyśmy się rozstali? Piękna, niebezpiecznie rozumna i świadoma siebie kobieta. Taka nie może być długo samotna. Dość wyraźnie przypomniała, gdzie jest moje miejsce, kupując zabawki dla dzieci... Czy można dobitniej wyrazić – nie plącz się, masz własne życie.

Przy barze stali gromadą prawie sami znajomi – malutki Nagar żywo gestykulował, a Czandra, dobroczyńca, przyjmował pochwały z ujmującą skromnością.

– Żałuj, żeś nie słyszał tego przemówienia. Przecież tu każdy tokuje o sobie, Rabindranath Tagore jest tylko pretekstem, włażą na jego pomnik nogami, żeby ich lepiej było widać... A tu niespodzianka, subtelna analiza, motywy senne w jego akwarelach, podświadomość i wierzenia z dzieciństwa, zasłyszane, niejasne, a przyjęte za swoje, wcielone w sztukę. Próba podpatrzenia geniusza od wnętrza.

– Ależ ja tylko znam trochę tekstów i przyjrzałem się wystawionym akwarelom – bronił się Czandra, przekrzywiając głowę. – Każdy by na to wpadł, gdyby tylko chciał uczciwie o pisarzu pomyśleć.

– Właśnie o to chodzi – klasnął Maurice, podrygując na wysokim krzesełku – najbardziej u pana cenię zdolność do śmiałego myślenia, kojarzenia przesłanek, pan umie patrzeć.

– Co panowie zamawiają? – nachylił się barman w białym ogromnym turbanie, sztywnym jak mdłe ciastka z bitego białka, klaśnięcie go przywabiło.

– Dla mnie nic – odżegnywał się Nagar. – Darujcie ze względu na wiek i siwiznę – pogładził się kokieteryjnie po kruczych, rzedniejących, gładko ulizanych włosach. – Gdzie ciebie nosiło? Nie śmiem pytać, z kim?

– Z piękną kobietą – odpowiedział za Istvana Czandra.

– Widział pan? – zaniepokoił się Terey i nagle wydało mu się zupełnie prawdopodobne, że tam w ruinach, wszechwiedzący dobroczyńca mógł się przemykać, obserwować ich przez okna pałaców. – Pan był także w Fathepur Sikri?

– Mignęliście mi wysiadając z austina, stałem opodal, paląc papierosa. Chwilę jeszcze rozmawialiście, a ja usiłowałem sobie wyobrazić, kim jest ta pani.

– Pan też nie był sam – odparował znacząco.

– O, tak – i nagle roześmiał się – nie chcę być zbyt wścibski... Fathepur Sikri, coś w rodzaju socjalistycznego budownictwa, od razu całe miasto, z rozmachem, piękne fasady i nie do zamieszkania, bo zapomniano sprawdzić, czy jest woda. Niewiele się ludzkość nauczyła. Postęp naprawdę jest tylko w zabijaniu. I do tego zajęcia nie należy żywić szczególnych uprzedzeń, ma charakter powszechny i naukowo opracowany, tak że nawet trudno dopatrzeć się winnych... Znajomość prawa i czyste ręce to również i moja zasada.

– No, więc przyznaj się, z kim byłeś – nachylił się do Istvana Nagar, mrugając porozumiewawczo. – Możesz mi wierzyć, że nie będę zazdrosny o kobietę.

– Byłem z panną Ward, znasz ją chyba. Lekarka, walczy ze ślepotą – odpowiedział niedbale.

– Bardzo ryzykowne zajęcie – skrzywił się Czandra. – Ślepym w Indiach lżej się żyje niż widzącym. Po co otwierać im oczy? Znałem parę wypadków, że ślepcy, którym przywrócono wzrok popełniali samobójstwo. Jeden przekonał się, że go bracia oszukują, inny, że umiłowana żona, która się dla niego poświęcała, ma skórę pocętkowaną jak pantera; utrata pigmentu, dotychczas nie znamy przyczyny tej choroby.

Ponieważ gong jeszcze powoli wibrował, dokończyli whisky i przeszli do jadalni między szpalerem kłaniającej się służby.

W czasie rozmowy raz po raz wracało Istvanowi wspomnienie Margit, jak ćmiący ból zęba, aż go to złościło. Oczekiwał, że wejdzie na salę z jakimś mężczyzną, którego towarzystwo wolała. Zgaszony, niecierpliwy, wcześnie odszedł do swego pokoju.

Gdyby się u niej świeciło, byłbym jeszcze wstąpił na chwilę – usprawiedliwiał się przed sobą.

Stożkowaty namiot moskitiery przypominał ośnieżony szczyt. Opieszale zaczął się rozbierać. Przez gęstą siatkę drucianą w okienku łazienki słyszał, co się dzieje u sąsiada, ktoś tam parskał i prychał pod prysznicem, a potem doszło go podobne do miauknięcia nawoływanie:

– *Darling*, jak długo mam jeszcze czekać?

Drażniły te głosy, nie chciał ich słuchać, i nie tylko słyszał, wyobraźnia podsuwała niejasny zarys skłębionych ciał pod falującą moskitierą.

Komary cięły w bose stopy, piekło jak ogniem. Przypomniał sobie, co mówił Czandra: Odkąd tutaj zrobiono dla Amerykanów basen kąpielowy, z którego zresztą nie korzystają, bo glonami zarasta, pojawiły się w hotelu komary.

Wpełznął pod moskitierę, wepchnął starannie końce zasłony pod materac. Poduszka pachniała dusznym odorem kamfory, obok leżała torba z rzeźbionymi zwierzątkami, tak jak ją rzucił, służący rozścielił koce, jednak niczego nie ośmielił się przestawić.

Nie chciało mu się już wychodzić z łóżka. Drapał się po kostkach nóg z zadowoleniem. Poślinionym palcem zwilżał nabrzmiałe miejsca ukąszeń. Myślał o Margit, potem o chłopcach, chciał im pokazać ruiny świątyni, ale oni go nie słuchali, nadbiegło stado koni karych i gniadych, nakryte tumanem kurzawy, dysząc ciepłymi pyskami... Ale to już był sen, i szukał Sandora i Gezy w gęstwie karków, grzyw, ruchliwych nóg bijących kopytami; konie, majaczyło mu, to kłopoty.

Zbudził się wcześnie, wypoczęty i pogodny. Resztkę sennych majaków spłukał pod prysznicem, golił się pogwizdując, kiedy usłyszał niespodziewanie blisko płaczliwy głos kobiety.

– *Darling*, tam ktoś w naszej łazience...

Uśmiechnął się do zdradliwej siatki w okienku pod sufitem i zawołał przyjaźnie:

– To ja, *Good morning*.

Posłyszał człapanie kroków, potem odgłosy porannej ulgi. Schrypnięty bas uspokajał kobietę, że łazienka jest pusta, a jedyne drzwi prowadzą do ich sypialni.

Dzień skrzył się światłami, zroszone trawy i pnącza pergoli płonęły tęczowym ogniem, zieleń łudziła świeżością, która za godzinę zniknie posypana pyłem ceglastym, wstającym spod kół samochodów.

Istvan rozkoszował się niebem jeszcze niespłowiałym, głębią przestworzy. Choć drzwi do pokoju Margit były już otwarte i znajomy kot z recepcji siedział już na progu, Istvan zszedł z ceglanego chodnika w słońce jeszcze łagodne i zajął się wozem. Ledwie podniósł maskę i zajrzał do motoru, znalazło się przy nim dwóch boyów, ciekawych, dotykali nakrętek, gotowi do usług, ochotni i życzliwi.

Zapalony motor grał spokojnie, przetarta szyba ukazywała białe kolumny pergoli, złotopomarańczowe kiście kwiatów i czerwoną drogę ze śladami kolein.

– Halo, jadłeś już śniadanie, Tery?

Margit stała przy nim pełna wiosennej świeżości, oczy patrzyły uczciwie i ciepło.

– Przygotowuję wóz do drogi.

– Kiedy jedziesz?

W głosie wyczuł lekką urazę.

– Kongres kończy się w południe. Na przyjęciu pożegnalnym już nie muszę być. Odjadę jak najwcześniej. Czeka mnie mnóstwo roboty w ambasadzie.

– Chyba lepiej jechać nocą? Chłodniej i droga swobodniejsza.

– Obiecałem, że będę trzy dni. Mają miejsca zarezerwowane dla wycieczek COOK'a. Chciałem im zwolnić pokój.

– Przynieś rzeczy do mnie, zamiast gnieść w walizce – powiedziała prosto – wieczorem odbierzesz. Ja się właściwie nie zdążyłam nacieszyć twoją obecnością.

– Nie moja wina – sprostował trochę dotknięty. – Wczoraj byłaś zmęczona.

– Wczoraj naprawdę byłam zmęczona. A coś ty sobie wymyślił? Przestań już zajmować się autem, a zajmij się mną. Idziemy na śniadanie. Potem mnie odwieziesz do szpitala, kongres zaczyna się o dziesiątej, dosyć czasu, żeby ci pokazać, co tu robię.

– Idź, zajmij miejsca. Tylko nie zamawiaj dla mnie obrzydliwej owsianki. Umyję ręce i lecę.

Stojąc przed lustrem w łazience, zaglądając sobie w oczy, myślał, z odrobiną zniecierpliwienia: co ona chciała przez tę propozycję z rzeczami zyskać? Wczoraj odpycha, dziś zatrzymuje. Wabienie, gra? A może po prostu mówi, co myśli, bez wybiegów i wyrachowań?

Zgarnął przybory do golenia, stłamszoną pidżamę wrzucił do walizki, smoking przeniósł na wieszaku do pokoju Margit. Wieszając w szafie musnął palcami jej suknie z taką czułością, aż się przeraził.

– Zwalniam pokój – powiedział urzędnikowi w recepcji. Tamten był w niepokalanie białej koszuli, chrzęścił nakrochmalonym płótnem, chłopięca smagła szyja dźwigała ładną głowę. Nagar by się nim zachwycił. A młody Hindus nie rozumie, nie zna bezcennych darów: młodość, uroda, trochę zniewieściały wdzięk, czymże one dla niego, skoro wierzy, że będzie tu powracać w niezliczonych wcieleniach. Musimy ich razić niecierpliwością, łapczywym rwaniem. Nam się spieszy, żyjemy tylko raz i to strasznie krótko.

Położył napiwek i uścisnął rękę młodego urzędnika, co bardziej musiało go cieszyć, bo rozpływał się w uśmiechu.

– Mam nadzieję, że pan wkrótce do nas zawita.

– Ja też mam nadzieję – potwierdził, zmierzając do stolika Margit.

W serdecznej komitywie, pokpiwając z siebie, jak na dobrych kolegów przystało, zajechali przed rozległy, piętrowy budynek szpitala. Pod ścianami, na osłoniętych blaszanym dachem werandach, koczowały chłopki w buraczkowych i zielonych sari, kolorowo tam było i gwarnie. Kiedy zaparkował wóz, owionął go duszący odór środków dezynfekcyjnych, ropy, krwi i potu, jaki cierpienie wyciska z ludzkich ciał.

Idąc za Margit musiał przeskakiwać chude, bardzo czarne nogi chłopek. Brzękały na nich o beton posadzki ciężkie bransolety ze srebra.

Margit lubiano tutaj, pozdrawiały ją kobiety, składając modlitewnie dłonie, wykrzykiwały błogosławieństwa. Półnadzy malcy czepiali się jej rąk, podnosili ufnie ku niej twarze, patrzyli jednym okiem, gdy drugie zakryte zwitkiem przybrudzonej gazy zaklejono różowym przylepcem jak okno zabite deskami na krzyż.

– Wewnątrz jest jeszcze gorzej – uprzedzała go, z trudem torując sobie drogę – nie mieścimy chorych w salach, leżą na korytarzu wprost na matach... Nie chcemy nikogo, skoro już się tu przywlókł, odesłać bez prób leczenia. Stąd ta ciżba. Nawet w beznadziejnych wypadkach, kiedy wzrok jest nie do uratowania, można przynieść ulgę. Próbujemy nauczyć, jak mają oczy pielęgnować.

– To wszystko chorzy? – pokazał przestraszony gromady chłopów z żonami, dziećmi, ciągnące w stronę szpitala.

– Nie, to rodziny odwiedzające naszych pacjentów. Przynoszą im jedzenie. Trudno dla każdej sekty prowadzić obowiązującą ich rytualną kuchnię. Pozwalamy, żeby chorych karmili najbliżsi, przychodzą z dziećmi, z krewnymi, taka wyprawa do szpitala jest wydarzeniem. Pośród chorych są tacy, którzy pierwszy raz w życiu dopiero w szpitalu leżą na łóżku, pierwszy raz w życiu jedzą do syta. Oni bardziej wierzą w zaklęcia niż w leki, nie byli zatruwani pigułkami, które się u nas bezmyślnie zażywa, tutaj cuda może zdziałać zwyczajna aspiryna czy piramidon... Nie mówiąc o znakach, jakie im na piersi kreśli roztworem gencjany sam prymariusz.

– Czaruje? Sugestia?

– Przy trachomie sugestia niewiele pomoże – odpowiedziała ze smutkiem – on znaczy ich swoim monogramem i wypisuje numer, żeby przypadki łatwiej rozpoznać.

Wchodzili do sal, gdzie mimo otwartych okien zaduch rozkładającej się ropy dławił lepką słodyczą; gwar, popłakiwania, modlitewne jęki cichły i zaczynał się przybierający szmer pozdrowień. Przerażał widok dzieci, które mimo opatrunków na oczach bawiły się beztrosko glinianymi garnuszkami, lalkami ze szmatek i skorupkami kokosów. Wystarczyło, by nie czuły bólu i już zapominały o groźnej chorobie, odchylały palcami gazę, spod zaognionej powieki spoglądając na przechodzących szklistą, zmąconą źrenicą.

– Włóż fartuch, nie musisz wiązać, narzuć tylko na ramiona, chcę ci pokazać ambulatorium.

Naprzeciw szło dwóch lekarzy, jeden wysoki, łysawy, o prawie białych włosach, drugi młody, energiczny, wystrzyżony na jeża.

– Panie profesorze Salminen, chciałabym przedstawić poetę węgierskiego Tereya, przyjechał na kongres Tagorego...

– Doktor Connoly, z fundacji Forda – ścisnął mu mocno dłoń młody Amerykanin.

– Chce pan o nas pisać? – zaniepokoił się profesor. – Doktor Ward nie zna jeszcze wszystkich spraw, może Connoly panu więcej opowie.

Ani myślę pisać o waszym przeklętym szpitalu – przysięgał w duchu Istvan – teraz już Margit przepadła, a od tego się nie odczepię...

Weszli do ambulatorium. Tuż przy drzwiach siedziała młoda kobieta, trzymając w ręku miseczkę, nad nią stał sanitariusz. Wywinąwszy obrzękłą powiekę wyskubywał z niej ciężkie od ropy, posklejane rzęsy z takim spokojem, jakby darł pierze z zarżniętej kury. Jeśli powieka krwawiła, znudzonym ruchem sięgał po kłaki waty, maczał je w jakimś płynie pachnącym ostro i osuszał oko. W miseczce, którą piastowała kobieta, leżały krwawe strzępy i rzęsy poprzylepiane do brzegu naczynia, jak wyłowione ości odsuwa się na skraj talerza. Duże muchy łaziły po naczyniu, tłukły w oknach zakrytych siatkami. Dwa lepy zwisały z sufitu czarne od przylgniętych owadów. Istvan słyszał ich rozpaczliwe, długie bzykanie.

– Przygotowuję dla pani doktor – sanitariusz rozchylił palcami zapuchnięte oko chłopki – nie wiedziałem, że pani już jest.

Margit myła ręce, opłukała w misce fioletowej od nadmanganianu i włożyła pływające w niej gumowe rękawice, nad czołem miała okrągłe lusterko jak srebrzystą gwiazdę.

Kiedy pochyliła się nad kobietą i zajrzała jej w chore oko, Istvan zobaczył czerwonosine plątaniny żyłek, żółte ziarna otorbionej ropy, jak rozgotowane krupy. Skrzywione odbicie, wyolbrzymione w lusterku, wisiało nad zaciśniętymi w skupieniu wargami Margit, budząc chęć protestu i obrzydzenie.

– Idź już stąd, Tery – powiedziała ciepło. – Connoly opowie ci o naszej placówce... Widzisz, już mnie dopadli. Nie gniewaj się.

– *Good luck* – powiedział półgłosem, jakby tego nie tylko jej, ale i sobie życzył.

– *Good luck* – uniosła dłoń w gumowej rękawicy, obcą i martwą – spotkamy się wieczorem. Czekaj na mnie.

– Jeżeli panu potrzeba danych liczbowych – zachęcał doktor – wejdziemy do kancelarii.

Istvan miał w ustach mdlący odór szpitala.

– Może będę niegrzeczny – zaczął ostrożnie – kiedy powiem szczerze: nie. Wyjdźmy na dwór, chciałbym zapalić.

– Możemy i tutaj... – spojrzawszy na krople potu na czole Tereya dodał szybko: – Ma pan rację, tu i papieros nie smakuje. Wyjdźmy na powietrze. Myśmy otępieli, a pan jest poetą – krzywił się drwiąco.

Z ulgą wyszli na otwarte werandy, a potem na zeschłą trawę dziedzińców. Terey oddychał głęboko, jakby chciał wyrzucić z wnętrzności smród, którego się nałykał. Spoglądał na suknie kobiet, miedziane naczynia, z których polewały sobie dłonie, płucząc symbolicznie przed jedzeniem, i zapytał niespokojnie:

– To zaraźliwe?

– Bardzo – mruknął Connoly, nie wypuszczając papierosa z warg.

Czemu wpuszczacie tłum odwiedzających?

– U siebie, w wiosce, też są w miejscach zakażonych, decyduje odporność organizmu, bo przecież nie higiena. Niech się przynajmniej napatrzą, poduczą, jak zmieniać opatrunki, czym leczyć. Bodaj tyle. My już nie chcemy myśleć. Leczymy, wypychamy do domu, na wieś, w te same warunki, gdzie muszą się powtórnie zakazić, czerpiemy sitem wodę na gaszenie pożaru.

– Więc, co robić, żeby ich ratować?

Lekarz popatrzył wydymając wargi na gromady ludzi koczujących w cieniu werandy.

– Pan jest emigrantem czy stamtąd?

– Z Węgier.

– Powiem panu, jeszcze pół roku tutaj i wścieknę się, zostanę komunistą. Tu trzeba albo wielkich, natychmiastowych reform, albo rewolucji. Albo dawać, dawać jak sobie, jak najbliższym szczodrze, bez rachunku, albo niech sami biorą. Inaczej całe nasze leczenie, nawet pełne poświęcenia, jest bełtaniem wody w potoku, zabawą w filantropię, tylko to już nie jest sprawą lekarzy... a waszą.

– Naszą? – zdziwił się Istvan. – Na komunistów pan chce wszystko zrzucić?

– Nie. Na tych, co potrafią przemówić do wyobraźni, poruszyć serca, myślę o tych, co piszą.

Szli już w stronę auta, sucha trawa kruszyła się pod nogami. Tereyowi zrobiło się przykro, że nie umie dostatecznie okazać podziwu dla ich pracy.

– Pan jest prawdziwym entuzjastą.

– Ja? – zdziwił się Connoly. – Myślę, że teraz rozumiem daremny, bohaterski trud świętych, którzy chcą nawracać grzeszników. Po prostu leczę, bo tego mnie nauczono, próbuję pomóc cierpiącym. Oni są tak bezbronni i ulegli, aż złości. Chyba nad naszym społeczeństwem górują zasadami moralnymi, są na sposób roślinny poddani prawom wegetacji i bardzo dobrzy; łagodni.

– Długo pan jest w Indiach?

– Podpisałem kontrakt na rok, mało kto dłużej wytrzymuje. Zaczyna się buntować. A potem przychodzi pragnienie ucieczki. I dezercja.

– Czy doktor Ward długo tu wytrwa?

– Och, Margit – powiedział ze szczerym zachwytem – to lekarka z powołania, lubi chorych, nie jak profesor Salminen, skomplikowane przypadki jaglicy.

– Nie jest tu zbyt osamotniona? – zapytał dotknięty, że tamten mówi o niej poufale, po imieniu.

– Staramy się – było to powiedziane tak, jakby wystąpił trzy kroki przed szereg, pewny, że się liczy dla niej. – Tylko czasu mało, żeby się gdzieś dalej wypuścić. Zapchlone kino, jaszczurki na ekranie, jeden przyzwoity hotelowy bar, gdzie drą skórę z turystów, ale przynajmniej dają prawdziwą whisky. Trzeba sobie znaleźć hobby. Jeden zbiera bogów z brązu, drugi drewniane maski, trzeci skóry z węży, ale już po miesiącu ma dość, traci zapał. Zostaje praca. I zmęczenie. Walę się na łóżko i leżę otępiały. Mam iść na brydża i nie idę, wiem, wystarczy wziąć prysznic, ale brak sił, żeby się dowlec do łazienki.

– Zostaje kawa – uśmiechnął się Terey – kopie serce.

– Albo ampułka z morfiną, a tego trzeba się strzec. Widziałem, jak się na wojnie ludzie kończyli, tylko dlatego, że nie było kontroli i mieli za łatwy dostęp do skrzynki z lekarstwami, gdzie trzymano narkotyki.

– Trzeba czasem wyskoczyć do Delhi. Niech pan o mnie pamięta. Margit zna adres – musiał swoją zażyłość podkreślić.

– Z przyjemnością, chętnie się wybierzemy, jak tylko czas pozwoli – patrząc mu w oczy uważnie, za mocno uścisnął dłoń, było w tym coś z wyzwania, obaj wiedzieli, o co chodzi.

Lekkimi ruchami kierownicy wymijał wozy zaprzężone w woły, czuł na twarzy ostrą woń bydlęcego potu i zeschłej mierzwy. Posłuszeństwo maszyny sprawiało radość, był jakby zjednoczony ze swoim jasnym austinem.

Czy on po nią sięga? – rozważał chłodno. – Doprawdy głupieję. A może nic się jeszcze nie stało. Przecież sama mówiła, że miała kochanków. Kazała, żebym został, to jest rozsądna kobieta, nie powinienem komplikować spraw; może dziś się rozstrzygnie...

Żwir zachrzęścił pod kołami, postawił auto obok innych, chytrze wyliczając, dokąd cień się przesunie. Z ogromnych drzew, jak stalaktyty wisiały szare sploty korzeni, niektóre już wrastały w czerwoną ziemię, tworząc dodatkowe pnie, wspierające rozległe konary.

Kongres powoli dogasał. Słuchacze wychodzili na papierosa i mimo nawoływań brodatego przewodniczącego w biblijnej tunice, nie spieszono się z powrotem do sali.

Duża grupa wyjechała na wycieczkę odwiedzić wzorową spółdzielnię, której chlubą były nie tylko uprawy i barwione tkaniny, ale nawet, jak go poinformował Nagar, udało się bez stosowania przymusu, dzięki czteroletnim namowom, cierpliwej agitacji, odprowadzić do pola ściek gnojówki, który spływał przez wieki wprost do studni. I woda do picia się poprawiła, mniej ludzi choruje na tyfus, prawdziwe osiągnięcia – pokpiwał.

W sali bielało zaledwie kilkadziesiąt postaci w pierożkach partyjnych na głowach. Poeta o wspaniałych oczach i kobiecych kędziorach, spadających na ramiona, przy akompaniamencie skrzypiec trzystrunnych, deklamował wiersze. Był w koszuli z szerokimi rękawami, związanej czerwoną wstęgą wysoko w połowie piersi. Pantofle miał czarno-złote z zadartymi czubami.

– Dobry poeta – szepnął Istvanowi w ucho mecenas Czandra, który przysiadł obok – szkoda, że go nie drukują.

– Policja zabrania?

– Nie. Brak pieniędzy na druk. Nie ma też chętnych nabywców, nie umieją jeszcze czytać.

– A gdyby go tak nagrać na płytę? W każdym sklepiku jest gramofon. I cóż pan na to, dobroczyńco?

– Niezły pomysł – przyznał, dając mu uniesieniem dłoni znak, że chce słuchać śpiewnego głosu poety.

– O czym on mówi?

– O radości poznawania, o kąpieli w słońcu prawdy – szepnął Czandra.

– Aha – Istvan pokiwał głową z fałszywym uznaniem – rozumiem.

Korzystając z owacji przemknął się do drzwi, zabierając po drodze kilka publikacji wyłożonych na stoły. Usadowił się pod drzewem w trzcinowym fotelu i paląc papierosa zapatrzył się w kopuły liści pomazanych blaskiem.

Dobrze mi, zastygam w upale jak owad w bursztynie, zapomniałem zupełnie o Delhi i ambasadzie. Wysłałem depeszę i czuję się jak w łodzi z przeciętym sznurem, którą prąd unosi. I brzydzi mnie własna bierność i dogadza. Stałem się podobny do Hindusów: niech będzie, co musi być... – Zaśmiał się i odrzucił niedopałek, przyszła mu na myśl Margit... Byleby to, czego pragnę.

O czwartej zadzwonił do szpitala, znowu nie dostał połączenia. Siedział więc w barze i leniwie rozmawiał z gośćmi czekającymi na autobus, zanim go nie wywołał portier. Dzwoniła Margit, żeby zjadł obiad sam, nie zwlekał, przyjedzie później. Niech zabierze klucz od jej pokoju, nie krępuje się, odpocznie.

– Zaraz wezmę wóz i po ciebie skoczę.
– Nie. Nie trzeba. Nie chcę, żebyś czekał. Fred mnie odwiezie.
– To może mam już wracać do Delhi, może się coś odmieniło?
– Był zły, zwłaszcza dotknęły go te dwie sekundy milczenia, zanim odpowiedziała:
– Nie. Zostań. Potem zrobisz, jak zechcesz – jakby pojąwszy, że za wiele obiecuje, dorzuciła już ze śmiechem. – Chcę cię jeszcze zobaczyć, tylko tyle, Tery.
Ciężko odłożył słuchawkę i odszedł prowadzony uważnym spojrzeniem portiera.

Zmarnowane popołudnie, na co mnie ona tutaj trzyma? Zacinał się w gniewnym uporze i chęci zaznaczenia własnej niezależności. Po klucz nie sięgnął, mimo że samo rozlokowanie się w jej pokoju miało dla służby jednoznaczny charakter, i mógł przeżyć chwilę łatwego triumfu, zamanifestować łączącą ich zażyłość. Tkwił w kącie baru, powoli nasączając się whisky. Trwał, tężał wewnętrznie pełen urazy. Obiecywał, że się z nią porachuje za to zwodzenie.

Wystarczyło, że pojawiła się przed nim, prosta, w kasku prawie ciemnych włosów w tym nikłym świetle, wyciągnęła przyjaźnie mocną dłoń, zaczerwienioną od niedawnego szorowania i środków dezynfekcyjnych, żeby odtajał.
– Dlaczegoś nie wziął klucza? Nie chcesz mnie kompromitować? A cóż mnie oni wszyscy obchodzą. Czuję, żeś sobie trochę podpił... No, co siedzisz taki nastroszony? Miałam zabiegi, a potem chciałam je na świeżo opisać. Zamów dla mnie jedną podwójną. Nie będę ci obrzydzała jedzenia opowiadaniem. Rozchmurz się – podniosła szklankę ze złotawym płynem – popędzałam Freda, a kiedy zastukałam do drzwi, myślałam, że zasnąłeś. Potem klucz

odebrałam, byłam pewna, żeś na złość mnie i sobie odjechał. Zapaliłam światło, czekałam chwilę, aż przyszłam tutaj, jak przystało na lekarza, pocieszyć się szklaneczką. Wtedy odnalazłam twój wóz i już się uspokoiłam.

Z rozwartymi szeroko oczami pociągnęła ze szklanki, spoglądała na niego z wielką czułością, przynajmniej tak to odczytał. Przeszli oboje do sali, prawie pustej, zaraz obstąpili ich kelnerzy w czerwieni i złocie, podsuwając ogromną tacę z nakrajanym mięsem i mnóstwo jarzyn ponacinanych misternie, rzeźbionych w kwiaty, zębate spirale rzepki, róże z rzodkiewek, czerwone rozgwiazdy marchwi, kędzierzawą sałatę.

– Nie boisz się ameb? – zapytała chrupiąc sopel białej rzodkwi.

– Myte w kali. Zresztą, pijana ameba chyba nie może zaszkodzić.

Patrzył na nią zachwycony.

– Żebyś ty wiedziała, jak mi się podobasz.

– Może wiem. Miałam tego dowody, jak uciekałeś dziś ze szpitala. Ale teraz po whisky mogę nawet uwierzyć – przekomarzała się dotykając jego dłoni. – Lubisz mnie, osobę, której nie ma. Margit przez ciebie wymyśloną. Bo cóż ty o mnie wiesz? Nawet nie zajrzałeś do mego paszportu, może mam męża, dzieci...

– Nie, przecież mówiłaś... – stężał cały.

– Ile ty masz lat, że jeszcze wierzysz temu, co mówią kobiety? Dla każdego nowego mężczyzny stwarzają się raz jeszcze. No, nie patrz tak na mnie, ja nie kłamię. Po co cię zatrzymałam? Sama nie wiem. Może dla mnie coś znaczysz i dlatego chciałam, żebyś jeszcze został.

– Przecież wczoraj...

– A może się bałam? Dziś mam przynajmniej pewność, że możesz odjechać. I chyba powinieneś. Tak będzie lepiej.

Mówiła półgłosem, trochę jakby do siebie, zamyślona. Nagle trzepnęła go dłonią, rozkazała ze śmiechem:

– Odłóż papierosa. Jedz.

I wzięła się do smażonej ryby. Jadła z takim apetytem, że sam nabrał ochoty. Po chwili paplali jak para studentów, którzy uciekli z wykładów.

– Kawy napijemy się u mnie? – zapytała prosto.

Szedł za nią, wpatrzony w wysoko podwiązane włosy. Jakże pragnął zanurzyć w nich palce, przygarnąć ją, i odwróciwszy ku sobie, całować.

– Zmieniłaś uczesanie?

– O, i to zauważyłeś – pokręciła głową – musisz być zakochany.

Kiedy pogrążyli się w mrok pergoli i liściasty dach odgrodził ich od wygwieżdżonego nieba, czuł każde przypadkowe otarcie się o jej ciało, było w jego stąpaniu coś ze skradania się drapieżnika gotowego do skoku. Przed drzwiami objął ją ramieniem i pocałował w usta. Kiedy weszli do pokoju, próbował to powtórzyć, poddawała mu się bezwolnie. Zapach jej skóry, włosów, niepokoił i jątrzył.

– Puść mnie – szepnęła.

Czuł, że staje się oporna, trzymał ją jeszcze w ramionach, dotykał nie wargami, ale bliskim oddechem.

– Prosiłam cię... – przypomniała, więc ją uwolnił.

Zapaliła małą lampę.

– Siadaj.

Widział ruchliwy skraj spódnicy, zgrabne nogi, prawie bose, w hinduskich sandałach. Weszła do łazienki, słyszał, jak szumi woda z kranu. Oddychał niespokojnie, wyobrażał sobie, jak ściąga przez głowę sukienkę, myje się, może pociera perfumami. Odczuł dotkliwy zawód, gdy wróciła nie odmieniona, z garnuszkiem w ręce, włączyła maszynkę elektryczną i sprawdziwszy kolistym gestem dłoni, czy grzeje, postawiła na płytce.

Potem usiadła o dwa kroki zaledwie, a straszliwie daleko i opasała splecionymi rękami uniesione kolano.

– Czujesz się bardzo zawiedziony?

– Nie. – Po chwili dorzucił: – W twoich pocałunkach nie było radości.

– Odczułeś to... Zaprosiłam cię na kawę i chwilę rozmowy, ważnej – powiedziała z naciskiem – przynajmniej dla mnie.

– Jednak pozwoliłaś się całować.

– Nie jestem z drewna. A trochę nie chciałam ci sprawić zawodu.

Patrzyli w siebie milcząc. Istvana ogarnął niepokój: ku czemu ona zmierza, czego ode mnie chce?

– Istvan, ja cię po prostu kocham – powiedziała ciężko. – Może to już wiele razy słyszałeś od innych kobiet, ale dla mnie to olśnienie.

Odetchnął.

Klęknął przy niej, opasał rękami i oparł głowę o pierś. Słyszał bicie serca. Pogłaskała go łagodnie, macierzyńskim ruchem.

– O, jak to dobrze – powiedział głosem tak pełnym ulgi, że się zawstydził.

– Nie jestem tego pewna.

Lekko odepchnęła go dłonią, ale nie było w tym niechęci, tylko czułość.

– No, siądź, posłuchaj.

– Więc to nie wszystko jeszcze?

– Nie.

Ucałował w powieki i posłusznie usiadł na fotelu. Patrzył, jak się krząta, bo woda właśnie zawrzała, sypie nescę do filiżanki, miesza z cukrem.

– Daj – odebrał jej z rąk garnuszek, ujął uszko przez chustkę i nalał wrzątku. Już był spokojny, miał czas, wiedział, że ją zdobył. Będzie jego. Nie musiał się spieszyć. Spoglądał na jej wyciągnięte nogi, na wzniesienia piersi i łono, widoczne pod cienką tkaniną sukienki, na zarys twarzy ku niemu zwróconej, opłynięty blaskiem lampy. Tak wódz patrzył na leżące w dolinie miasto, które padnie zdobyte.

– Pij kawę, dobrze ci zrobi... Będziesz nocą prowadził wóz, a masz w żyłach trochę alkoholu.

Przyglądał się jej czujnie. Zamilkła. Zdało mu się, że o nim nie pamięta, odeszła, a może tylko udaje obojętność.

– Miałam narzeczonego – zaczęła półgłosem, patrząc przed siebie z lekko uniesioną głową.

– Wiem. Zabili go Japończycy.

– Nic nie wiesz – przerwała mu spokojnie, prawie sennie. – Pozwól mi skończyć. Wysłano go z patrolem. Pułk był w odwrocie, rozbity. Ludzie u kresu sił. Stanley poszedł na ochotnika. Z nim siedmiu, którzy nie chcieli być gorsi. Szli przez bagno i przeklinali go. Każdy krok naprzód zmniejszał szansę powrotu. Noc. Prawdziwa dżungla, nie cierniste krzaczki jak tutaj. Wiesz, jak ciemność gada, straszy? Wpadli w zasadzkę. Dwóch żołnierzy ranili Japończycy i żeby nie mieć kłopotu, dobili na rozkaz oficera. Stanleyowi kazał on wskazać na mapie, gdzie jest pułk. Żołnierze mówili zgodnie, jak ich nauczył, że są z rozproszonych oddziałów i tylko dowódca patrolu wie, dokąd ich prowadzi. Stanley odmówił zeznań. On zawsze był uparty, od małego robił, co chciał – zamyśliła się, jakby szukała tego chłopaka z własnego dzieciństwa.

– Torturowali go? – zapytał, chcąc jej ułatwić pominięcie najgorszego, które przeczuwał.

– Tak. Żołnierzom skrępowali ręce na plecach i posadzili rzędem, żeby widzieli, co ich czeka, ze Stanleya zdarli koszulę i za nogi przywiązali do dwóch nagiętych sprężystych drzewek. Wisiał tak głową w dół, rękami związanymi dotykał trawy. Japończycy rozpalili ognisko i jednym kopnięciem oficer rozkołysał to żywe wahadło. Rozumiesz, oni go piekli żywcem... Próbował zasłonić twarz, a potem rozrzucić związanymi rękami żar. Włosy mu się zapaliły – mówiła z okropnym spokojem. – Wył z bólu, ale nie powiedział słowa. Oficer długo się namyślał, nim go zastrzelił.

Słychać było kapanie wody w łazience, dokuczliwy brzęk cykad za oknem. Biedna mała. Czuł dla niej ogromną litość, a był jak puste naczynie. Cała mgiełka alkoholowa znikła jak pod zaklęciem. Cóż ja jej mogę dać? Jakie znaleźć słowa pocieszenia?

– Stanley nie zdradził, za to tamci, co na jego mękę patrzyli, wydali wszystko. Jeden przez drugiego.

– Skąd wiesz?

– Ten, który mi przyniósł wiadomość, mój pierwszy – parsknęła pogardliwie – szukał u mnie rozgrzeszenia. Dobrze się wybrał. No, to już wiesz.

Siedziała zgarbiona, ręce spoczywały na udach jak odcięte. Przyginał ją ból.

Cóż ja mogę? – myślał z rozpaczą. – Pogłaskać, utulić jak psiaka, któremu nadepnięto na łapę? Dlaczego mnie musiało to spotkać, czuł urazę i żal. Po co mi teraz o tym mówiła?

– Margit – zaczął niepewnie – to było trzynaście lat temu.

– Trzynaście lat temu stałeś obok tych Japończyków, byłeś wrogiem.

– To dawno, bardzo dawno – próbował się bronić. – Przecież nas do tego zmusili. Węgrzy nie chcieli... Margit – prosił – zapomnij, ja ciebie kocham.

– Nie kłam. Chcesz mnie, możesz mnie mieć. Dziś, jutro. Każdego dnia, kiedy zechcesz. Nie mów teraz. Żebyś nie żałował. Bo ja cię naprawdę kocham. To straszne. Wiem, że masz żonę, synów. Godzę się i z tym. Choć będę o ciebie walczyła, jeżeli uwierzę, że mnie kochasz. Więc zastanów się... Masz czas. Przecież ja ci nie ucieknę. – W głosie była rozpacz. – Nie szukam w tobie łatwego pocieszenia. Zrozum, jesteś moim życiem.

Milczał, wstrząśnięty, ogłuszony.

– Jedź – szepnęła. – Mnie też nielekko... Rozumiesz, czemu przed tobą się bronię.

Czuł się zupełnie bezradny, instynkt nakazywał nie próbować gry, każde słowo zabrzmi fałszem.

– No, to ja już sobie pójdę – wymamrotał, ujmując jej bezwolną dłoń i całując suchymi wargami.

Skinęła głową, że się zgadza, że tak lepiej. Nie podniosła oczu, kiedy zamykał cicho drzwi za sobą unosząc walizkę jak złodziej.

Zapuścił motor i wyjechał, przez chwilę łudził się, że otworzy drzwi i wyjrzy za nim. Pergola została czarna, żadne światło nie błysło.

Minąwszy Agrę zapalił reflektory. Gnał, jakby chciał od niej uciec.

– Margit, Margit – jęczał – co ja mogę...

Wiedział, że ona zna prawdę. Gdyby ją kochał, potrafi przeszłość odepchnąć, zatrzeć wspomnienia... Zostaną cienie, nietrwałe cienie. Ona to przeczuwa. Tamta dziewczęca miłość jest dla niej cenna, powraca nadzieją, że mogła przeżyć wzlot, zatracić się w szczęściu. Nie wystarczało potem sycić niespokojne ciało, usypiać w objęciu mężczyzny. Ona jest uczciwa. Ostrzega.

Głowę miał jasną. Rozpamiętywał własne zachowanie, myślał o sobie z gniewem i pogardą. Widział dziewczynę skuloną na fotelu, to znów tamtego sprzed lat trzynastu, żywe ciało związanymi rękami rozgrzebujące żar ogniska, aż iskry bryzgają na siedzących w kucki jeńców, z których każdy czeka, żeby wreszcie skonał, by móc zdradzić.

W smugach świetlistych reflektorów niezliczone owady przelatywały jak iskry. Musiał zwolnić, nacisnął klakson. Kolumna wozów zaprzężonych w białe woły o rogach jak liry ciągnęła środkiem drogi. Oczy zwierząt zapalały się fioletowym ogniem, wielkie i łagodne, woźnice zakopani pośród worów bawełny spali twardo.

Rozdział V

Niebo puste, zbielałe mrowiło się pyłem świetlistym, otwarte po horyzont. Drganie powietrza tworzyło pozór ruchu, jednak zżółkłe listowie, zeschłe, wystrzępione pióra palm nawet się nie zakołysały, przywalone upałem. Wraz z blaskiem, który jak lustrzane okruchy ranił źrenice, niosło się zewsząd, przybierało falami dokuczliwe, świdrujące zgrzytanie cykad. Owady piłowały zaciekle, cały przestwór zdawał się tętnić ich dzwonieniem. Tę jałową, od miesięcy niezmienną pogodę można było znienawidzić, ziała żarem z rozpalonych murów, kładła się ciężko, obezwładniała, drażniła, nie dawała ani pracować, ani odpocząć.

W poszukiwaniu cienia Istvan na próżno objechał budynek ambasady, wreszcie zaparkował austina ryjąc motorem falę pnączy pod ścianą garażu, aż przestraszone jaszczurki kapały z przywiędłych liści.

Wracał ze studia indyjskiego radia, gdzie zdołał w programie umieścić kwadrans węgierskiej muzyki skrzypcowej i ludowe piosenki. Pomógł chyba, zręcznie postawiony na biurku spowitej w jedwabie referentki, podarek. Dobrze, że nie otworzyła przy mnie pudełka... Czekoladki na pewno rozpuściły się i posklejały – uśmiechał się złośliwie. Muzykę określili jako pokrewną, nie uważał tych słów za pochwałę, znając bolesne skowyty hinduskich instrumentów, śpiewy podobne do skargi, podszyte smutkiem i bólem.

Przy garażach usłyszał miarowe odgłosy rąbania, osłonięty pustymi pakami przykucnął Mihaly. Tasakiem wywleczonym z matczynej kuchni łupał deseczki na długie drzazgi. Pomagał sobie wysuniętym końcem języka i nawet nie zwrócił uwagi na zajeżdżające auto. Dopiero gdy Terey stanął nad nim, podniósł zarumienioną twarz i otarł kroplę potu z nosa.

– Nie jest ci za gorąco?

– Nie. Muszę pomagać, bo drzewo jest bardzo drogie.

– A ty chcesz je sprzedać?

– Podaruję Kriszanowi, ja bardzo go lubię.

– Uważaj, żebyś się nie skaleczył.

– Uważam, wujku – odpowiedział poważnie. – Czy to już wystarczy?

– Do kuchni, na podpałkę wystarczy.

– Rąbię na hinduski pogrzeb – powiedział drepcząc w przysiadzie jak żaba.

– Głupia zabawa – skarcił go Istvan. – Proszę cię, przestań. Uciekaj do domu, posiedź w cieniu, odpocznij.

– To nie żadna zabawa, ja naprawdę pomagam – upierał się, podciągając skrzyżowane szelki na chudych, opalonych ramionach. – Czy ją to będzie bolało?

– Kogo?

– Żonę Kriszana, ona jest całkiem umarła, już przychodziły stare kobiety i kładły jej palec do oka – tłumaczył, jakby chodziło o sprawy oczywiste – dziś wieczorem ją spalą...

Patrzył na chłopca zaskoczony. Widział błyszczące oczy w cieniu lekkiego kapelusza i brunatne ręce, ściskające drewnianą oprawę tasaka. Słońce, załamane na ostrzu, sypało skrami. Cykady dzwoniły jak oszalałe.

– Ona jest tutaj? – Terey pokazał na zamieszkały boks.

– Nie. Owinęli ją w niebieski celofan, postrzyżony na końcach, zupełnie jak cukierek, i nieśli na bambusowej drabince. Muzykanci przyszli z bębnem i piszczałkami... A jej młodsza siostra pęczkiem pawich piór cały czas odganiała duchy. Zanieśli nad rzekę, tam palą umarłych.

– Biedny Kriszan.

– Bardzo się martwił, że pogrzeb drogo kosztuje – tłumaczył Mihaly – więc chciałem mu pomóc.

– Dobry z ciebie chłopiec – pogłaskał go Terey po spoconym, chudym karku. – My też pomyślimy, jak mu ulżyć... A teraz zmykaj do domu. Dosyć tego rąbania.

Chłopiec wyprostował się niechętnie, westchnął głęboko. Od ściany bił żar. Duże, metaliczne muchy uderzały w nią i odpryskiwały ze wściekłym bzykaniem. Zamierzył się na jedną tasakiem, ale ona zniknęła w blasku, nim ostrze dziobnęło ścianę.

– Chytra – szepnął chłopiec z uznaniem. – Płaczki je odpędzały... bo to są duchy. Takich much tu nie było. One chcą wcisnąć się do ucha albo do ust i wtedy ciało się rusza. A czy wujek wie, że Kriszan ma już nową żonę?

– E, głupstwa pleciesz...

– Słowo daję, wujku, widziałem, jak jej dawał bransolety z umarłej i przymierzała je przed lustrem.

– Mihaly, wytrzyj czoło. Cały jesteś spocony.

– Przyszła z wioski. Mama mówi, że chłop dłużej jak trzy noce nie wytrzyma bez baby... Jak tato długo siedzi w budynku, to mama włazi na drabinkę i zagląda przez okno, czy jest sam.

Opowiadał pogodnie, chyba nie rozumiał sensu podsłuchanego gderania matki. Istvanowi wydało się, że nadużywa zaufania dziecka, jednak skusiło go i powiedział:

– A ja? Przecież mam żonę i synów w Budapeszcie, tyle czasu jestem tu sam...

– E, wujek tak mówi – uśmiechnął się jak lisek – a ja słyszałem, że chociaż wujek nie ma żony, to ma kangura. Czy wujek mi go pokaże?

Dobrze mi tak – pomyślał ze złością – chciałeś, to masz. Żyję w Indiach, za dużo oczu. Wystarczy raz pokazać się z kobietą i już o tobie wiedzą. Przygarnął jednak chłopca serdecznie i szepnął:

– Nie ma już kangura, kochanie.

– Uciekł?

– Nie. Jest daleko.

Mihaly uczepił się jego dłoni, ciepłą, spoconą łapką.

– Niech się wujek nie martwi. Może wróci.

– Jakby długo nie wracał, pojadę go szukać – powiedział i nagle odczuł, że jest na to zdecydowany. Trzeba tylko znaleźć okazję. Ogarnęła go życzliwość dla malca, wymyśla sobie zabawy, naśladuje dorosłych, trzeba mu sprawić jakąś przyjemność, wziąć na lody albo do kina na disneyowskie kreskówki.

Posłyszał nad sobą dudnienie, ktoś pukał w szybę, blask słońca raził, dojrzał tylko odsuniętą firankę i postać, która go przyzywała gestami ręki.

– Zmykaj, oddaj tasak mamie – przypomniał chłopcu i ruszył do wnętrza ambasady.

Przez krótką chwilę czuł ulgę, dokuczliwe dzwonienie owadów przygasło, hall był chłodnawy, cienisty, jednak wkrótce zrobiło mu się duszno, dławił zapach środków przeciw moskitom, pasty, jadowitej farby z kokosowego chodnika i niedogaszonych papierosów.

Pracowników zastał zebranych w pokoju Ferenza. Judyta chyliła spiętrzony kasztanowy kok nad maszyną, pisząc zawzięcie coś, co jej sekretarz dyktował chodząc wokół biurka. Mały, łysy telegrafista-szyfrant siedział skromnie na krzesełku.

– No, nareszcie jesteś... Musiałeś uciąć rozmówkę z kolegą – zauważył złośliwie Ferenz – znowu sprawy ostateczne?

– A wiesz, że tak – przyznał Terey. – Mihaly mówił mi o śmierci. Rozgarnięty chłopiec, zawsze czegoś się od niego dowiem.

Dostrzegł, że szyfrant wpatruje się z napięciem, niepewny, czy to pochwała, czy drwina.

– Coś trzeba zrobić z Kriszanem – zaczął radca. – Mówiło się, przebąkiwało o śmierci żony, ale naprawdę nikt nie wierzył... Chyba się złożymy na pogrzeb?

– Po co? Jakbyśmy chcieli się zajmować pogrzebem każdego Hindusa, który zapragnął odmienić sobie los, chodzilibyśmy nadzy i bosi, a tu nie byłoby ambasady, tylko krematorium – uciął cierpko Ferenz. – On ma dosyć rupii, wypłaciłem mu dwumiesięczną odprawę.

– Nareszcie coś z głową zrobione – ucieszył się Istvan. – Podpisuję się pod tą decyzją obu rękami.

– A mówiłaś, że Terey będzie innego zdania – zwrócił się Ferenz do Judyty – choć to wola Starego i już gadanie niczego nie zmieni. Kriszan od pierwszego zostaje zwolniony. Rozstajemy się i *adieu* – rozłożył wymownym gestem dłonie.

– Przecież to dobry szofer. Mało mu się na łeb wali? Nie można poczekać?

– Towarzyszu radco – przerwał Ferenz. Niedobrze, pomyślał Istvan, jeśli tak się zwracają, znaczy, że czegoś chcą, obdzielają dodatkowym zaufaniem, odwołują się do solidarności i rozkładają na jego barki odpowiedzialność za decyzje, które poza nim zapadły; stał, wsunąwszy ręce w kieszenie, z pochyloną głową. – To był kierowca ambasadora. Ma złą opinię. Ostatni wypadek z krową w pełni ją potwierdza. Czekaliśmy za długo. Miał chorą żonę, wypadało okazać cierpliwość.

– Czekaliście jak sępy, aż dojdzie.

– Niegodziwe porównanie – Ferenz piętnował samym namaszczonym tonem, przyjrzał się zebranym i szyfrant mu przytaknął, jakby przełknął coś, co dotąd mu stało w gardle. – Proponowaliśmy szpital, mówiliśmy, że operacja jest niezbędna, ale nie chciał o tym słyszeć, towarzyszu Terey. Nie chciał. Pamiętajcie, że jesteśmy w Indiach, kraju kapitalistycznym, pod obstrzałem, nie wolno nam było pakować się w kłopotliwe historie, wlec ją siłą na stół... Nie możemy łamać ich kardynalnej zasady: *non violence*. Zrobiliśmy, co do nas należało. Ja przynajmniej nie mam sobie nic do wyrzucenia. To Kriszan nieludzko się obszedł z własną żoną; on po prostu chciał, żeby umarła. Sama to nieraz z płaczem mówiła. Więc nie mamy powodu, żeby się nad nim roztkliwiać. Kriszan dostaje wymówienie. Miesiąc się ledwie zaczął, płacimy za dwa i to za dużo.

– Kriszan jest dobrym szoferem. Wypadek może się zdarzyć każdemu, zwłaszcza gdy krowy rozłażą się po ulicach...

– Jeżeli jest rzeczywiście taki dobry, łatwo znajdzie pracę, nie robimy mu żadnej krzywdy.

Szyfrant z rozpogodzoną twarzą kiwał głową. Odpowiadało mu takie rozumowanie, uspokajało.

– Zwalniacie – podjął Istvan – wasza sprawa, a na co mnie potrzebujecie?

– Bo ja jestem za ostry. Ty umiesz, Terey, pogadać z ludźmi, wyjaśnić, przebadać... Mają do ciebie zaufanie. Kriszan jest przygotowany, już wie. Chodzi tylko, żeby naszych poufnych spraw nie wynosił.

Widząc zdziwienie Tereya, dorzucił gładząc dłonią powietrze:

– Niech nie rozpowiada, gdzie i z kim jeździł, po co mają znać nasze kontakty, uchwycić w ewidencji życzliwych nam ludzi... Rozumiesz?

– Nie bardzo – zawahał się Istvan – nie wierzyłbym mu, nawet gdyby przysięgał na Kali.

– Trzeba go przekonać o naszej życzliwości – Ferenz splatał dłonie – o możliwościach powrotu, za jakiś czas, do tej samej pracy.

– Nie chwytam... To po co go zwalniać?

– Dziwnie tracisz inteligencję, kiedy trzeba coś załatwić. Ambasador zlecił, żebyś z Kriszanem porozmawiał szczerze. Zrozum, w Indiach zabita krowa to świętokradztwo, poważna sprawa, a my nie chcemy, by jakikolwiek cień padł na ambasadę. Porozmawiaj, wysonduj jego nastroje, a potem we trójkę z ambasadorem podejmiemy dalsze kroki... Może trzeba się będzie uciec do pomocy prawnika?

– Kiedy mam z nim rozmawiać?

– No, nie dziś – uspokoił. – Jutro, pojutrze wystarczy, w każdym razie, zanim zacznie szukać nowej pracy. Wolałbym, żeby nas nie sprzedawał.

– Wielkie mi tajemnice – zbył Terey.

– A jakby poszedł do Amerykanów? Rozbudowują ośrodek. Albo do Niemców z NRF-u. Unowocześnili przemysł i tu się pchają, gotowi otwierać filie. Zobacz ich punkt informacyjny przy Connaught Place. Przypominają, że ich kilka marek – to już dolar. Czyja waluta stoi lepiej? Hindusi są na to wrażliwi... Taki kierowca może być

Niemcom na rękę, wiarygodny świadek. Dwa fakty będą prawdziwe, a pięć dodanych, zmyślonych, trudno się wtedy tłumaczyć.

– Nie lepiej go zatrzymać?

– Widać nie, skoro Stary kazał go zwolnić. On już wie, co robi. Wystawił opinię dla Kriszana. Dobra, ale nim go ktoś weźmie, zadzwoni do nas, żeby się upewnić, wtedy można napomknąć o naszych zastrzeżeniach, gdyby jego nowy pracodawca nam nie odpowiadał. Ludzie przestali ślepo ufać referencjom na piśmie, możemy z daleka pokierować jego losem.

Mówił niefrasobliwie, jakby wiedziony jedynie życzliwością, przyjrzał się swej pociągłej twarzy w szybie okiennej, przyczesał bujne, karbowane włosy.

– Kurierzy będą jutro, nie zapomnij o sprawozdaniach – ostrzegał Tereya.

Gdy wyszedł, telegrafista podniósł się ze swego krzesełka i też zmierzał ku drzwiom.

– Przyszło coś ciekawego w depeszach? – zapytał Istvan.

– E, nic... Już mam taką naturę, że jak rozszyfruję depeszę, przepiszę na czysto, od razu zapominam. Nie, nic nie było takiego. Chyba tyle, że Rajk jest niewinny, choć go powiesili, ma być teraz rehabilitacja.

– O, to bomba – zatrzymał się Istvan, wymieniając spojrzenie z Judytą – mogą przyjść zmiany w rządzie. No, i co jeszcze?

– Naprawdę nie pamiętam. Dałem ambasadorowi, jak będzie chciał, zbierze nas i powiadomi. Jeśli ma inne zalecenie, i tak przeczytamy szczegóły na pierwszej stronie „Times of India”.

– No, będzie poruszenie w narodzie – powiedziała Judyta.

– Właśnie. I komu to potrzebne? – pochylił krótko wystrzyżoną głowę szyfrant. – Tamtemu życia nie wrócą, a nam też nie będzie lżej, bo każdy pamięta, co stało w gazetach, mowę prokuratora; skazywano zgodnie z prawem... I komu wierzyć? Ja bym już tych mogił, kiedy raz uklepane, nie tykał.

– Człowieku, a gdzie sprawiedliwość? – wykrzyknął Terey. – Życia mu nie wrócimy, to choć oczyśćmy z hańby. Nie był zdrajcą, prawdziwy Węgier i komunista.

– Mówi pan, jakby ci, co go skazali, byli inni – podniósł twarz bladą, obrzękłą, nie zanurzał jej w blask indyjskiego słońca, tylko przesiadywał w swoim mrocznym pokoju za pancernymi drzwiami. – Ja jestem prosty szyfrant. Wzięli mnie z wojska i wysłali tutaj, robię swoje. Jednak mi się widzi, panie radco, że wszystko, o czym czytamy, to choć na oko jasne i całkiem jawne, a też jest szyfrem, i dopiero nasze dzieci go odczytają jak należy. Aż żal, że człowiek tego nie doczeka. No, idę do swojej nory... Jak kurierzy nadlecą, poopowiadają, jakie są w kraju nastroje.

Ledwie drzwi się za nim zamknęły, Istvan usiadł ciężko po drugiej stronie biurka. Patrzył na pociemniałe powieki Judyty. Wentylator szumiał nieznośnie i drażnił.

– Słyszałeś głos prostego człowieka. On musi mieć do władzy zaufanie, żeby jej słuchał. A tu się robi wszystko, aby poderwać szacunek.

– Jesteś za udeptywaniem tamtych mogił, Judyto?

– Nie. I dobrze zrozumiałam, o co ci chodzi, tylko pragnę paru lat ładu, spokoju, po tym, co przeżyliśmy w czasie wojny... I później. Chyba nie mam zbyt wygórowanych wymagań?

– Judyto, samo przywrócenie honoru zamordowanemu w majestacie prawa niczego nie załatwi. To zaledwie początek, ludzie zapytają: a co z sędziami, którzy okazali się oprawcami? A towarzysze, którzy ich się wyparli, więcej, potępili i przyklasnęli fałszywym wyrokom? Pytam, kto z nich wiedział, że głosując przystaje na zbrodnie. Złowrogie cienie skryły rozlaną krew, teraz nie dojdziesz, odpowiedzialność się rozkłada... Nawet niedobrze byłoby śledztwo prowadzić do kresu. Wina obciąża nas wszystkich. Niewinni w końcu okazaliby się ci, którzy by wtedy stanęli obok nich pod szubienicą na znak protestu... A kto jest do tego zdolny? Ja znam Węgrów, lud zażąda głów i jeśli ich nie dostanie, sam po nie sięgnie, i wtedy wiesz, co może się stać.

– Mówisz, jakbyś był w partii – brzmiało w tym uznanie. – Ja już widziałam niejedno, znam takich, którzy żyli jak święci, a jednak wiedzieli, co kryje się w tej ostatniej komnacie, choć udawali, że jej nie ma. Znienawidziliby każdego, kto by im o tym, co wiedzą, powiedział jawnie, zmusił do zajęcia stanowiska, do osądzenia. Bardzo trudno wykrztusić: pomyliłem się, zostałem oszukany, przekreślić dziesiątek lat... Żyli socjalizmem, mimo wszystko... Przetrzymali ciężkie obozy, zdrady i tortury. Wierzyli, że to nieunikniona cena, kiedy się kładzie fundamenty. A teraz widać, że mogło się bez tego obyć. Dlaczego Stary zaszył się w gabinecie? On rozumie. To nie sprawa kariery, doszlusowania do nowej grupy, która może objąć kierownictwo, to gorzka pora obrachunku ze sobą... Wyśledzenie pierwszego ustępstwa, tego zboczenia z kierunku, jeszcze w nadziei, że się łatwo powróci, aż po chwilę, kiedy już jest wszystko jedno, kiedy się przystaje na zdradę partii, tego, co nas w młodości porywało i co jest po dziś dzień wielkie, spełnione i niespełnione przed nami.

Patrzył na jej uniesioną twarz, pełną ognia. Nie znał jej takiej.

– Ferenz, choć młody, nie rozumie sygnału, jaki dziś dostał, ale ambasador jest starym partyjniakiem. Ja wiem, bo byłam tam, znam te obolałe, poszczerbione rodziny, które okrzykiem na cześć Stalina kneblowały sobie usta gotowe przeklinać... I sądzili, że tak trzeba, że ta ofiara wyzwala nowe siły, przynagla przyszłość, utwierdza w świecie wielkość ich kraju. Co im zostaje teraz?

– A więc, milczenie, jak płyta z betonu nie do przebicia?

– Nie. Tylko bym się nie spieszyła z wyrokami. Jeżeli tyle wytrzymaliśmy, czy musimy pękać jak ryby dobyte z głębin w blask słońca? Czas to sędzia nieprzekupny, bezlitośnie wszystkie fałszywe wielkości przetrzebi. Cierpliwość nie jest cnotą rewolucjonistów, ale boję się porachunków, ślepych razów topora – przesunęła końcami palców po brwiach. – Takich rozmów nie powinniśmy prowadzić, choć sobie ufamy, bo wiesz, jak tu jest, i każde słowo można przeciw nam obrócić.

– Boisz się? – pogładził ją pieszczotliwie. – Przecież jesteśmy daleko... Ja mam się o kogo trwożyć: żona, chłopcy, ale ty, przecież nie masz w kraju rodziny?

– To może przyjść tutaj i zasiądziemy razem, żeby wyznaczyć winnego – szepnęła wzburzona – spośród nas. A na pewno nie będzie nim ani Koloman Bajcsy, ani Ferenz, za to ręczę. Boję się, żebym nie musiała zaprzeć się naszej przyjaźni.

– Tak źle nie będzie – pocieszał – może przesadziłem w ocenie nastrojów, choć dostałem z Budapesztu parę listów, które muszą zastanowić.

Telefon zaterkotał. Podniosła słuchawkę, spojrzała znacząco na Istvana.

– Tak, towarzyszu ministrze, świadectwo dla kierowcy napisane i radca Terey mu doręczy. Tak, wie już, rozumie, o co wam chodzi.

Położyła ciężko słuchawkę i przytrzymała dłonią, jakby w obawie, że jeszcze usłyszy nowe zlecenia.

– Zabieraj, co twoje – podała mu arkusik z nadrukiem ambasady. – I staraj się sprawę zakończyć.

– Choć nie należy do moich obowiązków – wzruszył ramionami przebiegając wzrokiem po gładkich zwrotach zdawkowych pochwał, jakimi oceniano pracę Kriszana. – Dlaczego Ferenz tego nie załatwia, lubi być ważny i łaskawy.

Patrzyła na Istvana z troską, aż uśmiechnął się do niej.

– No, nie bądź taka zmartwiona, dam sobie radę.

Jednak nie odpowiedziała uśmiechem, widział, że coś rozważa. Trójkąt w wykroju sukienki polśniewał od potu. Okno zasłonięte paliło się żółto, na dworze czekała spiekota przejmująca odrazą.

Gdy wszedł pod namiot pnączy porastających werandę, usłyszał w mieszkaniu tupot bosych, zrogowaciałych stóp i wrzaski.

– Sab! Sab przyjechał!

Kucharz otwierał drzwi – długa postać w pocerowanej koszuli, wyrzuconej na wierzch – na nogach miał półbuty, które nigdy nie zaznały łaski pasty i szczotki, i dla wygody wypruł z nich sznurowadła. Rozkosznie wygodne spadały z nóg, dlatego Pereira nie chodził, tylko suwał stopami z godnością.

– Przyszedł list – meldował. – Były dwa telefony, od tego malarza, on jeszcze zadzwoni.

Nawet nie musiał pytać, list leżał przy nakryciu oparty o flakonik z kwitnącą gałązką. Był pewny, że z Budapesztu, od Ilony, aż zdziwił go znaczek indyjski.

Znowu jakieś zaproszenie czy prośba? List wypadł mu z palców na stół. Poszedł się najpierw wykąpać.

Dopiero jedząc pomału kleistą, żółtozieloną potrawę z patatów, ryżu i cebulowego sosu, sięgnął po kopertę i rozciął nożem. Kucharz opowiadał rozwlekle o sporze z Sikhami z sąsiedztwa. Wysypywali z dachu śmiecie na podwórko i sikali na świeżo obsadzone rabatki.

– A to, sab, pali kwiaty – już był gotów posłać sprzątacza po parę sflaczałych i pocętkowanych floksów na dowód.

Istvan, my dear,

W tę starą, srebrną ramkę, którą dostałam od Connoly'ego, wstawiłam twoją fotografię. W hallu naszego hotelu zagradzają przejście dwa parawany z ponumerowanymi fotosami z waszego kongresu. Jest tego chyba setka. Odnalazłam ciebie na tuzinie zdjęć. Ale to „moje" jest najlepsze, uśmiechasz się, spoglądasz z zainteresowaniem. Nie będziesz miał do mnie żalu, że śliczną Hinduskę, która stała obok Ciebie, odcięłam równiutko? Prawdę mówiąc, pocięłam ją na kawałki. Kongres o Tagorem. Nawet mi nie powiedziałeś, co na nim robiłeś, kto to taki, że ściągnęło aż tyle ładnych kobiet. Wrosłam w Agrę, przejmuję tutejsze obyczaje. Zapaliłam przed Twoją fotografią trociczki, tlą się i pachną. Nastawiam płytę, koncert Bartoka. Co dnia, gdy wracam, ta sama muzyka po kilka razy Ciebie przybliża. Dobrze, że w sąsiedztwie wolne pokoje, nikogo moje opętanie nie dziwi. A to przecież Węgier, i mówi tak, że go pojmuję, wzrusza. Myślałam o tym, że nie zrozumiem ani jednego słowa, gdybyś do mnie mówił w swoim języku. Kiedy prosiłam cię o parę zdań chciałam posłuchać, jak dźwięczy, jaki ma rytm, patrzyłeś mi w oczy, uśmiechałeś się i mówiłeś, a brzmiało to tak ładnie. Pomyśla-

łam – mówi o mnie coś bardzo czułego... A może to był jeden z twoich wierszy? I nie zapytałam. W tej chwili myśl o tym powraca.

Odjechałeś nagle. Czy zrobiłam źle, że Ci o tamtej sprawie powiedziałam? Ale musiałeś wiedzieć. To i dla Ciebie ważne.

Zobaczył Margit skuloną w fotelu, długie nogi w blasku lampy stojącej na kamieniach posadzki. Trzymał wiotką karteczkę listu, jednak zacierały mu się w źrenicach równe linijki starannego pisma, napływała fala czułości.

– Dziś w południe zrzucili z góry stary koszyk i całe podwórze zasypali łupinami z bananów... Stali na dachu, nawet się nie schowali, jak im wymyślałem – brzęczał Pereira. – Jak będzie przechodził któryś z tych chłopaków, zaczaję się za drzwiami i tak mu przyłoję... Tylko, żeby mnie potem sab obronił przed starymi.

– Odejdź – powiedział spokojnym głosem. – Zostawcie mnie na chwilę w spokoju.

Odczekał, aż zamknie drzwi, i wrócił do listu.

Niejasno piszę... Wszystko zależeć będzie od nastroju, w jakim będziesz czytał.

Męczy upał. Poduszka w nocy klei się do pleców, przewracam ją na drugą stronę, ale to nie daje ulgi. Drapie grube prześcieradło. Nie mogę spać. Włosy lgną do mokrego karku, to obrzydliwe. Choć przestawiam wentylator, żeby mi dmuchał prosto w twarz, nie ma czym oddychać. Parno jak w oranżerii. Koledzy chodzą niewyspani i podrażnieni, chorzy się swarzą, posługacze nudzą skargami. Rzucamy się na gazety, szukając komunikatu o monsunach. Hindusi pocieszają, że to już niedługo. Oby te wiatry i Ciebie do Agry przygnały, chociaż wiem, że jesteś uwiązany w ambasadzie, masz obowiązki, jak ja to stadko ślepych i ślepnących.

Grace pisała, ale jej nie wspomniałam o Tobie ani słowem. Jak to dobrze mieć Ciebie, myśleć o Tobie, czekać. Jeżeli ka-

żesz za długo, przyjadę do Delhi. Nie zdziw się, zastając mnie
któregoś dnia.

   Wtedy opuściłeś mnie. Wiem, że miałeś rację jednak... wy-
starczyło, żebyś...

Słowa były dopisane na samym skraju kartki, urywały się, szukał dalszego ciągu, ale znalazł tylko umieszczony bokiem podpis:
Margit
Koperta miała datę sprzed trzech dni. Pierwszy odruch: wziąć auto i jechać, potem przypomniał sobie, że ma jeszcze umówione spotkanie. Przeczytał list po raz drugi, zastanawiając się nad każdym zdaniem. Niepokoiła wzmianka o Grace. Ale jak przestrzec Margit, odczuł zakłopotanie, bo chciał uniknąć wyznań o weselnej nocy. Grace wydała mu się zwidzeniem, zatarła się, oddaliła i zmalała. A może wypierał ją z pamięci? Wieczorem trzeba zadzwonić do Agry.

Powietrze smakowało kurzem, chwilami całe okna drgały i szyby wydawały głuchy jęk, kiedy szeroką falą napierał żar południa. Przeszedł do sypialni, osunął się bezwładnie na fotel.

Margit, w rudawym hełmie włosów, które leciutko pachną nagrzane słońcem, blask dużych niebieskich tęczówek przejmował nagłym zachwytem. Zakosztowała cierpienia, cielesny wiecznie niezaspokojony głód odróżnia od miłości, która wydaje w niewolę. Z jakąż radością przyjmujemy jej więzy. Ze skrywaną dumą poddajemy się upragnionej tyranii. Jakie to szczęście dawać siebie bez wyrachowań i mieć pewność, że uległość i jagnięca bezbronność nie obróci się przeciw nam, bo tamten człowiek też kocha. Czy można kochać równocześnie dwie kobiety? Każdą inaczej – myślał z odrzuconą głową, czując, jak oparcie fotela rozgrzewa się i lgnie do pleców. Łatwo na to przystawać, gdy tamta jest o tysiące kilometrów. Żona, dzieci... – przecież ich się nie zaprę. Ilona w prostej sukience w różowe paski, śniada jak Cyganka, ciężki węzeł włosów, które nieznośnie długo rozpuszczała, widział jej głowę w oplocie rąk jak złotawej ramie, słyszał brzęk wypadających szpilek na kamienie posadzki, w starym domu, chłodnawym, świecącym dobrym blaskiem świątecznego bielenia. Pachniała łąka, świeżymi pokosami, które od rosistego świtu dla zabawy przetrząsnęli grabiami. „No, po co mnie kochasz?" – zaglądał jej głęboko w oczy. „Bo ty mnie wybrałeś" – cień uśmiechu przewinął się po jej pełnych wargach, zacałowanych, obrzękłych. A brzmiało to tak, jakby powiedziała: „Bo ty mnie zbudziłeś, była we mnie gotowość i oczekiwanie, ale jeszcze nie wiedziałam". I w tym była podobna do ziemi, należała do zdobywców, a potem ich brała w posiadanie. Obdarowywała sobą. Mieli pewność, że nią władają. Ziemia, ziemia. Gdy odjeżdżali, unosili jej obraz pod powieką. Śniła im się nocami. Nawet konając marzyli, żeby w niej spoczywać. Uroda pusztańskiej równiny zapadła w smagłe ciało Ilony. Przecież mówił: „Chciałbym zamieszkać w mroku twoich włosów..." A sen, kiedy półnagi biegł do ostatniego tchu, wysokie zioła smagały mu pierś, pamięta uderzenia wilgotnych pąków, budził się całowany, czując najdroższy ciężar jej głowy, a potem przypadali do siebie ustami i osuwało się gęste, mroczne skrzydło, twarze tonęły w jej włosach jak w namiocie, który odgradzał od całego świata. „Będę z tobą zawsze, zawsze... Na dobre i na złe" – szeptała, a brzmiało to jak przysięga. Jego własny głos mówiący wyraźnie: „I nie opuszczę cię, aż do śmierci". Pszczoły łaziły po witkach wiosennych baziek, którymi napełniano wazony na ołtarzu, aż sypał się miodny pył w blasku słońca. Nie jej to oświadczał, przygiętej pod welonem, jakby resztką zimowego szronu, który zaraz roztaje w gorącym oddechu. Nie mówił tego księdzu ani świadkom, wąsy ich lśniły jak pokrywy żukom, na policzkach ciemniały rumieńce od palinki. Była w tych towarzyszach zabaw na pastwisku stężona niecierpliwość: pragnęli tańca, wina, a może nawet i bitki, która by dała upust nagromadzonym siłom, a potem okazję do godzenia się, odpuszczenia win, uścisków i wielkiego pijaństwa. „I nie opuszczę cię, aż..." – powiedział, biorąc na świadka Tego, który jest.

Margit nie chce być przygodą, ostrzegała uczciwie, czuł się trochę jak ktoś, kto wdziera się w cudze prawa. Jej narzeczony zginął jak żołnierz. Zresztą, kto może wiedzieć, co kryło się poza jego śmiercią? O czym myślał w ostatniej chwili? Może siebie potępił, pragnął żyć, skowyczał o łaskę? Gdzie kończy się pycha, bo przecież do ostatka miał przed sobą widownię, własnych żołnierzy, których swoim bohaterstwem znieważał. Ale czy wolno podejrzewać Stanleya o pychę, gdy palił się żywcem? Może tylko siebie próbował, szedł do kresu poznania, odkrył ledwie przeczuwalną moc. I takim go zapamiętali. I takim go ona pamięta. A gdyby go Japończyk w porę odciął? I spadłby, rozrzucając iskry, w gorący popiół i pełzał, byle uciec od bólu, który kąsa. Gdyby ocalał? Z twarzą lśniącą od blizn i oparzeń? Margit zostałaby przy nim, ale czy on sam, któregoś ranka spojrzawszy w lustro nie strzeliłby sobie w łeb, żeby ją wyzwolić? I zabić całe jej oddanie, poświęcenie, ofiarę, bo to nie byłaby dawna miłość, którą sobie przyrzekali... A jednak mogła to być miłość nie nazwana. Choć dla patrzących z zewnątrz wyglądałaby na wieczną posługę szpitalną i litość. Jak śmiem go pomawiać o pychę? Tylko dlatego, że chcę wziąć jego własność? Boję się, że mogę się jej wydać gorszy, mniej wart i chciwy łupu jak szakal. Ona pisze – chciałam, żebyś wiedział, to i dla ciebie ważne: wchodzisz w cudze prawa, przywileje, z których tamten nie korzystał. Masz szansę okazać się godnym następcą. Bohater, męczennik... Czy nie za duże wymagania? – poderwał się, przetarł dłonią za uchem, kropla potu pełzała jak mrówka. – Ja chcę ją kochać, a nie cierpieć. Muszę ją mieć, muszę – otrząsnął się z dokuczliwych myśli – potem zobaczę, samo życie rozstrzygnie...

Chciał pić. Kucharz uchylił drzwi i jednym okiem zajrzał przez szparę, żeby się upewnić, czy pan śpi. Zaskoczony, że Istvan leżąc na fotelu patrzył mu w twarz, przymknął drzwi i czekał wezwania.

– No, co tam?

– Telefon, sab, nie chciałem budzić, ale on się tak napiera...

– Kto dzwoni?

– Malarz, co tu czasem przychodzi.

Istvan podniósł się ciężko, przeciągnął, ziewając. W słuchawce usłyszał niski, przyjemny głos Rama Kanvala. Chciał się dowiedzieć, czy radca nie opuszcza stolicy, jak większość rozsądnych ludzi, którzy uciekają do Deradung albo Simli, na stoki Himalajów, przeczekać najgorszą porę. Łaskawie zezwolono mu na bezpłatne wykorzystanie jednej z sal klubowych na wystawę obrazów. Ogromnie był tym uradowany i powołując się na życzliwość, jaką mu radca okazywał, gorąco zapraszał najpierw do siebie, by krytycznym okiem pomógł dokonać wyboru obrazów, które mogłyby spodobać się Europejczykom, a potem na wernisaż. Obecność członków korpusu stwarzała nadzieję, że ktoś obraz kupi. Dyplomaci się liczą, wielu wyjechało na wakacje, dlatego obecność Istvana nabiera tak szczególnego znaczenia. W końcu zapewnił, że o długu pamięta i zwróci, jeśli nie gotówką, to obrazem. Nie ośmieliłby się jednak sam decydować, więc czeka odwiedzin.

– Dobrze. Rozumiem. Tak, jasne, że będę – pomrukiwał w słuchawkę. W drzwiach kuchni stał Pereira i próbował z brzmienia słów odgadnąć, czy dobrze postąpił, wywołując saba. W czarnych dłoniach trzymał filiżankę świeżo naparzonej, mocnej herbaty. Czekał i Terey czuł już jej cierpki smak, ożywcze działanie, rozjaśniające umysł. Skinął więc ręką i wysłuchiwał triumfalnych planów podboju New Delhi przez nowatorską sztukę, popijał łyk za łykiem, wdychając aromatyczną mgiełkę. Kucharz z rozjaśnioną twarzą stał obok jak manekin, podsuwając spodeczek, na którym wreszcie postawił opróżnioną filiżankę.

– Jeszcze jedną?

– Nie, dziękuję.

Było to słowo, jak go pouczali zaprzyjaźnieni Hindusi, jakiego nie wolno używać wobec służby. Podziękowaniem, aż nadmiernym, jest przecież zadowolenie pana.

Ledwie rozłożył w ambasadzie papiery, wezwał go Koloman Bajcsy. Stał ciężki, zwalisty, i mrużąc obrzękłe powieki wyglądał zza uchylonej firanki na dziedziniec. Terey mimo woli spojrzał, co ambasadora tak zaciekawiło, ale oprócz drzew przywalonych słońcem i drogi, z której czerwonymi słupami wstawał kurz, nie dostrzegał niczego.

– No, widzi pan – położył mu na ramieniu dłoń białą, porosłą na palcach czarnym, kędzierzawym włosem – tu pod nami na daszku...

Terey zobaczył dwa nieruchomo stojące z rozwartymi dziobami brunatne szpaki. Piórka jeżyły im się na szyjach, skrzydła wisiały na wpół otwarte.

– Gorąco je męczy?

– Nie, chwilowa przerwa, zaraz znowu zaczną się tłuc... Jeden próbuje złapać drugiego za gardło, zdusić i wydziobać mu język – mówił posępnie – milutkie, śpiewające ptaszyny. Na którego pan stawia? Trzymam zakład, że ten mniejszy z prawej będzie górą. No, ruszcie się – naglił.

Jak na sygnał ptaki skoczyły ku sobie, tłukły się dziobami, drapały nóżkami, odbijając od przeciwnika sprężyście. Wydarte piórka sterczały im z dziobów. Sczepione, spychały się skrzydłami w zwiędnięte pnącza. Widać, że walka nie ustawała, bo spłoszone jaszczurki uciekały, na rozpaloną ścianę.

– Szkoda, że nie zobaczymy końca – wydął wargę ambasador – ale ja pana wezwałem w innej sprawie, jak się pan domyśla.

Popychał go przed sobą trochę po ojcowsku, a właściwie wzgardliwym ruchem ku krzesłom, przeznaczonym dla gości.

– Siadajmy. Papierosa? Nie? Słusznie. Na taki upał i tak każdy czuje niedotlenione serce, ugotowane płuca...

Siedział z łokciami wspartymi na poręczach fotela, z dłońmi zwieszonymi gestem znużenia. Powieki miał na wpół przymknięte, usta rozchylone. Nitki potu lśniły na grubej szyi. Zmęczony, stary człowiek, tylko źrenica ciemna, pełna życia, nakazywała wstrzymać się z objawami współczucia, bo może to być źle przyjęte, jak posądzenie o przedwczesną słabość.

Ileż on ma lat? – myślał Istvan – pięćdziesiąt cztery, pięć. Nie jest stary, tylko zużyty, wypalony. Zdarł się w walce.

– Musiałem odprawić szofera – zaczął spokojnie – choć nawet go lubię. Dobry kierowca... – Przyjrzał się, jakie wrażenie wywrze obiektywna ocena na radcy, ale zaraz uzupełnił: – Tylko że nierówny, histeryk. Nerwy pod samą skórą, jak zwykle u nich. Trochę mi go żal, bo zwolnienie zbiegło się ze zgonem jego żony, choć tu mniejszą do śmierci przywiązują wagę. Otóż chciałbym, żebyście mu dyskretnie wręczyli dodatkowe sto rupii, tylko nie mówcie, że ode mnie. Nie zależy mi na wdzięczności. I pogadajcie sobie z nim, a potem zajdźcie do mnie. Mam przeczucie, że mogą być z nim kłopoty... No, a teraz mówcie, co słychać? Jakie nowiny?

– Nic szczególnego, martwa pogoda.

– Może coś wygrzebiecie? A co dobrego w kinach? Skapcanieliście, radco; wszystkie znajome damy wyjechały? Powiedzcie słówko kucharzowi, a przyprowadzi... Ale na taki upał – westchnął głęboko – oj, młodzi, młodzi, nie umiecie się szanować...

Nie brzmiało to przyganą, raczej zazdrością.

– W Splendid jest od dzisiaj „Gabinet figur woskowych", film o porywaczach trupów, angielski.

Ambasador patrzył wspierając pożółkłym od nikotyny palcem grubą powiekę, jakby rozważał, czy przypadkiem nie ma w tej informacji ukrytego sensu.

– Znam, widziałem pięć lat temu w Genewie. To smutne, kiedy coraz więcej ma się za sobą, już ważyło się w rękach, obmacało, rzuciło... Coraz mniej twarzy, które bym chciał spotkać, krajobrazów do oglądania. Tamte, widziane w młodości, nawet o głodzie, były piękniejsze, cały świat miał mocniejsze barwy, teraz jest sfatygowany, wytarty jak zleżały towar. Powiecie: upał, zebrało Starego na zwierzenia, przecie ja wiem, że mnie tak nazywacie. Nie, radcuniu, to lata... Mówię o tym wieku, na jaki się czuję, nie z metryki. Śmierć nie jest mi dziwna. Spotkamy się jak znajomi, którzy już wymienili ukłony... Z ciemności w ciemność. Szczęśliwi Hindusi. Był – mamrotał, ściągając własne myśli – nie ma nawet szczerby w powietrzu. Był. O, nie lubimy o tej chwili myśleć.

Nagle, jakby wracając do Istvana, uniósł powieki i stęknął:

– Więc nic mi pan nie ma do powiedzenia?..

– Chyba, że sprawa Rajka – rzucił Terey.

– A skąd już o tym wiecie? – nastroszył się. – Ściśle poufne.

– Od dziennikarzy. Nagar miał wiadomość. Jutro będzie trąbił cały świat. Ale to dopiero początek.

– Tak ma pan odwagę myśleć? – skandował. – No, to niech pan raczej zatrzyma te nadzieje dla siebie. Władza zawsze wymaga ofiar, a rządzenie nie jest zabawą towarzyską, tylko gwałtem, choćby się nie wiem co mówiło. Jeśli, oczywiście, chce się coś zrobić... Pewnie, że gwałtem, na który i naród przystaje, z którym się w końcu pogodzi, jeżeli chce mieć znaczenie w dzisiejszym świecie.

Sapał chwilę, patrzył na Istvana posępnie. Potem dodał:

– Nie lubię tych, co rozkopują mogiły, wsadzają nos do więzień, chodzą za tylną ścianę budowy i żalą się, że im śmierdzi. Musi. Każda, najlepsza władza ma swoje odpady... Nie o śmietnik trzeba pytać, tylko, co się człowiekowi dało, co zrobiło, czy jest jakaś gwarancja, że diabli tego wszystkiego nie wezmą, nie rozburzy się Budapesztu, jakbyś butem rozorał mrowisko. I zacznie się popłoch, bieganina i powszechna bezradność... A może pan jest jednym z tych, co nie lubią nikogo słuchać, a nie potrafią rozkazywać; tacy najgorsi! I ja ich na kilometr zwęszę. Więc mówicie, że Nagar miał już informacje? Jemu można wierzyć. Najgorsze, że co nam się odchepnie, stokrotnym echem wraca od świata i dopiero to u nas robi zamieszanie. A ja tak chciałbym w spokoju dożyć dni, jak się przyjeżdża raz na parę lat na Węgry, widać postęp, ile zbudowane, i lżej się na sercu robi, bo u podwaliny i mój trud, i udręki, i noce nieprzespane. A proszę was – zmienił temat, opierając się brzuchem o blat stołu – powiedzcie parę ciepłych słów Kriszanowi, zawsze lepiej, byśmy się rozstali jak przyjaciele. Liczę na wasz takt.

Zapadł się w fotel, załamał jakby, obwisł. Przysłonił twarz dłonią, potem palce zeszły po mięsistym nosie i krzywiąc się mocował z włosem, który mu z nozdrzy wyrastał.

Terey uznał, że już jest niepotrzebny i ciszkiem się wymknął.

Przylot kurierów ożywił senną atmosferę. Wzmógł się klekot maszyn do pisania, dudnienie szybkich kroków na korytarzu. Pracownicy hinduscy powiewali papierami, szeleścili zmiętą kalką, podobni do ptaków, które dziobami czyszczą sobie skrzydła. Okazało się jak zwykle, że jednak sprawozdania należy uzupełnić, niektóre sformułowania nagle w czujnych oczach ambasadora nabrały dwuznaczności, zapędził Ferenza i Tereya, by wspólnie dokonali ostatnich stylistycznych poprawek.

Kurierzy byli podobni do siebie jak bracia, rośli, z wojskową skłonnością do stawania na baczność, o twarzach pełnych szczerej, budzącej zaufanie bezmyślności. Oczy otwarte szeroko, nie pozbawione iskry sprytu. Od razu znać było szkołę, z której wyszli, piętno urzędu, w którym do niedawna pracowali. Jak sami bąkali półgębkiem w przypływie nierozważnej szczerości, u dna awansu do służby zagranicznej kryły się jakieś niejasne przewiny, o których nie wspominali, choć zostały im poczytane jako zasługi. Po prostu przełożeni uznali za wskazane, by trochę zeszli ludziom z oczu. Takie podróże, odbywane regularnie, mimo że chodzili zawsze parami, jak strzegące się wzajemnie przed upadkiem czy nawet pokusą zakonnice lub Cyganki, dawały okazję do małego handelku, ubocznych zarobków, stawały się jawną gratyfikacją za okazane poprzednio ślepe posłuszeństwo. Nawet pełne wystawy, przelewający się przepych Paryża czy Rzymu nie mogły posiać w ich umysłach wątpliwości, raczej budziły pogardę i uczucie dumy, że mimo wyrzeczeń i ubóstwa są wierni, należą do wybranych, którzy znają oba światy.

Rzucili na biurko Istvanowi salami, grube jak męskie ramię, pokryte białym nalotem i pachnące domem. Trzeba ich było zaprosić, mimo że radcy właściwie nie wypadało utrzymywać z nimi stosunków towarzyskich ze względu na niski stopień służbowy. Przyszli obaj, ubrani w granatowe garnitury jak w mundurach. Odpowiadali na pytania krótko, ogólnikami, patrzyli jeden na drugiego, chcąc się upewnić, że stwierdzenia są słuszne i nie odbiegają od obowiązujących komentarzy znanych Istvanowi z pierwszej strony „Sabat Nep".

Jednak whisky, którą doili zagryzając solonymi fistaszkami, łagodziła ich służbową czujność. Z ulgą skorzystali z zezwolenia i zdjęli marynarki. Luzowali krawaty, żeby rozpiąć zmiękłe kołnierzyki.

– W stolicy spokój – zapewniał jeden przez drugiego – ludzie pracują, zarabiają, bawią się... Zbiory zapowiadają się nieźle. Nie odczuwa się specjalnych braków. Mięsa dość. Może trochę za niskie zarobki. Ale kiedy człowiek nie chciałby mieć więcej forsy?

– A nastroje?

– Raczej dobre. Dyscyplina nieco zmalała. Po śmierci Stalina jakby trochę przygasł zapał. Ludzie już tak nie wierzą jak przedtem.

– Wiecie, radco, jaki jest nasz narodek; potrzebuje bata – dodał skwapliwie drugi, skubiąc wąs, przystrzyżony na szczoteczkę. – Teraz i nasze władze chcą się przypodobać, popuszczają cugli. Jak czegoś braknie chwilowo, zaraz ludzie gadają, że Ruskie zabrali, że dla dobra wspólnoty trzeba się poświęcić.

– A jak byliśmy w Moskwie, to znowu słyszałem, że trzeba pasa zaciskać, żeby dać nam, Czechom, Polakom, jednać dla obozu. Takie gadanie musi jątrzyć.

– Więc widać niezadowolenie czy nie? – napierał Istvan.

– Jest oczekiwanie zmian, jakaś nadzieja, że nastąpią przesunięcia na stanowiskach, nawet w rządzie, ale w jakim kierunku, skąd mają przyjść nowi ludzie, tego nikt nie wie.

– Odwilż – podsuwał.

– Tak w Moskwie nazywają. Ale co to w praktyce ma znaczyć? Każdy się powołuje na radziecki przykład, a przecież Rakosi, Gero tam się uczyli rządzenia, nie zrobią głupstwa, nie pójdą na żadne ustępstwa...

– No, a co będzie ze sprawą Rajka? Z niewinnie skazanymi na śmierć?

Zafrasowali się, spoglądając na siebie pytająco. Podnieśli szklanki z bursztynowym płynem i sączyli wolno whisky.

Na niebie gorzały ognie wieczorne, pełne gwałtownej czerwieni i stężonego fioletu. Niepokoiły, przykuwały oczy, rzucały miedziany odblask na ściany i odmienione twarze.

– No, może u nas pospieszono się czasem z uznaniem kogoś za wroga, ale trzeba pamiętać, jaka wtedy była sytuacja, co za siły na nas napierały. Jak Rosjanie opuścili Austrię, znaleźliśmy się na przedpolu – tłumaczył starszy – cały nacisk Zachodu szedł na nas.

– A wroga propaganda? A radio Sabat Europa, które bez przerwy szczeka na rząd? Ja się nawet nie dziwię, że tak mało było wyroków. Nie darmo mówi się: front ideowy, jak front, nie obejdzie się bez salw. Czy z naszej strony brakowało ofiar?

– Może jak wrócicie do kraju – zaczął Terey – zastaniecie zmiany...

– Może, może – przytaknęli, ale nie było widać, że ich taka myśl cieszy.

Przecież oni są z aparatu, który sprawnie dostarczał dokumentacji do każdego oskarżenia. Miałem się do kogo wybrać z pytaniami, jeszcze na mnie doniosą, odpowiednio naświetliwszy rozmowę, Ferenz ją skwapliwie zanotuje i przybędzie jeszcze jeden dokument w mojej kartotece. Kontrola jest potrzebna, tylko żeby oni wiedzieli, za czym węszą – wzruszył ramionami – żeby przynajmniej wiernie umieli powtórzyć, co ode mnie usłyszeli...

Wychodzili kolejno, mocno ściskając mu rękę. Mówili, że chcą jeszcze skoczyć na Stare Delhi po jakieś podarki dla swoich dziewczyn.

Ofiarował się, że ich podwiezie. Wyraźnie speszeni dziękowali, prosząc, by się nie fatygował, może nie chcieli mieć świadka przy zakupach. Z ulgą zostawili radcę za kurtyną pnączy na werandzie. Słyszał, jak posyłali czokidara po taksówkę, która krztusząc się, wzbijając tuman kurzawy, zajechała natychmiast.

Zrobiło się mroczno w pokoju. Żółte światła latarń majaczyły za drucianą siatką. Naszedł go smutek, gorzkie poczucie zabłąkania.

Szum maszyny chłodzącej nużył. Słychać było w hallu powolne człapanie kucharza. Zgadywał, co służący robi: przykucnął i zagląda przez dziurkę od klucza. Nie ma światła w pokoju, więc nie jest pewny, czy wyszedłem, czy może drzemię... Pójdzie zapytać czokidara, czy sab pojechał z gośćmi.

Ale drzwi otwarły się gwałtownie i rozbłysło rażące światło.

– Zgaś – powiedział trochę za głośno. – Czego chcesz?

– Przepraszam, sab... Nie wiedziałem, że sab tu jest – poruszał się w ciemności, wysypał na dłoń niedopałki papierosów, z których lubił wykruszać tytoń do swojej fajeczki. – Mogę podawać?

– A co masz na kolację?

– Jarzyny i jajka. Mięso – nie. Ryba – nie. Nim przyniosę z targu, już śmierdzi. Mam i mango z lodu, bardzo dobre. Mam papaje, one bardzo zdrowe, czyszczą nerki. Na taki upał w nerkach sama sól, bo wszystka woda wychodzi przez skórę...

– Dobrze. Nakrywaj – powiedział znużony.

Przycisnął guziczek od lampy stojącej na biurku. Leżała zmięta gazeta i otwarta powieść Fostera: „Droga do Indii". Podniósł książkę, zamknął. Nagle spostrzegł ukryty pod nią gruby list, od razu poznał nieco dziecinne pismo Beli. Na kopercie nie było znaczków, więc musieli go podłożyć kurierzy. Dlaczego nie oddali do rąk? Nie wolno im przewozić prywatnej poczty, jednak kto by się z tym liczył. Lękali się jeden drugiego? List nie zalepiony. No, tak... Żeby mogli sprawdzić, co w środku, czy Bela nie przemyca do mnie dolarów – uśmiechnął się drwiąco, wyjmując arkusiki brzydkiego papieru, pokryte krzywymi rządkami niespokojnego pisma, złożone parokrotnie, by dały się wtłoczyć w za małą kopertę. Nachylił się i rozprostowując wiotkie kartki zaczął chciwie czytać:

Drogi Istvanie.

Jeżeli łapię za telefon i dzwonię do Ciebie, a odezwie się Ilona, już nie mam uczucia paniki, że znowu pomyłka. Przecież, ja chcę Ciebie, Ciebie, bo z kim mam mówić? Do diabła z Indiami! Teraz co dnia są u nas jakieś wydarzenia, biegł-

bym opowiedzieć, wyciągnąłbym Cię na kawę i nareszcie na-
gadalibyśmy się do syta. Powiesz, że mogę napisać list. Nie-
prawda. Musiałbym mieć czas, papier przed sobą rozłożony,
wenę do pisania, no i pewność, że dojdzie do Twoich rąk. Tyle
granic, tyle dociekliwych oczu. List leci do Ciebie tydzień. I
wszystko, co napisałem, już przestaje być ważne, bo są nowe
wydarzenia. Jak je zarejestrować... Jak sejsmograf drżenie
skorupy ziemskiej? Dookoła szumi, nastrój podniecenia i na-
pięcia, nagle wszyscy wierzą, że będą zmiany. Nie, nie takie,
jak myślisz, uśmiechając się teraz sceptycznie. Nie idea za-
winiła, tylko małość ludzi, którzy nauczyli się słuchać dykta-
tu, nie rozkazują, a od lat powtarzają cudze rozkazy, boją się
wolności, bo sami nie wiedzieliby, co z nią począć. Nie ufają
narodowi, więc go pilnują. I my to czujemy, jak koń dreszczem
skóry wita bat ukryty za plecami woźnicy. Bo już zaznał ra-
zów, już wie.

Szeptem wymienialiśmy nazwiska ostatnio aresztowanych,
wina zawsze się potem znalazła. Piliśmy kawę i każdy się
oglądał, czy nie podsłuchują z sąsiedniego stolika, czy kel-
nerka za wcześnie nie podbiega z bloczkiem, bo może ona
donosi, a zna stałych gości.

Pamiętasz Tibora M.? Wtedy się dziwiliśmy, dlaczego
został aresztowany, komunista, oficer sztabu, patriota. Czy-
sty, nie zauroczony władzą. Powszechnie lubiany. Może to
go najbardziej obciążało? Poszedł jak kamień w wodę. Po
dwu latach wypłynął na procesie Rajka. Oskarżony o zdradę,
o szpiegostwo dla imperialistów, o przygotowywanie puczu.
Odmówił zeznań. Przed sądem milczał. Zachował się godnie.
Skazany na degradację i karę śmierci. Teraz z nim rozma-
wiałem, wypuszczony. Niewinny. Szczęściarz, odłożyli wyko-
nanie wyroku, bo miał być jeszcze użyty jako świadek przy
dalszych procesach. Nie poznałbyś go. Siwy, cedzi słowa, pa-
trząc uparcie w oczy, z rękami na udach, bo tak go nauczono.
Prawie nie otwiera zaciśniętych warg. Stracił zęby. Tak, naj-

bardziej go bolało, że bili swoi, w tych samych mundurach, tylko młodsi stopniem. I choć mówili tym samym językiem, choć byli Węgrami, nic nie rozumieli z tego, co im próbował wyjaśnić, żaden logiczny argument nie trafiał. To go przerażało i budziło dla nich litość. Automaty, które miały z niego wycisnąć przyznanie się do zbrodni, choćby nie popełnionej. Takie dostali polecenie i słuchali ślepo. „Oni się bardziej bali niż ja – mówił do mnie z martwym uśmiechem – i to mi dodawało sił. Drżeli o uznanie przełożonych, awanse, kariery, czego znikomość pojmowałem, wobec wartości, jakie utracili. Oni przestawali być Węgrami, a może nawet zaparli się człowieczeństwa". Opowiadał, jak go przesłuchiwano przez cztery doby bez przerwy, omdlewał, udręczony brakiem snu, w świetle lamp, które płoną w mózgu, nawet gdy przymkniesz powieki. Bito go wymyślnie, pojono rycynusem, żeby poniżyć, wykazać, że nawet własne ciało go zdradza, słabnie i cuchnie. Tłumaczyli mu, że wydali go przyjaciele i dziś świadczą przeciw niemu, podtykali pod nos spreparowane zeznania, ale Tibor tylko wzruszał ramionami i syczał przez zaciśnięte wargi: „Zawsze ich uważałem za bandę świń, to dla mnie nie odkrycie". Wtedy opowiadali, że w jego mieszkaniu zrobiono kocioł, ale wartownicy się nie nudzą, czekając na niespodziewanych gości, bo jego żona się z nimi puszcza, wywlekali obrzydliwe szczegóły, jak im dogadza w łóżku, co szepce. „To dziwka, dawno z nią nie żyłem, możecie ją mieć, bawcie się chłopcy" – odpowiadał. Sam wiesz, jak ją kochał. Ale odcinał się, odgadując instynktownie, że to wszystko nieprawda, że tylko go ostukują, szukając słabego miejsca. Gdyby się zdradził, że jakaś insynuacja go dotknęła, drążyliby dalej jak w otwartej ranie.

A potem został z nim jeden, najwytrwalszy, któremu sprawę przydzielono. Półtora roku śledztwa, jeśli to tak można nazwać. Półtora roku pisania życiorysów, rozrastających się w powieść, pełną podtekstów, niedomówień, podejrzeń. Groź-

by i błagania, by wreszcie wydał wspólników. Zeznania dawno spreparowali, śledczy czyhał na chwilę słabości, by zdobyć podpis, przyznanie się do winy.

„Po kilku godzinach bezpłodnych usiłowań oficer śledczy patrzył na mnie z taką urazą i zawodem, aż mi go było żal – mówił Tibor swoim gardłowym szeptem – że się tak musi męczyć, skoro wie równie dobrze, jak ja, że jestem niewinny. Przecież mogli mnie powiesić i bez mojego przyznania, jednak im zależało nie tyle na pozorach sprawiedliwości, ile żebym się załamał, poczuł szmatą. Śledczy nawet nie czytając darł kartki z zeznaniami, mówił beznamiętnym głosem: kłamiesz, kłamiesz, my znamy całą prawdę. Jesteś zdrajcą. Kładł przede mną plik papieru i ołówek, rozkazywał: pisz od nowa. A sam brał się do angielskich słówek. Od czasu do czasu powtarzając je bezmyślnie spoglądał na mnie wzrokiem pełnym udręki. Panie kolego – prosił, dobijając świtu – ja muszę mieć pańskie zeznania, od tego zawisła moja przyszłość. Niech pan patrzy, skronie mi posiwiały... Nie sypiam, mam nerwicę żołądka. – A ja? – przesunąłem palcami po zbielałej skroni, miałem włosy dawno nie przystrzygane, szorstkie i kruche – a ja? – odchyliłem wargę, pokazałem białawe, bezzębne dziąsła. – Coście ze mnie zrobili? Jeśli opieram się, to tylko dla pańskiego dobra, żebyś pan wiedział, że nie wszyscy są takie kanalie, żebyś pan wreszcie dostrzegł ten niedostępny stopień rozwoju – człowieczeństwo”.

Nie obraził się, nastąpiła nawet między nimi jakaś zażyłość, tyle o sobie wiedzieli, tak się już znali, że oficer prosił więźnia, by go przepytywał z angielskich słówek. Nagle jednego dnia Tibora poniosło, miał już dość... „Zdecydowałem się – oświadczył zaskoczonemu oficerowi – niech pan woła protokolanta, będę zeznawał. – Wydasz wreszcie wspólników? – dopytywał nieufnie. – Podam jedno nazwisko, nie będę się dłużej męczył... – Dobre i jedno – zapalił się śledczy – co to za nazwisko? – Twoje. Co wybałuszasz ślepia? Ty

jesteś zdrajcą. Ja cię sypnę – dźgał go palcem Tibor. – Ależ
to nonsens. – Wcale nie, bo, siedząc tutaj, zwerbowałem cię
do wywiadu. Dostawałeś pięćset dolarów miesięcznie i to cię
skusiło. Płacono ci za samo gmatwanie dochodzeń. I miałeś kontakt z pracownikami amerykańskiej ambasady. Sam
zdawałeś mi sprawozdanie, prawda? – Przecież to obłędne
kłamstwo! – bronił się oficer. – Wcale nie – tłumaczył spokojnie Tibor. – A co robiłeś pięć miesięcy temu, czternastego
listopada, o siódmej wieczór? – A skądże ja mogę pamiętać?
Może byłem w kinie? Może tutaj pracowałem? – A ja muszę
pamiętać. Bo mi mówiłeś, że byłeś w kinie Beke, na ostatnim
seansie i podałeś pudełko zapałek obcemu mężczyźnie, który
cię prosił o ogień. On ci oddał inne pudełko, bo w twoim kryło się ostrzeżenie, kto ma uciekać, wyciąg ze śledztwa w mojej
sprawie. – To wszystko zmyślone, nie byłem w żadnym kinie,
nie dawałem nikomu ognia. – Przypomnisz sobie, będziesz
miał na to dość czasu w celi. I ja ci przypomnę pewne szczegóły, o których mi opowiadałeś... Wykonałeś wszystko według
moich instrukcji. A może nie kryjesz w domu zwitka dolarów?
– Nie mam dolarów! – Już twoja żona zdążyła uprzątnąć?
Trzeba ją wziąć na spytki, puści farbę. Byle trafić na pierwszą
nić... Zobaczymy, co ona o tobie wyśpiewa... – Ale ty nie masz
ani jednego dowodu przeciw mnie. Ani cienia dowodu – bił
pięścią w stół, zdawało się, że padnie na atak serca. – Mylisz się, mam! – przycisnął do piersi zeszycik z wypisanymi
angielskimi słówkami. Oficer skoczył jak obłąkany, był silniejszy, wydarł słowniczek. I wówczas pojął całe dno upadku.
Przecież był od więźnia zależny i ten strzęp człowieczy, słaby,
poniewierany, mógł go wykończyć. Wystarczyło, by zeznał tak,
jak groził. Śledczy wiedział dobrze, że ma rywali, którzy tylko
czekają, żeby się potknął. Rozumiał, że jest w pułapce. Tibor
mógł się zemścić, wciągnąć za sobą do dołu. I wtedy zapłakał,
obrzydliwym szlochem, bez łez. Tłumaczył, że ma żonę i dziecko, prosił, żeby ich nie gubił... – A ja? – zapytał Tibor. Wtedy

tamten musiał poczuć okrucieństwo maszyny, której sam był jednym z trybów".

Kiedy Tibor oświadczył, że to był żart, i nie myśli zeznawać, by go wkopać, że to była tylko lekcja wychowawcza, coś w tamtym pękło i powiedział, że niech się tylko tak dalej trzyma, to mu nic nie zrobią. Nawet zadzwonił do żony Tibora i przekazał pierwsze wiadomości o jego zdrowiu, jak zapewniał, anonimowo, z ulicznego automatu. Coś się w nim załamało, przesłuchania stały się jedynie formalnością. Tibora przeniesiono do innego więzienia, było ich już kilku w celi, zwrócono mu okulary, mógł czytać książki. Aż jednego dnia usłyszeli wycie syren fabrycznych i bicie w dzwony, myśleli, że alarm, że wybuchła wojna. Dopiero nocą żołnierz strzegący korytarza, jeden z wybranych, najbardziej godnych zaufania, uderzył pięścią w okute drzwi, żeby ich obudzić, i zawołał: „Bądźcie dzielni, wytrwajcie. Stalin umarł. Niedługo Rakosiego diabli wezmą". Nie bał się tego pełnym głosem krzyknąć, choć do celi mogli nasłać kapusia. Tibor mówił: „Wtedy poczułem przypływ miłości dla tego żołnierza, od którego oddzielały mnie okute drzwi, do mego strażnika więziennego, byłem gotów za niego umrzeć. Czułem zachłyśnięcie zjednoczeniem narodu, byłem naprawdę szczęśliwy". Po miesiącu wstawiono mu zęby, odżywiano forsownie. Nawet dostał kwarcówkę, żeby zniknęła gipsowa bladość. Myślał, że szykują go do wystąpienia na nowej rozprawie. Tymczasem zawołano do kancelarii, oddali mundur, uścisnęli rękę i autem został odstawiony do domu. Dwa pokoje w jego mieszkaniu zajął jakiś pracownik AVH, zresztą tkwi tam jeszcze, choć obiecuje, że się wyprowadzi... Prosił Tibora o interwencję w sprawie mieszkania dla siebie, bo „niewinnie skazanemu" muszą pójść na rękę. On z wszechmocnego urzędu szuka u byłego więźnia protekcji. A Tibor zostaje w wojsku. Oddano mu legitymację partyjną, którą poprzednio załączono do akt oskarżenia. Od takich jak on zależy, czym będzie ten nasz socjalizm. Pomyśl,

mówił do mnie: „Jakie to szczęście, że mamy jeszcze towarzy-
szy, którzy tę próbę przetrzymali, wiernych sprawie i naszemu
ludowi. Zapamiętaj sobie Janosa Kadara, on tam jeszcze sie-
dzi..." Rozmawialiśmy o jego przejściach jawnie, w kawiarni,
bez poczucia zagrożenia. Tibor wspominał i Ciebie, padało
Twoje nazwisko w czasie śledztwa, stawiano mu Ciebie jako
przykład lojalności, rzetelnej współpracy. Pytał mnie, czy na-
prawdę złożyłeś przeciw niemu jakieś zeznania. Zaprzeczyłem
gorąco. Bardzo się ucieszył, bo jest spragniony ufności.

Istvan przełknął zgęstniałą ślinę. Tak, nasze postępowanie – rozważał gorzko – którego motywy i dla nas samych bywają niejasne,
można obrócić na oskarżenie. On ma tę przewagę, że przeszedł
próbę, a ja nie – poczuł falę napływającego lęku – on ma już to za
sobą, a nie daj Boże, żebym i ja musiał...

Ciemna dłoń, prawie fioletowa w ostrym świetle lampy, odcięta
białym rękawem koszuli pełzała po stole.

– Sab. Już dawno podane – wabił Pereira – ja proszę i przypominam, a sab śpi...

– Nie śpię.

– Sab odszedł daleko, aż się bałem... W naszej wsi jednemu
babu syn zachorował na studiach w Kalkucie i on się o niego za-
martwiał, wtedy też wyszedł z siebie. Choć ciałem został, można
go było szpilką kłuć, siedział jak martwy...

– Zawracasz głowę. Czytałem list i zamyśliłem się. Zaraz zjem.
Możesz odejść.

– Kiedy ja mówię samą prawdę. On do siebie wrócił i zapłakał.
A potem powiedział, że syn umarł i na drugi dzień przyszedł telegram...

– Idź już.

Podniósł oczy ku odsłoniętemu oknu. Zielonawe i żółte światła
dalekich latarń wytyczały plac. Zatęsknił do Budapesztu, aż go
ssało we wnętrznościach. Ujął ostatnią kartkę listu i chłonął nie-
równe rządki:

...bo jest spragniony ufności... – to czytałem. Mówiliśmy o jego przejściach z całą swobodą... Nikt nas nie obchodził, choć gości było pełno. Tibor już przekroczył granicę, przestał się bać, nie można w nieskończoność dokręcać śruby, bo przebije i zamiast trzymać idzie na luz. Coś takiego stało się z nami. „Nie będziesz miał bogów cudzych przede mną", a lata całe o tym nie myśleliśmy. Nagle wszyscy przejrzeli, mówią o zmianach, jakby one już się dokonały. A przecież AVH jest, agenci piszą raporty, na pewno pęcznieją kartoteki, tylko nie słychać o nowych aresztowaniach, jakby utraciły skuteczność, a nawet sens... Już się nie mówi, że Rakosi powinien odejść, ale szuka od razu następców, jakby go już ze Stalinem pogrzebano. Co dnia wyłażą nowe dowody okrucieństwa, zbrodniczej bezmyślności i głupoty. Zwolniono z piwnic AVH osiemdziesięciosześcioletnią chłopkę, bo nie odstawiła w terminie mleka. Starucha pisała prośbę o ułaskawienie do Horthyego, nawet nie wiedziała, kto teraz na Węgrzech rządzi. Na tej podstawie oskarżona o sabotaż gospodarczy. Miała sprawę polityczną.

Żałuj, że z nami nie jesteś, idzie gorący czas, atmosfera naładowana elektrycznością, ale pełna powagi, powiedziałbym nawet – wielkości. Jest takie wschodnie przysłowie: gdy pokrzywdzony człowiek wzdycha, ledwie jeden listek się zakołysze, a jak wzdycha udręczony naród, powstaje wicher, który zmiata władców. Czuję jego tchnienie, słyszysz, to nie jest literatura, o którą mnie pomawiasz. Chciałem, żebyś coś z naszego Budapesztu mógł zrozumieć. Ściskam

Bela.

Siedząc już za stołem, obojętnie jadł ryż, który mu Pereira podsuwał. Pił chłodny sok z pomidorów, skrobał łyżeczką ścięte na lód połówki mango. Miąższ owocu topił się na języku mdłym smakiem marchwi. List musiał ukryć jeden z kurierów, koperta otwarta, zapewne nie oparł się i czytał, nocując w którymś z hoteli w Austrii, we Włoszech, Turcji czy Pakistanie. A jednak dostarczył. A więc i ci najbardziej oddani też nie są pewni? I oni czują solidarność z ludem, z którego ich wyłuskano i uczono, by nim gardzili? Oni też sprzyjają nowym władzom? Porządny chłop, Bela, zaciskał gniewnie splecione dłonie, musiał mieć dojście, zyskał zaufanie, bo dawniej wzięliby i z miejsca wręczyli w ambasadzie... Nie chcieliby ryzykować. Prywatna poczta? Któż może wiedzieć, jakie znaczenie mogą mieć te informacje? A może list czytał już Ferenz, a więc i ambasador, i podrzucono mu, żeby wypróbować, zobaczyć, jak postąpi? Ogarnęło go obrzydzenie.

– Nie można tak żyć – zacisnął pięści – nie można...

Pereira spoglądał na niego z troską, wydało mu się, że radca ma gorączkę. Kiedy Terey wyszedł do łazienki, kucharz nieufnie nasłuchiwał, potem uniósł flaszkę whisky pod światło i krytycznie ocenił, ile ubyło, widać uznał, że nie za wiele, bo zlał resztki ze szklanek po gościach, dopełnił z butelki, siorbnął mrużąc oczy, smakując stężenie, potem cicho wymknął się do kuchni.

Istvan krążył po pokoju, nie mógł znaleźć miejsca.

Zabłąkany świerszcz przeniknął do domu i nieśmiało podzwaniał w kącie pokoju. Motor w maszynie do chłodzenia szumiał i w pełnym blasku lampy leżały zmięte kartki listu pokrytego zielonym pismem.

Wstrząśnięty był listem. Chciał się z kimś podzielić wiadomościami i tęsknotą. Chodził po pokoju, zastanawiając się, do kogo zajechać, choć robiło się późno. Miał dwie osoby, które go o każdej porze przyjmą, życzliwe, a dostatecznie dalekie, by nie krępowały – jedną był Nagar, a drugą Judyta. Buzował w nim niepokój jak pochodnia przerzucona z dalekiej ojczyzny, spragniony był rozmowy, głośnych rozważań, przewidywania wypadków, obrachunków.

Światło lampy odbijało się na harmonijce złożonego listu. Przeczytał jeszcze raz pierwsze zdanie i odłożył. Blask łagodnym półkolem dobywał zielenie i rudawe motywy rozkwitających drzew na dywanie. Pamiętał, jak się bronił, żeby handlarz mu go nie wepchnął. Udany dywan. Kojarzył się z Margit. Chciałbym ją widzieć na nim, nagą, jak czeka wsparta na łokciu, paląc papierosa. Biel ciała ledwie muśnięta fioletem, złotawe dłonie i długie nogi, rdzawe wzburzone włosy. Chłopięce marzenie o kobiecie z napotkanej matissowskiej ilustracji. Wzruszył ramionami litując się nad sobą. Jak refren hinduskiej pieśni powraca: „wszystko, czego pragnęliśmy i posiedliśmy, już zostało nam odebrane, wszystko, do czego nie wyciągamy rąk, jeszcze jest godne pościgu, wabi. Nie wydzieraj światu, a sam ci odda, nie chwytaj chciwie, a będziesz miał. Wyobrazisz sobie".

Nie, z tym się nie pogodzę... Rosła w nim wilcza łapczywość, dopaść, pochwycić, napocząć zębami, chłeptać. Nawet stargać. Mieć, żeby się poczuć uwolnionym.

Otworzył drzwi do hallu. Słyszał, jak kucharz krzyczy na sprzątacza i miarowo stuka szczotka o flizy posadzki – szorowali kuchnię.

Podniósł słuchawkę i nakręcił numer centrali. Zgłosiła się dziewczyna, mówiła przesadnie ładną angielszczyzną jak płyta z nagraną lekcją. Poprosił o Agrę, hotel Tadż Mahal.

Kiedy tak stał łowiąc dalekie zgrzyty, cienie głosów na linii, brakowało mu papierosa, jednak bał się odejść, szukać na biurku, bo może właśnie zgłosi się recepcja. Wrzaski z kuchni drażniły nieznośnie, plusk rozlewanej wody, nosowe komendy kucharza, który służbą pomiatał wykorzystując fakt, że tylko on jeden zna nieźle angielski i może się powoływać na autorytet saba. Trzeba go zmienić – rozważał – zupełnie mu się w głowie przewróciło... Zanadto się spoufalił. Jednak nie uciszył ich, żeby nie zwracać uwagi, umilkną i będą nasłuchiwali, a może uda się wymienić z Margit parę serdecznych słów, pochwyci odmienione brzmienie głosu, może dowie się nareszcie, kiedy przyjedzie do Delhi lub wezwie go do Agry.

Wiedział, że w pokojach nie ma aparatów, jednak zżymał się z niecierpliwości, kiedy portier pochrząkując oświadczył, że zaraz miss Ward poprosi do telefonu... Kiedy odruchowo skrobał paznokciem ścianę, rysując pochyłe kreski, które zamienił w jej monogram, zdawało się, że dobiega go z dali zgrzyt cykad, ukrytych w zakurzonych festonach pergoli. Przywoływanie trwało nieznośnie długo, aż do mdlącej pustki, właściwie nie miał jej wiele do powiedzenia, prócz tego jednego słowa, które tłumaczyłoby jego niepokój i tęsknotę, ale wiedział, że tego słowa nie wypowie, że zdania będą martwe jak odlewy gipsowe, pamiętał o mnóstwie uszu przysłuchujących się ich rozmowie, niemych świadkach, znudzonych i wścibskich, jawiły mu się dziewczyny z brzękadłami na szyjach i słuchawkami przyklejonymi do włosów wilgotnych od potu i wonnego olejku, tkwią teraz na linii służbowo i z przypadku.

Nagle usłyszał głos Margit, inny, odmieniony dalą.

– Hallo! Hallo... – A potem z serdeczną nutą rozpoznanie: – To ty, Grace?

– Tu Istvan, nie spodziewałaś się...

– Nie. Nie ciebie... O jak dobrze, że zadzwoniłeś. Dziękuję ci.

Milczał, a ona zaraz podjęła:

– Może przyjedziesz? Kiedy cię zobaczę?

– W sobotę wieczór.

– Jeszcze cztery dni. Strasznie długo. Czy mogę do ciebie dzwonić?

Nie odpowiedział. Jeszcze znajomość z nią chciał ukryć, jak chciwiec osłonić, zachować tylko dla siebie. Widział same piętrzące się przeszkody, jak wiszące nad nimi lawiny, które tak łatwo strącić.

– Dostałem twój list.

– Ach, to cię poruszyło. A myślałam, że ty sam, że naprawdę za mną się stęskniłeś – odgadł bardziej niż pochwycił uchem cień zawodu.

– Tak jest – oblizał klejące się wargi, nagle oporne.

– Co: tak jest?

– Tęsknię, Margit.

– Gdyby to była prawda, nie dzwoniłbyś, tylko już byś u mnie był.

– Kiedy nie mogę.

– Widać nie dość tęsknisz.

Milczał ugodzony, przyznawał jej słuszność.

– Przepraszam cię – powiedziała pospiesznie. – Jestem rozkapryszoną jedynaczką. Zawsze miałam to, czego pragnęłam. Wiesz, że nawet czekanie sprawia mi radość, jakiej dotąd nie znałam. Istvan, jesteś tam? – zaniepokoiła się nagle. – Hallo, słyszysz mnie?

– Tak – odpowiedział gwałtownie – wszystko słyszę.

Zabrzmiało tak, jakby wyznał – zapada we mnie, pojmuję, chłonę, więc mów dalej.

Ale w słuchawce odezwały się i męskie głosy, niecierpliwe, karcące, wołano Margit. Zabolało go, jakby cała poprzednia rozmowa była chytrym wybiegiem.

– Czekajcie, zaraz wracam... To Grace, moja przyjaciółka z Delhi... Mam u siebie małe party, za gorąco, żeby gdzieś pójść, siedzimy, słuchamy muzyki Bartoka – usprawiedliwiała się przed nim – trochę popijamy, ale umiarkowanie. Sami swoi, nie bądź zazdrosny, jest profesor, jest i doktor Connoly, którego obiecuję ci przywieźć, skoro go zaprosiłeś... Tak strasznie chciałabym cię widzieć – powiedziała zupełnie innym tonem. – A teraz, szybko, powiedz mi coś przyjemnego, co mogłabym wspominać przed zaśnięciem...

Zawahał się, a potem sam zdziwiony własnym wzruszeniem wyszeptał:

– Będę w sobotę wieczorem.

– To już słyszałam. Powiedz coś więcej...

– To wszystko – odpowiedział i odwrócił się gwałtownie, bo spostrzegł długi cień kucharza na ścianie i głowa sprzątacza wychyliła się nisko, tuż nad progiem, słuchali, podglądali, ogarnęła go wściekłość. Ale wtedy napłynęły z daleka słowa łagodzące wzburzenie.

– Rozumiem. Bardzo, bardzo dziękuję. Do soboty.

Szczęknęła odkładana słuchawka i zaraz rozległ się bezosobowy głos telefonistki:

– Czy pan mówi dalej?

– Nie. Skończone.

– Dziękuję – tchnęła i aparat dźwięknął krótko i raz, jakby drgnienie serca w dzwonku.

Łapał oddech jak pływak wynurzający się z głębiny. Otarł dłonią pot z czoła. Instynkt przestrzegał, że jest we władaniu żywiołu, którego mocy nie zna. Będzie musiał tamtego wyprzeć... Zepchnąć w mrok. Gdzie się z nim zmierzy? Przecież nie we wzburzonej pościeli, gdzie pokonanie cienia byłoby łatwe.

– Kończcie robotę – powiedział do kucharza.

– Tak, sab, tylko myśmy nie chcieli hałasować – odpowiedział gorliwie, i na ścianie widać było cień, chudą nogą trącił sprzątacza i zaraz rozległo się koliste, miarowe drapanie szczotki.

Przeszedł do pokoju. Usiadł w fotelu. Kiedy zapalał papierosa, palce mu drżały. W świetle leżały kartki pokryte zielonym pismem. Nagle bólem przeszyła go pewność, że Margit nigdy nie potrafi pojąć, co kryje list od Beli, czym jest dla niego; choć kocha i jest kochana, zostanie obca.

Następnego dnia późnym popołudniem, kiedy powietrze stało się gęste od pyłu, który się trzymał tuż nad ziemią dyszącą wchłoniętym żarem, zeschła, żółta trawa kruszyła się nawet pod uderzeniami nóżek polnych koników, a zgiełk cykad na wierzchołkach prawie bezlistnych drzew brzmiał wielką skargą. Terey podjechał do garażu ambasady. Zgasło mu światełko kierunkowskazu i mimo zmiany żarówki nie chciało się palić. Zamiast grubego Premczanda zastał tylko Kriszana, który bielał pod ścianą siedząc na piętach, jak chłopi zwykli wypoczywać o zmierzchu. Dłoń z dymiącym papierosem niemal dotykała czerwonej ziemi, zdawał się drzemać z opuszczoną głową.

Nie drgnął, gdy austin zatrzymał się opodal i radca wysiadł. Żółty odblask słońca schowanego za domami opływał biel wąziutkich spodni Kriszana, ciemne, zwieszone dłonie, długie palce, przekreślone białym papierosem... Czarna głowa, pokryta falami natłuszczonych włosów, nie uniosła się, choć usłyszał słowa pozdrowienia:

– Dobry wieczór, Kriszan.

– Dobry wieczór, sab – odpowiedział łagodny głos dziewczęcy z mrocznego wnętrza garażu.

Choć wstydliwie nie wyszła przed próg, Istvan widząc zarys postaci odgadł, że jest młoda i ładna, zaplatała dłonie przed piersią, bo słyszał przesypujący się brzęk srebra na przegubach. Czuł, że tych dwoje coś łączy, mimo że kierowca nie odwrócił twarzy, a dziewczyna nie zaznaczyła swoich praw do niego, tylko patrzyła z troską ogromnymi oczami, które wilgotnym blaskiem lśniły w półmroku.

– Kriszan, co ci jest?

– Nic, sab. Ja już nie pracuję w ambasadzie. Ja myślę...

Zrobiło mu się go żal, przypomniał sobie zlecenie ambasadora. Oparty o maskę zapalił papierosa. Słyszał, jak motor, choć zgaszony, oddycha lekko stygnąc, dzwonienie świerszczy i suche szmery liści w pnączach na murze ambasady.

– Bardzo mi przykro, Kriszan – zaczął – wszyscy ci współczujemy...

Dźwignął czoło, błysnęły w ciemnej, wąskiej twarzy pod krótko przystrzyżonym wąsem białe, równe zęby w kocim grymasie, śmiał się bezdźwięcznie, aż dygotały mu barki.

– Dlatego mnie wypędzacie.

– Wiemy, co utraciłeś...

– Nie. Ona odeszła, bo tego chciała. Kazała mi się ożenić ze swoją młodszą siostrą, oni są ubodzy i nie mają na drugi posag. Nic się u mnie nie zmieniło, była żona i jest żona, nawet prosi, żebym ją nazywał imieniem zmarłej, bo ją kochała. Tylko gdzie ja teraz znajdę pracę?

Terey z trudem pojmował odmienność obyczaju, śmierć, której wyrwano żądło rozpaczy, kiedy umiera się, żeby wracać, zaledwie trwoży przejście za czarną kurtynę. Poczuł się niezdarny, nie umiał z nim mówić, pocieszać, stracił zdolność porozumienia, mijali się.

– Miałeś wydatki związane z pogrzebem, widzisz, my ciebie cenimy, mam ci przekazać pieniądze... Powinieneś odpocząć, nie siadaj od razu za kierownicą.

– Ile? – ujął banknot końcami palców, trzymał w lewej ręce, jakby zaraz go miał upuścić z odrazą, zaciągnął się głęboko dymem. W czerwonym rozjarzeniu błysnęło zmrużone drwiące oko. – Tylko setka?

– To niemało, Kriszan – oburzył się radca.

– Sab, mam jedno pytanie: jeżeli zostanę wezwany przed sąd, czy sab zezna jako świadek?

– Ja nie byłem wtedy z tobą – przypomniał.

– Ja też proszę tylko, żeby sab zechciał poświadczyć, kto podarował mi sto rupii, nic więcej – teraz podniósł się sprężyście, szczupły i zgrabny, odrzucił niedopałek i uderzył stopą, aż sypnęły się iskry. – A może nie będzie sądu... Wtedy zapłacicie mi więcej, o wiele więcej.

– Nie rozumiem, Kriszan.

– Gdyby pan rozumiał, nie byłby pan przyszedł do mnie z tą marną setką. Jeżeli ambasador myśli, że jestem głupi i byle czym dam się zatkać, grubo się myli.

– Ale kto ci wytoczy sprawę? Nawet nie zawiadomiono ubezpieczenia, naprawę pokryła ambasada.

Znowu zachichotał, potem podniósł palec ku niebu, na którym trzepotały się opadające w dół coraz większe gwiazdy.

– Kali – szepnął. – Niech pan mu powtórzy. Kali i ja myślimy o nim – położył ciemną, wąską dłoń na piersi. I nagle zupełnie zwyczajnym głosem układnego służącego spytał: – Uszkodzenie? Mam naprawić?

Istvan zawahał się, czy ma z propozycji skorzystać, ale zdecydował, że mu osobno za przysługę zapłaci. Chciał, żeby wszystko wróciło do poprzedniej zależności, miał niejasne uczucie, że dał się wplątać w jakąś niedobrą historię. Świdrowanie cykad drażniło, wzmagało czujność, jakby ostrzegało. I dziewczyna stojąca w mroku zaciskała dłonie, bransolety podzwaniały tępo.

– Lewy sygnał nie pali, może sprawdzisz instalację, a potem przyprowadzisz wóz pod dom, dobrze?

Kriszan nagle pochwycił go wilgotnymi palcami za opuszczoną dłoń, podniósł, przycisnął do swojej piersi. Przez koszulę czuł, jak pod żebrami tłucze się serce, udzieliło mu się jego napięcie.

– Sab, jeżeli jestem zły, będę bardzo zły. Nie można zatrzymywać się wpół drogi... Rośnie góra kłamstwa, choćbym nie otwierał ust. Niech mu pan to powie.

Terey wyrwał rękę, szarpnięcie było o wiele za silne, gdyż tamten puścił ją łatwo, aż zawstydził się własnej gwałtowności.

– Ja zaraz sprawdzę lampę – prawie krzyczał – ja w tej chwili – gdy jednak zrobił krok w stronę auta, osłabł jakby, wsparł się niezręcznie na masce wozu, ześliznął aż zazgrzytały paznokcie. Wtedy z ciemności wyszła drobna dziewczyna i z niespodziewaną siłą przygarnęła go i poprowadziła bezwolnie stawiającego kroki w głąb garażu.

– On jest chory? – zapytał półgłosem.

– On jest słaby – odpowiedziała czule – on palił.

Od razu wszystko stało się jasne – i te dziwne, niespokojne ruchy i zdania kwieciste – palił haszysz. Cała poprzednia sympatia, jaką darzył kierowcę, zniknęła, teraz zrozumiał decyzję ambasadora, właściwie powinni być zadowoleni, że nie doszło do prawdziwego nieszczęścia. Raz jeszcze okazało się, że nie miał racji, naiwna dobroć łatwo mogła prowadzić do wydania w ręce szantażysty, należało kierowcę zwolnić, korzystając z pierwszej okazji, dokonać cięcia.

Wydało mu się, że mimo lekkiego oparu benzyny i smarów, wyczuwa przykry swąd konopi, ale wszystko nakrył ostry, zwierzęcy odór perfum dziewczyny, która przysunęła się w mroku.

– Niech sab mu wybaczy, spotkało nas wielkie nieszczęście – prosiła, podzwaniając bransoletami – on jest pełen smutku.

– Można mu jakoś pomóc?

– Nie. Musi się wyspać.

Zapalił reflektory i wyjechał na drogę. Kiedy wsłuchał się w równe granie motoru, poczuł ulgę. Dodał gazu, jakby uciekał. W ambasadzie świeciło się jedno przysłonięte okno za kratą. Szyfrant jeszcze pracował. Światło kierunkowe naprawili mu na stacji Shella, gdy tankował benzynę.

Connoly, jakby usunięty na bok ich zgodnymi odruchami, podobnymi do zmowy, mimo że go zatrzymywali, częstując jeszcze kawą, zbierał kosmaty kapciuch z moszny jelenia, chował fajkę do flanelowego futerału gestem tkliwym, jakim matka otula niemowlę. Podejrzliwie marszcząc czoło jak pies, który w pościgu stracił trop i teraz widzi kota rozpłaszczonego na konarze zbyt wysoko, by udało mu się go dosięgnąć, zgadywał całą niezręczność sytuacji.

Margit w prostej sukni koloru starej kości słoniowej, z dużym dekoltem, z którego wzniesienie piersi błyskało bielą, mówiła z nienaturalnym ożywieniem, jakby coś miała do ukrycia pod rytmem okrągłych i pustych zdań, właściwych na oficjalnym przyjęciu, ale rażących między kolegami, za jakich się uważali. Istvan chwilami odwracał ku niej głowę i rozjaśnienie w oczach, gdy jej wzrok napotkał, każdego musiałoby zastanowić. Connoly zdał sobie sprawę, że jest niepotrzebny, choć oboje przytrzymują go tak, jakby lękali się zostać sami w tym zapadającym zmierzchu, na rozległej hotelowej werandzie. Niejasno czuł gorzki smak przegranej, w końcu nie on, tylko dziewczyna zadecydowała, kogo wybierze. Nie miał szans, wbrew woli, jaką sobie wyznaczał. Nie mógł już biegu spraw odwrócić ani zatrzymać, mógł tylko opóźnić, a ponieważ wyglądało, że oboje tego pragną, na przekór, podniósłszy się, przetarł dłonią rzedniejącego jeża i powiedziawszy niefrasobliwie – „do widzenia" – odszedł, wysoki, barczysty. Po jego plecach spływały plamy światła przez otwory wygryzione suszą w liściastym dachu pergoli. Póki go mogli widzieć, szedł przesadnie dziarskim krokiem, nie pasującym do znużenia po dniu pracy, upału i spóźnionego obfitego lunchu, który w niego wmusili.

Siedzieli w cieniu, który spiesznie stawał się zmierzchem, tak blisko, że ręce ich mogły się teraz swobodnie dotknąć, przygarnąć, splątać, jednak nie uczynili najmniejszego gestu. Gdyby pozostał świadek, wtedy – może prędzej – z zuchwałości, z przekory, po prostu dla zaznaczenia, że do siebie należą, choć to jeszcze nie było prawdą.

Ponad drzewami wisiał gwałtownie błękitniejący pył i włosy Margit zrobiły się prawie czarne. Daleko za bramą z kocim miauczeniem nienasmarowanych osi toczyły się grube, nie okute koła tong zaprzężonych w woły, biała ich sierść miała poblask fioletu.

Muszę to zapamiętać – powracało w Istvanie jak łagodna melodia, pamiętać zapach suchych liści, kurzu i mierzwy. Głosy, śpiewne nawoływania woźniców kucających na dyszlach, w ogromnych turbanach, chwiejących się jak zwiędłe maki. Światło nielicznych lamp jeszcze nie raziło, żółte, rozmazane plamy między drzewami wyznaczały postęp nadciągającej nocy. Przebiegło pierwsze tchnienie niosące ulgę. Jeszcze chwila i jak cios obuchem spadnie nagły podzwrotnikowy mrok.

Ona też patrzyła na Agrę, miasto odmienione girlandami kolorowych żarówek, wieczorną iluminacją, przeznaczoną na wabienie turystów do małych sklepików pełnych rzeźb z kości słoniowej, drzewa sandałowego i haftów, koronek, chusteczek batystowych o mereżkach delikatnych jak szron, którego tu nigdy nie oglądano.

Ukradkowym spojrzeniem wodził po jej szyi, czystym profilu, ustach lekko rozchylonych i nabrzmiałych od upału. Patrzyła długo bez drgnienia powiek, jakby zaniepokojona gwałtownym przyborem nocy. Wydała mu się w tej spokojnej zadumie urzekająco piękna. Pragnął jej, chciał poczuć ciężar jej głowy w dłoniach i włosy przeciekające między palcami, jak miedziane strugi. Zawisnąć nad wargami i nie całować, tylko spotykać bliskim oddechem, przedłużać chwilę oddania. I ona też się nie spieszyła, uciszenie niknącego dnia łączyło się z ich spokojną pewnością, że do siebie należą, czy niedługo należeć będą, nie na mocy przeznaczeń, nieokreślonego losu, co pozbawiłoby buntowniczej radości, że to oni siebie wybrali i sobie przypadną w darze, bo tego naprawdę chcą.

Duże chrząszcze bucząc basem ulatywały nad skudlonymi festonami pnączy, i nagle, utraciwszy równowagę, spadały z suchym szelestem, jakby ktoś z ukrycia rzucał kamykami chcąc przerwać ich milczenie. Oboje odwrócili głowy, usłyszawszy gniewne parsknięcie; kotka z recepcji biła wyciągniętą łapą strąconego chrabąszcza, gryzła z chrzęstem pokrywy i zmiażdżonego owada z odrazą wytrząsała z pyszczka.

Nadciągała noc letnia.

Ciemność pochłonęła dziewczynę, wyciągnął rękę i położył na jej dłoni, by mieć radosną pewność, że jest w jego władaniu. Wraz z ciepłem dotknięcia wydało mu się, że doszedł delikatny zapach jej perfum, a może tylko odwróciła głowę i nozdrza pochwyciły woń nagrzanych włosów.

– Chodź – powiedziała i palce się związały.

Wstał z żarliwą gotowością, jak posłuszny uczeń, ale ona nie skierowała się pod arkady pergoli, tylko w głąb parku, nad basen na wpół wysuszony upałem. Pod ścianą pustej szatni stały poopierane leżaki, odnaleźli je łatwo i usiedli obok siebie. Wtedy pergola rozbłysła światłami, wymknęli się w porę, bo kelner z pióropuszem nakrochmalonej serwetki nad czerwonym turbanem już zaczął zbierać filiżanki, służba kręciła się w żółtym świetle, po grotach pełnych liściastych stalaktytów.

Milczeli. Od wody szło tchnienie jak z bagna.

Garsteczka gwiazd utkanych z trzepotu świetlistego, jakby skrzydeł ważek, zdawała się lecieć ku ziemi. W basenie, w którym nikt się nie kąpał, w wodzie zgęstniałej, niby pokrytej rozmokłą żelatyną, dygotały inne gwiazdy, zamącone chwilami, rozkołysane gwałtownie przez topiące się owady, które wpadały z pluskiem.

W krzewach błyskały światełka puszyste, mżące, przesuwały się chwiejnym lotem, zostawiając jeszcze za sobą smugę świetlistą. Cały przestwór od nieba po ziemię był pełen ruchu i niestałości. Oto spływał łagodnie zielony płomyk, zstępował spiralą i naprzeciw niego odbity w zakrzepłym zwierciadle wypływał drugi, zdawały się biec ku sobie przyciągane nieodpartą siłą, łączyły na moment jak w pocałunku i nikły, zapadały w ciemność lub rozdzielały się spostrzegłszy pomyłkę, jeden wzbijał się w górę, a drugi zapadał w głąb czarnej wody.

– Widzisz? – spytała nieswoim głosem, niskim i trochę zalęknionym. – Narodziny i umieranie światów... Niesamowita noc.

Milczał, zjednoczony z naturą, bardzo spokojny.

– O czym myślisz? Zdawało mi się, żeś ode mnie odszedł, że jesteś bardzo daleko.

Odruchowo chciał zaprzeczyć, uchwycić jej rękę, nakryć dłonią, szepcąc – „o tobie myślę", jednak powiedział prawdę, zaskoczony jej intuicją.

– Przypomniałem sobie jedną taką noc z dzieciństwa.

– Wszystko, co jest i będzie między nami, już coś ci przypomina? A ja tak chciałam, żebyśmy... Nie rozumiesz, że stałeś się dla mnie całym światem, jeszcze nie odkrytym. Zazdroszczę tym, co byli z tobą, jak stawiałeś pierwsze kroki, dziewczynie, którą pierwszy raz całowałeś, kolegom, którym opowiadałeś, kim chcesz zostać, dopiero stwarzałeś siebie... Nawet psom zazdroszczę, które chodziły przy twoich nogach, kładły pysk na kolana, zaglądały w oczy uważnym, rozumnym spojrzeniem. Jeżeli myślisz, że jestem szalona, nie mylisz się: jestem szalona, szalona – powtarzała w upojeniu, coraz głośniej, jakby sama sobie nie dowierzała. – Musisz mi mówić o wszystkim, ażebym mogła odzyskać to, co mnie w tobie ominęło, opowiadaj o rodzicach, o swoim kraju, o książkach, które lubiłeś, o snach... Kiedy o tobie myślałam, musiałam sobie co chwila odpowiadać: nie wiem, nie znam i jakąż radość mi sprawiało malutkie słówko „jeszcze", czułam się jak dziewczynka przed zamkniętymi drzwiami pokoju, w którym szykują przyjemne niespodzianki. Mówiłam sobie: on mi opowie, wprowadzi w swoje życie, ile radości i odkryć jest przede mną...

Milczał, oddychał głęboko, śledząc bezwolnie godowe tańce świetlików w na wpół opróżnionym basenie i gwiazdy na bliskim

niebie, które zdawały się lecieć ku ziemi, bo ogromniały w źrenicach podpłyniętych łzą natężenia.

– Powiedz, o czym myślałeś – prosiła – chcę ci towarzyszyć
i w tym, co było tylko twoje.

– Po to mnie tu sprowadziłaś?

– Chciałam być z tobą, tylko z tobą. Zaraz będzie dinner i służba
zniknie, goście się usadowią, wtedy możemy przejść. Całe skrzydło hotelu jest puste, malowanie po sezonie. Ja się obroniłam. Obeszło się bez przeprowadzki, odświeżyli pokój, kiedy wyjeżdżałam
na wieś... Musimy poczekać.

Zaskoczyła go dwoistość jej myślenia, rozumne wyrachowanie,
unikanie ryzyka, próba dostosowania się do miejscowych obyczajów i ten nagły wybuch stężonych uczuć, drapieżnej zachłanności,
chęć posiadania go wraz z całą przeszłością, bo chyba przyszłość
już z góry sobie przyznawała.

– Niedługo pójdziemy – szepnęła, ciesząc się niecierpliwością, z jaką na nią czekał, przynajmniej tak zrozumiała sens jego
pytania. Wyciągnęła rękę i położyła mu na skroni, zarysowała
końcami palców skraj ucha, aż drgnął cały z pragnienia. Przy-
chyliła się, stuknęły o siebie ramy leżaków, chciała coś powiedzieć czy go pocałować, ale usłyszeli bliski chrzęst żwiru, dwóch
mężczyzn wynurzyło się zza rogu budynku, podeszli nad brzeg
basenu, zadudniły głośno płyty chodnika. Zatrzymali się chwilę,
patrząc na harce świetlików. Jeden rzucił papierosa, który czerwonym żarem, niezharmonizowany, materialny, opisał łuk i zgasł,
drugi dwukrotnie kopnął garść żwiru krusząc odbicia gwiazd.
Mówili chyba po włosku, tu w Indiach brzmiało to dla Istvana
znajomo, choć niezrozumiale, odchodzili niespiesznie. Nie dostrzegli leżących. Palce, które mu Margit położyła na ustach,
przytrzymywał lekko zębami, ruszył głową, wtulając się we wnętrze jej dłoni, chwytał nikłą woń lekarstw, nikotyny i tę własną,
skóry.

Przed nimi zielonkawe, puszyste światełka wznosiły się i opadały, pisząc znaki trudne do odczytania. Powracał obraz rozległych

pastwisk, traw, ledwie wyczuwalna woń dymu, a raczej białego popiołu z badyli, bo ognisko dawno zgasło.

– Dobrze, powiem ci – zaczął z namysłem dobierając słowa. Zsunęła dłoń, obejmując go mocno, wcisnęła palce pod pachę. Oparła policzek na ramieniu.

– Leżałem na ziemi... Nie na trawie, bo ona już się ugniotła, tylko na ziemi. Wcale nie była twarda, a cielesna... Czułem, że stanowię z nią jedno, że jest mi przyjazna, jak brzuch suki szczenięciu. Dokoła trawy, nie połamane moim ciężarem, stroszyły się jak sierść, były roślinną sierścią pachnącą lekko ziemskim potem, który parował pod ciepłą dłonią. Spadała rosa. Pastuch spał opodal, ale przez spokojny sen oddzielony, nie do przywołania, tak jakby go nie było. Słyszałem tylko w głębokiej ciemności stąpanie koni, suchy chrzęst trawy ucinanej zębami, chrapnięcia i westchnienia. Chwilami przesuwały się tak blisko, że czułem drżenie darniny pod uderzeniami kopyt i odór stajenny, dziki, podniecający jak smaganie witek rokity po łydkach i udach, gdyśmy nadzy, na oklep pędzili galopujący tabun na pławienie do rzeki.

Odwrócił ku niej głowę, mówił w suche, pachnące włosy, których sprężysty opór dopiero teraz wyczuwał w pełni wargami.

– Czy ty nie boisz się gwiazd? Podnieś głowę i patrz. Wybiegaj im naprzeciw. Wiszą nad nami w otchłani nieba. Lecą w przestrzeni, którą trudno ogarnąć myślą... Może już nawet zgasły, a jeszcze ich blask przez wieki będzie niebieskim ogniem ku nam płynął. W dzień uciekają, stają się niewidoczne, nocą, korzystając, że śpimy, że ich nie podpatrujemy, zbliżają się ku ziemi. Każdy ma swoją gwiazdę, która na niego czeka. Każdy, i ty, i ja... Trzepocze się jak szklany jastrząb, krzesze iskry skrzydłami. A kiedy ktoś umiera, wtedy jego gwiazda spada, zsuwa się jak pająk po nici gdzieś na skraj horyzontu. One są straszne, grożą, ostrzegają, przędą swoje promienie aż do dna oka, do serca, które przeczuwa wyrok bijąc niespokojnie. Wybrać się między nie... Wspinać wzrokiem wyżej i wyżej. Nie czujesz, że ziemia pod tobą opada, a ty zawisasz jak puch dmuchawca, podbijany lekkim powiewem? Jakże ciężko wracać z tych zawrotnych wysokości, z tego upajającego lotu ku ziemi, w ciasne, snem odrętwiałe ciało. Wpatrywałem się w gwiazdy, szukając tej własnej, która by dała mi znak, wybiegła naprzeciw, zamrugała powitalnie, wpatrywałem się aż do łez... Czułem krążenie ziemi i mojej krwi, i soków w roślinach. Czasami wydawało mi się, że nieważki, przyciągany przez nie z przemożną siłą, wzlecę i już nigdy nie wrócę, a ziemia obudziwszy się zapomni o mnie, jakbym był tylko snem. Wtedy kurczowo łapałem się traw, rozkrzyżowanymi ramionami przywierałem do darni, czułem plecami każdą grudkę, sprężystą łodygę zioła, a bliskie stąpanie koni, uderzenia w murawę jak w bęben, głuchy puls stepu, uspokajały, usypiałem z niejasnym uczuciem ocalenia. Że jeszcze nie dziś, chociaż to nadejdzie na pewno, na pewno...

Drgnęła, przywarła do niego, palce zacisnęły się, wpiły w jego ramię. Dokoła po chimerycznych orbitach przesuwały się zielone płomyki świetlików, a w dole na powierzchni basenu pulsowały niestałe, pofałdowane plamy utopionych gwiazd.

– Ja nie chcę – powiedziała jak małe dziecko – słyszysz, ja nie chcę...

Przygarnął ją, całował zachłannie. Nie opierała się, wtulił twarz w zagłębienie ramienia, przywarł policzkiem do jej szyi. Chłonął ją w siebie z każdym oddechem, sycił zapachem skóry, która natychmiast wilgotniała i lgnęła tak, że już zatracała się granica między ich ciałami, przenikały oddechy, otwierały głęboko wargi, mieszały języki.

Przez mroczny park, porysowany pulsowaniem światełek, przetoczyło się uderzenie w gong, wibrowało twardą nutą, bolało. Nagle wsparła dłonie na piersi Istvana, z trudem dobywała się z wnętrza jego ramion.

– Puść, proszę.

Niechętnie usłuchał. Leżeli obok siebie jak pływacy, których wyniosło na zmywaną falami mieliznę, wiedzieli, że ją bliski przypływ zatopi, i jest przed nimi noc, długie, wspaniałe, jak walka o życie zbliżanie się ku sobie, poznawanie, oswajanie i jednoczenie ostateczne. Noc ciepła i gęsta jak czarny puch, w którym będą utajeni aż do świtu, podobnego do srebrnego zwierciadła, pełnego światła, kolorów i ptasiej, zmieszanej wrzawy.

Słychać było głosy gości spieszących na obiad. Postacie w bieli przesuwały się w światłach zaszytych między warkoczami liści. Leżeli ledwie dotykając się dłońmi, a jednak wibrowanie bez przerwy przepływało przez ich ciała.

Wreszcie ruch przy hotelu zupełnie zamarł i nastała taka cisza, że brzękliwym półtonem dzwoniło wahadełko w zegarku na ręce podłożonej pod głowę.

– Bałam się – poskarżyła się. – Zapominasz, że to Indie i oni mogą nas słyszeć...

– Kto?

– Tańczący bogowie, którzy drwią, szydzą, lubują się w dręczeniu wyznawców, a są bardzo zazdrośni o ludzkie szczęście – uniosła się, pochyliła i nagle z gniewem zawstydzenia poczuł, że jej ciepłe, wilgotne wargi przywarły do jego dłoni.

– Co robisz? – żachnął się, mniej by się zdziwił, gdyby mu zgasiła na skórze ognik papierosa.

– Istvan, jestem szczęśliwa – toczyła głową po jego ręce, omiatając ją włosami, parząc oddechem. – Ty tego nigdy nie zrozumiesz, ja znalazłam siebie...

Serce waliło mu gwałtownie – uderzenie nie w piersi, a w gardle, w uszach i wnętrznościach, głuche dudnienie wzburzonej krwi jak ciosy młota.

Szli bez pośpiechu, nawet zachowując przesadny odstęp. Minęli światła pergoli i jaśniejącą jak głowica latarni morskiej portiernię, depcząc wyschły trawnik, zmierzali prosto w mrok długiej werandy, ku drzwiom jej pokoju.

Szukając klucza, Margit poczuła na palcach gorącą dłoń, pamiętał, że zamek się zacina, i w tym geście pomocnej gotowości, jakim otworzył drzwi, był widomy znak napięcia i niecierpliwości.

We wnętrzu majaczyła lampka zapalona przez służbę, niski blask padał na rozścielone łóżko, jak biały turban zwisała skręcona siatka moskitiery.

– Zaczekaj – powiedziała półgłosem, wstrzymując go wyciągniętą ręką, którą przyciskał do policzka, dotykał wargami. Spojrzała z bezmierną czułością, była w niej spokojna radość: mam go, jest mój.

– Zgasić?

– Nie. Dla ciebie mogę się rozbierać na środku Delhi – odrzuciła głowę wyzywająco, strząsnęła włosy na ramię.

Prowadził ją oczyma aż po drzwi łazienki, dotarł stamtąd lekki zgrzyt błysku przy sukience, syk i trzepot zrzucanego jedwabiu. Rozplótł węzeł moskitiery, która rozkręcając się gwałtownie chlasnęła go po twarzy białym wiechciem, zostawiając woń butwiejącej tkaniny, kurzu i płynu przeciw owadom, zasłona opadła i w niskim świetle widniała jak przejrzysty namiot, który sięgając ziemi osłaniał całe łóżko. Zaczął się nagle spieszyć, zrzucił sandały, zdarł koszulę, krawat leżał skręcony jak zatłuczony wąż. Nasłuchiwał zmiennego szumu wody bijącej w ciało i kamienie posadzki, przesunął dłonią pod pachą, poczuł ostry zapach potu. Przeklęte Indie, potrząsnął z grymasem głową, muszę się opłukać...

Czekał. Uniósł białą, gęstą siatkę i ukląkł na łóżku, które zadrgało pod jego ciężarem, czekał z rękami wspartymi na udach, oddychał z trudem, zdawało mu się, że wypełnia cały namiot żarem swego ciała z brązu i czarnej sierści.

A przecież to już raz było, na pewno było, już to przeżywał. Wszedł do tego pokoju równie pewny jak dziś, że Margit będzie jego, a jednak upokorzony musiał odejść. Wracała w snach, miał ją, przygarniał z całej mocy. A kiedy uniósł głowę w zachwyceniu, zdawało się, że ich czas odmierza wielkie wahadło skwierczące w ogniu. Znał, znał je do bólu i odrazy. „Nie wywołuj go, zapomnij” – odzywał się głos – „życie należy do żywych”. Brzydził się sobą i triumfował nad tamtym, biła z niego samcza siła, tors połśniewał żyłkami potu, innego, niż wycisnęły męczarnie z tamtego ciała.

Nie dosłyszał jej stąpania, szła boso, dopiero gdy zjawiła się oparta o wiotką sieć, pojął, że jest naga i mokra. Przegroda ugięła się pod dotknięciem jej dłoni i cofnęła, przenikał wzrokiem moskitierę, widział wzniesienie piersi, linię biodra i trójkątne zaciemnienie między udami. Podsunął się na kolanach, wsparł dłonie na jej dłoniach, miał ją tuż, oddzieloną tylko pianą przykurzonej siatki. Chciał Margit całować, ale lekki zapach stęchlizny i płynu przeciw owadom odpychał, chciał ją mieć opartą o pierś, przycisnąć do utraty tchu, do bólu, by miotała się w obręczy ramion jak ryba chwycona pod skrzela. Uniósł moskitierę, odsłaniała się przed nim. Kolana. Uda. Odwieczny dreszcz, który przenika mężczyznę, kiedy dobywa z ukrycia ciało kobiety, znajoma tajemnica, godna wzgardy i upragniona, marzenie chłopców, pożądanie oczu... Jednym szarpnięciem przerzucił moskitierę ponad jej głową, aż spłynęła poza plecami, i oto osaczał ją, wyławiał ramieniem, składał w pościeli, wędrował po niej wargami, ucząc się tego ciała na pamięć, odnajdował piersi powolne dłoniom, przywłaszczał sobie płaski brzuch, próbował kolan zębami jak jabłek. Ćwiartował ją spojrzeniami, była tu, i na mgnienie zapomniał o niej, chłonąc w zachwyceniu skórę chłodną z nie startymi kroplami wody, rzeźwą, której smak dopiero poznawał.

Ociera się policzkiem o wnętrze jej ud, bardziej gładkie niż wargi źrebięcia, czuje przemożną radość w odkrywczych wędrówkach, gdy mu się poddaje, jakby odruchowo wybiegając naprzeciw, przywiera i drży. Świadomie przemawia do jej ciała, nie do niej, spoufala się z nim, łamie opory, przekupuje pieszczotą, zmowa z załogą wbrew dowództwu, które by gotowe jeszcze się bronić. Porozumienie warg chwytliwych ze szczytem jej piersi, wchłanianie jej ciała, które nie niszczy, a ocala, oto kształt ucha zapamiętany ustami, palce przeczesują płomienie włosów, owocobranie... Kradnie jej oczy pełne świetlistych kruszynek, wargi na pół otwarte w bezbronnym wydaniu odmienione, nieznane, wezbrane rozkoszą. Ona mnie nie widzi. Przymknęła oczy, zapomniała, choć czuje jej dłonie igrające po nim, muśnięciem, głaskaniem płochliwym, podobnym do skrzydła jaskółki krzeszącej iskrę z niebieskiej gładzi stawu. Półsennie podciągnęła kolana i rozwiera je ruchem motylim, a w tym bezwstydnym pragnieniu oddania jawi się piękno, które aż dławi. Ręce po łokcie zanurzone pod jej plecy, twarz uwikłana w twardych, pachnących włosach, chłód jej skóry, która do jego piersi przywarła, niknie, już nie wie, nie czuje, gdzie jego ciało się kończy, a jej zaczyna, jak przebiega granica, której zacieranie taką sprawiło mu radość, otacza ją sobą, chłonie, i ona się z nim splata, jest pod nią, na niej i w niej.

– Bardzo cię pragnę, Margit – słania się jak ugodzony.

– Przecież mnie masz – słychać słowa, niby wywołane z oddali, z dna sennego, i zdaje mu się, że nigdy jej nie podbije, nie zawładnie sercem, wyobraźnią, dlatego szuka porozumienia z jej trzewiami, wnętrzem ze śliskiego atłasu, słodką muszlą, jak szepcze, obyczajem zdobywców nazywając każdą część nowego lądu po swojemu, tajemną mową miłosnych praktyk, podobną do zaklinania. Nieustanne wstępowanie, wzlot w chmury. I ona to pojmuje czując jego ciężar, widzi dźwigniętą do góry głowę, spaloną słońcem wygiętą szyję, wie, że w tej chwili, choć całe to wyniesienie jest dzięki niej, prawie ją zapomniał, wzbił się i oddalił... Margit kolebie się dziko, jak fala po przelocie motorówki zwiera się i karbuje. Jęk jej staje się rozkoszą mężczyzny, niby ostatni głos konającego wroga. Zęby rozchylone, wargi obrzękłe, źrenice odpływają zmącone, nie przyjmujące światła... Oto jakby agonia, twarz powinna budzić lęk, a jedynie zachwyca. I wreszcie już ma, co ścigał z takim uporem, ma, choć chciałby, żeby ten lot trwał wiecznie... A ona już ku niemu powraca, sprawdza, czy jest zaróżowiona, jak dobyta ze snu, zawstydzona, że go na chwilę porzuciła i odeszła w swoje ogrody, podgląda teraz uszczęśliwiona, że mogła obdarzyć... Nagle, kiedy napięte ręce mu się załamują, opada na jej pierś ciepłymi, otwartymi do dna wargami, powoli pełznie ku jej szyi, Margit szepcze mu w ucho: ajker... – wymawia to po angielsku – ajker... długa chwila łagodnego otępienia mija, nim pojmuje: Ikar – więc się tylko uśmiecha.

Leżą przy sobie pod białym stożkiem moskitiery, śliskie od potu ciała spoczywają jak zgonione zwierzęta, które już się poznały i mają do siebie zaufanie. Palce Margit wędrują po jego piersi, wargi leniwie dotykają, muskają ramię. Przesuwa jej dłoń, ociera końce palców o swoje wargi i szepcze:

– Dziękuję.

Rozdział VI

Jeszcze raz dokładnie powtórzcie mi jego słowa – ambasador cierpliwie ustalał stan zagrożenia. Twarz jego porowata, jak z sera przyprószonego bydlęcą solą, nad pięścią zgarnięta fałda obrzękłego policzka. Niedobry zamysł jawił się w ciemnych oczach podpuchniętych z bezsenności. Rzednące czarne włosy poprzerastały siwymi, które sztywno się strosząc bielały jak porost na uschłej gałęzi. – Więc Kriszan okazał się niewdzięczny – mamrotał – spodziewałem się tego. Tacy zawsze uważają dobroć za objaw słabości... Trzeba będzie zabezpieczyć się przed jego chciwością i głupotą, która mogłaby nam zaszkodzić. Tak, on jest przede wszystkim głupi. Nie zaprzeczajcie, głupi, bo nie wie, że mam go w ręku. – Koloman Bajcsy wyciągnął obrzękłą dłoń, której linie wewnętrzne lśniły od potu, i zacisnął powoli w pięść. – On nie ma żadnych szans, żeby nas podoić... Jednak dobry adwokat może się przydać.

Istvan natychmiast pomyślał o Dobroczyńcy. Mecenas Czandra o twarzy bez wieku; drobna, prawie chłopięca postać Hindusa, który lubił trudne sprawy. Nie spieszył jednak z radą, skoro ambasador nie tylko o nią nie prosił, ale nawet nie dopuścił go do sedna sporu z odprawionym szoferem.

Lekkie i przewiewne ubranie z czarnej alpaki, od dawna zapomniane w Europie, tu uchodziło jeszcze za wykwintne. Kołnierz lśnił na zgięciach tłustawo, a kiedy Bajcsy uniósł rękę i potarł łysiejące ciemię, Terey dojrzał pod pachą biały osad wypoconej soli.

– Dziękuję – ambasador skinął nie głową, a powiekami, w głosie brzmiało rozleniwienie płynące z poczucia własnej godności i siły, która mogła służyć do niszczenia opornych.

To „dziękuję", jakby dopuszczenie do wspólnictwa, napełniło Tereya niechęcią, rodziło niejasny jeszcze niepokój i poczucie winy, wydało mu się, że zawiódł zaufanie kierowcy, że go sprzedał, nic nie zyskując w zamian, nawet jednego srebrnika.

Kroczył zamyślony korytarzem. Drzwi od pokoju sekretarza były uchylone, jakby oczekiwał przejścia radcy.

– Zajrzyj na chwilę – zawołał zrywając się zza biurka – piekielnie przygrzewa... Stary wyjeżdża za dwa dni do Simli. Będzie spokój.

– Byłaby pora, wygląda nieszczególnie – skrzywił się Terey – źle znosi upały. – Nie przyznał się, że Bajcsy nawet nie wspomniał o zamierzonym wypoczynku, zrobiło mu się nagle wesoło, bo ten wyjazd oznaczał i dla nich początek wakacji, a w każdym razie poluzowanie twardo przestrzeganych godzin pracy, odsiadywania nad papierami, celebry urzędowania. Otwierała się przed nim nęcąca nadzieja swobody, okazja do zniknięcia z oczu towarzyszom, nawet wypad parodniowy nie budził zastrzeżeń, udzielano sobie nawzajem rozgrzeszenia.

– Ma powody – zajrzał mu w oczy Ferenz – głupia sprawa. No, i nie jest już pierwszej młodości... Popatrz – odsunął zasłonę i białe, oślepiające światło bluznęło przez okno – niebo jak blacha. Motor się przegrzewa, a cóż dopiero jego stare, spracowane serce. Im szybciej pojedzie w góry, tym lepiej. Odetchniemy.

Puścił zasłonę i dokuczliwe światło przygasło, odczuli ulgę. Sekretarz robił miłe wrażenie, schludny, z kołnierzykiem, który nawet nie zmiękł, z krawatem ściągniętym w nienaganny węzeł. Ideał zaufanego urzędnika, który mimo ambicji, przez powściągliwą życzliwość i poczucie lojalności, nawet gdyby pozycja szefa została zachwiana, nie wyda żadnej z jego tajemnic, nie pozwoli sobie na dowcip czy plotkę, wie, że to wprawdzie mogłoby zjednać chwilową popularność, ale słuchającym chciwie rywalom posłużyć może jako maleńkie zastrzeżenie, przyhamować wstępowanie w urzędniczej hierarchii. Dla niego wiedzieć, znaczy – korygować zręcznie swoje postępowanie, nie popadając w zażyłość, jednych dyskretnie spychać, o względy drugich zabiegać. Wiedzieć, znać, przede wszystkim na własny użytek, nie dla czczych popisów towarzyskich, że został wprowadzony w poufne, ogółowi zbędne tajniki zabiegów politycznych, próby dyskretnego wynagrodzenia lub honorowego na jakiś czas zejścia ze sceny, w sekrety protekcji w obsadzaniu dyplomatycznych placówek. Oczywiście bardziej pożądane były ze strefy dolarowej niż wewnątrz „obozu pokoju".

– Mam do ciebie prośbę, Terey – zaczął zwilżając końcem języka bibułkę zbyt wysuszonego papierosa. – Dużo w tym miesiącu zamawiasz whisky u Gupty?

– Nie. Na razie mam.

– Mógłbyś mi kupić dwa tuziny? Albo lepiej, żeby ci głowy nie zawracać, podpisz tylko certyfikaty, a ja sam załatwię... – już wyjmował z szuflady druczki i podsuwał Istvanowi. – Nie zapomnij o numerze legitymacji, bez tego nieważne.

– Szykujesz jakieś przyjęcie?

– Ambasador jedzie, więc i ty znikniesz – uśmiechnął się ze zrozumieniem – bo pewnie też będziesz chciał wyskoczyć, Indie cię wabią... Wszystkie obowiązki reprezentacyjne spadają na mnie i na żonę. Przy nowych celnych barierach alkohol staje się luksusem. Hindusi do nas ciągną jak muchy do miodu, pragnienie wzrosło wraz z cenami. Na szczęście dodatkowe opłaty nas nie obowiązują.

Terey na stojąco podpisał zamówienia.

– Numer legitymacji łatwy do zapamiętania: czwórka, dwie dwójki i trójka.

– Czwórka, dwie dwójki i trójka – powtórzył odruchowo Ferenz. – Tak, to łatwe... Lepiej, żeby Stary wyjechał, dla nas wszystkich zdrowiej – odprowadził go do drzwi. – Głupia sprawa, a może go wykończyć. Lepiej zresztą o tym nie mówić.

– Rzeczywiście, lepiej nie rozgadać sprawy – kiwał głową nie chcąc się przyznać, że jeszcze błądzi po omacku. W ambasadzie tylko Judyta przyjęła jako zasadę, że nic nie wie, a każda informacja jest dla niej niespodzianką. Dopiero drobne poprawki, jakie wnosiła, gdy dzielono się z nią sekretami, świadczyły, że doskonale znała przebieg wydarzeń i chyba znacznie wcześniej. Jednak głośne objawy wdzięczności i szczera radość nie pozbawiały gości przyjemnych złudzeń, że ją zaskoczyli i olśnili przyniesionymi nowinami.

Istvan zaciekawiony i niespokojny, zapadłszy w swoim pokoju, postanowił zręcznie ją wypytać, przynajmniej tak sobie obiecywał. Dzień zapowiadał się ruchliwie, trochę go niepokoiła zapowiedziana wizyta Dżaja Motala, amatora bezpłatnej wycieczki na Węgry. Na szczęście przypomniał sobie pełne drwiącej powagi spojrzenie Ferenza i cichą, uspokajającą uwagę:

– Nie odmawiaj, tylko oświadcz, że nadaliśmy sprawie bieg, decyzje zapadną w ciałach kolegialnych, we właściwym czasie i petenta się o nich powiadomi. Już sama liczba mnoga zdejmuje odium urazy, spotkasz się z nim choćby towarzysko, po co go sobie zrażać... Pozwólmy mu spodziewać się cudu.

Przeglądając listy, które czekały na odpowiedź, trafił na pismo Ilony. Zasmuciła go martwa relacja, dokładne wyliczenie powszednich czynności, pochwała rysunków młodszego syna i skarga na sąsiadkę mieszkającą piętro wyżej, która w porze obiadu trzepie chodnik na balkonie i pył leci przez otwarte okno. Łatwiej mu przyszło wyobrazić sobie ten rulon kokosowego chodnika spadający w dół, aż ciemno się robi w pokoju, niż Ilonę, która szybkim krokiem zmierza, by zamknąć okno, zacisnąwszy usta, nie będzie się przecież poniżała do kłótni. Trudno mu było powiedzieć sobie, że z wygaśnięciem uczuć każde słowo tego listu zamiast wiązać z dalekim domem, stawać się znakiem przyjaznym, drażni, odpycha, nie dopuszczał gorzkiego stwierdzenia: nic mnie nie obchodzi.

List wypadł mu z palców, leży pośród innych papierów, nie załatwionych próśb, odbitych na powielaczu komunikatów, gazet z pozakreślanymi artykułami, w stosie makulatury, niemy i zbędny. Niemożliwe, żeby się pomylił, kiedy ją pierwszy raz brał w ramiona... Kiedy szczęśliwy kładł dłoń na wezbranym łonie, napiętym jak dojrzały owoc, i słuchał nieporadnego bębnienia maleńkimi piętami w ściany cielesnego więzienia. Nie. Nie, odpowiada sobie, kreśli palcem zygzak w kurzu nawianym przez szpary. Słońce się pali za oknem, szaroniebieski pień palmy przekreśla niebo blaszanym gejzerem nieruchomych liści. Na siatce tłucze się bzykając w udręce zielona mucha, przywołane jej lamentem z trzech stron ściągają po ścianie białe jaszczurki.

– Margit – rozchylił wargi, twarz mu łagodniała, jakby samo jej imię, przywołane na pomoc, miało moc zaklęcia.

Dwie noce z Margit. Więc można mieć kobiety, a potem żonę, dzieci, i wreszcie jednego dnia odkryć, że się nie wiedziało, czym może być miłość. Ze zdumieniem pojmował, jak odmiennego znaczenia nabierało każde słowo, gest, spojrzenie. Wracał rytm pospiesznego oddechu, zapach włosów i skóry, i ten najbardziej własny, spotęgowany zbliżeniem ciał, ciepłem indyjskiej nocy, która kołysała napierając na widmowy żagiel moskitiery.

A potem owo nagłe osunięcie się w sen z twarzą wtuloną pod jej ramię, sen, który napełnia zawstydzeniem. Półświadome istnienie, jak ze wspomnień niejasnych najwcześniejszego dzieciństwa, opiekuńcza bliskość kobiecego ciała promieniuje spokojem. Powraca mu rdzawy poblask na włosach Margit, błękit oczu szeroko otwartych, przegięcie głowy wspartej na łokciu.

– Nie spałaś? – pytał z uczuciem winy i nadzieją, że ocknęła się przed chwilą.

– Chyba nie, szkoda mi było tracić cię z oczu – szeptała tkliwie. – Spać mogę wszystkie noce, kiedy ciebie przy mnie nie będzie, puste noce...

I wtedy zbudził się naprawdę. Pod skrzydłami moskitiery uchował się jeszcze niebieski osad mroku, a lampa stojąca na ziemi żółto przekwitała. Nie dowierzając zegarkowi, odsunął zasłonę i odkrył niebo jak misę pełną rtęci, trawę bez śladu rosy, suchą, posłyszał krzyki ptaków, lecących parami ku basenom wokół Tadż Mahalu, popiskiwania, w których już odczytywał żar nadchodzącego dnia. Zasunął płótna, próbując przedłużyć łagodny półmrok, ale blask już się sączył szparami, jarzył na posadzce. Więc zawrócił i przypadł do Margit tak zachłannie, jakby to były ich ostatnie chwile.

– No co? Co się stało... Przecież jestem – przygarniała go wzruszona.

A potem nagłe trzepoty rąk, tusz, ciepło dłoni ślizgających się po nagich plecach w miotle kropel bijących z miedzianego sita, chłodnych do dreszczu, ożywczych, z twarzą uniesioną poddawali się szklanej chłoście. Woda pachniała stawem i rdzą, zmywała zamroczenie nocy. Nie wycierając się, wciągał pospiesznie koszulę, która lepiła się do piersi, plamy wysychały szybko. Kiedy podniósł ściśnięte palce Margit do ust i wymknął się pod dziurawy dach rozplecionych pnączy, stał już biały dzień. Przed akwarium portierni podkasany służący na patykowatych nogach żurawia spryskiwał czerwony żwir z konewki, łudząc się, że zapobiegnie tumanom kurzu, który osiadał na liściach. Portier spał z czołem opartym o rękę, kosmyki lśniących włosów zwijały mu się na pochylonym karku. Kot lizał wyciągniętą tylną łapę z rozczapierzonymi palcami i mrużył żółte ślepia niemal w szelmowskim uśmiechu. Terey oddychał głęboko, powietrze pachniało sianem, goryczą liści i smołą. Otwierając drzwi swojego pokoju rozejrzał się jak ścigany, ale służący kolistym ruchem skrapiał podjazd, pochłonięty robotą nie zauważył, że ktoś przeszedł w cieniu pergoli. Nie nadeszła jeszcze pora budzenia, goście hotelowi spali twardo. Mógł być pewny, że nikt go nie widział.

– Panie radco – usłyszał dyskretny głos indyjskiego urzędnika – czy pan jest dla Dżaja Motala? On był podobno umówiony, czeka na dole.

– Zaraz schodzę – odpowiedział, ale gdy urzędnik cicho zamknął drzwi, chwilę jeszcze siedział, pocierając powieki końcami palców, jakby przebudzony ze snu.

W mrocznym hallu, pod czujnym okiem woźnego, siedział chuderlawy Hindus, nogi w niebieskich szerokich spodniach podkulił pod siebie; ciemne dłonie na tle białej koszuli poprawiały płaską, wytłuszczoną kokardę. W oczach, żywo spoglądających zza szkieł w rogowej oprawie, znać było czujną gotowość, miał w sobie coś służalczego i bezczelnego zarazem. Znając ceremoniał powitania, próbował odgadnąć, jak jego sprawa zostanie rozpatrzona, czy rozmowa odbędzie się w hallu, między wachlarzami przykurzonych liści palmowych w drewnianych skrzynkach, czy zostanie poproszony na górę do gabinetu radcy. Chcąc wymóc pomyślne zakończenie wizyty, wstał usłużnie i zgarniając papierową, naddartą teczkę związaną tasiemkami rzucił się naprzeciw Tereya.

– Witam całym sercem – zaczął, skłaniając głowę na ramię – najlepsze pozdrowienia od mecenasa Czandry, bardzo chciałby się z panem spotkać – mówił znacząco, z czego Terey wywnioskował, że adwokat o niczym konkretnym nie wspomniał i tylko Dżaj Motal przechwalając się znajomościami w węgierskiej ambasadzie skwapliwie oświadczył, że jest gotów przekazać pozdrowienia.

– Dziękuję. Miło mi pana widzieć. Jeszcze w pańskiej sprawie nie otrzymaliśmy dyspozycji z ministerstwa, ale myślę, że brak odpowiedzi pozwala żywić nadzieję na pomyślne rozstrzygnięcie sprawy.

Błysk niepokoju zapalił się w oczach Hindusa, jednak ruszył do natarcia.

– Wszystkie ministerstwa są podobne, w naszym też łatwiej o zamówienie artykułu niż o uzyskanie doraźnej wypłaty... Jestem przygotowany, że przyjdzie mi jeszcze długo, cierpliwie czekać. Na razie gromadzę materiały, zapoznaję się z historią waszego kraju, zwłaszcza ze sprawami dotyczącymi ostatnich lat. Wcale nie jest łatwo rozeznać się w siłach politycznych, które zadecydowały o powstaniu republiki... Mam własne koncepcje, które mogłyby pana radcę zaciekawić, nakłonić do poparcia mego zamiaru napisania książki o Węgrzech. Ale nie będziemy chyba rozmawiać tutaj, może pójdziemy w zacisze pańskiego gabinetu – ujął Tereya poufale za łokieć, prowadził ku schodom uprzejmie przekrzywiwszy głowę, gotów w każdej chwili, spłoszony pierwszym gestem zniecierpliwienia, wycofać się na pozycję pokornego petenta.

Jednak Terey dawał sobą kierować, godził się łatwo na te zabiegi, których wynik znał, i chciał tylko sprowadzić do kwoty nieznacznie naruszającej jego budżet.

Kiedy już siedli przy małym stoliczku, Dżaj Motal ruchliwymi palcami przysunął sobie kasetkę, osadził papierosa w zżółkłej kościanej lufce, czekał na podanie ognia, zaliczając ten gest uprzejmości jako punkt na swoją korzyść, zaczął wyłuszczać własną teorię.

– Wasz naród jest inny niż te, które was otaczają. Byliście zawsze królestwem – zaczął, patrząc z uporem w oczy radcy. – Macie u siebie wielu Cyganów...

Terey słuchał zaciekawiony, dokąd zaprowadzi zuchwała głupota tego zarozumialca, a pisarz, zapominając o tlącym się papierosie, roztaczał swoją wizję formowania się narodu, który, jak świadczą bezsprzecznie pochodzący z Radżastanu Cyganie, musiał wyruszyć z Indii, zanim dotarł po wiekach koczowania i podbojów na żyzną równinę naddunajską. Przyznanie się do wspólnoty krwi miało być najwyższą pochwałą, a dowodami: zamiłowanie do hodowli wołów, muzyka skrzypiec, taniec, w którym rytm wybijano uderzeniem dłoni w napiętek buta z cholewami... Choć tu, w Indiach, wysokie buty zastępowały szerokie rzemienne opaski nad kostką, obwieszone dzwonkami i grzechotkami... Długo zachowany i uszanowany podział na arystokrację i chłopów jest wyraźnym odbiciem podziału kastowego.

Niepostrzeżenie ton opowieści, która miała olśnić radcę, uległ zmianie, Hindus mówił teraz, że o jego usługi zabiegają Niemcy i byliby radzi, gdyby pisał o Federalnej Republice, broniąc jej przed uporczywym szkalowaniem przez narody, wprawdzie dotknięte działaniami minionej wojny, ale o umysłach prymitywnych, niezdolnych do właściwej oceny historycznej misji germańskiej i wielkości ofiary, jaką poniósł bohaterski naród niemiecki dla ratowania wolnej – jak to wyraźnie zaakcentował – Europy

~ 245 ~

przed zalewem bolszewickiego barbarzyństwa. Zarysował trudności, jakie mu sprawia wyłowienie prawdy z przeciwstawnych opracowań i podsuwanych skwapliwie źródeł. Zaznaczył dyskretnie, że jest gotów w każdej chwili posłuchać światłych rad ludzi kompetentnych, jednak pamiętniki tak wybitnych osobistości jak Churchill muszą zastanowić, zwłaszcza ostre określenia: „Rakosi i jego banda". Byłoby mu przykro, gdyby jego nieświadomość została wykorzystana przeciw narodowi węgierskiemu, który jest mu tak bliski. Jednak Niemcy zdradzają duże zainteresowanie jego twórczymi zamierzeniami, gotowi są poprzeć go finansowo, więc musi niestety wziąć to pod rozwagę.

– O ileż lepiej byłoby – rozkładał tkliwie dłonie – gdyby ambasada ułatwiła mi wyjazd na Węgry i sfinansowała trzymiesięczny pobyt. Gdybym z bliska przyjrzał się rewolucyjnym zmianom, mógłbym sobie wyrobić własną opinię, zebrać niezbite argumenty, które, opublikowane w prasie indyjskiej, mogłyby służyć przyjaźni między narodami i szerzeniu postępowej myśli socjalistycznej...

Jego śpiewna mowa, naiwna pomysłowość i lękliwa wiara, że radcę oczaruje, zyska poparcie, a może nawet pieniądze, budziły litość. Umiał robić użytek z daru słowa, zniewalał grzecznością i gotowością do ustępstw, był skłonny jak ptak zadowolić się łaskawie rzuconym ziarnem, byle schylenie się nie wymagało zbyt dużego wysiłku. Siedział już znacznie dłużej, niż miał zamiar, czujnie badając zmienne nastroje radcy; kawa, którą podał woźny, upewniła go, że trafił na dobry dzień.

Słońce paliło się za przysłonami, cykady dygotem skrzydeł poruszały rozpalone powietrze, aż monotonny, srebrny brzęk usypiał.

Dżaj Motal bawiąc się paczką papierosów zmierzał już wyraźnie do osaczenia radcy w sprawie niewielkiej zaliczki, kiedy senny nastrój zmącił telefon.

Mówił Pereira. Zdarzyło się to po raz pierwszy. Tereya ogarnął nagły lęk, że stało się coś złego w domu, pomyślał, że służący pobili się z sąsiadem Sikhem, opowiadano mu nieraz o napadach wściekłości brodatych wojowników na samo podniesienie palca w niebo, co miało oznaczać południe, porę, kiedy od słońca głupieją, tracą głowę, rozparzoną pod kokiem włosów nietkniętych nożycami i gęsto plisowanym turbanem. Widział już trupa czerniejącego na betonie podwórza i milczący krąg postaci omotanych w prześcieradła. A rozlazły głos Pereiry długo przepraszał za śmiałość, że w pracy niepokoi saba.

Już chciał gniewnie przerwać roztaczanie pawiego ogona uprzejmej wymowy, kiedy dostrzegł niezwykłe skupienie na twarzy gościa, który wpatrywał się, próbując pochwycić, czy telefon nie odbierze mu życzliwości, nie wpłynie na postępowanie radcy.

Wreszcie kucharz, jakby spod kwiecistego szala odwinął podarek, ściszył głos oświadczając:

– Ta pani jest w łazience. Prosiła, żeby nikomu nie mówić, tylko zostawia rzeczy, a wpadnie po południu. – Pytam, czy ją zatrzymać. Podać herbatę? Uważałem za swój najmilszy obowiązek, wbrew jej zastrzeżeniom, uprzedzić saba.

Napięcie w nim tajało; przyjechała Margit, chciał już biec, pełen radosnej niecierpliwości. Do diabła z całą ambasadą, można na godzinę zniknąć. Nie ma spraw, które by wymagały natychmiastowych rozstrzygnięć. Zostaje tylko ten kandydat na pasażera na gapę, trzeba go spławić.

– Oczywiście, zatrzymaj, przyjmij tak, jakbym ja to zrobił. Zaraz będę – powiedział do Pereiry.

Odłożył słuchawkę i zaczął szukać papierosa. Dżaj Motal podsunął mu z żalem paczkę, którą już uważał za swoją.

– Niech mi pan spisze swoje, zresztą bardzo interesujące, pomysły, proszę o przejrzysty konspekt pańskiej pracy, w punktach, bez rozwodzenia się nad szczegółami, to ułatwiłoby decyzję...

Widział, jak twarz Hindusa drewnieje, Dżaj Motal przeczuwał jałową pracę, dalszą zwłokę w uzyskaniu zgody na wyjazd, o którym marzył – ucieczkę z Indii do kraju dżentelmenów, do Anglii. Węgry były etapem w tej wyprawie. Byle się dostać do Europy, to nie bezmierny kontynent azjatycki, z Budapesztu czy Pragi było tak blisko do Londynu. Dżaj Motal wiedział, że o wiele łatwiej zapowiadać brzmieniem głosu, kolistym gestem dłoni, rysując smugami dymu z papierosa konstrukcje przyszłej książki, niż ustalić jej kształt w punktach, bał się szyderczego mrugnięcia, jakim się będą za jego plecami porozumiewać pracownicy ambasady, potrząsając arkuszami streszczenia przyszłej książki. Spadał z wysokości, na jakie się wzbił, kres nadziei, rozpaczliwie – jak ustrzelony ptak – trzepotał skrzydłami wymowy.

– To będzie wymagało dodatkowych lektur, wyłącznego skoncentrowania uwagi na sprawach węgierskich, zajmie mi sporo czasu – zaczął.

Widać było z życzliwego uśmiechu radcy, że właśnie mu ta zwłoka dogadza, że nawet na nią liczy.

– Tylko że praca nad konspektem książki oznacza ograniczenie doraźnych zarobków, muszę odrzucić wszystkie zamówienia na artykuły, może nawet urażając odmową moich przyjaciół z ministerstwa...

Tak, to jednak była klęska, spadał myśląc z pogardą, co za szaleństwo kazało mu tak szczegółowo roztaczać zarys odległej książki, niemal podsuwać przeciwnikowi odkryte karty – przegrał. Musi upokorzyć się, prosić. I właśnie to zostało mu oszczędzone, bo radca się spieszył.

– Drogi panie Dżaju Motal, doskonale zdaję sobie z tego sprawę – powiedział rzeczowo – dlatego bylibyśmy skłonni dać zaliczkę, skromną, bo tu chodzi o zarys kilkustronicowy przyszłego dzieła, które chyba będziemy opłacać w miarę postępu prac. No, dajmy na to... – widział głodne spojrzenie Hindusa, źrenice zdawały się ssać poprzez szkła z tłustymi śladami odbitych palców. Motal poruszał wargami jak pies, któremu przed nosem potrząsają smakowitym kęsem, budził litość – trzydzieści rupii, no, pięćdziesiąt...

Jednak Hindus był dobrym graczem, przełknął nieoczekiwaną obietnicę zaliczki bez drgnienia. Widział perspektywę miesięcy, jakby amfiladę pokoi pełnych świateł, gdzie za każdym progiem czeka go ręka gotowa wyliczyć kilka banknotów, dziecinna radość mieszała się z wyrachowaniem i leniwym spokojem, który nakazywał najpierw brać, a dopiero potem zastanawiać się, jak się wykręcić od zobowiązań.

Terey nie dopuścił do nowej tyrady, tylko sięgnął po portfel, wyliczył pieniądze. Poprosił o pokwitowanie. Te proste czynności ułatwiły zakończenie rozmowy, wyprowadzony do hallu Dżaj Motal wylewnie dziękował za zrozumienie jego najlepszych intencji i poparcie. Istvan stał bez uśmiechu, marząc, by jednym pchnięciem kolana wyrzucić go z ambasady w gorący blask dnia.

Nie wrócił już do gabinetu, tylko zadzwonił uprzedzając sekretarza, że ma spotkanie na mieście i wychodzi.

– Na długo? – zapytał Ferenz.

Chciał mu krzyknąć przekornie: na zawsze – ale się opanował i zapewnił, że po godzinie wróci lub uprzedzi telefonem, jeśliby rozmowy się przedłużały.

Wsiadając do wozu zerknął na zegarek, nawet dziesięć minut nie minęło od sygnału kucharza, więc to tylko jemu tak się czas dłużył.

Kiedy austin zahamował przed furtką, czokidar w oklapłym płóciennym kapeluszu zwarł kolana porysowane różowymi bliznami i stuknąwszy w suchą spękaną ziemię bambusową pałą, groźnie ruszając podkręconymi dziarsko wąsami, zameldował:

– Milady jest...

Ledwie odchylił pnącza, już wsunął się jak widmo kucharz, który pilnował drzwi, i szepnął:

– Milady pije herbatę.

Podawali go sobie z rąk, dawali znaki jak wspólnicy, oba meldunki brzmiały niemal po zbójecku: mamy ją. Istvan zdołał zauważyć, że kucharz docenił znaczenie wizyty, był w całej koszuli, lśniącej niepokalaną bielą.

– Czy pani będzie na obiedzie? Mam kupić coś dobrego?

– Nie wiem. Ale lepiej kup. Ile ci dać?

– Nic, sab. Ja wezmę ze swoich i przyniosę rachunek... – patrzył z rozrzewnieniem, z jakim matka spogląda na jedynaka, który właśnie zbił wazon. – To jest prawdziwa lady...

Na widok wchodzącego Margit podniosła się, wyciągnęła obie ręce. Była w niej urzekająca prostota i świeżość. Podobała mu się skromna sukienka w cynobrowy deseń, pamiętał, że materiał razem wybierali pod arkadami Connaught Place, wabiła złotawa cera i ciężkie sploty włosów, które tak łatwo dały się układać. Jej niebieskie oczy rozświetlił nagły blask, usta zdawały się prosić o pocałunek. Objął ją, kołysał lekko w ramionach pieszcząc wargami. Oparła skroń o policzek, lgnęła całym ciałem.

– Och, Istvan, Istvan, jak strasznie dawno cię nie widziałam – żaliła się, łapiąc pieszczotliwie zębami koniec ucha. – Kiedy profesor powiedział, że jedzie do Delhi, prosiłam, naprzykrzałam się, Connoly, porządny chłopak, obiecał, że mnie zastąpi...

Usiedli obok siebie, trzymała kurczowo jego dłoń, jakby w lęku, że ją opuści. Opowiadała o przyjeździe komisji UNESCO, którą ma jutro witać na lotnisku. Cały program właściwie ograniczał się do oficjalnych uroczystości, w których powinna pokazać się, zaznaczyć swoją obecność, zaproponować, że dotrzyma towarzystwa, a potem może zniknąć, zanim ją pochwycą tryby gościnności, obrzęd zwiedzania miasta, ustalony przez gospodarzy. Jedno było pewne, że miała wolne popołudnie i noc, o czym mówiła otwarcie jak o sprawie, która jednako ich dwoje obchodzi.

– Zostaniesz u mnie – powiedział, patrząc jej w oczy, tęczówki miała przejrzyste jak landrynki, pamiętał grzechot blaszanej szufelki w szklanym słoju, kiedy sklepikarz je nabierał, patrzył wtedy z żalem, jak zsuwały się na szalkę wagi, zawsze ich było mało, w rożku ukręconym z oddartego papieru.

– Czy to będzie rozsądnie?

– Szkoda, że nie jesteśmy Hindusami, można by wszystko zrzucić na przeznaczenie. Chcę, żebyś została.

– I ja. Widzisz, że prosto tutaj zajechałam. Tylko, żebyś nie miał przykrości w ambasadzie... Czy to da się ukryć?

– O ile znam Indie, raczej nie. Wobec tego, należy ich z twoją obecnością u mnie oswoić, odebrać posmak tajemnicy. Po prostu będziesz tu jak u siebie. I tak już ma zostać.

– Nie zdajesz sobie sprawy z tego, co powiedziałeś. Masz przecież żonę, choć jest daleko, ale ją masz. Życzliwi koledzy doniosą. Zaczną się przykrości.

– Więc co radzisz?

– Nie powinieneś w niczym zmieniać swoich zajęć. Ja mogę tu czekać albo podjadę o zmierzchu. Służbie możesz płacić za milczenie... Łatwo zapewnić sobie ich przychylność.

– Przyznaj się, może już to zrobiłaś? Kucharz nazwał cię prawdziwą damą.

– Dałam mu dwie rupie za wniesienie walizki.

– A czokidar dostał za otwarcie furtki? Teraz wszystko rozumiem. Weszłaś tu jak księżniczka.

– Źle zrobiłam? Ich tak łatwo uszczęśliwić. Chciałam, żeby i oni odczuli moją radość.

Wpatrywał się w nią zachwycony: prosty nosek, lekki łuk brwi, pociemniała powieka. Jakże ją kochał.

– Nie śpij – pociągnęła go za obie dłonie, które ściskała palcami.

– Nie – wstrząsnął głową – myślałem, jak ich zmusić, żeby milczeli, chyba postraszę ich trochę, żeby się nawzajem pilnowali.

– Czy to pomoże? Zaczynamy wojnę i tylko na siebie możemy liczyć.

Palce jej od uścisku zwilgotniały, kiedy opuścił głowę i dotknął ich ustami, poczuł, że pachną lekarstwem i nikotyną. Gładziła mu szczotkę włosów. Tak pieści się konie – pomyślał. Chwytał lekką woń sukienki, płótna nagrzanego od słońca, które wpadało białym złomem przez okno, czuł ciepło jej uda, o które się wspierał, aż przebiegało mrowie.

– Czy nie masz ochoty, ale tak na chwilę, bodaj na chwileczkę, położyć się ze mną?

– Mam – odpowiedziała z radosną gotowością, która aż go dławiła. – Tylko czy na chwilę warto?

Zaśmiał się szczęśliwy, pomagał jej rozpinać guziki na plecach.

– Może byś przynajmniej drzwi zamknął... Jest dzień – prosiła garnąc się do niego.

– Tu nikt nie wejdzie – mamrotał wargami wciśniętymi między jej piersi, choć wcale tego nie był pewny, bo znał głupotę służby, myślał o aucie, które powinien był wprowadzić do garażu, o kluczu, który wystarczy przekręcić, jednak nie miał siły od niej się oderwać, pił ją jak wędrowiec zabłąkany w pustyni, który nareszcie przypadł ustami do źródła.

Widział przed sobą jej oczy szeroko otwarte, pełne zachwytu i przyzwalające.

Kiedy ukołysani wypoczywali słuchając podwojonego echa piszczałki handlarza zabawek i wrzasku ciągnącej za nim dzieciarni, cisza powracała, w której tylko sprzedawca lodów zawodził swoją piosenkę zachwalając.

– Krem mrożony, bardzo dobry, słodki jak miód, waniliowy, pistacjowy...

Wartownik groził pałką i chrapliwym krzykiem odpędzał chłopców od auta, a nawet spod brzękania świerszczy od czasu do czasu dolatywało pluskanie wody z odkręconego hydrantu, widać ogrodnik próbował pokrzepić zwarzone upałem młode bananowce.

Było w nich wielkie ukojenie. Nie spieszyli się nigdzie, nawet nie lgnęli do siebie, wiedzieli, że są w przychylnej gotowości, w zasięgu oddechu, warg, muśnięcia rzęs.

– Było mi dobrze – mówiła sennie, kładąc na nim kolano, gładząc leniwie stopą.

Telefon dzwonił długo, jednak nikt go nie przyjął. Wszystko, czego pragnęli, było w nich. Świat odpływał łagodnymi dźwiękami, które przenikały ściany domu i gasły, by za chwilę znów się przypomnieć.

Margit czesała się jeszcze, kiedy wyszedł do jadalni, zobaczył rozłożone nakrycia, czajniczek z herbatą omotany ręcznikiem i świeże kwiaty: lwie paszcze żółte i rdzawe.

W kuchni jak wymiótł, spostrzegł służących przez okno, siedzieli w kucki, w cieniu, oparci o ścianę, zabawiali się rzucaniem noża. Stary żołnierz, czokidar, trafiał w pudełko zapałek położone o kilka kroków dalej na wydeptanej ścieżce. To on dojrzał pana za szybą i dał znak kucharzowi, który nadbiegł pełen urazy.

– Dlaczego sab na mnie nie zadzwonił – skarżył się – byłbym czekał... Ale wszystko i tak jest do herbaty przygotowane. Telefonował malarz, Ram Kanval, czy sab przyjdzie... Nie wiedziałem, co odpowiedzieć, on uparł się, że będzie czekał na rogu ulicy, do niego nie jest łatwo trafić.

Terey spoglądał na pobrużdżone troskami czoło, siwe nastroszone włosy, oczy jakby zaszłe mgiełką.

– Słuchaj – zaczął poważnie – czy jest ci dobrze w moim domu?

Pereira złożył dłonie jak do modlitwy i uderzył nimi w chudą, czarniawą pierś, aż zadudniło.

– Sab, ty wiesz, jesteś moim ojcem i matką, ja i moja rodzina żyjemy w twoim cieniu.

– To, co się dzieje w tym domu, należy do mnie i do ciebie. Wystarcza, że my dwaj wiemy. Ja mam pierścień z diamentem, a ty powinieneś być szczęśliwy, że masz bogatego pana. Rozumiesz?

Czarne oczy błysnęły spod uniesionych powiek, pojmował, o czym mowa.

– Ale nie wszyscy muszą o tym wiedzieć, bo zawistnych i chciwych nie brak.

– O tak, sab, dużo jest złych ludzi – przytakiwał.

– Jeżeli więc dowiem się od znajomych, którzy słyszeli od swojej służby, a ona od was, że mówisz o pierścieniu, którego ceny nie znasz, możesz więcej do kuchni nie wracać, choćby nawet drzwi były otwarte. A ja przyjmę innego kucharza, który będzie mi służył i umiał milczeć... Zrozumiałeś?

Patrzył uważnie, z namysłem.

– A jeśli sprzątacz, bo on ma wstęp do pokoi... A jak czokidar? On nocą chodzi wokół domu i śpi na progu jak pies, a jeśli oni wygadają?

– Przestrzeż ich, że odprawię wszystkich, bo lubię spokój. A ty wiesz, kucharzu, że nie mówię na wiatr.

– Tak, sab – potwierdził przejęty. – O której ma być dinner?

– O dziewiątej. Przygotuj pościel w drugiej sypialni. Milady jest moim gościem i zostanie tu na noc – mówił cicho, z naciskiem.

– Jesteś rozumnym, starym człowiekiem i zapamiętaj słowa, jakimi ją powitałeś: ta pani jest prawdziwą lady. Chciałbym, żeby nią była i w waszej mowie, nawet kiedy rano opuści ten dom.

Widział krople potu na czole Pereiry, żółtą ślepą ścianę podwórza przeciętą ukośnym cieniem. Wielkie blaszane kubły wydawały cierpką woń fermentujących łupin, spod wieka furkotały wielkie, skrzydlate karaluchy.

Zlany wodą beton wysychał plamami, Istvan czuł mdlącą, słodkawą woń odchodów z otwartych rowów ściekowych. Powolne gardłowe głosy rozlegały się za murem, z dala podzwaniały rowery, zbliżała się pora wyrojenia z pracy, godzina, kiedy szosą spływały gromady cyklistów, obejmujących się ramionami, leniwie depczących pedały.

– Czy mam usługiwać przy stole?

– Tak. Tylko umyj ręce, bo opierałeś je o ziemię – rozkazał i poszedł do swojego pokoju po Margit, która witała go porozumiewawczym opuszczeniem powiek i rozchyleniem warg, nad którymi jak jastrząb się ważył.

– Chodź, czeka na ciebie „filiżanka bardzo aromatycznej herbaty"... – zapraszał przedrzeźniając pochwały kucharza. – Możesz nawet jej smak zepsuć łyżeczką świeżej śmietanki.

– Nie burz sobie programu dnia moim nie zapowiedzianym przyjazdem – prosiła chrupiąc grzankę, na której topiło się masło pod pomarańczowym dżemem – chętnie tu na ciebie zaczekam. Ale byłabym szczęśliwa, gdybyś mnie ze sobą mógł zabrać, żebyśmy się nie rozstawali, jeśli tylko...

– Miałem być u malarza Rama Kanvala, ale mogę w każdej chwili odwołać spotkanie. Znasz go, był na ślubie Grace, pomagał nam kupować sandałki.

Popatrzyła świetlistymi oczami.

– Wypadałoby do niej wpaść. Przecież się przyjaźnicie.

– Nie wiem, czy jej gdzie radża nie porwał – próbował odwlec spotkanie. – Stale wyjeżdżają.

– Sprawdź, zadzwoń. Poczułaby się dotknięta, gdyby wiedziała, że jestem w Delhi i nie zajrzałam do niej... Ciekawe, jak się czuje w małżeństwie... Bardzo się zmieniła? Właściwie to Angielka, a nie Hinduska.

– Tak myślałem, ale nie poznasz jej teraz, jest prawowierną Hinduską, straciłem z nią kontakt od dnia ślubu – tłumaczył wykrętnie – z nim też... Przestał bywać w klubie.

– Przyznaj się – groziła palcem – podkochiwałeś się w niej. Zresztą cóż dziwnego, jest śliczna. Gdybym była mężczyzną...

– Jeszcze nie znałem ciebie – powiedział szukając szczerze usprawiedliwienia.

– Jeżeli aż tak cię jej małżeństwo dotknęło, nie musimy tam iść – zgodziła się łatwo. – Tylko weź mnie teraz ze sobą. Czy ten malarz będzie o naszej wizycie rozpowiadał w całym mieście?

– Myślę, że nie – wolał wyprawę do Starego Delhi niż wieczór u radży, lękał się spotkania Grace z Margit i błysku szczęścia w jej oczach, odruchowych drobnych gestów poufałości, które zazdrosna kobieta od razu odczyta. – Dobrze, pojedziemy do atelier Kanvala.

Cała służba przycupnęła pod ślepym murem podwórza, obserwowała uważnie ich odjazd. A więc oni w lot chwycili, co się dzieje, i usunęli się z domu, po spełnieniu obowiązków, zostawiając nam swobodę – pochwalił ich w myślach. – No, zobaczymy, jeżeli uda się zrobić z nich strażników naszego sekretu, potrafię milczenie wynagrodzić.

Prowadząc austina, wymijając rowerzystów nadlatujących w łopocie białych pidżam, chybotliwym ruchem podobnym do lotu motyli, dostrzegał w plamie słońca wpadającej przez szybę dłonie Margit leżące tak blisko, że z trudem powstrzymywał się, by nie zdjąć ręki z kierownicy i nie pogłaskać. Na starym trakcie musiał zwolnić, auto grzęzło między tongami, które nie chciały ustąpić, choć skowyt sygnału niepokoił poganiaczy. Podnosili się, oglądali bezradnie, ale nie mieli dokąd zjechać, więc znowu kulili się, przysiadając na grubym dyszlu między zadami powolnych długorogich wołów. Do wnętrza auta zalatywał odór spracowanych bydląt, mierzwy i cierpkiego dymu, który snuł się z ognisk palonych przed lepiankami.

Dalej zaczynały się prawdziwe domy, trzy-, a nawet czteropiętrowe, i rosło kilka drzew, które mimo długotrwałej suszy nie utraciły liści. Powstawała nowa dzielnica, ulice jeszcze nie miały nazw, ale jak zwykle w Indiach wszyscy mieszkańcy się znali i aż za dużo o sobie wiedzieli.

Rama Kanvala dostrzegł z daleka na samym krawężniku. Stał chudy, wysoki, kręcąc głową jak kwoka, która zgubiła pisklę. Krzyknął rozkazująco na tongi, bo ślepo parły na hamujący samochód, przystawały w skrzypieniu osi, postękiwaniu wołów. Malarz rozsiadł się z ulgą na tylnym siedzeniu, wsunął głowę między Istvana i Margit, pokazywał, jak można zajechać przed dom, w którym mieszkał. Droga w paru miejscach była rozkopana, zakładano rury wodociągów i kable.

Gromady dzieci bawiły się na jezdni, auto ściągało uwagę, gnały za nim, towarzyszyły, gładząc dłonią nagrzane blachy jak koci grzbiet. Malarz wyznaczył dwóch chłopców z sąsiedztwa do pilnowania wozu, krzyczeli na dziewczynki, żeby nie mazały palcami po błotnikach.

– Mieszkamy na drugim piętrze, miss Ward – objaśniał idąc przodem – mamy cztery pokoje... Jednak moja pracownia jest na dachu, w barsati. Na dachu mam więcej światła. Może państwo zajdą na kawę?

Ze wszystkich mieszkań otwarto drzwi na klatkę schodową i dzieci wbiegały, przywołując starszych, którzy przyglądali się ciekawie Europejczykom.

– Zazdroszczą takiej wizyty – tłumaczył mile połechtany – muszę im szepnąć, kogo mieli zaszczyt widzieć. Właściwie straciłem nadzieję, że pan przyjedzie. Dyplomaci tak łatwo obiecują, a potem zwodzą... Jestem malarzem, nie kupcem ani urzędnikiem, ze mną nie trzeba się liczyć. Nikomu nie zależy na mnie.

Ciasne schody, schlapane jak krzepnącą krwią czerwonymi bryzgami wypluwanego betelu, wiodły w zapachy kuchennych przypraw i wrzącego oleju kokosowego. Dzieci czepiały się poręczy, chciały bodaj otrzeć się o odmienne ubrania Europejczyków.

– Moja najmłodsza siostra – przedstawił drobniutką dziewczynkę w wiśniowym sari, która skłoniła się z powagą. – Czy państwo będziecie jedli ciastka. Bo nie posyłałem, póki nie miałem pewności, że przyjedziecie. Dobre są tylko świeże.

Terey wiedział, co się za tym kryje. Malarza nie było stać na urządzenie przyjęcia. Gdyby goście zawiedli, wysłuchałby gorzkich uwag rodziny, że wyrzuca ich pieniądze.

– Nie, dziękujemy – odpowiedział za Margit – właśnie jesteśmy po herbacie.

– Ale kawy nie odmówicie? Kawa już się parzy – prosił, łapiąc nosem aromat. – Pozwólcie państwo, że przedstawię paru członków mojej rodziny.

Tłoczyli się w drzwiach mieszkania, tak jakby nie tylko nie mieli zamiaru ich do wnętrza zaprosić, ale nawet nie chcieli, by tam przedarło się bodaj jedno ciekawe spojrzenie.

– Mój ojciec, emerytowany major – przedstawiał siwego staruszka – szwagier zajmuje się pośrednictwem, sprzedaje place budowlane, och, on zarabia – zachwalał z dumą, choć ten zmęczony człeczyna w marynarce i dhoti, wymiętej spódnicy, spod której wystawały chude nogi w sandałach, nie wyglądał na zamożnego – siostry, obie zamężne – dwie czarnowłose głowy pochyliły się błyskając czerwono pomalowanym rozdziałkiem – mój młodszy brat, tłumacz, właśnie pracuje nad zamówionym przekładem „Zbrodni i kary", to Dostojewskiego – chwalił się wiedzą. Mężczyzna miał białą cerę człowieka długo zamkniętego w ciemności, okulary w drucianej oprawie i cienkie wąsy rosnące kępkami przy końcach ust.

– Zna pan rosyjski? – zapytał radca, ujmując jego zmiękłą, lepką dłoń.

– Nie. Brat tłumaczy z bengali na hindi – wtrącił malarz.

– I posługuję się angielskim oryginałem – dziwnie basowym głosem objaśniał tłumacz. – Stawiam także horoskopy, ale tylko dla przyjemności, może ktoś z państwa zechce...

Jednak Ram Kanval nie dopuścił do odpowiedzi.

-- Jeszcze jeden mój szwagier. Kupiec, właściciel dużego sklepu na Starym Delhi, mógłby mieć i przy Connaught Place, ale tam mniejsze obroty...

Tęgi mężczyzna poruszał się z majestatem, jaki daje poczucie własnego znaczenia i pieniądze, uścisnął im ręce i skarcił żonę, która chichotała, pokazując rude włosy Margit, i szeptała coś siostrze do ucha.

– Pójdziemy na górę. Stamtąd piękny widok – powiedział Kanval do rodziny, jakby trochę zawiedziony takim obrotem wizyty – przyślijcie nam kawę....

– To cała rodzina?

– O nie – roześmiał się, jakby usłyszał dobry dowcip – jeszcze są rodzice mojej żony, żona i mnóstwo dzieci, których wyliczaniem nie śmiem państwa zamęczać. Ja sam mam czworo. Trzech synów i córkę.

Wspinali się po stromych schodach, z ulgą wyszli na płaski dach, w słońce.

Dla oszczędności dwie kamienice zbudowano razem i tylko dachy oddzielono parapetami, tworząc jakby kojce, w których goniły się dzieci.

Barsati, pokoik bez przedniej ściany, dorzucony jak nie dokończona zabawka, przeznaczano latem na sypialnię dla służby. Malarz zajął go na pracownię. Zamiast drzwi przybił zrolowaną matę. Oprócz sztalug i plików kartonów opartych o ściany, jedynym meblem był połamany fotel trzcinowy, wyścielony paru miesięcznikami, i rama łóżka zasnuta siecią ze sznura. Podeszli do parapetu, spojrzeli w dymny przestwór. Skupisko bud Starego Delhi ciemniało wielkim śmietniskiem, dalej czerwone kamieniste wzgórze i zgniła zieleń parków, przez którą przeświecała, niepokojąc zmiennym blaskiem, szeroko rozlana Dżamuna.

Dokoła na płaskich dachach pięciopiętrowych kamienic siedziały gromady kobiet, śledziły pilnie życie sąsiadów i jak chór grecki komentowały wydarzenia. Ciżba dzieci obsiadła parapet, pokazywały sobie palcami niezwykłych gości. Gdy malarz podchodził, czmychały z lekkością spłoszonych wróbli.

– To diablęta – żalił się zrezygnowany – muszą tutaj sypiać, przygotowuję wystawę, a one włażą na dach i przewracają wszystko, kradną mi pędzle i farby, same zabierają się do malowania... Odnajduję ślady ich zabaw nie tylko na ścianach barsati, ale i na własnych płótnach.

– Nie można ich jakoś zatrudnić, użyć jako modeli – podsuwała Margit. – Wciągnąć w pańską pracę...

– Próbowałem – przyznał zakłopotany – dzieciaki są niestrudzone w figlach, podpatrują mnie, naśladują. Sąsiedzi się skarżyli, że zginęły dwa prześcieradła, które ktoś pociął i naciągnął na blejtram, oczywiście mnie podejrzewali, miałem piekło, bo rzeczywiście te diablęta ukryły je między moimi obrazami.

Wyścielił fotel starym płaszczem kąpielowym ze śladami wycieranych pędzli. Usadowiona pod ścianą barsati, Margit z trudem skupiała uwagę na kolejno pokazywanych obrazach, wzrok jej błąkał się po ścianach różowych i żółtych dalekich domów, kępach drzew i palm leniwie poruszających strzępiastymi łukami liści, po niebie wypłowiałym z kilku nieruchomo wiszącymi sępami.

Terey siedział obok na stosie oprawnych, starych albumów i angielskich miesięczników. Malarz przynosił po dwa obrazy, opierał kolejno o parapet i wpatrywał się w gości z niepokojem, próbował z ich twarzy odczytać wrażenie, zanim usłyszy zdawkowe słowa pochwały. Każdy nowy obraz dzieciarnia zebrana na murku między dachami witała chóralnym śmiechem i oklaskami, co ogromnie musiało go drażnić, bo kilka razy do nich się zwracał, prosząc i grożąc, tak przynajmniej Istvanowi się wydawało po napięciu głosu, bliskim histerycznego krzyku. Tylko obecność rzadkich gości wstrzymywała Kanvala od rozpędzenia złośliwej hałastry.

Obrazy, w spokojnej gamie szarości i różu lub gwałtownych zestawieniach ugru, żółci i bieli, ze zdeformowanymi zarysami postaci i domów, a może tylko bryłami o kształtach ludzi spowitych w szare prześcieradła, oddawały nastrój rozpalonej ziemi pożeranej suszą, melancholią nagłych zmierzchów.

– On nie umie rysować – krzyczała piskliwie po angielsku mała dziewczynka, podskakując na murku, dzwoneczki na rzemykach wokół kostek sypały się jak szyderczy śmiech.

Oglądanie obrazów, wybieranie ich na przyszłą wystawę stawało się dla malarza torturą. Zmieniał płótna coraz szybciej, zdziwiony, że go Terey zatrzymuje. To było prawdziwe malarstwo, może tym rzetelniejsze, że nikomu w tym mieście niepotrzebne, nawet w najbliższym otoczeniu uznane za rozrzutną manię, a on sam wydawał się zapracowanym szwagrom, uganiającym się za każdym interesem, który mógł przynieść bodaj parę anna, śmierdzącym nierobem na ich łaskawym utrzymaniu. Nieraz mu to dotkliwie dali odczuć. Kiedyś w chwili przygnębienia zwierzył się Tereyowi, że i żonę zbuntowali przeciw niemu, odmawiała zaoszczędzonej rupii na kupno farb i papieru.

– Co o tym sądzisz? – spytała szeptem Margit, korzystając, że Kanval zniknął we wnętrzu barsati. – Chyba dobre? Okrucieństwem byłoby chwalić, gdybyś w jego sztukę nie wierzył...

– To jest bardzo dobre – powiedział szczerze. – Na przykład tamten z zarysem dziewczyny spowitej w zielone sari, zasłoniętej po oczy, i chudymi, zamienionymi prawie w roślinny deseń, parami postaci nachylonych ku sobie, a wszystko podświetlone pomarańczowym zgaszonym żarem, który tkwi w tej ziemi... Ten obraz chciałbym kupić.

– Niestety, nie mogę go sprzedać – powiedział malarz wychylając się z wnętrza – ale pani chętnie bym zrobił portret. Uprzedzam, żeby nie było rozczarowań, nie będzie podobny, od tego są fotografie. Mnie pociąga pani koloryt, miedziane włosy, żółta sukienka, fioletowa karnacja. Gdyby pani znalazła czas...

Patrzył na dziewczynę, jakby ją już zamieniał na układy linii, spiętrzenie zamalowanych płasko figur geometrycznych, w oczach miał tyle zachwytu, że Istvan pomyślał z sympatią; trzeba mu pomóc, może jednak uda się zrobić wystawę w Budapeszcie, zwłaszcza jeżeli będzie miał po delhijskiej przychylne recenzje.

– A czy mnie nie sprzedałby pan tego szaroniebieskiego pejzażu? – podniosła się, wyciągając obraz ze sterty odwróconych płócien, których spody pełne tłustawych plam świeciły w zachodzącym słońcu.

– Z największą przyjemnością. Państwo wybrali najlepsze... Jeżeli pani pozwoli, podaruję go pani po wystawie. One i tak tu niszczeją. Moje malarstwo nie ma u nas nabywców, tłumaczę sobie, że jeszcze nie dorośliśmy. Gusty formuje dziewiętnastowieczny realizm, Anglicy, albo kopiarska kaligrafia, naśladowanie zdobnictwa ludowego, łatwizna...

– Nie – obruszyła się Margit – ja się domyślam, ile to jest warte, nie mogę przyjmować takich podarunków. Niech pan powie, ile...

Wahał się, lękał powiedzieć cenę zbyt wysoką, a jednocześnie już przeczuwał triumf nad szwagrami, którym podsunie przed oczy zwitek banknotów. A może lepiej nic nie mówić, zachować na płótno i farby, na oprawę, dzięki której obraz zyskuje jak kobieta na sukni. Równocześnie chciał się odwdzięczyć Tereyowi za życzliwość.

– Czy sto rupii nie będzie za wiele? – wyjąkał wreszcie.

– Nie, to jest więcej warte.

– Dla amatora, w Europie, może... Ale nie tutaj – bronił się.

– Czy pani zaraz weźmie, czy mogę jeszcze ten obraz wystawić? Umieściłbym kartkę, że sprzedany, może nawet z ceną. Tak się praktykuje, obraz zaczyna się tym snobom, którzy wszystko przeliczają na rupie, bardziej podobać, działa na wabia...

– Może pan podać na kartce wyższą cenę – spojrzała porozumiewawczo – ja się przyznam, że tyle zapłaciłam.

– Byle nie za wysoką – ostrzegał Istvan – bo wtedy zaczyna działać przeciwnie: trafił na łatwowiernego cudzoziemca, udało się go nabrać, ale znamy się na tych sztuczkach.

– Ma pan rację, we wszystkim należy zachować umiar. Wejdź-
my do środka – zapraszał widząc, że miss Ward otwiera torebkę
i szuka pieniędzy – po co wszyscy mają nas oglądać.

Podsunął jej fotel, zepchnął kartony i rysunki z łóżka, szarpnął
sznur i rulon maty nad wejściem opadł z trzaskiem w obłoku kurzu. Margit już wyjmowała banknoty, płaciła dziesiątkami, więc
wydawało się, że jest tego dużo.

Zgarnął je, owinął chustką i wsunął do kieszeni spodni.

Na opuszczonej macie zarysowała się sylwetka kobiety, schyla-
ła się coraz niżej, w szparze pełnej ostrego blasku dostrzegł stopy
w sandałach, na palcach bosych nóg miała pierścionki, dłonie od
spodu jaskrawoczerwone, postawiła tacę z filiżankami kawy na
betonie. Czekała skulona chwilę, ale malarz nie kwapił się, żeby
unieść matę, póki nie odeszła.

Częstując ich kawą, do której sypał mnóstwo cukru, objaśniał
półgłosem:

– To była moja żona. Nie przedstawiłem, bo nie zna angielskiego... Pochodzi ze wsi, wychowana według starego obyczaju, czu-
łaby się skrępowana w naszym towarzystwie.

Pochwyciwszy zdziwione spojrzenie Margit, dorzucił pospiesznie:

– Nie, ja się nie wstydzę, ona jest dobra, chciałaby mi pomóc,
żebym się zmienił i był jak inni, żebym zarabiał, ona płacze po
nocach, że wydano ją za obłąkanego, bo cóż to za zajęcie mazać
pędzlami po płótnie? I powstają z tego obrazy niepodobne do
świata, który ogląda. Jej rodzina mnie z nią ożeniła, oni są zamożni, wydawało się, że mogą mi pomagać. Ale jestem dla nich
ciężarem, tyle lat... – Mieszał w zamyśleniu gęsty osad fusów
i cukru trzcinowego. – Pani nawet nie zdaje sobie sprawy, czym
jest dla mnie sprzedaż obrazu. Nie tylko pieniądze... Choć może
dzięki nim żona uwierzy, że i ja pracuję? I że to, co robię, jest coś
warte...

Schodząc z płaskiego dachu, odprowadzani przez gromadę dzieci, zanurzali się w gęste kuchenne aromaty, zstępowali pomału po

stromych schodach. Malarz niespodzianie zdecydował, że musi z nimi pojechać, bo ma okazję, a sprawa jest pilna. Znowu na klatce schodowej trafili na zbitą ciżbę rodziny Rama Kanvala, ściskali wygięte szczupłe i pulchne dłonie, oddawali ukłony, mamrotali słowa pożegnań. Rodziców i szwagrów malarza musiały wywołać wrzaski dzieci, tupot, skoki i piskliwe śmiechy, malcy gnali popychając się, byle tylko zawczasu dopaść auta.

Na dole chłopcy prostując się jak żołnierze składali raport z przebiegu warty, Ram Kanval tłumaczył:

– Auto ostało się całe i nie porysowane, choć jeden z pilnujących nawet kucał na dachu. Niech się pan nie kłopocze, że uciekam z wami – zapewniał – nie roztrwonię pieniędzy, choć spadły jak z nieba... I tak, cokolwiek bym z nimi zrobił, rodzina będzie niezadowolona, przecież jestem na ich łasce. Nagle przyszło mi na myśl, że powinienem pojechać i kupić coś dla żony. Pierścionek albo sari? Od lat nie dostała ode mnie żadnego podarku... Przecież moje obrazy się nie liczą, nie umie się nimi cieszyć i odnosi mi je ukradkiem na barsati. Dziś mogę dać coś, co będzie dla niej prawdziwym podarkiem, czego nareszcie siostry będą jej zazdrościć.

– To bardzo miłe – ucieszyła się odwracając głowę Margit. – Pan jest typowym mężczyzną, chce pan żonę uszczęśliwić, na pewno nie wie pan, na co miałaby ochotę, czego jej naprawdę potrzeba? Może lepiej oddać pieniądze, sama by wybrała... A może ma jakieś wydatki, o których nawet nie śmie wspomnieć?

– Ma ich aż za dużo – wzruszył ramionami – na pewno wolałaby pieniądze, ale rodzina zaraz by ją oskubała. Potrzebny czy nie, mój podarek będzie tylko dla niej, i ja go wręczę.

Istvan przysłuchiwał się rozmowie w poczuciu winy – trzeba już dawno było pomyśleć o Margit i też zrobić jej jakąś niespodziankę.

Auto przemykało się ulicami New Delhi między wyładowanymi ciężarówkami, trąbieniem rozganiając opieszałych rowerzystów, którzy dzwonili jak świerszcze.

– Dokąd pana podwieźć? – zapytał Istvan.

– Wszystko jedno, byle do centrum – poprosił malarz. – Nie róbcie sobie państwo ze mną żadnego kłopotu. Najlepiej alejami, koło parlamentu i na Connaught Place, chyba nie nadłożycie zbytnio drogi.

O zachodzie różowawe kopuły pagód, czerwony zębaty mur gorzał pod pustym niebem, gwałtownie nabierającym granatowej głębi.

Ścieżką wędrowały chłopki w marszczonych, pomarańczowych spódnicach i ciemnych kaftanikach, na plecach każda dźwigała tobół trawy nagrabionej w parku. Rozwarte sierpy z ostrzem szerokim jak kosa błyskały czerwono.

Wysoka dziewczyna z grzywą czarnych włosów mimo brzemienia szła krokiem tanecznym, długa, suta spódnica falowała, świeciły na kostkach srebrne bransolety. Dziewczyna śpiewała pełnym głosem, reszta powtarzała jej strofy rytmicznie. Istvanowi wydało się, że zna skoczną melodię, a dziewczyna śpiewa po węgiersku.

Malarz roześmiał się i wystawił przez okno ramię, podniósł otwartą dłoń w blasku. Dziewczęta się spłoszyły, zakrywały twarze zgiętą ręką, tylko znad łokcia ciemniały ich wielkie łagodne oczy z jaskrawo pomalowanymi powiekami.

– Co ona śpiewała?

– Że ją stanik ciśnie i nie ma przyjaznej ręki, która by go poluzowała, więc się ofiarowałem z pomocą.

– No, no, nie przypuszczałam, że macie takie piosenki – kręciła Margit głową. – U was surowe obyczaje, dyscyplina w rodzinie, dziewczęta pokornie idą w łoże mężczyzny, którego rada familijna wyznaczy.

– To nie piosenka – bronił się malarz – ona sama wymyśliła. Zgrzała się przy robocie, stanik ją cisnął, szukała w śpiewie ulgi... Sądziła, że jest wyłącznie między swymi, skądże mogła przypuszczać, że ktoś ją posłyszy, ot, takie dziewczęce przekomarzania.

Blask zachodu słał się pod drzewa między sterty opadłych liści. Przez wytartą trawę przeświecała fioletowa ziemia. Na ścieżkach paliły się bielą koszule mężczyzn.

– Zabawne, taką prośbę podsłuchać... – zaśmiał się Terey.

– Nie zapominajcie państwo, że śpiewanie nie było przeznaczone dla was, ja podsłuchałem i przetłumaczyłem – szukał usprawiedliwienia.

Przed nimi auta tworzyły zator, stali policjanci w czerwonych turbanach, ciemniały ich obnażone uda, mieli zawinięte rękawy i w żylastych rękach trzymali długie bambusy.

– Droga zamknięta – zdziwił się Istvan – coś się musiało stać.

– Niech pan pruje śmiało – podjudzał Ram Kanval – pana nie ośmielą się zatrzymać.

Rzeczywiście, gdy zjechali jednym kołem na trawnik i podsunęli się do kordonu, zobaczywszy znak CD, oficer z pomponem na wiśniowym berecie, czarnobrody Sikh, kazał się policjantom rozstąpić.

– Musiała jakaś ważna osobistość przyjechać – zastanawiał się Kanval, wychylony przez opuszczoną szybę, węszył w zaciekawieniu.

– Na oficjalne spotkania przysyłają mi zaproszenie – obruszył się Terey. – Nie, to jakiś pochód, ogromny tłum stoi wokół parlamentu, chyba nie przejedziemy.

Musieli się zatrzymać, ulicę blokowały trzy ciężarówki z policją, dalej mogli iść na przełaj przez trawnik, tak zresztą robili wszyscy. Istvan już dostrzegał dziennikarzy. Ognie zachodu błyskały w szkłach wycelowanych aparatów fotograficznych. Nagle wyłowił z ciżby drobną, ruchliwą sylwetkę Nagara, ale nim zdecydował się podbiec, tamtego pochłonęła fala przepędzanych kobiet. Policja zagarniała je, płoszyła, podnoszono pałki, ale nikogo nie uderzyli, kolorowe sari mieniły się w słońcu zielono i żółto, tłum z piskiem poddawał się, by zatoczywszy koło znowu się skupić wokół krzyczących rytmicznie na placu. W tych łowach czy próbach rozproszenia tłumu było coś z zabawy, śmieszków, to znów powagi, bo wstawał nad placem hymn czy chóralna recytacja.

– Podejdziemy bliżej? – obejmował ramieniem Margit, lękając się, że mu ją porwą wiry i falowanie drobin ludzkich, że ją straci z oczu.

– To ciekawe – ciągnęła go w zwartej ciżbie skandujących wołania. – O co im chodzi?

Dokoła sunęły same kobiety, nie tylko słyszeli szelest jedwabi, brzęk bransolet, ale duszną falą przywalił ich zmieszany zapach mocnych perfum, pudru, jakichś korzennych odorów, potu i rozgrzanych ciał. Widzieli twarze młode i zniszczone, jaskrawo podmalowane, oczy o gorączkowym blasku, włosy spiętrzone misternie, oplecione wiankami kwiatów i przysłonięte mgiełką woali z Benares. Prężne ciała ustępowały im niechętnie, oczy patrzyły odmiennie, natarczywie, zaczepnie, ciężkie wargi rozchylały się w zachęcającym uśmiechu. Istvana uderzyło, że właściwie takich Hindusek dotąd nie spotykał ani na ulicy, ani w modnych kawiarniach. Były świadome swej urody, pełnych piersi, gorących, którymi go dotykały, narastała atmosfera jakiegoś zwierzęcego napięcia, przyczajonej gotowości do kąsania i drapania, a może i wielkiego rozpaczliwego szlochu. Ten niepokój zaczął się im udzielać.

– Co za dziwna demonstracja? – dopytywała się Margit. – Skąd się wzięły te kobiety? Patrz, one tańczą...

Tłum zebrany na placu drgał, dudniła sucha ziemia, w zachodzącym słońcu wstawał lekki pył, wzbijał czerwonym obłokiem. Odezwały się flety i trzystrunne gęśle, jak koty pomrukiwały bębenki i ćwierkał brzęk dzwonków. Przed nimi dreptali w miejscu mężczyźni półnadzy, starzy, siwi i zupełnie młodzi, dęli w piszczałki, drewnianymi palcami, podobnymi do niedopalonych korzeni, postukiwali, drapali, gładzili skórę bębnów, które gadały basem. Istvan wzdrygnął się, nagle dostrzegł zapadłe powieki, puste oczodoły albo oczy otwarte szeroko, prosto w jaskrawy blask słońca, oczy o zbielałej, umarłej źrenicy.

– Popatrz – szarpnął dziewczynę – ślepi... Cały tłum, aż do tamtych drzew, to sami ślepcy.

– Co tu się dzieje? – szeptała zalękniona.

– Nic groźnego – odezwał się za nimi Ram Kanval, który ich właśnie odnalazł – prostytutki przyszły złożyć petycję, by wstrzymano wykonywanie dekretu o wysiedleniu ich ze stolicy. Teraz nie wolno im uprawiać zawodu bliżej niż dwadzieścia pięć mil od New Delhi. Zabawne – pokazywał ku schodom parlamentu – wywołują posłów po imieniu. Kilku dobrze znają. Nie, nie jako klientów, tylko do nich należą ulice, domy, w których mieszkają... Wołają – tłumaczył: „Czy ja mam wrócić na wieś, gdzie ludzie wyschli jak ziemia?" „Czy moje ciało, którym się tylu cieszy, ma zmarnieć?" „Ja utrzymuję całą rodzinę. Oni żyją dzięki mnie. Skazując mnie na głód, skazujecie ich także".

Zaczęto wołać coraz boleśniej, z rozpaczą, wysoki, starczy skowyt, podjęty przez chór, rozprzestrzeniał się na placu.

– Dlaczego ci starzy tak krzyczą? – szarpnął go za ramię Istvan.

– Boją się o swój los. To ślepcy, oni też będą głodni. A dotąd mieli pracę, uczciwie zarabiali.

– Jak?

– Grywali do tańca po burdelach, akompaniowali pieśniarkom, umilali czas gościom, ślepi, więc niekrępujący świadkowie zabawy. Żywa grająca szafa, ludzkie automaty muzyczne. Co oni poczną? Gdzie pójdą? Żebrać, skazani na powolne umieranie...

– Ilu ich tu może być?

– No, z tysiąc. Problem ekonomiczny, którego nie można gadaniem uspokoić, deputowani dobrze się nagłowią, nim powezmą decyzję. Zresztą naciski idą z różnych stron, urywa się dochód właścicieli domów, sklepikarzy, handlarzy. Astrologowie i układacze listów miłosnych, oni wszyscy zarabiali... A lekarze i szarlatani? Tłumy żyły z tych dziewcząt, dekret o wysiedleniu grozi ruiną dziesiątkom tysięcy rodzin powiązanych cieniutkimi nićmi pracy i zarobku, dostaw i usług. To poważniejsza sprawa niż państwo myślicie.

Czuli na twarzy dyszenie ciżby, zapach potu, pachnideł, pudrów. Ogromny lament bił z placu. Dwie kobiety niosły petycję owiniętą w girlandy pomarańczowych kwiatów ku grupce na schodach parlamentu, oddzielonej kordonem policji. Nie ośmieliły się oddać jej wprost do rąk deputowanym, ale zgodnie ze starym obyczajem złożyły ją na schodach, pochyliły się w niskim pokłonie do stóp posłów stojących o parę stopni wyżej i przyłożyły końce palców do warg, w akcie pokory i oddania – „całuję pył z twoich sandałów".

Jeden z policjantów przyniósł oficerowi rulon, ten dopiero wręczył go posłom. Wtedy wyskoczył przed kordon młody człowiek w koszuli wypuszczonej spod europejskiej marynarki, w luźno okręconym dhoti. Chude, ciemne nogi podrygiwały w za dużych butach, krzyczał coś do tłumu, ale już go zagłuszyły komendy padające z megafonu, tłum zakolebał się, zaczął spływać, spokojnie formując pochód.

– Znam go, poseł komunista – powiedział malarz – obiecał ich bronić...

Istvanowi wydało się, że pośród deputowanych dostrzegł znajomą twarz, żółtawą, bez wieku, mecenasa Czandry, wokół niego skupili się dyskutując inni, z wolna wchłonął wszystkich wielki gmach z różowego kamienia.

– Dobroczyńca – Terey uśmiechnął się cierpko – ten się nimi zaopiekuje.

Rzeka kobiet spływała nieskładnym, mieniącym się korowodem. Śpiewy gdzieniegdzie podjęte przenikały się, melodie tłumiły wzajemnie, rósł hałas i brzęczenie instrumentów, tylko powtarzające się błagalne wołanie dudniło w mroku, jednak nie mogło przeniknąć grubych murów, za którymi zapadną decyzje.

Zeszli na trawnik. Przed nimi drobnym krokiem, suwając stopami, szli w rzędach ślepcy, skrajne szeregi trzymały się bambusowych prętów formując jakby zagrodę. Prowadzili ich mali chłopcy, którzy potrząsali tamburynami, uderzali nimi o wystrzyżone głowy, podskakiwali wesoło, nie zdając sobie sprawy z powagi całej demonstracji. Niebo jeszcze lekko świeciło przypomnieniem zachodu.

– Przecież to jak obraz Bruegla – wzdrygnęła się Margit.

– Ustokrotniony, bo to są Indie – powiedział nie bez dumy malarz. – Musi rząd dobrze się zastanowić, nim z tej ustawy wybrnie. Uchwalić łatwo, ale jak znaleźć sposób, żeby ją rozumnie wykonać, nie obrócić przeciwko człowiekowi? One wołały prawdę. Wysiedlenie równa się skazaniu na przymieranie głodem. Nie mają gdzie wrócić. Zarabiają, jak potrafią, by utrzymać swoją rodzinę, uskładać na posag dla siostry, tej młodszej, którą wydadzą za mąż, dziewiczej narzeczonej, uległej, zrezygnowanej... Jedna zna tylko praktyki łoża, tysiącletnie przepisy i zalecenia zabiegów miłosnych, jednak samej miłości nie zazna nigdy... Druga jest gotowa kochać każdego, kogo jej rodzina wyznaczy, a swat czy los podsunie.

Patrzyli na pochód ściekający powoli między ogromne drzewa. Za nim, jak owczarki zapędzające stado, szli niespiesznie policjanci, ich turbany czerwone dopalały się w szybkim zmierzchu. Inni już wdrapywali się pod budy ciężarówek, niebieskawy dym pierwszych papierosów, zasłużonych po długiej przerwie, wypływał spod brezentu i mglił się na tle nieba o barwie moreli.

W powietrzu stał jeszcze odór piżma, korzenna woń zgrzanych ciał, ale już auta ruszyły, przepychały się, mijały trąbiąc gniewnie, błyskając żółtymi reflektorami, długie mrugnięcia, znak, że domagają się pierwszeństwa. Smugi spalin i pyłu mąciły strugę świateł. Zapachniało miejskim zmierzchem w tropikach.

– Jest w człowieku okrutna ciekawość – szeptała Margit. – Zapomina, że one też pragną, cierpią, chciałby się wedrzeć w ich tajemnice, dowiedzieć, jak żyją, co sprawia im radość... Choć wiem, że to niedobra wiedza, skoro nie mogę im pomóc.

– To, co mają, bardzo sobie cenią, a nawet myślą, że los je wyróżnił; są syte, noszą jedwabne sari, otacza je podziw i pożądanie, trafiają się stali wielbiciele... Nie tylko przyjmują podarki, ale i obdzielają nimi własną rodzinę – wzruszył ramionami malarz – tego, co byście w imię nakazów waszego świata próbowali im narzucić, jakoby dla ich dobra, wcale nie uważają za wyzwolenie. Skoro nie możemy ich bytu polepszyć, a co gorsze nie chcemy się z nimi podzielić, ustąpić z posiadanego bogactwa... Deputowani tylko wymagają, sądzą i potępiają wzgardliwie tryb życia i sposób zarobkowania tych kobiet, jedyny im dostępny...

– Czy pan kiedy bywał u nich? – zapytała poruszona gniewem, jaki brzmiał w jego głosie.

– Pewnie. W tym nie ma nic wstydliwego. W waszym świecie sprawy ciała są omotane tylu zakazami, że stale was pociągają i niepokoją. Przecież nawet ci mali chłopcy, którzy przy nich się kręcą, choć są pieszczeni i całowani, bo przypominają im porzucone rodzeństwo, nie zobaczą nic, co by ich zgorszyło. To samo opowiada poemat o miłosnych zmaganiach bogów czy rzeźby na świątyniach, posplatane ciała, które dla patrzących oswojonych od maleńkości stają się prawie linearnym motywem fryzu... Pewnie, że tam bywałem, to nie jest wasze, upodlające kupowanie ciała, które przez to jest już tylko ciałem, bo się tego żąda, więc musi się odczłowieczać. To nie są wyłącznie prostytutki, ale tancerki, pieśniarki, opowiadaczki bajek, które ilustrują ruchami swego ciała... Trafiają się między nimi prawdziwe artystki, którym bieda, chłopskie pochodzenie zastąpiły drogę do sceny. One przed gromadą mężczyzn siedzących w kucki, przy ptasim gwiździe fletu i gołębim gruchaniu bębenka tańczą miłość bogini ziemi do boga słońca, przeginają tors obnażony, rozchylają uda, dygocą, oddają się niewidzialnemu kochankowi... Taniec, jak pierwotna modlitwa, taniec jak skrót dziejów świata, stworzenie tego, co żyje. Każdy widzi to, czego pragnie: jeden poezję, wdzięk ruchów i tradycyjną szkołę gestu o sakralnym znaczeniu, inny chłonie tylko ładną, młodą dziewczynę, która klaszcze w posadzkę bosymi stopami umalowanymi czerwono i sypie gradem dzwonków... I jest niedostępna, choć wszyscy tam obecni aż sapią z żądzy, usta otwarli z zachwytu, zapomnieli o papierosach, które im parzą palce. Tylko jeden będzie ją miał tej nocy. Inni mogą zazdrościć. Oto ten jeden wyjmuje banknot, zwilża śliną i przylepia do czoła, tancerka już go spostrzegła, zbliża się kocim krokiem, kołysze biodrami, przysiada, bije od niej ciepło i zapachy, bo u nas są specjalne przepisy o dozowaniu natężenia perfum – inaczej zwilża się skronie, pachy, szczyty piersi, namaszcza kolana, wnętrze ud... Więc ona gnie się, nachyla jak gałąź ciężka od owoców nad adoratorem, owiewa zapachem ciała nagrzanego w tańcu, ociera się lekko jak ćma o lampę odbitą w zwierciadle, nie wolno jej sięgnąć po banknot palcami, tylko ustami, albowiem powinien on przywrzeć do piersi lśniącej od potu. Podjęcie go jest przyzwoleniem. A więc, czego wy nie znacie, one mają prawo wyboru. Zdobywają, żeby zostać kupione. Z tym jednym kochankiem odejdzie do alkowy, a pozostali mężczyźni wrócą do domów. Są podnieceni, będą brali własne kobiety mając pod powiekami tę jedną, o wężowych ruchach, pożądaną, upragnioną.

– Wstrętne – Margit zacisnęła pięści przed piersią, jakby się chciała bronić – czy pan tego nie rozumie?

Patrzył na nią z pobłażliwym uśmiechem.

– Nie powiedziałbym. Pogoń za nieosiągalnym, bo niejeden z widzów jest biedakiem, handlarzem ulicznym, może zapłacić za wstęp, ale nie za kobietę... Jednak ona jego wytrwałość i czułość, mocne uczucie czasem nagradza. Dlaczego zabijać marzenia? Czemu nie mają tęsknić? Dla tych wszystkich mężczyzn, których ożeniono decyzją rady rodzinnej dla pomnożenia kapitału, dla powiązań rodowych, zyskania protekcji i wpływów, dla tych, którzy mają żonę nie upragnioną, a zaleconą, tu jest furtka, którą się mogą wymykać, odmienić powszednią nudę. Z żoną będą mieli dzieci, niczego więcej od nich rodziny nie wymagają. Tam mogą szukać spełnienia, rozkoszy, piękna, ośmieliłbym się nawet powiedzieć – oczyszczenia z grzechów małżeńskich przeciwko miłości. Ale pani nie jest w stanie tego zrozumieć...

– Istvan, powiedz, że on kłamie – prosiła czepiając się jego dłoni – przecież to nieprawda. Wszystko, co tam można kupić, jest brudne, brudne! Budzi wstręt.

– Pozwól im myśleć po swojemu.

Malarz patrzył na nich z wyrazem zniecierpliwienia i urazy, nie podobała mu się istota sporu, bezsilna litość, której tamte kobiety nawet nie mogłyby pojąć, a może widział tylko kolory, grę plam i świateł, miedziany hełm włosów, granat oczu pięknych w ogniach gniewu, prostą suknię z cienkiego płótna, pod którą rysowało się smagłe ciało kobiece.

Na placu już nastał spokój, skowyty i pomruki aut, jakby rozjuszonych niespodzianym zatrzymaniem, dawno wygasły. Ziemia świeciła czerwonym odblaskiem, parę kroków od nich leżał na żwirze rozsnuty, przydeptany warkocz białych kwiatów.

Dwie krowy, w tym świetle wieczoru aż różowe, niemrawo stąpały przez plac. Auta ostrzegały je skowytem klaksonów, błyskiem zapalonych reflektorów, ale krowy szły nieświadome niebezpieczeństwa, jakby cały świat dla nich nie istniał albo był chwiejną złudą majaczącą w ich wielkich, czarnych ślepiach.

Jedna pomału zeszła z kierunku, w którym dążyła, i stanęła nad wiankiem, węsząc, a raczej opuściwszy łeb, dyszała, bo z ziemi wstawał czerwony kurz... Zapach kwiatów musiał ją razić, przekroczyła girlandę i poszła przed siebie, jak we śnie, z ostatnim poblaskiem nieba na grzbiecie... Druga kierowała się za nią, powtarzając te same ruchy, jakby należały do jakiegoś odwiecznego rytuału.

Jeszcze w zamierającym świetle różowiały koszule cyklistów, jakby długie maźnięcia przecinały niebo strzeliste kolumny palm, nisko między domami stała już noc, pełna pstrych lampek, wrzawy głośników radiowych, dzwonienia rowerów i niespokojnych nawoływań. Z trzmielim pomrukiem przelatywały auta, wszystkie miały już zapalone światła, które ledwie rozjaśniały ciemność pełną niepokoju.

– O, do diabła – powiedział Istvan, patrząc na niebo do połowy zaciągnięte ołowiem, po brzegach rozjaśnionym siarczanym migotem – sunie burza...

– Tylko straszy – zlekceważył Kanval – nie było komunikatu, że dziś do Delhi nadejdą deszcze.

– Na wszelki wypadek już jedźmy – prosiła Margit. – Przypomnij sobie, jak było wtedy koło Kutub Minar... Mało nas wichura nie porwała.

W aucie stały mocne zapachy benzyny, nagrzanych plastików i rozprażonego powietrza. Dopiero gdy nabrali szybkości, podmuch przynosił złudną ulgę.

Wysadził malarza na Connaught Place. Hindus od razu wtopił się w rozgadaną ciżbę krążącą pod arkadami. Majaczyły białe koszule, ciemne twarze owiane zapachem brylantyny. Młodzi, szczupli mężczyźni lgnęli do siebie z leniwą zmysłowością. Zdawało się, że całe miasto wykipiało na ulice, potok ludzki szumiał głosami, szeleścił jedwabiami kobiet. Tłum tarł się w mroku, parował ciepłem... W tych dźwiękach chrapliwych, chichotach, urywanych śpiewem czuło się napięcie oczekiwania i niepokój.

Dłoń Margit próbowała odnaleźć w ciemności rękę Istvana. Ciepłe dotknięcie przeszło go pożądaniem. Dziewczyna jakby to odgadła, cofnęła się spłoszona.

– Wejdziemy do Volgi na lody? – zapytał. – Pereira ich nie zrobi...

– Nie – wyszeptała leniwie. – Jedźmy. Chcę już być z tobą.

Odczuł to jak wymówkę, gdy niespodzianie przechyliła się i oparła ciężko głowę o ramię. Ogarnęło go uczucie tkliwego uspokojenia.

Kiedy wprowadził wóz do garażu, pomogła zasunąć żaluzję, gasiła światła, bo czokidar odszedł do kuchni na wieczorną porcję ciapatów. Wydało mu się, że od dawna są małżeństwem, wracają do domu, że dopiero teraz jego życie nabiera właściwego, spokojnego rytmu.

Ciepło biło ze ścian willi, ziemia wydawała suchy, głodny zapach więdnienia i zamierania. Ciemność drgała od długich świdrujących brzęków owadzich.

Pereira, który usłyszał zajeżdżające auto, już im otwierał drzwi frontowe, jeszcze wierzchem dłoni ocierał usta i mlaskał smakowicie, jakby przełykając posmak ryżu pachnącego goździkami.

Istvana wzruszyła spokojna pewność, z jaką Margit poruszała się w jego mieszkaniu, nie obijała się o meble, wiedziała, gdzie są kontakty.

– Saaab – posłyszał jękliwy szept kucharza.

– Jeśli wszystko gotowe, podawaj, pamiętaj o kostkach lodu.

– O tak, jest wszystko – Pereira odpowiedział żarliwie. – Znowu saba nachodził Kriszan. On chce... On prosi, żeby ambasada poręczyła za niego, chce kupić na raty motocykl.

– Jakby przestraszony zuchwalstwem żądania, które śmiał powtórzyć, mrugał powiekami pociemniałymi, błoniastymi jak u ptaków.

– Chyba oszalał – wzruszył ramionami Istvan.

– Tak, sab, to szaleniec – trząsł głową kucharz. – Wie, że pan ambasador wyjeżdża do Simli, a przedtem chciałby doręczyć gwarancję amerykańskiej firmie. On chce wziąć bardzo silny motor. On się niczego nie boi.

Istvana drażniła przeciągająca się rozmowa, rozkazał krótko:

– Podawaj do stołu.

Wszedł do łazienki umyć ręce. Mdło ciepła woda ciurkała z kranu. W lustrze widział twarz spaloną od słońca, oczy niewesołe, patrzące uparcie.

– Tery, chodź prędko – przyzywała – cały chłód ze szklanek ucieknie...

Spokojny głos sprawił mu radość. Otworzył drzwi, patrzył na nią z czułością. Wyciągnęła szklankę z kostkami lodu i coca-colą.

– Spróbuj, coca-libra.

Odebrał szklankę, chłodną dłoń jej otarł o policzek i wargi, dziękując.

– Co tam wlałaś? Przyjemnie pachnie.

– Trochę rumu, sok z cytryny i jeden plasterek dla aromatu, od razu coca przestaje być mdła, traci lepką słodycz.

Przyłapał się na tym, że wsłuchuje się w sam jej głos o brzmieniu odmiennym, tylko dla niego przeznaczonym, zabarwiającym najprostsze słowa żarliwą intonacją.

– Ojciec tak przyrządzał cocę, u nas w Melbourne. Jedyny napój z alkoholem, który mi smakował.

Niepostrzeżenie pokój wypełnił się jej obecnością, ledwie dostrzegalnym zapachem sukien i ciepłej skóry, a może jedynie łudził go nikły aromat rumu i skórki cytrynowej bijący ze szklanki, którą trzymał przy wargach.

– Brakuje ci Australii?

– Nie można tak powiedzieć. Zapominasz, że to kontynent – zmrużyła oczy wyrozumiale. – Znam zaledwie parę miejsc, z którymi się zżyłam. Reszta kraju jest mi obca, czeka na nas, będziemy ją razem odkrywać... Jeżeli zechcesz.

Wyznaczała mu udział w swoim życiu. To niepokoiło, budziło czujność. Czy postępuje nieuczciwie pragnąc bronić własnej wolności? Ale namiętność każe spełnić każde jej pragnienie. Chcę, żeby była szczęśliwa.

Skrzypnęły drzwi, kucharz sygnalizował, że podaje do stołu. Jego twarz żółtawa, oczy przysłonięte powiekami, jakby samo spojrzenie na kobietę, która zainteresowała jego pana, mogło mu być poczytane za winę.

Istvan był gotów pochwalić Pereirę, gdy uprzedzał, że odchodzi na dach, do barsati mrucząc coś o nadciągającej burzy.

Za oknami błyskało się żółto jak nieraz bywa latem na suchą pogodę.

Zaciągnął zasłony w oknach i puścił skrzydła wielkiego wiatraka pod sufitem.

– A teraz jedzmy – zachęcał, nalewając czerwone Egri.

Nie dawała się długo zapraszać. Lubił w niej swobodę, szczerość w okazywaniu uczuć, brak wyrachowania, kokieteryjnej gry. Nabierała z półmiska duże porcje, już przywykła do indyjskich przypraw.

– Nie znam się na winach – przyznała unosząc kieliszek, zachwycona czerwonym ogniem w cienkim szkle – ale to jest przyjemne po piekielnym sosie.

– Kiedy przyjedziesz na Węgry... – zaczął, jednak nie brzmiało to tak pewnie jak jej wezwanie do Australii. Ucichł zawstydzony.

Obracała kieliszek w ręku, bawiły ją czerwone światła na obrusie.

Nagle lampa zgasła.

– Co u licha?

Ustawał terkot wentylatora.

– Nie ruszaj się – ostrzegał – zaraz sprawdzę...

Odsunął zasłonę, zaskoczyło go jaskrawe, długie migotanie na ścianach sąsiedniej willi, dopiero gdy wróciła ciemność, jakby za oknem opadła gęsta zasłona, zrozumiał, że to odblask błyskawic. Zadzwoniły cienko szyby i basowy pomruk wstrząsnął murami.

– Co robisz? – spytał zaniepokojony jej milczeniem.

– Nic. Piję wino – odpowiedziała spokojnie. – Właściwie już skończyliśmy i na dobrą sprawę nie potrzeba nam światła...

Za odsłoniętą szybą pulsowały zmienne ognie, choć najmniejszy powiew nie poruszył liśćmi bananowców, kładły się chwiejne cienie, przewalały po ślepej ścianie willi naprzeciwko, czarne niebo rozjarzało się równocześnie w kilku miejscach.

Korzystając z ogni błyskawic, odnalazł latarkę w szufladzie.

– Nie boisz się? – zapytał. Pokój zatapiało zielonkawe falowanie, szyby w pomruku dalekiego gromu zaczynały śpiewać szklaną nutą.

– Nie. Wspaniała iluminacja...

Skończyli wino. Kiedy wstała, pocałował ją w usta i poprowadził do swojego pokoju. Z zadowoleniem stwierdził, że Pereira, zanim wyszedł, pościelił tapczan.

– A gdzie moja walizka? – zapytała.

– W twojej sypialni – podał jej latarkę. – Sprawdzałem, wszystko gotowe...

– Gdzie będziemy spali? Tu, czy u mnie?

– Gdzie wolisz.

– Zaczekaj.

Nie chciał jej krępować swoją obecnością, nasłuchiwał, niebo mruczało basem, nie były to grzmoty, tylko głuche, wibrujące dudnienie, które udzielało się murom. A potem zapadła cisza tak dotkliwa, że zegarek na przegubie ćwierkał metalicznie. Ani jedna cykada nie dzwoniła, owady umilkły. Przeraziła je noc pełna przelewającego się chłodnego ognia.

Za długo na Margit przyszło czekać. Zaniepokoił się, zaczął jej szukać. Drzwi drugiej sypialni były otwarte. Margit stała w odsłoniętym oknie, zlewana ruchliwym ogniem niebieskim, włosy czarnozielone, a ramiona żółte jak z mosiądzu, światło opływało nagie ciało. Przypomniały mu się zasłyszane w dzieciństwie opowieści o czarownicach, które wychłostane ulewą w werblach gradu spadały między pastuchów skulonych na stogach pod słomianymi czapami. Wybierały młodych, niewinnych chłopców, dławiły pocałunkami, brały w posiadanie. Wargi ich miały smak ziół i świeżość deszczu...

Chłopcy bronili się i poddawali dzikiemu galopowi bujnych ciał kobiecych, a potem usypiali z twarzą zanurzoną we włosy kochanek, pachnące mokrym, łąkowym kwieciem... Budzili się samotni, znużeni, słabi, o dymnym poranku, w tumanie mgły. Ogiery, ledwie widoczne, ciemne grzbiety podobne do łodzi, zdawały się płynąć, rżenie żałosne niosło się nad rzeką. I żadna później kobieta nie mogła już im dać rozkoszy, jaką przeżyli. Przebierali w dziewczynach, żenili się w końcu, ale nigdy nie byli szczęśliwi w miłości...

Podpatrywał, jak blaski błyskawic spływały jej z ramion, podobne do świetlistych chust... Odwróciła się nagle, zgadując jego obecność, spostrzegła, że jest ubrany, i zawstydziła się nagości, odwiecznym gestem skrzyżowanych rąk próbowała piersi zasłonić. Ale zaraz się zuchwale roześmiała, przeczesała palcami wzburzone włosy, które dźwignęły się, gdy zdejmowała sukienkę, i podeszła do Istvana, objęła, kryjąc twarz na jego piersi.

– Nieładnie, że mnie tak podglądasz – szeptała.

– Czarownico – tchnął we włosy.

– Chciałabym nią być, zamieniłabym cię w breloczek i nosiła u bransoletki; a wieczorem, jak byłabym już sama, wracałbyś do dawnej postaci... I cały czas, nawet przy ludziach, mogłabym cię dotykać ustami, pieścić. Nie rozstawalibyśmy się ani na chwilę. Chcesz, zrobię tak?

– Chcę, pragnę – przygarniał ją ciasno. Stali spleceni, okno zapalało się gryzącą zielenią i żółcią, chłostało przestwór miotłami ogni, szły dalekie błyskawice, zderzając się, podwajając błyski. Ziemia zdawała się drżeć jak skóra bębna.

Ciała znajome, spoufalone, szukały siebie, uczyli się zgodnego kołysania, zbieżnych rytmów, oddechy przenikały się, zacierała granica, lgnęła wilgotna skóra. Brał w posiadanie jak rzecz sobie należną, napinał jak łuk, radowała go jej chętna uległość. W przelewającym się blasku ściany zdawały się chwiać, a daleki pomruk przywoływał nieznaną, ogromną bestię, która krąży nad miastem gotowa pożreć. Chciał skojarzenie zapamiętać, już utrwalał w nie dokończonych strofach nastrój nocy, łuk scałowanych warg, czarnych w świetlistej ulewie.

– Opowiedz mi coś, lubię tak bardzo, kiedy opowiadasz – prosiła.

Leżeli uciszeni, nasłuchując – wydawało się, że trzepot błyskawic jest dosłyszalny, ale tylko wielka mucha z żałosnym jękiem tłukła się niewidoczna pod sufitem. Jej lament musiał wabić jaszczurki, bo wydawały łakome cmoknięcia.

– Jestem wsłuchany w ciebie... Przecież wiesz, że jestem szczęśliwy.

– Nie wiem, nie wiem – potrząsnęła głową, palce ich splotły się, czuli cichnące tętenty krwi. W zamkniętym wnętrzu tliły się wonie ciał śliskich od potu, zapach flitu i aromat kamforowego drewna.

Szeroko otwartymi oczyma wpatrywał się w sufit zmywany falą zielonkawego migotu, widział sunące zbieżnie jaszczurki, gdzieś między nimi powinna tkwić mucha oniemiała z trwogi. Za chwilę jej rozpaczliwy dźwięk posłyszy. Wdychał zapach włosów Margit, wilgotnego ciała, pulsowały mu w dłoni jej bezwolne palce. Czyżby, zmęczona, usnęła? Zatopiła go spokojna pewność, że nareszcie spotkał kobietę, której istnienie przeczuwał, jakiej zawsze pragnął. Nie myślał o pożądaniu ciała, rozkoszy, którą go obdarzała, była w nim pewność – z nią mógłby zostać na całe życie, oto przyjaciel, który nie odstąpi go aż po ostatnią ciemność, a tę już trzeba przekroczyć samotnie.

Ogarnięty wdzięcznością, ostrożnie, żeby jej snu nie spłoszyć, przechylił głowę, dotknął ustami, spróbował skóry końcem języka, miała słony smak krwi. Zdawało mu się, że Margit odetchnęła głębiej, jej ramię opasało mu pierś i uspokojone jego obecnością spoczywało bezwolne.

Pierwszą rozmowę pod Kutab Minar, w czasie piaskowej zamieci, jedną z tych, które się liczą, zachował w pamięci. Mówiła z rozbrajającą szczerością o sobie i sprawach ciała. Kobiety, znając zarozumiałość mężczyzn, wolą swoje doświadczenia przemilczeć, każdy pragnie być tym jedynym, wyjątkowym, niezapomnianym, skoro już za późno, żeby miał kłopotliwy przywilej pierwszeństwa. Niepokoiły go wtedy te zwierzenia i pociągały ku niej jak rzucone wyzwanie. Surowa szczerość tkwiła i w jej postępowaniu. Margit zmierzała do celu uczciwie, z odwagą, którą rzadko miewają nawet mężczyźni. Czyżby sprawdzała siłę jego miłości?

Jestem szczęśliwy – powracały słowa najprostsze, aż cierpiał nad ich ubóstwem, gdy próbował stan zachwycenia nazwać, utrwalić, zamknąć w sobie.

Co będzie z nami, gdy wygaśnie kontrakt Margit? I mój pobyt w Indiach też jest niepewny, zależy od poufnych raportów ambasadora, humorów jakiegoś radcy w odległym Budapeszcie. Żadnych dalekich projektów, tylko bez wytyczania dróg... Ciesz się, że ją masz przy sobie, pod bokiem, nie prowokuj zawistnego losu – pouczał się w myśli. Była w tym płochliwym milczeniu instynktowna pewność, że gdy stanie przed ostatecznym wyborem, dokona go, choćby przyszło stawić czoła wszystkim: wrogom i życzliwym. Ale jaką cenę przyjdzie płacić za Margit.

Łagodny ciężar jej dłoni spoczywał mu na piersi, uciszał niepokoje, ani się spostrzegł, kiedy usnął, choć do tego nigdy by się nie przyznał, bo pragnął sycić się radością tej nocnej godziny, i czuł jeszcze poprzez przymknięte powieki migotanie błyskawic nad miastem jakby ktoś wielki, nieznany, podbiegł z lampą do okna, by rozpoznać ich przytulone postacie jak obalone posągi, nie osłonięte nawet prześcieradłem, wyzywająco nagie.

Mury drżały od dalekich grzmotów, radość mieszała się z niepokojem, wydało mu się, że przytuleni mkną w przedziale sypialnym pociągu, który ich unosi ku nieznanemu wybrzeżu, a mijane nocą stacje biją blaskiem o na wpół otwarte okno. Tak, był pewny, że jadą nad ocean, ku rozległym plażom, które dopiero świt dobędzie,

jednak bliskość tych bezmiernych wód już przeczuwał w rzeź-
wiącym tchnieniu i odległym szumie fal, które konały z sykiem
w piaszczystym łuku zatoki podobnej do areny.

Obudziło ich dudnienie za ścianą, jękliwy brzęk szyb.

– Istvan...

– To już ocean – odpowiedział na wpół przytomnie, ale pełen
zadowolenia, że może ją uspokoić. – Śpij.

Rozbudził go śmiech. Pojął, co ją tak bawi: w okna waliła ulewa, potężne chluśnięcia ściekały po ścianach, deptały pnącza werandy, ziemia nie wchłaniała wody, która rozlewała się szeroko,
zielone światła paliły się na zatopionym placu.

– Monsun! – krzyknęła i skoczywszy do okna otwarła je szeroko. Przez siatkę drucianą wionął ku nim chłodny podmuch, plusk
sieczonych rozlewisk i wspaniała woń obudzonej ziemi, która zaczynała gasić pragnienie. Niebo i ziemia dygotały w chwiejnym
świetle, wydało się, że słychać dalekie dudnienie bębna i poznają
błyski zataczane ognistymi mieczami. Hindusi, skuleni, omotani
płachtami, przebiegali ulicę, szukając schronienia. Chude, obnażone nogi młóciły kałuże pełne blasku. Wyglądali jak tułowie
z okrutnych baśni, biegające po łąkach ognistych w poszukiwaniu
odrąbanych głów.

– Nareszcie jest czym oddychać – powiedziała klękając nad
nim. Ciało jej miało w sobie świeżość przemytych przestworzy.

– Chciałabym wybiec teraz w tę płomienną ulewę, pić chłodne
iskry, którymi sieje wiatr. Chciałabym dla ciebie tańczyć... Gdybyś
mógł pojąć, jaki piękny jest świat, kiedy się ciebie kocha. Wstań
i chociaż podejdź do okna.

Opasał ją ramionami, spadł na usta, zepchnął w pościel.

– Oddam cały świat, byle ciebie mieć – powiedział jak przysię-
gę. – Oddam wszystko, wszystko... Margit.

Przez otwarte okno wlewała się poświata błyskawic i dalekie
gromy jak pogłos salw armatnich. Wpadał podmuchami mocny
zapach pnączy, mokrego siana i murów, cwałował po płaskim dachu. Ogromne liście bananowca łopotały jak na wpół zwinięte żagle, niosło blask żółty i zielony.

– Jutrzejszy dzień jest nasz – ucieszyła się – w taką pogodę muszą przerwać loty, nie będzie żadnej delegacji.

Jak ona potrafi w takiej chwili o tym pamiętać – więził ramionami Margit, która spostrzegłszy, że niebo bieleje, a deszcz cichnie, już wstawała.

– Idę do mojej sypialni... Będą sprawdzać, czy tam spałam. Możesz się śmiać, że to głupia chytrość, bo i tak wiedzą, że noc spędziliśmy razem, jednak trzeba choć trochę dbać o pozory.

Głaskał jej plecy. Siedziała niezdecydowanie na krawędzi tapczana.

– Chyba mnie nie zostawisz samej? A może już chcesz spać? I jesteś zadowolony, żeś się mnie nareszcie pozbył? Cały tapczan dla siebie, prawda, jaka rozkosz? – dokuczała mu odchodząc, aż rzucił się w pościg. Bose stopy zaklaskały o kamienną posadzkę. Kiedy ją dopadł i przygarnął, nakazała:

– Wracaj i zamknij okno, zacina do pokoju... – Przytuliła się ciasno i szepnęła do ucha: – A potem przyjdź... Ale tylko na chwilę.

W gęstym szumie powracającej ulewy nasyceni usnęli mocno.

Rozdział VII

Krótki gwałtowny deszcz, który siekł rozbuchaną zieleń drzew i łomotał w szerokie chybotliwe liście bananowców, nagle ustał. Słońce płonęło w niezliczonych kałużach. Szpaki nurkowały w przygiętych trawach, pogwizdując łobuzersko, napychały się obmokłymi, niezdolnymi do ucieczki owadami. Z ziemi bił syty odór bujnego życia pleniącego się w fermentującej warstwie rozkładu, słodkawa woń jak z wazonu, w którym dawno nie zmieniano wody.

Istvan wzdrygnął się, gdy skropiły go wiotkie gałązki pnączy trącane głową. Nie mógł w domu wytrzymać, gniewny niepokój popychał go między ludzi. Potrzebował ich towarzystwa, choć wiedział, że nie może się przed nikim otworzyć, nie spodziewał się znaleźć ulgi, oswobodzić od dręczących myśli. Przed chwilą rzucił słuchawkę, bo łagodny głos telefonistki odpowiedział, że pani Ward wyjechała z Agry. Już trzy tygodnie nie widział Margit, ściślej – dwudziesty trzeci dzień unika go, czy nawet się przed nim ukrywa.

Bezmyślnie strzepywał dłonią grube krople z jasnej marynarki, wsiąkały ciemnymi plamami. Z ogródka, od zdziczałego trawnika na placu bił zapach namokłej roślinności, duszny i osiadający mgiełką wilgoci.

Cóż prostszego, jak wziąć auto i skoczyć do Agry? Jeszcze raz? – szydził z siebie. Przecież był i nie zastał jej, obijał się po znajomych kątach z gorzkim poczuciem zabłąkania, jakby trafił pod mylny adres. W szpitalu stary profesor Szwed patrzył na niego jak na owada trzepoczącego na szpilce, chorzy szumieli monotonnie i zdawali się rozwieszać w parnym powietrzu jak brudne bandaże smugi smrodliwego potu, ropy i kisnącego mleka, którym ich krewni poili.

– Miss Margit przeprowadza badania z doktorem Connolym gdzieś w okolicznych wioskach – profesor zatoczył łuk po horyzoncie – trudno określić dokładniej, bo nagłe ulewy potrafią w parę minut rozmyć drogę i zamienić ją w czerwonawe bagnisko. Wóz terenowy z trudem się przedostanie, nieraz ściągali z wioski woły na pomoc, słali gałęzie pod koła... Pan ze swoim austinem nawet nie ma co próbować. Jak doktor Ward wróci, powiem, że pan był. A może zostawi pan list?

Obserwował twarz wąską, pożyłkowaną czerwono i miał ochotę go uderzyć, a przecież ten człowiek nic mu nie zawinił. Spoglądał wyblakłymi oczami, mrugał białymi rzęsami. Drażnił swoją niewiedzą. Ale skąd mógł się domyślać, że Istvan ma prawo o nią pytać, że nie jest zwyczajnym znajomym?

Na dwa listy nie odpowiedziała i na depeszę. A jednak otrzymała je, skoro nie wróciły. Teraz i on się zaciął w męskiej pysze. Nie będzie prosił, on nie z tych, co skomlą, ale wiedział, że postanawia wbrew sobie, i gotów byłby na pierwszy znak biec, przepraszać, błagać. Przecież jedno z nas musi być mądrzejsze, bezradnie szukał usprawiedliwienia dla swojej uległości.

Ale co się stało? Dlaczego się tak zawzięła, unika, stroni? Co ja takiego zrobiłem – przetrząsał sumienie – czym uraziłem? Przecież ona wygarnęłaby całą gorzką prawdę prosto w oczy, zażądałaby wyjaśnień. Może jej coś o mnie powiedziano tak nikczemnego, że... Ale powinna była z tym przyjść, czemu się zlękła? Przeklęte babskie komedie – zaciskał pięści – wabienie i ucieczka, chce mnie podręczyć, dowieść przewagi... Jednak takie postępowanie było niezgodne z charakterem dziewczyny, a przecież wydawało się, że ją zna, bo i noce sprzyjały rozmowie równie szczerej, jak zbliżenie poufałe ciał ukrytych w mroku, pod stożkiem bielejącej moskitiery.

Nudny, ciągliwy lament chorych stłoczonych za siatkami okien zagapionych tępo, fale smrodu, środków dezynfekcyjnych i odchodów napędzał wiatr, ogłupiałe muchy uciekały przed deszczem, obijając się o twarze jak zeschłe nasiona, i już grube bryzgi załomotały w dach z karbowanej blachy. Profesor uskoczył przytrzymując poły rozwiewanego fartucha. Istvan ukrył się w swoim wozie, opuścił szybę, chciał jeszcze pogadać, jednak deszcz walił gęsty, więc tylko pomachali sobie dłonią i rozstali się. Wycieraczki nie nadążały odmiatać ściekającej wody. Jechał pomału. Woły w zaprzęgach stały zrezygnowane, chłopi przykucnęli nadzy, nawet bez przepasek, deszcz rozbijał się na przygiętych, kościstych grzbietach... A niebo było jasne i rozwleczone, niepełne łuki potrojonej tęczy tliły się wysoko.

Wspominając długą samotną jazdę w tropikalnej ulewie, odwrócił twarz w niewidoczne słońce, podniósł dłoń przysłaniając oczy. Kałuże na placu już się ustały, wygładziły, bił z nich taki blask, że musiał przymknąć powieki.

Kiedy wyprowadzał austina z garażu, pojawił się nagle czokidar i przytrzymując niezdarnie długi nóż, który mu się wysuwał zza pasa, i kłębki włóczki z wetkniętymi drutami, pomagał manewrować dając znaki palcem.

– Sab – wyznał, nachylając się do otwartego okna, zasapany – ja będę się żenił... Żona Kriszana ma przyjaciółkę. Może sab mi podniesie pensję o parę rupii?

– Zobaczę. A gdzie ona zamieszka?

– Na barsati... Teraz ciepło. O, dziękuję panu, że pan mnie nagrodził za wierną służbę. Waruję na progu domu. Ja nie śpię.

– A jak będzie teraz?

– Tym bardziej nie zasnę – uśmiechnął się uszczęśliwiony, że sab przystał na jego prośby i łaskawie żartuje.

Wzruszała go ufność służby. Nie tylko ich żywię, odziewam, ale na mnie budują całą swoją przyszłość, klecą pod moim bokiem gniazda, szukają szczęścia, wierzą, że potrafię im je zapewnić.

A przecież wystarczy jeden list Bajcsyego, żeby mnie odwołali, i wszystko runie... Nie biorą tego w rachubę jak my, Europejczycy, śmierci. Oni wszyscy mają prawo do szczęścia, tylko ja... A może po prostu zadowalają się mniejszym, bardziej dostępnym.

W zapiekłym żalu zdawało mu się, że wolałby Margit umarłą, niż żeby ją miał odstąpić drugiemu, czuł się obrabowany, wydarto mu, co posiadał najcenniejszego. Choć tyle razy mówiła, że do niego należy, nie była jego własnością, ona się tylko oddawała. Teraz zmieniła zdanie. Nie chce. Zbuntowała się. Trzeba mieć odwagę to uznać. W bezsilnej wściekłości mamrotał przysięgając, że się odegra, jednak gdyby przed nim stanęła, chwyciłby ją za ramiona, potrząsnął wbijając palce do bólu – odpowiedz, dlaczego masz mnie dość, co nas dzieli? A później całował, całował...

Wyjechał poza cmentarz, gdzie w przykładnej zgodzie na wydzielonym placu spali obok siebie chrześcijanie, żydzi i mahometanie, chociaż przywożono ich przez bramy oznaczone krzyżem, gwiazdą lub półksiężycem. Asfalt pachniał smołą, kałuże pluskały pod kołami wysychając gwałtownie, opar stał nad jezdnią, białawy dymek rozsnuty i chwiejny.

A może Margit po prostu kieruje się chimerycznymi nastrojami, potrzebowała chłopa i puściła się – myślał mściwie – teraz jej wstyd do mnie wracać? A może jej lepiej wygodził... Podłe ścierwo, z jaką uciechą by ją stłukł, ile by znalazł ulgi, gdyby ją mógł upokorzyć... Nie zrobię już ani jednego kroku naprzeciw. Stawiasz ścianę, to i ja z mojej strony dołożę parę cegiełek – postanowił wpaść wieczorem do Judyty. Ona nie jest do pogardzenia, znajdzie pocieszenie, trochę zapomni o upokarzającym milczeniu Margit.

Margit, Margit, powtarzał, jakby niecierpliwą ręką targał za dzwonek u zamkniętej furty. Dlaczego tak mnie ukarałaś?

Dopiero teraz w pełni odczuwał samotność, pojął, jak bardzo zmienił swój tryb życia, oddalił się od kolegów, przestał pokazywać się w klubie. Wystarczała Margit, była moim światem. Zapomniałem o dniach niecierpliwego oczekiwania, gdy kładła mi głowę na ramieniu, wyciągała się obok na łóżku, strząsnąwszy sandałki. Dla tych godzin darowanych żył, tylko one się liczyły.

– Muszę ją jednak zobaczyć – rozgryzał słowa zanurzając się w parny cień alei – muszę się z nią rozmówić, przecież nie oszalałem, chyba ma jakieś logiczne powody, że tak postępuje. Jest za dobra, żeby bez słowa odeszła.

Jednak powracało jak echo – ona jest kobietą...

Mówiła tyle razy, że kocha, upierał się ściskając mocniej kierownicę, i jeszcze ostatnim razem też to modlitewnie powtarzała, gdy na pożegnanie wplątawszy palce we włosy dźwigałem jej głowę, całowałem do bólu.

Jej szczerość chwilami jest aż okrutna, nie kryła przeszłości, gdy zżymał się: „mnie to nie obchodzi" – odpowiadała: „chcę, żebyś o mnie wiedział wszystko". Z nagłym ściśnięciem w sercu przypomniał sobie, że kiedy zapytał, czy porównuje go czasem z tamtymi innymi, potrząsnęła głową, aż rozsypały się jej włosy na ramiona, uderzyła go na płask dłonią w nagą pierś: „Jakiś ty głupi – zaśmiała się – przecież ich nie ma, nie pamiętam nikogo, nic, nic... Mówiłam ci, bo w moim życiu byli, ale oni nie mają znaczenia, zupełnie, jakbym starła tablicę. Jesteś tylko ty, i jeden ty się liczysz..."

A jeżeli teraz z równą łatwością pozbyła się i jego? Starła tablicę? Mam już swoje trzydzieści sześć lat, połowa drogi za mną i jeszcze wierzę kobietom, a jednak karcił się w myśli: bądź uczciwy, bo ona nie może się bronić, nie ma jej...

Widział w lusterku twarz pochmurną, spaloną od słońca. Przez okna wozu wpadały gzy i bzykając łaziły po przedniej szybie, zanim ich nie zdusił irchą. Kobiety w pomarańczowych spódnicach trzymały w ręku rozpięty pas świeżo zadrukowanej tkaniny, warsztat był pod drzewem, gdzie mężczyzna odbijał desenie z klocków pomazanych farbą. Druk musiał szybko wyschnąć, więc rozpinały go w rękach niby żagiel wzdęty pod słońce, żeby wzorów nie zamazać. Powietrze lgnęło do skóry jak oliwa, od glinianych chałup niosło dymem mokrego drzewa, tlącymi się badylami i ciężkim oparem pralni, schnących szmat i ługu.

Przecież prawdziwa miłość nie może się w tak głupi sposób zakończyć – upewniał sam siebie.

Tak, to było właśnie tutaj, choć rozwaloną lepiankę już załatano gliną i mierzwą, poznał wydeptany szlak w łanie trzciny cukrowej i stary grobowiec, świątyńkę o kopulastym dachu, szary kamień z liszajami porostów.

Odjeżdżali sprzed domu, kiedy przyplątał się do nich Mihaly.

– Weź mnie, wujku – prosił stulając zabawnie wargi.

– Niech jedzie, nie będzie nam przeszkadzał – poparła Margit.

Chłopiec wśliznął się do wozu.

Kiedy gnali przez zarośnięty ciernistymi krzewami skraj przedmieść, stykających się ze starymi cmentarzyskami i ruinami dawnych świątyń, Istvan spostrzegł szarą bryłę ogromnego słonia. Stał oparty o na wpół zburzony mur i czochrał się karkiem, aż spadały zmurszałe cegły. Margit uparła się, że go sfotografuje. Zatrzymali wóz i wyszli we trójkę. Ukryci za drzewami chłopi coś gardłowo wykrzykiwali i potrząsali chudymi rękami, podobnymi do wyschłych gałęzi, ale kto by na nich zwracał uwagę. Mihaly znalazł na drodze na wpół rozgniecioną łodygę trzciny cukrowej i podniósł ją dla „naszego słonia". Margit krążyła w pewnej odległości, słoń był zbyt duży, by go z bliska wkomponować w lustrzance aparatu. Istvan stanął obok niej. Mihaly ruszył śmiało niosąc w wyciągniętej ręce złamaną trzcinę zwisającą jak bat. Krzyki ustały. Zrobiła się cisza przerywana tylko przenikliwymi wrzaskami papug. Chłopiec instynktownie zwolnił kroku, patrzącym wydawało się, że maleje, zbliżając się do postępującego olbrzyma, który nieustannie tarł karkiem o chropawy mur. Słychać było chrobot grubej, pofałdowanej skóry i stukanie osypujących się kamieni. Nagle słoń znieruchomiał, szeroko rozpostarł uszy, tylko ich brzeg przebiegało lekkie falowanie. Odwrócił łeb, oko, otoczone żółtą obwódką, spojrzało ku podchodzącemu dziecku z gniewną udręką. Słoń ruszył kilka kroków, chwasty się łamały, wstawał kurz i dopiero Istvan dostrzegł, że zwierzę przy każdym kroku zamiata ziemię grubym, zerwanym łańcuchem, który ma przykuty do tylnej nogi.

– Mihaly, stań! – krzyknął i rzucił się po dziecko.

Słoń z niepojętą lekkością zawrócił w miejscu i pochrząkując runął galopem, tratował krzewy. Gnał prosto na przycupnięte chatynki. Hindusi krzyczeli biegając jak spłoszone kury, chwytali nagie dzieci i próbowali się skryć. Pod uderzeniem jego potężnych nóg pękały lepianki jak rozdeptane garnki, wyschła strzecha, wiechcie traw musiały opaść na palenisko, bo niespodzianie buchnął jasny płomień. Słoń galopował ciężko torując sobie drogę w zaroślach, słyszeli jego porykiwania, trzask gałęzi, nim płaczliwa wrzawa i dym pożaru nie zmąciły widzenia.

Pochwycił chłopca i biegł do auta.

– Uciekaj – rozkazał Margit.

Stała z aparatem przyciśniętym do piersi, blada, bez tchu.

– Dlaczego on się mnie przestraszył? – pytał Mihaly.

Zaroiło się od półnagich postaci, ludzie wyłazili z rowów, zza grubych drzew, otaczali ich gromadą.

– To oszalały słoń, sab – tłumaczył po angielsku wysoki chłop w koszuli. – On już zabił dwóch ludzi... Myśmy ostrzegali.

– Czy w rozwalonych domach nie ma rannych? – zapytał.

– Nie. Tylko duże straty, spalone łóżka i sari... Dajcie parę rupii, szlachetni państwo – prosili wyciągając dłonie.

Margit wytrząsnęła im na ręce całą torebkę, chwytali skwapliwie dziesięciorupiowe papierki. Chłopi na czworaka nakrywali dłonią, wyławiali monety toczące się po drodze. Zbity kłąb ciał szamotał się w kurzu.

– Tyś chyba też oszalała – skarcił ją, gdy uczepiła się jego ramienia, wtedy spostrzegł oczy rozwarte z lęku. – Czego się boisz... On pognał daleko – pocieszał.

– Mogłeś już nie żyć – wyszeptała. – Mógł cię zadeptać. Przecież ja się o ciebie tak strasznie bałam, kiedy pobiegłeś. Istvan, coś ty myślał, na co liczyłeś, że słoń się przelęknie?

– Nie wiem – powiedział szczerze. – Chciałem zatrzymać dziecko. To był odruch.

– Ale ono jest nieważne, tylko ty! – krzyknęła oskarżycielsko, jakby je skazywała.

– Chciałabyś, żebym je zostawił?

– Och nie, Istvan. Nie. Tego nie myślałam. Ja tak cię kocham, za to, co zrobiłeś... Właśnie, że to był odruch.

– Każdy by tak postąpił. Przecież nic się nie stało – cofnął wóz i zawrócił.

– Zupełnie nic – potwierdził Mihaly. – Nikomu nie powiem o zburzonych domkach, bo tatuś by mi dał w skórę.

Odwiózł chłopca napchanego ciastkami, sennego do ambasady. Margit została w domu, nie chciała się pokazywać. Tej nocy, objąwszy się mocno, długie godziny nie mogli zasnąć.

– Dostałam cię... Oddał mi ciebie, a przecież mógł zabrać.

– Kto? – pytał nie rozumiejąc.

– On – szepnęła poważnie. – Wierzysz, że istnieje...

Przypomniał sobie wtedy słonia zawracającego z niebywałą lekkością, jego płynny galop, od którego ziemia stękała.

– Myślę, że on się przeląkł złamanej trzciny w ręku chłopca, skojarzyła mu się z batem – tłumaczył.

– Nie, na słonie nie używa się bata, dobrze wiesz – upierała się. – To był znak.

Leżeli chwilę w milczeniu, pod jej dłonią stukało miarowo jego serce.

– Bije... – szeptała zamyślona. – Bije dla mnie.

– Stajesz się zabobonna jak Hinduska. Chyba ono nie wie, dla kogo bije. A jeśli, to już dla siebie, po to zostało uformowane w łonie matki – próbował łagodzić jej napięcie.

Jednak nie podjęła sporu, całowała go w usta, by nie powiedział czegoś, co mogło boleć.

Nazajutrz szyfrant pokazał mu wzmiankę w gazecie i dziękował wylewnie, bo jednak chłopiec się wygadał. Radca przeczytał, że zanim oszalałego słonia zastrzelili żołnierze, narobił wiele szkód na targowisku i stratował dwoje ludzi.

Zatrzymał auto za wielkimi pniami drzew przydrożnych. Za kamiennym słupem, wytyczającym święty szlak króla Asioki, w ciernistych krzewach stały bure lepianki, ściany już połatano, gliny i mierzwy było dosyć. Kobiety nacięły sierpami suchych traw i poszyły nimi rzadką kratę wiązań dachowych. W rozbitej świątyni krzyczały dzieci, biegając pod rozwieszonymi na krzewach długimi pasami świeżo wypranych sari.

Czego tu szukam? – zapytywał siebie, patrząc na opary wstające nad zbitą ciernistą zielenią, wiedział, że chciał przypomnieć sobie oczy Margit szalone z lęku – tak patrzy kobieta, która kocha.

Okrążył nowoczesny, podobny do zamku z czerwonego kamienia, hotel Asioka, brzęczała muzyka, niby niebieskie i zielone meduzy pulsowały w powiewie plażowe parasole. Radosne krzyki, wrzawa głosów dziecięcych to rosła, to przygasała wokół basenu, gdy brunatna sylwetka skoczka odbijała się od trampoliny, by rozbłysnąć w słońcu i zniknąć za murem. Nie miał ochoty się spotykać z obcymi ludźmi, raził go nadmiar światła i radości. Wolał rozległy mroczny budynek Dinghana Club, głębokie skórzane fotele, zasobny bar. Zapach flitu, kurzu, cygar, powiew przeciągnął rzeźwą wonią mierzwy końskiej z pobliskich stajen.

Barman powitał go jak syna marnotrawnego, a widząc dwa uniesione palce, nalał podwójną whisky ze srebrnej miareczki i dorzucił lodu. Chwilę kołysał w ciemnej dłoni, badając temperaturę, nim podał z życzliwym uśmiechem.

– Dziś jeździ pański przyjaciel, radża... Też go dawno nie było.

– Usprawiedliwiony. Młoda żona.

– I to nie pomogło, znowu utył – zatroskał się stary barman, ukradkiem nalał sobie odrobinę whisky i raczej wąchał niż pił.

Jestem swój – pomyślał Istvan – nie krępują się mną, przy Angliku nigdy by się nie ośmielił wypić, nawet gdyby mu stawiali, zlewałby do kubeczka dziękując grzecznie, zapewniając, że łyknie za ich zdrowie, ale dopiero po służbie.

Wysoko pod sufitem, żebrowanym jak w hangarze, żółte, rozproszone światła zapstrzonych żarówek. Wiatraki mełły ospale powietrze, nie czuł powiewu. Zabrał szklankę i dopiero gdy zapadł między spękane, przyjemnie chłodne poduchy fotela, dostrzegł w drugim kącie sali na pozór drzemiącego, z odrzuconą, wąską głową drapieżnego ptaka, majora Stowne'a. Spod opuszczonych bezrzęsych powiek obserwował wyjście na ujeżdżalnię. Tereya pozdrowił powolnym uniesieniem otwartej dłoni. Ten gest i opadnięcie wydatnej grdyki na chudej szyi oznaczało nie tylko powitanie, ale i zaproszenie do towarzystwa. Stowne należał do starej kadry, jeden z Anglików, którzy dobrze mogą się czuć tylko w Indiach, bo zmiany, jakie zaszły na wyspie, budzą w nich obrzydzenie, czuli się tam niemal cudzoziemcami lub przybyszami zabłąkanymi z innej epoki, szanującej społeczną hierarchię. W Indiach okazywano mu jeszcze poważanie, bywał w najlepszym towarzystwie, pośród ministrów i dyplomatów, radżowie zapraszali go na polowania, a jego wychowankowie błyskali sznurami generalskimi, mógł zaszczycać, uświetniać przyjęcia swoją osobą, ocalając powagę byłego strażnika imperium.

Niewiarygodna wydała się Istvanowi historia, jaką o nim opowiadano. Podobno durzył się w bogatej Hindusce, czy nawet był jej kochankiem. W pierwsze trudno było uwierzyć, wystarczyło spojrzeć na jego twardy profil jakby wystrugany z czerwonego drewna, drugie uniemożliwiała surowość dawnego obyczaju. Wspominano hinduską piękność o wielkich oczach i smolistych włosach, zwiniętym żaglu nocy miłosnych. Lewą dłoń kryła w koronkowej rękawiczce, nigdy jej nie zdejmowała, nawet służba, od której wścibskie przyjaciółki chciały wydostać prawdę, nie widziała odkrytej ręki swej pani. Szeptano o znamieniu czy egzemie, jednak skaza urody nie musiała być znaczna, skoro przez oka nicianej plecionki przebłyskiwała smagła skóra.

Hinduska musiała mieć fortunę, jeśli mogła sobie pozwolić na łamanie konwenansów towarzyskich i jawnie występowała z przyjacielem Anglikiem. Potem niespodziewanie znikła. Stowne, nawet podpity, nie odpowiadał na pytania o zaginioną. Odwracał się i wychodził z pokoju, palił cygaro, krocząc w zamyśleniu po parku tak długo, póki nie miał pewności, że rozmowa toczy się już na inny temat: rozważają ceny szmaragdów, walory koni, wierność i oddanie służby.

Jednak już wtedy rozeszły się niejasne pogłoski, że Hinduska oszalała, musiano ją zamknąć, oszołomioną naparem ziół wywieziono w okolice Simli, to znów, że wyrzekła się świata i została wtajemniczoną joginią w jednej z górskich samotni.

Major się nie ożenił, mimo wielu zakusów posażnych panien. Pozostał sam z legendą.

Kiedy Istvan podniósł się ze swego skórzanego gniazda i fotel rozprostował poduszki, sapiąc z człowieczą ulgą, powolnym krokiem podszedł do majora, niepewny, czy dobrze gest przyzwolenia odczytał. Stowne skinął wskazującym palcem, jakby strząsnął popiół z niewidocznego cygara, więc uspokojony przysiadł obok, milczeli nadal, nawet nie patrząc na siebie.

– Chce pan jeszcze? – odezwał się wreszcie major, pokazując butelkę i syfon przytulone do brunatnej ścianki fotela. Sam pociągnął spory łyk ze szklanki.

– Chętnie.

– To niech pan sobie naleje. – Kiedy ucichł syk syfonu, jeszcze szepnął: – Ciężko teraz, co?

Istvan kiwnął głową.

– Niedostępna – westchnął major – niechętna...

– Skąd pan... – Terey odwrócił się gwałtownie.

– To zbyt rzadkie, żebym nie dostrzegł – mrużył gęściutko pomarszczone powieki. – Teraz nie tylko trudno o prawdziwe uczucie, ale nie spotyka się i prawdziwych kobiet...

– Ech.

– Pan myśli, że znam się tylko na robieniu lancą i koniach, stary, głupi, emerytowany Stowne – nieznana siła wyprostowała go od środka, wodniste i senne oczy nabrały blasku. – Ona mnie mogła zatrzymać, przecież błagałem, i nie zrobiła tego, choć mogła tak łatwo – wyrwało mu się w alkoholowym zamroczeniu.

– Nie dość mocno kochała – nie oszczędził go Terey raniąc i siebie.

– Kochała naprawdę, głupi chłopcze. Przytrzymała moją wargę zębami i drżała przymknąwszy oczy. „Chcę być z tobą, rzucę służbę, mundur i pójdę, gdzie ty idziesz". „Nie", tak powiedziała, „nie mogę, zbyt cię kocham". A wystarczyło żeby mocniej ścisnęła zębami...

Patrzył na Istvana z góry, jakby go chciał podziobać, czerwono żyłkowany, z okiem błyszczącym od alkoholu spod zbielałej nastroszonej brwi.

– Jedyna kobieta, która tak potrafiła kochać. Rozumiesz? Dlatego mnie się wyrzekła. A mogliśmy jeszcze lata całe być szczęśliwi... Na to zawsze był czas, miałem rewolwer, nie byłbym się wahał, gdyby kazała, odeszlibyśmy razem. Rozumiesz?

Potrząsnął głową przecząco.

– Trąd. Niańka prowadzała dziewczynę do grot, żeby zyskała błogosławieństwo... Sadhu ją zadrapał martwiejącą ręką.

Istvan wpatrywał się w jego sine usta jak urzeczony, odkryła się przed nim tajemnica Stowne'a. Jeszcze nie pojmował czemu zawdzięcza wyznanie majora, gdy dobiegł go szept:

– Idź na werandę, ona tam jest... Przyjechała z nim, ale wiem, że na ciebie czeka. No, idź i bądź nierozsądny. Ja ci to mówię, major Stowne, warto być nierozsądnym.

Tak uporczywie przyzywał Margit, że już ją widział z Connolym. Potrząsnął suchą, kościstą ręką majora i odstawiając szklankę ruszył ku drzwiom. Kroki dudniły głucho po grubym kokosowym chodniku.

W cieniu na jednym z rozstawionych leżaków spowita w jedwabie spoczywała Grace. Odwróciła głowę niechętnie, porzucała złotą od słońca równinę, na której bielały zagrody koni, słupki i tyki, uwijali się jeźdźcy, błyskając zmiennie jak gołębie, w chmurze pyłu, który wstawał spod kopyt. Spoza krzewów dobiegały radosne wołania dzieci, dziewczynka zanosiła się śmiechem, pełnym oszałamiającego szczęścia, gdy stajenny wybiegł w blask, wodząc kłusującego kucyka.

– Och, to ty – uśmiechnęła się łagodnie. – Zgubiony, nie widziany lata całe, Istvan.

Musiała zauważyć jego zaskoczenie i cień rozczarowania, bo odwróciła głowę i uciekła oczami na rozległe pastwiska i ujeżdżalnię, jakby chciała się upewnić, gdzie jest jej mąż, jakby tylko on się liczył. Dopiero, gdy Istvan nad nią stanął, pochwyciła go za

~ 293 ~

rękę kurczowo, nie było już wielkiej damy, tylko biedna zabłąkana kobieta.

– Nie spodziewałem się, że tu będziesz...

– Dlatego przyszedłeś? Omijasz mój dom i wszystkie miejsca, gdzieśmy bywali.

– Chcę zapomnieć – uciął.

– Już zapomniałeś, jestem garstką popiołu. Ale inni pamiętają. Bez świateł Divali trafią do drzwi. We wtorek była Margit ze swoim boyfriendem... Zabawny Amerykanin, włosy mu sterczą jak wystrzyżona grzywa źrebaka.

– Margit była u ciebie – żachnął się boleśnie. – Skąd mogłem wiedzieć, że już wróciliście do Delhi?

– Jest telefon. Tylko nie kłam, że dzwoniłeś. Kazałam służbie notować każde nazwisko. Twojego nie ma na tej liście, a przecież cię znają.

Położyła wąską dłoń na jego rękach.

– Siedź. Widzisz, tam próbuje nowego konia mój mąż – wskazała ruchem głowy.

Białawy jabłkowity arab o pociemniałych nogach i grzywie kołysał na grzbiecie tęgawą sylwetkę jeźdźca, korkowy kask lśnił pod słońce jak z mosiądzu.

– A ty nie jeździsz? Przecież lubiłaś...

Zsunęła rękę, jakby zamknęła się w sobie, szczęknęły złote bransolety.

– Już nie mogę. Lekarz zabronił.

Patrzyła nie na męża, tylko na dzieci podrygujące w kłusie na kucach, wrzawa, śmiechy i rżenie koni dobiegały wyraźnie, stwarzając pozór radosnego pikniku. Obie jej dłonie spoczywały teraz obronnym gestem na podołku. Nagłym skurczem serca naszło go wspomnienie nocy weselnej i łupu, jaki zagarnął. Może to moje? – przemknęło trwożliwym cieniem upomnienie, dlaczego nie czekał, nie wyrzekł się, by zyskać inne, głębsze, upragnione uczucie kobiety, którą utracił. Za Grace płacę teraz...

– Spodziewasz się dziecka?

– Syna – odpowiedziała z taką pewnością, jakby to było przesądzone. – Radża chce syna. I ja też.

Wpatrywała się w Tereya wielkimi, pełnymi blasku oczami, pragnienie z nich biło, a może chciała drogie rysy utrwalić, przekazać nie narodzonemu. Przecież nigdy jej nie kochałem – pomyślał ze zgrozą – tylko byłem pod jej urokiem, próbowałem, jak pies ostrzyłem sobie zęby, zanim ruszyłem nowym tropem. Czuł niechęć, była brzemienna, pełna tamtego. Tak bardzo chciał, żeby to nie było jego dziecko, że z góry się go wyrzekał, przyznawał radży niewątpliwe ojcostwo. Margit, odzywało się jak skowyt psa drapiącego zawarte na głucho drzwi, Margit, tylko Margit...

Usłyszeli bliski tętent, przykłusował radża. Koń bielał w ostrym świetle, omiatał zad smagnięciami ciemniejszego ogona, rzucał łbem, żując znienawidzony munsztuk. Istvan widział tylko buty z cholewami, iskrę opuszczonej ostrogi i dłonie w rękawiczkach, które ściągały zebrane wodze. Głowę radży odcinał falujący w podmuchach niski dach opuszczonej markizy.

– Hallo, Terey – głos radży przerywała zadyszka po niedawnym galopie – dobrze, że cię spotkałem, ostatnio stronisz od nas. Wiem, że masz do mnie urazę... Ale przecież ja ci nie zabraniam patrzeć, jak to dawniej robiłeś, na Grace, zwłaszcza teraz – zadławił się triumfującym śmiechem.

– Dokuczasz mi – broniła się opędzając przed podejrzeniami.

– Ani myślę ciebie pozbawiać wielbicieli – sparował, a koń pod nim zatańczył i wykonał półobrót, by pod nieznacznym naciśnięciem łydki wrócić na miejsce zryte kopytami.

Istvan gwałtownie wynurzył się spod falban sucho łopoczącej, błękitnej markizy i z podniesioną wyzywająco głową zajrzał radży w twarz, tłustawą, spoconą i przyjaźnie uśmiechniętą. Odetchnął, oparł dłoń o kark koński, dreszcz przebiegał skórę, pogładził gładki włos.

– Dobry koń – zachwalał radża. – Chcesz się przejechać? Spójrz, wszystko, co mam, jest do twojej dyspozycji – rozwarł szeroko

wyciągnięte ręce, jakby go chciał do piersi po bratersku przycisnąć
– a ty się boczysz...

– Dzięki. Zostanę z Grace.

– Tylko jej nie porywaj, czekajcie na mnie. Napijemy się coca-
-coli... No, nie krzyw się, mówię tak, żeby Grace nie było przykro,
my dostaniemy coś mocniejszego.

Dopiero teraz spostrzegł, że na czerwonym fraczku klubowym
radży nie ma krepy, która przekreślała lewą klapę.

– Poweselałeś, odkąd zdjąłeś żałobę – stwierdził ze zrozumieniem.

– Zdjąłem, bo mój starszy brat żyje – skrzywił się cierpko. –
Umarł, został spalony, popioły wrzucono do Gangesu, a teraz
zmartwychwstał i grozi mi procesem. Był już u mnie jego adwokat, słynny pan Czandra.

– Przecież to twój wspólnik, chyba możesz się z nim dogadać...
Zmartwychwstał? – Terey wzruszył ramionami. – Obłędna historia.

– Zapominasz, że jesteśmy w Indiach – radża rozplątywał koń-
ską grzywę, bawił się jak frędzelkami serwety na kłopotliwym
przyjęciu. Wrzawa kłusujących dzieci niepokoiła konia, strzygł
uszami i unosił suchy łeb. – Czandra nie jest moim partnerem,
chociaż pożyczałem mu spore sumy pod zastaw, obawiam się, że
i mnie chce z wdzięczności oskubać...

Nim połaskotał bok klaczy ostrogą, skoczyła w płynny galop,
kładąc uszy, wyrzucając pysk do przodu, jakby chciała kąsać.

Radża siedział dobrze, umiał jeździć, musiał mu to Istvan przyznać, ścigając wzrokiem szybki bieg konia i rytmiczne ruchy sprężystych nóg, póki nie znikli za ścianą żywopłotu, nad którym bielały stajnie.

– Co to za historia, Grace?

Siedziała z twarzą usypiającej madonny, skupiona, jakby nasłuchiwała, brzemienność jej nie szpeciła, raczej przydała powagi
i cichej dojrzałości, uroku, jaki ma sad przed owocobraniem.

– Kopie – rozchyliła usta w nieśmiałym uśmiechu, przyciskając
obie ręce do łona – pierwsze ruchy czułam po lewej stronie, pod
sercem. Będzie chłopiec.

Spoglądał na nią z uczuciem winy, zakłopotaniem i odrobiną zniecierpliwienia, jak patrzy się na psa, który nie pojmuje rozkazu, choć pręży się w przyjaznej gotowości aportowania.

– Pytałem cię...

– Ach, nie nudź, jak on wróci, wszystko ci dokładnie opowie, będzie zachwycony, że ma komu... Kiedy do nas przyjedziesz? – podniosła duże, chłonne źrenice. – Myślałam, że już się od ciebie wyzwoliłam, a wystarczy... I powraca jak płacz skrywany, ściska za gardło myśl o tym, co mogło być, co bezwolna odtrąciłam. Kiedy ciebie zobaczę? Czekać na łaskawy przypadek?

– Po co się spotykać? Masz własne życie.

– Już niedługo będzie i jego – położyła dłoń z czułością na wzniesieniu łona. – Zjawi się mały gość i trzeba go będzie prowadzić po świecie. Tamtej nocy spadało tyle gwiazd – mówiła jakby tylko do siebie, sennie, pomału.

Nie poznawał jej, błysnęły mu łuki rakiet, osuwały się łzy świetliste, przeniknął go dreszcz na wspomnienie obłąkanego zuchwalstwa, jakie popełnił.

– Jedna zapadła we mnie. Jest, czuję, że świeci. Nikomu bym nie powiedziała, tylko tobie, ty zrozumiesz...

Siedzieli bez ruchu, nachyleni, jak się czasem w półśnie zdarza, niezdolni do żadnego gestu. W dali ucichła galopada kucyków i słychać było przechwalających się małych jeźdźców, piskliwe głosiki i strofowanie matek, które siedziały w cieniu akacji na rozścielonych pledach, nie spuszczały oczu z rozfiglowanej dzieciarni. Skrzypnęły skórzane cholewy, cicho i srebrnie zadzwoniła ostroga.

– Budzę was – szepnął radża, pochylając się nad zadumaną parą – dość tego sam na sam. Wstawać i jazda, zabieraj się, Istvan, z nami.

– Jestem wozem – opierał się jeszcze.

– Pojedziesz pierwszy, chcę mieć pewność, że do nas trafisz – położył mu rozgrzaną dłoń na ramieniu.

Grace już się podniosła i jakby nabrała ochoty do życia, bo ujęła ich obu pod ręce, pociągnęła ku drzwiom.

Kiedy przechodzili środkiem sali, nie odpowiadając na korny ukłon barmana, wydawało się Istvanowi, że drzemiący w rogu major Stowne uniósł dłoń z poręczy fotela, dając sygnał, że raduje go zgoda i udało mu się spełnić rolę przeznaczenia, popychając ku sobie zakochanych.

Nim doszli do drzwi wyjściowych, poszarzało i sypnął rzęsisty deszcz, zatrzymała ich świetlista kurtyna. Ulewa śpiewała, świergotała strugami z dachu przepełnionych rynien zarosłych młodą trawą wysianą wiatrem. Służący na bosaka podbiegł bezszelestnie i podał im wielki, czarny parasol. Radża puścił łokieć żony. Terey niepewny, czy był to gest uprzejmości, wyróżnienia, czy po prostu tamten przeznaczał go do czynności służebnych, ujął parasol z blaszaną marką londyńskiej firmy i osłonił kobietę. Przytuliła się do niego, palce oplotły jego dłoń – nie, nie! – krzyczało w nim – tulimy się, bo parasol... Sprowadzał ją po ociekających stopniach do auta stojącego między drzewami, kierowca wyskoczył, by im drzwiczki otworzyć, próbował wyrwać parasol Istvanowi. Terey otrząsnął się jak zmoczony pies, bo poprzez liście ciekło strugami.

– Dziękuję – szepnęła Grace, zgarniając sari, zsunęła sandałki i tupała obryzganymi, bosymi stopami. Jaskrawo lśniły jej wiśniowe paznokcie.

Teraz Istvan pod parasolem przeprowadził radżę. Jestem podły – przemknęło mu – mój niby - akt pokory i zadośćuczynienia, czyżby ona tylko tyle była dla mnie warta?... Margit, Margit – zakołatało bólem jak żałobny dzwon, z trudem powstrzymywał się, by nie uciec wozem w otchłań ulewy. Zamknął parasol i z otwartych drzwiczek austina rzucił służącemu, który go złapał w locie.

Patrzył przez chwilę na błękitny dymek pykający spod zielonego, szerokiego wozu radży. Za tylną szybą majaczyła ciemnowłosa Grace powiewając dłonią. Napomniany klaksonem ruszył wyprzedzając limuzynę radży. Austin wtoczył się miękko na białą od bryzgów ulewy asfaltową szosę.

Aleja zmroczniała, wielkie liście drzew, ugięte pod nadmiarem chlustającej wody, rozcapierzały się, chłonęły parującą wilgoć.

Niemal słyszał chciwe siorbanie roślinności, liście, trawy, ssąc ciepłą ulewę, zdawały się puchnąć. Nawet powietrze pozieleniało.

Łysiejący starszy pan aż podskakiwał na fotelu z niecierpliwości. Korciło go, żeby wyprzedzić za spokojny tok opowiadania, ale skarcony spojrzeniem radży cichł, gniewnie łypał wypukłymi oczami i głośno popijał kawę. Istvan zwęszył znajomą atmosferę domu, zapach wilgoci i zgaszonych cygar, korzennych przypraw i mdło, jak zagon kwitnących ziemniaków, pachnący pęk narcyzów w szklanym wazonie na posadzce.

– Po śmierci starszego brata cały majątek przechodzi na mnie – tłumaczył radża.

– I przedtem miałeś dosyć – wtrącił teść.

– Tak, ale bodaj uprzejmość wymagała, żebym swoje operacje finansowe bratu przedstawił do uznania... Więc gdy zmarł, chyba niedoczynność serca, zawsze był wątły, przypadł mi cały majątek. Istniały spisy spadkowe, ale przecież klejnotów, dewiz, sejfów bankowych się nie wylicza, to sprawy wewnątrz rodziny.

– Dobre obyczaje – wtrącił Terey – dyskrecja zapewnia zmniejszenie opłat spadkowych...

Vidżajaveda skinął głową, że się zgadza.

– Ciało wyniesiono wieczorem nad rzekę. Stos był okazały, my nie szczędzimy kamforowego drzewa naszym zmarłym – zaznaczył radża. – Ciało spoczywało jakby w małym domku, obłożone aromatycznymi szczapami. Wylano z dzbanów topione masło... Kiedy kapłan przytknął do czterech rogów pochodnię, całe niebo zaczęło grzmieć i spadła ulewa. Stos dymił, jednak ogień chwycił. Lało, więc nie było na co czekać, zleciłem służbie, żeby dopilnowała spalenia zwłok, a sami schroniliśmy się do aut i później odjechaliśmy do zamku – pochylił głowę w zamyśleniu i dopiero po dłuższej chwili dorzucił: – Zameldowano mi nazajutrz, że zwłoki zostały spalone, a popioły wrzucono do rzeki. A teraz on się zgłosił... I upomina się o swoje prawa – uderzył z pasją pięściami po rozchylonych, tęgich udach.

– Zaraz, powoli – uciszał go radca. – Więc poznałeś go? To naprawdę twój brat?

Radża odwrócił głowę w stronę okna zmywanego zacinającą ulewą, w oczach miał smutek.

– Poznałem i nie poznałem. Jest tak straszliwie poparzony, wszędzie blizny pozrastane nierówno...

– Jednak musi pamiętać bodaj parę spraw, o których tylko ty wiesz. Możesz go przyłapać na jakichś nieścisłościach, wspominając wydarzenia z dzieciństwa, starą niańkę, psa, zabawki?

– Właśnie, że to nie takie proste... Niektóre sprawy zna, innych zdaje się nie pamiętać, skarży się na płomienie, które mu w głowie przeszłość wyjadły. Chyba cierpi... Wiesz, ja bym chciał, żeby to był mój brat, ale boję się jakiegoś oszustwa.

– Służba to ciemne chłopy, są tak spragnieni cudowności, że od razu go przyjęli jak swego pana – złościł się stary Vidżajaveda. – Wmawiają w nas, że to prawdziwy radża, tak tego chcą, że niedopałkowi stale opowiadają nowe szczegóły, a on wżywa się w swoją rolę. Jeszcze miesiąc, dwa i poczuje się starszym bratem, zażąda udziału w interesach, szczegółowych rozliczeń... On się różni tym od zmarłego, że wie, czego chce.

– No dobrze, ale co mówią obsługujący plac kremacji? – dociekał Terey. – Czy jest jakiś cień szansy, że mógł ocaleć? Co stwierdza lekarz? Przecież chyba sprowadzaliście lekarza?

– Wszystkich już przesłuchał mecenas Czandra, wobec wyraźnego cudu przyznają się, że stos niedopalony zagasł w ulewie, zwłoki wrzucili do Gangi, żeby spłynęły z wodą... A drewno sprzedali, przydało się na inne pogrzeby, bo przynoszono nowych zmarłych. Przysięgają, że zwłoki były na wpół zwęglone, co potwierdzały straszliwe blizny i zniekształcenia. Nikt dobrowolnie, nawet żeby zdobyć taki majątek, nie dałby się tak okaleczyć. Powiada, że czuł, jak płomienie szarpią, wygryzają mu ciało, ale nie mógł się ruszyć ani zawołać o pomoc. Dopiero gdy rozrzucono dymiący stos i zepchnięto ciało do wody, wróciła mu przytomność, bogini Durga nakazała, by go wody niosły, lizały mu rany łagodząc cierpienie – w głosie starego Vidżajavedy pobrzmiewała ironia, spoglądał na córkę szukając poparcia, ale Grace milczała.

– Rano niby się ocknął, łagodnie złożony na piasku, zaczerpnął wody, ugasił pragnienie. Zaopiekowały się nim kobiety, piorące nad rzeką. Nie wiedział, kim jest, ale stopniowo we snach niebieskie siły oddawały mu przeszłość. – Rozumie pan? – kiwnął na Tereya. – Wszystko jest to cudowne, niezwykłe, wzruszające, tylko że chodzi o pieniądze, o grube pieniądze... – podrygiwał, aż mu ze szklanym brzękiem spadła łyżeczka na kamienie posadzki.

– Niesamowite – westchnął Terey. – I jak tu wrócił?

– Przywiózł go mecenas Czandra. Spotkał w grocie nad rzeką, otoczonego czcią, hołdami... Wieśniacy go żywili, składali mu ofiary, przecież był widomym dowodem, że można umrzeć i powrócić z łaski bogów...

– A skąd się tam wziął Czandra? – dopytywał podejrzliwie Istvan. – Czy nie za wiele tych zbiegów okoliczności?

– Czandra jest pobożnym Hindusem i przyszedł obmyć się z grzechów w świętych wodach, usłyszał o nowym sadhu, więc udał się, by wyprosić błogosławieństwo... Zaczęli rozmawiać i Czandra podsunął mu myśl, żeby opuścił samotnię i wrócił do dawnego życia, obiecał, że wystąpi przed sądem w jego sprawiedliwej obronie, zmusi mnie do oddania spadku, jaki nieprawnie przejąłem...

Radża westchnął, namyślał się, jak przedstawić swoje kłopoty.

– Rozprawa się odbyła, sąd musiał orzec, kim jest naprawdę ten okaleczony człowiek, tylko sąd mógł prawnie przywrócić go do życia – tłumaczył Tereyowi. – Zapytał mnie sędzia, czy chcę uznać w nim brata? No, co byś zrobił na moim miejscu? Jeśli powiem, że nie, od razu mają dowód, że to właśnie jest mój brat, bo bronię swego stanu posiadania, nie chcę mu zwrócić tego, co przejąłem po nim w spadku, a nie są to sumy bagatelne. Miałbym wszystkich przeciw sobie...

– Jakich wszystkich? – przerwał Istvan.

– Posługaczy cmentarnych, kobiety z wioski, które go odnalazły, nawet własną żonę. Tak, nawet Grace, która się go po prostu boi, żeby nie przeklął jej dziecka... No, co miałem robić, uznałem go. Został w zamku, a ja zabrałem Grace, żeby się na tę straszliwą, jakby odartą ze skóry, twarz nie zapatrzyła, i przyjechałem tutaj... Układać się z Czandrą. Tak, bo w końcu to on powołał do życia to straszydło. I napomyka, że potrafiłby go przekonać, żeby podpisał akt zrzeczenia, odszedł do swojej samotni doskonalić się wewnętrznie... Pozornie umrze radża, a narodzi się święty sadhu.

– A więc, u diabła, pytam ciebie, czy to jest twój brat, czy nie? – zżymał się Terey.

– Nie wiem, doprawdy nie wiem. Kiedy patrzę w jego udręczone oczy spod napoczętych ogniem zabliźnionych powiek, wydaje mi się, że go rozpoznaję, kiedy słucham głosu, myślę: obcy.

– Bo to oszust! – zerwał się teść i biegając po gabinecie kopał fałdy kaszmirskiego czerwonego dywanu. – Wrzucili nieboszczyka do rzeki wypłynął sto mil dalej... Przynajmniej tam go znalazły praczki.

– Och, nie męcz – odgradzał się radża uniesionymi rękami – wolę dać, niż żebym się zaparł brata. W tej sprawie jest tyle cudowności, że jedne sto mil nikogo nie zadziwi. Wiesz dobrze, co sędziowie powiedzieli, że widać musiał spłynąć na szczapach jak na tratwie. Przecież stos się nie dopalił.

– O jaką sumę chodzi ostatecznie Czandrze?

Radża spode łba spojrzał na teścia, wymienili gesty bezradności.

– Jak ja nie dam, da mu brat, bo jest kukłą w jego ręku, ufa bezgranicznie... Gotów mu nawet odstąpić połowę majątku. I jest w prawie. Czandra go wprowadził do zamku, dał szaty, służbę, majątek, dobre imię... Zrobił go moim bratem.

– No, więc zdecyduj się: zrobił, czy jest? – przypierał Istvan. – Od tego zależy dalsze postępowanie.

– Trzeba się bronić przed tym niedopalonym truposzem! – wrzasnął Vidżajaveda. – To już nie tylko twoja sprawa, ale i Grace, i tego nie narodzonego, dlaczego macie się dać okradać! Czandra wszystkiemu winien, Czandra, demon niesyty złota i wpływów.

Czy wy możecie pojąć? On się tą całą sprawą, w którą są wmieszani i bogowie, wyraźnie bawi.

– A twoja bratowa? – dociekał Istvan. – Poznała męża?

– Poznała, poznała – rozłożył bezradnie ręce. – Zrozum, od kobiet nie można wymagać rozsądku, ona się nad nim lituje.

– Nawet go chwali – parsknął teść. – On wszedł w prawa małżonka i jest sprawniejszy niż twój nieboszczyk brat.

– Więc jakie jest wyjście?

– Dogadać się z Czandrą – ugiął kark radża. – Ty go znasz, wydaje mi się, że cię polubił... Porozmawiaj z nim, przebadaj. Może puści farbę. On ma jedną słabość: lubi się chwalić. Od najlepszych cygar po zażyłość z ministrami.

– Och, pyszny jest jak sam szatan – przytaknął starszy pan, drepcząc niecierpliwie po przekątnej dywanu. – Ale jak chce zrobić pieniądze, potrafi być – opuścił dłoń na wysokość kolan – taki malutki.

– Jednak upokorzeń nie zapomina, mściwy jak raniony słoń – tłumaczył się ze swej ustępliwości radża. – Nikomu nie życzyłbym mieć w nim wroga. Zresztą jest świetnym znawcą prawa, potrafi wykopać w dawnych aktach przykłady rozstrzygnięć spornych spraw, które popierają jego wnioski, wiesz, że u nas, jak w Anglii, precedensy prawne obowiązują. Sędzia musi je brać pod uwagę. Żałuję teraz, że z nim zacząłem interesy, dałem się skusić dużym procentem i poczuciem bezkarności, które mi gwarantował.

– A ja ciebie przestrzegałem – nadął się teść. – Nie kryłem, co o nim opowiadają.

– Co nie przeszkadzało, żeby ojciec sam z jego usług skorzystał – odciął się radża. – A kto załatwiał transfer via Cejlon do Australii na konto Warda?

– Raz, dużo, szybko i koniec – ciął dłonią niewidzialne powiązanie starszy pan. – Miałem tutaj utopić majątek, pozwolić, żeby go roztrwonili na swoje planowe inwestycje? Można ryzykować, ale rozsądek nakazuje, żeby zabezpieczyć przyszłość nie sobie, tylko wam i waszym dzieciom. Ja już nic od życia nie chcę, muszę myśleć o waszym szczęściu – roztkliwiał się, jednak radża pochwycił ów fałszywy półton, bo wsparłszy obie dłonie na kolanach, pochylony do przodu, wpatrywał się w teścia z lekką drwiną.

– No, no... Dajmy temu pokój. Zabrnąłem, sam będę szukał wyjścia – zasępił się nagle, spoglądając ku drzwiom, gdzie powiew wzdymał portiery i jakby coś niedobrego wsunęło się do pokoju, ziejąc im w twarze wilgotnym chłodem, gnilnym odorem szalejącej zieleni.

– Musisz pamiętać... – zaczął poważnie teść.

– Pamiętam. Również i o gościu, którego nie powinniśmy nudzić – powiedział radża dyskretnie zaznaczając, że Terey został dopuszczony do sekretów rodzinnych, tych prawdziwych, bo dotyczących operacji finansowych.

Wytoczył się z przedwczesnej ciemności wózek. Służący, klapiąc sandałami, przykucnął koło foteli, zbierał opróżnione filiżanki stojące na posadzce i dywanie, składał je z takim szczękiem, jakby zrobiono je z żelaza, kręceniem się trochę niepotrzebnym i hałasem zaznaczał, że gorliwie pracuje. Mógł zebrać zastawę na tacę i uprzątnąć, wolał jednak wysunąć stolik-wózek, by podkreślić nowoczesność domu i swoją rangę.

Grace nie obchodziły te zabiegi, zmieniła skropione deszczem sari na ciemnoniebieskie, siedziała w cieniu, tylko po kolanach osłoniętych śliskim jedwabiem przelewały się zmienne lśnienia, błyskało złocenie sandałków i rubin paznokci.

– Istvan – podniosła głowę jakby zmagając się z ciężarem kunsztownie namotanych włosów – dobrze jest na ciebie patrzeć. Myślę, że potrafilibyśmy wrócić do dawnej przyjaźni... Wiem, że stałam się ciężka, zbrzydłam, ale to minie, będziemy znów jeździć konno... Ja wiem, że ci się teraz nie podobam...

Milcząc potrząsnął głową. Widział jej uniesioną twarz, sarnie oczy otwarte szeroko, wargi rozchylone tęsknym westchnieniem, pełne i bezwolne, nie był pewny, czy za nim, czy za dziewczęcą swobodą, radosnym władaniem wolnym ciałem sprzed małżeństwa, a może przeczuwała już ból i lękała się o los tego, który w niej się rozpierał.

– Coś się odmieniło, Istvan – mówiła jak rozkapryszone dziecko. – I Margit nie ta sama. Kiedy wzięłam jej rękę i przyłożyłam tak, że poczuła, jak on się rusza, zapłakała nagle... Wyście się wszyscy mnie wyrzekli, nawet ojciec, choć słyszałeś: wszystko robi dla mego dobra, a ja nawet nie chcę myśleć, że i mnie poświęcił interesom, one są jego jedyną prawdziwą namiętnością: mieć, posiadać. Przecież nawet drobnej cząstki z tego, co ma, nie potrafi zużyć... Mój mąż jest taki sam. Nazywają to troską, rozumnym zabezpieczeniem przyszłości, ale to jest choroba i celem są miliony funtów, dziesiątki milionów rupii, przeklęte pieniądze...

– Ale bez nich, wiesz, jak jest. Znasz życie – podniósł się przeciągając radża. – Ty, moja miła, możesz sobie pozwolić na lekceważenie pieniądza, bo zamożność jest dla nas czymś tak oczywistym jak dla biedaka powietrze, którym oddycha. Nie wierz jej, Istvan, ona ci schlebia, marzy się jej jakaś utopijna sprawiedliwość... No, zapytaj go, czym się zajmują jego koledzy w czerwonym kramie ambasady, każdy chce coś wyłuskać, nikt nie powie, że ma dość, żeby podwyższono pensję koledze, dano awans... Pomnażanie pieniądza to sama esencja życia, wszystko za nie dostaniesz: i godności, i honory, sprawiedliwość i władzę, nie ma ludzi odpornych, wprawdzie mówią – nie, ale wystarczy się potargować, ustalić właściwą cenę, zmienią zdanie.

Uśmiechnęła się wyrozumiale, jakby znała inną prawdę, chwyciła Istvana za rękę, odwróciła się w stronę radży.

– A co masz Tereyowi do zarzucenia? Zabiega o stosunki, węszy, chce zarobić? A może jest odporny na waszą chorobę.

– Ja? Nic... – rozłożył ręce z łaskawą bezradnością. – Zapominasz, że on jest poetą. – Powiedział to takim tonem, jakby mówił: niedołęgą, upośledzonym, nawet kaleką. – Istvan, strzeż się, przecież to prawie wyznanie miłosne... Będę musiał was rozdzielić, bo jeszcze wychowa mi syna na komunistę. Nie krzyw się, przecież każdą rewolucję od francuskiej począwszy robią znudzeni synkowie arystokratów, bankierów i fabrykantów...

– A lud? – zapytał przekornie Istvan.

– To krew do przelania albo głosy potrzebne do legalizacji zagarniętej władzy. Ja mogę ją mieć płacąc uczciwie złotem, nie fałszywą monetą sloganów i złudnymi nadziejami. Nie wmówisz we mnie, że macie równość, a jeśli udaje się ją osiągnąć, to jak równość często przystrzyganego żywopłotu, zbuntowaną, gotową do wystrzelenia dziczkami.

– Prawo ludu jest usankcjonowanym bezprawiem – potwierdził teść. – On się urodził radżą, musi bronić własnych przywilejów i swoich dzieci. Prawdziwa równość jest w ręku bogów, oni decydują, gdzie się kto rodzi. Może właśnie któryś z tych pogardzonych, cierpiących, głodnych, oczyszczonych z win, po zgonie wcieli się w szlachetny ród, zaczerpnie dla swego świeżo uformowanego serca naszej krwi...

– Nie, ja nie chcę! – krzyknęła Grace, kuląc się i obronnie opasując splecionymi rękami wezbrane łono. – To nie jest nikt obcy, on począł się z nas.

– Tak, to nie jest obcy – potwierdził ojciec. – To jest ktoś stąd, z Indii...

– Nie wierz, Grace, żyjemy tylko raz – pocieszał ją Istvan. – Pan jest bardzo Hindusem, panie Vidżajaveda.

– A kim, u licha, mam być?

– Bardzo panu z tym wygodnie – skończył Terey i podniósł dłoń Grace do ust, ceremonialnie, jakby przepraszając za słowa, które musiały ją dotknąć. – Czas na mnie...

– Kiedy się zobaczymy? – odprowadzał go radża poklepując przyjacielsko. – Nie musisz czekać na specjalne zaproszenie, wiesz, jak cię oboje lubimy.

Auto stało w półmroku polśniewając od wilgoci, wczesny wieczór rozwlekał wonie kwitnących drzew, pociła się rozszalała zieleń, pełna szelestów, cykania grubych kropel, sykliwego ściekania strużek deszczowych. Światło lamp, przywalonych rozrastającymi się gałęziami, zdawało się śpiewać namiętnym głosem rozedrganych owadów. W ten jęczący z rozkoszy obłok wpadały jak skrawki stężonego mroku nietoperze, dziurawiły mżącą gęstwę tańczących ciem, polnych koników, gzów, skrzydlatego plugastwa, które wyroiło się spod obmokłego listowia, z kałuż, wypróchniałych pni, parującej mierzwy, szczelin w starych murach i liści misternie pozwijanych w tulejki.

Wdychał narkotyczne wonie pomnażającego się życia roślinnego, nasłuchiwał grania owadów, zuchwałego furkotu wielkich chrząszczy, które buczały mu wprost w ucho i jak kamyki staczały się po blachach wozu. Kiedy zapalił reflektory, struga światła dobyła rozkrzyżowanego człowieka w bieli, czokidar uwiesił się na kutej z żelaza bramie, chciał otworzyć oba skrzydła jednym szarpnięciem ramion.

Margit musi być chora, inaczej nie pokazałaby, że ją coś dręczy... Dlaczego płakała? Zazdrość? – rozgryzał jedno zdanie, które go drasnęło w usłyszanych zwierzeniach. Zawstydził się, że właściwie spotkanie z Grace tak go niewiele obeszło, czyżby Margit miała słuszność, z okrutną szczerością mówiąc o „ścieraniu tablicy". Grace mu się tylko podobała, budziła pożądanie. A teraz pogrążył się w żywioł miłości, który go wyniesie albo zgubi.

Nie miał sił wracać do domu, słuchać narzekań kucharza i jałowego raportu wartownika, który przedstawi swoją przyszłość w słowach tak pełnych wdzięczności, że będzie trzeba wyłożyć pokaźną sumę na urządzenie wesela. I tak tego nie uniknie... Zamknąć się w sypialni z książką w ręku, palić papierosy i drążyć, przetrząsać wydarzenia ostatnich tygodni? Dlaczego ona milczy tak uporczywie? Przecież była w Delhi parokrotnie i przysiągłby, że nic nie zapowiadało rozstania. Jeszcze słyszy jej szept ciepły, przy samym uchu, czuje łaskotania włosów na policzku – jestem z tobą taka szczęśliwa. Jeszcze wspólnie odwiedzili wystawę Rama Kanvala, obrazy w ciemnej sali klubowej mimo zapalonych świateł traciły siłę, poszarzały. Opaśli Hindusi, Sikhowie w turbanach z brodami świecącymi od pomady, snuli się niemrawo, koszule wypuszczone na wierzch, pomarszczone białe spodnie sprawiały wrażenie sennego rozmamłania. Przystawali przed płótnami, wymieniali szeptem złośliwe uwagi i chichotali w pięść, używali wydrukowanego programu jak wachlarza. Profesorowie Akademii skupili się wokół artysty z twarzami zatroskanymi jak na pogrzebie. Największe zainteresowanie budziły karteczki z napisem: sprzedane i wymienioną ceną. Dopóki radca nie przyszedł z panną Ward i przywołani na świadków nie wsparli malarza, uważano obwieszczenie za chytry chwyt reklamowy. Dyplomatów stawiło się zaledwie paru, nie była to odpowiednia pora, za gorąco, kto mógł, uciekał w góry. I Rosjanom wystawa nie przypadła do gustu, choć u siebie mieli już malarzy poszukujących czegoś nowego. Jedynie Jugosłowianie kupili dwa obrazy i jedno duże płótno wzięła za trzydzieści rupii Akademia do przyszłego muzeum współczesnej sztuki, na razie obiecano, że będzie wisiało w korytarzu.

Margit, pełna radości, gotowa wszystkich uszczęśliwić, namówiła wtedy Connoly'ego, by pozował Kanvalowi do portretu, dopilnowała, żeby wpłacił zaliczkę. Drobne na pozór sukcesy, ale skrzętnie obserwowane przez konkurentów, podniosły autorytet malarza i po wernisażu ukazały się w prasie pochlebne omówienia, oprócz skrajnie prawicowej gazetki, która go nazwała wywrotowcem, wrogiem ojczystego pejzażu i, co gorsza, urody hinduskich kobiet.

Margit była jeszcze dwukrotnie w stolicy i raz na sobotnią noc wpadł do Agry. Nic nie wskazywało, że nagle przestanie odpowiadać na listy, że nie będzie podejmowała telefonu.

Jechał ulicami Delhi, opustoszałymi po niedawnej ulewie. W światłach żółto zamajaczył umykający szakal podobny do małego liska. Istvan dostrzegł dwa dalsze, jak z kocią zręcznością zeskakiwały z pak pełnych śmiecia i popiołu, usłyszał ich zawodzenie podobne do płaczu zgubionych dzieci, aż się serce ściskało.

Kanval... Szczerze chciał mu pomóc. Operując samymi nożycami mógł nieco zmienić ton recenzji, które przesłał do ministerstwa jako argumenty ponaglające zaproszenie malarza. Była szansa, że wykołacze stypendium, ułatwi mu wyjazd do Węgier, a więc do Europy, gdzie powinni się poznać na jego sztuce, ocenić indywidualność. Z rozmów, z tonu pełnego żarliwej prośby i nagłych przypływów nadziei odgadywał, że ten wyjazd był nie tylko próbą ostateczną, ale ucieczką, wydobyciem się na powierzchnię, z mrówczego dreptania, walki o powszedni ryż, o koszulę na grzbiet, o łaskawe uznanie dla sztuki, która nie da się przeliczyć na rupie.

Koło ruin Dżantar Mantar, których ogromne wychylone w niebo kamienne łuki królewskiego astrolabium majaczyły nad wierzchołkami palm, zamyślony nie dostrzegł, że drogę mu zajechał jasny citroen, zmuszając, by stanął koło krawężnika.

Z wnętrza wyskoczył drobny człowiek i rzucił się rozkładając ręce powitalnie prosto w światła reflektorów.

– Marzyłem, żeby cię spotkać – wołał Nagar, obejmując tak szybkim i gwałtownym uściskiem, poklepując i trzymając ruchliwymi dłońmi, jakby Istvan był pniem drzewa, na który chce się wdrapać. – Wielkie nowiny... Ja to przewidywałem. Ja to czułem! – triumfował. – Nos mnie nie zawodzi.

– A ja szukam...

– Wszystko będzie – nie dopuszczał do głosu, trzymał za rękaw wlokąc za sobą – i nowiny, bom-bowe – delektował się wagą tego słowa – i skromna, kawalerska kolacyjka; poczekaj, bo to nie mniej ważne, aperitif: martini z cytrynką i kroplą dżinu, ale dosłownie tylko na drugi posmak, może być Dubonnet, filiżanka rosołu z żółwia, mały, jak trzeba, nie te wielkie płaskie trupojady, ja wiem, ja wiem – z góry gasił zastrzeżenia i wątpliwości – potem kuropatwy i czerwone, ciężkie, ja wino mogę wąchać, ale tym mnie uradujesz i pomalutku, bez pośpiechu opróżnisz buteleczkę. Nie ma co dla służby zostawiać, oni się na tym nie znają. Anglicy to prostacy w sprawach kuchni, wystarczy im śmierdząca whisky. Więc od kogo Hindusi mieli się nauczyć?

Mimo hałasu, szybkich nieskładnych ruchów, wyciągnął plastikową teczkę, zamknął auto kluczykiem. Mokre gałęzie alejki ocierały im się o ręce, otwarty dom buchał żółtym światłem. Na progu siedział łaciaty legawiec, nie wybiegał panu naprzeciw, tylko ziewnął szeroko i od niechcenia pomerdał ogonem.

– Jak się masz, Trompette – tarmosił obwisłe ucho Nagar. – Stare psisko i jeszcze głupie, myśli, że złapie szakala. Kiedy o zmroku zaczynają biegać koło domu, popłakiwać i dobierać się do śmietnika, suka dostaje szału, trąca mnie nosem, skubie i prowadzi do stojaka ze strzelbami, ona mnie wprost namawia do morderstwa, a kiedy jej tłumaczę, że do szakali się nie strzela, spogląda z wyrzutem, a nawet okazuje pogardę, bo odchodząc potrafi grzebnąć ze wstrętem tylnymi nogami, jakby zasypywała...

W niewielkim hallu pełnym światła pachniało drewnem płonącym na kominku. Nagar przykucnął, wsunął ręce, przeczesał rozczapierzonymi palcami płomienie.

– Nie znoszę wilgoci. – Pokazał na ściany zawieszone skórami antylop i bawołów, między pękami włóczni z wiechciami czerwono barwionych końskich grzyw wystawał jak zamurowany po szyję rogaty, odrażający łeb indyjskiego nosorożca. – Kupiłem go – przyznał uczciwie – prawda jaki ładny? Czołg natury. Ja bym nie strzelał, zostało ich jeszcze mniej niż nas – pokiwał głową.

Dwaj służący o ruchach sennych i spojrzeniu lepkim, niemęscy, świadomie obnoszący swoją urodę, dobywali butelki z rzeźbionej skrzyni, wysłuchawszy ze skupionym wyrazem twarzy rozkazów pana wypowiedzianych w hindi, nalewali kieliszki, cieniutko strugali aromatyczną skórkę cytryny.

Nagar sam dolał odrobinę dżinu, odliczał krople z namysłem aptekarza. Spróbował węsząc, prawie maczał koniec nosa w kieliszku i uzupełniał proporcje z prawdziwym znawstwem. Samo patrzenie na te obrzędy budziło nie pragnienie, a pożądanie.

Kiedy trzymali pojemne kieliszki, pachnące lasem i ziołami, z przechylonym księżycem talarka cytryny, a czerwonawy grzebień płomyków drgał w głębi paleniska, słysząc poprzez ciemny korytarz ćwierkanie dalekopisu, Istvan zapytał nieśmiało:

– Miałeś mi powiedzieć...

– Zaraz, ty nienasycony. Mało ci? Jeszcze chcesz niepokoju ze świata jako przyprawy? – przechylił głowę jak ptak, który się zastanawia, z której strony napocząć skórkę chleba. – Po dwudziestym zjeździe on dopiero zrozumiał – szydził zmieniając głos na rzeczową relację spikera radiowego. – „Pojąłem, że waga i skutki błędów są gorsze, niż sądziłem... Szkody wyrządzone naszej partii są znacznie większe, niż mogłem przewidzieć". Kto tak mówi? Coś dla ciebie Istvan, specjalnie dla ciebie. Sam Rakosi Mátyás. I pot mu zrasza łyse ciemię. Bo wie, że to mowa pogrzebowa, którą nad sobą wygłasza. A nie jest pewny, czy mu pozwolą odejść, czy nie zażądają rachunku za tamtych, których pchnął pod mur. I wszyscy na sali wiedzą, że to tamci, pomordowani, byli prawdziwymi komunistami. Patrzy wkoło i widzi twarze podobne do zaciśniętych pięści i choć zasiada jeszcze w prezydium, nie jest pewny, czy straż przy drzwiach, między oleandrami, będzie go chronić, czy już na niego czeka. Tak się mówi u was w Budapeszcie. Rakosi przepadł, sekretarzem jest Gerö, a jego zastępcą były oskarżony więzień z przyzwolenia Stalina – Kadar. I powiedz, czego ja się cieszę? To ty się ciesz! U was w ambasadzie dowiedzą się o tym dopiero jutro z gazet, a za trzy dni zniknie cała radość i dostaniecie urzędową szyfrówkę, że są zmiany, i zobaczysz, jak się twój Bajcsy zacznie ustawiać, zręcznie przełoży żagle na nowy wiatr... Ale ty masz ode mnie nowiny jeszcze gorące, korzystaj, wiesz, jak karty rozdane. Czy choć rozumiesz, co się tam stało? To są inne Węgry, jesteś przedstawicielem innego kraju niż ten, który cię tu posłał. – Niewielka jego twarz kurczyła się w gwałtownych grymasach, przypominał małpkę mocującą się z damską torebką, której rozkoszną zawartość przeczuwa, choć nie będzie wiedziała, jak ją spożytkować.

A więc Bela trafnie sygnalizował nastroje – uradował się – idą zmiany, wielkie zmiany...

– No? No i co ty na to? – żądał zachwytów stary dziennikarz. – Jeszcze ci mało? To nie są karty z rękawa towarzysza numer jeden, a żywi ludzie, czują, bo cierpieli, cudzy grzbiet nie boli, tylko własny. – Stukał skuloną łapką w chudą, zapadniętą pierś, jakby sam siedział w więzieniach, był bity w śledztwie. – Zdrowy ból, błogosławiony, jednoczy z tymi w dole, o których się zapomina, nie widzi poprzez wykazy produkowanej stali, aluminium, kukurydzy, znikali, bo ich oblazło czarne mrowie statystyk.

– Wiedziałem, że jest zjazd, trochę orientowałem się w nastrojach – próbował złapać oddech radca.

– I myślałeś, że to będzie spotkanie starych aparatczyków, rządek gipsowych popiersi na tle czterech profilów, z których ten ostatni przysłania tamte dawne, jak gwałt tłumi nadzieje filozofów... Oni i dziś, między najbardziej swymi, są oddzieleni potrójnym kordonem, niedostępni, łaskawie słuchają oklasków i mierzą czujnie ich natężenie. Mnie o tym opowiadali, wiem, jakbym tam był... Oni mieli osobną palarnię, osobną kawę, którą badał lekarz i parzył trzęsącymi rękami sam pułkownik. Zamiast rozmowy z narodem, o którym próbują decydować, układy w lęku przed nieuniknionym wypieraniem tego, nie przeczę, bohaterskiego lamusa, przez młodych, ostrożnych fachowców, inżynierów, ekonomistów, którzy mają odwagę zapytać, ile to będzie kosztowało, komu to ma naprawdę służyć... Jeśli o przyszłości decydować zaczną młodzi, nie obciążeni, bez urazów, a ze studiami i gorący, tacy, którzy są nie do kupienia i nie patrzą na przeciwnika, jak na tego, kogo trzeba kupić, a nie przekonać, możecie pójść naprzód.

Wpatrywał się w ogień, siorbnął ostrożnie koktajl i ze smakiem oblizał wargi, pożuł chwilę skórkę cytryny, a gdy się zrobiła za gorzka, wypluł resztki w głąb kominka, aż zaskwierczały.

– Wyścig z kapitalizmem. Czego ja się za ciebie cieszę? Co mnie na tym zależy? Ja nie chcę się ścigać, ja chcę żyć – cmoknął dwa razy – nie gorzej jak dziś, ale nikomu prawa do takiego życia nie będę odmawiał. Proszę bardzo, starajcie się jak Nagar, będziecie mieli...

Istvan dopiero teraz ogarnął znaczenie ostatnich wiadomości. Odejście Rakosiego oznaczało początek lawiny, serce mu waliło, zapowiadała się wielka odmiana: w Moskwie – Chruszczow, w Warszawie – Gomułka, w Budapeszcie... Kto będzie miał odwagę stanąć naprzeciw huczącego tłumu, powiedzieć prawdę i wziąć na swoje barki trud kierowania, bez wzgardliwego poczucia wyższości wobec robotników, nieporadnych, upartych chłopów... To musi być ktoś, kto jest wolny od pychy wtajemniczonych, ktoś, kto zna wszystkie upokorzenia i całą zmienność skandujących jego imię, dziś gotowych go dźwignąć ponad głowy, piastować pokornie, równie łatwo, jak wczoraj deptali z mściwym pomrukiem zawiedzionego stada.

Trompette rzuciła się nagle ze skowytem w mrok ogrodu, ujadała, buszując pod krzewami. Usłyszeli, jak w dużym pokoju aparat szczęknął, uderzając w zastawkę, urwała się długa, pozwijana w spirale taśma informacji.

Jak młynarz, którego z drzemki budzi zgrzyt stawidła, Nagar podniósł się żwawo, odstawił kieliszek i skulony pobiegł korytarzykiem. Istvan widział, jak przykucnięty przesuwa w dłoniach szarfy z wiadomościami, zarzuca je na szyję niby fakir węże.

Teraz dostrzegł, że młody Hindus, w białej koszuli z niebiesko nakrapianą muszką, podaje taśmy i nożyce, które Nagar niecierpliwie odtrąca, rwąc palcami kruchy papier, jednym gwałtownym maźnięciem klejąc informacje – robi już serwis nocny.

Istvan chętnie by mu pomógł, przycupnął obok i przechwytując gotowe zestawy nowin czytał chciwie przez ramię. Jednak wypadało poczekać. Nagar choć zna obie strony rozdzielonego świata, zmuszonego do współżycia, do zbieżnych prób ocalenia ludzkości, jednak należy do tamtych.

Powrócił z taśmą papierową na szyi zwisającą mu do kolan, lekko spocony, z zadowolonym uśmiechem krawca, któremu udała się przymiarka, klient powinien być zadowolony...

– Bezkrwawa rewolucja – drwił, sięgając po kieliszek. – Gerö już się chwali, że u nich na szczęście nie było Poznania, choć niektóre pisma na Zachodzie – stuka palcami w szkło kieliszka, aż dzwoni fałszywie – nasze, nasze, próbowały zajścia w klubie Petöfiego przedstawić podobnie, nazywając „małym Poznaniem"...

– W Poznaniu musieli działać agenci zachodnich mocarstw – obruszył się Terey.

– A w klubie Petőfiego starzy towarzysze, jeszcze z Hiszpanii, z partyzantki, i to do nich krzyczała wdowa po Rajku, żeby mieli odwagę upomnieć się bodaj o przywrócenie honoru jej zamordowanemu mężowi... – bódł go palcem. – Tam też pewnie agenci imperialistyczni huczeli na sali: „Stalin nam nasłał katów. Rakosiego pod sąd!" „To ludzie Stalina sieją między nami, towarzysze, podejrzenia o zdradę i nienawiść, byle się utrzymać przy władzy". „Walka o wolność to walka o socjalizm". Tak, to na pewno prowokacje agentów, słychać w nich szelest dolarów – szydził. – Mój drogi, jedność władzy z narodem, to niełatwa sprawa, a wiedzy o losie zbiorowym nie zastąpią raporty... No, zapytaj ich, kiedy ostatni raz chodzili zwyczajnie ulicami Budapesztu, kiedy pili kieliszek wina w knajpie, nie na przyjęciu, pod okiem tajniaków, kiedy sami coś kupowali? Wy możecie pokpiwać z królowej holenderskiej, że jeździ na rowerze, ale... No – zaśmiał się szczerze – ze mnie też kawał demagoga, Holandia, wielki mi kraj... Wyobraziłem sobie Chruszczowa na rowerze, to tak jakby go już nie było, on musi korzystać z odrzutowca, przekleństwo kontynentu, o którym przyszło decydować.

Dwaj służący wchodzili kolejno, rozstawiając na stole talerze i małe naczynka porcelanowe z pokrywkami. Zapachniało pieczenią, winem, dymem z kominka. W otwartych drzwiach szumiał deszcz i suka wbiegła otrząsając się z odrazą, zziajana i mokra.

Wypłoszone spod drzew ulewą i zwabione światłem wpadały ćmy, krążyły furkocząc wokół lamp, leżały na białym obrusie jak kosmate pąki uskubane ręką dziecka.

– Sprawiedliwość, Istvan, najlepiej zostawić Bogu, przynajmniej ja, stary Żyd czy, jak wolisz, Francuz, bo bardziej elegancko, wolałbym zostawić... Tylko, że czasami On się też zniecierpliwi, On też może mieć dość i powierza do załatwienia ludziom. Umarłym życia nie wróci, połamanym w środku nie podrutujesz serca jak garnka, muszą więc winni zapłacić. A jeśli ich wszystkich osłonią ci nowi, którym lud teraz powierza władzę, żeby mieć wreszcie tę swoją sprawiedliwość, mogą być kłopoty, jeśli za długo przyjdzie czekać – mówił gwałtownie, z pasją, póki nie doszła go lekka, łaskocząca w gardle, zmuszająca do przełykania śliny woń rosołu żółwiowego, wtedy zerwał się z taboretu stojącego przy kominku, potknął o psa, który spojrzał na niego z wyrzutem, i dopadł stołu. Uchylił pokrywki na jednej z filiżanek bez ucha i odetchnął z ulgą.

– Jest, a tak się już zdenerwowałem, wydało mi się, że zapomnieli przyprószyć po wierzchu drobno posiekaną natką. Bez pietruszki to mdłe jak – zawahał się i wypalił – jak odnowa bez sprawiedliwości, mdłe, odesłać z powrotem do kuchni, niech dalej pichcą.

Kiedy już rozsiedli się za stołem, a suka położyła Nagarowi ciężki łeb na kolanach, zapytał z dziecinnie chytrym uśmiechem:

– Czy ty wiesz, po co się sypie pietruszkę do takiego rosołu? Żeby przeszkadzała się spieszyć, żebyś nie chłeptał, tylko smakował... Zgrzanemu koniowi też wtykasz wiecheć siana do wiadra, nim go napoisz po biegu, żeby cedził przez zęby, zdrowiej, dłuższa przyjemność... Tylko po co ja ci to mówię? Ty jesteś Węgrem, z pastuchów i koniokradów, niegłupi naród, gdy myśmy kołowali na piechotę po pustyni, wyście sobie jechali z Azji konno jak hrabiowie.

Jednak nie mogli spokojnie dokończyć kolacji, bo zaczęli wpadać na rowerach gońcy z delhijskich redakcji, okryci pelerynami, z których ściekała woda, i dopominali się o serwis, nie z Węgier, tylko z Jugosławii.

Zaniepokojony Nagar rzucił się do pokoju z dalekopisami, węszył jak ogar, grzebał w zwojach zadrukowanych taśm, przerzucał je za siebie, klął pomocnika Hindusa, Trompette potrząsała pyskiem pełnym szeleszczących wstęg, powiązani białymi skrętami serpentyn wyglądali jak współczesna grupa Laokoona w szydliwym projekcie Salvadore Dali.

– Jest. Mam nareszcie! – krzyczał podrygując, a suka próbowała chwycić kręcone końce taśmy, uciekające jej sprzed pyska. – Ona wie. Ona już rozumie, że to była ważna wiadomość, a tyś, senna kukło, przegapił – wymyślał urzędnikowi, który niewiele się tym przejmował, patrzył rzewnie, usta mu się składały jak do płaczu, zbyt jawnego, żeby był prawdziwy. Nagar ucichł, głaskał po ciemnej dłoni i na pocieszenie ucałował w policzek. Istvan widział, jak tamten za plecami szefa uśmiechnął się zadowolony i zapalił papierosa. – Wszystkiego muszę sam doglądać – żalił się Nagar. – Popatrz... Ważna depesza: deklaracja Tito, Nasera i Nehru na wyspie Brioni, oczywiście u nas kolejność nazwisk zmienimy, Nehru pójdzie pierwszy. Popierają dążenia wyzwoleńcze Algieru. Teraz rozumiem, dlaczego się tu kręci Sheriff, prawdziwy Rifen z Atlasu, szuka dojścia do korpusu dyplomatycznego. Przedstawiciel państwa, które jest jeszcze prowincją francuską, i członek rządu, który nie pozwala się nawet fotografować... Co za czasy! – zacierał dłonie. – Urodzaj na wydarzenia, dobrze być choćby depeszowcem.

Telefon naglił i Terey czując, że przeszkadza, zaczął się żegnać.

– Gwałt, całe życie krzyk nade mną, że świat się pali – ciągnął go Nagar z powrotem do stołu – ale jeszcze ten kieliszek burgunda musisz wypić. Dobry rocznik, od ambasadora Strovskiego dostałem, jego rodzina, jak i moja, też z Polski, ale to galicyjski hrabia ten nasz ambasador, choć zna tylko dwa słowa po polsku, oba paskudne... I wierz tu w sentymenty, w dziedzictwo krwi. No, jak kuropatwa? – dziobnął widelcem, pomagając sobie palcami oderwał płat mięsa z piersi, utaplał w złotym sosie i żuł ze smakiem. – Nie musi długo kruszeć, poleży pół dnia w serwatce i już łapie wiatr – z lubością posługiwał się myśliwskimi terminami. – Jedz, Istvan, nie oglądaj się na mnie. Tego ci twój kucharz nie potrafi przyrządzić.

Chodził po pokoju, obgryzione kostki ciskał w żar kominka, palce dał suce do oblizania, a potem wytarł o taśmy dalekopisu, które przywlókł aż do jadalni uczepione na bucie.

– Ser? Kawa i koniak? Ach, barbarzyńco, barbarzyńco, tak jakbyś się ubrał we frak, a zapomniał skarpetek do lakierków. No, skoro musisz, to uciekaj – klepał go serdecznie. – Ja wiem, co cię pędzi. Rozumnie sprzedawaj parogodzinną przewagę nad całą ambasadą. I pamiętaj, że tu masz człowieka; prawda, Trompette?

– ale suka znowu ze skowytem wściekłości rzuciła się między drzewa zlewane ukośnie zacinającym deszczem.

Podminowany nie mógł jeszcze myśleć o powrocie do domu.

Długie bryzgi deszczu świeciły w reflektorach, jak stary, zdarty film, przelatywały zarysy drzew, wille ukryte za zielenią wybuchającą gejzerami liści bananowców. Kiedy dojechał pod mieszkanie Judyty, przez chwilę nie wysiadał, nie gasił motoru.

Uchyliła się zasłona w oknie i żółte światło rozlało się po masce austina. Sądząc, że jest rozpoznany, podniósł dłoń powitalnie i wysunął się z wozu. Ale zamiast Judyty, drzwi otworzył Ferenz takim ruchem, jakby go oczekiwał.

– Słyszałeś już? – zapytał poufnie. – Pewne, podał Londyn.

– Jak to dobrze, żeś przyszedł – płynęła przez pokój Judyta, poprawiając włosy, pozwalało to zadziwić mężczyzn jędrnością okazałego biustu. – Co z nim zrobią? Myślisz, że pozwolą mu po cichu zejść ze sceny? Nawet na emeryturze, nie pogodzony, zżerany ambicją, może stanowić punkt zapalny, jątrzyć przeciw szczęśliwszym rywalom.

– Pójdzie na boczny tor. Schowają go – Terey namiętnie skandował zdania.

– Tak sądziłem, chyba to nie jest trzęsienie ziemi tylko kosmetyka... – Ferenz patrzył mu w oczy. – Inni też byli u steru Stalina...

– Ale uchowali człowieczeństwo, skoro prą do zmian. Demokracja nie znaczy, że każdego można aresztować, skazać za nie popełnione zbrodnie, wepchnąć na lata do obozu czy rozstrzelać – głos Istvana dźwięczał pasją. – Każdy rząd może się znaleźć w takim położeniu, że musi się uciec do gwałtu, zwłaszcza rewolucyjny, różnica, ta zasadnicza, polega na tym, że gwałt nie może być jedyną formą kontaktu z obywatelami... Podobnie jak kłamstwo, bo przyznasz, że każdy rząd musi kłamać lub przynajmniej przemilczać wiele spraw, które ludzi dotkliwie obchodzą.

– Istvan, nie podoba mi się twoja analiza – zaniepokoił się Ferenz. – Na czyją stronę tyś się przemknął? Czy nie za blisko kapitalistów?

– Ja? To właśnie ty. Podle nam płacą w ministerstwie, każdy żyje nadzieją, że wyskoczy za granicę i złapie trochę dewiz, opierzy się, obsprawi, co nieco odłoży. Może nawet zrobi parę drobnych interesów na boku... Nie myślę o nadużyciach, tylko bywają okazje, na które przełożeni patrzeć muszą przez palce.

– Nie rozumiem do czego zmierzasz – odgrodził się Ferenz.

– Rozumiesz, doskonale rozumiesz – szepnęła przyzwalająco Judyta, mrużąc oczy.

– Potwierdzam twoje obawy. Zmiany będą. Musi być demokratyzacja ustroju, który nazywał siebie najbardziej demokratycznym, ale ileśmy zapłacili, dopiero nam podadzą za pół wieku historycy. Ludzie tępi muszą odejść, to dopiero się zaczęło, i lepiej ich nie stawiać pod mur, bo będą się bronić, opierać rozpaczliwie i jednoczyć. Trzeba ich odsyłać na emeryturę, na zasłużony odpoczynek, bardzo się natrudzili, niech już zabiorą się do pisania pamiętników, w których siebie wybielą, a wyjawią prawdę o przyjaciołach, dajmy im czas, żeby się dogrzebali sumienia, a bodaj roztkliwili nad własną niedolą.

– Myślisz, że to lawina?

– Tak samo myślę jak ty – popatrzył mu twardo w oczy. – Wiesz, że i Stary...

– Nie spiesz się, Istvan, z potępieniem.

– Masz nadzieję, że przetrzymasz ambasadora – cedził z grymasem niewiary Ferenz – a więc i mnie... Ach, ty poeto, poeto – szeptał wzgardliwie.

– Nie kłóćcie się, stoicie nastroszeni jak dwa koguty – łagodziła Judyta – a przecież jesteśmy w końcu jednego zdania.

– Nie wszyscy – odwrócił się niespodzianie Ferenz. – Nie przeszkadzam, sami uzgadniajcie.

Ukłoniwszy się, wyszedł.

– Poniosło cię, też sobie wybrałeś powiernika – wzruszyła ramionami Judyta, usiadła na tapczanie i patrzyła z troską. – Nie tylko możesz nawarzyć sobie piwa takim gadaniem... Wiesz, jaki on jest.

– Boi się – wzruszył ramionami – o swoją skórę.

– A ja o ciebie – powiedziała ciepło. – Ty jesteś prawdziwy narwany Węgier, nie zawsze milczenie musi być zdradą, a rozwaga poddaniem, ty chciałbyś iść przebojem... Nim Koloman Bajcsy odejdzie, a ma powiązania i wpływy w kraju, może ci dużo krwi zepsuć. Nie wierz jego nieruchawości, umie uderzać. Nawet gdyby go odwołali, jeszcze długo jego opinie będą miały swoją moc. Dawniej mówili, że człowiek składa się z duszy i ciała, potem dodano paszport, dziś – całą kartotekę z napisem: poufne. Ty wiesz, jak ludzie kochają mówić źle o drugich – przechyliwszy głowę zwilżyła końcem języka wargi i uśmiechnęła się bezradnie. – Nawet ja.

– Nie – potrząsnął głową. – Zbyt długo się znamy. Ty jesteś dobra. Z sercem.

– Nie licz na nic. Za dużo przeszłam, żebym nawet w imię przyjaźni mogła ryzykować. Mówię ci z całą szczerością: ja chcę żyć spokojnie. Dość tych romantycznych gestów, jednodniowych koalicji, kapitulacji w przeddzień ustalonego ataku, szeptanych ostrzeżeń, małych zdrad, ja chcę spokoju, i chyba przyznasz, że mi się należy. Ja znam wszystko – wydymała pełne wargi z gorzką zarozumiałością. – No, dlaczego nie pytasz?

Siedziała zgarbiona, obejmując splecionymi palcami uniesione kolano, brunatne, ciepłe źrenice spoglądały na niego zachęcająco.

– Uciekłam do Rosji przed Hitlerem. Chciałam być od niego jak najdalej. I byłam, zawieziono mnie nad ujście Obi. Co prawda rozumiem, że oni zbiegom ufać nie mogli. W strasznym wysiłku walczył ten ogromny kraj z najazdem. Pamiętam do dziś te brunatne osiedla z kłód, te straszne pnie jak martwe kolumny, zatkane kominy, las obcięty na wysokości trzech metrów... Zachodziłam w głowę, kto zadawał sobie ten bezsensowny trud? A to po prostu napadało trzy metry śniegu, drwale ścinali stojąc na nartach przy czterdziestostopniowym mrozie, od którego belki w chałupinach strzelały, jakbyś w nie walił obuchem...

Drzew było dość, nie przerąbiesz się przez ścianę splątanych pni, zdrowy cedr podtrzymuje strupieszałą brzozę, która przy dotknięciu rozsypuje się jak stoczony grzyb... Nie wyrabiałam normy. Miałam wszy, liszaje, wrzody na twarzy od meszki, tych drobniutkich muszek, które tną, rany od kleszczy, które kapały z liści... Ale jeszcze budziłam pożądanie. Załatwiali te sprawy na naradach w łaźni, dostawałam pajdę chleba. Nie gardzisz mną? Istvan, ja chciałam przeżyć. Potem zabrałam się do szycia... Tę sukienkę, co mam na sobie, też sama skroiłam. Wtedy przestali mnie uważać za niemieckiego szpiega, dostałam własny kąt, odgrodzony ścianką z desek, i panie oficerowe stały do mnie w kolejce, ubiegały się o moje względy, dawały pudełko konserwy rybnej, butelkę samogonu, papierosy. Czasem mi się tundra śni. Budzę się z waleniem serca. I oddycham, że to już poza mną. Wróciłam do Budapesztu, pracowałam w prokuraturze wojskowej. Nie patrz tak na mnie. I nie wymagaj zbyt wiele.

Spoglądał z ogromną litością. Wydało mu się, że widzi ją z wielkiego oddalenia, jak przez okular odwróconej lornetki. Przewidywała gromy, jakie spadną mi na głowę. Czy naprawdę aż tak jest ze mną źle? – oddychał niespokojnie.

– Moja droga – zaczął łagodnie – przyszedłem do ciebie, szukając swoich, Węgrów... Kiedy w Budapeszcie dzieją się wielkie wydarzenia, chyba powinniśmy być razem. Przecież ambasada to jakby kawałeczek ojczyzny, przynajmniej powinna nim być. A wy... A ty... Judyto, wiedziałem, że jestem sam, jednak nie sądziłem, że aż tak bardzo – gwałtownie zgasił papierosa. – Nie, nie lękaj się, nie sprawię ci kłopotów.

– Terey – zaczęła nieśmiało. – Istvan – poprawiła – nie chciałam cię dotknąć.

– To ja przepraszam. No, już dobrze. Nie ma o czym mówić. Do widzenia.

Ciężkim krokiem przeszedł pokój, w którym każdy mebel wydał się jakby tylko chwilowo ustawiony, jak na scenie. Nawet kwiaty, ogromne fioletowe bukiety gladioli. Nic, ani jednego obrazka, kilimu, gliniaka z kraju. Z tego pokoju mogła wyjść z walizką i kto inny mógł się wprowadzić, nic by się nie zmieniło. Podniósł jej dłoń do warg. Nagle poczuł, jak jej ciepłe pełne ramiona obejmują mu głowę. Ucałowała go po macierzyńsku w czoło i odepchnęła lekko.

– Idź już – szepnęła.

Zatrzymał się na progu.

– Nikt jeszcze nie widział, jak płaczę – powiedziała z podniesionym czołem i nagle zobaczył, że jej oczy błyszczą nienaturalnie, wezbrane wielkimi łzami, które powoli, nie ocierane staczają się po policzkach.

– Do jutra – powiedział ciepło, dotykając klamki.

Kiedy zatrzasnął drzwiczki austina, światło w oknie zgasło i jakby cały dom się odsunął, przepadł za ciężką zasłoną ulewy, która czekała tylko na tę chwilę. Wycieraczki monotonnie mrucząc ślizgały się po szybie. Zapomniał o płaczącej kobiecie, całą uwagę musiał skupić na wypatrywanie drogi. Zwierciadlane błyski zapalały się przed nim i na wpół zatarty krajobraz majaczył jak w złym śnie.

Rankiem, pełnym radosnego trzepotu, wypłukanych, aż świetlistych liści, pokrzykiwań szpaków, ledwie zajechał przed ambasadę, w przyjaznym chrupaniu żwiru pod oponami, na spotkanie wyszedł mu Ferenz i witał tak, jakby się długo nie widzieli.

– Wszystko się potwierdziło. Tytuły grube na trzy palce – oznajmił triumfalnie. – Ambasador już jest – nachylił się – ktoś musiał mu dać znać, bo dzwonił i nocą dopytywał się, co przekazał Budapeszt. Kazał szyfrantowi natychmiast dostarczać depesze.

Patrzyli sobie w oczy.

– Jest tylko komunikat. Mniej niż w gazetach.

– Już wiesz? – z przekąsem zapytał Terey.

– Szyfrant dał mi kopię, nim spalił – przyznał się wcale nie zakłopotany, tak jakby tylko oni obaj z ambasadorem mieli prawo czytania szyfrówek.

– Jak Stary?

– Mocno kopnięty, ale nie pokazuje tego, twarda sztuka.

– Dobra szkoła – przyznał Terey. – Niby co ma pokazywać? Nie-zadowolenie? Cała zręczność teraz to doszlusować do niedawnych przeciwników, tak jakby ich się od dawna wyglądało. On potrafi.

– Jeszcze nie wiadomo, czy to trwałe zmiany – zawahał się, jak-by nie wiedział, czy wszystko można Istvanowi powierzyć. – Stary zmiął depeszę, rzucił na stół i powiedział do szyfranta: „Na razie zmienili kapelusz, ale głowa została ta sama. Zabieraj te szparga-ły". Więc liczy, że jeszcze się wszystko może odkręcić.

Wchodzili po schodach na piętro, każdy do swego pokoju. Na biurku leżały już sterty delhijskich gazet. Istvan czytał wielkie nagłówki, wdychając znajomy zapach drukarskiej farby. Przed zmianami w Komitecie Centralnym na Węgrzech widniały dumne słowa o wolności dla afrykańskich narodów, deklaracja z wyspy Brioni na rzecz niepodległości Algieru. Nehru, Naser i Tito; porzą-dek nazwisk taki, jak zapowiadał Nagar.

Oczekiwał do południa, licząc, że ambasador ich wezwie i na-świetli sytuację na Węgrzech. Właściwie stawało się to już spra-wą naglącą, bo znajomi dziennikarze dzwonili prosząc, wyłącznie dla siebie, jak zaznaczali uprzejmie, o komentarze. Brakowało szczegółów, atmosfery zjazdu, informacji krajowej – wił się jak piskorz.

Za oknem upał narastał, aparat chłodzeniowy sączył lepkie po-wietrze podobne do wyziewów pralni. Ze ściany spoglądał na nie-go Rakosi z drwiącym uśmieszkiem.

– Nie ja go wieszałem, niech go Ferenz zdejmuje – westchnął ocierając pot z twarzy.

Właśnie woźny przyniósł kawę, kiedy ktoś do drzwi lekko za-pukał.

– Wejść – powiedział Terey po węgiersku, nie spodziewał się żadnych odwiedzin „strony", jak urzędowo określano gości indyj-skich z miasta. Jednak tamten nie wchodził.

Wtedy woźny uchylił drzwi. Za nimi stał gruby dostawca towa-rów importowanych do Indii, obsługujący ambasady. Stulił dłonie przed pierś i skłonił głowę rozdętą turbanem starannie ułożonym w drobne pliski, twarz mu lśniła tłusto.

– Witam pana, sir – zbliżył się do biurka. – Mam drobną sprawę...

– Zbiera pan zamówienia, panie Gupta? Prosiłem o pół tuzina whisky.

– Właśnie przywiozłem, czekają na dole w aucie. Jak pan każe, służący zaraz wniesie... A może odstawić wprost do domu?

Woźny czekał, czy radca każe przynieść jeszcze jedną kawę, Terey nie zwracał uwagi na jego pytające spojrzenia.

– A jak z płaceniem? Czek czy gotówka?

Kupiec wskazał wzrokiem na woźnego, wyraźnie świadek rozmowy mu przeszkadzał.

– No, więc, panie Gupta?

– Jest gotówka – niechętnie wyjmował z kieszeni szerokich spodni, wymiętych szarawarów grubą kopertę. – Pan Ferenz nie lubi czeków.

Próbował dyskretnie podać radcy rozdętą zwitkiem banknotów wytłuszczoną kopertę.

– Co to za pieniądze? – zdziwił się.

– Za whisky – wydął grube wargi pod przylizanymi wąsami Sikh. – Teraz tak podnieśli opłaty celne, że moi ziomkowie będą tylko pili na przyjęciach w ambasadzie...

Nagle pojmując, że radca nie odbiera podsuwanej koperty, cofnął skwapliwie dłoń i zaczął się tłumaczyć, że sekretarza nie było w pokoju, mimo że dzwonił z miasta i ustalił spotkanie.

W tej chwili drzwi się otwarły i wsunął się Ferenz, witając Guptę.

– Wyszedłem na chwilę, bo mnie wezwał ambasador. Przywieźli ci wódkę?

– Tak, i nie mogę się dowiedzieć, ile teraz płacę, podwyższono opłaty celne.

– Nie nam, Hindusom. Status dyplomatyczny. Prawda, panie Gupta?

– Tak – potwierdził gorliwie. – Dla mnie, biednego kupca, strata, dla panów zysk. Opieczętowali mi skład. Mogę sprzedać tylko to, co sprowadziłem po dawnej cenie...

– No, ile płacę? – dopominał się Terey.

– Nic. To podarunek od przyjaciela – skrzywił nalaną twarz Sikh.

– Tak nie można...

– Ale można, można – ujął kupca za ramię Ferenz i popychał ku drzwiom.

– Bierz, Istvan, jak dają. Pijąc będziesz miał czas się zastanowić, za co dostałeś.

– Niech pan bierze, panie radco – szepnął woźny. – Może i mnie pan odstąpi buteleczkę?

– Zawsze za te darmowe whisky trzeba potem trzykrotnie płacić – żachnął się radca. – Czego on ode mnie chce?

– Czekam na nowe zamówienie – skłonił się kupiec. – Mam tu nawet wypisane...

– Chodź pan do mnie, rozważymy spokojnie – wyganiał go zniecierpliwiony Ferenz. – Jak tu gorąco!

Gdy wyszli, woźny spojrzał na radcę z uznaniem.

– Mogę buteleczkę? Niech i ja coś uszczknę.

– Weźcie – machnął dłonią – i uciekajcie.

– Tak jest – wyprężył się po żołniersku. – Mnie tu, panie radco, w ogóle nie było.

Telefon zadzwonił ostro. Ambasador wzywał na odprawę. Istvan podniósł się, przeciągnął, poprawił rozluźniony krawat i zamykając drzwi raz jeszcze spojrzał na portret, łysą, stożkowatą głowę człowieka, który przez lata trząsł Węgrami.

– Przeczytałem wam komunikat – ambasador oparł się obu rękami o biurko i, odchyliwszy ciężki tułów, spojrzał spod przymkniętych powiek – no, to już wiecie. Destalinizacja objęła i nasz kraj. Proces jest złożony, wypadkowa błędów, wypaczeń i dość skomplikowanej sytuacji w naszym obozie. Należy ją powitać z dużą rozwagą, gdyż ten sam proces mający w sobie możliwości pomyślnych zmian, puszczony na żywioł, może doprowadzić do wewnętrznego wrzenia i poważnie osłabić sprężystość aparatu partyjnego, a na to czyhają wrogowie.

Stali gromadą trochę speszeni oszczędnymi słowami, brakiem uczuciowego stosunku do ostatnich wydarzeń.

– Wyczekuje – szepnął Istvan Judycie, ale ona tylko ścisnęła mu końce palców, by milczał.

– Wracajcie do pracy. Są jakieś pytania?

– Dobijają się do nas dziennikarze, chcą znać szczegóły – zaczął Terey.

– Trzeba ich uspokajać, mówcie prawdę, radio węgierskie do nas nie dociera, a komentarzy oficjalnych jeszcze nie otrzymaliśmy. Nie pchajcie się z żadnymi oświadczeniami. Odsyłajcie do mnie, a ja ich spławię... O ile mnie zdołają przyłapać, bo właśnie na parę dni zamierzam wyskoczyć z Delhi – wyszczerzył w uśmiechu pożółkłe od nikotyny, zachodzące na siebie zęby. – Nie trzeba się spieszyć z robieniem głupstw. Na to jest zawsze czas. Prawda, towarzyszu Terey?

Istvanowi wydało się, że dopiero teraz usłyszy prawdziwy komentarz.

– Błądzić ludzka rzecz – przyjął wyzwanie.

– Ale urzędnik, a zwłaszcza z ambasady, powinien tego unikać. Pamiętajcie, Terey, że nie jesteście tu za poetę, nie puszczajcie przed czasem wodzy fantazji.

– Trochę mnie dziwi to pouczenie.

– Mnie też. Nie jesteście młodym źrebakiem, Terey, żebyście mi tu wierzgali. Pora byłaby pomyśleć poważnie o przyszłości.

– Właśnie to robię – odpowiedział twardo.

Odwrócił się i wyszedł, jednak czuł, że ambasador nie spuszczał z niego wzroku i z trudem powstrzymuje się, by go nie przywołać.

Nic się nie stało, on ma już taki sposób bycia – uspokajał sam siebie, zapalając papierosa w gabinecie – krzyczy na jednego, żeby wydzieliwszy go z gromady zmusić do uległości, a przy okazji zastraszyć resztę. Mówił rozsądnie, nie ma się do czego przyczepić, choć drażni ton ekonoma...

Woźny wszedł po cichu, przystawił krzesełko i zdjął portret.

– Tfu, poszło plugastwo – wzdrygnął się. – Ja tylko do jaszczurek, które za fotografią mieszkały... Bardzo się gadów brzydzę, od maleńkości.

Przyglądał się z bliska Rakosiemu. Tak patrzą z niegodną ciekawością sąsiedzi w twarz zmarłemu.

– Towarzysz sekretarz kazał portrety schować w bibliotece, mówił, że za parę dni może przyjdzie je znowu powiesić – marudził wycierając smugi kurzu. – A pan radca to jest okoń, nie da się połknąć.

Terey nie podjął rozmowy. Gęsty osad tłumionego gniewu piekł w trzewiach. Zły był na Ferenza za sprawę z Guptą. Ja nie jestem prokuratorem – zagryzał wargi – nic mnie nie obchodzi, na czym on zarabia, ale nie dam z siebie robić durnia. Czy on myśli, że nie pamiętam, o co prosił?

Wzburzony wstał gwałtownie, odpychając krzesło. Chwilę płukał dłonie w strumieniu chłodu bijącego z maszyny, nim zdecydował się rozmówić z Ferenzem.

Sekretarz tłumaczył mu łagodnie, żeby usiadł, zapalił, a może woli łyk soku pomarańczowego z lodem?

– O co chodzi, Istvan? Że mam trochę smykałki do interesów? Przecie forsa pchała się sama. Chcesz, dam połowę. Oświadczam ci, że tego Sikha pierwszy raz na oczy widzę. Gupta Brothers, a to chyba najgłupszy z nich. Bierz – podsuwał zwitek banknotów, jakby przewidując, że Terey przyjdzie upomnieć się o swoją część, skoro podpisywał zamówienie. To, że miał już odliczone pięćset rupii, najbardziej rozjuszyło Istvana.

– Wiesz, gdzie sobie wsadź tę forsę? – warknął. – We mnie nie będziesz miał wspólnika.

– Brzydzisz się? Tym lepiej. Tylko pamiętaj, że na zamówieniach jest twój podpis, ani się nie wyprzesz, ani nie wytłumaczysz... Więc uważaj – chłodno przestrzegał. – Jeśli spróbujesz kąsać, mam sposób. Bajcsy będzie po mojej stronie. Czy nie lepiej rozejść się teraz zgodnie i zapomnieć o całej, błahej zresztą, sprawie...?

– Jesteś kawał drania, rozumiesz! – krzyknął Terey, a tamten uśmiechnął się, jakby usłyszał komplement, miał świadomość pełnej przewagi.

– Chcesz ze mną wojny? – wydmuchnął smugę dymu. – Towarzyszu Terey, zastanówcie się, nie macie szans, przegracie. No, wyciągam rękę do zgody.

Istvan wybiegł z pokoju trzaskając drzwiami.

Wezwał woźnego i powiedział, że może zabrać pozostałe pięć butelek whisky.

– Och, panie radco. To naprawdę za dużo. Prosiłem o jedną, bo jak człowieka słońce za dnia wysuszy, wieczorem by sobie golnął.

– Nie chcecie, oddajcie Gupcie, jak się tu pojawi – obruszył się radca.

– E, taki znów głupi to ja nie jestem. Dał, to dał. Nie zmarnują się u mnie. Bardzo dziękuję – w drzwiach się jeszcze kłaniał. – I jakby się pan radca odmyślił, to póki co, są u mnie jak w depozycie... Może jedna na tydzień pęknie.

– Idźcie już.

– Dziś wszyscy poirytowani. A przecież w kraju jakby się lżej zrobiło, a Rakosi to ani pański, ani mój krewny. Czego żałować?

Kiedy został sam, zaczął robić notatki, odpowiadać na pisma urzędów delhijskich. Gniotła go świadomość bezsilności. Wpadł, trzeba mieć odwagę do tego się przyznać. Za głupotę musi płacić. Słyszał, jak Ferenz przeszedł korytarzem, kroki zatrzymały się przed jego drzwiami, po chwili ruszył dalej. Znajomym basem zawarczał motor w wielkim wozie ambasadora. Przez okno zobaczył jedną postać rozpartą na tylnym siedzeniu, więc nie pojechali razem – pomyślał z ulgą. Wystarczy podliczyć, zrobić wyciąg z lekkomyślnie podpisanych blankietów, ażeby w raporcie do ministerstwa znalazły się dowody, jak radca spekuluje importowanymi wódkami, wykorzystując dyplomatyczną legitymację, która zwalnia od ceł. „Ten rodzaj pokątnego zarobkowania jest niegodny dyplomaty i może spowodować interwencję indyjską. Decyzję pozostawiamy..." Lub jeszcze prostsze oskarżenie: „Radca Terey się rozpił, o czym świadczą załączone wykazy jego zamówień na alkohol, za ostatnie miesiące kwoty odpowiadające trzem czwartym jego pensji... sądzimy, że zanim dojdzie do jakiegoś skandalu, należałoby..." Wtedy przypomną sobie, że jest poetą i urzędnicy tylko pokiwają głowami: to są skutki eksperymentowania nieodpowiedzialną kadrą, z poety robić urzędnika, i usłużnie, spokojni w sumieniu, podsuną ministrowi do podpisu odwołanie z placówki. Znowu naszło go rozpaczliwe pragnienie spotkania Margit. Lęk, że mógłby odjechać z Indii nie zobaczywszy się z nią, uświadomił mu całą siłę tego skrywanego związku. Margit, Margit... Nie miał do niej żadnych praw, prócz tych, które mu ona przyznała w swej szczodrości. Nie miał szans, by w ciągu dwu najbliższych tygodni raz jeszcze pojechać do Agry. Był gotów upokorzyć się, tłumaczyć, błagać, byle go nie odpychała. Przełykał ślinę, otwierał usta, jakby z trudem łapał lepkie powietrze – odzyskać Margit, nic, nic, tylko trzymać ją w ramionach, oddychać zapachem jej włosów, poczuć napór jej ud, brzucha, piersi, ciepły oddech na obnażonej szyi... Myśl o utracie karmiła go żółcią. Naprawdę boli – wołał w nim wielki głód czułości.

Patrząc przez zakurzone siatki w oknach na rozchwiane w słońcu strzępiaste wierzchołki palm, blask nieba spłukanego ulewami, zapragnął ruchu, przestrzeni – uciekać, uciekać z tego dusznego pokoiku, od woni nawilgłych, pofałdowanych pism, popiołu z papierosów strząsanego na dywan i mdłego odoru DDT.

Jeszcze jeden list i zbiegł do auta.

Kosmata zieleń pnączy falowała, gmach ambasady zdawał się oddychać w upale południa.

– Wujku, poczekaj – usłyszał pełen tęsknoty głos Mihalya. – Wujku, zabierz mnie ze sobą...

– Dokąd chcesz jechać?

– Wszystko jedno. Tam, gdzie ty – patrzył mu w oczy, odgarnia-
jąc grzywkę płowych włosów.

Terey odgadł marzenia chłopca, oznajmił bez wahania:

– Jadę daleko... Powiem, ale mnie nie zdradź.

– Nie zdradzę. Słowo – zaklinał się, mrużąc oczy w blasku.

Radca nachylił się i szepnął mu w ucho:

– Na lody.

Malec nie dowierzał, uśmiechał się zakłopotany.

– Ty zawsze, wujku, żartujesz.

– Nie. Bałem się, że nie będziesz chciał.

Chłopiec zamiast odpowiedzi sadowił się w wozie.

Jechali szosą, na której ciepłe podmuchy wzbijały słupy z zeschłego, natrzęsionego kwiecia. Mijały ich riksze motocyklowe,
małe, natłoczone wózki, pod baldachimami pełnymi frędzli po-
wiewały niebieskie i wiśniowe, lekkie jak mgiełka, szale Hindusek. Szeroki uśmiech rozdymał puchate policzki kierowców, trąbili ściskając wielkie gumowe gruszki z taką lubością, jakby to była
pełna pierś dziewczyny.

– Wujku, wiesz – zwierzał się Mihaly – ja mam znajomego ich-
neumona... On się mnie wcale nie boi. Przychodzi do ręki. Daje się
pogłaskać. Karmię go co wieczór.

– Czym go karmisz?

Zawahał się, potarł dłonią nos i odwracając głowę wybąkał:

– A różnie... Ale on najbardziej lubi surowe jajka.

Otwarła się przed nimi szeroka perspektywa alei Zwycięstwa
z Łukiem Kamiennym, waliła ku nim przestrzeń pełna blasku.

– A mama co na to?

– Nic – wzruszył ramionkami. – Mama o tym nie wie.

Pod drzewami o soczystym, zdziczałym listowiu stała dziwacz-
na budowla, przykryta falującym niebieskim namiotem. Wygląd
jej przypominał ogromny ceber. Dobywało się stamtąd podobne
do ryku rozwścieczonego tygrysa granie motoru, szedł na coraz
wyższych obrotach, aż skowyczał. Jak luźne belki mostu dygotały
grube deski pod przelatującym motocyklem.

– Byłeś tu, wujku?

– Nie.

– A ja byłem. On kazał mnie wpuszczać. Jego żona tam cały dzień siedzi i modli się do króla małp, żeby mu dał powodzenie.

– O kim ty mówisz?

– O Kriszanie – powiedział urażony. – On jest jeźdźcem śmierci. Jeździ całkiem tak – przekręcił dłoń na płask – aż strach patrzeć... Jak przelatuje blisko, to każdy przysiada za barierką, i boli w uszach.

– Ryzykant.

– Kriszan mówi, że tak lubi. Czasem leży na trawie i pali papierosa, a ja biegam do kasy dowiedzieć się, ile sprzedali biletów, bo jak pięćdziesiąt, to każą mu robić pokaz.

Światła i cienie przelatywały im po twarzach, mknęli pod nawisłymi konarami starych drzew.

– Słuchaj, Mihaly, a kim ty chcesz być?

– Ja? – otworzył szeroko oczy. – Ja chcę być prawdziwym Węgrem. Tak jak wujek.

Przez płótno koszuli Istvan poczuł ciepłą, małą rękę, która o niego się wsparła.

– Bo ja ciebie bardzo, bardzo kocham.

– Za lody nie sztuka – powiedział hamując na Connaught Place. – No, wyładuj się.

Ale Mihaly siedział i patrzył mu w oczy.

– Idź sam. Ja poczekam. Żebyś wiedział, że nie za lody...

– Będziesz żałował.

– Pewnie... Ale, jakbyś chciał, możesz przynieść malutką porcję w waflu – łamał się z postanowieniem wytrwania.

– Wyłaź. Nie zawracaj głowy – udawał zniecierpliwienie radca. – Przecież wiesz, że i ja ciebie bardzo lubię i nie mógłbym jeść lodów, wiedząc, że ty w aucie czekasz...

– Och, wujku – odetchnął chłopiec, obejmując go za szyję. Istvan czuł każdą elastyczną jego kosteczkę, niespokojny trzepot serca.

Suchymi wargami pocałował malca, pełen wyrzutów, że już drugi tydzień nie odpisuje na listy synów. Trzymając go za rękę prowadził podcieniami. Za nimi ruszył chudy chłopiec, w przepasce na biodrach, grając na flecie ubogą, pełną skargi melodyjkę. Wyprzedzała ich małpa ubrana po szkocku, w kraciastej spódnicy, kaftanie i berecie, zabiegała im drogę, uderzała w tamburyno i łypała wypukłymi oczami, pełnymi człowieczego głodu.

Rozdział VIII

Nabrzmiałe krople z rzadka spadające z drzew rysowały tęczowo draśnięcia w powietrzu wymytym ulewą, aż zielonkawym od światła walącego poprzez rozpostarte szerokie liście. Tybetanka, która rozłożyła swój kram na chodniku, przebadawszy niebo, zwijała plastikową, żółtą płachtę osłaniającą miski ze starymi monetami wytartymi wiekowym obiegiem, okrągłymi i ośmiokątnymi, z otworem do nanizania na rzemień, drewniane maski demonów szczerzące zęby, drobne figurki z brązu zielone od śniedzi, stare noże, pudła pełne półszlachetnych kamieni, nieforemnie oszlifowanych w kształt paciorków, guzy turkusowe, kulki z nefrytu i jakby pełne złotych opiłków – tygrysie oka. Tybetanka, o płaskiej twarzy bez wieku, z mnóstwem zaplecionych warkoczyków i srebrnymi relikwiarzykami w naszyjniku, wychlusnęła wodę deszczową pełną światła z zagłębień plastikowej osłony, przykucnąwszy w sutych niebieskich i rudych spódnicach wyrównywała szeregi figurek i wotywnych kadzielniczek.

Istvan wyszedł z dusznego biura, gdzie wiatrak bełtał dymy papierosów, z ulgą oddychał wonią mokrej ziemi i świeżych liści. Cenzura, czy raczej jak tu dyskretnie nazwano – Biuro Oceny Filmów, komisja starych, ospałych, porozpinanych urzędników, dała mu zezwolenie na rozpowszechnienie kilku węgierskich krótkometrażówek krajoznawczych i dwu zabawnych bajek ludowych, kazano jedynie wyciąć ujęcie boiska z dziewczętami w kostiumach gimnastycznych, jako zbyt nieskromne. Z filmów trzebiono każdy poufały gest obejmujących się par, a pocałunki wywoływały pomruk oburzenia... „Wyrzucić, usunąć! To gorszące" – ział mu czosnkiem w ucho szef komisji, nachylając się w ciemnej sali projekcyjnej, przeciętej mętnym stożkiem światła. Żadne tłumaczenia nie pomogły, szczęknęły nożyce i jak przydeptana skolopedra z suchym trzaskiem zwijały się pod stołem montażowe wydarte kawałki taśmy. Jednak Istvan był zadowolony, że do dziewięciu pudełek wydano mu po trzy metry taśmy z urzędowym napisem: Na wyświetlanie w Indiach i Kaszmirze zezwala Biuro Oceny Filmów. W teczce miał pismo specjalne, którego fotokopie musiał wraz z kasetami wysyłać do Towarzystw Przyjaźni Indyjsko-Węgierskich. Chętniej przychodzono na odczyty, po których afisz zapowiadał film i wesołą kreskówkę. Referaty wygłaszane namaszczonym głosem, przy monotonnym furkocie wentylatorów borujących gęste jak maź powietrze, już od pierwszego zdania usypiały notablów rozpartych w fotelach. Na filmie sala się ożywiała i wcale nie przeszkadzało, jeśli pomylono pudła i puszczano obrazy od środka, rozbieżność między komentarzem i akcją na ekranie budziła głośne dyskusje, każdy rozumiał po swojemu. Jednak nawet to pozwalało na przybliżenie jego kraju, wywoływało jakieś skojarzenia, obrazy, gdy wyczytają w gazecie – Republika Węgierska.

Szedł chodnikiem po mokrych płytach, przysypanych natrzęsionym przez ulewę liściastym i kwietnym śmieciem. Osłonięty plastikiem kwadrat świecił suchą czerwoną gliną, tłum połamanych figurek zaciekawiał. Miski, pudła, blaszane puszki zdawały się kryć nieznane skarby, a Tybetanka uśmiechała się szpareczkami oczu i przywoływała gestami obu rąk, aż jej skakały po ramionach ciasno splecione warkoczyki.

– Tanio, bardzo tanio, sab – pokrzykiwała chrapliwym głosem papugi. – Drogie kamienie, piękne kamienie, naszyjniki, kolczyki, bransolety, pierścienie. I bogowie z brązu, kamienia, drzewa, gliny...

Nachylił się, podniósł przegiętą tanecznie boginię Lakszmi, plamy śniedzi, przyschnięte grudki błota wskazywały, że posążek został wykopany z ziemi.

– Bardzo stare, sab umie wyłowić, co mam najcenniejszego – cmokała z uznaniem – tylko pięćdziesiąt rupii.

– Czego pan szuka, mister Terey? – cień położył się na skupione stadko bogów. Istvan odwrócił się jak przyłapany na wstydliwej czynności. Za nim stał mecenas Czandra i pobłażliwie się uśmiechał.

– Woli pan bogów od kamieni i srebra...

– Nie mogę się oprzeć pokusie – podał figurkę adwokatowi – i muszę pogrzebać w tym śmietniku... Zawsze mam trochę nadziei, że wyłowię prawdziwe dzieło sztuki.

– Podoba się panu? – kołysał boginię niedbale na otwartej dłoni, Tybetanka przyglądała mu się spode łba.

– Ładne linie, dużo wdzięku... I chyba stara.

– Niech pan powącha – Czandra podsunął mu figurkę pod nos.

– Czuć kwasem solnym, sztucznie patynowana... Może nawet mają dawne formy, jednak odlew świeży, dla turystów... Pocierają kwasem, żeby zieleniało, paprzą gliną. Handlarka jest na tyle chytra, że każdy wybrany przez pana drobiazg będzie zachwalać jako prawdziwy skarb. Proszę jej to oddać, szkoda pieniędzy.

Istvan ostrożnie odstawił figurkę.

– Z pana rozsądny człowiek – pochwalił Czandra. – Umie pan korzystać z dobrych rad, więc zostanie pan nagrodzony. Jeżeli chce pan kupić, i to tanio, prawdziwe dzieło sztuki, sprzed paru wieków... Niech pan weźmie kamienną głowę, której ta handlarka używa do przyciskania płachty. Ma poszczerbione ucho i ubity nos, możemy się potargować, ale tylko ona jedna jest coś warta. Niech pan nie patrzy tak pożądliwie... Ja ją dla pana kupię.

Czandra pytał o ciężki, srebrny naszyjnik, targował się chwilę, potem jakby zniechęcony sięgnął po miedziany kaganek, też wydał mu się za drogi, prawie na odchodnym niedbale końcem buta wskazał na utrąconą głowę:

– A ile za to?

Tybetanka nie chciała go zrazić zbyt wysoką ceną, bała się, że odejdą i nic nie kupią, więc podniosła obie dłonie rozcapierzając palce:

– Tylko dziesiątkę.

– Dobrze – powiedział Czandra – masz tu piątkę i ciesz się, ten śmieć i tyle niewart.

Nawet nie raczył się schylić, czekał, aż mu poda klęcząc. Krzywił się wodząc palcem po szczerbach w kamieniu.

– Niech będzie, sab – powiedziała. – Moja strata. Proszę wziąć na zachętę... Dziś daję pół darmo, jutro zarobię. To ze świątyni, bardzo, bardzo stare.

– W takim razie nie biorę. Wiesz, że starych rzeźb nie wolno wywozić? I jeszcze mówisz, że tracisz. A ja chciałem, żebyś choć cokolwiek sprzedała. Nadałaby się jako przycisk do papierów, ale mogę położyć każdy kamień. Nie, nie wezmę.

– Sab kupi...

– Nie, bo powinnaś wiedzieć, kogo można oszukać. Nie mnie. Zobacz, poszczerbiona, obita...

– Sab, trzy rupie – podniosła w górę trzy palce lewej dłoni.

– Nie. Rozmyśliłem się, chodźmy – zwrócił się do radcy.

– Dwie rupie. Jedną – żebrała. – Pan weźmie bez pieniędzy jako podarek. Zrobi mi pan wielką łaskę.

Zatrzymali się już odchodząc. Czandra ujął niedbale głowę posągu.

– Ciężkie – westchnął zniechęcony i podał ją Tereyowi, sam zaś pogrzebał w kieszonce, dobył dwie rupie i rzucił kłaniającej się handlarce.

– Podarek za podarek – spojrzał na nią niechętnie.

– Jestem szczęśliwa – gięła się przyciskając po chińsku pięści do piersi.

Odchodzili, Istvan zachwycony wpatrywał się w zdobytą głowę, ciężkie, sennie uśmiechnięte wargi, oczy spoglądające pobłażliwie, nieskazitelnie zarysowane linie podwiązanych włosów. Draśnięcia tylko przydawały uroku starej rzeźbie. Dotykał delikatnie końcami palców, jakby okaleczenie mogło boleć. Kropla z drzewa spadła na kamień, spłynęła po wygładzonym policzku jak łza, zostawiając wilgotny ślad. Piękna głowa. Poczuł nagłą wdzięczność dla Czandry, który mówił półgłosem, śpiewnie:

– W panu jest wiele z dziecka, umie się pan byle czym ucieszyć... Przecież nie będzie mi pan zwracał dwu rupii. Raczej ja powinienem się wstydzić, że taki drobiazg ośmielam się ofiarować.

– Pan wie, że zachwyt, jaki ten okruch posągu wywołuje, jest bez ceny.

– Ze świątynnego fryzu jakiś pastuch pewno ułamał – zamyślił się Czandra. – Podważył łomem szczerbiąc ucho. Głowa opadła i stoczyła się z pięter pagody, uderzała o kamienie. Ubił się nos. Myślę, że handlarka też za nią grosza nie zapłaciła, tylko ją otrzymała na dokładkę. Robiła łaskę zabierając. Mnie by nawet przez myśl nie przeszło, żeby taką rzeźbę kupić. Po co? Żebym potykał się wzrokiem o tę głowę, która narodziła się parę wieków przede mną i zostanie, gdy mnie już nie będzie, kiedy mój popiół zmiesza się z mułem Gangesu...

– Przecież pan wierzy... Powinien w tym znajdować pocieszenie – spojrzał na niego zdziwiony Istvan.

– Pocieszenie, że i piękno może zniszczeć, wystarczy trochę głupoty i chciwości? On nie myślał, że to można sprzedać, pasł kozy i nudził się, wlazł na ścianę świątyni, żeby się pomocować z kamiennymi postaciami, nie wiedział nawet, że utrąca głowy bogom... – mówił w zadumie. – A czy ja wierzę? W co? Że jest we mnie cokolwiek niezniszczalnego, tchnienie nieśmiertelności, owa iskra, która tu będzie powracać, obrastać nowym, coraz innym ciałem? Jeśli to już nie będę ja, Czandra, cóż mnie to może obchodzić? Jeśli utracę pamięć własnych czynów, zasług i win, jakże one mogą wpływać na mój los? Powroty wcieleń – zamyślił się – witanie świata płaczem i krzykiem, rozpacz niemowlęcia, które utraciło wiedzę o sobie i będzie musiało od początku tworzyć swoją osobowość... Powiem panu, że nie wierzę, a chwile lęku, kiedy myśl o wiecznym istnieniu nadchodzi, uważam za słabość niegodną mężczyzny. Trzeba mieć odwagę powiedzieć sobie: jestem skazany i nie ma ocalenia. Każdy dzień łagodnie, ale nieustępliwie podprowadza mnie ku progom nocy, ku ciemności, która się nade mną zamknie ostatecznie. Przecież to jest naukowa prawda i u was tego w szkołach uczą. I pan sam...

Kroczyli w słupach słońca przetryskujących między konarami, w cielesnych woniach zieleni i parującej ziemi, jakby owiewani oddechem nieczystym otwartej nad nimi paszczy. Istvan poczuł lęk. Widział mądry uśmiech kamiennej głowy, którą piastował w dłoniach, i głodne oczy Czandry.

– Nie – zaprzeczył gwałtownie – ja wierzę.

– Pewnie – pozwalał mu się wymknąć, podsuwał furteczkę, wystarczało tylko milczeć i cieszyć się podarkiem. – Pan jest poetą i wierzy w nieśmiertelność zgrabnie poukładanych słów.

– Wierzę w Boga – aż zdziwił się powadze, z jaką to wypowiedział. Czandra przystanął.

– Ma pan słuszność. Każdy z nas może być bogiem. Ale trzeba mieć na to odwagę. Ten wasz także był tylko człowiekiem. Widzi pan, ja jestem bogiem bez uczniów, bo jeśli mi są powolni, nudzą, mijam tych, których pozyskałem, pociągają mnie jedynie oporni. Poddaję ich próbom, spełniam ich marzenia, próbuję sprawdzić, czy naprawdę mają to, czego bym nie mógł kupić albo wyprosić. I jakże nimi gardzę, kiedy mi ulegają, oddając się z ufnością kurcząt, które dziobią ziarno, zwabione do nóg kucharza, choć nawet nie kryje noża.

– A jednak pojechał pan do Benares szukać oczyszczenia.

– Więc wygadał się nasz przyjaciel radża. Pojechałem, bo opowiadano o świątobliwym mężu, który wrócił zza progu – powiedział znacząco. – Chciałem sprawdzić i rozpoznałem zmarłego – zaśmiał się cicho. – Przypomniałem mu jego przeszłość i wyzwolony skwapliwie wrócił do porzuconych dóbr.

– Więc to naprawdę brat radży?

– Jeżeli pan nie ufa wyrokowi sądu, musi pan uwierzyć bogu, przecież ja sam go wskrzesiłem – szeptał z naciskiem – ja, ja. Wywołałem go z ciemności i jeśli zechcę, z powrotem tam zepchnę. Okrucieństwo wskrzeszania, ten obdarowany życiem też jest skazany. On nie chce o tym pamiętać, ale ja znam dzień jego zgonu i to mnie bawi.

– I jeszcze pan każe sobie zapłacić.

– A dlaczego by nie, skoro uwalniam ludzi od kłopotów? Pieniędzy nie potrzebuję dla siebie, tylko dla uszczęśliwiania innych. Bawi mnie, kiedy spełniam ich prośby, marzenia i patrzę, jak stoją z upragnionymi podarkami losu zakłopotani, bezradni, nie wiedząc, co z sobą począć, gdzie się obrócić.

– Pan jest bardzo nieszczęśliwy, panie Czandra – popatrzył na niego z litością. – Czy pan jeszcze nie spotkał nic, co byłoby naprawdę godne pańskiej miłości? Wszystkimi pan gardzi?

– Bo nic takiego nie istnieje, czego bym nie mógł kupić, zdobyć, posiąść, a skoro już to mam, nie musi być znów tak wiele warte. I znowu czymś trzeba się zająć. Zdecydowałem więc, że będę bogiem, od którego woli zależą losy ludzi, jeśli mi tylko zechcą się powierzyć. Służę im, spełniam prośby szybciej niż Ten, do którego pan się chyba czasem zwraca. Przecież wy wszyscy chcecie Go mieć na posługi, szukacie pomocy i protekcji. Nie wolno się panu nade mną litować, pan chce być ode mnie bogatszy, lepszy – gładka, trochę wychudzona twarz ściągnęła mu się w nagłej złości.

– Pan jest po prostu nierozważny, niemądry. Pan nigdy nie będzie bogaty.

Istvan przekładając z ręki do ręki ciężką kulę odrąbanej głowy pomyślał, że mecenas się obraził. Całą tę rozmowę uważał za popis oratorski, nie przyjmował poważnie. Czandra nie opuszczał go jednak, patrzył przed siebie, słuchał dzwonków rowerzystów, pobekiwania trąbek motocyklowych riksz. Przeżuwał coś, zaciskając wąskie, fioletowe wargi.

– Niepotrzebnie się rozzłościłem, a bogu tylko przystoi gniew. Więc pan aż tak jest pewny siebie – spoglądał z ukosa na Tereya.

– Mógłbym z łatwością zrobić małe trzęsienie ziemi wokół pana i przyglądać się, jak pan wyciąga ręce i woła o pomoc. I co dziwniejsze, może pan na mnie liczyć, bo... Nie, nie, tylko młodość i naiwność dają takie poczucie przewagi. I zdrowie – dorzucił po namyśle, jakby znajdował jeszcze jedną bramę do szturmowania.

– Pan chce być poetą? Naprawdę, jednym z tych, co się liczą? Musi pan cierpieć, dużo cierpieć.

Przystanęli w cieniu. O krok dalej powietrze buzowało żarem i zielone papużki pełzały na krótkich nóżkach po jezdni, rozgrzebując suche gałki końskiego nawozu.

– Teraz wiem, dlaczego lubię z panem mówić – spoglądał szeroko otwartymi oczami, jakby go światło nie mogło razić. – Pan strzeże swej inności, malutkich złudzeń. Przyjemnie mi było pogawędzić z panem.

– Więc nie rozstajemy się jak wrogowie – odetchnął z ulgą Istvan.

– Przecież i we wrogości jest nadzieja, że zostaniemy pozyskani, zjednani, przygarnięci lub rzuceni na kolana. Czy naprawdę pan sądzi, że można być wrogiem boga? Nawet ci, którzy z nim walczą, wyświadczają uprzejmość, nienawidząc zdają się potwierdzać jego istnienie... Wystarczy postępować jak ja. Czuć się bogiem. I życie większości ludzi do tego się sprowadza, choć nie zawsze mają odwagę być konsekwentni.

Podał suchą, kościstą dłoń, chłodną mimo upału.

– Może pana podwieźć? – ofiarował usługi radca, otwierając austina.

– Nie. Dziękuję. Mam auto, nawet za dobre. Wolę riksze. Nie lubię zwracać uwagi.

Istvan położył kamienną głowę na tylnym siedzeniu. Odkręcał szyby, żeby żar wnętrza złagodniał. Czandra, mimo całej chytrości, przemyślnych manipulacji finansowych, kruczków prawnych, wydał mu się jeszcze jednym łagodnym szaleńcem. On mnie chce otwierać ku światu cierpieniem jak pchnięciami noża, a przecież mógł był zauważyć smutek i rozdrażnienie, moją raną jest Margit.

Strzepnął szarańczę, która z furkotem wleciała przez okno i wczepiła mu się we włosy. Prowadził wóz, skowycząc klaksonem i wciskając się między grupy rowerzystów w białych i pasiastych płótnach. Gdy gwałtownie przyhamował, z głośnym stuknięciem kamienna głowa stoczyła się na dno auta i tam wybijała swoje basowe rytmy, utykając szczerbatym uchem.

Naszła go gwałtowna chęć, by zawrócić i wyłowiwszy spośród przechodniów szczupłą postać mecenasa prosić o pomoc w przywołaniu Margit. Jednak instynktownie wolał sam dojść prawdy, Czandra wydał mu się wątpliwym sojusznikiem, choć nie sądził, by mógł zaszkodzić.

– Ambasador cię szukał – oznajmił ze złośliwym zadowoleniem Ferenz, biegł korytarzem z pismami w garści i wyrazem zagubienia, jakby w pościgu za właściwym rozwiązaniem sprawy, która mu się wymyka.

– Przecież wiedziałeś, gdzie jestem.

– Tak, zawsze się znajdzie powód, żeby z biura uciekać – kiwał głową pobłażliwie. – Idź stawić czoło. Stary grzmi. Co tu masz?

– Stara rzeźba – obrócił ją w dłoni.

– Mało masz śmieci w domu? Ile za to dałeś?

– Ani ananasa. Podarunek.

– Nie bój się, zapłacisz. Oni tu dają, żeby zyskać, nie z sympatii.

– Nie martw się.

– Zapomniałem, masz do dyspozycji magazyn ambasady, jest tam dosyć skorup.

Terey dopilnował, żeby woźny odniósł pudła z filmami do składziku, na półkę, pod klucz. Puścił wentylator na pełne obroty, aż się najeżyły kartki z notatkami, więc przycisnął je kamienną głową. Spoczywała bokiem, niepokoiła otwartymi oczami, wargą obrzękłą, sytą rozkoszy. Tak czasem wsłuchani w łomotanie serca w ciemności leżymy, pełni oczekiwania i lęku.

W telefonie zaturkotało.

– Tu ja – odezwał się niski głos Kolomana Bajcsyego. – Gdzie was nosi?

Ledwie opowiedział o filmach, ambasador przerwał:

– Jak z waszym wozem? Sprawny? Zabierajcie się do domu, pakujcie manatki i skoczycie do Agry. Wygłosicie za mnie pogadankę dziś o ósmej. Musicie wcześniej wyjechać, bo mogą być objazdy, pamiętajcie, pora monsunów, raz jest droga, raz jej nie ma, tylko rwie rzeka. Nie wdawać się w szczegółowe oceny sytuacji u nas. Na pytania odpowiadać bez zabawy w proroka, żadnych dalekich przewidywań. Liczę – zawahał się – muszę się zdać na wasz rozsądek.

– Może by towarzysz Ferenz?

– Jest potrzebny przy rozmowach handlowych. A ja lecę na trzy dni do Bombaju, przyjeżdża wiceminister handlu, wrócimy razem podpisać umowę. Sytuacja podbramkowa.

– Rozumiem.

– No, to działajcie.

– Zaraz, panie ambasadorze, a na jaki temat zapowiedział pan referat?

– Bliżej nie określony: Węgry dzisiejsze. Ale wy możecie wziąć jakieś zagadnienie, które znacie. Może coś z literatury? Mówcie swobodnie, zróbcie sobie przyjemność, krytykujcie kolegów, oni tu nie mają hungarystów, a cokolwiek powiecie i tak jest bez znaczenia. To między nami, trzeba ich z godzinę nudzić, żeby nie poczuli się zlekceważeni.

– Może o malarstwie? Mam niezły kolorowy film.

– Jeśli czujecie się na siłach. Nawet lepiej, później się zacznie, przygotowali party pod gołym niebem, i film skróci dyskusję. Nie krytykujcie realizmu socjalistycznego, jedyne, co wam mogę zalecić, bo nuż się trafi ktoś z bratnich ambasad i zacznie protestować, po co robić przedstawienie z kłótni w naszym obozie? No, powodzenia! Zdacie mi sprawozdanie w sobotę.

Terey upchnął listy i druki, zamknął na klucz szuflady biurka. Wyszukał w magazynie pudło z filmem, sprawdził pod światło parę klatek, bo często Hindusi pakowali wypożyczane krótkometrażówki do pudeł z innymi naklejkami, i uszczęśliwiony zbiegł do auta.

Nawet upał nie wydawał mu się tak gniotący. Powietrze wpadając przez otwarte okna austina grało wysoką nutą jak na słotę i raz po raz świdrowały w uchu głosy piłujących cykad.

Służba powitała jego wyjazd z nieukrywanym zadowoleniem, tak jak on przyjął nagły odlot ambasadora. Kucharz drapał się przez nadpruty rękaw koszuli pod pachą i zapewniał, że wszystkiego dopilnuje, chciał nawet przyrządzić jakieś specjalne danie stosowne na upał.

Jednak Istvan kazał mu tylko przyszyć brakujący guzik do koszuli, którą zabierał oprócz kolorowych bluz. Myślami wybiegał ku Margit. Nie, tym razem już mu się nie wymknie, musi dowiedzieć się prawdy.

Na stacji, obsadzonej amarantowymi, mięsistymi jak kogucie grzebienie, kwiatami konopi, napełnił bak. Nad odkręconym zbiornikiem szklane żyłki powietrza wskazywały, jak gwałtownie benzyna paruje. Torsy robotników, poplamione smarem, błyszczały strużkami potu. Ruszali się nieznośnie powoli, z otwartymi ustami, z wyrazem tępej udręki. Koszula mu przylgnęła do pleców, słońce wsparte na udach piekło przez spodnie. Parę małych obłoczków leciało szybko po niebie koloru umarłego turkusa, aż zazdrość brała, że tam wysoko jest wiatr, gdy nad ziemią stoi parny zaduch. Wielka blaszana reklama benzyny, z żółto wymalowaną muszlą Shell, pod naporem słońca wydawała metaliczny jęk.

Wyskoczył na szosę, ciężarówki jadące przed nim wzbijały rudy kurz, musiał zakręcić okna, gdy je mijał. Bosonodzy kierowcy w mokrych ręcznikach na głowie prowadzili czubato wyładowane wozy jedną ręką, na wpół wywieszeni za okno, łudząc się, że pęd powietrza ich ochłodzi. Nawet drzewa poczerwieniały zasypane pyłem miękkim jak talk. Tylko trzciny cukrowe wezbrane od deszczów stały ciemnozielonym murem i stado małp gospodarowało, łamiąc i żując łodygi ociekające lepką słodyczą, stare samce podbiegłszy do samej drogi obelżywie wypinały liniejące zadki.

Czy brytyjska ambasada mogła jej zabronić spotykania się ze mną? – rozważał. – W badaniach, które prowadzi, nie ma tajemnic. Podpisała kontrakt, jest wolnym pracownikiem. Poza obowiązkami lekarskimi zachowuje pełną swobodę. Nawet gdyby ze mnie zrobili szpiega i groźnego wywrotowca, jeżeli prawdą jest to, co mówiła, przyszłaby zapytać wprost, zażądała wyjaśnień.

Nieważne, co szepczą kobiety – wydął wzgardliwie wargi – dotknięcie ręki przenikające jak prąd, usta uległe, ciało otwarte przyjaźnie mówi więcej od przysięgi. Czyż trzeba jeszcze innych zapewnień? Słowa nie miały znaczenia wobec wiadomych znaków tej mocnej radości, jaką sprawiało przebywanie ze sobą, oddychanie tym samym powietrzem, oglądanie jednego krajobrazu. Sprzymierzenie ciał, które nie mają tajemnic, smak skóry, zapach potu i nagrzanych włosów, od którego budziła się żądza. Zapewnienia miłości pod żaglem moskitiery nie były konieczne. Oczywiście, mogła sobie powiedzieć – dość, nie, nie będę, nakazać milczenie, ale jej dłonie są puste, błądzą we śnie po zmiętym prześcieradle w poszukiwaniu jego ramion, pierś pragnie być przywalona jego piersią, zgnieciona, obolała, bez tchu, słodycz oczekiwania faluje we wnętrznościach. Żebym jej tylko dopadł, miał przed sobą, nie oprze się, musi wrócić.

Cienie drzew przelatywały po masce, chłostały oczy do znużenia. Upał obezwładniał. W krzewach wypoczywały karawany tong, woźnice wczołgali się pod wozy i spali rozrzuciwszy obnażone nogi w spłachetku cienia, grzbiety bawołów bielały z czerwonymi naciekami kurzu. Tylko wielbłądy niestrudzenie po króliczemu ruszały rozciętą wargą z nitkami zielonej śliny i skubały drobne listki z ciernistych drzewek.

Istvanowi przypominały gipsowe figurki w szopce, rozstawianej na garści siana po kościołach w czasie Bożego Narodzenia. Ostrzegawczy sygnał klaksonu nie budził jednego drgnienia. Spoczywający kamienieli we śnie, zastygli w ognistym powietrzu pełnym sykań owadzich.

Między glinianymi ścianami chałup o płaskich dachach stał swąd spalenizny, kurzych odchodów i wysychającego błota. Zbiorniki na wodę deszczową świeciły jak nalane woskiem, nad powierzchnią bijącą blaskami, podobne do zatopionych pni wystawały rogate łby bawołów umazane mułem.

Stadko pawi wlokąc długie mieniące się ogony, skarżąc się skrzypiącymi głosami, przebiegło drogę.

Czas jakby zgęstniał i Terey nie wierząc wskazówkom przyciskał zegarek do ucha, trybiki zgrzytały jak kornik toczący stare, drewniane łoże w alkierzu, w malowanym na niebiesko domu rodziców. Minuty przeciekały niepostrzeżenie.

Drogi ubywało.

Pełen napięcia skręcił w bramę parku, którą obsiedli handlarze i sztukmistrze z koszami pełnymi węży, zajechał pod oszklone biura recepcji. Ponad ramieniem młodego portiera dostrzegł, że klucz od pokoju Margit wisi na haczyku. Hindus uśmiechnął się jak do dobrego znajomego – pokoje będą wolne później, po sjeście parę osób wyjeżdża, ale on był gotów wydać mu klucz od pokoju miss Ward. Nie ma jej znowu od paru dni. Pojechała pod Dehra Dung. Dużo tam ślepych po wioskach. Pojechała z sanitariuszami, nie wiadomo, kiedy wróci. Pewnie jak zorganizuje punkt.

Istvana już zaczęło drażnić, że wiedział tak wiele o Margit. Zabrał klucz z żółtawej dłoni portiera i ruszył z trochę sztuczną swobodą, stukając obcasami o ceglany chodnik pergoli. Z uczuciem, że popełnia nikczemność, otworzył drzwi. Jak złodziej myszkował oczami. Serce mu waliło, jakby coś czynił wbrew jej woli, i bał się, że go świadkowie przydybią. Gardząc sobą uchylił szufladkę i poznał odwróconą rameczkę z kutego srebra, leżała na dnie. Pochwycił chciwie, jeżeliby nie spotkał Margit, chciał własną obecność w jej pokoju zaznaczyć umieszczeniem fotografii, tak jak kiedyś wspomniała w liście. Jednak ramka była pusta. Zacisnął pięści w przypływie nagłego gniewu.

Teraz już musiał węszyć, zdobyć pewność, kto jest jego następcą. Zajrzał do szafy, na półkę i na stolik przy tapczanie pod lotnym grzybem podwiązanej moskitiery. Trafił na rozcięty list i odłożył go, bo poznał znaczki australijskie. Depesza na samym wierzchu była od niego. Z opłaconą odpowiedzią; tym ją chciał dotknąć. Mała złośliwość. Stał oparty kolanami o łóżko, zmieszany i niepewny, podobny do psa, który utracił trop swego pana. W łazience kapała coraz głośniej woda, grube, oleiste krople rozbijały się na mokrych kamieniach.

Przyklęknął i wcisnął twarz w wygładzoną kapę, bolał go ledwie wyczuwalny zapach, a może było to tylko złudzenie, w pokoju pachniało flitem i stęchlizną, po prostu pustką.

Umacniało się w nim poczucie krzywdy, rozgoryczenia, jakie miewają dzieci, kiedy dorośli nie spełnią obietnicy. Ze ściśniętym gardłem, rozżalony i zły na siebie, że grzebał w jej pokoju, przecież milczenie miało wymowę zakazu, przeszedł do łazienki, spojrzał w lustro. Złościła go własna zmącona niepewnością twarz. Umył ręce, jakby chciał zetrzeć ślady włamania. Ręcznik był świeży, zaprasowany, widać zmieniono go pod nieobecność lokatorki.

Z pordzewiałego sitka prysznicu kapała woda; obrzydliwie pomału wzbierającymi kroplami. Lotu nie chwytał wzrokiem, tylko tęczowy kurz, na którym się rozbijały w słońcu zwilżając plamę na śliskim betonie, porosłym kożuchem pleśni. Cmoknięcia budziły dreszcz wstrętu.

Wyszedł płosząc jaszczurki, które zygzakiem przemknęły ze ścian na sufit. Nic nie rozumiem – błąkał się – teraz doprawdy nic nie rozumiem.

Powiadomił o swoim przyjeździe gospodarzy, wręczył im okrągłe pudła z filmem. Spotkanie miało się odbyć w ogrodzie, pod obsypanymi owocem, podobnymi do starych grusz drzewami mangowymi, spodziewano się około stu osób.

– Jest zgoda urzędu – wyraźnie się ucieszył stary Hindus w furażerce partii kongresowej – wystąpienie może być uważane za całkiem prywatne i nikt mi się nie ma prawa wtrącać, jednak zbierze się nie tylko rodzina, przyjdą i goście.

Ponieważ radca chwalił żółte, czerwono nakrapiane owoce, dostał cały koszyczek do auta, by ssąc gasił pragnienie.

Szpital oftalmologiczny cuchnął z daleka jodoformem i ropą, jakby nagłe ulewy przyspieszały proces gnilny. Trzymając w dłoni mango o kształcie serca, wąchał je na odtrutkę. Chciał porozmawiać z Connolym, wybadać, co się stało z Margit. Jednak zastał tylko chudego, wysokiego Szweda, profesora.

– Nie ma pan szczęścia – zrobił grymas, który wypadało uznać za uśmiech. – Doktor Ward tkwi w samym ognisku epidemii, zdaje się, że znajdziemy jeszcze jedną przyczynę rozszerzania się choroby, klasyczną: pył kwarcowy.

– Czy to daleko?

– Około stu kilometrów, można dojechać w parę godzin albo wcale, wszystko zależy od ulewy – podniósł długi kościsty palec i machnął nim wzgardliwie. – Swoim wozem nawet niech pan nie próbuje, ugrzęźnie na pierwszym rozmytym brodzie.

– Bardzo bym chciał zobaczyć, co ona tam robi.

– Interesuje pana walka z trachomą? – drapał się po karku. – Ma pan czas? Niech pan zabierze się ze mną, jadę tam jutro rano naszym landroverem.

– Wziąłby mnie pan profesor? – wyrwało się Istvanowi. – O której mogę się stawić?

– O piątej rano. Jeśli nie będzie nocą lało. Ale musi być pan przygotowany na dwa dni pobytu, bo jak rzeki wzbiorą... Zrobimy miss Margit niespodziankę składem inspekcji. Zatrzymał się pan w Tadż Mahalu? Podjadę do hotelu po pana.

– Nie byłem przygotowany na taką wycieczkę – zastanowił się, spędzając z twarzy wielkie muchy, łaskotanie żwawych nóżek budziło w nim wstręt.

– Mogę wziąć od nas materac i prześcieradła, a jedzeniem podzielimy się, jeśli pan nie jest zbyt wybredny.

– Byłem żołnierzem, jem, co dają – ucieszył się radca. – Ale wątpię, żebym miał apetyt, jak pokażecie mi swoich chorych.

– Jeśli pan zechce napisać o naszej pracy – podchodził go ostrożnie uczony – będziemy tylko wdzięczni. Może was zainteresują metody zwalczania jaglicy. Dużo macie u siebie wypadków?

– Przed wojną trafiały się, nieliczne, po górskich wioskach wśród największej biedoty. Teraz nawet studenci medycyny, jak się to mówi, „rzadko miewają szczęście", by prawdziwy przypadek obejrzeć z bliska. Na Węgrzech nie ma jaglicy. Zmieniły się warunki – inne zarobki, inne mieszkania, lekarz na zawołanie. Ludzie słuchają radia, oglądają oświatowe filmy, już wiedzą, że w oku nie wolno samemu paprać, leczyć babskimi środkami, czekać, aż samo przejdzie, od razu suną do lekarza.

– Trafił pan w sedno – nastroszył się profesor. – Inne warunki. Ale żeby zmiany przyszły, trzeba ich naprawdę chcieć, robić coś, nie tylko czekać.

Powiało na nich mokrym odorem szpitala i swądem tlących się bandaży, kłaków skrwawionej waty i papierów palonych na ognisku.

– Piekielny klimat – zgodził się Istvan. – Obezwładnia, usypia.

– I te różne wierzenia...

– Czy dla was może mieć znaczenie, jeśli o zespole UNESCO ukaże się artykuł w węgierskiej prasie?

– Niech mi pan przyśle dwa egzemplarze. Publikacja liczy się nie tylko dla statystyki, jeszcze jeden język, w którym o nas pisano. Pan jest w Indiach dostatecznie długo, żeby się niczemu nie dziwić. I dzięki znajomości z doktor Ward coś niecoś pan rozumie z wielkości naszej roboty. A ja lubię sobie pogadać, tylko niech pan notuje, bo gotów jestem w reportażu wyjść na nieuka i durnia, jeśli poplącze pan terminy fachowe.

– Dam pannie Ward tekst angielski do przejrzenia – uścisnął dłoń profesorowi, uradowany, że odkrył jego próżność, głód popularności. Na pewno świetny lekarz, ale jak zamknie się w swym gabinecie, z największą rozkoszą odwraca karty grubego albumu, do którego troskliwie wlepił wszystkie wzmianki o sobie, o swojej misji, o działalności w UNESCO, i to jest jego rozpusta.

– Niech pan teraz umyje ręce – polecił mu lekarz odkręcając powieszony na ścianie kranik emaliowanego zbiornika, z którego pociekła fioletowa struga wody z nadmanganianem.

Kiedy w czasie jazdy na wieczorne spotkanie otarł dłonią policzek, wydało mu się, że pochwycił nozdrzami znajomy, ledwie dostrzegalny zapach rąk Margit.

Nadzieja, że może ją nazajutrz zobaczyć, zupełnie go odmieniła, nabrał humoru, dowcipkował. Pokaz się udał, mimo że na ekranie nierówno napiętym pęczniały twarze i pojawiały się raz po raz ruchliwe czarne plamy ciem lecących w białe oko projektora. Noc spadła ciepła i parna, goście nie chcieli odchodzić. Kwiaty we włosach kobiet pachniały odurzająco, szeleścił jedwab, towarzystwo rozpadło się na grupki, porozsiadało w trzcinowych fotelach, na skórzanych poduszkach lub pledach rozścielonych w trawie. Gdy rozmowa milkła, znikali, zapadali się w ciemność i tylko z wierzchołka drzew mangowych sypały wysokim trylem cykady.

Dom przestrzegał tradycji, służba roznosiła zamiast alkoholi szklaneczki z lemoniadą, zaprawioną syropem trzcinowym z paru listkami mięty lub kwiatem jaśminu.

Tereya otoczyli dziedzice, rozległe obszary ziemi należały do nich, wydzierżawione chłopom za połowę plonu. W lepkim mroku bielały koszule, wąziutkie spodnie marszczone w kroku i dhoti podobne do spódnic – wyglądali jak widma bez rąk i głów, czasem twarz pojawiała się w rozjarzeniu papierosa, skrywanego stuloną dłonią, żeby zwabiona blaskiem ćma nie zaskwierczała w żarze.

– Jak to możliwe, żebyście nie wiedzieli, co na Węgrzech robiła wasza służba bezpieczeństwa? Dziś potępiacie nadużycia, rehabilitujecie powieszonych. Czy był u was jakiś aparat kontroli? Musiał dawać sygnały, że dzieje się bezprawie – pytali łagodnym głosem. – Błędy, pomyłki, zawsze można popełnić, jednak tu naruszono jakąś podstawową zasadę; w „Hindustan Times" pisano o tysiącach bezpodstawnie aresztowanych. Czy wszystko można zrzucać na Stalina? A więc jak wygląda u was prawo gwarantujące wolność obywatela?

– Wiedziano o nadużyciach, musiano wiedzieć – odpowiadał żywo. – Jednak z tą wiedzą niełatwo było żyć. Nikt nie chciał wierzyć, krytykę uważając za głosy wrogów. Żołądek produkuje kwasy trawienne, jeśli nie dostanie pokarmu, sam się zżera, tam było podobnie, rozbudowany nadmiernie aparat służby śledczej, uprzywilejowanej, dobrze płatnej, musiał wykazać sens swego istnienia, nie tylko łowił wrogów, ale ich stwarzał, by mieć na kogo polować.

– A prawo? A sąd, który wymierza sprawiedliwość? – przypierali go, kładąc ciepłe dłonie na kolana, zaglądając w niewidoczną twarz.

– Zapominacie, że u nas dokonała się rewolucja, to jest nieunikniona cena wielkich przeobrażeń.

– Właśnie, czy nie za duża? – odezwał się aksamitny głos. – Bo może jest to bunt korzeni przeciw kwiatom i owocom. Wielkie trzebienie kultury i piękna, na które pracowały wieki.

– Ogrodnik przycina drzewo, żeby bujniej owocowało – bronił się, znając ich upodobanie do przenośni.

– Przycina, ale nie tnie na oślep po najśmielszych pędach – parował ktoś inny. – Od rozumnego przycinania są ustawy i kodeksy.

– Cały świat idzie w kierunku socjalizacji, państwo przejmuje wielkie koncerny, ogranicza dochody. Powiecie, że na zachodzie Europy przemysłowcy sami dzielą się zyskiem z robotnikiem, dobrowolnie. Bo widzą, że u nas robotnik ma i udział we władzy, w rządzeniu państwem. Muszą ustąpić, dać, żeby trochę opóźnić nieuniknione procesy dziejowe – tłumaczył żarliwie. – Przypatrzcie się, jak jest u was, ile krzywdy niezawinionej, którą dostaliście w spadku po Anglikach. Przed waszym pokoleniem stoją olbrzymie zadania. Przestąpiliście dopiero próg: niepodległość.

– Jesteśmy krajem technicznie opóźnionym – przyznawali. – Jeszcze nie rozpoznaliśmy własnych bogactw naturalnych.

– Trzeba ogromnych środków, a kto je da? Amerykanie czy Rosja? A jeśli pomogą, czym każą sobie zapłacić? – głosy były pełne zwątpienia. – My lękamy się zbyt gwałtownych zmian.

– Przywykliśmy do tradycji, religii, dawnych obyczajów – dorzucił bas w mroku, jednak nie brzmiało to szyderstwem. – Lubimy spokój.

– U nas ludzie są dobrzy, nie chcą cudzego – zaśpiewał kobiecy alt, łagodny i ciepły.

– Jeżeli pana atakujemy, to nie z wrogości do reform – częstowano go papierosami – tylko żeby wiedzieć, co nas czeka.

– Bo socjalizm do nas przyjdzie.

– Chińczycy – syknął starczy głos.

– Jeszcze, na szczęście, daleko. Nasi chłopi są cierpliwi.

– Jednak domagają się ziemi – powiedział Terey twardo.

– Ziemia oznacza dla nich pełny brzuch, samo życie – poparł go ktoś niespodziewanie.

– I tak się wiele robi.

– I już się wiele zrobiło.

– Spokojnie, bez gwałtu. Nie siejcie u nas niepokoju i nienawiści, po co budzicie głody, których nie można zaspokoić? Nawet za cenę krwi.

Nagły blask lamp zapalonych na werandzie za białymi filarami ganku spłoszył zebranych, odwracali głowy, osłaniali rozszerzone źrenice. Światło uznano za sygnał do zakończenia spotkania. Istvan zdziwił się widząc, ilu słuchaczy wyroiło się z parku, ściskał wyciągnięte dłonie i dziękował za pełną życzliwości cierpliwość, z jaką go zechcieli słuchać. Dziewczęta żegnały go głębokim skinieniem głowy, składały dłonie jak do modlitwy.

– Bardzo jesteśmy wdzięczni – potrząsał ręką gospodarz, w bieli, jakby już rozebrany do snu. – Udany wieczór.

W głębi, jak do zbiorowej fotografii, zgrupowała się liczna rodzina, stryjowie, ciotki, dzieci i wnuki, siwowłosi rezydenci, wstydliwie upchani w rozległych oficynach, a teraz spragnieni spotkania z wielkim światem.

Kiedy znalazł się w pokoju hotelowym, opłukany tuszem, i zaczął upychać pod materac moskitierę, sięgnął po owoc mango, odetchnął odmiennym zapachem, przyłożył do policzka chłodną gładziznę. Kolana Margit, zabolało go przypomnienie. Długo nie mógł usnąć. Komary lamentowały obijając się o łagodne krzywizny siatki.

– Dwa miesiące, już dwa – skarżył się półgłosem, jakby własnym obliczeniom nie dowierzał – owładnęła mną, wzięła jak własność, wrosłem w nią i, oddarty, cierpię.

Brzęk komarów splatał się w żałosną muzykę. Leżał na wpół przysłonięty szorstkim prześcieradłem, pachnącym świeżością i powietrzem. Naszła go lękliwa myśl, chyba nie... Nie, ostatniej nocy, kiedy się ku niej nachylał, szepnęła: możesz, jestem przed... Mimo że całkowicie jej ufał, został w nim cień niepokoju. Jednak gdyby się coś stało, dałaby mu znać, przecież... I co wtedy? Byłby w Delhi, tak samo jak ona, bezradny, wydany na łaskę Hindusów.

Daleko przy basenie, nad którym owej nocy siedzieli, odezwała się w mroku ropucha, jakby ktoś uporczywie potrząsał pustą tykwą z paru kamykami – drewniany, tępy głos.

Gdybyśmy mieli dziecko – zamarł bez oddechu – to oznaczałoby początek innego życia. Właściwie nigdy tej możliwości nie brali w rachubę. Nie, nie... Nie mógł zrzucać całej odpowiedzialności na nią, mówić: wiedziała, co robi.

Nie, na pewno nie to – odetchnął uspokojony. – Musieli jej w ambasadzie zakazać spotykania się ze mną, Australijka jest pod opieką Anglików, może ich zaniepokoiła nasza zażyłość, jestem w ich rejestrach napiętnowany.

Usypiał, trzymając przytulony do policzka wonny owoc, który się już lekko nagrzał od ciała. Zawodzenia komarów zdawały się napinać nici moskitiery.

Cień zza rogu chałupy nagrzanej od słońca wysuwał się powoli, Istvan od razu poznał sylwetkę, czekał bez tchu, aż Margit wyjdzie, czaił się, by ją chwycić w ramiona, zaskoczyć pocałunkami. Jednak ona się nie poruszała, jakby odgadła zasadzkę. Podniósł oczy i dostrzegł z ogromnym zdziwieniem, że to na kiju zatknięta wiecha traw, jakie się stawia w sieni, mietlica owinięta szmatą, która umaczana w beczce służy do wymiatania pieca chlebowego. Nie wiedziałem, że w Indiach mają także... Jak mogłem się pomylić? Nagle zobaczył, że Margit w sari, przebrana za Hinduskę, schodzi ku rzece, na brzegu dopalały się stosy i tłusty dym słał się nisko. Chciał ją ostrzec, wiedział, że idzie się kąpać – nie w tym miejscu, tu sypią popioły zmarłych – próbował wołać, jednak niepojęty lęk ściskał za gardło. Dopadł ją, gdy już po kolana stała w wodzie, odwrócona plecami, nie zwracała uwagi, mimo że dotknął jej ramienia, i wtedy z przerażeniem pojął, że jej twarz nie odbija się w wodzie, i to dopiero uświadomiło mu, że Margit nie ma... Pogrążała się w wodzie, rozpuszczała z wolna w burym nurcie, pełnym lejów i jakiegoś obrzydliwego życia, bezpostaciowego jeszcze. Chwycił ją za rękę. Pięść miała zaciśniętą. Próbował rozchylić jej palce, jakby wszystko od tego zawisło, jakby to mogło ocalić. Jednak dłonie miał słabe, jak to się czasem we śnie zdarza, aż gryzł wargi z wściekłości. Ku jego rozpaczy zapadała się, nikła, nie mógł pojąć, dlaczego jest tylko ona skazana, skoro i siebie ofiarowywał złym mocom, i niespodzianie dłoń jej uniósł jak zerwany kwiat, wilgotną i chłodną, przyciskał do ust, szeptał nieznane, nigdy nie wymówione słowa – kolebeczko moja. Pod wpływem ciepłego tchnienia chłód zaciśniętej pięści jakby odtajał, palce otworzyły się jak płatki i w środku zobaczył czerwoną kulkę. Wytrząsnął ją na podstawioną rękę i zdumiony rozpoznał rzeźbiony w koralu guz mandaryńskiej czapki. Dokładnie taki, jaki widział u Tybetanki w spękanej misce, między rzędami figurek, na chodniku przed hotelem Dżanpath. Wiedział, że jest bezcenny, że zdobył go w zamian za Margit, płacił bólem utraty, który dławił gardło niewypłakanymi łzami, tłumionym skowytem przerażenia. Wszystko przez Czandrę, wreszcie znalazł winnego. Trzeba go zabić, zanim... I z tym postanowieniem się obudził.

Oddychał łapiąc powietrze, powoli uświadomił sobie, gdzie jest. Trzymał w bezwolnych dłoniach owoc mango. Po cóż ja mam go zabić – ułaskawił Czandrę – on nie jest moim wrogiem, radża ma z nim rozprawę. A może Czandra zazdrości mu bogactwa? Tak, on lubi mieć poczucie przewagi. Głupi sen – ocierał prześcieradłem zwilgotniałą twarz, a jednak pozostało jak mroczny osad przeczucie, że Margit jest chora i powinien jej natychmiast spieszyć na ratunek. Przypomniał sobie starą dojarkę, która wykładała sny, szeptała przysłoniwszy usta dłońmi prosto w ucho rozpłomienionej dziewczyny, która aż przymykała powieki od grozy, jaka biła z proroctw niedobrych. Pamiętał znaki klucza sennego: kąpiel w mulistej rzece – choroba, kwiaty zrywać – utrata, rozstanie ostateczne, śmierć. Ale co miał oznaczać guz koralu, polerowany, pulsujący światłem, tego nie mógł odgadnąć, a może w senniku staruchy w ogóle takich symboli nie było, nie powinny się więc przyśnić.

Zza okna przez zbitą zieleń pergoli przebijał zmącony brzask. Wyszarpnął moskitierę płosząc uśpione komary i zapalił lampkę. Było parę minut po czwartej. Od razu na wspomnienie wyprawy rozbudził się ostatecznie, chwilę leżał myśląc niespokojnie, jak go Margit przyjmie. Leżał wyprostowany, nagi, z rękami splecionymi pod karkiem. Komary teraz obsiadły klosz lampy, grzały się na szkle, żółtym jak dojrzały melon.

Przeciągnął się, czuł całą siłę zdrowego, wysportowanego ciała. Oddychał głęboko.

– Bezsensowny, niedobry sen – powiedział do siebie półgłosem.

I w lęku, że jeśli ułoży się wygodniej, gotów twardo zasnąć, wciągnął pod siatkę koszyk z owocami i zaczął je z coraz większym upodobaniem wysysać, jeden po drugim. Cierpki smak przywracał go jawie.

Krople soku wycierał o nagą pierś i uda, żeby nie splamić prześcieradła, ręce miał już tak lepkie, że bosą stopą odchylił moskitierę, i wielkie jak pięść pestki, obrosłe zamszem nitkowatego miąższu, tępo stuknęły wyrzucone na kamienną posadzkę. Przez lukę w zasłonie przemknęło kilka moskitów, ukąszenia w kark piekły swędzącym ogniem, już był pewny, że nie uśnie.

Łokciem odginając białawą siatkę wymknął się pod prysznic, woda ogrzana za dnia pachniała stawem jak w dzieciństwie, ta niezapomniana woda, złota i zielona, wonna od tataraku, zostawiająca na chudych ramionach chłopca gładkość oliwy.

Za oknem stała rozedrgana szarość przedświtu, wielkie spóźnione gwiazdy, którym najtrudniej było odlecieć, jeszcze trzepotały się chwiejnie. Pakował torbę lotniczą, otworzył drzwi na czarną pergolę o liściach jak secesyjne girlandy kute z żelaza. Wyjął z auta walizę, przesunął palcem po zroszonych blachach, kreśląc własny monogram. Krzątał się, popijał herbatę z termosu, chodząc po pokoju, jakby już niewiele czasu zostało, jakby teraz dopiero miał pojąć niezwykłe znaczenie tego zaczynającego się dnia, który odkryje przeczuwaną tajemnicę. Zadumał się z ciepłym wieczkiem termosu w palcach, patrzył w rozbudzoną zieleń trawnika w prostokącie otwartych drzwi. Gwiazdy zanikały, świecić poczęły wielkie krople na końcach liści wiotkich, czepliwych wąsów poskręcanych w spirale. Czuł, że oderwał się i płynie. Wydało mu się, że powinien wstrzymać oddech, zasłuchać się w strzeliste głosy szpaków, szelesty liści rozkołysanych pierwszym powiewem, jak w szmer szaty przechodzącego, który go miłuje.

Blask niepokojącej mocy, drzewa i trawy zdawały się krzyczeć niepokalaną zielenią, czerwone, ogromne kielichy kann tryskały płomieniami na klombie. Pogwizdywania szpaków, tryle rzewne spadały rzęsiście jak dzwonki potrząsane przejętą, pełną ważności dłonią malca, który wie, czyje przyjście zapowiada, i nakazuje zginać kolana, chylić kornie czoła.

Zdawało mu się, że zjednoczony z hołdem owej godziny odkryje prostą prawdę, którą potwierdza ostatnia, wahająca się łza u powiek konającego.

Aż wstrząsnęło nim, gdy na podwórze zajechał ze złożoną jeszcze budą, wysoko podkasany, na sześciu grubych kołach landrover i profesor w miękkim płóciennym kapeluszu zaczął przekładać chude nogi przez przytroczone pakunki.

Zerwał się jak przebudzony, wybiegł naprzeciw.

– Niech się pan profesor nie fatyguje – zawołał rzucając torbę na siedzenie. – Oddam klucz i możemy jechać.

– Dzień dobry – przypomniał Szwed. – O, to lubię. Umówiliśmy się i pan jest gotów.

– Dzień dobry, chłopaki – radca uścisnął ręce obu Hindusom, wąsatemu kierowcy w spłowiałym mundurze wojskowym i sanitariuszowi, którego szkła odblaskowe, jadowicie zielone i dropiaty turban przypominały wróża lub maga z operetki. Obaj byli bardziej zakłopotani niż uszczęśliwieni tą poufałością.

Wóz przypominał blaszane koryto z czterema siedzeniami, wcale pojemne, po bokach miał ławeczki, wyścielone materacem. Na ścianach przytroczono łopaty, siekiery i kawałki listew, powiązane drutem jak gęste sznurowe drabinki, do podkładania pod koła, gdyby ugrzęźli w rozmiękłym gruncie.

Istvan zarył się na tylnym siedzeniu obok profesora, pęd auta muskał mu włosy.

– Oby tylko pogoda wytrzymała – rozglądał się Salminen po pustym, wymiecionym niebie – mamy dwie godziny jazdy szosą, a później przez busz za śladem tong. Wtedy dopiero zacznie się zabawa... Wziąłem ze sobą dubeltówkę, postrzelam do turkawek. Lubi pan polować?

– Nie. Za dużo się nastrzelałem – odpowiedział Terey.

– Wojna na szczęście nas ominęła – przyznał profesor. – Strzelam czasami, żeby sprawdzić szybkość odruchu. Dla zabawy.

– Pieczony gołąb jest bardzo smaczny – wtrącił szofer.

Dokoła nich rozciągały się równinne pola, uprawy soi i ziemnych orzeszków. W ciemnozielonych czworobokach stała trzcina cukrowa z fioletowymi kitami. W kępie ogromnych drzew przytaiła się studnia zasilana wodą deszczową i białe woły z zawiązanymi oczami obracały kierat, na drągu jak wróbel przycupnął nagi chłopiec w wielkim niebieskim turbanie i pokrzykiwał żałośnie dźgając je prętem. Z koła, do którego przyczepiono łykiem czerwonawe, gliniane garnki, zielonym światłem przelewała się woda do rowu zwilżającego okoliczne pola.

– Wolę polować na takie obrazki – wskazał ręką Istvan.

– Ja też. Mam aparat filmowy – klepnął skórzane pudło profesor – ale zbieram tylko dziwności... Ciekawe, że człowiek najbardziej wierzy oczom, które tyle razy go łudzą. Jak piszę do przyjaciół w Malmö, uważają mnie za blagiera, a starczy wyświetlić film i będą pełni podziwu.

– Posyłam zdjęcia synom.

– Pan jest żonaty? Nie widziałem obrączki.

– Zdjąłem. Ciśnie.

– Od którego roku małżeństwa zaczęła cisnąć?

– Palce nabrzmiewają z upału, więc zdjąłem. Sądzi pan, że wprowadzam kobiety w błąd?

– Nie, one lubią być zwodzone. Przynajmniej mają usprawiedliwienie, że się pomyliły. Niektórym i tego nie trzeba.

Błysnął porozumiewawczo wyblakłymi oczami.

Mijali wioski, szare gliniane bryły chałup, ślepe ściany oblepione foremnie uklepanymi plackami krowiego łajna, które się w słońcu suszyło na opał, ulice opustoszałe, chłopi wyszli w pole okopywać grzędy patatów, przelewać wodę w misterny system kanałów. Tylko przy studni dwie kobiety, w żółtym i jasnozielonym sari, na głowach dźwigały kuliste gliniane naczynia.

Z przydrożnych drzew zrywały się chmary much i bąków, niesione pędem uderzały w twarze twardo jak kamyki.

– Zwolnij – rozkazał profesor, widząc, że sparszywiałe, obłażące z sierści kundle leżą rozwalone w kurzu i nawet nie dźwigną pyska, żeby zobaczyć, co nadlatuje w skowycie klaksonu. – I pchły nie zmuszą ich do ruchu.

Ledwie minęli ostatnie chałupy, owionął ich mdlący smród rozkładu. Na łączce kłębiły się brunatną stertą sępy, napierały na siebie, tłukły rozpostartymi skrzydłami.

Profesor kazał stanąć i zbliżył się celując w żerowisko obiektywem aparatu filmowego, rozstępowały się zaniepokojone, syczały ze strzępami fioletowych flaków dyndających z dziobów, długie szyje, nagie, jakby świeżo odarte z piór, wiły się niby ogromne robaki. Ptaszyska uskakiwały podrygując, machały skrzydłami napędzając ku nim fale odoru rozkładającej się padliny.

– Przypominają graczy w rugby, jak formują kopę – pokrzykiwał uradowany profesor. – Muszę zobaczyć, co szarpały. Zdechła świnia – triumfował, przyklękał najeżdżając kamerą na rozpruty brzuch, ochłapy skóry z czarną zjeżoną szczeciną. – Znakomita scenka dla moich gości.

Zatoczył łuk po ławie czekających grabarzy. Ptaki przyglądały się kręcąc głowami. Ledwie odstąpił trochę, ruszyły powolnym krokiem, nabierały rozpędu skacząc jak dzieci ze związanymi nogami, otwarłszy szeroko skrzydła gnały, by zagrodzić innym dostęp do żeru.

– Najpierw dobra kolacyjka, cygarko, koniak, a potem taki widoczek dla przypomnienia, na jakim świecie żyjemy – marszczył długą, suchą twarz w szyderczym uśmieszku. – Co pan tak zbladł? I to ma być kombatant?

Padlina cuchnęła.

– Uciekajmy – prosił Istvan i, kiedy ruszyli, płukał się w strudze wiatru, aż pęd powietrza wzdymał bluzę jak balon. – Ohydne widowisko...

– Ohydne – przystał profesor. – Dlatego zdejmowałem. Pan nie mógłby z nami pracować. Jest pan za miękki.

– Nie, nie – przypomniał sobie pierwszą jesień po wojnie, żółtobrunatne pola z wygniecionym śladem czołgów w badylach połamanej, miejscami wypalonej kukurydzy. Bela zaprosił go do ojca na kuropatwy. Stadko ostrzelane krążyło jak na uwięzi i w głośnym turkocie skrzydeł zapadało w zeschłe badyle. Trafił, wyskubnięte śruciną bure piórka wirowały nad szeleszczącymi prętami, puste łodygi łamały się z trzaskiem pod nogami. Brnął przez ogołocone zagony kukurydzy. W gęstwinie, jak pod dziurawym namiotem, leżał zabity Niemiec w butach z cholewami. Podkówki i gwoździe rudziały w niskim słońcu, leżał na bronie zębami zarytej w grudach gliny, w płaszczu zielonkawym, ściągniętym czarnym pasem złuszczonym od słot. Istvan pochwycił go za ramię, rozmiękłe ciało wyczuwał przez szorstkie sukno, odwrócił. Spod hełmu szczerzyła zęby szarawa twarz bez rysów, rojąca się masą czerwi, i buchnął ku niemu ten sam zaduch, od którego pot występował na czoło. Przez skośne żelaza brony widział świeżo rozgrzebaną ziemię, białe ślady ptasiego pomiotu, kuropatwy przychodziły tu żerować, wydziobywały kapiące czerwie. Puścił zabitego, a on ułożył się jakby z ulgą, zwieszając rękę w rzadkie trawy, tak jakby ich miękkość chciał zapamiętać. I wtedy usłyszał łopot skrzydeł postrzelonej kuropatwy, tłukła się, aż chrobotało w kukurydzy. Odnalazł ją i dobił, uderzając główką o kolbę dubeltówki. Zawiadomili sołtysa

i poległego Niemca pochowano spisawszy nazwisko z napęcznia-
łej, pokarbowanej od wilgoci książeczki wojskowej. W parę dni
później zjadł ze smakiem upolowane kuropatwy.

– Nie, ja się nie brzydzę waszą pracą. Nawet Margit...

– Ach, miss Ward jest Australijką – sprostował profesor. – To
jakby inna rasa, zachowali jeszcze twardość pionierów. Godna
podziwu, pracuje jak mężczyzna, a przecież nie musi, zamożna
jedynaczka.

– Myli się pan, ona musi – powiedział gorąco. – Nie byłaby
sobą.

– Kobieta z charakterem i niepokojącą inteligencją. Niełatwo
przyjdzie jej znaleźć męża. Bałbym się jej na co dzień, zamknięta,
despotka.

– O, doktor Ward najtrudniej dogodzić – potwierdził sanitariusz
przyciskając dłonią turban, w który uderzał pęd powietrza. – Sama
pracuje jak maszyna i drugim nie da odetchnąć.

– Tak – dorzucił kierowca – ona jest jak młody oficer, nie znosi,
kiedy ludzie siedzą.

– Zwłaszcza ostatnio była rozdrażniona – nachylił się do Istvana profesor, niezadowolony, że tamci przysłuchują się rozmowie.
– Nie ma się czemu dziwić, upały i wilgoć są dla kobiet udręką,
morderczy klimat rozkłada fizycznie i psychicznie. Od razu byłem
przeciwny przysyłaniu lekarki, tu nawet mężczyźni miewają napa-
dy nagłej wściekłości i trzeba ich wygaszać miltownem. Albo zaczynają pić. Jednak ona się jeszcze trzyma, nie najgorzej trafiłem,
twarda sztuka.

Jakże ją mało znacie – rozradował się wewnętrznie – ile ma w
sobie ukrytej czułości i ciepła, tylko ja mogę powiedzieć, jest dobra
i uległa... Ale już cieniem się kładło nagłe zerwanie, listy bez odpowiedzi, telefony: świergot w słuchawce jakby przestrzeń odmie-
rzona drutami śpiewała jękliwie zakończone chrapliwą angielszczyzną portiera: „Miss Ward wyjechała". Prosił, żeby zawiadomić
o telefonie z New Delhi. Tamten notował przeliterowane nazwisko
i znowu długie dni bez znaku. Nie, niełatwo Margit przeniknąć,

miała tajemnice, przeszłość, która krepą się kładła na jej życie. Ale dziś stanie przed nią twarzą w twarz, zażąda wyjaśnień. Ale właściwie, jakie ma prawo czegokolwiek się od niej domagać? Co może w zamian ofiarować? Mówi – kocham, kocham – ale uczucie nie usprawiedliwia jego postępowania, z całym egoizmem chce ją mieć na własność, posiadać, pustoszyć żądzą.

Czy można w miłości przeprowadzać rozliczenia, ustalać warunki handlu wymiennego? Czyż nie jest to oddanie dobrowolne w niewolę, której się nie dostrzega? Odnalezienie radości niedostępnej innym, niezrozumiałej, niepojętej w bezbronnym wydaniu na dobre i złe, bo z tej ręki nawet zadawany ból jest tylko oszołomieniem, zdziwieniem, że aż tak daleko zabrnęliśmy w uległości.

Zagony poprzegradzane kępami krzaków rozciągały się aż po horyzont zbielały srebrnymi, świetlistymi chmurkami. Czarne, chude sylwetki chłopów zginały się i prostowały rytmicznie, nakryte błyskiem szerokich motyk. Grzbiety o kolorze mosiądzu lśniły od potu.

– Ciężko pracują – powiedział Istvan.

– Bardzo ciężko i niewydajnie – uzupełnił profesor. – Brak nawozu, traktorów i dobrego ziarna. Z trudem wydzierają ziemi tyle, żeby wyżyć.

– Jak im pomóc? Najprostsze maszyny sami sobie budują, strugają z drewna. Są dumni ze swoich kołowrotków, zbitych kołeczkami, bez jednego gwoździa, tak dumni, że ambraczarkę wynieśli na sztandar, kołowrotek jako symbol postępu. Praca jest tania, życie jeszcze tańsze, ustały pomory, państwo próbuje ratować ich przed klęskami suszy i szarańczy, więc plenią się, rozmnażają z bezmyślnym rozradowaniem...

– Planowanie rodziny? Tutaj – obruszył się profesor. – Kobiety słuchają, potakują pełne wdzięczności, patrzą dobrymi, krowimi oczami. I nic się nie zmienia. Nie mają czym wykarmić sześciorga, a już łono wzbiera siódmym. Dokoła sucha, spieczona od słońca glina, wyburzałe trawy nie nadają się nawet na paszę. Tylko sępy przestępują z nogi na nogę na odartym z kory wierzchołku drzewa. Matka oddaje dziecku siebie, płód jest bezwzględny, takie są prawa natury, rabuje jej ciało, odwapnia kości. Pokolenie cherlaków. Jeszcze te nakazy religijne, wegetarianizm... Nie mam nic przeciw temu, żeby wyrzekli się mięsa, byle w ogóle coś jedli. To obłęd przebierać w pokarmach, gdy się stale przebywa na krawędzi omdlenia z głodu. A przecież mają dosyć krów, włóczą się całe stada, niszczą uprawę. Obłąkany szacunek dla życia jako bożego żywiołu. Nie wolno ich zarżnąć, ale wpędzić stado na odrutowany plac, żeby z głodu zdychało – dozwolone, sumienie wtedy spokojne.

Wzburzony profesor unosił w słońce duże, kościste dłonie, dławił palcami pożółkłymi od nikotyny, targał niewidzialne zasłony.

– Wiadomo, że żadnych środków zapobiegawczych nie kupią, bo nie mają co do garnka włożyć – ciągnął dalej. – Rozdanych za darmo nie zastosują, bo im nie wierzą, bo sprzeczne z religią, bo dzieci to błogosławieństwo bogów, prą do samowyniszczenia z bezmyślnością godną owadów. Dawano im paciorki na szyję, koralikami wyznaczano rytm krwi i dni niepłodne. Myśli pan, że coś pomogło? Przesuwały jak talizman, uszczęśliwione, spragnione posiewu życia, który jest tylko poddaniem się mechanicznemu prawu selekcji, słabe osobniki muszą ginąć i giną. Matki odnoszą nad rzekę obciągnięte wyschłą skórą szkieleciki, przykrywają drewkami, spopielają. Pośpiech rodzenia dla śmierci.

– A może trzeba się zwrócić do mężczyzn? – podsuwał Terey.

– Leżą na łóżkach przed domem na ramie niedbale zasnutej sznurkami, spowici w prześcieradła palą hukę, chłepczą dym w zadumie słodkiej i bezmyślnej, pobierając energię ze słońca – szydził – ażeby nocną porą wykonać tych kilkanaście nieskomplikowanych ruchów i począć nowe istnienie. Oni też cieszą się ojcostwem, a potem rozpaczają, krzyczą i płaczą w chwili zgonu dziecka, ale nie kojarzą przyczyn ze skutkami, tkwią w świecie baśni o przeznaczeniu zapisanym przed wiekami, o losie nie do odwrócenia. Więc co z nimi robić?

– Życzyć im rewolucji – powiedział twardo.

– Za mało energii i mięśni, nie udźwigną broni – potrząsnął głową z grymasem odrazy, przypominał ostrowłosego foksteriera, który zdusił szczura i nie wie, co z nim zrobić, dokąd odrzucić.
– Potrafią się tylko jednoczyć w decyzjach na „nie", siedzieć i dać się zatłuc, bierny opór. Ich hasło budzące szacunek – bez gwałtu, w praktyce oznacza bez działania, co gorsza, nawet bez myśli o nim.
– A jednak pan z całą żarliwością ich leczy, szkoli, pracuje nad nimi. Nie można za wiele wymagać od jednego pokolenia, profesorze.
– Pracuję, bo lubię przeciwnika, jakim jest trachoma, mam tu naprawdę ciekawe przypadki, próżno by takich szukać w Europie. Wyleczę, pouczę i oni odchodzą w te same mordercze warunki, by się znowu zakazić. Mam pełną świadomość, że niewiele pomogę, ale pracujemy dla przyszłości, szukamy nowych, łatwych do przyswojenia metod, prostych, na chłopski rozum – stosowanych leków. Kiedyś i oni się przebudzą, wtedy przydadzą się im nasze doświadczenia. Może nawet postawią nam świątyńkę i będą palić trociczki.
– Nikt człowiekowi pomóc nie może, jeśli sam tego nie zechce – zgodził się Istvan. – Wolna wola to najtrudniejszy z darów.
Gnali podskakując na rozmytym asfalcie w rozpylonym blasku, od pól nawiewał miodny zapach kwitnących traw i zbóż.
– Europejczyków uformowało chrześcijaństwo, wpoiło pojęcie bliźniego, czujemy współodpowiedzialność za los drugiego człowieka – krzywił się Szwed, jakby żuł coś gorzkiego. – Chcemy bronić, jeśli dzieje mu się krzywda. Marksizm zajął się tym praktycznie, bo nikt dobrowolnie ze swego nie lubi oddawać. Nawet z nadmiaru. Przystaję na to, że czasem trzeba odbierać, wymuszać, żądać sprawiedliwego podziału chleba.
– Trzeba jednak rozumieć oburzenie ludzi dobrej woli na Zachodzie, którzy odpowiedzieli na apel o pomoc, ukazujący nędzę, głód, choroby i ciemnotę... Oni szczodrze dają, ale przy tym zastanawiają się, analizują dociekliwie: Dlaczego my w Europie mamy

odmawiać sobie, ograniczać, gdy tamci w Azji sobie folgują, parzą się, mnożą bez opamiętania – dorzucił Istvan. – Dlaczego mamy płacić wyrzeczeniami za ich niefrasobliwą głupotę, podniesioną do godności świętej zasady. To problem i Afryki, i Południowej Ameryki – potarł czoło zmęczonym ruchem – w końcu powraca złowroga myśl, którą słyszałem od starego chłopa: „Wojna musi być, bo się za dużo ludzi namnożyło. Na muchy jest mroźna, jesienna noc, na ludzi wojna".

– Zabawnie sformułowane, tylko że teraz możemy zniknąć z całym postępem, rakietami, penicyliną, Picassem i Brigitte Bardot, a mogą przypadkiem ocaleć owi trawożerni, łagodni jak owce, cisi, mnożący się jak zioła i bez skargi jak zioła padający pod kosą... Szarańcza – poprawił – szarańcza człekokształtna, którą rządzi przewód pokarmowy i narządy płciowe, głód i libido.

Landrover zahamował gwałtownie.

– Co się stało?

– Chyba tu skręcimy – frasował się kierowca. – Droga odchodzi na północ. Sab sprawdzi na mapie.

Profesor rozłożył zielonkawo pożyłkowaną kartę na kolanach, wodził palcem po czerwonych kreskach.

– Tak, można skręcić.

Auto przechyliło się gwałtownie, osunęli się w rozjeżdżony rów i wdrapali na polną drogę. Trzęsło nimi i rzucało tak, że musieli kurczowo trzymać się uchwytów, pakunki zaczęły powolną wędrówkę napierając na podkurczone nogi.

– To dopiero początek, jeszcze nie jest źle – pocieszał Szwed.

– Czy pan jest pewny, żeśmy w dobrym miejscu skręcili?

Profesor odchylił się gwałtownie, żeby nie stuknąć głową Tereya, i szepnął z dziecięcą chytrością:

– Na tej mapie próżno szukać dróg, poza szosami pierwszej klasy nic się nie zgadza. Przekonałem się, że oni mają węch jak szakale, instynktownie wiedzą, gdzie skręcać, czekają tylko na moje zezwolenie, żeby uchylić się od odpowiedzialności. W końcu i tak dojedziemy.

Droga zanikała, rozplatała się w wachlarz głębokich kolein wyrytych kołami, jechali więc na przełaj, omijali doły pełne wody, zarosłe wysoką trawą i kępy drzewek o płaskich koronach podobnych do ogromnych grzybów. Krążyli płosząc stada papużek, które zawisły nad nimi z podkulonymi nóżkami, jak garść żółto-zielonych liści.

I znowu trafiali na drogę, motor skowyczał wyrywając koła z głębokich kolein, bryzgając wodą.

Cierniste gałęzie drapały, zahaczały o sprzęt przypięty do zewnętrznych ścian, wytrząsały czerwone mrówki, które cięły dotkliwie. Wąsate chrząszcze łaziły Istvanowi po nogach i startowały furkocząc z kolan, budząc dreszcz obrzydzenia.

Profesor podał mu pigułkę kołysząc otwartą dłonią.

– Przeciw chorobie morskiej, zanadto trzęsie.

– Dziękuję, wytrzymam.

Jednak chwilę później poczuł skurcze, kiedy sanitariusz zwisnął przez poręcz wozu i bluzgał, ucinając dłonią szkliste nitki śliny. Odwrócił twarz, żółtą jak niedojrzała cytryna, i przepraszał, tocząc ogromnymi, czarnymi oczami.

Wjechali w wąwóz o porytych fioletowych brzegach, dołem szorowała woda mielona kołami, chlapiąc wysoko i ściekając z osypiska.

– Uważaj, żebyśmy nie ugrzęźli – ostrzegał profesor.

– Widzę koniec pułapki – kierowca wyszczerzył białe zęby spod ciemnego wąsa – cisnę gaz, żeby nas nie zassało.

Auto wylazło na brzeg, ociekając rzadkim błotem. Przed nimi był step porosły zbitymi krzakami. Burą strugą uciekało stado owiec. Pastuch, zakryty od słońca workiem, trzymał pod pachą włócznię, a w obu dłoniach piastował zbiornik wodnej fajki, której dym osnuwał go niebieską chmurką.

Kierowca, a potem sanitariusz zakrzyczeli do niego, jednak on ssał ustnik i patrzył nieufnie spod trójkątnego kaptura.

Minęli go tak blisko, że wyciągnął rękę i dotknął zabłoconych blach wozu, jakby oczom nie wierzył.

– Ciemny chłop – powiedział ze wzgardą kierowca. – Nie rozumie, co się do niego mówi.

– Może się nas bał? – podsunął Istvan.

– On? – zaśmiał się szofer. – Nie ustąpił ani na krok, taki, jak się rozzłości, może nawet zabić. Rzuci włócznię i ucieknie. Oni się boją tylko duchów. Głupie chłopy.

Samochód zaczął rytmicznie drgać, jechali jak po karbach tary, dygot im się udzielał, aż dzwonili zębami.

– Co za piekielne bezdroże – żalił się radca.

– Zbliżamy się do wioski albo do wodopoju, bawoły takie rowki wydeptują – powiedział profesor. – Zatrzymaj się – trącił ramię kierowcy. – Zgaś.

Z nieoczekiwaną w jego wieku zręcznością zeskoczył z wozu unosząc dubeltówkę. Pokazał palcem parę kawowych ptaków.

– Gołębie.

Kierowca przypasał rewolwer w parcianej pochwie i ruszył za nim, przepadli w krzewach między kępami trzcin i traw.

Kiedy motor zgasł, posłyszeli głosy buszu, gwizdy ptaków, basowe gruchania gołębi, brzęk niezliczonych świerszczy.

Istvan również zeskoczył, żeby wyprostować nogi, i nagle stanął jak wryty, z trawy, do kolan wysokiej, wystawał płaski, pokryty łuską łeb, i bystre, wąskie oczka wpatrywały się w niego uparcie. Rozejrzał się za jakimś kijem, gotów do ucieczki. Nieznane stworzenie stało jak przedpotopowy gad na tylnych łapach i ogonie, przednimi wsparte na sprężystych trawach, spoglądało na niego gniewnie.

– To jaszczur, sab – usłyszał głos sanitariusza. – Błotny jaszczur. Niejadowity.

– Taki duży?

– Są jeszcze większe. One nie gryzą. Skórka dobra na torebki i na buty.

Wyrwał łopatę z uchwytów i podał Istvanowi.

– Niech go pan ogłuszy!

Jednak płaz pojął, co mu grozi, wykonał długi skok przyginając wiechcie traw, płynął w nich, zapadał się, niknął. Tylko po zygzakowatym kołysaniu sitowia można było odgadnąć, gdzie się przedziera. Wysoka trawa pętała nogi biegnących, coraz wyższa, już sięgała po pas, a grunt podpływał wodą, gąbczasty, grząski.

– Uciekł nam. Ostrożnie, bagno – chwycił się gałęzi sanitariusz.

– Lepiej wracajmy.

Usłyszeli nikłe, zgłuszone nieustannym, dokuczliwym brzękaniem owadzim stuknięcia wystrzałów. Liczyli: dwa, po chwili jeszcze dwa.

– Cztery, a może nawet pięć gołębi – wydął wargi sanitariusz, wpychał kosmyki włosów pod turban.

Nie mylił się. Brnąc przez chlupoczącą grząską łąkę zobaczyli profesora z dubeltówką na ramieniu i kierowcę, który triumfalnie podniósł pęk ubitego ptactwa.

– Winszuję – Terey potrząsnął nad głową splecionymi dłońmi.

– Nie ma czego, one są tak ufne, że celuje się jak na strzelnicy. Rzeź, nie łowy – bronił się profesor. – Chciałem, żebyśmy mieli na wieczór. Jeżeli się nie zaśmierdzą, bo skwar nieznośny.

Wycierali chustkami spocone twarze, po których łaziły drobniutkie muszki, zrywali czepliwe nici pajęczyn, prawie niewidoczne a sprężyste i lepkie, i rozmazywali żółty pył kwitnących traw.

Zadowoleni opadli na rozpalone ceraty foteli, basowy warkot motoru witali z ulgą, trochę głuszył nużące zgrzytanie cykad, psykanie koników, które niepokoiło, zmuszało zmiennymi głosami do nasłuchiwania.

Wóz wyszarpnął się z krzaków i traw, które wikłały się na osiach, jechali stokiem łagodnego pagóra ku dwu czerwonym, krzywo narysowanym koleinom, przecinającym trawiasty grzbiet – znowu trafili na drogę.

Sanitariusz rozciągał skrzydła upolowanym gołębiom i wyskubywał spomiędzy piór wielkie jak groch ptasie kleszcze.

Istvan patrzył, jak powiew wzdyma koszulę na plecach zgarbionego profesora, to znów przylepia, aż występują ciemne plamy potu. Dzwoniło w uszach. Przełykał gęstą ślinę. Marzył mu się termos mocnej herbaty z plastrami cytryny i kostkami na wpół roztopionego lodu, zanim pierwszy łyk spłynie w gardło, żeby już poczuć na twarzy chłodne tchnienie z pojemnego wnętrza.

– Nie podobają mi się te obłoczki – pokazał profesor na niebo, mrużąc oczy w blasku. – Za dużo ich się wysypało.

– Aby przeskoczyć na dawne koryto Dżamuny – naglił kierowca – dalej zaczynają się piachy, tam deszcz niegroźny.

Oleiste powietrze duszącym zapachem łąk mazało się na twarzach. Dokoła jeszcze otwierały się rozległe polany słoneczne, gdy z głuchym szumem, w sieczeniu liści i gwałcie w przestworzach przeszły pierwsze kliny ulewy.

Hindusi rzucili się stawiać budę, a profesor komenderował:

– Jechać! Chwilowy deszcz. Pchajmy się dalej.

Jednak gdy nagłe chluśnięcia spadły i na nich, od razu mocząc koszule, oblepiając spodnie, sam dźwigał stalowe pręty wspierające brezentowy dach, umacniał zaczepy. Deszcz łomotał w rozpięte płótno jak w bęben.

– No, i mamy przygodę – krzywił się profesor – od razu mi się to dzisiejsze słońce wydawało za jaskrawe. Słusznie mówi przysłowie: „W porze monsunów domu nie trać z oczu".

Nie jechali, tylko nurkowali w wodzie lecącej z upustów niebieskich, niezliczone muchy, bąki, malutkie ćmy wiedzione nieomylnym instynktem szukały wraz z nimi schronienia pod ruchomym dachem, uczepione przywierały do brezentu albo spłoszone tupotem ulewy latały obijając im się o czoła, lgnąc skrzydełkami do lepkiej skóry.

Landrover staczał się przechylony, jedną stroną uwiązł w głębokiej koleinie, pędząc przed sobą rudą falę zbełtanej deszczówki. W dole pokazała się wieś, kilkanaście rozrzuconych chałup uklepanych z gliny, płaskie dachy z wysokimi parapetami w rogach miały otwory i z połówek rozłupanego bambusa zrobiono rodzaj rynien. Z głośnym pluskiem, pełnym, spienionym łukiem spadały z nich strugi wody. Nieliczne drzewa uginały się i otrząsały przywalone brzemieniem ulewy.

– Jedź dalej – szturchał profesor w plecy kierowcę. – Może jeszcze przedrzemy się na drugi brzeg.

Wieś była wymarła, tylko para czarnych bawołów o ogromnych rogach z rozkoszą nadstawiała szerokie pyski w fale ulewy, która biczowała im grzbiety.

Po jednej stronie drogi chaty były zamknięte na głucho, a deski już pociemniały od ściekających chlustań, po drugiej, w mrocznym wnętrzu widzieli przycupnięte postacie, kolorowe spódnice i stopy zabarwione rozmytą gliną. Nad zaciekawionymi twarzami wysnuwał się dym i tłukł nisko cierpką smugą tlącego krowieńca.

Staczali się, ześlizgiwali w pogarbionym potoku koloru krwi, który rwał korytem drogi. Jeszcze zanim osiągnęli brzeg, wiedzieli, że jest za późno. Dołem sunęła w groźnym pośpiechu pełna wirów i nierówności naginanych prądami wezbrana rzeka. Wody fioletowo-czerwone, muliste, gęste, z ochłapami pian, podobnymi do wyszarpniętego płuca, parły nieprzerwanie.

Nie wychylając się spod przeciekającego już daszku, zaklęśniętego ciężarem wody, mierzyli oczami pomrukującą w dole rzekę, której złowrogi napór zgadywali, i daleki brzeg, zatarty, rozmazany w przemieszanych nawałach lecących bryzgów. Nurt łapczywie wbiegał na niedawne łąki, tarmosił wyprutą darń, osadzał zróżowione piany. Z góry szedł potop. Strumyki gwałtowały na drodze, toczyły obsuwające się grudy gliniaste, wydarte trawy niosło kłakami, urwane gałęzie zdawały się pełzać z niemrawym uporem w stronę rzeki, tak jakby była ich przeznaczeniem.

– Na dziś można pożegnać się z przeprawą – westchnął kierowca, namokły turban klapnął, z odwiniętego końca kapała woda.

– Trzeba zanocować – zdecydował profesor. – Choć jesteśmy już niedaleko.

– Sądzi pan, że jutro? – zaniepokoił się Terey.

– Jeżeli nie będzie lało – wzruszył ramionami Salminen. – Rzeka przybrała w ciągu kwadransa, kiedy opadnie, zobaczymy. Trzeba znaleźć pojemniejszą chałupę. Zawracamy.

Łatwiej było powiedzieć, niż wykonać, wóz buksował, dół wypełnił się wodą, którą mełły koła. Motor piał na wysokich obrotach; wzdrygając się, przechylony, bokiem zaczął landrover wyłazić na pochyłość drogi.

Zajechali pod otwarte drzwi chałupy stojącej na uboczu, wioska rozłożyła się nad nimi osłonięta pagórkiem, zbitą gęstwiną akacji o długich na palec cierniach.

Pachniało swojsko dymem, mokrą słomą, mlekiem, a trochę i mierzwą. Zeskakiwali kolejno i wpadali w mroczne wnętrze, wykrzykując słowa pozdrowień. W mżeniu tlącego ognia Istvan dojrzał gromadę przykucniętych dzieci, kobietę, która zasłaniała twarz, tylko oczy błyskały ku nim ciekawie, i starego chłopa. Jego nagie, chude, węźlaste uda i kolana pełne blizn lśniły jak brąz posągu.

Na łóżku, okryty płachtą, leżał jakiś kształt podobny do kokonu owada i wzdrygał się pokasłując. Nie mając na czym siąść ukucnęli. W przeciwieństwie do starego chłopa, nieruchomego powagą ludzi mocno utrudzonych, dzieci poszturchiwały się, wymieniały krótkie piskliwe uwagi, parskały nagłym śmiechem, przypominały ptaki przed snem na gałęzi.

Za otwartymi drzwiami szum i odgłosy lejącej się pieniście wody potęgowały wrażenie zacisza domowego schronienia. W drugiej połowie izby odgrodzone rowkiem ściekowym spoczywały dwie krowiny, przeżuwając spokojnie.

– Zostaniemy tu? – rozejrzał się bezradnie Terey.

– Wszędzie jednako, trochę za dużo dzieci, ale noc przedrzemiemy... Zresztą oni się wyniosą, zobaczy pan, oni się nas po prostu boją, jesteśmy istotami z innego świata, skąd nie oczekują niczego dobrego – zapewniał Salminen. – Kto tam leży? – pokazał na łóżko. – Zapytaj – rozkazał szoferowi. – Chora?

Wymienili kilka zdań i kierowca przełożył:

– Nie chora, bardzo stara kobieta. Jego babka – pokazał na zasępionego chłopa.

Próbowali przełamać wrogą nieufność, Terey poczęstował mężczyzn papierosami. Chłop wziął powoli, obejrzał, wąchał i położył na ziemi przy bosych stopach. Cała rodzina patrzyła na niego z podziwem i uwagą.

Salminen otworzył blaszane pudełko z albertami, ciasteczka pachniały wanilią i miały oprócz nakłuć wytłoczony zarys uśmiechniętej twarzy, podsuwał je dzieciom i kobiecie, brały i ważyły w ręku z oczami okrągłymi z napięcia, więc zaczął chrupać, pokazując na migi, co się z tym robi. Jedno skrobnęło zębami i parsknęło śmiechem, zawstydzone, inne trzymały krążki i oglądały z obu stron jak obrazki, wyraźnie było im żal je zjeść.

– Mówiłem, że się nas boją – odezwał się półgłosem Szwed.

– Na pewno pojechaliśmy złą drogą. Gdyby tędy przeszła nasza ekipa, inaczej by się do nas odnosili. Zapytaj go – trącił sanitariusza.

– Nie. Nie widzieli żadnego auta ani Anglików, tak powiedział – przełożył z dumą sanitariusz. – Głupie chłopy, on poza swoje pola nosa nie wystawiał, nawet z pielgrzymką chodził tylko do świątyni za rzekę.

– Powiedz mu, kim jesteśmy.

– Już powiedziałem – uśmiechnął się sanitariusz – ale tu słowo lekarz znaczy czarownik. On pytał, czy myśmy przyszli z policjantami, którzy są w wiosce.

– Powiedz mu, że nie.

– Powiedziałem.

– Po co przyszli policjanci?

– On mówi, że nie wie. Słyszał strzały przed deszczem.

– Może to pan strzelał do gołębi? – zapytał Istvan. – A jak to święte ptaki?

– Nie – zaprzeczył kierowca i przysunął się do starego, żeby coś więcej wydostać. – Chcieli złapać dakoitę. Strzelali z karabinów – objaśniał. – Dlatego chłopi są tacy spłoszeni. Dakoita to zbójca, rabuś, on pochodzi z tej wsi, ale tutaj nikomu krzywdy nie wyrządził. Na rabunek wyprawiał się bardzo daleko, nieraz przepadał i na pół roku. On go zna, bo to jego krewny. Dobrze, że go nie złapali.

– Rozumie pan coś z tego? – zapytał Szwed tocząc na polepie w stronę dzieci blaszane pudełko po ciasteczkach, mała dziewczynka śmiejąc się odepchnęła je dłonią, profesor powtórzył manewr i już turlali pudełko do siebie na przemian, pochłonięci zabawą nawet nie zauważyli, że deszcz ustał, ciurkało tylko z dachu, jednak niebo się przetarło, rozświetliło i od razu ziemia zaczęła gwałtownie parować. Istvanowi wydało się, że ta głupia zabawa pudełkiem przełamała niechęć. Nastrój się zmienił i kobieta przyniosła gliniane naczynie z chłodnym, kwaśnym mlekiem.

– Będzie pan pił? – zaniepokoił się Terey. – Nie boi się pan banga?

– Dają, to wypijemy, a potem sulfaguanidina.

Łykał ze smakiem chłodny, grudkowaty płyn. Kierowca i Terey poszli za jego przykładem. Jeden sanitariusz zamachał uniesionymi dłońmi, że nie, że dziękuje.

– On już wie, że istnieją bakterie i wirusy – współczuł mu profesor. – A jeszcze nie poznał prostej prawdy, że najważniejsze jest utrzymanie równowagi w organizmie, samozwalczanie, zbytnie wyjałowienie, nadmierna higiena odbiera nam odporność. A żyć w warunkach zakaźnych trzeba, trzeba oddychać, jeść, dotykać. Niech pan tak na mnie nie patrzy, gwarantuję, że jeśli nie dostanie pan boleści z samego oczekiwania na chorobę, nic panu nie będzie. No, dzieciaki, jedzcie – zachęcał je gestami.

I naraz wszystkie zaczęły skrobać zębami suche ciasteczka jak wiewiórki, patrząc na niego pilnie.

Profesor wyjął z kieszeni niewielkie pudełko, odsunął skórzaną klapkę i wodził palcem, dopóki w izbie nie zaskrzeczał zdyszany rytm dżezu, dzieci wpatrywały się w niego jak urzeczone, nawet postać leżąca dźwignęła się na łokciu i spod szarej płachty wyjrzała lśniąca brązem głowa z paru siwymi kosmykami.

– Japoński aparat na tranzystorach, mają lepsze od naszych, kupiłem go w Hongkongu.

W drzwiach pociemniało i, schylając się weszli dwaj policjanci w szortach, koszulach z podwiniętymi rękawami i czerwonych turbanach, stanęli wyprostowani, jeden wsparł się na karabinie, drugi w okularach przeciwsłonecznych, z kciukami zatkniętymi za parciany pas, zwinięty pod ciężarem dużego kolta, próbował rozpoznać, z kim mają do czynienia, jaką przyjąć postawę, potraktować niezapowiedzianych przybyszów jak intruzów, surowo, z góry, czy – bo jednak to są biali cudzoziemcy – trzeba raczej być grzecznym. Profesor nadal bawił się z dziećmi przetaczaniem pudełka. Policjanci nie wypowiedzieli sakramentalnych słów pozdrowienia, więc nikt ich nie powitał.

Oficer z namysłem ukucnął, a kiedy pudełko potoczyło mu się pod nogi, odepchnął je zręcznie.

– Kim panowie są – zaczął. – Czego tu chcecie?

– Jestem z misji UNESCO z Agry. Chcemy przeczekać deszcz.

– Ale dlaczego tutaj?

– Bo tak chciało przeznaczenie – uśmiechnął się profesor, a policjanci skinęli głową, że rozumieją.

– Czy ktoś z panów jest lekarzem?

– Ja.

– Mamy dwóch rannych. Czy nie zechciałby sab ich opatrzyć?

– Jestem od oczu, ale zrobię, co tylko się da. Gdzie ich macie?

– Niedaleko stąd, ale autem nie dojedziemy. My jesteśmy konno.

– Już ja bardziej ufam własnym nogom – podniósł się profesor, kazał sanitariuszowi wziąć torbę z lekarstwami, wsunął ku żalowi obecnych grające radio do kieszeni i wyszedł przed chatę.

– Pójdzie pan ze mną? Będzie się panu chciało po takim błocie? Pan nie musi – zaznaczył.

– Jasne, że idziemy razem. To ciekawe.

Schylając się przekroczył próg, o który zatrzymało się pudełko z albertów. Szli owiani hałaśliwą muzyką, która wywabiała gapiów z chałup. Istvan ogarniał teraz zniszczenia spowodowane ulewą, woda szorowała pochyłością drogi, wesoła, koloru kawy, a pełna błysków. Omijali przepełnione rozlewiska, obramowane zjeżonymi patykami, pękami wydartych traw i grubych liści jakby wyciętych z linoleum. Oszałamiające zapachy wstawały z ziemi parującej gwałtownie. Po niebie smużyły się obłoki jak szybkie maźnięcia kredą, ledwie widoczny ślad burzy, która przegnała. Słońce paliło i z daleka dochodził gniewny pomruk wezbranej rzeki.

– Gdzie go raniło? – zapytał profesor.

– Na drzewie – odpowiedział z powagą oficer.

– Ale ja się pytam, gdzie dostał – pokazał otwartą dłonią na pierś.

– W głowę, jest nieprzytomny... Jednak cały czas mówi, więc chyba nie jest z nim tak źle?

– A drugi?

– Chłop, pchnięcie nożem. Nieważne.

Wyszli z wioski i zanurzyli się w wysokie, ociekające trawy.

Spod nóg pryskały im kuropatwy z trzaskiem mokrych skrzydeł.

– Szkoda, że nie wziąłem dubeltówki. – Szwed odprowadzał wzrokiem ptaki spływające między krzewy.

– Kiedy ich raniono? – dopytywał się Istvan.

Sanitariusz tłumaczył.

– Wieczorem i nocą.

– A dlaczego jeszcze dziś rano strzelali?

Policjant spojrzał na radcę ponuro, wzruszył ramionami.

– Nie wiedzieliśmy, ilu ich jest. Lepiej być ostrożnym.

– A był jeden?

– Jeden.

– Macie go?

Policjant szedł szybkim krokiem, mokre od traw spodenki klaskały nogawkami, cmokało błoto na ścieżce.

– Nie – wykrztusił wreszcie oficer. – Uciekł nam.

– Ma broń?

– Tylko nóż. My go dostaniemy i odstawimy przed sąd. Pójdzie na ciężkie roboty. To gorsze niż śmierć.

Komary bzykającymi słupami stały nad mokradłem zarosłym trzciną i sitowiem.

Zobaczyli kilka koni o sierści pociemniałej od niedawnej ulewy, z siodłami osłoniętymi skrzącym się w słońcu przezroczystym plastikiem. Chałupa bura, z płaskim dachem obramowanym grubym glinianym parapetem, wyglądała z daleka jak bunkier pośród bananowców o młodych liściach z zielonego światła. Dalej widniał mangowiec, rozłożyste, wysokie drzewo z białym pniem i sznurami korzeni już wrastającymi w ziemię.

Przy koniach stał policjant z karabinem przewieszonym na ramieniu, lufą w dół. Pod ścianą siedział mężczyzna, tak jak sadza się lalki, z wyprostowanymi, rozrzuconymi, gołymi nogami. Pośrodku piersi, przylepcem na krzyż, miał umocowany opatrunek. Stara kobieta kucała przy siedzącym, unosząc wysoko miedziane naczynie, lała strugę wody na dłoń i siorbała, by za chwilę parsknąć w twarz rannemu. Mokre włosy nawisły mu na czoło, powieki miał przymknięte śmiertelnym znużeniem.

– Nawet nie krwawi – lekceważąco minął go oficer, kierując się do drzwi. Na podścielonej ceracie leżał policjant, przy nim siedziało jeszcze dwóch. Wciśnięta w kąt, objąwszy kolana ramionami, kuliła się młoda dziewczyna, oczy miała pełne ognia, złe, bujny włos pomierzwiony. Z rozdartego stanika wychylały się strome piersi, niewiele jaśniejsze od ramion, widać, że w polu pracowała obnażona do pasa.

Profesor schylił się nad leżącym. Bandaż, którym grubo omotano mu głowę, poczerniał od zakrzepłej krwi. Doktor podniósł powiekę, zajrzał w oko, uniósł bezwładną rękę, przytrzymał tętno i, jakby zniechęcony, wypuścił. Dłoń klasnęła o polepę.

– Zaczyna sztywnieć.

Sanitariusz zabrał się do zapinania klapy w ceratowej torbie ze znakiem czerwonego krzyża.

Wysunęli się z wnętrza pachnącego wystygłym paleniskiem i mokrą gliną. Przy drzwiach wisiały zjeżone, wyschłe strąki czerwonej papryki i lekko chrzęściły trącane powiewem.

– Już umarł? – nie dowierzał oficer.

– Od paru godzin.

– To niemożliwe, jeszcze przed chwilą był ciepły.

– Jak go położycie na stos, będzie nawet gorący. Ale to trup. Można spalić.

Podszedł teraz pod ścianę, gdzie siedział półnagi chłop ranny w pierś. Wyjął skręcone węże fonendoskopu i nasłuchiwał bicia serca.

– Jak to było? – zapytał starą kobietę, ściskającą miedziane naczynie.

– Jak to było? – powtórzył sanitariusz. – Mów prawdę.

Zaczęła szybko, ledwie nadążył tłumaczyć, czasami zacinał się w poszukiwaniu słowa, jednak ponaglony przez profesora machnięciem ręki brnął dalej.

– On był już u nas dwa dni, jadł i pił, mój syn przyjmował go jak brata. To wszystko przez tę diablicę – pokazała na młodą kobietę, która teraz podpełzła do progu, wsparła na nim oba łokcie, lśniły przeguby pełne obrączek ze srebrnego drutu, i jak pies węszyła patrząc w dalekie krzewy. – Jemu zachciało się wódki, posłał syna do wioski, nie do tej, tylko dalej, za rzekę, dał mu kilka bransolet do sprzedania, powiedział, że zapłaci... Syn musiał iść, bo on miał strzelbę i nóż. Przechwalał się, że zabił dwu policjantów i szpiegowi, który go tropił, obciął nos. To straszny, gorszy od demona człowiek, a jej się spodobał. Ledwie syn wyszedł, ona polazła do niego na dach, bo ją zawołał. Wiem, co robili, bo nasłuchiwałam, znam każdy odgłos, inaczej dzwoniło, ona biła piętami w zad tego knura. Zawołałam, żeby zeszła, ale nie chciała. Tylko krzyknęła: chodź tu, matko – żebym widziała, na pośmiewisko, że go już ma, przeklęta.

– Nieprawda – wrzasnęła dziewczyna zza progu. – Wołałam cię na pomoc, on mnie gwałcił.

– A syn dowiedział się u handlarza srebrem, że tego dakoity już szukają, policja jeździ po wioskach i, mogą do nas wpaść. Bał się, że go oskarżą. Jak spotkał patrol, to im powiedział, co ma za gościa.

– Skusiła go nagroda! – krzyknęła młoda. – Sprzedał przyjaciela, choć mu zapłacił za każdą garstkę ryżu.

Mężczyzna siedział nieruchomo, z głową opartą o parującą ścianę, na której Istvan widział dziury wyłupane kulami. Oczy miał na wpół przymknięte, jakby go już świat nie obchodził, zdawał się rozważać tylko to, co działo się w jego wnętrzu.

– Policjanci cicho podeszli pod dom... – ciągnęła stara.

– Bo ich zdrajca prowadził. Ale konie parskały i potykały się w ciemności – triumfowała młoda. – A myśmy na dachu nie spali. Chodziliśmy po gwiazdach.

– Milcz, suko. Oni się turlali po całym dachu, ona go wabiła i z nim igrała. Nie dała mu spocząć, niesyta. Ja wszystko słyszałam, gdybym miała na dole jego strzelbę, to bym strzeliła, ale on zabrał ze sobą na wierzch, tchórz.

– Bo jest chytry – odcięła się młoda.

– Kiedy zaczęli podchodzić, strzelił z dachu, to policjanci się zatrzymali i też zaczęli strzelać. Potem mój syn krzyczał, żebyśmy uciekały, a tamtego policja zabije. Ale oni zeszli z dachu i związali mnie, zakneblowali usta. Ona mu pomagała.

– Skąd wiesz, że to ja robiłam? Było ciemno.

– Było bardzo ciemno i jeden policjant wdrapał się na drzewo, bo stamtąd widać cały dach, i strzelał raz po raz, aż tego zbója zranił w nogę.

– Nie zranił – uderzyła pięścią w próg dziewczyna.

– To czego krzyczał? – wyciągnęła chudą, żylastą szyję w stronę drzwi.

– Z uciechy. Trafił policjanta na drzewie i słyszał, jak mu karabin wypadł, a potem sam leci przez gałęzie.

– Cieszył się dakoita.

– Ich było dużo, a on jeden. Najdzielniejszy – odpowiedziała.

Policjanci patrzyli obojętnie raz na jedną, raz na drugą kobietę, palili papierosy. Tylko chuda pierś rannego drgała krótkim oddechem.

– Drugi policjant wszedł na drzewo i strzelał raz po raz, aż oni musieli schować się do środka, wtedy inni podbiegli do domu i wydłubali kijem dziury w ścianie, bo glina kruszy się łatwo, wsunęli lufy i strzelali. A on położył się z nią pod tym miejscem, gdzie wystawały lufy, i nic sobie ze strzelania nie robił.

– Ciebie też przetoczył, bo nie chciał twojej śmierci! – wrzasnęła. Ty, matko zdrajcy, ty niewdzięczna!

– A kiedy zaczęli robić dziurę z drugiej strony, ona zaczęła krzyczeć, żeby nie strzelali, bo wychodzi.

– Bo on się o mnie bał, nie chciał, żeby mnie zabili – gniewnie poprawiła młoda.

– I wtedy ona dała mu swoje spódnice i szal, leżała tak jak teraz i krzyczała, wyła przy progu jak pies: „Nie strzelajcie, to ja, Lakszmi". A tamten, podły, wyskoczył. Mój syn, myślał, że to ona, rzucił się naprzeciw, a tamten go pchnął nożem i uciekł... Uciekł, choć za nim strzelali. A policjanci czekali do rana, nim odważyli się wejść. A ta im nie powiedziała, że mogą, tylko płakała, płakała. Ja nie mogłam, miałam szmatę w ustach i byłam związana.

– Nieprawda, nie płakałam, śmiałam się, dziękowałam Kali, że on ocalał.

– A mój syn nie będzie żył...

– Będzie żył. Przetłumacz – powiedział profesor do sanitariusza. – Jeśli nie ma uszkodzonej tchawicy. Płuco przebite, ale serce całe. Powinien żyć.

– Lepiej, żeby umarł – powiedziała ze spokojnym okrucieństwem młoda kobieta. Bo i tak przyjdzie mój Mandhur i zabije go, żeby ukarać. Musi zabić za zdradę. Lepiej, żeby umarł.

Tego matka nie mogła wytrzymać, drapnąwszy ziemię paznokciami poderwała się, sypnęła garścią błota w twarz dziewczynie i oślepioną uderzyła z całej siły w głowę. Kopała leżącą.

Istvan ruszył na pomoc, ale profesor go przytrzymał.

– Niech się pan nie wtrąca – wskazał na policjantów, którzy przyglądali się całemu zajściu z wielkim spokojem. Dymy papierosów snuły się chwiejnie i mlaskały kopyta w rozmokłej ziemi, konie siekły zady ogonami.

– Pójdę do rady starców, oni ciebie ukarzą! – krzyczała teściowa, bijąc na oślep rękami, jakby pływała z trudem utrzymując się na powierzchni.

– Matko – nagle odezwał się mężczyzna.

Oprzytomniała na ten chraplivy głos, przypadła do niego, klęcząc głaskała po wystrzyżonej wysoko skroni, pieściła ucho.

Podniósł dłoń z uda, pokazał na drzwi i lekko wstrząsnął głową, jakby chciał powiedzieć: nie, nie.

Wtem młoda kobieta wyprysnęła z mrocznego wnętrza i plaskając bosymi stopami biegła ku polu trzciny cukrowej, które stykało się z gęstwiną ciernistych krzewów. Policjanci rzucili się w pościg, ale ona, opanowana żądzą ucieczki, była zwinniejsza. Jeden zdarł plastik z siodła i skoczył na konia. Dopadłszy krzewów przekonał się, że kolczastych zasieków nie rozgarnie.

– Stój! Stój, bo strzelam – wołał unosząc się w strzemionach i celując w gęstwinę, skąd dobiegał trzask gałęzi, musiała pełzać dołem jak jaszczurka.

Jednak nie strzelił.

Powrócili do oficera, który wydawał rozkazy, gdzie mają się rozstawić.

– Zostawcie ją. Wprowadzi nas na trop – powiedział. – Na pewno się umówili, gdzie się mają spotkać. Zgubiła męża, teraz zgubi kochanka – tłumaczył spokojnie. – Ona jest szalona z miłości.

Szalona z miłości – zapadło w Istvana – on też był szalony, wymykając się od obowiązków i wbrew woli Margit próbując ją odnaleźć. Miłość... Czuł, że ociera się o potężny żywioł, który z jednaką łatwością tworzy i niszczy.

Dobrze, że policjant nie strzelił. Terey wiedział, że musiałby się rzucić na niego. Oddychał głęboko, powoli wracał mu spokój. Czyżbym aż tak bardzo był po stronie dziewczyny, która podeptała wszystkie więzy? Poszła za głosem, który znam. Ona jest dzika – rozważał, ale miało to sens odmienny: prawdziwa, ma odwagę być sobą.

– Co z nim zrobicie? – wskazał na rannego, którego podtrzymywała matka. – Powinien pójść do szpitala.

– Transport konno, a tym bardziej tongą tylko mu zaszkodzi, zresztą trzeba go spytać – nachylił się oficer. – Czy chcesz, żebyśmy ciebie zabrali?

– Tak – odpowiedziała żarliwie matka. – Ratujcie go.

– Nie – stęknął ranny – zaczekam tu.

– Chcesz na nią czekać? – krzyknęła oburzona stara. – Ona wróci, ale z tamtym, bo do niego uciekła... Słyszysz, ona wróci, żeby patrzeć, jak on cię zabija. Tego chcesz?

– Tak – szepnął, poruszył bezwładnymi palcami zarytymi w namokłej ziemi.

– Więc nie możemy go zabrać – z ulgą odetchnął oficer. – Nie chce, to nie.

– Jeżeli trzeba, dam auto – powiedział profesor.

Istvana ogarnął lęk, że to może być koniec wyprawy, wrócą i on już nigdy Margit nie zobaczy, gorąco pragnął, żeby oficer zakończył targ. Niech ranny zostanie.

– Przecież on wcale nie krwawi – upierał się oficer.

– Krew zbiera się w opłucnej w środku – kołysał fonendoskopem profesor. – Mogą być komplikacje.

– Mogą, ale nie muszą – Istvan powiedział tak żarliwie, aż się zawstydził tonu własnego głosu, który odpychał rannego. – Co by pan z nim zrobił w szpitalu?

– Może spróbowałbym ucisku, żeby osłabić ruchy płuca. Ale skrzep, jaki się tam formuje, sam zasklepi ranę i naciśnie – sięgnął po torbę sanitariusza, a Terey odetchnął, zrozumiawszy, że pojadą dalej. – Zostawię mu trochę kodeiny – dogrzebał się buteleczki. – Powiedz jej, żeby dała mu parę kropel z wodą, jakby zaczął kaszleć. Nie wolno go kłaść. Ma tak siedzieć.

Matka ścisnęła w dłoni buteleczkę i patrzyła na nich nieprzytomnymi oczami, obejmowała ramieniem syna, który zdawał się drzemać z bezwładnie przechyloną głową.

– Czy mam panów odprowadzić? – zapytał oficer.

Policjant trzymał dwa konie, które dreptały szarpiąc wodze, zaniepokojone odjazdem reszty patrolu.

– Dziękuję. Sami trafimy.

Chwilę mocował się z koniem już jedną nogą w strzemieniu, nim wskoczył, i niedbale zasalutowawszy odjechał kłusem.

Kiedy doszli do mokrych łąk, Istvan odwrócił się, żegnając ostatnim spojrzeniem parę skuloną pod czerwonawą ścianą chałupy. Matka kucająca przy bezwładnym ciele syna przypomniała mu, aż szyderczą w okrucieństwie, gotycką pietę.

Profesor włożył rękę do kieszeni i odruchowo włączył radio, jednak wrzaskliwe głosy saksofonu w ogromie otwartego krajobrazu, wśród wysokich traw i drzew cierniowych, w przybierającym chórze zgrzytów, dzwonienia i brzęku milionów owadów, które osuszywszy pokrywy, ocalone z potopu chwaliły słońce, brzmiały jak świętokradztwo, więc wyłączył aparat.

– Sądzi pan, że ona wróci do męża? – zastanawiał się Terey.

– Na co on liczy?

– Że obudzi swoją raną, bezbronnością instynkt opiekuńczy, że ona w końcu pójdzie za tym, kto bardziej jej pomocy potrzebuje. Myli się w swoich wyrachowaniach, bo jest przy nim matka. To wystarczy, żeby uspokoić sumienie. Poszła za tamtym, bo jest bardziej samotny. Ma cały świat przeciw sobie. Tym bardziej ją musi cenić, tym ciaśniej do siebie będą nocą przywierać. Oni są na siebie skazani. Póki będzie żył, zanim go nie zastrzelą, żadnego mężczyzny nie będzie miała tak wyłącznie dla siebie.

– A poza tym to jest mężczyzna – zaśmiał się Istvan. – Przynajmniej sądząc z tego, co opowiadała stara. Nie taki wół otępiały od roboty jak jej mąż.

– Czy kochający, wierny mąż zawsze musi budzić politowanie? – zapalił papierosa profesor. – Jakoś nie mogę mu współczuć.

– Zdradził. I to z chciwości. Choć można by znaleźć sto powodów usprawiedliwiających, ani pan, ani ja nie mamy dla niego sympatii, bo uznajemy uczciwą walkę i, jak cały świat, nie lubimy zdrajców. Skusiła go nagroda za głowę, bądź co bądź, przyjaciela z lat chłopięcych. Czasem trzeba korzystać z usług Judasza, wtedy mu się płaci, ale nie podaje ręki, nie siada z nim do stołu...

– Więc pan próbuje mi wmówić, że obaj jesteśmy po stronie tego rabusia? – żachnął się Szwed.

– Nie. Tylko nie uznajemy zasady, że cel uświęca środki, choć w działaniu skuteczna, niszczy i tych, którzy ją stosują.

– Lubi pan rycerskie gesty, wierzy pan w pojedynek między przestępcą i szlachetnym policjantem, który powinien ryzykować jak w powieściach Greene'a – drwił osnuty dymem papierosa. – A czy pan ośmieli się powiedzieć: nigdy nie zdradziłem? Nie mówię dla pieniędzy, ale dla pozycji, dla uniknięcia sporu, dla świętego spokoju... Czy pan się nie zaparł prawdy? Ja już mam swoje lata i mogę sobie pozwolić na szczerość. Oczywiście w innym sensie, jednak nie jestem wiele lepszy od tego Hindusa, któremu los natychmiast odpłacił. On może być szczęśliwy, że ma rachunek za sobą, nasze winy jeszcze wołają o sprawiedliwość.

– Nienawidzę takich rozmów – obruszył się Istvan – bo rozgrzeszą każdą podłość. Może się wydam panu prostakiem, ale jestem po stronie tej kobiety, ma odwagę być sobą, kieruje się namiętnością, sercem.

– Trzewia nią rządzą – Szwed odrzucił papierosa w trawy – myśli podbrzuszem.

– Jest kobietą.

Szli w parujących trawach nie mówiąc już ani słowa. Spod nóg wypryskiwały im z trzeszczeniem pąsowych skrzydełek wielkie polne koniki, spadały niby zeschłe strąki i wtopione w gęstwinę, niewidoczne, rozdzwaniały się triumfalnie.

Nad drzewami poróżowiało i obłoki, wiotkie tiule rozpięte wysoko, zaczęły przyjmować coraz jaskrawsze kolory podświetlone zachodzącym słońcem.

– Jestem głodny – powiedział wreszcie pojednawczo profesor.

– Trzeba się zakrzątnąć koło kuchni.

– Mamy gołębie – przypomniał sanitariusz.

Kiedy zeszli na drogę między chałupy, gdzie gromady półnagich dzieci budowały tamę taplając się w błocie, profesor włączył radio. Po muzyce rozległ się angielski komunikat z New Delhi. Słuchali zaciekawieni, dzieci ich nie odstępowały, zabiegając i patrząc natarczywie w twarze, zarówno muzyka, jak ów głos z kieszeni profesora jednakie budziły zdumienie.

Nagle przy końcu dziennika donoszącego o spotkaniu premiera Nehru z delegacją Sikhów, domagającą się autonomii, zwalczaniu plagi tygrysów w północnym Wietnamie, pożarze na statku bawełny w Kalkucie usłyszał wiadomość z Europy, zepchniętą na koniec, streszczoną do jednego zdania. Budapeszt: Rząd uchwalił amnestię dla skazanych za przestępstwa natury politycznej, stwierdziwszy nadużycia służby bezpieczeństwa; jak przypuszczają w kołach miarodajnych, zostanie zwolnionych około czterech tysięcy więźniów. Istvan zacisnął pięści, chciał dowiedzieć się czegoś więcej, usłyszeć jakiś komentarz, jednak dokoła była Azja, jej sprawy zajmowały słuchaczy, nie to, co działo się na drugim końcu globu, w małym, dziewięciomilionowym narodzie węgierskim.

– Słyszał pan? Amnestia na Węgrzech.

Zamyślony profesor nie zwrócił uwagi na tę wiadomość.

– Czekałem na komunikat o pogodzie – przyznał się. – Nawet nie słuchałem dziennika. Czy to ma znaczenie?

Jak mu wytłumaczyć?

Kierowca meldował, że wypożyczył łóżka, ściągnął z auta pościel i rozwiesił moskitiery, chałupę właściciele dobrowolnie opróżnili, przenosząc się do sąsiadów, jak przepowiedział Salminen.

Sanitariusz sięgnął po gołębie. Pióra wyłaziły miękko, rozdzierała się skóra, w gąbczaste mięso palce lgnęły jak w glinę.

– Wyrzuć – rozkazał profesor. – Cuchną. Weź konserwy i przygotuj herbatę. A my zejdziemy nad rzekę zobaczyć, czy woda opada.

Ulica zaroiła się, świergotały piszczałki i stęknął poklepywany bęben. Wyjrzeli z chałupy. Niesiono owinięte w prześcieradło ciało policjanta, by je spalić na brzegu.

Terey leżał osłonięty moskitierą, czując pod plecami grube sznury plecionki rozpiętej na ramie chłopskiego łóżka. Przez otwarte drzwi raz po raz wpadał chwiejny blask dalekich błyskawic.

– Murowana pogoda – uspokajał profesora kierowca, zanim bąknąwszy: dobranoc – nie zaczął sapać i poświstywać przez sen.

Drzwi zostawili otwarte, stwarzając złudzenie przewiewu. Odgłosy nocy niepokoiły. Słyszał głośne stąpania, coś przeszło powolnym krokiem, zaskrobało o framugę, aż posypały się okruchy zeschłej gliny. W zmiennych ogniach błyskawic dostrzegł długi, czarny ryj czochrającej się świni. Postąpiła krok i lała długo, pochrapując z rozkoszy. Cykady odzywały się świdrującymi dzwonkami alarmowymi. Chłop wyznaczony na wartę chodził wokół auta, kaszlał, pomrukiwał. Rzeka w dole szumiała i komary na siatce śpiewały żałosną pieśń o głodzie, żebrały o kropelkę krwi.

W pamięci mu pozostał smugą żałobną biało spowity kształt, który w piskliwej muzyce przesunął się jak widmo. Wieczorem, kiedy zeszli nad wodę, stos już dogasał, czerwone, świetliste łuski ognia połykała czerń gnającej rzeki. Dwóch skulonych chłopów podgarniało drągiem nie dopalone gałęzie, garść iskier wzlatywała w niskie niebo. Policjant. Wczoraj wyjechał na koniu, buńczuczny, pewny swego władztwa, z bronią, z kolegami, a za chwilę jego popiół zabieli zmącony nurt. Był i już go nie ma. A żona jeszcze nie wie, że jest wdową, usypia dzieci, swarzy się z sąsiadami, a może pachnidłem namaszcza skraj uszu albo u wędrownego wróżbity kupuje pomyślną przyszłość.

Raniony chłop siedzi przed chatą, oparty o ścianę. Kaganek stojąc na ziemi oświetla mu żółtym chybotliwym blaskiem dół twarzy i krzyż z taśm przylepca na chudej piersi. Zdaje się wyznaczać cel dla kuli. Nie czuje komarów, tną go i syte skwierczą w płomieniu kaganka. Policjanci zjechali na noc do wsi. Ich konie rżą opodal, swojskie, znajome odgłosy. „Czy pan wie – opowiadał wieczorem kierowca, dawnego żołnierza ciągnęło do zbrojnych – że ta suka uciekając porwała strzelbę dakoity...” W głosie było więcej podziwu niż potępienia.

A ja wybiegam do Margit, oddycham, żyję nadzieją spotkania. Jeżeli rzeka opadnie... Nie Ilonę, dzieci – przywołuję rudowłosą dziewczynę. Kilka miesięcy temu nie znałem jej, gdyby została w Australii, nie wiedziałbym nawet o jej istnieniu. W Indiach też moglibyśmy się nie spotkać. Ta myśl przenika dotkliwym bólem. Jakże się stało, że jest mi najbliższa ze wszystkich ludzi? Nie znać jej to tak, jakby od razu umarła, czy jakby jej nigdy nie było.

– Czuje rozpacz w majaczeniu przedsennym, a potem uśmiecha się pojmując: gdybym nie znał, nie mógłbym tęsknić ani cierpieć. I znowu wraca komunikat z Budapesztu, zwolnieni wyjmują z worków wymięte, przysypane szkliwem naftaliny ubrania, patrzą na zakłopotanych strażników upartym, pytającym wzrokiem: „No

i kto z nas bronił socjalizmu, my czy wy?", a w studnię więziennego podwórza z ostrą wonią eteru, wychodków wpada oszałamia-
jący zapach lata. Syk aut, zgrzyty tramwajów, nawoływania dzieci
biją o mur podwyższony drutem kolczastym, w okna przysłonięte
pordzewiałymi blaszanymi koszami, szczeliną otwarte ku niebu,
pełnemu świergotu jeżyków. Napływa oddech swobodnego życia.
Można iść przed siebie nie trzy kroki, a ile się zechce... Zgrzyt
bramy i już spojrzenie sięgnie mostów Dunaju, zamku spalonego na wysokim brzegu Budy, niezliczonych świateł rozrzuconych
szeroko, jak ramiona, które chcą przygarnąć odzyskaną stolicę,
więcej – ojczyznę. Kogo wypuszczą? Wszystkich? Wspomina
aresztowanych dziennikarzy, pisarzy, których znał. Żal mu, że nie
będzie dzielił ich radości. Na pewno któryś zatelefonuje, a Ilona
odpowie: „Istvan już od roku jest na placówce w Indiach". Jutro zobaczę Margit. Nie, nie ma sprawy ważniejszej. Jestem złym
mężem – rozlewa się w nim poczucie winy, a słowa brzmią tak,
jakby obok ktoś powiedział: on jest złym Węgrem, jemu nie można ufać. Z ulgą poznaje pełen usłużnej gotowości głos Ferenza.
Oddycha głęboko i mimo urazy, żalu wraca mu spokój, że to tylko
sen.

Ranek się zaczął od powolnego przemarszu bawołów, stękania stada ociekającego rzadkim błotem, chłopcy wypędzali bydło
z grząskich, rzecznych rozlewisk na łąki.

Istvan golił się przekrzywiając głowę, by dojrzeć skraj policzka
w lusterku, z którego bił taki blask, jakby w nim pulsowało samo
źródło słonecznej pogody. Nie odstępował go tłum dzieci. Chude
dziewczynki piastowały brzuchate maleństwa, okrakiem posadzone na biodrze, gwarzyły jak wróble, opędzały się od much, które
właziły w rozchylone usta i szeroko otwarte oczy.

Chłopi przynieśli im ser i mleko, nie przyjmowali pieniędzy,
pełni godności.

Rzeka znacznie opadła, zostawiając kilkunastometrowy, lśniący srebrem pas rzadkiego szlamu. Dwaj młodzieńcy po kolana
w wodzie tykami macali grunt przed sobą, pokrzykiwaniem doda-

wali sobie otuchy. Posiekane zmąconą falą odbicia porywał bystry nurt.

Wtykając osmyczone gałęzie z kitkami chybotliwych liści, wytyczali nowy bród. Powstawała za nimi kołysana prądem alejka. Należało zjechać w koryto, skręcić w górę rzeki prawie środkiem po świeżo naniesionej, twardo ubitej łasze, ażeby o sto metrów dalej trafić na próg z łupku i po nim wydostać się na drugi brzeg. Kierowca rozpoznawał przeprawę brodząc w zmąconej wodzie.

– Spróbuję przejechać.

Jednak profesor wolał czekać do południa i kazał przygotować dwie pary wołów na wypadek, gdyby motor zgasł. Bagaże chłopi poprzenosili już na drugą stronę, wyrywano je z rąk, robiąc sobie z przeprowadzki zabawę. Terey powierzył małemu chłopcu ubranie zwinięte w tobół, a sam popłynął z nurtem, dwóch młodzików puściło się za nim, młócili rękami powierzchnię, jednak nie mogli go doścignąć. Woda świeciła żółtawo, kąpiel orzeźwiała.

Ślizgając się w mule tłustym jak smalec wylazł na brzeg z nogami wylakierowanymi czerwono. Mył się długo, klnąc, przystał wreszcie, by go sześciu Hindusów wyniosło na trawę. Tam chętnie zapalili papierosy, którymi ich poczęstował.

Cała wieś się zeszła, by popatrzeć na przeprawę, chóralnymi krzykami dodawali kierowcy odwagi. Landrover toczył się powoli, odprowadzany przez gromadę chłopców, którzy czepiali się boków, w nadmiarze gorliwości brnęli przed samą maską, pokazując, że dno jest równe.

Obeszło się bez przygód. Woły trzymane w pogotowiu okazały się zbędne.

– Od dziś będę pana tytułował kapitanem – powiedział Istvan do profesora, wspinając się na swoje miejsce w wozie. – Wspaniale pan wyglądał w aucie na środku rzeki, zupełnie jak na mostku tonącego okrętu.

– Dziękuję, obejdzie się – mamrotał Salminen. – Wie pan, brzydzę się rzeki, stale mi się odbija przypomnienie cmentarza. A nie wszystkie zwłoki obyczaj i skąpstwo nakazują palić.

Na drugim brzegu jakby się odmieniło, jechali bez kłopotów. Po godzinie trafili na kolumnę tong wyładowanych worami, koła zbite z grubych desek śpiewały żałośnie.

– Co oni wiozą? – zapytał sanitariusza.

– Piasek. Oszuści, dobrze zarabiają.

Woły kołysząc nisko zwieszonymi łbami wzdychały ciężko, woźnice pokrzykiwali raczej z nawyku niż nadziei, że ich krok przyspieszą.

– Piasek z dawnego koryta. W małych woreczkach spółka pogrzebowa wysyła nabożnym emigrantom, żeby mogli z nim zmieszać popioły swoich zmarłych, nim wysypią je w obce afrykańskie rzeki. Jest parę firm, które się zajmują tym handlem – objaśniał rzeczowo sanitariusz – ten piasek jest bielszy i ładniejszy niż tamten z Gangesu. Żywym bardziej się podoba, bardziej przypomina to, o czym marzyli, a umarli nie zgłaszają reklamacji, umarłym jest wszystko jedno.

W twarz dęło im upalne tchnienie pustyni. Aż po horyzont rozciągało się białe, skrzące, pofałdowane w drobne skiby morze piaszczyste. Od wydm biło blaskiem, aż bolały oczy. Drobiny piasku przędły się z wiatrem, szczyty wydm zdawały się leciutko dymić, przesypywać, pustynia mimo martwoty pełna była złowrogiego ruchu.

Musieli czekać na swoją kolejkę. Przed nimi w przeciwnym kierunku ciągnęły tongi i pobekiwała trąbka zabłąkanej ciężarówki pomalowanej w kwiatki i słonie.

Istvan zobaczył, że koła wozów toczą się po czarnych pasach przyprószonych piaskiem, dwie kładki żelazne, rzucone w samo serce pustyni.

– W czasie wojny Anglicy zrobili żelazną drogę – objaśniał kierowca. – Tamci zjadą i poprujemy do wioski. Do naszej doktor Ward.

– Zdaje mi się, że strasznie daleko odjechaliśmy od Delhi – zamyślił się Terey – a zaledwie doba minęła.

– Jesteśmy około stu dwudziestu kilometrów od Agry – mierzył palcami profesor na rozpostartej mapie. – W normalnych warunkach po dobrej szosie dwie godziny jazdy.

Nad wydmami krzyczącymi dotkliwą bielą dojrzeli tykę z wijącym się długim strzępem pomarańczowej szmaty, wyłaniały się niskie chałupy, duży zbiornik wody malowany na biało i wiatraczek, który migocąc pod słońce nieustannie pompował wodę. Przed wejściami chałup porozpinano maty, żeby zyskać choć trochę cienia, kobiety owinięte w czerwień i błękit szły z naczyniami po wodę, zapachniało nagle dymem i mdlącą wonią ludzkich odchodów. Mieli już wioskę, do której chcieli dotrzeć.

Istvan poczuł, że mu się serce tłucze z niepokoju, zwilżył wysuszone wargi.

Nie wiedział, jak zostanie przyjęty. Co usłyszy? Wyrok?

– Widzę ich! – krzyknął nagle kierowca. – Pani doktor.

Zaczął skowyczeć klaksonem jak opętany, zapominając, że z tej odległości nikt go w wiosce nie usłyszy.

Podnieśli się, żar ział im w twarze, zlizywał pot, ze zmrużonymi oczami wpatrywali się w dwie małe postacie w bieli, jak przechodzą między chałupami, rozmazują się w świetle, błyskają w cieniu, nikną.

– Jak długo ona tu zostanie? – zapytał profesora.

– Tydzień, dziesięć dni, ale ja chciałbym przejrzeć wyniki, obejrzeć kultury bakterii i wracać, uciekać, bo gdyby zaczęło dąć, jesteśmy uwięzieni.

Jak czarne szkielety nieznanych bestii lub śmiałe zarysy nowoczesnych rzeźb sterczały na wpół zasypane pnie z paru odrąbanymi konarami, wyszlifowane piaskiem do hebanowego połysku.

Zbliżali się ku niskim lepiankom, do bud skleconych z poprutych blaszanych bębnów i ułomków pak. Domów było kilkanaście, zbitych w gromadę jak kurczęta zbiegłe w popłochu przed jastrzębiem. Poprzez plecione płoty przeciekał biały, szklisty piach.

Kiedy auto podjechało i zatrzymali się opodal łazika, osłoniętego przytroczoną do kołków płachtą z naciekami oliwy, Istvan zeskoczył zapadając się po kostki w sypki grysik, który parzył przez buty jak popiół nie wygaszonego ogniska. Dołem szedł powiew, który łopotał brezentem, dmuchając im w twarze wonią parującej benzyny, smarów i rozprażonego żelaza. Kierowcy już się dogadali, rysując palcem trasę na piachu. Okazało się, że należało skręcić trzydzieści kilometrów dalej na polną drogę, potem ku rzece, gdzie oprócz brodu był nawet i prom.

– Profesor kazał – usprawiedliwiał się przed kolegą szofer – grunt, żeśmy trafili na żelazny trakt i szczęśliwie dojechali.

Istvan już widział białą chorągiewkę z czerwonym krzyżem zatkniętą na jednej z bud. Szedł pierwszy, potem jednak zwolnił kroku, żeby go profesor wyprzedził. Żar pustyni sunął ku nim jednolitą, palącą falą. Widział Hindusów leżących w głębi chałup, prawie nagich, z rozrzuconymi ramionami, mokrych od potu. Dwa psy o zszerszeniałej sierści grzebały w śmietnisku, kurząc popiołem. Kiedy podeszli, poznał trójkątne pyszczki szakali, mknęły jeden za drugim, depcząc własne cienie na oślepiająco białym stoku diuny.

Z budy wyszła dziewczynka, prowadziła ją matka w sutej spódnicy i rozpiętym kaftanie, długie, wyssane piersi kobiety wyglądały jak obumierające narośla. Mijając pozdrowiły ich kornie. Dostrzegł obrzękłe, zaropiałe powieki dziecka i wyjedzone na policzkach bruzdy od łez i ropy. Wielkie pustynne muchy siadały jej na twarzy, pasły się drepcząc nóżkami kosmatymi jak u pająków. Nawet nie próbowała się opędzać.

– Hallo, miss Ward! – zawołał niecierpliwie profesor. – Dobrnęliśmy nareszcie do tego piekła.

Zobaczył Margit. Wyszła trochę zgarbiona, ale zaraz się wyprostowała jak stary wiarus na widok generała.

– *Salve dux* – podniosła dłoń ze sztuczną wesołością. – Więc jednak mnie pan odgrzebał z piachu.

Profesor korzystając z praw swego wieku przygarnął ją i ucałował w policzek.

– Hallo, Margit – przypomniał się nieśmiało Terey.

– Istvan – wyciągnęła do niego radośnie rękę, tak jakby nie było między nimi prawie dwu miesięcy złowrogiego milczenia, uścisnął jej rozpalone, trochę lepkie palce, przeniknęło go wzruszenie.

– Nie mogłem się doczekać – szepnął, chciał jej się przyjrzeć, podniósł ciemne szkła, ale słońce chlusnęło, oślepiło go znienacka.

– Przyjechaliśmy – ożywił się Salminen. – Ale po jakich przygodach! Prawdziwy dakoita i piękne morderstwo, ze świeżutkim trupem. Daj nam pić, to ci wszystko opowiemy.

– Mam tylko herbatę w termosie. Woda tu śmierdzi. Nawet do mycia obrzydliwa.

– Dawaj choć herbatę. A marzyłem o szklance whisky z lodem – wzdychał.

– Skąd tutaj lód? W piecu hutniczym? Tu nawet ja mam ochotę nad sobą i swoją głupotą zapłakać – żartowała smutno.

Prowadziła ich między chałupy, pod rozpięty namiot, prześwietlony miodowym poblaskiem, ściany wzdymały się jak skrzela ryby wyrzuconej na brzeg.

Szła przodem, wydawało mu się, że jeszcze bardziej wyrosła, zeszczuplała, tylko włosy, które tak kochał, nakryte leciutkim płytkim hełmem, uplecionym ze słomki, zdawały się żyć bujniej, nabierały ognistych połysków na bieli fartucha. Ona jest piękna w tym znużeniu, nawet luźne, wykrochmalone płótno nie może ukryć kształtu jej ciała. Znał je, oswajał, a teraz wydało się odległe, nieosiągalne.

– Jak pan profesor przewidywał – mówiła nalewając herbatę do kubków, które stały wetknięte w piasek i przykryte serwetką – przebieg choroby jest tu odmienny, o wiele gwałtowniejszy. Mechaniczne podrażnienia ziarnkami piasku przyspieszają ropienie. Tu wszyscy są zakażeni.

– Jaką drogą? – profesor rozejrzał się, jednak widząc tylko jedno krzesło i skrzynię zastępującą stół, posapując, zrezygnowany, sadowił się na ziemi. – Jak zwykle własne palce?

– Palce, brzeg matczynej spódnicy, którą ociera i swoje łzawiące oczy, i dziecka, no i dodatkowo duże muchy. Myślę, że szczep bakterii też może mieć aktywniejszą mutację. Trzeba sprawdzić w szpitalu. Na razie uczę paru chętnych chłopców, jak łagodzić objawy choroby, bo przecież nie można tego nazwać leczeniem.

– A pani jak się czuje? – przekrzywiał głowę, wachlując się zgniecionym płóciennym kapeluszem jak mięsistym liściem.

– Dobrze – mruknęła zdawkowo. – Teraz już zupełnie dobrze.

– Ma pani preparaty?

– Mam przygotowane, trochę liczyłam, że pan profesor przyjedzie.

– Ja zaraz pani opowiem, co nas po drodze spotkało. Najpierw potężna ulewa. Chyba tu padało?

– Tak, ale deszcz, zanim zetknął się z ziemią, już parował.

Nie znajdę ani chwili na rozmowę, jeśli ona nie zechce mi pomóc. Jak pozbyć się starego gaduły – myślał bliski rozpaczy. Przyłapał ukradkiem rzucane spojrzenia, prosił, błagał ją oczami.

– Gdzie mam wnieść rzeczy? – wołał z drogi kierowca.

– Tutaj. Będziecie nocować? – spytała.

– Zależy od pogody – poruszył się profesor, wstał, otrzepując zapiaszczone dłonie, nastawił radio. – Muszę pokazać im, bo durnie niosą nie te skrzynki, na których mi zależy.

Wyszedł na słońce ociągając się, długo nasuwał oklapły kapelusz.

Teraz, zanim muzyka zwabi gapiów – przemknęło Istvanowi.

– Muszę z tobą pomówić.

– Dobrze. Później – powiedziała prawie niechętnie.

– Mam chyba prawo wiedzieć.

– Ależ masz – uśmiechnęła się gorzko. – Jeżeli ci na tym zależy.

– Dlaczego mnie unikałaś?

Siedziała wyciągnąwszy nogi w sandałach, proste, ciemno opalone, głęboko zaryte w biały piasek, lśniący jak drobno tłuczone szkło. Zwiesiła głowę, milczała.

– Telefonowałem, nigdy cię nie było. Dostałaś listy, depesze?

– Dostałam.

– O co ci chodzi? Co nas dzieli? Proszę cię, mów.

Zmęczonym ruchem uniosła ciemne szkła i teraz dojrzał jej oczy bardzo jasne, podkute głębokim cieniem.

– Dziecko. Twoje – poprawiła się pospiesznie – nasze.

Zbliżyły się głosy niosących i gderanie profesora. Milczał ogłuszony.

– Jak to się stało? Przecież sama mówiłaś – szepnął bezradnie.

Muzyka, świergot fletu i pojękiwania dwustronnych skrzypiec wypełniały namiot, odbite od płótna wędrowały po osadzie. Kierowca wniósł długą skrzynkę, na szczęście wsuwał się tyłem, bo twarz Tereya jak zwierciadło odbijała rozpaczliwe zaskoczenie.

Profesor uklęknąwszy szukał kluczy do kłódek.

– Mam tu dla was niespodziankę – zaczął. Radio stojące obok zawodziło.

Terey wstał nagle z ziemi i skierował się do wyjścia, całym ciałem poczuł uderzenie słońca, jakby chluśnięcie wrzątku. Przymknąwszy oczy ruszył przed siebie.

Chwytał krótkim oddechem zaduch otwartych chałup, dymy tlących się ognisk. Mijał sklepiki, w których stały słoje z kolorowymi cukierkami, wisiały pęki zakurzonych strąków papryki. Dwie deski oparte na pustych blaszanych beczkach po benzynie i już był stragan. Sklecili nad nim dziurawy daszek z badyli. Wiatr niósł ziarna piachu. Staczały się z dachów, uderzały w twarz, wędrując po skórze jak mrówki.

Dostało mnie – wlókł za sobą ból, jak ranne zwierzę uciekając niesie wbitą strzałę... Ogarniała go rozpacz, gdy widział ją bezbronną w tym obnażającym indyjskim słońcu – tu nic nie da się ukryć, będzie wydana, oni nie umieją milczeć. Trzeba ją stąd zabrać, musi wyjechać bodaj do Bombaju czy Kalkuty. Już się jej chcesz pozbyć – oskarżał siebie – a jeszcze jej nie odzyskałeś... Nie, nie – bronił się, brnąc w grząskim piasku, stopy go paliły, obrzękłe od upału. – Usunąć, póki można – skomliło w nim tchórzliwie. Jednak pamiętał, że ustawy zakazują. Lekarz, który na to się zgodzi, jest przestępcą. Muszą być przygotowani na wszystko, nawet na szantaż. Nagle przeląkł się tej myśli, zobaczył niedezynfekowane łyżki, wzierniki przecierane chustką do nosa, turbany, kosmate twarze, niedomyte dłonie, zbyt pewnych siebie dyletantów, którzy kupili nie tylko praktykę, ale często i dyplomy. – Narażasz ją na kalectwo, jeśli nie śmierć. Nie wolno, nie masz prawa popychać jej ku temu. Miejże odwagę towarzyszyć. Przecież nie żądała od ciebie niczego, a ty już szukasz w niej winy, oskarżasz. Mów teraz, bełkocz swoje: kocham, kocham... – Wyprostował się z twarzą ściągniętą gniewem, wydało mu się, że został spoliczkowany. – Nie. Nie! Mam odwagę wobec całego świata powtórzyć to, co szeptałem wtuliwszy twarz w twoje włosy, spleciony z tobą w ciemności, zjednoczony – Margit, kocham cię. Będzie, jak zechcesz.

Piasek skrzypiał pod nogami, suchy, nieprzyjemny chrzęst, cała równina przelewała się powoli, zapylona, pełna mżenia ziaren ulatujących z wiatrem.

– Ona musi odczuć, że jestem przy niej – szepnął. – Ale dlaczego nie powiedziała. Dlaczego kryła się przede mną?

Kiedy wieczorem zdołał uprowadzić Margit między diuny, pod niebo pełne ognia jak czeluść olbrzymiego pieca, powtórzył pytanie. Zwróciła ku niemu twarz przysłoniętą czarnymi szkłami okularów.

– A co byś sobie o mnie myślał? – powiedziała z goryczą, trochę wzgardliwą. – Lekarka i nie wiedziała? To byłyby twoje pierwsze słowa. Jestem dorosła. Wiem, co robię. Musiałam sobie sama poradzić. Nie chciałam ciebie w to mieszać – postąpiła parę kroków, teraz słyszał żałosny szmer przesypującego się piachu, jakby szklany śpiew pustyni. Szli obok siebie, a jednak oddaleni.

– Nie wolno ci tak mówić, naprawdę, nie zasłużyłem. Pytam cię uczciwie, co mam robić? Czego się po mnie spodziewasz? Ty przecież wiesz – głos mu się łamał niemęsko, jakby miał krzyczeć na nią i wygrażać, i tylko z trudem się opanowywał.

Przygarnął ją. Całował usta, suche i słone, drogie, drogie, najdroższe.

– Puść – prosiła. – Widzą nas.

– Niech widzą!

– Puść. Jestem brudna, spocona. Tu nawet nie można się porządnie umyć.

Przycisnął ją do piersi i kołysał jak małe dziecko.

- To nic, to nic, nic mnie to nie obchodzi. Chcę tylko wiedzieć, czy mnie kochasz?

Podniosła ku niemu twarz i rozchyliwszy usta jęknęła:

- I bardzo mi z tym ciężko, Istvan - całowała go w szyję. - Przepraszam cię. Nie powinnam była...

Kiedy ją trzymał uległą, odzyskaną, powróciło mu tamto słowo pieszczotliwe ze snu:

- Kolebko moja, kolebeczko - szepnął jej we włosy - pamiętaj, jesteśmy razem.

- Widzisz, Istvan, jestem podła, nie powiedziałam ci od razu. Ale szedłeś obok profesora w pełnym blasku, taki mocny, pewny siebie, szedłeś po mnie jak po swoją rzecz. Musiałam z całym okrucieństwem... Jestem podła, podła. Istvan - szeptała z ustami na jego piersi, że ledwie natężając słuch chwytał słowa. - Przez blisko dwa miesiące żyłam z tym, że będę miała dziecko. Dopiero od trzech dni... Dygoczę jeszcze na samą myśl, że... Ja bym nie mogła zabić twojego dziecka. To wiedziałam. Uciekłam. Mogłeś sądzić, że właśnie dzieckiem chcę ciebie związać, że ja wtedy naumyślnie powiedziałam...

- Ale co było powodem?

- Nie wiem, choć teraz mam już tuzin wyjaśnień, a każde prawdopodobne: zmiana klimatu, inny typ pracy, pełen napięcia, ty, no właśnie, ty. Zahamowanie psychiczne spowodowane lękiem, że czas mija, bo to działa, strach zatrzymuje... Dni przechodziły, a ja liczyłam je ze zgrozą. Męczyłam się jak potępieniec. Kazałam zrobić próbę Sondeka-Asheina. Podałam inne nazwisko, Hinduski, w laboratorium nie dopilnowali, spaprali. Sześć tygodni trzeba, żeby mieć pewność - mówiła trzymając go kurczowo za rękę.

- A ja musiałam wyjechać, nie znając wyniku. Chciałam zachować pozory, że nic się nie dzieje. Nic. Istvan, wybacz mi, tobie wystarczyło parę godzin, a ja to przeżywałam dwa miesiące. Tyle nocy i dni. Teraz mnie lepiej rozumiesz.

- To było potrzebne - mówił patrząc w szaleństwo kolorów na niebie, od którego zabarwiały się pofałdowane piachy na wiśniowo i omdlewały fioletem – to mi przypomniało, że powinniśmy wiedzieć, czego my naprawdę chcemy... Nie jesteśmy Hindusami.

Z daleka dobiegło wołanie profesora, a potem sygnał klaksonu.

– Idziemy! – odkrzyknął Istvan. – Trzeba się ruszyć... On jest wyraźnie o ciebie zazdrosny.

– Nie żartuj – śmiech zadźwięczał w jej głosie, aż go ta przemiana wzruszyła.

Dwa szakale przemknęły pośród wydm zamiatając puszystymi kitami piasek. W budach czerwono mrugały ognie i z daleka słyszeli, jak radio profesora przelewa muzykę hinduską, pełną skargi i poddania. Bęben odzywał się, jakby na skórę napiętą spadały ołowiane krople odmierzające czas.

– Myślałem, żeście zabłądzili – gderał profesor – że was zjadły szakale, pełno ich się tutaj kręci.

– Przecież staliśmy na szczycie diun i pan nas cały czas widział.

– Tak, nie spuszczałem was z oka – przyznał się. – No, to będzie miał pan o czym napisać.

Istvan pochylił głowę.

– A my tymczasem musimy się ładować. Komunikat znowu grozi deszczem. Ruszymy przed nocą po tych żelaznych pasach, inną, obiecuję, że bliższą, drogą. Wołałem pana, żebyśmy jednak coś zjedli przed odjazdem. I może wypili po jednym.

– Nie zawadzi – bąknął Terey.

– Kiedy widzę tych ludzi, którzy się tu męczą, nie mogę pojąć, dlaczego się uparli mieszkać na środku rozpalonej patelni.

– Oni tu zawsze byli – sprostowała Margit. – Pustynia przyszła do nich. To ona ich oblega.

Rozdział IX

Wysoki, kamieniem wyłożony korytarz w ministerstwie podzwaniał brzękami bransolet. Drobnym, spętanym krokiem sunęły spowite w jedwabie smukłe Hinduski. Trwały przygotowania do zjazdu Światowego Kongresu Kobiet. Istvan na polecenie Budapesztu miał rozpoznać skład przyszłego prezydium, charakter wystąpień, obawiano się demonstracji skrajnie prawicowych elementów. Lepiej byłoby nie posyłać delegatek, ograniczając się do ogólnikowych depesz z życzeniami owocnych obrad i słowami pozdrowień, niż być zmuszonym do wystąpień protestacyjnych i opuszczenia sali. Jednak kilka pań, wraz z żoną wiceministra, uparło się zobaczyć Indie, stąd ta żywa wymiana depesz z ambasadą i żądanie szczegółowych wyjaśnień.

Zjazd zapowiadano na połowę października, czasu zostało niewiele, sześć tygodni. Panie pytały, czy nie byłoby wskazane, przynajmniej na otwarciu wystąpić w węgierskich strojach ludowych.

Panna Shankar, uśmiechając się łagodnie, tuląc dłonie pełne bransolet do piersi, uspokoiła go, że pracuje w sekretariacie i nie zauważyła żadnych usiłowań do zmiany zjazdu w wiec, chyba że nastąpią jakieś niezwykłe wydarzenia, wtedy należy przypuszczać, że któraś z delegacji Ameryki Południowej może zgłosić kłopotliwą rezolucję, ale i to da się wygasić, utopić sporami proceduralnymi, znudzić salę i załatwienie ostateczne przekazać prezydium, na co zebrani skwapliwie przystaną. Obrady dotyczyły równouprawnienia kobiet, podwyższenia im płacy. Przy równych kwalifikacjach nie powinny mniej zarabiać od mężczyzn.

– Więc nie będzie żadnej sensacji?

– Będą – podniosła migdałowe powieki, zatrzepotała długimi rzęsami. – Przygotowujemy wystąpienia przeciwko handlowi kobietami.

– Przecież one się same sprzedają, jakże im tego zabronicie – zaśmiał się.

– Mówię o niewolnicach, małych dziewczynkach porywanych u nas i w Pakistanie, a wywożonych do haremów w krajach arabskich. I do Afryki. Całe przestępcze organizacje pracują na wpół jawnie, trudno liczbę młodych niewolnic ustalić, bo jeśli sami rodzice je sprzedają, na pewno się tym nie pochwalą. O, radża Khaterpalia – pokazała dłonią wiotką jak kwiat. – Wie pan, brat mu umarł... Ten cudownie przywrócony do życia.

Radża już ich spostrzegł, rożek klapy miał znowu owinięty krepą. Przyjął wyrazy współczucia z pełnym godności zadowoleniem.

– Co mu się stało? – zapytał Istvan.

– Nic. Po prostu zasłabł jak poprzednio na serce i umarł. Tym razem zostaliśmy do końca, póki popiołów nie zsypano do Gangi... – twarz miał niezdrowo nalaną z zielonkawymi cieniami wokół błyszczących oczu. – Dopiero wtedy zrobiło mi się go naprawdę żal. Ta straszna, pobliźniona twarz przestała straszyć. Jednak to starszy brat.

– Myślisz, że to naprawdę był brat? Po rozmowie z tobą i ja zacząłem wątpić.

– Nie, to był na pewno on. Teraz mógłbym przysiąc. Mamy zupełnie inne charaktery. On uległy fantasta, dawał sobą powodować łatwo, wiesz, taki... – szukał określenia – poeta.

Panna Shankar parsknęła świeżym, dziecięcym śmiechem patrząc w oczy Istvanowi.

– O, przepraszam – radża położył mu rękę na ramieniu – nie chciałem cię dotknąć. Zresztą co z ciebie za poeta, jak tkwisz na placówce – zapędzał się. – Jesteś dobrym urzędnikiem ambasady, a to już coś znaczy.

– Dziękuję za uznanie – skłonił się Terey, a piękna panna znowu się zaśmiała, osłaniając dół twarzy pawim, mieniącym się jedwabiem szala. – Przynajmniej ty jeden mnie doceniasz, bo w ambasadzie nadal mam opinię poety.

Rozmawiając wyszli w słońce na szerokie kamienne schody.

– Nie wpadłbyś do nas? – namawiał radża. – Grace się na ciebie skarżyła.

– Nie mogę, mam trochę roboty, muszę być godny twoich pochwał, nie zapominaj, że jestem urzędnikiem. Czy kogoś z was odwieźć?

– Mam auto – łagodnie podała Tereyowi dłoń. – Dziękuję.

– Na mnie czeka szofer. Pamiętaj o nas. Przyjdź, choćby jutro wieczorem. Będzie parę osób, sami znajomi z klubu. Powinieneś się pokazać. Ludzie zaczynają mówić, że Indie ciebie odmieniły.

– Tak – podchwycił Istvan. – Powiedz im, że uprawiam jogę i mam godziny skupienia, wtedy milczę.

– Naprawdę? – zdziwiła się dziewczyna, okrywając nagie ramiona szalem, żeby się nie opalić jak chłopka.

– Tak. Czy tego nie widać po mnie? – popatrzył na rozległy plac, po którym snuli się rowerzyści w kolorowych pidżamowych spodniach i wypuszczonych na wierzch koszulach, w przestrzeń drgającą słonecznymi żyłkami, odetchnął wonią nagrzanych kamieni, kurzu i lekkim zapachem perfum, którymi od dziewczyny powiało. Na mgnienie zapomniał o nich, jednocząc się z tą godziną letniego popołudnia.

– Naprawdę pan się zmienił – szepnęła nieśmiało. – A myśmy myśleli, że pan się zakochał.

– Nie – uśmiechnął się triumfująco radża. – On został wierny Grace, musi jednak liczyć na przyszłe wcielenia. No, żegnajcie.

Zbiegł do zielonego dużego auta, z którego wyskoczył kierowca w bieli, by mu usłużnie otworzyć drzwiczki.

W austinie z rękami na kierownicy z ogromnie ważną miną siedział Mihaly. Trzej chłopcy hinduscy zaglądali przez opuszczone szyby. Na ich prośbę malec z powagą naciskał klakson. Hindi nauczył się w przedszkolu, od razu całych zwrotów, uciechę mu sprawiało, gdy rozmawiał w garażu z Kriszanem, a ojciec zniecierpliwiony pytał: O czym wy tam gadacie?

Podniósł na radcę duże, zamyślone oczy, zgarnął z czoła grzywkę rozchyloną w ząbek i powiedział:

– Wujku, oni nie wiedzą, gdzie są Węgry. Oni myślą, że nas jest tak mało, że o nas nie warto się uczyć.

– A coś im powiedział?

Naburmuszony przyznał się szczerze:

– Że są głupi. Chcieli, żebym im zapalił motor, ale nie miałem kluczyka, więc tylko obiecałem, że zatrąbię, jak oni głośno zawołają: Węgrzy to najmądrzejszy naród na świecie. Oni wołali, a ja trąbiłem, aż się dużo ludzi zeszło.

Jechali szeroką aleją, auta mijające ich z prawej strony biły w oczy iskrzącym odblaskiem szkła i niklu. Ponad ciemną zieleń świeżych liści drzewa dźwignęły pęki czerwonego kwiecia „ognia dżungli". Niebo leciutko przydymione bielą wróżyło trwałą pogodę.

– Wujku – skomlił mały. – Podjedźmy na chwilę do Kriszana, już cztery dni go nie widziałem, bo zaraz dostaję burę, jak się gdzieś dalej wypuszczę. Tatuś jest teraz ciągle zły, mówi, że mam się trzymać domu.

– O co zły?

– Bo ambasador nawet nocą przyjeżdża i na ojca krzyczy, że jeszcze nie ma odpowiedzi na jego depesze. Tato teraz sypia w swoim pokoiku z żelaznymi drzwiami, mama też jest zła.

Zajechali przed drewnianą olbrzymią beczkę, nakrytą wzdymającym się pasiastym dachem. Już z dala dobiegł ich zmienny, przybierający na sile ryk motoru i wrzawa głosów pełnych zachwytu, a trochę i niepokoju.

Pod ogrodzeniem z siatki sznurkowej, rozpiętym na wbitych w darń stalowych prętach, stała gromada dzieci. Między opartymi o siebie rowerami, których pilnował brodaty Sikh, kucali sprzedawcy z płaskimi koszami orzeszków ziemnych, mango i drobnych, mdłosłodkich, pozbawionych pestek winogron, na których się pasły roje much spędzane buńczukiem z końskiego włosia.

– Dla mnie nie trzeba biletu – ostrzegał Mihaly. – Ja i tak przejdę.

Zagadał do portiera w białym mundurze, przepasanego szeroką, zieloną szarfą, i smyknął po schodach na galeryjkę.

– Co mu powiedziałeś? – zapytał radca, gdy już oparli się o poręcz i zajrzeli w czarny lej ze strzępiących się desek.

– Że Kriszan to mój wujek – zbył niecierpliwie. – Patrz, idzie w górę. Zobaczył nas – podskakiwał malec klaszcząc. – Kriszan! Kriszan!

– Cicho bądź – położył mu rękę na karku, choć wiedział, że w grzmocie motoru tamten nie może głosu pochwycić.

Kriszan zaszyty w skórę czarną, połyskliwą, w srebrnym hełmie i prostokątnych okularach zataczał koła na arenie wysnuwając niebieską, lotną smugę spalin. Z ramion mu zwisały zielonkawe skórzane pasy na metr długie, tworząc jakby ruchliwą pelerynę, którą pęd podnosił. Grzmot rósł, koła, które zakreślał motocykl, były coraz szybsze, coraz szersze, sięgały ścian. Rósł wibrujący skowyt i motor wyniósł jeźdźca na drewnianą cembrowinę beczki. Zadudniły basem grube deski, kiedy po nich przelatywał, u ramion wyrastały skrzydła, temu lotowi towarzyszył gwizd metaliczny, od którego mrowie chodziło po krzyżu. Istvanowi zacisnęły się szczęki, przypomniało mu się wycie lecących bomb.

Kriszan mknął tak szybko, że czuli zawrót głowy ścigając go oczami. Leżał bokiem, wbrew prawu przyciągania, ciągle jeszcze spiralą wspinając się ku brzegowi drewnianego krateru. Był już tak blisko, że aż odskakiwali głowami, kiedy uderzał w twarze podmuch spalin, wrzącej oliwy, niemal smagały ich świszczące skórzane skrzydła.

Tańczył jak ziarno grochu w potrząsanej oburącz butelce. Zdawało się, że osiągnąwszy krawędź wystrzeli między sznurami w ruchliwe korony drzew, w blask, w niebo jak zbłąkana kometa.

Mihaly piszczał przejęty, udzielało mu się szaleństwo lotu.

Nagle Kriszan oderwał prawą rękę od kierownicy i uniósł ją ku nim, jakby pozdrawiając, potem oderwał i drugą, teraz już naprawdę wzlatywał. Tłum nachylony przez parapet wył z zachwytu, Istvana ścisnęło w gardle: niepotrzebna brawura, przecież najmniejsze drgnienie, podskok kół na belkach... i nie opanuje maszyny. A w tym położeniu, przy takiej szybkości pewna śmierć.

Ale Kriszan opuścił już ręce, pochwycił kierownicę, jakby kiełznał narowistego ogiera, i z ulgą spostrzegli, że zaczyna zjeżdżać w dół. Sypnęły się oklaski, przechyleni krzyczeli w drewnianą studnię, która pomnażała głosy, tłukli z całych sił dłońmi, kiedy rozstawiwszy nogi zaparł się na samym środku areny i podniósł ku nim głowę, jakby ogarniał z niedowierzaniem wysokości, na których mknął przed chwilą.

– Kriszan! Kriszan! – skandował na galerii wieniec nachylonych widzów, ogarnięty szaleństwem. Zdjął czarną rękawicę i smagłą dłonią, otwartą, potrząsnął w niebieskim dymie.

– Chodźmy – ciągnął Istvana Mihaly. – On do nas wyjdzie.

Zaczęli się przepychać przez tłum, w którym krążyli sprzedawcy zrumienionych na złoto kartoflanych wiórków skrzących się kryształkami soli i ze skrzynek z lodem zawieszonych na brzuchu dobywali ciemne, smukłe butelki coca-coli. Zrywane kapsle dzwoniąc staczały się po karbowanym podejściu.

Chłopiec prowadził radcę na tyły olbrzymiej drewnianej kadzi pod rozłożyste drzewa. Rozpięto tam rodzaj przewiewnego, kusego namiotu. Stało w nim indyjskie łóżko z paru płaskimi poduszkami w czerwone i żółte kwiaty. Jakaś skulona kobieta na wpół klęczała, wpatrzona w wejście.

Gromada szalejących z zachwytu chłopaków pchała motor przez wydeptany trawnik. Za nimi, wydając komendy, sprężystym krokiem w chrzęście skórzanego kostiumu stąpał Kriszan. Dziewczyna podniosła się i od razu poznał siostrę zmarłej – ten sam leniwy, trochę zwierzęcy wdzięk, te same szerokie usta, wycięte w karo, wyzywające i dziecięce. Kriszan doglądał ustawienia motoru, chwilę jeszcze chłopcy kłębili się koło niego, podsuwając do podpisu sprzedawane przed wejściem fotografie – wzlot z rozwianymi skrzydłami na motorze. Zdjęcie musiało być robione z dołu, przy zwiniętym dachu, bo sylwetka szalonego jeźdźca widniała na tle chmur.

– Ach, to sab – wyciągnął rękę do radcy, nie było w nim dawnej uległości – proszę siadać.

Jednym okrzykiem spłoszył chłopców, wypędził poza ogrodzenie, rozsunął zamek błyskawiczny, wyłuskany z czarnego pancerza pokazał trykotową koszulę, przybrudzoną, z plamami oliwy. Pod nią wznosiła się chuda pierś. Pot z niego parował.

– Muszę się na chwilę wyciągnąć – przysiadł na łóżku, skrzypnęła skóra wąskich spodni. – Mam jeszcze parę występów.

Istvan dopiero teraz spostrzegł, że na policzkach kierowcy w czerwonych rowkach odciśniętych okularami zbierają się spóźnione łzy gęste od potu.

– Zapalisz? – podsuwał mu otwarte pudełko.

– Nie – potrząsnął głową – tam jest zła wentylacja, nałykam się spalin aż do zawrotu głowy.

Kobieta uklękła przy nim, ręcznikiem polanym wrzątkiem z termosu otarła mu twarz z ogromną czułością, poddawał się temu, przymknąwszy oczy, jak pieszczocie.

Ona musi go bardzo kochać – pomyślał Istvan.

– Przyszedł pan zobaczyć?

– Tak. Widzę, że ci się dobrze powodzi.

– Ambasador też tu był. Wiedziałem, czego mi życzy. Ale mam go gdzieś.

– Zanadto ryzykujesz. Nie powinieneś puszczać kierownicy.

– Za to dodatkowo płacą – cierpki uśmieszek przewinął mu się po zaciśniętych wargach. – W końcu wszyscy mają nadzieję, że zobaczą, jak skręcam kark. Co to byłoby za widowisko. Mieliby o czym opowiadać przez rok.

Ściana namiotu naginała się pod tchnieniem powiewu, maszyna ćwierknęła stygnąc, przetoczył się nad nimi przybierający szum listowia.

– Niedobrze, Kriszan, nerwy. Często o tym myślisz?

– Ostatnio tak.

– Boisz się?

Uniósł się na łokciu i popatrzył z taką wzgardą, że radca spuścił oczy.

– Chciałbym takiego zobaczyć... A może pan?

Uśmiechając się Istvan potrząsnął przecząco głową.

– To przychodzi potem, kiedy już jestem na dole, zobaczę, gdzie byłem, jak wysoko mnie wyniosło. Drętwy ból w udach, jakby ścisnął mnie kto obcęgami. Mówię wtedy: dość. Ostatni raz. Zgarnij forsę i żegnaj dyrekcję, tych starych złodziei. A motocykl przeróbo na rikszę i też swoje zarobisz.

– Zdrowa myśl.

Słyszeli hałaśliwą muzykę z megafonów i basowy głos portiera, który przez tubę zachwalał występ:

– Mrożący krew! Karkołomny!

Dziewczyna siedziała na piętach wpatrzona w Kriszana jak warujący pies.

– Kiedy zaczynam jeździć w kółko, naprawdę chcę się jak najszybciej wydrapać na wierzch, z tego gniazda uwitego z dymu, bo mnie dusi.

– Motor pali oliwę?

– Nie, specjalnie tak uregulowane dla efektu, dyrekcja tego wymaga.

– Maszynie nie można ufać, Kriszan. Kto o nią dba?

Podniósł się i spojrzał na radcę czujnie.

– A ludziom? Ja sam robię przegląd, nikomu bym jej nie dał do ręki. Ja wiem, jak jest.

Mihaly siedział na piętach, po hindusku, u wejścia namiotu, podwiązane skrzydło falowało trącając go w plecy, ale na nic nie zważał, zapatrzony w swego bohatera.

– Jak ja ich wszystkich nienawidzę – leżąc z odrzuconą głową uderzał pięścią w ramę łóżka.

– Kogo?

– Tych, co czekają – zadarł brodę. – Tych z galerii. Już setki razy myślałem sobie: chcecie widowiska przejmującego grozą, wystarczy, żebym rozlał kanister benzyny i te wyschnięte deski zapłoną jak papier. Wąskie przejścia, oni by się zatratowali, gdyby im ogień zastąpił drogę, ja znam te głosy, wiem, jakby wyli... Niech pan spojrzy, impregnowane, wygrzane słońcem drewno, wspaniały, pogrzebowy stos.

– Kriszan, musisz na jakiś czas przerwać.

– Nie. Jeszcze nie teraz. Oni czyhają na wypadek, więc i ja mogę sobie pomarzyć dla wyrównania rachunku.

Muzyka, gongi gwałtowały, poszum przelatywał po wierzchołkach drzew, a czasami przez jakieś okno otwarte w zieleni wpadało słońce, aż się ściany namiotu rozjarzyły jak w ogniu, i szybkie poblaski sunęły po wytartej trawie.

– Ambasador byłby najszczęśliwszy, gdybym nie żył. Nawet dałby dziesiątkę na drewka.

Istvan obejrzał się, Mihaly słuchał z rozchylonymi ustami, zalękniony. Wydało mu się, że chłopiec chłonie ciemną wiedzę o świecie, że słowa Kriszana zapadają mu w serce.

– Kup nam cukierków albo orzeszków, tylko wybierz dobre – rzucił mu radca monetę, którą małe ręce chwyciły w locie.

Gdy chłopiec wybiegł, nachylił się do Kriszana, wiedział, że tamten jest skory do zwierzeń.

– Powiedz mi wreszcie, Kriszan, jak naprawdę było. Tylko mów szybko, zanim mały wróci, jej chyba nie musisz się krępować – skinieniem głowy wskazał na młodą kobietę.

– Nie. Ona połowy nie zrozumie – skrzywił wargi szofer. – I pan też będzie milczał, bo tego wymaga honor waszej ambasady. Jechaliśmy do Utter Pradesz, na zaproszenie tamtejszego gubernatora stanowego. Nie wiem, dlaczego Stary się guzdrał, czekałem długo przed rezydencją, a potem gnaliśmy, żeby nadrobić spóźnienie. Najpierw nas przytrzymali na moście na Dżamunie. Potem na Gandze, mosty wąskie, ruch jednostronny. Zobaczyłem, że naprzeciw jadą wojskowe tabory, wozy, tongi, a na czele idzie rozsypana piechota. „Wal pierwszy – krzyczy ambasador – mamy prawo, jadę z proporczykiem, oficjalnie". A oni już wchodzą na most. Wiedziałem, że nie przepuszczą, bo czy się oni znają? Czekaliśmy, a oni leźli i leźli. Czasami robiły się przerwy i można było przeskoczyć, ale o maskę oparł się tyłkiem sierżant z chorągiewką i nic sobie nie robił z trąbienia, a jak Stary wyskoczył, to mu powiedział, żeby siedział cicho, bo może oberwać. Ja znam tych Gurków, z nimi nie ma żartów. Bo co zrobią żołnierzowi, jak pierś ma pełną medali... Zamkną za obrazę? Wreszcie ostatnia tonga się przetoczyła i puścili nas. Stary się zbiesił, odepchnął mnie łokciem, ryczał jak bawół, siadł za kierownicą. Jak tylko ruszył, od razu wiedziałem, że coś będzie. Ciągnął ponad osiemdziesiąt mil. Nawet przez wioski nie zwalniał. „Ja ci pokażę, jak się jeździ" – sapał. I wtedy z krzaków wylazła krowa, weszła na środek szosy i obejrzała się w naszą stronę, czuła coś niedobrego, wahała się, czy nie zawrócić. „Kobietę z przodu, a krowę mijaj z tyłu" – pamiętam, tak do siebie mówił ambasador, nie wytracając szybkości, celował w wąski przesmyk między jej zadem a rowem, bałem się, że zejdziemy kołem na piach i że nas ściągnie. On musiał to wziąć w rachubę, bo dodał gazu, i wtedy wyskoczył ten chłopak...

– Chłopak? – chrapliwie spytał radca, chłód mu spłynął po karku.

– Chciał ją przegnać. Wymachiwał kijem, wpatrzony w nas. To był ułamek sekundy. Podcięliśmy zadnie nogi krowy, sypnęło się szkło, chłopaka nawet nie poczułem, stuknął miękko głową i odrzuciło go do rowu jak kota. Jechaliśmy jeszcze ze sto metrów, może więcej, nim zahamował. Wyskoczyliśmy. Krowa dźwignęła się na przednie nogi, wlokła przetrącony grzbiet. Kapało z niej rzadkie łajno. Otwierała pysk, ale nie wydawała żadnego głosu.

– A chłopak? – spytał bez tchu.

– Biegłem do niego, ale od razu wiedziałem, że gotów. Leżał skręcony, głową w dół, w rowie. Stary też to zrozumiał, bo zatrzymał się z daleka i wyciągnął ręce przed siebie, jakby to, co się stało, chciał odepchnąć. „Nie rusz – krzyknął. – Do wozu!" Od pola biegli chłopi z motykami i drągami, widzieli tylko krowę, starczało, żeby ogarnął ich szał. Zatłukliby nas, gdyby dopadli, rzucali kamieniami, ale myśmy uciekli. Ambasador kazał mi prowadzić. Nawet się nie obejrzał, tylko łykał głośno ślinę. Potem powiedział: „Kriszan, ty prowadziłeś, ja cię obronię, weźmiemy dobrego adwokata. Ja ci zapłacę". Wtedy bałem się go i zgodziłem się. Potem znowu sapał i coś planował, wreszcie położył mi rękę na ramieniu: „Nie będzie sprawy. Tylko milcz i słuchaj mnie. Nie pożałujesz".

– Dostałem cukierki z anyżkiem, wujku, spróbuj – wpadł Mihaly. Po gołych nogach chodziły mu światełka słoneczne, w oczach miał pełnię szczęścia. Patrzył zaskoczony na mężczyzn sposępniałych i skuloną kobietę, łokciem wspartą na skraju łóżka. Namiot oddychał pod falą szumu i dzwoniącej muzyki cymbałków.

– Dobrze, schrup. Nie przeszkadzaj teraz.

Z rożkiem skręconym z liścia chłopiec podszedł do łóżka, na którym spoczywał szalony jeździec.

– Nie, Mihaly – odżegnywał się – mówiłem ci o horoskopie, mam się strzec słodyczy... Daj jej, ona zje za mnie.

– Dlaczegoś mi wcześniej o tym nie powiedział, Kriszan? – powracał do przerwanych wyznań radca.

– Chciałem, próbowałem. Ale sab powiedział, że zna całą prawdę, więc co miałem robić?

– Dobrze, że teraz już wiem – westchnął głęboko Terey. – Tylko co można poradzić? Jemu uwierzą, nie mnie.

– To nie wszystko – powiedział kierowca siadając w kucki na łóżku. – Pojechaliśmy prosto do gubernatora i Stary złożył zażalenie, że na drodze chłopi czatują na przejeżdżające auta i obrzucają kamieniami. Podał mnie za świadka. Wyszliśmy, żeby gubernator obejrzał rozbitą latarnię i pogięty błotnik. Bardzo przepraszał i wysłał ciężarówkę z policją. Siadłem obok kierowcy, miałem pokazać, gdzie to było. Chłopi jeszcze stali na drodze, niektórzy się modlili. Krowa leżała pod baldachimem uwieńczonym kwiatami i pełno lampek paliło się dokoła. Jak nas zobaczyli, zaczęli biec ku nam i krzyczeć, pewnie chcieli się skarżyć. Ale kierowca szarżował na nich ciężarówką, musieli się rozstąpić. Ledwieśmy ich przelecieli, kiedy zahamował i ze środka wyskoczyli policjanci z bambusami i zaczęli bić. Słyszałem tylko krzyki i trzask pałek o grzbiety. Ludzie się rozbiegli. Zajrzałem do rowu ukradkiem, chłopca już nie było. Pewnie rodzina zabrała zwłoki – oddychał niespokojnie, przeżywał opowiadanie, ręcznikiem ocierał czoło i kark. – Dopiero jak wygonili chłopów, oficer wezwał wójta i spisał protokół, tak na niego krzyczał, że tamten tylko się kłaniał i przepraszał. Mówił w kółko o krowie, no, bo dla nich najważniejsza świętość – wydął pogardliwie wargi, tarł palcem po szczoteczce wąsów – a ja tę świętość jem.

– Może chłopiec żyje? – nieśmiało zapytał Terey.

– Nie. Słyszałem, co kobiety mówiły. Zapisałem jego imię i nazwisko ojca. To biedaki. Oni nawet nie wiedzieli, że mogą się upomnieć o jakieś odszkodowanie. Całe życie ryją w ziemi. Jak wróciliśmy, powiedziałem o wszystkim – popatrzył na zasłuchaną twarz Mihalya, zmarszczone czoło. Widać było, że mały próbuje zrozumieć, o czym toczyła się rozmowa, więc nie wymienił ambasadora, porozumiawszy się wzrokiem z radcą – a on tylko: „Nie dam ani grosza, najgorzej zacząć, potem się nie odczepię". Przypomniał mi to, co i pan, że podpisałem zeznanie, że nie powinienem już zmieniać, bo tam stoi czarno na białym, że to ja prowadziłem wóz. A potem, jakby stracił do mnie zaufanie, poszczuł Ferenza korzystając z pierwszej okazji, żeby wyrzucić.

– Ale dlaczego to zrobił?

– Bo jakbym odwołał zeznania, wyglądałoby, że się chcę zemścić za to, że mnie zwolnił z pracy. To przecież jasne.

Radca siedział zgarbiony. Znam prawdę – myślał gorzko – sam tego chciałem. A mogłem żyć nie wiedząc o niczym. Spokój nieświadomych. Przecież nic nie zmienię! Nie mam dowodów. Tamtemu uwierzą, nie mnie.

I komu byłoby na rękę dziś, kiedy sprawa zamknięta, wszczynać śledztwo od nowa... Milczeć, żeby nie mówiono źle o nas, o ambasadzie. Milczeć dla dobra Węgier? Zacisnął splecione dłonie do bólu. Przecież to nikczemne! Czy zawsze prawo na tym świecie służy do obwarowania niesprawiedliwości tych, którzy umieją się nim posłużyć? I nagle przyszedł mu na myśl Czandra, pokusa, by jemu całą sprawę przedstawić. Czuł, że ten by umiał złapać winnego za gardło, jeśli nie zmusić do prośby o odwołanie, do ucieczki, to obdarłby ze skóry, oskubał do ostatniej rupii, zatruł życie.

Wzdrygnęli się, podcięły ich ostre, naglące dzwonki.

Widać naszło dość widzów i pora była na występ. Kriszan dźwignął się niechętnie, żona podawała mu kurtkę, objąwszy zasunęła zamek błyskawiczny. Stał, nagle jakby usztywniony pancerzem, poprawiał hełm, opuścił na oczy okulary. Skórzane skrzydła, pasy ruchliwe, trzepotały sucho.

Nim wyszedł z namiotu, Istvan zobaczył, że młoda kobieta przyklękła i pochwyciwszy dłoń męża przyciskała do policzka, całując z zamkniętymi oczami.

Kiedy siadł za biurkiem i wziął się do przeglądania prasy, drzwi uchyliły się i wszedł Ferenz.

– Nie przeszkadzam?

– Od kiedy liczysz się z moim czasem? Nie ma chyba powodów do pośpiechu, raporty wysłane. Stary czeka na Indonezyjczyka, rewizyta, więc spokój, możemy pogadać. Siadaj, mów, co cię przyniosło.

Ferenz odwrócił szczupłą twarz w stronę okna, zmarszczył czoło, myślał chwilę, jakby zapomniał, z czym przyszedł, potem zamiast na krześle, spychając stertę pism, przysiadł na rogu biurka. W jego szkłach odblaskowych, jak w krzywym zwierciadle, Istvan zobaczył siebie, z wielkimi rękami i małą jak u owada głową, odchyloną w oczekiwaniu.

– Czy ty nie czujesz, że jest swąd? – zadrgały mu nozdrza, zajrzał z bliska w oczy Tereyowi.

– Tu, u nas? Czy myślisz o kraju?

– Nie. Śmierdzi mi wojną na świecie.

– Wielka nowina – lekceważąco machnął ręką Istvan. – Tli się od lat, byłaby pora przywyknąć.

– Myślę o czymś gorszym.

– O trzeciej?

– I chyba ostatniej.

– Tyś musiał źle spać dzisiejszej nocy albo zjadłeś coś nieświeżego – pokpiwał Terey. – I po cóż mnie takim odkryciem obdarowujesz? Idź do Starego, wytrawny polityk, nakrzyczy na ciebie, da kieliszek śliwowicy na podniesienie ciśnienia i złe przeczucia miną, jak ręką odjął.

– Przyszedłem do ciebie jak do człowieka.

– Awansujesz mnie.

– Ja też mam chwile słabości – popatrzył z urazą na Tereya rozpartego w fotelu.

– No, mówże. Choć ciągle jeszcze nie wiem, czyś przyszedł z własnej ochoty, czy cię Stary przysłał, żebyś mi zajrzał pod pokrywkę – dotknął dłonią skroni.

Ale Ferenz znowu odwrócił się, patrzył w okno na ścianę magazynu nad garażami poszytą plecionką pnączy, przysłoniętą liśćmi, które jak wodę wygładzał i mącił powiew.

– Nie urodziłeś się dzisiaj – powiedział wreszcie. – Umiesz czytać.

– Nawet i pisać. Słowo daję, krytycy przyznawali, nie przechwalam się.

– Przestań błaznować. Zestaw sobie parę wiadomości z ostatnich dni, nie muszą być w gazetach na pierwszej stronie – mówił z namysłem, ciągle wpatrując się w migoty i cienie na roślinnym kożuchu.

– Co tam widzisz? – zaniepokoił się Istvan.

– Mur. Spójrz – pokazał ręką na mrowiące się listki. – Po wierzchu mięciutkie trzepoty, ładne dla oka, a od spodu mur. Opowiadał mi jeden, co stał pod takim. „Gruby, ziarnisty tynk masz pod nosem, a widzisz doskonale cały porządek rzeczy, całe swoje życie.

Wtedy już wiesz, co z nim mogłeś zrobić. A jest za późno". Powiedz co robić, żeby któregoś dnia ktoś ci nagle całego życia nie przekreślił, żeby się nie okazało, że te małe zabiegi, awans, zarobek albo zbytnia usłużność przykryły zasadnicze sprawy, dla których warto żyć? A co, myślisz, że tylko ty jesteś Węgrem? Masz monopol na odruchy uczciwości? Istvan, ja nie chcę, żeby mnie popychali lufą w krzyże i prowadzili, bo przyszła pora płacić za tych, co w porę odskoczyli, zwinęli chorągiewkę.

Istvan patrzył niepewny, czy sekretarz go nie zachęca do jakichś wyznań lub zwierzeń po to, by później publicznie oskarżyć i napiętnować.

– No, no... – ponaglił Ferenza.

– Wy, o te kilka lat starsi, mieliście wojnę. Jesteście sprawdzeni. Przynajmniej dla siebie. Już wiecie, do czego jesteście zdolni. Dziś dreptczemy razem, ale wy w każdej chwili możecie się odwołać do tamtego doświadczenia, a my... Ustępujemy krok po kroku, godzimy się na kompromisy, paskudzimy, grzęźniemy, ach, chociaż znać dno własnej małości. Nie udawaj, że nie rozumiesz, bo mnie złościsz. Wiesz, o czym mówię.

Zdjął okulary, bawił się nimi jak dama maską balową, ale oczy miał pełne troski i niepokoju.

– Zapierałem się towarzyszy nie dla kariery, ja nie mogę żyć bez partii – wyznanie brzmiało szczerością. – Byłem młody, wierzyłem ślepo. A teraz mi walą na łeb, że beriowszczyzna, że zbrodnicza klika wysyłała najlepszych synów tam – pokazał brodą na mur ukryty pod liśćmi, pełnymi niespokojnych blasków.

– Co cię dziś naszło? – radca splótł dłonie pod odchyloną głową, patrzył jak Ferenz przeczesuje palcami bujne, falujące włosy.

– O czym ty myślisz, jak czytasz gazety? – pogrzebał w stosie na biurku.

Rozkładał szeroko strony, wodził oczami po tytułach, jakby się chciał upewnić, a potem zniechęcony, niedbale przyduszał ręką.

– Dzień po ogłoszeniu, że Naser przejmuje Kanał Sueski, przyniósł na giełdzie londyńskiej straty stu milionów funtów. A kryzys trwa. Akcje lecą. Nacisk Francji i Anglii nie pomógł. Czego dowodzi strajk obsługi śluz i bunt pilotów? Posłaliśmy naszych, kontraktowych, kanał działa. Zachód nie ma powodów do lamentu, że transporty staną, że się zrobi korek. Więc próbują od środka. Wczoraj w Kairze aresztowano kilku Anglików, wywiad, w radiu dziś słyszałem, jak zatrzymali izraelski transportowiec, nim odprowadzili do portu, sam, bez widocznych przyczyn zatonął. Co za ładunek? Cement. Rozumiesz? Wrak z cementem do zablokowania kanału. Chcesz krwi? Starcia na granicy Izraela i Egiptu. Oczywiście zabici są Arabowie, natłukli fellachów... Zwróciłeś uwagę, że na Cyprze koncentracja floty angielskiej? Grecy protestowali, więc ich od razu w łeb, zastraszyć, uciszyć, ośmiu Anglicy rozstrzelali. Dawno tam takich wyroków nie było.

– Więc sądzisz...

– A po co Elżbieta powołała dwa roczniki? Komandosów przerzucają na Cypr. Patrz, dzisiejszy króciutki komunikacik: „Składy bomb na Malcie uzupełnione".

– Zaraz powiesz, że jest jesień, że po zbiorach, więc można zaczynać wojnę – zaśmiał się nieszczerze Istvan. – Zupełnie mi przypominasz naszych chłopów, tych urodzonych polityków, zwłaszcza jak łykną palinki. Pomijasz, wytrawny polityku, Związek Radziecki i Stany. Potęgi nieskore, żeby skoczyć sobie do gardła, wiedzą, co druga strona kryje w zanadrzu... Ciężka waga. Zapaśnicy poklepują mięśnie, napinają bicepsy, zbierają oklaski widzów i słuchają podjudzających okrzyków, ale sami są ostrożni.

– Patrz – Ferenz trzepnął dłonią po rozłożonej gazecie – i myśl jak polityk, nie jak poeta! Tamci liczą na chwilę naszej słabości, chcą to wykorzystać. Jeśli złapać Suez, zdusić Nasera, to tylko teraz, kiedy w naszym obozie kipi, kiedy jesteśmy zajęci porządkami, wymiataniem śmiecia... Oni Rosjan nie znają, im się wydaje, że całą tę skupioną energię Chruszczow wygadał, że rozłożył motor na części dla dokonania przeglądu, wymiany śrub i uszczelek, a nie wiedzą, że to są ludzie, których w mig można skrzyknąć, na wypadek zagrożenia nastąpi samoscalenie partii i narodu. Wystarczy Zachodowi podsunąć pięść pod nos, od razu oprzytomnieje i zrobi się układny.

Ma rację – myślał Terey. – O wiedzę, spryt czy obrotność łatwiej u nas niż o charakter. On dlatego mówi tak swobodnie, bo się ze mną nie musi liczyć, ma poczucie przewagi i wie, że ja pisuję, ale tylko wiersze, nie notatki z prywatnych rozmów, nie poufne raporty.

– Co powiesz o zapowiedzianych przez TASS próbnych eksplozjach? – dorzucił Ferenz.

– No, zastrzegają, że gotowi zaprzestać, jeśli Stany układ podpiszą. Wielu Amerykanom jeszcze w głowie się nie może pomieścić, że ktoś inny trzyma atomowego smoka na uwięzi, a czasem zmusza do pomruku, targając za ogon. Przywykli, że wszystko naj-naj-naj zawsze było u nich, a tu się pojawił konkurent, nie tylko idzie łeb w łeb, ale w technice rakietowej wyprzedza.

– Eksplozje doświadczalne ostrzegają. Tak są zresztą odbierane w Pentagonie – Ferenz pomachał uniesioną dłonią. – Masz rację, oni nie wierzyli sejsmografom, posłali samolot, żeby ze stratosfery pobrał próbki powietrza, czy jest pył? No i jest. Może zaczną myśleć i liczyć.

– Dość tego filozofowania – klasnął dłonią w udo radca. – Nie zgaduj. Co cię przyniosło? Będziesz miał wykład do Hindusów? Robisz sobie przegląd polityki międzynarodowej?

Ferenz spojrzał na niego koso, uśmieszek uznania przemknął mu po wargach.

– Nie, nie, z ciebie nie taki znów poeta – westchnął z uznaniem. – Chodzisz po ziemi. Jednak wolałbyś, żebyśmy cię mieli za poetę, bo ci z tym wygodniej. Masz wtedy większy luz. Widzisz, Istvan, jest oficjalny komunikat o zdjęciu ministra spraw wewnętrznych. Posadzili Farkasa. Trząsł Węgrami. KC chodziło koło niego na paluszkach, wiem coś o tym, bo... – zawahał się, spojrzał znowu w okno i machnął dłonią płytko, jakby niewczesne chęci wyznań odganiał.

– Bo przeszedłeś od nich do MSZ-u.

– Skąd wiesz?

– Boisz się, czy już mu zazdrościsz, że nareszcie, bodaj przed prokuratorem to, co mu dokucza, może opowiedzieć, wyrzygać, i czuje ulgę.

Ferenz drgnął jak przyłapany, nachylił się przez biurko i krzyknął:

– Nikt nie ma prawa mnie oskarżać! Ja wierzyłem. Miałem rozkaz, więcej, wytłumaczyli mi, że tak trzeba, że to konieczne dla dobra partii.

– Wierz, słuchaj, nie myśl, a spotkamy się tam – Terey pokazał mur za oknem.

– A cóż ty masz z tym wspólnego?

– Dochodziły wiadomości i nie wierzyłem im. Nie chciałem wierzyć. Prowadzeni na śmierć krzyczeli w nadziei, że tacy jak ja ich usłyszą. Słyszałem, tajemnice przeciekają. Ale mówiłem: to niemożliwe, przynajmniej u nas, na Węgrzech. Myślałem, że Węgry znam.

Ferenz przestał się bawić okularami, uderzać nimi o zaciśnięte usta, nałożył je, jakby się zamaskował. W zielonych szkłach Terey widział już tylko własną pokrzywioną postać, jak odwłok muchy ścierwnicy, i jak gdyby ziejącą ogniem gwiazdę – odblask okna pełnego słońca.

– Wiesz, Terey, jestem zadowolony, że mnie wysłali tutaj. W Budapeszcie wre, ja to czuję przez skórę. Jakbym tam działał, na pewno chciałbym pokazać się inny, lepszy, podskoczyłbym jak ten konik polny i byle kura by mnie zadziobała. Mówię ci, lepiej, że tu przesiedzimy najgorętszy czas...

Radca prawie leżał w fotelu z rękoma pod głową, patrzył z ogromnym skupieniem, jak pod białą pustynią sufitu obraca się powoli śmiga wentylatora.

– Mówię ci, Ferenz, ani świat, ani Bóg nie lubi letnich. Boję się, że nie dostąpimy łaski oczyszczenia. I nie będziesz miał sposobności przekonać się, do czego jesteś zdolny. Kim jesteś naprawdę.

Siedzieli chwilę w milczeniu, sekretarz się żachnął i ruszył ku drzwiom, z ręką na klamce, wydymając wargi, powiedział z ironią:

– Podobno uważacie, że Bóg nie zsyła prób nad siły człowieka, więc po co się napierać, wyrywać na ochotnika?

– Zaraziłeś się Indiami – odciął radca. – Wygodna filozofia, zwłaszcza dla marksisty.

Sekretarz nie podjął zaczepki, cicho zamknął drzwi za sobą.

Szarpie się jak ryba na spiningu – westchnął Istvan. – Sumienie... Pełne lęku przeczucie prawdy o sobie samym, którą ukazuje Ten, co nas zna. Ferenz przyszedł z nadzieją, że wymienimy swoje tajemnice, tak jak niegdyś wymieniano zakładników, by mieć pewność, że warunki pokoju zostaną dotrzymane. Zdawało mu się, że słyszałem o nim więcej, niż chciałby mi wyznać. Nie wie, a ja mu nie powiem, że wlokę swój oścień, że się szamocę. Nie, nie, to nawet nie sprawa tego przejechanego chłopca. Jak odszukać rodzinę, pomóc jej, nie ściągając podejrzeń na ambasadę? Kriszan po raz drugi nie zgodzi się wziąć tego na siebie. Margit. Sprawa z Margit. Gdyby Ferenz o niej wiedział, o ileż byłby spokojniejszy.

Rabuję ją, jestem mały, podły – oskarżał się – wykorzystuję jej słabość do mnie, bezbronną uległość. Kiedy wydawało się, że jest ode mnie wyzwolona, pojechałem, rzuciłem ambasadę, kłamałem, byle tylko mieć pewność, że jeszcze jest moja. Przychodzi prosta i ufna, nie stawia warunków, nie robi planów. Ale miałem już ostrzeżenie. Szepcę: kocham, kocham, a to niczego nie usprawiedliwia. Ona chyba o tym wie. Lepiej, żeby wiedziała. Nie spytała dotąd: co będzie z nami? Zdaje się na moją decyzję z takim spokojem, z jakim depozyt powierza się pancernym kasom banku. Na co liczy? Czy tylko na to, że ją kocham? Czy aż na to? Że będziemy razem, razem, dwoje złączeni w jedno, wspólne życie... I rozdzielić nas może tylko śmierć.

Przecież nieraz nocą szukałem jej senną dłonią. Chciałem, żeby była – zawsze, zawsze. A ten podły strach, kiedy powiedziała, że spodziewa się dziecka? Czy wtedy mniej kochałem? Nie. Więc czego się zatrwożyłem, czyżbym się bał powiedzieć wobec świata, że tę kobietę sobie wybrałem, że to moja umiłowana. Czyżby to było uczucie, które boi się blasku dnia i świadków? Unika „komplikacji"? Nawet ci, którzy dawno nie żyją ze swymi żonami i mają kochanki, skwapliwie wystąpią w roli oskarżycieli, osądzą mnie, potępią... No, to co? Nie wytrzymam ciśnienia? Minie rok i świat zapomni. Miłość, która nie ocaleje w ciągu takiego czasu, niegodna jest tej nazwy.

Gdyby naprawdę miała dziecko, rozwiódłbym się – myślał, chcąc uspokoić sumienie. Skoro tak, dziecko, jeśli tylko naprawdę chcę, mogę mieć. Małą rdzawowłosą dziewczynkę z czarnymi oczami, malutką Margit. Nie myślał o synu, może dlatego, że ich już ma, tylko o córce... Ona by mnie kochała, marzył już czując drobne ręce na szyi, dotknięcie chłodnego noska i ciepłe tchnienie na policzku. Nawet zdaje się, że słyszy słowa pełne zabawnej urazy: Daddy, jak ty kłujesz... Przyłapał się, że myślał po angielsku. Jednak musiałaby znać język ojca. Czyżby dopuszczał, że wyrośnie z dala od Węgier? W Australii?

Rozwód. Łatwo powiedzieć. Stąd, z New Delhi, z Indii napisałbym, uprzedził Ilonę, jakoś przygotował. „Widzisz, zakochałem się" – to brzmi mało poważnie. Lepiej przyjechać, położyć jej ręce na ramiona, odsuwając tak, żeby oczy patrzyły w oczy, i przedstawić całą prawdę: „Znalazłem kobietę, z którą..." „A to, co było między nami? – zapyta Ilona. – A co ze mną, z chłopcami?" „Pomyliłem się" – powiem wtedy. I nagle wzdryga się, jakby usłyszał jej prosty, trochę surowy głos: „Nie, Istvan, to ja się pomyliłam, bo wychodziłam za kogo innego".

Nie będzie płaczu, scen. Ilona zamknie się, sposępnieje, będzie szukała winy w sobie. Nie w nim. Ona już taka jest, kiwa głową, jakby się trochę nad sobą litując.

W jej listach prawie nie ma pytań o jego pracę, o niego samego. Pisanie wierszy, rodzaj przypadłości, która może się zdarzyć i w uczciwej rodzinie, ale lepiej tego nie celebrować. Pisze, drukuje, o dziwo, nawet płacą za to, i dobrze.

Listy są pełne drobiazgowych sprawozdań, co robią chłopcy, jak się uczą, co ich zajmuje, jaki mają apetyt i co zjedli. To wzrusza i trochę nudzi. Jej serce należy do synów. Jestem w nim o tyle, że jestem ich ojcem. Czuje, że popełnia niesprawiedliwość.

Łatwo powiedzieć: wezmę rozwód. Niechby wiadomość o tym przedostała się do ambasadora, kazałby go natychmiast odwołać. O Margit też pójdzie odpowiednia notatka, nigdy nie dostanie wizy węgierskiej, a jego nie wypuszczą za granicę. Zostaliby odcięci. Paszport... Wyjazd zagraniczny przez lata całe był dla wielu marzeniem. Jakże tym nielicznym, którzy mówili o Paryżu i Rzymie, zazdrościli mniej szczęśliwi rywale, czego nie szeptano przeciw wybrańcom? Czuł nieomylnie, że Margit musi ukrywać, bo ją utraci. Na samą myśl dławiło go w gardle, zaciskały się pięści jak do obrony.

Muszę ją mieć, tężał wewnętrznie, chcę ją zachować.

Żeby otrzymać rozwód i zalegalizować nowy związek, należało wrócić do Budapesztu, uzyskać zgodę Ilony. I wtedy mają mnie jak ptaka w klatce, mogą zrobić, co zechcą. Nie ma co liczyć na życzliwość, bo i dlaczego? Zagranica ci zapachniała, akurat Australijka, czy nasze kobiety gorsze? Upatrzyłeś ją sobie – powiedzą – bo jedynaczka, a tata ma pieniążki, chcecie się, towarzyszu Terey, przesiąść? My was już dawno mamy na oku. Przeproście się z krajem, przytrzymamy was na łonie ojczyzny, będziecie mieli czasu dość nie tylko na pisanie podań, ale i na wiersze – wyobrażał sobie prowadzącego śledztwo w sprawie zamierzonej ucieczki, a może i zdrady tajemnic państwowych, wiadomo, że na drugą stronę nie można iść z pustymi rękami, trzeba się wkupić... Oni też lubią pociągnąć za język. Twarz, która mu się jawi, jest zadziwiająco podobna do ambasadora, nalana, żółtawa, z grymasem życzliwej chytrości. Dobrze, że w porę Grace wyszła za mąż, bo już i tę znajomość miał mi Ferenz za złe. Z różnych źródeł wyciekają informacje, ale jak mnie nie będą widzieli pośród cudzoziemców, trudniej podejrzewać i oskarżać.

Zadzwonił telefon, Ram Kanval nieśmiało próbował wybadać, czy radca wystąpił już o stypendium wyjazdowe do Węgier. Wystawa w Budapeszcie, może bodaj grzecznościowy zakup dla muzeum sztuki współczesnej, i będzie mógł zobaczyć Paryż. Zabrzmiało to skrywanym żarem, jakby powiedział: zanurzę się w sławie.

Terey uspokoił go, że sprawie został nadany bieg, na przyjazną parafę ambasadora można liczyć, więc tylko jeszcze trochę cierpliwości, zanim nadejdzie decyzja z kraju i ustalą najdogodniejsze terminy, bo trzeba przetransportować kilkadziesiąt płócien, salon wystawowy musi być wolny, druk zaproszeń i katalogu, wszystko to wymaga czasu i synchronizacji.

Radca dosłyszał oddech ulgi, widział malarza, jak spogląda w ziemię ze słuchawką przy uchu, czubkiem sandała rysuje kreski na zakurzonym dywanie kawiarni.

– Ma pan nowe zmartwienie? – zapytał ostrożnie. – Może pan wpadnie... Nie, nie dziś, za dwa dni będę miał więcej czasu.

Bał się, że dojdzie go jak uderzenie w dzwon alarmowy rozpaczliwa prośba – niech pan mnie ratuje, gwałtownie mi trzeba pieniędzy. Jednak, czy malarz krępował się domagać poparcia, i zaciągać pożyczkę, o której dobrze obaj wiedzieli, że jest darowizną, czy może stał ktoś przy nim, bo ograniczył się do cierpkiego zdania:

– Zmartwienie? – śmiech był podobny do czkawki. – Nie większe niż zwykle. Żona wymaga, żebym wziął się do jakiejś pracy, zaczął zarabiać. Czy pan by nie zechciał spytać kolegów z innych ambasad, wydają biuletyny, może potrzebny im grafik, rysownik? Ja nie chcę dużo, nieco więcej niż sprzątacz, a na pewno mniej niż kucharz – ironizował.

– Dowiem się, porozmawiam – obiecał pełen dobrej woli.

Nie miał jednak dużo nadziei, dyplomaci byli nieufni i każdy troszczył się o grono własnych „podrzutków", których należało jakoś urządzić, po prostu dać im na życie.

Odłożył słuchawkę i zadzwonił do Judyty, czy przez jej ręce przeszło już pismo w sprawie Rama. Napchać trzewia, mieć na powszedni ryż, podstawowy problem. A brzuchy naglą, dzieci krzyczą, żona płacze, że wyszła za niedołęgę. Tu prawdziwy dramat, nie twoje rozterki sercowe...

Judyta nie przypominała sobie, żeby pismo odeszło w ostatniej poczcie, więc sięgnął do ambasadora.

– Co u was słychać, radco? Unikacie mnie wyraźnie. Nic się w kulturze nie dzieje godnego, żeby mi o tym powiedzieć? Żadna książka? Film, sztuka teatralna, koncert, żadnych wybitnych zjawisk? A może się ktoś że znakomitych powiesił? Też nie? Więc z czym do mnie? Ten malarz? Dla mnie on żaden malarz. Nie podpisałem. Czy wy, towarzyszu Terey, naprawdę myślicie, że w Budapeszcie nic ważniejszego nie mają na głowie, jak urządzać wystawę dla tego łazika ze Starego Delhi?

– Ludzka sprawa, człowiek nam życzliwy. Wybitny malarz.

– Mam gdzieś jego życzliwość – burczał. – Człowiek, wielka mi historia, jest ich czterysta milionów, jakbyśmy nad każdym zaczęli się roztkliwiać, nie mielibyśmy czasu nosa sobie utrzeć.

– Robiłem to, co wchodzi ściśle w zakres moich obowiązków. To dobry malarz. Załączam wycinki z prasy.

– Byliście w redakcji. Nie wiecie, jak się taki stek banałów fabrykuje? Kawa i koniak wystarczą. Gazeta żyje dzień, co mu żałować pochwał. Dobra, dobra, Terey, podpiszę jeśli mówicie, że wart tego, niech jedzie na waszą odpowiedzialność. Tylko nie lećcie z tym zaraz do niego. Nie róbcie wiatru. Ten Kanval może poczekać. Wiecie, co wam powiem? Weźcie ręcznik, złóżcie na czworo, namoczcie i na głowkę.

– Dziękuję, głowa w porządku i niejedno pomieści.

Bajcsy milczał chwilę, nieprzywykły do oporu, wreszcie zupełnie innym tonem powiedział:

– Pozwólcie do mnie na chwilę, radco.

Dosłyszał ciężkie stuknięcie słuchawki, na której się wsparła mięsista, porosła rzadkim, czarnym włosem dłoń ambasadora.

Muszę być rozsądny, nie wolno mi go drażnić, bo wszystko może się odbić na Margit, ma mnie w ręku.

– Siadajcie. – Koloman Bajcsy wyglądał na pogrążonego w pracy, leżały przed nim gazety otwarte na stronie sprawozdań gospodarczych i ceduł giełdowych, niektóre pozycje zakreślił czerwonym ołówkiem. Tkwił w fotelu bez marynarki, z rozpiętym kołnierzykiem i krzywo poluzowanym krawatem. Palił fajkę i odruchowo wsuwał ustnik między guziki koszuli i drapał się po piersi z wyrazem ulgi. Swoim zwyczajem zostawiał wezwanego własnym niepokojom, jak spowiednik penitenta na chwilę skupienia, by się rozeznał w skrywanych winach.

– Terey – zaczął niedbale – w porę ostrzegliście mnie, że wchodzi w życie ustawa o zakazie transferu rupii, zlekceważyłem, liczyłem na dyplomatyczne przywileje, niestety, zaspałem sprawę. Mamy z ministrem handlu pojechać na Cejlon, chciałbym czuć się swobodnie, rozumiecie...

Radca skinął ze współczuciem głową.

– Bywacie wśród tych, co mogą mieć podobne kłopoty, radża, ten jego teść, zamożni członkowie klubu... Czy nie znacie kogoś, kto mógłby przerzucić trochę rupii do Colombo, wymienić na funty?

Przyglądał się spod oka, ssał pomlaskując fajkę.

– Oczywiście za godziwą opłatą – dodał ostrożnie. – Czy możecie mi zrobić przysługę i popytać, nie wymieniając, o kogo i o jaką kwotę chodzi? A może już kogoś takiego na podorędziu macie?

– Tak – odpowiedział wbrew samemu sobie i z piekielną uciechą, jakby wskazywał drogę do pułapki, wymienił nazwisko Czandry.

– Nikt z moich znajomych się nie skarżył, choć korzystali z jego usług – dodał.

– Co on ma wspólnego z Cejlonem?

– Nie wiem. Ale to człowiek dyskretny. Niedawno na koktajlu słyszałem, jak pytał pracowników ambasady amerykańskiej, czy ktoś z nich nie leci do Colombo, bo ma drobną przesyłkę, wyglądało, że dałby zarobić.

Zauważył, że Bajcsy uniósł głowę i wydmuchnął w górę dym jak wiotką zasłonę.

– Więc sądzicie, że ten Czandra mógłby...

– Nic nie sądzę – powiedział twardo Terey. – Powtarzam, co mi się o uszy obiło. Dobrze wiecie, towarzyszu ambasadorze, że są to interesy, które się załatwia w cztery oczy. Jeżeliby o nich zbyt głośno mówiono, to znaczy, że pośrednik jest niepoważny albo mowa o drogach już dawno zarzuconych, a wspomina się tylko dla przyjemności, jak udział w historycznej bitwie, z której się wyszło obronną ręką.

Jeśli Czandra go dostanie w swoje obroty, wyrówna mu, odpłaci za wszystko. Ja naprawdę nie wiem, dlaczego mu o nim wspomniałem. Ale może nie mieć do niego zaufania, nie skorzystać z usług, wolna wola.

– Dlaczego nie zapytacie Ferenza, ambasadorze, myślę, że raczej on...

– A skąd wiecie, że go nie pytałem? – pochylił się nad biurkiem. Po chwili jednak dorzucił: – Nie, Terey, nie pytałem i nie zapytam, bo on jest za gładki, za łatwo ustępuje. A ja wtedy mówię do siebie: uważaj Koloman, żeby cię nie wyślizgali, ani się spostrzeżesz, jak dzięki tym usłużnym, co potakują, strzelisz takiego byka, że trzeba będzie zbierać manatki i na emeryturę, na złom. Ja was nawet lubię, Terey, za waszą zadziorność, bo nie ma w tym waszego interesu, więc jeśli się szarpiecie, to chyba w imię naszego – stuknął się fajką w pierś – państwowego.

Państwo i on to jedno – przemknęło Istvanowi – ale już czuję, że długo nie pociągnie. Jest u szczytu kariery, ministrem nie zostanie, jeszcze go gdzieś przesuną, wyślą, ale za parę lat koniec. Stan spoczynku dla niego gorszy niż śmierć. Rodzi się niepokój, z czym w garści zostanie, jak go spławią, z czego będzie żył... Renta, nawet dla zasłużonych, wobec potrzeb, rozmachu do jakiego przywykł, wydaje się niedostatkiem, i to stwarza prawdziwy klimaks moralny u niektórych naszych działaczy, kiedy przekraczają pewien wiek, osiągają pułap kariery, wtedy stają się podatni na pokusę szybkich zarobków; wyszarpnąć, urwać dla siebie, zawlec do kąta, być niezależnym. Jeśli to sobie obmyśla, Czandra już go ma.

– Może bywam czasem przykry, Terey – powiedział zamyślony wydymając dolną, grubą wargę – ale pamiętajcie, że jestem tu na prawach kapitana statku, bo ambasada jest jak mały statek na obcych, niebezpiecznych wodach, prawda?

– Tylko, że jak się wysiądzie, zapewniam was, ambasadorze, człowiek nie utonie – uśmiechnął się radca. – Łatwo namacać grunt pod nogami.

– Co powiedzieliście? – naburmuszył się, porównanie nie wypadło najtrafniej. – Uważacie, że tu w każdej chwili można wysiąść?

Zabrzmiało dziwnie, Istvan spostrzegł się, że dla przekory i szermierki słownej niechcący powiedział coś, co można było uznać za zuchwałe wyzwanie.

Kiedy wyszedł z gabinetu, niezadowolony z siebie, pochylona nad maszyną Judyta uniosła dłonie, jej nagłe milczenie i wzrok pełen zachęty nie zatrzymały Istvana, więc kiedy już drzwi otworzył na korytarz, zapytała półgłosem:

– Stało się coś?

– Nie, spokój.

– Czego chciał?

– Ach, takie tam błahe sprawy – zbył ją, aż urażona zaczęła szybko uderzać w klawisze, jakby zaznaczając: nie, to nie, zobaczymy, kto będzie żałował.

Jak mulisty osad niósł w sercu mściwe zadowolenie, wydało mu się, że wypełniał jedynie nakazy odwiecznych praw, pośredniczył w owym wołaniu o sprawiedliwość – krew za krew, był narzędziem dokonującym obrachunku. Przecież ja go nie ośmielam się sądzić, umywał ręce, nie przywłaszczam sobie przywilejów. Śmierć tego małego Hindusa? Na swej drodze Bajcsy niejednego przejechał, zmiażdżył bez auta, wykorzystując znajomości, stanowisko, swoją przeszłość, nie miał wahań, spychał, łamał ludzi. Teraz zbliża się godzina. Los obdarowywał go szczodrze, folgował jego żądzy władzy, jakby zezwalając na wywyższenie, karierę niespodziewaną, w przewidywaniu tym dotkliwszego upadku i poniżenia. Jakby na szyderstwo – chcesz, masz, bierz – i przekonaj się, jak daleko odszedłeś od żarliwej działalności dla dobra tych, którzy ci zaufali, powierzyli kierownictwo. Tak, zdradzał nawet nie zdając sobie z tego w pełni sprawy. Dziś po latach określa owe manewry rozumem politycznym, doświadczeniem, które wynika z uczestniczenia w stu zmowach, gimnastyka podnoszonych rąk zwana głosowaniem, kiedy już rozpoznał, kto ma przewagę, za kim wypada się opowiedzieć lub przeciw komu milczeć, milczeniem cięższym niż płyta grobowa, kiedy potępiano niewinnych. Nie – jak lepkie nici pajęczyn Istvan starł myśli – nie bądź policjantem Pana Boga, pilnuj siebie, żebyś gorszych błędów nie popełnił, pozwól, „niech każdy się gubi głupstwem własnym" – wróciły echem słowa pełne gorzkiej mądrości. I mnie też to dosięgnie, uspokajał sumienie. I ja mam swoją czarną kartotekę, do której nawet nie chcę zaglądać.

Zamknął biurko. Sięgnął po ostatni łyk wystygłej kawy, ale w gęstym szlamie na dnie filiżanki gmerały się dwie na wpół utopione muchy.

Zaczadziałem w tej ambasadzie, odetchnął głęboko niebieską świetlistością dnia. Liście palm kołysały zielonymi frędzlami, głaskały radosny błękit. Prowadząc austina rozważał jeszcze, czy rozmowę z ambasadorem zaliczyć do wydarzeń pomyślnych, czy się niepokoić. Jednak już mu się udzielał nastrój słonecznego popołudnia, biły w oczy pęki kwiatów wychylonych spoza niskich murków ujmujących ogrody, kiście drobnych różyczek, szkarłaty i fiolety pierzastych krzewów bougainville. Przemywał oczy pełne jeszcze mrowiącego się druku, czarnych, nachodzących na siebie kolumn informacji z gazet i tygodników, gwałtu i niepokoju świata rozjątrzonego gniewem, pożądaniem i nienawiścią. Czerwona ziemia, gorąca zieleń wezbranych drzew, brunatnoniebieska wstęga spieczonego asfaltu, ciepłe powietrze głaskało mu skronie, odzyskiwał spokój i równowagę.

Piękny czas, cieszył się chwilą zjednoczenia z tą obcą ziemią, jak dobrze jest żyć... Prawie modlitwa, głęboka wdzięczność za dar niedoceniany. Jak dobrze jest kochać świat, zachować zdolność zachwytu urodą słonecznej godziny.

Kiedy zajechał przed dom i wprowadził wóz do garażu, zdziwiło go trochę zachowanie kucharza, który siedział w kucki jak gliniana, wypalona rzeźba, zanurzony w niebieskim cieniu.

– Obiad gotowy? Dlaczego masz taką zakłopotaną minę?

– Wszystko w porządku, sab – wybąkał nie patrząc mu w oczy.

– Wszystko w porządku – potwierdził czokidar w skautowskim, płóciennym kapeluszu, uderzając bambusową lagą w kamienie chodnika. – Ja go pilnuję.

Przechodząc jadalnię spostrzegł nakrycie dla dwóch osób, nadzieja podpłynęła wzruszeniem, wbiegł do swego pokoju i prawie zderzył się z Margit. Od razu zrozumiał niecodzienne zachowanie służby.

Zarzuciła mu ciepłe, obnażone ramiona na szyję, całowała sięgając ust.

– Jak ja się za tobą stęskniłam – oddychała głęboko. – Wpadłam na tak krótko... I tyle czasu na ciebie czekam.

– Trzeba było zadzwonić.

– Nie chciałam. Nawet nie wiesz, jak dobrze sobie siedzieć w twoim pokoju i czekać. Kazałam służbie, żeby ci słowa nie powiedzieli, miała być niespodzianka. Wytrzymali?

– Tak, tylko drugie nakrycie na stole.

– Głupi kucharz, musiał mnie zdradzić – roześmiała się szczęśliwym śmiechem psocącej dziewczynki.

Stali objęci w tkliwym zjednoczeniu. Rdzawe włosy nagrzane słońcem pachniały lekko. Przez cienkie płótna czuł napór jej piersi, brzucha, ud, nieledwie pulsowanie krwi. Spadł na jej usta, rozwierał je, przenikał.

– Powiem służbie, żeby sobie poszli.

– Nie odchodź, nie odchodź – prosiła szeptem, wbijając mu palce w skórę. Nawet nie spostrzegł, kiedy zdążyła odpiąć zamek spódnicy, zsunęła się łatwo. Margit przeskoczyła ją takim ruchem, jakim dzieci opuszczają krąg zarysowany na ziemi w zabawie „komórki do wynajęcia".

– Już im kazałam, żeby się wynieśli – mruczała rozpinając mu koszulę i przywierając policzkiem do opalonej piersi.

– Muszę się umyć, jestem cały mokry.

– Gdybyś wiedział, jak lubię cię takim, gorący, lepki, no, ściągajże to... – szarpnęła rękaw koszuli.

Dzikie, nieokiełznane pragnienie, jakby mieli dla siebie jedną krótką chwilę. I już nigdy więcej... Kiedy gorący oddech parzył mu szyję i wyprężyła się jęcząc z rozkoszy, pojął, że wzajemne posiadanie jest podobne do zmagań, że ją ramionami jak przeciwnika dławi do bólu, do utraty tchu. Wolno, bardzo powoli wracał do niej. Oprzytomniała czując pod odrzuconą dłonią, chłód kamiennej posadzki. Stoczył się wreszcie jak ugodzony i leżał na wznak z karkiem na jej ręce, czując pulsowanie przygniecionej tętnicy, niebieskiej smugi pod złotawą skórą. Odpoczywali, palce ich trafiły na siebie, splotły się i tak zostały.

Margit wydobyła spod niego zdrętwiałe ramię, wsparta na rękach chyliła się ku niemu, dwie fale włosów musnęły mu policzki, widział prosty nos, gładkie czoło, zmienny błękit oczu, wargi lekko obrzmiałe... Chciał wieczność całą mieć ją tak lecącą nad sobą. Smuga światła padając z niedosuniętej zasłony prześwietlała jej włosy jak ogniem, zapalała drobniutkie kropelki potu nad górną wargą, zgadywał świeżość ust o zapachu papierosów, słony smak skóry i nie spieszył się całować, sprawdzać. Pamiętał i nie pamiętał, wystarczyło przygiąć ją ku sobie, i nie uczynił tego, było mu dobrze, mieszkał w nim syty spokój, jakby mrowienie się cętek słonecznych na dnie bijącego źródła. Uniesienie pełne wdzięczności – Margit, Margit – śpiewa spiesznie krążąca krew – z ciebie, w tobie moje wielkie, radosne uciszenie. Nigdy, nigdy się tobą nie nasycę – i ta myśl utwierdza w rozradowaniu.

Wyplątuje się z ulewy jej włosów. Sięga po szklanki i butelkę wermutu, wrzuca lód. Kołysząc coraz chłodniejszym szkłem wpatruje się w Margit nagą, leżącą jeszcze na dywanie, ciało złotawe, ale opalenizna zróżowiała przechodzi na niewielkiej piersi i łuku płaskiego brzucha w biel fiołkową, przypomina karnację aktów Renoira, jak magnes ciągnie dłoń, by obwieść te leniwe wyciągnięte kształty. Twarz o dużych niebieskich oczach, której widok przyspiesza tętno serca. Oczy otwarte szeroko wędrują po suficie, ścigają sennie obracające się śmigi. Powiew niepokoi włosy rozsypane rdzawym kręgiem. Jakże to ciało młodej kobiety harmonizuje z dywanem o leśnych zieleniach, plamach niebieskawych i splątanym rudym motywie roślinnym. O takiej chwili marzył. Wydało mu się, że dla tego zestawienia linii i barw, wolnego od wszelkiej zmysłowości, dla czystego piękna nabył ten rdzawozielony dywan, jakby podświadomie oczekiwał, że ją na nim będzie chłonął. Jest piękna – woła w nim zachwyt – odmieniona, inna, jakby pierwszy raz oglądana, godna pokornego uwielbienia i pożądania.

Margit uniosła szklankę, pije małymi łykami, niewygodnie, ale jest za leniwa, nie chce dźwignąć głowy przywalonej skłębioną grzywą kasztanowych włosów, przeszytych smugą światła.

– Dlaczego nic nie mówisz? – niespokojnie odwraca się wsparta na łokciu.

– Widzę cię – odpowiada tak zmienionym głosem, że Margit odbiera jego wewnętrzne drżenie, nieomylnie, jak wygłaskane drewno skrzypiec potęguje ton dobyty ze strun.

– Co ci jest? Dlaczego uciekłeś tak daleko? – spycha ciężkie pukle włosów.

– Zostań tak – prosi. I zamiast powiedzieć zgodnie z pragnieniem, „chcę cię taką ukryć pod powiekami, utrwalić w sobie, mozaikę z plam światła i kolorów, chwilę nienazwaną", wypowiada zbyt prosto w tym obcym języku, po angielsku – chcę cię taką zapamiętać.

Dziewczyna patrzy zaniepokojona, ale widząc, że się łagodnie do niej uśmiecha, opada z ulgą na dywan koloru jesieni i z wolna podciągnąwszy kolana, z twarzą przywaloną kipielą miedzianych włosów, zdaje się usypiać. I wtedy po raz pierwszy tego dnia Istvan chwyta dzwonienie cykad, do bólu przejmujące uciekanie czasu, nie do zatrzymania, bezpowrotne. Szklanka, którą podnosi do ust dygocącą ręką, uderza tępo o zęby i przejmuje dreszczem przeczuć.

Kiedy już przygładziła spódnicę i rozglądała się niespokojnie, utykając w jednym sandale, Istvan, który pomagał w poszukiwaniach pod fotelem, parsknął głośnym śmiechem:

– Spójrz – sandał zawieszony na klamce zasłaniał dziurkę od klucza przed oczami służby.

– Żebyś mnie zabił, nie pamiętam, kiedy to zrobiłam – tłumaczyła się zawstydzona.

– Tym gorzej, jeśli masz takie odruchy.

– Nie dokuczaj – prosiła łasząc się, ocierając czołem o jego policzek.

Razem poszli do kuchni, przynieśli na wpół wystygłe potrawy. Odkorkował butelkę wina. Jedli przekomarzając się wesoło, pili wino i zaglądali sobie w oczy jak para zakochanych studentów.

– Dlaczegoś tak dziwnie na mnie patrzył?

– Na tym dywanie odkryłem cię na nowo, strasznie mi się podobałaś.

– E, pleciesz... Przecież mnie znasz do znudzenia; co tam nowego wypatrzyłeś?

– Wyglądałaś jak Ewa z flamandzkiego gobelinu.

– Lubisz ten dywan.

– Ciebie lubię.

– Ciekawam, ile on kosztuje.

– Nie przepłaciłem.

– Nie myślałam o pieniądzach – miała oczy jasne, chłonął ich światło – ale o dzieciach, które go tkały... Czyś ty, znawco Indii, widział, jak się robi dywany?

Potrząsnął przecząco głową. Nieustannie, jak pszczeli brzęk, grało w nim rozradowanie – kocham jej szyję, usta, maleńkie ucho różowo prześwietlone smugą słoneczną, dławił się bezmiarem czułości.

– A ja widziałam. To była szopa z plecionki, dach gliniany tak rozpalony od słońca, że nawet sępy przestępowały z nogi na nogę. Od powały do ziemi rozpięli sieć osnowy. Sześcioro dzieci kucało na polepie i prędziutko porywało z motków kolorowe wełny, wiążąc ciasne węzełki. Stary majster z wielkiej księgi coś wyczytywał, zajrzałam mu przez ramię, sekretnymi znakami zapisano wzór dywanu, roślinne motywy. On umiał tę starą księgę odcyfrować i wyśpiewywał: czerwony, czerwony, żółty, czarny, czarny, a dla równego tempa uderzał prętem w bęben. Nie masz pojęcia, jak się te małe paluszki zwijały... Oczy dzieciom zachodziły łzami, piekły, raz po raz tarły zaognione powieki, ale staruch przyspieszał rytm. Węzełki muszą przypadać gęsto, jednakowo zaciągnięte, im więcej ich na centymetr, tym za dywan więcej dostaną. Nie płaci się maluchom, tylko rodzicom, a czasem praca tych dzieci jest po prostu zadatkiem na dzierżawę pola albo procentem nie oddanego długu. Dzieciaki mają chwilę odpoczynku, kiedy się stary rozkaszle i pluje między zrogowaciałe stopy. Muszą się cieszyć z jego starczej gruźlicy, to zresztą najczęstsza choroba u tkaczy.

– Gdzieś to widziała?

– Byłam w wiosce na badaniach, domowe tkalnie są jeszcze jednym źródłem zakażeń jaglicą. Ciekawam, ile oczu kosztuje piękno starego wzoru, rajskie, rozkwitające drzewo na twoim dywanie?

– Wydasz dekret przeciwko zatrudnianiu dzieci? Czy to coś pomoże?

– Nie. Jasne, że będą tkali pokątnie, a w Europie i Stanach znajdą się amatorzy, znawcy tradycyjnych wzorów. Zakaz napędziłby tylko zysku pośrednikom, handlarzom.

– Więc co? Nie kupować? Wtedy spychamy ich na dno nędzy – powiedział gorzko. – Margit, zapomnij na chwilę, że jesteś lekarką, nie myśl o cierpieniach tego głodnego kraju, pozwól, niech przynajmniej ja się nacieszę pięknem, bo oni je tworzą bezwiednie i nie potrafią nim się zachwycać.

– Sprawiłam ci przykrość – wyciągnęła rękę, którą nakrył dłonią. – Ja wiem, sztuka rodzi się i z natchnienia, i z trudu, cierpienia przydają dziełu wielkości... Ale zrozum, tu jest udręka niezawiniona: ani dzieci, ani rodzice nie znają ceny, jaką im przyjdzie płacić. Przy tkaniu w takich warunkach oczy pieką i dzieci kaszlą, tak było zawsze i długo jeszcze tak będzie.

– Oboje nie nadajemy się do tego kraju – gładził jej dłoń na pracowicie haftowanym obrusie. – Inaczej nas chowano, dla nas kochać, znaczy działać, wspierać, przemieniać, a tutaj tylko towarzyszyć w sennej zadumie, przyjmować z poddaniem wyroki losu. Tu można albo robić fortunę, rąk jest dość i praca za psi grosz, albo robić rewolucję. Wszystko inne to gra na zwłokę, usypianie własnego sumienia.

– Connoly mówi, że Indie przerobią go na komunistę. A ja, zanim nie pojeździłam po wioskach, nie myślałam, że ludzie potrafią dla siebie być tak okrutni.

– Warunki zmuszają, żyć, znaczy dławić innych.

– Istvan – powiedziała – oni naprawdę są dobrzy, łagodni. I tak ciężko pracują.

– Ta dobroć jest ich słabością. Niedożywieni od pokoleń, spętani wiarą, że w którymś wcieleniu będzie im lepiej, przywaleni upałem, czekają, mają nadzieję...

– Tak chciałabym im pomóc – splotła dłonie. – Wiesz dlaczego? Bo jestem tu dzięki tobie szczęśliwa. Prawie czuję się winna wobec nich. Jestem z zamożnej rodziny, nie muszę się liczyć z pieniędzmi, mam tylko te obowiązki, jakie sobie sama wyznaczam. I mam ciebie... Płacić dobrem za niezasłużone dobro. Dużo bym dała, żeby tutaj choć jednemu człowiekowi pomóc, ocalić go, uszczęśliwić.

Mówiła tak żarliwie, że obszedł stół i wikłając palce w jej rdzawe włosy przechylił głowę, spadł na usta.

– Mnie uczyniłaś szczęśliwym – szeptał pełen czułości.

– Tym bardziej muszę pracować, leczyć ich; rozumiesz? Boję się o nas.

Patrzył na nią z uwielbieniem.

– Przecież robisz to, Margit – uniósł jej dłoń, wodził końcami palców po wargach.

– Za mało, wszystko za mało – powiedziała z bólem. – Istvan, przecież ja nie jestem głupią dziewczyną, która ulega pierwszemu oczarowaniu... Wiem, co robię. Nie mówię z tobą z tchórzostwa, po co cię niepokoić. Przecież masz żonę, synów, to przypadek, że jesteś sam, pomyślny dla mnie. Ale pamiętam o nich. Ja jestem ta z zewnątrz, obca.

– Czemu się dręczysz? Na razie nic nam nie grozi.

– Na razie – westchnęła gorzko. – Nie żądaj ode mnie, żebym nie patrzyła dalej jak na dwa miesiące, muszę myśleć, co będzie z nami później. Im mocniej przywiązuję się do ciebie, z tym większą trwogą myślę o naszej przyszłości.

Wstydził się, że z nią nie mówił dotąd, jakich szukał dróg ocalenia i czym ujawnienie miłości wobec świata mogło zagrozić.

– Margit, bez rozwodu nie mam prawa zacząć tej rozmowy. Rozwód mogę uzyskać po powrocie do Budapesztu, chcę sam z żoną o tym decydować, bez pośredników, ma prawo oczekiwać, że się pierwsza ode mnie dowie. Mogą mnie z kraju nie wypuścić. Czy jesteś gotowa przyjechać do mnie? Zostać, może na lata całe...

– Istvan – w tym okrzyku brzmiała pełna wdzięczności gotowość. Po chwili dodała: – Przecież będę z tobą.

– Pamiętaj: obcy język, odmienne obyczaje, inne warunki. Ja mam skromne zarobki. Będziesz odcięta od rodziny, skazana na mnie.

– Ojciec mnie nie wydziedziczy. Mam zawód, umiem pracować... Nie byłoby nam źle – splatała dłonie pełna żarliwej gotowości. – Tylko, czy ona się zgodzi?

– Nie mogę za nią odpowiedzieć. Jest dzielna. I kocha mnie... Tak, właśnie dlatego nie powinna robić trudności. Jest inna sprawa, dużo trudniejsza. – Zamilkł patrząc jej w oczy. – Nigdy ci o tym nie wspomniałem. Milczałem, tak mi było wygodniej. Orzeczenie sądu jest tylko formalnym rozwiązaniem małżeństwa, ja jestem katolikiem, dla nas nie ma zwolnienia z przysięgi, gdy na świadka wezwaliśmy Boga.

– To dla ciebie aż takie ważne? – w zdumieniu cofnęła dłoń i wsparła głowę, plącząc palce w miedzianych pasmach włosów. – Ja też jestem chrześcijanką, jednak nie rozumiem twoich skrupułów...

– Przysięgałem „i nie opuszczę cię aż do śmierci". Tylko śmierć przecina małżeństwo.

Patrzyła jakby nie pojmując, wreszcie uśmiechnęła się wyrozumiale.

– To się tak mówi. Przecież nie każesz mi czekać na jej śmierć. Nie chcesz chyba, żebym jej tego życzyła? Musi być jakieś wyjście... A może szukasz wymyślnego sposobu, żeby się ode mnie odgrodzić, nie kochasz dość mocno. Możesz myśleć o przyszłości, o swoim życiu, kiedy nie będziemy razem? Gdybyś naprawdę mnie kochał, nie byłoby przeszkód, których byśmy razem nie przełamali. Istvan, Istvan, lepiej było nie zaczynać tej rozmowy, nie robić planów, żyć, jak oni tutaj, tylko darami nieba i nadzieją – przysłoniła twarz dłońmi, wydało mu się, że płacze.

Rzucił się ku niej, objął, całował kark i włosy, szeptał słowa zaklęć, żebrał wybaczenia. Wiedział, że sprawił jej ból.

Opuściła dłonie i błysnęła jasnymi oczami, rzęsy miała zlepione od łez, ale już się uśmiechnęła.

– A ja i tak ciebie nie puszczę – powiedziała z uporem. – Na długo was tu przysyłają?

– Dwa, trzy lata. Jestem już drugi rok.

– No, to mamy przynajmniej rok przed sobą. O co się martwić? My z Australii nie poddajemy się łatwo. Jeżeli tylko i ty zechcesz...

– Ależ ja chcę, pragnę ciebie – szeptał jej prosto w rozchylone wargi.

– Obiecałam profesorowi, że dziś wrócę. Chcesz ze mną być dłużej, to odwieź mnie na lotnisko.

– Zostań na noc – prosił.

– Nie mogę. Musiałam cię zobaczyć, dlatego wpadłam dosłownie na parę godzin.

Nieufnie, z odrobiną nadziei spytał:

– Masz bilet?

– Mam, mam. Od tego zaczęłam. No, więc jedziesz, czy muszę dzwonić do Excelsiora po taksówkę?

Głowa jej rozjaśniała się w słońcu, które wśliznęło się do pokoju, oczy już miała wolne od smutku.

– Chodźmy – pociągnęła go za rękę. – Nie lubię się spieszyć.

Kiedy wyrwali się za miasto, na asfalt świecący fałszywymi ogniami zachodu, przyspieszył, wyskoczyli na szczyt jałowego wzgórza porosłego wielkimi ostami, jak wykutymi ze srebra. Przed nimi daleko, oświetlony niskim słońcem, szedł i upadał jakiś półnagi Hindus. Podnosił ręce błagalnie i walił się na ziemię, by zaraz wstać, postąpić trzy kroki i znów wyciągnąć ramiona, jakby w poszukiwaniu oparcia, i runąć na skraju drogi.

– Co mu się stało? – zaniepokoiła się. – Zwolnij, trzeba sprawdzić.

Szczupły mężczyzna w dhoti z przytroczonym dzbankiem z tykwy przewracał się i dźwigał na nogi jak uszkodzona zabawka.

Istvan wyprzedził go, zahamował.

Wysiedli oboje, trzymając się za ręce, czekali, aż się zbliży. Nie zwracał na nich uwagi, podnosił się i padał, jakby długością swego ciała mierzył przebytą odległość. Czoło i pierś miał siwe od wtartego popiołu, twarz spokojną, skupioną, oczy ciemne, błyszczące, o spojrzeniu uważnym, które budziło niepokój.

– Sadhu – powiedział półgłosem Terey. – Święty pielgrzym.

– Obłąkany? – spytała. – Ruchy składne, rytmiczne... Jest w tym coś, co normalnego człowieka wytrąca z równowagi. Po co on sobie tak marsz utrudnia? Jaki to ma sens? On musi być szalony.

Mówiła głośno, pewna, że tamten nie rozumie po angielsku. Drgnęli, kiedy wędrowiec odezwał się spokojnie, może nawet ironią pobrzmiewał jego głos:

– Nie, mister Terey, proszę wytłumaczyć swojej towarzyszce, że nie jestem bardziej szalony niż pan i ona.

Radca podszedł i zajrzał mu w oczy, ale Hindus właśnie padał z wyciągniętymi rękami. Nie mógł przypomnieć sobie tej twarzy wychudzonej, kosmatej, krople potu żłobiły dróżynki na zakurzonych policzkach. Czoło szare, natarte popiołem, formowało z niej dziwną maskę.

– Pan mnie zna?

– Tak, przychodził pan do ministerstwa. Pan jest z węgierskiej ambasady. A ja... Urzędnik, do którego pan miał jeszcze niedawno interesy, umarł, narodziłem się ja.

– Nie rozumiem.

Trzymając się za ręce szli obok niego, już trochę się przyzwyczaili do wyrzucanych w górę ramion i nagłych upadków. Cienie ich długie kładły się na asfalt i czerwoną linię pobocza.

– Zostałem wezwany – mówił głosem łagodnym, jakby tłumaczył na język dziecięcy – wstąpiło we mnie światło, zrozumiałem bezsens pracy w moim biurze, pojąłem, że trwonię życie zamiast siebie doskonalić. Więc złożyłem teczki, zamknąłem księgi i odszedłem. Idę, idę naprzeciw źródła światłości.

– Ale dlaczego w tak dziwny sposób? Nie wystarcza piesza pielgrzymka?

– Pokazuję mojemu ciału, że mi podlega, tak jak kapral uczy rekruta dyscypliny, jak pan wydaje rozkaz słudze opornemu... Za długo sam byłem sługą ciała, żeby się ono nie próbowało buntować. Udaje, że mu źle, ciężko, ziarna skał kłują, żebrze o pokarm i wodę, a ja zmuszam je do dalszego marszu. Teraz już ucichło, słucha potulnie, wróciło do tej roli, jaką mieć w moim życiu powinno.

Wstawał i padał, dokąd sięgał wyciągniętymi rękami, pozwalał sobie postąpić trzy drobne kroczki i znowu wznosił ramiona, by cząstkę drogi odmierzyć.

– Jednak to szaleństwo, przecież pan siebie wyniszcza, robi krzywdę sobie i rodzinie, jeśli ją pan ma.

– Mam. Żona i synowie pogodzili się z moją decyzją. Bo jej nie zmienią ani gniewem, ani płaczem. Nie odwołają mnie. Ja nikogo nie zmuszam, żeby mnie naśladował. Jeżeli komu szkodzę, to tylko sobie. To jest moje ciało i mam prawo robić z nim, co zechcę – mówił spokojnie, głos zrównoważony raził przy ruchach mechanicznego pajaca, w rytmie stąpań i upadków. – Zostawcie mi choć odrobinę wolności. Jeżeli zgubię, to tylko siebie; a wy? W waszym świecie nie ma miejsca nawet na moją wędrówkę. A cała wasza technika, nauka do czego ludzkość prowadzi, jeśli nie do gwałtu, strachu i zagłady? Ja nikomu nie zrobię krzywdy. Uszanujcie moją wolę.

Nagle przypomniał się Istvanowi urzędnik siedzący w rogu pokoju, za stołem z małym wentylatorem, czyściutki, zrównoważony, uśmiechnięty przyjaźnie. Ale tamten miał okulary.

– Czy pan nosił szkła?

– Tak, już mi niepotrzebne, nie szukam prawdy w książkach, kieruję się na światło, idę na Wschód...

– Pan jest Balvant Sudar! – krzyknął Terey, chciał pochwycić za pokrytą ziarnkami piasku zrogowaciałą dłoń, ale tamten wykonywał swoje podrygi, nawet nie dostrzegł przyjaznego odruchu.

– Sudar dawno umarł, a narodziłem się ja, łaknący prawdy... Ja wiem, czego pragnę, a pan nie wie, błąka się, miota. Ja kroczę własną drogą ku światłu, a pan musi wracać do swego auta, gnać dalej. Pan mnie minie, a jednak ja już minąłem was, wyprzedzam, jestem iskrą, która świadomie wraca do ogniska, gdy inne pochłania ciemność.

– Chodźmy, Istvan – szarpnęła go za rękę. – Samolot nie czeka.

Zawrócili i puścili się biegiem w stronę wozu stojącego na skraju szosy. Słońce zachodziło, niebo paliło się oślepiającą czerwienią.

– Myślisz, że to, co on powiedział o nas, można uważać za przepowiednię? – spytała z zabobonnym lękiem.

– Nie. Choć nie tarzamy się w pyle, my też, Margit, ścigamy swoją prawdę i mówię ci, że ją dostaniemy.

Przemknęli obok chudej półnagiej postaci rozciągniętej na ziemi.

– I wszystko, co jest między nami, nie jest z woli ciała?

– Tego nie byłbym taki pewny – uśmiechnął się. – I chyba nie to jest złe.

Aluminiowe, karbowane dachy hangarów błyszczały między drzewami, powiewał biało-niebieski rękaw wskazujący kierunek wiatru.

Rozdział X

Istvan znowu spojrzał na zegarek, wydało mu się, że wskazówki stoją jak zamurowane, jednak strzałka sekundnika drgała obiegając tarczę. Było siedem po trzeciej. Urzędowanie kończyło się o czwartej, ale „stronę" przyjmowano tylko do trzeciej, więc właściwie było już po robocie. Jednak nie wypadało bez wyraźnego powodu odjechać przed ambasadorem. Stary tego nie lubił. „Póki jestem, wszyscy muszą być na podorędziu, tego sobie życzę, i to was, towarzysze – mówił na odprawie – obowiązuje".

Przetrzymywał wszystkich tym pogotowiem trochę złośliwie, wolał swój gabinet w ambasadzie niż nudę rezydencji, nie najlepszy obiad, bo żona usiłowała prowadzić węgierską kuchnię, której kucharz nie mógł się nauczyć. Judyta nieraz musiała wysłuchać skarg ambasadora i ze skrywaną uciechą powtarzała je Istvanowi. Ambasadorowa, tęga kobieta, przywykła od dzieciństwa do harowania, roztyła się ostatnio, ubrana w zbyt obcisłe brokatowe suknie raziła na przyjęciach nalaną twarzą, wiecznym grymasem niezadowolenia, zwłaszcza gdy stała obok wiotkich Hindusek, piękności spowitych w sari. Jeżeli nawet któraś z nich była równie tęga, wyglądała tylko majestatycznie, nigdy pospolicie. Żony dyplomatów z kręgu anglosaskiego nazywały ją dla krzykliwego głosu, jakim z uporem zachwalała przygotowane dania i zalety męża – przekupką. Istvan sam to słyszał i było mu trochę wstyd, że nie powiedział ani słowa w jej obronie.

Służba udając, że nie rozumie jej angielszczyzny, robiła drobne złośliwości. Wiedzieli, że się nie poskarży, bo mąż i synowie ją wyśmieją. Wytrącona z powszednich zajęć, krążyła po domu z czołem oblepionym plasterkami cytryny, oczami zapuchniętymi od skrywanego płaczu. Cierpiała na chroniczne bóle głowy. „Wygląda z tymi plasterkami jak sadhu szczególnego obrządku – drwił Koloman Bajcsy. – Indie jej szkodzą, upały, jedzenie, nawet zapach floksów, które kazała wykosić przed domem, a głowa ją zawsze bolała, odkąd przyjechaliśmy do Budapesztu i musiała mieć służącą. Odnajdywała szczęście tylko w tych dniach, kiedy jedną wyrzuciła, a jeszcze nie przyjęła nowej. Ona jest chora bez babskiej roboty. Żali się na Indie i namawia mnie do powrotu. Tłumaczę, że za jej ból głowy państwo dobrze płaci, więc niech nie narzeka. Nie ufa lekarzom, szuka pomocy u znachorów. Wiara w tajemną wiedzę jest równa jej głupocie – wybuchał basowym śmiechem. – Znowu musiałem wyrzucić jednego z dorodnych byczków masażystów ze specjalnością – gruczoły, znam takich wydrwigroszy i wiem, kto jej naraił".

Ambasador nie spieszył się do rezydencji, jak nazywano pałacyk dzierżawiony od radży, który popełnił nadużycia przy dostawach rządowych i skazany został na banicję ze stolicy. Co Bajcsy robił w godzinach popołudniowych, trudno było ustalić. Ferenz przebąkiwał o pracy naukowej z zakresu ekonomii, na co wskazywałyby podkreślenia w gazetach, których stosy woźny raz na tydzień uprzątał, i słowniki angielskie spiętrzone na biurku. Judyta przypuszczała, że raczej chodzi o krzyżówki. Przed samym wyjazdem ambasador zdradzał niezwykłą aktywność, wydawał rozporządzenia, wzywał na rozmowy, polecał do wykonania sprawy, które mogły i tydzień jeszcze dojrzewać w kartotekach. Wydawało się, że chciałby pracowników zatrudnić i na całą noc, do rana, do godziny swego powrotu. Sądził, zresztą nie bez słuszności, że z chwilą, gdy przekracza próg ambasady, udając się do domu, cały aparat ulega rozprężeniu, właściwie przestaje istnieć. Kiedy musiał wyjeżdżać z Delhi, obwarowywał ich uprawnienia i decyzje tylu zastrzeżeniami, że właściwie wszystkie sprawy czekały na jego powrót. Słuchając raportów triumfował: „A widzicie, bez Starego robota utknęła. Ja wiem, że na mnie za plecami narzekacie, ale samiście się przekonali, że beze mnie jest gorzej. Lepiej już, jak ja wezmę kierowanie na swoje barki i sumienie. Dajcie te papiery".

Przeszło tydzień Istvan nie widział Margit, musiała wyjechać. Ostatnio widywali się często, bodaj na parę godzin. Już nie dziwił się, że przylatuje samolotem o drugiej, by odlecieć do Agry o siódmej. Tydzień milczenia, nie zapowiedzianej przerwy, wróciły mu dawne niepokoje. Toteż go zelektryzował jej głos w telefonie, zwłaszcza zapowiedź, że jeśli wpadnie, a ma towarzyszyć profesorowi, powinna być wolna koło pół do czwartej. Chciał wyjechać na lotnisko, jednak wolała, żeby tego nie robił, i umówili się w Voldze. Miał czekać kwadrans. Jeśli będzie w New Delhi, nawet gdyby nie mogła się stawić w porę, da znać, gdzie ma po nią zajechać.

Wyjrzał przez okno na otwarte wrota garażu, jednak szeroki mercedes ambasadora tkwił w nich nadal i słońce rozjarzało czerwono szkła lamp sygnałowych.

Siedzi. Na co on jeszcze czeka – wzdychał. – Jeżeli za pięć minut nie wyjdzie, na nic się nie oglądam i pruję do miasta.

Choć znalazłby dziesięć różnych powodów, żeby wyjść, wypadało powiadomić sekretariat i zadzwonić do ambasadora, czy przypadkiem nie ma jakichś pilnych zleceń. Tego chciał uniknąć. Zbyt dobrze wiedział, że na pewno zostałby wezwany i musiał wysłuchać garści nauk przeplatanych wspomnieniami doświadczeń partyjnych, niektóre z tych budujących przykładów słyszał już w paru wariantach. Raz były przeżyciami oddanych towarzyszy, z którymi siedział za Horthy'ego, kiedy indziej przytaczał je Bajcsy jako dowody własnej odwagi lub chytrości.

Dojrzał z ulgą przez okno przysadzistą sylwetkę ambasadora, obok niego drobił syn szyfranta, mały Mihaly. Coś opowiadał i wymachiwał z przejęciem rękami. Cienie ich kładły się na białą ścianę garażu świecącą spod festonów wistarii.

Nagle ambasador przystanął, jakby nareszcie doszły go słowa chłopca, odwrócił się ku niemu i o coś zapytał. Istvan wpatrywał się w uniesioną dłoń małego, którą zataczał koła. Sprzedaje mnie

– przemknęło mu – chwali się wizytami u Kriszana. Mihaly opowiadał, w końcu wyciągnął ręce i gwałtownym ruchem zetknął dłonie. Wygadał się, mały, głupi, nieświadomy swej roli judaszek – z góry mu wybaczał. Intuicyjnie był prawie pewny, że stało się coś, czego złowrogich skutków nie jest w stanie przewidzieć. Terey tkwił przejęty lękiem, w poczuciu całkowitej bezsilności: już niczego nie zatrzyma, nie uratuje, nie odwoła. Stało się. Tylko co? Słów nie słyszał, opowieść odczytywał z gestów.

Koloman Bajcsy podniósł głowę i spojrzał w okno ambasady. Nawet przez siatkę drucianą musi mnie widzieć – zaciskał wargi Terey. – Nie będę się chował. Poprzez zaszłą kurzem gęstą plecionkę widział lśniące od potu czoło ambasadora, krzaczaste brwi i oczy zmrużone grymasem w dokuczliwym blasku słońca. Chwilę mierzyli się wzrokiem, aż Bajcsy skinął ku niemu ręką przyzywając na dół.

Zbiegł pospiesznie. Ambasador stał pochylony do przodu w lekkim rozkroku. Oddychał głęboko, jakby mu tchu brakowało.

– Chodzicie, Terey, na rozmówki do Kriszana? – spytał posępnie. – Kto wam to zlecił?

– Wyście też tam byli, ambasadorze, to jest cyrk.

– Miejcie odwagę powiedzieć mi w oczy...

– Co? – przyjrzał mu się odzyskując przewagę: przecież nic nie może zrobić, nic. Najwyżej mogą odwołać, przemknęło mu jak głos obcej, chłodno rozważającej osoby, i myśl, że mógłby utracić Margit podpłynęła falą gniewu.

Tamten tylko sapał.

– Wy mi nie próbujcie skakać na plecy, Terey – pogroził unosząc pożółkły od nikotyny palec. – Nie takich jak wy umiałem usadzić, aż przeklinali godzinę, w której myśl o wojowaniu ze mną w głowie im się zalęgła.

– O co wam chodzi, towarzyszu ambasadorze? – powiedział trochę zbyt głośno i w myśli się za to skarcił.

– Nie bądźcie policjantem Pana Boga, Terey. Nie macie żadnych dowodów, nic. Niezdrowo za dużo wiedzieć. Ja was, Terey, nawet lubiłem i mówiłem jak równy z równym, a widzę, że wam

się we łbie przewraca. Dobrze pomyślcie, nim coś zrobicie, żebyście gorzko nie żałowali.

– Nie rozumiem – postąpił krok naprzód. – Co ja zrobiłem?

Ambasador cofnął się o krok, oparł dłoń o wygrzane blachy
auta, potem zwrotem głowy wskazał na Mihalya, który stał między nimi, zaskoczony spięciem, podnosił ciemne oczy to na jednego, to na drugiego.

– Jeżeli was w porę zatrzymałem, tym lepiej. Wiecie, to scho-
wajcie dla siebie. Ja się nie boję, kiedy mówię: milczcie, mam na
myśli nie tylko wasze dobro.

Patrzył z natężeniem w opanowaną, zbrązowiałą od słońca
twarz radcy.

– Czy jestem wam potrzebny, ambasadorze?

– Nie. Idźcie do diabła! – ryknął basem. – Nie znoszę durni.

Istvan odwrócił się, odszedł parę kroków, otwierał kluczem
drzwiczki austina, był już spokojny, nawet zadowolony, że może
w porę wyjechać na spotkanie. Nic mi nie zrobi, nie ośmieli się
ruszyć, może lepiej, że już wie. I tak miałem w nim wroga. Nagle
doszedł go prawie błagalny głos Bajcsyego:

– Terey, o co wy mnie posądzacie? To był wypadek, naprawdę,
zwyczajny wypadek... Każdemu może się zdarzyć.

Odwrócił się, ambasador stał wsparty o auto znużonym gestem,
twarz utraciła napastliwy wyraz, nalana niezdrowo, lekki powiew
stroszył mu szpakowate włosy. Stary – przezwisko wydało mu się
trafne. Tylko oczy uparte, czujne zdawały się ostrzegać. Poza na
utrudzonego, posiwiałego w bojach rewolucjonistę, któremu jedynie charakter nie pozwala zejść z odpowiedzialnego posterunku, jednała pobłażliwość u towarzyszy, a także u młodych kobiet,
których szczupłe karki przygarniał ciężką dłonią, zabierając się do
nieco natarczywych karesów, jakie nazywał ojcowskimi. Mówiono
o jego zasługach, wierności, wiele z anegdot o sobie puszczał sam
w obieg, liczył na pośpiech i niecierpliwość działaczy partyjnych,
bo kto w końcu miał czas i ochotę dochodzić, jak naprawdę było
za dyktatury admirała, chyba wrogowie, a tych uspokajał, opowia-

dając o chorobie serca, zwodząc nadzieją rychłego zawału, który spór ostatecznie zlikwiduje. Po co tracić energię na zwalczanie go, skoro wystarczy trochę zaczekać – rozchylone grube wargi, płytki oddech wskazywały, że niedługo. Umiał u silniejszych od siebie wzbudzać współczucie, ową niejasną jeszcze życzliwość – „trzeba go wesprzeć, trzeba mu pójść na rękę, bo niedługo pociągnie" – a słabszych spychał koneksjami, brutalną odmową, jawną groźbą. Wywalczywszy stanowisko ambasadora, w poważnym kraju, w strefie funtowej, pracował skrzętnie nad umacnianiem swojej pozycji politycznej. Chciał zostać zaliczony między tych, którzy nie schodzą niżej, mogą być jedynie przesunięci na inną placówkę, znają swoje przywileje i wiedzą, że prawdziwą przyjemnością jest reprezentować komunizm, ojczyznę na dorobku, w kraju kapitalistycznym, zasobnym i ustabilizowanym. Poczucie przewagi wytwarzało w nim łaskawą wyższość z odrobiną pogardy do tłoczących się w autobusach i tramwajach, do stojących w ogonkach, biegających po sklepach w poszukiwaniu towaru. „Trzeba się nam pomęczyć jeszcze, towarzysze" – mówił wyrozumiale, z ulgą umykając myślą do swojej rezydencji, do auta własnego, ale utrzymywanego na koszt państwowy, do tłumu potulnych sprzątaczy, kucharza, straży i ogrodników. W tym n a m – tkwiło rozgrzeszające poczucie solidarności z trudzącymi się co dnia, według jego najszczerszego przekonania – za mało, by mógł z równą przyjemnością wracać do Budapesztu jak do Paryża, Rzymu czy Londynu, nie mówiąc już o New Delhi.

Bajcsy zdawał się od Tereya domagać litości, odwoływał się do współczucia wobec ludzi steranych i przedwcześnie postarzałych, ze stygmatem choroby na przybladłym czole, jednak oczy kryły niedobre błyski, jak ślepia drapieżnika wpędzonego do klatki, gotowego skoczyć pogromcy do gardła.

– Przysięgam, że jestem niewinny – dyszał.

Radca skinął głową na znak, że usłyszał, że go doszły słowa usprawiedliwienia. Zatrzasnął drzwiczki i zapalił motor. Nim ruszył, już otworzyły się drugie i Mihaly wskoczył do wnętrza.

– Ja z wujkiem pojadę – prosił. – Będę pilnował auta.

Tyle w jego głosie było niewinnego oddania, że Istvan opuścił klamkę ryglując zamek i skręcił ku bramie.

W lusterku widział zwiotczałą sylwetkę wspartą ciężko o mercedesa.

– Dlaczegoś gadał? – wstyd mu było za gniewne brzmienie głosu. – Nie będę cię teraz zabierał ze sobą, bo wszystko wypaplesz.

– Wujek nie mówił, że to tajemnica – podniósł przestraszony ramiona, skulił się z rączkami przyciśniętymi do piersi. – Ja tylko powiedziałem o sztukach Kriszana. Nic więcej...

– A coś pokazywał ambasadorowi? – oderwał ręce od kierownicy i wyciągając przed siebie uderzył dłońmi.

Chłopiec patrzył na niego oczami okrągłymi ze zdumienia, nie mógł sobie przypomnieć, nagle uszczęśliwiony krzyknął:

– On leciał jak strzała!

– Nie mówiłeś o wypadku z krową?

– Z jaką krową?

Istvan zrozumiał; chcąc pokazać ambasadorowi, że go się nie lęka, sam wystarczająco zaznaczył, że wie. Sam się wydałem, sam. Jeżeli mam go trzymać w szachu, muszę mieć zeznanie Kriszana na piśmie, uwierzytelnione. Trzeba go przekonać, że nie powinien zbyt długo wyzywać losu, dość ryzykowania. Niech dokupi sobie rikszę, motor ma, może ładnie zarobkować. Jego żonę trzeba namówić, żeby go o to męczyła. Tylko, że nie będzie się z jej zdaniem liczył, raczej mnie posłucha – rozważał prowadząc auto szeroką aleją.

– Jedziemy do cyrku? – ucieszył się chłopiec.

– Mam interes do Kriszana.

Beczka dudniła gromami przelatującego motoru, wrzawa rozradowanych głosów huczała pod falującą płachtą dachu. Jeździ, igra z niebezpieczeństwem – zmarszczył czoło w gniewnym podziwie – ryzyko śmiertelne stało się dla niego narkotykiem. Trzeba postraszyć, żeby usłuchał.

Powiem, że przyszedłem go ostrzec, że miałem sen. Motor łatwo uszkodzić.

Kupił dwa bilety. Chciał go jeszcze raz zobaczyć, jak grzmi przelatując po grubych belkach beczki. Chłopca już nie było, wbiegł pochylnią na galeryjkę, wkręcił się między wychylonych przez balustradę.

Motocyklista już schodził spiralą w dół, spływał w niebieskie smugi rozbełtanego dymu. Widzowie szaleli, wyli, gwizdali na palcach wyrażając zachwyt, tupali, bili brawo.

Jeździec w czarnej skórze osadził motor na dnie drewnianego leja, zsunął okulary na srebrny kask i uniósłszy rękę pozdrawiał publiczność. Istvan patrzył zaskoczony. Uniesiona twarz motocyklisty widniała w świetle słonecznym wyraźnie – to nie był Kriszan.

Szarpnęły go małe dłonie, Mihaly krzyknął uśmiechnięty, jakby spłatał figla:

– To nie był Kriszan, wujku, chodźmy.

Zeszli, chłopiec coś krzyknął w hindi za wybiegającymi gromadą rówieśnikami, odpowiedzieli gardłowo, pokazywali ręką łamańce.

– Nie. Nie! – zawołał i chwycił się kurczowo Istvana.

– Wujku, zapytaj w kasie – prosił z twarzą skrzywioną, jakby się zaraz miał rozpłakać. – Tam muszą wiedzieć... Te Sikhi kłamią, kłamią...

Gruby kasjer tylko podrapał się po piersi i przechyliwszy głowę łypał dużym, wybałuszonym okiem.

– Czy sab nie widział afisza? Mamy nowego asa. Kriszan dwa dni temu się zabił.

Chłód przeniknął Tereya. Za późno – błysnęło mu – świadek koronny nie żyje.

– Jak to się stało?

– Któż może wiedzieć? On był ubezpieczony, towarzystwo asekuracyjne zabrało motocykl do przeglądu, obiecali, że i nam dadzą kopię orzeczenia. Oni nie lubią wyrzucać pieniędzy.

– I już nowy jeździ – gorzko stwierdził Terey.

– Mamy zawsze paru zuchów, którzy chcą zarobić – tłumaczył, rozkładając pulchne dłonie. – Płacimy uczciwie. A wypadek zawsze ściąga widzów, dawno nie mieliśmy takiego powodzenia.

– To on...

– Już spalony, były kłopoty z żoną. Ile mam dać? Jeden dorosły, dwa dziecinne?

Sprzedawał bilety nie przerywając rozmowy.

– Ona się rzuciła na stos, chciała być spalona żywcem, sab wie, dzisiaj taka namiętność należy do rzadkości. Ludzie odciągnęli, gryzła i kopała. Żeby mieć wtedy aparat filmowy, można by zarobić. Sab rozumie: sati, to by poszło w dodatkach na cały świat.

Istvan miał ochotę uderzyć pięścią w rozlaną twarz, ujętą w tłusto świecącą czarną brodę.

– Gdzie ona jest? W szpitalu?

– W szpitalu? A kto by płacił? Już jej minęło, już spokojna. Poszła do jakiejś kobiety na Stare Delhi, jak sab chce, to się dowiem. Portier ją zna... Sab jest z prasy? Czy z ambasady?

– Kriszan był naszym kierowcą – powiedział. – Lubiłem go.

– My też. Zaraz.

Spuścił okienko i wygramolił się z ciasnej budki. Pokłusował trzęsąc grubymi pośladkami w stronę wejścia. Istvan dopiero teraz spostrzegł, że chłopiec stoi z odwróconą twarzą i po policzkach płyną mu łzy, zbierając się ciężkimi kroplami na dygoczącej brodzie.

– Ja wiem, Mihaly, że ci żal – przygarnął chłopca, gładził po karku, uciszał. – Musimy ją odnaleźć, trzeba jej pomóc.

– To ona go zabrała – pociągał nosem. – Ja też ją widziałem.

– Kto? – spłoszony zatrzymał palce w jego płowych włosach.

– Pierwsza żona. Raz ją widziałem, jak stała za nim, i on też wiedział, że ona jest blisko, bo się oglądał. On jej się bał. I siostra też.

– Zdawało ci się. Nasłuchałeś się bajek.

Pokręcił głową, przecząc.

– Za kinem Corso trzeci dom po lewej stronie. Najlepiej przez Bramę Adżmirską, sab – meldował gruby kasjer. – Tam wszyscy muszą ją znać, za głośny wypadek.

Podziękował i ruszyli do auta.

Spojrzał na zegarek, było późno. Jeżeli Margit jest, zaczeka, jeśli zadzwoni, mogą się długo szukać, stracą godzinę... Na tak krótko wpada do Delhi.

– Pójdziemy na lody, chcesz?

– Już nie jedziemy do żony Kriszana?

– Pojedziemy, pojedziemy, tylko nie teraz. Mam się spotkać z doktor Ward. Z miss Margit.

– To ja ją znam.

– Pewnie, że znasz. Chcę ją zabrać z nami.

– Może się nam przyda – zgodził się chłopiec.

W półmroku i przyjemnym chłodzie kawiarni wentylatory pod sufitem nawijały niebieskawy dym papierosów. W świetle lamp mieniły się jedwabie, szafirowe i koloru czerwonego wina, lamowane złotym pasem, lśnienia wędrowały po kruczych włosach, zebranych w wielkie węzły i oplecionych wianuszkami pachnących odurzająco kwiatów. Gwar leniwych rozmów, krótki śmiech, podzwanianie bransolet na przegubach śniadych rąk i kostkach nóg, ściszona muzyka łagodziły napięcie, prawie usypiały. Błądzili między stolikami, prowadzeni spojrzeniami plotkujących piękności. Margit nie było.

– Wujku, jest stolik – rzucił się Mihaly, w jego głosie pobrzmiewała chrypka niedawnego płaczu.

Para młodych Hindusów wstawała właśnie, zostawiając za sobą spodeczki, szklanki, butelki, popielniczkę pełną zmiętych serwetek ze śladami czerwonej kredki jak porzucone opatrunki.

Istvan zamówił kawę, dla chłopca lody. Każdy błysk słonecznego światła w odchylonej kotarze niepokoił, wpatrywał się z niecierpliwością w twarze wchodzących. Między stolikami krążył służący i gościom podsuwał przed oczy tablicę, na której wypisano nazwiska wzywanych do telefonu. Nie. Nie, swojego nie dojrzał.

Mihaly z coraz większym skupieniem zlizywał lody z łyżeczki, wracał mu pogodny uśmiech, lepkie od łez rzęsy obsychały szybko. Szczęśliwy wiek, w którym jednako boleśnie odczuwa się utratę kochanej zabawki i śmierć przyjaciela, i równie łatwo o nich zapomina. Tak, w tym wieku jeszcze każdy z nas był nieśmiertelny, a serce pulsowało jak źródło o niespożytych zasobach czułości. Łatwo przychodziło usprawiedliwiać cudze zgony, starość, chorobę, wypadek, śmierć sięgała po innych, ich dotyczyła, nie nas, których od przebudzenia po łatwy mocny sen piastowały nieprzemierzone, przyjazne wody czasu – uśmiecha się łagodnie Istvan, gdy malec łypie okiem przymrużonym z rozkoszy i pochyla się nad srebrną czarką omgloną chłodem.

– Jak to dobrze, że jesteś – wołała zmierzając szybko do ich stolika. – Spóźniłam się, ale mam dla ciebie nowinę, Istvan. Może się nawet ucieszysz... – robiła miny jak mała dziewczynka, która w ogrodzie odnalazła przypadkiem miejsce, gdzie się kury niosą, albo wypatrzyła wiosną pierwsze fiołki pachnące jeszcze chłodem i triumfalnie niesie bliskim. – Daj mi trochę kawy. Nie, nalej do twojej – podsuwała filiżankę ku szklanej kolbie, zawieszonej na statywie. Tak w Voldze zaznaczano, że jest aromatyczna i mocna, przygotowana jak w pracowni alchemika.

– Zamów jeszcze dla Mihalya porcję lodów, niech ma udział w naszej radości.

– No, mów wreszcie, co się stało? – patrzył na nią pełen serdecznego oddania.

– Jeszcze nic pewnego – popijała kawę – za parę dni ostatecznie się rozstrzygnie. Profesor wyznaczył mnie jako wykładowcę na kursie uniwersyteckim: jestem od epidemiologii, mam uczyć młodych lekarzy, jak zwalczać jaglicę.

– W Delhi?

– Cały miesiąc, a może i dłużej – triumfowała. – Ty się nawet nie ucieszyłeś... Dlaczego jesteście tacy zwarzeni?

– Jestem bardzo szczęśliwy – szepnął. – To wielka nowina. – Pochylił się i opowiadał o śmierci kierowcy. Słuchała zaciekawiona, nie wyjaśnił, dlaczego mu tak zależy na pośpiechu, przemilczał całą sprawę wypadku samochodowego, jednak w lot chwyciła, że powinni jechać, i już wstała gotowa do wyjścia.

– Dziękuję ci – powiedział z wdzięcznością, kładąc pieniądze na marmurze stolika.

– Przyłapałam was – usłyszeli ciepły, niski głos – świata poza sobą nie widzicie... Kiwam, daję znaki, a oni jak zaklęci. Och, Istvan, Istvan, ty jesteś niepoprawny, uwodzisz mi przyjaciółkę – mówiła Grace pochylając się nad stolikiem.

Luźno związane sari ukrywało jej stan, ale w ruchach miała ociężałość jabłoni o gałęziach przygiętych ciężarem owoców.

– Dlaczegoś nie podeszła wcześniej? Podglądasz nas, chytra, a to przypadek, żeśmy się spotkali – całowała ją Margit.

– Ładny przypadek. Widziałam, jak ciebie wypatrywał – powiedziała zasępiona. – No, siadajcie. Margit, ty masz coś na sumieniu, bo mnie po prostu unikasz.

Spłoszeni, żegnali się pospiesznie, Margit zerknąwszy na Istvana tłumaczyła, że ma spotkanie z profesorem Salminenem w klinice i zaraz potem odlot do Agry, zapewniała, że wpadnie do Grace przy najbliższej okazji. Ucałowała w policzek spoważniałą nagle Hinduskę. Tyle było jawnej radości w ruchach Margit zatopionej ogniami słonecznymi zza odchylonej usłużnie przez Tereya ciężkiej zasłony, że zacisnęła gniewnie wargi. Wydało jej się, że została ogołocona, zeszpecona, że spotkała ją zniewaga. Zbladła. Przy opuszczonym stoliku wodziła wzrokiem po nakryciach i nagle dostrzegła na filiżance różowy cień szminki. Pili z jednej filiżanki, zabolało ją, miała widomy dowód, że podejrzenia nie są zwidzeniem. Serce biło gwałtownie, dłoń, którą uniosła, położyła na łonie, gniewne podniecenie matki udzielało się dziecku.

Austin toczył się powoli w gęstym tłumie przechodniów niemrawo snujących się środkiem jezdni. Sygnał klaksonu nie przyspieszał ich kroków, przystawali, zwracali zdziwione twarze w stronę auta, w ostatniej chwili trzepocząc dhoti, jak spłoszone ptaki rzucali się do ucieczki.

Istvan prowadził spokojnie. Po błękitnym półmroku kawiarni słońce raniło źrenice. Nie lubił szkieł i rzadko ich używał. Dostał kiedyś ciemne okulary od Judyty, ale odwiedzając indyjskie ministerstwo kultury zapomniał ich na szczęście i przepadły.

– Lepiej nie mów Grace o nas – prosił Margit. – Im mniej osób wie, tym lepiej.

– Kto mógł przypuścić, że w tym stanie jeszcze się kręci po kawiarniach. Chyba już niedługo...

– Tak. Byłem pewny, że wyjechała z Delhi, że jest u radży koło Benares.

Za warowną Bramą Adżmirską wjechali w gęstwę riksz, między wózki handlarzy. Ciepły, czosnkowy odór bił z ciżby. Chłopi dźwigali na głowach płaskie wiklinowe kosze ze stertami żółtawych kłaków wielbłądziej sierści. Istvan zjechał pod ścianę, orał tłum rozstępujących się opornie. Otoczyły ich zaciekawione twarze, taksowały pełne niepokoju czarne oczy, ofiarowywali usługi, zgłaszali się na przewodników i straż przyboczną w labiryncie zatłoczonych uliczek. Trędowaty podtoczył się na piszczącym wózku, wyciągał skorupę kokosa w dłoniach pozbawionych palców, wargi i język już mu wyjadła straszliwa choroba. Niskie, bolesne porykiwania nie zwracały niczyjej uwagi. Przyjechali Europejczycy, oni byli ważni, bo zwykli płacić za przysługi, rodziła się nadzieja łatwego zarobku.

– Pani, pani, ja pokażę, gdzie szale z jedwabiu, ze złotem i srebrem – mamrotał szczupły młodzieniec o smolistych oczach i kunsztownie karbowanej fryzurze. – A może klejnoty, kamienie szlachetne, rubiny, szmaragdy z Cejlonu...

– Nie, nie dziś.

– A może świątynia boga małp – wciskał wąsatą twarz drugi o wyglądzie pomocnika Ali Baby, gdyby go nie zdradzały maślane, pokorne oczy i rozlazły głos.

– To tam – pokazał Margit wielkie, poszczerbione litery, wypełnione czerwonymi żarówkami: CORSO, wyżej, drutami przymocowano do ścian i parapetów nigdy nie zamykanych okien olbrzymie postacie z tektury malowane jaskrawo, tańczącą dziewczynę, przez muślin pantalonów ujętych w kostkach brzękadłami kusząco przeświecały pełne uda i okazałe pośladki, obok dwóch mężczyzn przebijało się sztyletami i półmetrowe krople krwi ciekły z balkonów.

Przeszli przez jezdnię, wcisnęli się między kosze handlarzy, którzy drzemali wśród gwaru, odruchowo z przymkniętymi oczami zachwalając owoce.

– Trzeci dom, chyba się zgadza – popychał Margit w przesmyk lepki od mydlin, stopy grzęzły w kupach popiołu i łupin, ogryzionych kaczanów, podartych toreb zrobionych z liści. Od strony podwórza do kamienicy przytuliły się warsztaty kryte pordzewiałą blachą, stały kulawe riksze rowerowe z pozdejmowanymi kołami, niosło się poklepywanie młotkiem, gwizdy, nawoływania i uporczywy płacz dziecka, które chce przywołać matkę. Szpaki w klatce pokrzykiwały i wydawały zdziwione kwilenia przeskakując niezmordowanie z pręta na pręt.

Pierwszy człowiek, do którego się zwrócił, półnagi, zachlapany farbą olejną, jakby pędzel wycierał o zapadłą, brunatną pierś, nie znał angielskiego, ale zaraz znalazła się trójka dzieci i mała dziewczynka z wielkimi pąsowymi kokardami we włosach, przejęta ważnością swej misji, śliczną angielszczyzną wyjaśniła, że wdowa po akrobacie motocyklowym mieszka w pokoju za pracownią krawiecką. Kierowali się więc na miarowy szum i zgrzytanie nożyc, szwacze siedzieli na ziemi w kucki i kręcili korbami ręcznych maszyn do szycia, ledwie podnosząc głowę, by odprowadzić wchodzących osłupiałym spojrzeniem, przyginał im grzbiety pośpiech, praca płatna od sztuki.

– To tu – dziewczynka dygając odchyliła łataną zasłonę, powiew toczył kłębki odpadów nici, skrawki materii zwinne jak myszy.

Izba była malutka, ciemna, bo okna zasłaniała głowa tekturowej dziewczyny. Łóżko stało na środku, jedyny sprzęt zastępujący i krzesła, i stół. Pod ścianą na blaszanym kufrze dojrzeli fotografię Kriszana na motocyklu, z rozwianymi skrzydłami u ramion, lot w chmurach, półkolem inne obrazki, osadzone w nadłupanych nożem drewnianych szpulkach, zginały się lekko jak pomniejsi bogowie przed tym najważniejszym. W miseczce z wodą leżał krótko uskubany kwiat georginii, płonący jak lampa wotywna w wąskiej smudze słonecznego blasku.

Stara Hinduska w spranym, wypłowiałym sari, dawniej niebieskim, dziś koloru dymu z badyli, klęcząc piekła placuszki na wysokim miedzianym prymusie, który parskał fioletem ogni i syczał zjadliwie. Ciężki zapach wrzącego oleju kokosowego trwał w powietrzu.

– Namaste dżi – skłoniła się stara i postawiła kubek z rzadkim ciastem na podłodze. – Ona nie śpi. Ona go ściąga. Durga, Durga – zaskrzeczała rozciągając samogłoski jakby na pastwisku.

Dziewczyna leżała z rękami zabandażowanymi po łokieć, drętwo złożonymi na piersi, spod krótkiego kaftanika widniała gładka, brązowa skóra obnażonego brzucha. Kilka różowych blizn przykrywała gaza umoczona w tłuszczu, po niej żwawo spacerowały muchy. Kiedy nachylił się, zajrzał w zmącone bólem czarne oczy, poczuł odrażający, znany z lat wojny odór spalonych włosów, niewidocznych spod szala, którym otuliła głowę.

– Durga, państwo przyszli ci pomóc. Przyjaciele Kriszana – dopiero to imię ją poruszyło, spojrzała przytomniej.

– Ach, sab – powoli przetoczyła głowę – on pana lubił.

– Powiedz, co mogę dla ciebie zrobić?

– Nic. Niczego nie potrzebuję.

– Co poczniesz z sobą? – patrzył na jej usta, grubą uniesioną górną wargę, która młodej kobiecie nadawała wyraz rozkapryszonego dziecka, dostrzegał białawe pęcherzyki oparzeń. Rzuciła się na płonący stos, zaryła rękami w żar, całowała płomień, nim ją posługacze odwlekli, zdawało się, że słychać skwierczenie żywego ciała i skoki płomyków, wplecionych we włosy, czuł dla niej ogromną litość.

– Zostanę – odpowiedziała zrezygnowanym głosem. – Na wieś nie wrócę.

– Ona zostanie tutaj – potwierdziła ze zrozumieniem starucha rozlewając ciasto na szumiącą patelnię. – Ona nie ma pieniędzy, wszystko poszło na motor. Jeszcze są raty do spłacenia.

– Co z odszkodowaniem?

– Nie wiem, czy ubezpieczenie było ważne, to obowiązek Sikhów, którzy mają cyrk... A oni się nie spieszą wyrzucać pieniądze.

– Widać, że dobrze się orientowała w sprawach Kriszana. – Durga nie ma z czym wrócić na wieś. Tu jeden dżentelmen obiecał ją umieścić w domu tancerek. Durga śpiewa jak kos.

– A te oparzenia? – zapytała Margit.

– Zabliźnią się, najważniejsze, że twarz ma czystą jak u dzieciątka – roztkliwiła się stara. – Ona będzie miała powodzenie, ludzie długo będą wspominać Kriszana... Sati, sati – cmokała z uznaniem – niewiele kobiet tak kocha, żeby skakać za mężem w ogień. Prawdziwa miłość przyciąga mężczyzn.

– Czy ja dobrze zrozumiałam? – przeraziła się Margit, a gdy Istvan skinął głową, szepnęła: – Potworne. Jak oni mogą z takim spokojem o tym mówić, podprowadzać ją do... To gorsze od samobójstwa.

– Jest wdową. Według starego obyczaju ona też umarła. Przynajmniej jej serce – potwierdził złowrogie rozpoznanie.

– Durga – podszedł do niej Mihaly – dlaczego Kriszan się zabił?

– Był zły jak zwykle przed występem. Krzyczał na mnie, że źle gotuję, a to prawda, rzucił we mnie ciapatami, które przyniosłam. Chłopcy już stali gromadą, pomagali mu, lubił, jak go odprowadzają w radosnym krzyku. Przypomniał sobie, że mało benzyny, poszedł po kanister. Wieczko zbiornika było odkręcone. Chłopcy zaglądali do środka. Mniejsi od ciebie. Lizali cukierki na patykach. Śmiali się i ja się śmiałam. Jeden namawiał drugiego, żeby wetknął patyk i zmierzył, ile jest benzyny. Bawiło go, że ten najmniejszy ślepo słucha i będzie lizał cukierka o smaku benzyny. Potem Kriszan ich odsunął, chociaż on dzieci lubił, bardzo chciał je mieć. Dolał benzyny i powiedział do mnie: „Trzeba z tym skończyć". Położył mi ręce na... tutaj – uniosła obandażowaną dłoń i wskazała na ramiona. – Chłopcy już pchali motor, a później zamknęła się kurtyna. Ja zawsze słuchałam ryku motoru i rozumiem jego głos, wiedziałam, kiedy wspina się po ścianach w górę i kiedy zaczyna zjeżdżać. Czekałam bez oddechu, modliłam się, żeby wszystko było w porządku. I nagle motor zgasł. Nie słyszałam, jak runął, tylko krzyki ludzi, inne, jak ryk bestii, która go pożarła. Byłam taka słaba, byłam całkiem bez sił, jakby wszystka krew ze mnie wsiąkła w ziemię – opowiadała powolnym, śpiewnym głosem.

Recytuje jego śmierć jak balladę – pomyślał Istvan i nagle się zawstydził, że mógł w takiej chwili pamiętać o sztuce.

– Pierwsza odchyliła kurtynę ona, była w białym sari. Potem wywalił się kłąb chłopaków i ludzie, którzy go nieśli. A ja wiedziałam, że nie żyje, bo ona szła przed noszami.

– Durga ją widziała cały czas – dorzuciła stara, zdejmując patelnię, zagadała coś po swojemu, zrozumieli, że namawia do jedzenia... Chora przecząco pokiwała zawiniętą dłonią i stara sama zabrała się do żucia ciężkiego, nie dopieczonego ciasta, które polała syropem trzcinowym.

– Durga ją też widziała – wyszeptał zapatrzony Mihaly.

– Kogo? – spytała Margit.

– Swoją umarłą siostrę – odpowiedziała stara, przekrzywiając głowę jak kot ogryzający łeb rybi, cmokając, lizała końce palców i wnętrze dłoni, gdzie ściekło parę kropel lepkiej słodyczy – ona przyszła go zabrać.

Istvan potępiał siebie za okrutną ciekawość, jaką ma i chirurg sondujący ranę, dziwną radość mu sprawiało słuchanie tego dwugłosu, muzyczny akompaniament zmiennego szumu maszyn do szycia w sąsiednim pokoju i młot bijący na podwórzu w blachę, jak pęknięty dzwon, świergoty rowerów w dole zmieszane z żałosnym, błagalnym, a pozbawionym nadziei nawoływaniem sprzedawców, kucających na skraju chodnika. Sycił się tym cierpieniem, jak pokarmem, z którego pocznie się wiersz, strofy o indyjskiej wdowie. Wydało mu się, że został tu umyślnie przyprowadzony, jakby wyższa siła świadoma każdego kroku kazała odrzucić wszelkie współczucie, a tylko chłonąć, pamiętać, by utrwalił los tego, który zginął, i odchodzącą w mrowie Indii młodą kobietę. Jeszcze parę dni i rozpłynie się ona w trzepocie jedwabnych sari, brzęku patefonowej muzyki, klepaniu bębna, choć dziś broczy bólem utraty.

– Położyli go, zdjęli skórzane ubranie, szef je zaraz zwinął pod pachę i zabrał. A ja tak bardzo chciałam go w tym ubraniu spalić. Kriszan je lubił – wspominała półgłosem. – Motocykl zabrali policjanci, widziałam pogięte blachy, czułam, jakby się we mnie łamały kości. A Kriszan leżał z głową na bok, spoglądał ku mnie, próbowałam go poprawić i wtedy poczułam, że ma tutaj – wskazała omotanymi bandażem palcami na ciemię – całkiem miękkie. I nagle parę kropel krwi pociekło mu z jednej dziurki nosa – rozpamiętywała w bólu. – Ludzi zbiegało się coraz więcej, trącali mnie w plecy kolanami. Ci z bliska milczeli, inni z tyłu krzyczeli, żeby ich przepuścić. Ale jak tylko zobaczyli, od razu cichli, jak on i ja.

Maszyny do szycia szumiały, młot bił, kosy dziwiły się gwizdami. Stara kobieta przestała jeść i nareszcie mogła się ku nim odwrócić, przyglądała się Margit natarczywie, jej rudym włosom, białej plastikowej torebce.

– Czy Kriszan nie zostawił żadnych papierów? – dociekał Terey. – Nie mówił ci, jak się nazywa wioska, w której mieli wypadek z krową?

– Nie – Durga uniosła się zatroskana. – Tam za fotografią jest jego portfel, niech sab zobaczy.

Stara poderwała się i niosła mu zaklęśnięty, pociemniały od potu – zachował kształt piersi, która już rozsypała się w popiół. W przegródkach tkwiły stare legitymacje, bilet loteryjny, parę kwitów i jakieś karteluszki zapisane wężykami pisma hindi, zniechęcony odłożył je na łóżko. Może tak lepiej, jestem wolny od pokus, choć gdybym tylko chciał, napiszę do gubernatora, podadzą. A jeśli mam zostać w cieniu, mogę pchnąć Czandrę na trop.

Otrząsnął się z obrzydzeniem. Czego szukasz? Chcesz, mając informację, poczuć się bardziej bezpieczny, czy domagasz się sprawiedliwości? Zostaw ją Temu, który jednako dosięga bezbronnych, podległych, maluczkich – nasunęło mu się ewangeliczne określenie – i możnych.

Sięgnął do kieszeni i wyjął zwitek rupii, niewiele tego było, ale wydało mu się, że powinien zaznaczyć bodaj gotowość wsparcia. Margit też dorzuciła.

– Nie, mnie nie trzeba – broniła się Durga.

– Podziękuj za dobroć – upominała ją stara, wsuwając banknoty w portfel i położyła za fotografią, na lśniącym jak przecięty ołów blaszanym wieku kufra.

– O jakie papiery ci chodziło? – zapytała Margit, gdy już zeszli na podwórze.

– Nie teraz... Jak odwieziemy małego – spojrzał w urzekające czystością świetlistą duże oczy, jakie miewają angory. – Ale to tylko dla ciebie.

– Jeżeli nie ufasz mi – uśmiechnęła się łagodnie – nie mów. Będziesz spokojniejszy. A ja naprawdę nie muszę wiedzieć. Siadaj, Mihaly, koło mnie. Zostawmy pana Tereya samego.

Trąbiąc nieustannie zjechali w tłum rowerzystów, powoli przepychali się ku czerwono świecącej ceglanej bramie dawnego warownego miasta. Widać było, że jednak Margit dotknęło milczenie, bo skrzyżowała ręce na oparciu przedniego fotela i zaczęła opowiadać.

– Byłam trochę starsza od Mihalya, kiedy u nas wybuchnął pożar na pastwisku. Nie tylko spłonęły baraki z rzeczami pastuchów, ale i murowany magazyn z nastrzyżoną wełną. Włóczęgów, którzy zaprószyli ogień, zaraz znaleziono, spali w krzakach pijani. Nasi ludzie oszaleli z wściekłości, przywlekli ich i wrzucili w popielisko, głębokie, pełne utajonego żaru, żywcem upiekli. U nas ludzie twardzi. Nie dziw się, harowali cały rok i zarobek przepadł, bo w zebranej wełnie każdy miał udział. Ja tego nie widziałam, tylko Stanley, i on kazał mi przysięgać na swój nóż, że dotrzymam tajemnicy. Strasznie się bałam, powiedział, że mi język utnie. To był diabeł nie chłopak... – uznanie brzmiało w jej głosie. – Mój ojciec nie wiedział, a ja wiedziałam i dotrzymałam słowa. Dziś tobie pierwszemu o tym mówię.

– Jak to? – oburzył się. – Nikt nie widział spalonych ciał? Nie było dochodzeń?

– Coroner prowadził śledztwo, ale robotnicy zgodnie zeznali, że od szopy, gdzie na wełnie spało dwóch włóczęgów, zaczął się pożar. Zaprószyli ogień i sami się spalili, byli winni i sami się ukarali; czego tu szukać?

– Twarda szkoła, dobrze cię tam wychowali – błysnął oczami. Nie podjeżdżał pod samą ambasadę, na rogu alei wysadził malca.

– Mihaly, pamiętaj – położył znacząco palec na ustach.

Chłopiec skinął głową ze zrozumieniem.

– Byłeś ze mną na lodach.

Chłopiec podkurczył nogę i drapnął się po łydce.

– U krawców pełno pcheł – narzekał z urazą. – Wujek myśli, że uda nam się śledztwo, trafimy na trop?

– Bądź mądrym chłopcem – gładziła go Margit po płowej czuprynie.

– Wujku, kto zabił Kriszana?

– Jeszcze nie wiemy, co powie policja, wzięli motor do przeglądu. Ale według mnie to był wypadek, no, nieszczęście. Idź już, uciekaj do domu.

Chłopiec ruszył biegiem, podskakiwał jak koźlę, roznosiła go energia. Nawet się nie obejrzał, kiedy ruszyli.

Wieczór amarantami barwił niebo, sprężystymi piórami ogromnych liści lekko chybotał powiew. Gdy zatrzymali się przed domem, Istvan dosłyszał spokojny chlupot wody lejącej się z odkręconego hydrantu, znowu nadchodziła pora sucha i trzeba było napoić trawniki.

– Wszystko w porządku, sab – meldował czokidar uderzając bambusem w ziemię, spod oklapłego ronda płóciennego kapelusza świeciła dobrodusznie uśmiechnięta mongolska twarz. – Sab, ja się żenię – wyznał rozradowanym głosem. – Kucharz obiecał mi pomóc.

– Uważaj, żeby ci zanadto nie pomagał. Kucharz jest chytry – ostrzegał śmiejąc się Terey.

– Tak, chytry. Nie daję mu pieniędzy do ręki, razem chodzimy po zakupy na ucztę weselną.

Ledwie weszli w głąb domu, w półmrok hallu, mocno objął Margit ramionami i zaczął całować.

– Zrób wszystko, żebyś przyjechała do Delhi. Jesteś mi tak potrzebna.

– Przecież ja też chcę. – Tarmosiła pieszczotliwie jego krótkie włosy szorstkie jak szczotka.

– Nawet nie wiesz, co to za radość spotykać ciebie każdego dnia, słyszeć twój głos. Musisz być blisko.

– Miej trochę rozsądku – w głosie brzmiała gołębia nuta podniecenia.

– Margit, jestem niespokojny, czuję instynktownie, że... Kucharzu! – krzyknął widząc, jak z uchylonych drzwi dyskretnie wysuwa się czarna dłoń odcięta białym mankietem koszuli i sięga do kontaktu. Nim zdążył go uprzedzić, rozbłysło ostre światło i po suficie przemknęły jaszczurki szukając cienia wielkiej śmigi nieruchomego wentylatora. Puścił Margit trochę rozbawiony jego zaskoczeniem.

– Słucham, sab.

– Podaj coś do zjedzenia, tylko prędko.

Pereira stał w uchylonych drzwiach, siwiejące włosy opadały kosmykami na czoło, oczy miał pełne życzliwego pobłażania.

– Dobra ryba, sos z rodzynkami, sałata... – wyliczał na palcach, popielatych od wewnątrz.

– Nie gadaj, tylko przynoś. Biegiem!

Kucharz wypatrzył pogodny błysk w jego źrenicach, nie bał się podniesionego głosu. Ukłonem, demonstracyjnie klapiąc w korytarzu spadającymi butami, udawał pośpiech i posłuszeństwo.

– Co cię dręczy? – spytała Margit wchodząc do łazienki umyć ręce. – Nie możesz powiedzieć?

– Mogę – machnął niecierpliwie ręką – tylko nie chciałem przy dziecku.

Opisał jej wypadek z krową i śmierć chłopca, opowiedział o starciu z ambasadorem. Słuchała czujnie, odruchowo wycierając dłonie ręcznikiem, choć już dawno były suche.

– Niedobrze – popatrzyła zatroskana – jeśli myśli, że jesteś dla niego zagrożeniem, będzie się chciał ciebie pozbyć z ambasady.

– E, nie. Przecież Kriszan nie żyje. Nie ma świadka, kto wtedy prowadził, a jest zeznanie spisane przez policję, że kierowcą był Hindus. Sprawa zamknięta i ja jej nie tknę. Komu to potrzebne? Nie ja go będę sądził.

– Istvan – poruszyła koliście głową w ciężkim hełmie włosów – tak się o ciebie martwię. To nie tylko ciebie dotyczy, ale nas obojga.

– Wiem – odpowiedział po długim milczeniu.

– Musimy być ostrożni, świat nie jest po naszej stronie. Kto nam pomoże? Paru osobom dałaby dużo zadowolenia nasza przegrana.

– O tak. Ale nie damy się rozdzielić – upierał się zarozumiale.

– On nie ośmieli się mnie tknąć, za dużo wiem.

– Jesteś dziecko, budujesz sobie nieprawdziwy świat, tak ci wygodniej, ale ten, na którym żyjemy, jest inny, zawistny i okrutny. Nie bądź poetą – położyła mu dłoń na ramieniu – przepraszam, bądź, zostań sobą, ale przeczuwam, że mogą przyjść trudne chwile.

Szybkie, niespokojne uderzenia palców w drzwi, kucharz dyskretnie dawał znać, że nakryte do stołu.

– Tak. I pamiętaj o Grace.

– Dlaczego? – zatrzymała się, a potem, jakby przenikając do dna jego milczenie, dobyła prawdę: – Ona cię kocha?

– Nie – zaprzeczył gwałtownie. – Ona nie kocha męża, była tylko posłuszna. Ona nie ma nikogo.

– Będzie miała dziecko – jakby zazdrość brzmiała w jej głosie.

Siedli za stołem. Istvan nalał soku grejpfrutowego z kostkami lodu. Kucharz stał przy drzwiach skrzyżowawszy ręce na piersi, spoglądał z zadowoleniem swata. Na karcące spojrzenie Tereya zniknął w kuchni, zaznaczał tam swoją obecność brzękiem patelni, którą zrzucił na posadzkę sprzątaczowi do zmywania.

– Mówiła mi Grace, żeś się rozpłakała, jak ci o tym powiedziała – zaczął.

– Co mogła zrozumieć? – skrzywiła się. – Za dużo się wtedy zbiegło. List z Melbourne od ojca, macocha spodziewa się dziecka, jego radość aż mnie zakłuła pod sercem. Uszczęśliwiona Grace, która kładzie rękę na brzuchu, żebym sprawdziła, jak małe kopie, i moja sytuacja, no wiesz, jak wtedy było.

– Rozumiem.

– Nic nie rozumiesz, to tylko znają kobiety, które jak ja liczyły dni. Żaden mężczyzna nie wie, co to znaczy tak nasłuchiwać własnego ciała, prosić je.

– Przecież mogłaś przyjść do mnie.

– Od razu poczułbyś się w pułapce, osaczony. Nie jestem z tych, co proszą i skomlą o współczucie. Nie zaprzeczaj. Czy mógłbyś pomóc? Trzymałbyś mnie za rękę i patrzył, jak płaczę? Mogłam... niby wszystko mogłam, nawet zerwać kontrakt, rzucić chorych i wyjechać do siebie, tam by mi to załatwili, mam kolegów lekarzy. Zresztą mogłam urodzić. Może się jeszcze na to zdecyduję. No, nie patrz na mnie tak. Powiem ci, masz prawo wiedzieć.

Przyglądał jej się czujnie, twarda, uparta rasa, oceniał zarysowane śmiało brwi, linie podbródka, otwarte spojrzenie. Była z rodu kobiet, które wiedzą, czego chcą, które stawały przy boku swojego mężczyzny, gdy wymuszał ze strzelbą w ręku poszanowanie swojej własności, bronił swobód osadniczych. Rosła w nim ogromna wdzięczność, że mu ulega, że go wybrała. Czuł się z nią mocno związany. Nie zarys jej ust go wzruszał, dlatego że były mu dostępne, ale ich zmienny wyraz, błysk wędrujący po włosach, gdy niecierpliwie nimi potrząsa, błękit oczu czysty, ufny, w którym zdaje się kąpać jak w górskim potoku.

– Dlaczego mi wtedy nie zaufałaś – szepnął z wyrzutem.

– Bo ciebie właściwie nie znam. Nie wiem, jaki jesteś w godzinach próby. Nie wiem, gdzie kończy się moja wyobraźnia, a zaczynasz ty, prawdziwy, ze swoją przeszłością, która odepchnięta, skazana na zapomnienie powraca i we snach. Są całe obszary twego życia, ważne, skoro mówią o tobie – poeta, dla mnie nieprzeniknione, twoja twórczość, nie krzyw się, powiem skromniej: pisanie, wiersze... Jestem o to wszystko zazdrosna, nie mogę ci w tym towarzyszyć, pierwsza posłuchać, jak czytasz. Czy nie mógłbyś pisać po angielsku, przecież mówisz swobodnie, poprawnie.

– Słusznie powiedziałaś: poprawnie. Oczywiście, mógłbym pisać po angielsku, jednak zawsze byłoby to tłumaczenie z węgierskiego. Jestem skazany na ten język, w nim nazywałem trawę pod stopami i gwiazdy nad głową, wiem, że to język małego narodu, że mnie odgradza od świata, ale jest mój, czuję każde drgnienie, wszystko w nim wyrażę i mam pewność, że nieomylnie nawet do ciebie przemawiam w chwilach największego zjednoczenia.

– Mylisz się – zmrużyła oczy kpiąco. – O ile zdołałam zapamiętać, szepczesz do mnie po angielsku... I to bardzo ładne słowa.

– Odruchowo tłumaczyłem – przyznał zawstydzony.

– Tłumaczyłeś – zamyśliła się, dotykając dłonią warg. – Jeśli tego ani ja, ani ty nie zauważyłeś, przysięgam, że i bariera języka może być przekroczona, może zniknąć. Tylko musisz naprawdę chcieć, nie zamykać się, nie kryć przede mną. Och, Istvan, jak ja byłabym szczęśliwa, gdybym zobaczyła twoje wiersze wydrukowane choćby w „Indian Ilustrated Weekly".

Udzieliła mu się jej radość.

– Obiecuję, spróbuję sam przełożyć, ale musisz mi pomóc, przeczytać, spojrzeć niechętnym okiem redaktora.

– Nawet nie wiesz, jaka to dla mnie będzie wielka chwila – podniosła się uszczęśliwiona – krok bliżej ciebie.

Wrócili do gabinetu, rozsiedli się wygodnie w fotelach. Światło lampy padało na głowę kamienną, wygładzony kamień zdawał się sennie uśmiechać. Istvan przypomniał sobie Czandrę, niepokojącą rozmowę, grymas pychy na suchej, gładkiej twarzy, kiedy mu wręczał podarek – „trzeba zdobyć się na odwagę i powiedzieć: ja jestem bogiem"... Ciekawe, co go dosięgnie. Jedyny naprawdę zły człowiek, jakiego tu spotkałem. Człowiek, który – jak szyderstwo – stara się robić ludziom dobrze. On chce być zły, gdy inni wiedzą, że błądzą, szamocą się, cierpią i żałują.

Spojrzał na Margit, włosy miała prawie czarne w półmroku, tylko dłonie ułożone zmęczonym gestem wyglądały jak z ciemnego złota. W niej nie ma wahań, jest szczęśliwa, mimo że świadomie podejmuje ryzyko. Liczy na mnie.

– Wiesz, czego tu brakuje? – potoczyła oczami po ścianach. – Zegara. Dużego zegara, który by gadał, gderał. U nas w domu stoi w hallu stary zegar w kształcie kobiety, pod drewnianym kapeluszem zamiast twarzy ma tarczę. Nie śmiej się, ja wiem, że to wyjątkowe paskudztwo, choć antyk, przez pradziadka złupiony z jakiegoś holenderskiego brygu, jednak dopiero słuchając jego niespiesznego tykania rozkoszujesz się ciszą wieczoru. Zresztą posłuchasz i sam się przekonasz.

– Jesteś pewna?

Potwierdziła opuszczeniem powiek.

– Dobrze mi – splotła dłonie na karku, drobne jej piersi zanurzyły się w blask, nasłuchiwała dalekiego brzęku cykad za oknem. – Nie chce mi się nigdzie odchodzić, żadnej twarzy oglądać. Wypoczywam, zapominam o chorych, zabiegach, sporach z Connolym, taki spokój.

– Właśnie o tym samym myślałem.

– Za parę dni przyjadę na stałe do Delhi, musimy się zastanowić, gdzie będę mieszkała.

– Może być u mnie.

– Bądź rozsądny. Chcę mieć dla siebie pokój, chyba w hotelu Dżanpath, najwygodniej, niekrępująco... I tak tu będę, czemu jesteś urażony? A gdybym chciała spotkać się z kimś z Instytutu Oftalmologicznego albo przyjedzie profesor i gdzie ma mnie szukać? U ciebie? A Grace? I tak będzie zła, że u niej się nie zatrzymałam, bo ona mnie do Indii zwabiła.

– Wolałbym... – zaczął, uważnie zapalając papierosa.

– Ja też – przerwała – zapamiętam sobie dwudziesty trzeci października, od dziś zaczynamy liczyć nasze dni, będziemy razem. Wyjeżdżam na krótko, zabieram rzeczy i wracam.

– Może bym cię odwiózł?

– Nie. I tak za dużo kręciłeś się ze mną po Agrze. Co ty myślisz, że w Delhi o nas nie wiedzą? Trzy godziny autem to nie są odległości dla plotek. Jakże ja się cieszę na te wieczory, kiedy będziemy siedzieli naprzeciw siebie. Możesz nawet czytać gazetę. Będę przygotowywała wykład, a co oczy podniosę, zobaczę, że jesteś. Niewiele mi do szczęścia potrzeba. A przed nami długa noc, i wcale nie będziemy się spieszyć, żeby iść spać.

Smukłe nogi, obnażone kolana, kiedy się przeciągała, budziły w nim bezmiar czułości.

Zastukały czyjeś palce przebiegając po drzwiach.

– Wejść! – zawołał.

Jednak nikt nie wchodził, tylko przez drzwi dosłyszeli głos kucharza:

– Telefon, sab.

Otworzył, nikogo w mroku nie było, spojrzał pytająco na Margit, niepewny, czy nie uległ złudzeniu.

– Nie słyszę dzwonka – potwierdziła.

– Sab – odezwał się z korytarza kucharz – telefon długo dzwonił, więc zdjąłem słuchawkę. Pan Nagar upiera się, że pilne.

Jednym skokiem dopadł telefonu.

– Hallo, tu Terey.

Od razu usłyszał pełne podniecenia, spiesznie wyrzucane zdania:

– Przyjeżdżaj natychmiast! Idą takie depesze, że mi parzą palce! Ty już powinieneś być!

– Powiedz w dwu słowach – krzyknął pełen niepokoju.

– Powstanie w Budapeszcie. Nadają wszystkie zachodnie agencje, nie żadna bujda, tylko regularne powstanie. Nie wierzysz? Włącz radio, zaraz będzie dziennik z Delhi, muszą coś podać... Ale u mnie z pierwszej ręki. No, co? Terey, zamurowało cię?

– Już jadę.

Stał jak porażony bez tchu. Jeszcze trzymał w ręku słuchawkę. Zaczęło się, Węgry, stolica... Czuł chłód na twarzy jak śmiertelne tchnienie nieznanych jeszcze wydarzeń.

Chłopcy, Ilona... Co z nimi będzie?

Margit na wpół leżała z długimi nogami w złotawym blasku lampy, twarz nakrywał cień.

Podszedł do niej, zanurzył usta w lekko pachnące włosy, suchy, rudawy oprzęd.

– Muszę zaraz jechać.

Zwinęła się, pochwyciła jego rękę i przycisnęła do policzka. Tak samo żona żegnała Kriszana – przemknęło mu.

– Zaczekam, nie będę się kładła. Poczytam – mówiła spokojnie.

– Mogę wrócić bardzo późno.

Teraz dopiero uderzył ją twardy ton głosu, uniosła oczy.

– Coś złego?

– Rozruchy w Budapeszcie. Dzwonił szef Agence France Presse.

– Jadę z tobą. Zaczekam w aucie – zerwała się, ale położył jej dłonie na ramionach, osadził w fotelu.

– Nie. Zostań.

Poczuła nagle, że odgrodził się, wyznaczył, dokąd może towarzyszyć. Skuliła się.

– Będę czekała – powiedziała z uporem. – Nawet do rana. Jedź już.

Wybiegł z pokoju, nawet drzwi za sobą nie zamknął. Posłyszała warkot, odblask świateł austina przesunął się po ścianach sąsiedniej willi. Słuchała grania motoru, póki nie ucichł. Podeszła do biurka, włączyła radio.

Delhi nadawało jakiś program w hindi, niezrozumiały potok słów, pomyślała, że byłaby równie głucha wobec komunikatów węgierskich. Wędrując po skali trafiła na Kalkutę. Angielski – odetchnęła z ulgą.

– „Rozruchy, które dziś w południe wybuchły w stolicy Węgier, przybierają na sile. Zaczęły się od wieców akademickich, demonstracji robotników, a kończą samosądami, rozbrajaniem policji i zdobywaniem gmachów rządowych. Doszło do wymiany strzałów z garnizonami sowieckimi, rozlokowanymi na podstawie Układu Warszawskiego. Dziś w Budapeszcie kolportowano ulotki z przemówieniem Gomułki na wiecu w Warszawie. Węgry znalazły się w centrum zainteresowania opinii światowej..." – Dalej spiker wyliczał protesty w związku z porwaniem pięciu czołowych osobistości Frontu Wyzwolenia Algieru, których pilot wydał Francuzom, lądując na wojskowym lotnisku. Zostali odwołani z Paryża ambasadorowie Maroka i Tunezji. Ostry list króla Jordanii i Nasera.

To jej nie interesowało. Stała zgnębiona, z dłońmi zanurzonymi w blask lampy, dopiero teraz pojęła wagę komunikatu. Zaczęła gorączkowo łowić wiadomości, słyszała zmieszany gwar mnóstwa języków i często powtarzało się słowo – Budapeszt – na którego dźwięk, jak od mrozu, tężały jej policzki.

Nie dam ciebie – wsparła się z całej siły na krawędzi biurka – nie zabierzecie mi go.

Wodziła wskazówką po skali dobywając chrapliwe, pośpieszne zdania wykrzykiwane po arabsku, nosowe głosy azjatyckich stacji, jakbyś niecierpliwe struny przebierał, patetyczne kadencje portugalskie z Goa. Zdawało jej się, że ludzkość ma torsje, ściśnięta za trzewia obręczą trwogi, pojmuje rytm przyczyn i skutków prowadzących do...

Jak rasowy koń przed biegiem czuła napięcie w mięśniach, wiedziała, że czeka ją próba, i nagle dostrzegła swoją wielką, niepowtarzalną szansę – będę go miała, będę – przygryzła wargi. Zbudziła się nadzieja, że cała przeszłość Istvana zostanie przekreślona, nie będzie miał gdzie i do kogo wrócić, osiądzie na tym brzegu, sam, rozbitek wydarty żywiołom, ze straszliwą wolnością, jaką daje nieposiadanie niczego. Zerwą się wszystkie więzy z tym nieznanym miastem-rywalem. I wtedy może wkroczyć, wnosząc wraz z miłością niby posag – kontynent australijski, na którym będzie żył, język, w którym zacznie tworzyć, pieniądze i stosunki, które go wyzwolą od poczucia obcości, łaski, darowizny. Musi stać się obywatelem naszego świata, od razu być kimś, kto się liczy, musi poczuć, że jest u siebie.

Niebieskie smugi dymu wiły się w blasku lampy, kamienna głowa spoglądała ślepą łuską szeroko otwartych oczu z cieniem uśmiechu, który zdawał się mówić o znikomości tego, co człowiek pragnie posiąść, czym włada i co sobie stawia za cel podboju. Naszła ją nienawiść do tego utrąconego kawałka posągu, bo wydało się, że drwi, wie, co ją czeka, i już się nad nimi lituje.

Przed willą Nagara stało kilka aut. Kiedy wysiadał, jedno właśnie ruszyło, poznał korespondenta Tanjuga, lubili się, Istvan był pewny, że tamten dostrzegłszy go przystanie bodaj na chwilę rozmowy, jednak Jugosłowianin ograniczył się do pozdrowienia. Twarz miał bez uśmiechu, skupioną.

– Piekielny partyzant – złościł się Istvan, gdy auto skowycząc oponami zawracało na szosie.

Minął legawą, łaciatą sukę, która na powitanie stuknęła parę razy ogonem w podłogę i urażona, że jej nie pogłaskał, dźwignęła się, człapiąc za nim.

– Jesteś wreszcie – drobnymi kroczkami podbiegł do niego Nagar, chwycił lewą ręką za ramię i trząsł, wykrzykując z przejęcia, w prawej ściskał pozwijane taśmy wydarte z dalekopisu. – Aleście tam nabroili, twoi Węgrzy powariowali, mogą sobie strzelać, ale po co zaraz palić muzeum, ja pamiętam, jaki tam był wspaniały Bruegel z „Ukrzyżowaniem", jakie Holendry! Diabli wiedzą, co zostało... Do okien można strzelać, do ludzi, bo ich jest dość, ale nie obrazy palić.

– Mów, co się stało?

– To się nie stało, to się dzieje – krzyknął podniecony, dreptał w miejscu jak dziecko, które przypiera potrzeba, a nie chce porzucić zabawy. Terey byłby go złapał za kark, potrząsnął jak królikiem, byle wydobyć prawdę.

Dla Nagara to były tylko wiadomości, pławił się w dziennikarskim żywiole, dowiadywał się w Delhi jeden z pierwszych, mógł imponować, zadziwiać.

– Dziś wielki wiec pod pomnikiem Bema. Kto to, u diabła? Dlaczego właśnie tam?

– Generał z powstania, Polak.

– Z jakiego znów powstania?

– W czterdziestym ósmym.

– W czterdziestym ósmym byłem na Węgrzech, nie słyszałem o żadnym powstaniu.

– Zlituj się, w tysiąc osiemset czterdziestym ósmym. Przeszło sto lat temu.

– Z kim on się bił?

– Z Austriakami i z wojskiem przysłanym przez cara – tłumaczył w udręce, próbując wysmyknąć mu taśmy z depeszami, które tamten krył za siebie.

– Z Rosjanami! – triumfował tamten. – Nareszcie rozumiem. Po stu latach wy jeszcze o tym pamiętacie.

– Maurice, ja mam rodzinę w Budapeszcie.

– Dobrze, słuchaj – spoważniał, ale taśmy nie puszczał, chciał mieć przyjemność opowiedzenia wszystkiego samemu – próbowali tłum rozpędzić, policja strzelała. Gerö miał nieszczęście wystąpić z mową, i wtedy zaczęły się rozruchy.

– Groził? Co powiedział?

– Nawet rozsądne rzeczy, żeby siedzieli spokojnie i nie hałasowali, bo ich pozamyka. Ale jak nie może tego zrobić, to po co gada? Zamykać i sza. A jak nie można, to samemu trzeba siedzieć cicho i nie drażnić ludzi. Jak oni zdobyli broń, uderzyli na radiostację, wtedy już wołali nie na ulicy, ale na cały kraj. Opanowali komitet stołeczny partii, awosze się bronili, ale ich wybili do nogi. Tłum, bestia rozżarta, nie przebiera, krew uderza do głowy. Jest bezlitosny.

– A wojsko?

– Żołnierze dali się rozbrajać lub poszli z ulicą. Gerö straszył Rosjanami, on ich wezwał na pomoc.

– Rząd opanował sytuację? – Istvan przejęty zgarniał komunikaty, jakby nie wierzył Nagarowi.

– Masz tu, czytaj hasła, jakie wypisują na murach: farkasa x pod sąd x wszystkich x więźniów x politycznych x uwolnić x usunąć x rakosiego x z partii x zwołać x plenum x komitetu x centralnego x

ujawnić x umowy x handlowe x rozpatrzyć x plan x inwestycji x.
– Nawet skromne żądania... – dodał drwiąco.

– Monsieur Nagar – wychylił się pomocnik Hindus – prosi pana do telefonu naczelny „Hindustan Standard".

– Wszyscy się do mnie pchają jak do rebego. Nagar powinien wiedzieć i Nagar wie – wykrzykiwał podniecony. – Masz, czytaj, czytaj – wpychał mu resztę depesz zgarniętych ze stołu. – Cały świat nastawia ucha, co w Budapeszcie.

Ogromny ciężar kładł mu się na ramiona, przeczuwał straszną groźbę, wiedział, co niosą wydarzenia. Jeśli Zachód przechwyci okazję... Przez Austrię mieliby blisko. Wojna domowa... Wstrząsnął nim dygot, jakby od grzmotu przelewających się czołgów. Wojna domowa. A może wszystko potoczy się jak w Polsce? Gerö i Rakosi muszą ustąpić. Oczyści się aparat, ukarze winnych nadużyć i bezprawia. Może to wszystko obróci się jeszcze na dobre? Na ulicach Budapesztu strzelanina. Na których? Dzieci, żona o dwie przecznice od komitetu miejskiego.

– Tak – słychać piskliwy głos Nagara. – Tak, walki wybuchły prawie jednocześnie w Györ i Miszkolcu, powstanie objęło całe Węgry, tak, mam potwierdzenia.

Do wściekłości doprowadzało go rozradowanie dziennikarza. On się cieszy, tam ludzie giną, leje się nasza krew.

Siedział trzymając między rozchylonymi kolanami w zwieszonych rękach wstęgi komunikatów, krótkie, oschłe zdania. Już prawie znał je na pamięć. Trompette podeszła ospale, stukając pazurami, i położyła mu ciężki łeb na udzie. Patrzyła uniesionym żółtawym okiem w oczekiwaniu, że ją podrapie za uchem.

– Odejdź! – Dopiero na brzmienie własnego głosu drgnął, odezwał się do psa po węgiersku. Nie, nic się im nie stanie – zacisnął pięści – Geza i Sandor to rozsądni chłopcy. Ilona ich nie puści w taki czas na ulicę... Trudno ich będzie utrzymać. Stukanie palby karabinowej to porywająca muzyka dla chłopięcych uszu, potrafi ich wywabić... Dzika, żrąca ciekawość: zobaczyć, gdzie strzelają. Serie z automatów. Miał w uszach gwizdy, kocie miauczenie pocisku odbitego od bruku, zanikające w tumanie rozwleczonym znad Dunaju. A drzewa w parkach są pełne czerwieni i żółci. Pachnie ziemia przysypana liśćmi, ostra, fermentująca woń zmieszana z kwaśnym odorem eksplozji i dławiącym dymem dalekich pożarów. Jakże ją znał stamtąd, z frontu nad Dnieprem, a później z zimowych walk, gdy zaciskał się pierścień radzieckiej ofensywy wokół odciętej stolicy. Oni nie usiedzą w domu. – Sandor... Geza... – szepcze z gardłem ściśniętym od lęku, a suka spogląda żałosnym okiem i nie przygarnięta życzliwą ręką, westchnąwszy po ludzku, pełna urazy, odchodzi, by się ogrzać przy wygasającym kominku.

– Ciężko, Terey – słyszy za sobą głos, odwraca głowę. W drzwiach stoi Trojanowski i tęgi, łysiejący blondyn z TASS-u.

Podają ręce bez słowa, jest w męskim uścisku coś ze współczucia i pocieszenia, zapewniają, że są z nim i dzielą jego obawy.

Istvan odwracał od nich twarz, lękał się sondujących spojrzeń. Przyklęknął, dorzucił polano pachnące cierpko, rozgrzebywał popiół. Kute z żelaza szczypce zadzwoniły o kamienie, aż się wzdrygnął. Dmuchał cierpliwie, jakby mu bardzo zależało na wskrzeszeniu pierwszych płomyków.

– Macie tam bliskich? – pochyla się nad nim Misza Kondratiuk.

– Najbliższych.

– Istvan, to musiało przyjść. Sam wiesz, to burza, która oczyszcza – pocieszał Trojanowski. – U nas przed paroma dniami też wyglądało, że krew się poleje, byli tacy, co robotnikom wciskali broń do ręki i szczuli na Rosjan, ale instynkt państwowy zwyciężył... Zobaczysz, wszystko się jeszcze ułoży. Bądź spokojny, twoim nic nie grozi, to nie jest wojna z dziećmi i kobietami.

– Ja was rozumiem, towarzyszu Terey – zasępił się Kondratiuk – za niesprawiedliwość, za zbrodnie wystarczyłoby oddać winnych pod sąd. Stalin nie lubił wybitnych działaczy, wolał profosów. Tych trzeba przegnać, ale jeżeli zaczniecie łomotać w wielki bęben i ogłaszać świętą wojnę z socjalizmem...

Istvan czujnie podniósł oczy, próbował go przeniknąć. Czyżby coś więcej wiedział?

– Na razie nic takiego nie ma – żachnął się Trojanowski – więcej wróżb i biadań niż przewidywań. Ale Zachód podniesie gwałt, bo to okazja do wbijania klinów... Zobaczysz, jutro zaczną was pouczać – zwrócił się do Tereya. – My już to mamy za sobą, my to znamy.

– Chętni do podszczuwania zawsze wylezą – przyznał Misza – ale wszystko zależy od tego, jak zachowają się Węgrzy, czy was nie pociągnie polityczna awantura.

– Wszystko zależy od postawy Rosjan – bronił się przed odpowiedzialnością Istvan.

– A ja wam mówię, że najważniejsze, co zrobi Zachód – zawołał Nagar, słysząc koniec rozmowy. – Może namącić, stworzyć taką sytuację, że któraś strona zacznie się spieszyć. I wtedy będzie źle... Gdyby to była tylko walka o władzę... Cicho! – pomachał uspokajająco wzburzonego Tereya. – Ja wiem, sprawiedliwość, wolność, suwerenność, hasła na wynos, ważne, kto będzie rządził. Wy byście poszumieli, postrzelali sobie, jednych zamkną, inni zwieją, jakoś tam by się dało zrobić porządek. Nawet gdyby to był konflikt Rosjanie – Węgrzy, też znalazłoby się wyjście, bo to w końcu sprawa wewnętrzna, jak wy to nazywacie – obóz pokoju. Jak obóz, musi być porządek – zachichotał. – Ale kiedy w grę wejdą inne siły, z zewnątrz... Na razie do Komitetu dobrali Nagya, tego filozofa Lukacsa i Kadara, premierem został Nagy. Jaki on jest? Da sobie radę?

– Przez ostatnie lata był odsunięty od wpływów – zastanawiał się Istvan. – Rakosi wyrzucił go z partii.

– Dlatego ulica go popiera. Jasne, liczą, że jest inny od tamtych – rozważał Trojanowski. – Wiążą z nim nadzieje.

– Jest inny. Człowiek z sercem – dorzucił Terey.

– Niedobrze – pokręcił ptasią główką Nagar. – Tam trzeba mózgu, zimnej kalkulacji, żeby się nie dać ponieść nastrojom. W polityce trzeba myśleć głową i żołądkiem, a najmniej angażować w nią serce, serce nie jest dobrym doradcą.

W drzwiach znowu pokazał się Hindus, z szyją owiązaną wełnianym szalem, dla niego noc była chłodna, z drzwi otwartych na ogród ciągnęło łagodnym spokojem jesieni.

– Coś nowego? – poderwał się Nagar.

– Znowu pana proszą do telefonu.

– Co za noc – zatarł ręce gestem małpki łuskającej ziarnka z kłosa ryżowego – cały świat nie śpi, nasłuchuje, co w Budapeszcie. A tam strzelanina!

– Spodziewa się pan nowych depesz? – zapytał Trojanowski Hindusa, grzejącego dłonie nad żarówką, z której zdjął abażur, krew w nich przeświecała różowo i rysował się wyraźnie ciemny układ kostek.

– Będę czuwał, jednak nie spodziewam się niczego przed szóstą rano. Radio Delhi nadaje pierwszy dziennik o piątej trzydzieści, nie przybędzie informacji, ale ciekawi jesteśmy komentarza, zaczną się międzynarodowe naciski.

– Tak – Misza patrzył ze smutkiem na Tereya – dla was wolność, sprawiedliwość, poryw patriotyczny, a dla innych karta w grze, którą można przechwycić, zacząć nową licytację.

Trompette zaniepokojona ruchem wstających opuściła pysk na przednie łapy i ziewnęła szeroko.

– Nie ma na co czekać – żegnał się Trojanowski. – Idziemy, Terey, musisz się parę godzin przespać.

– Dochodzi dwunasta – podsunął mu zegarek Misza. Jego „spokojnoj noczi" zabrzmiało jak mimowolna złośliwość.

Wychodzili, suka odprowadziła ich tylko do progu i węsząc z uniesionym pyskiem aromaty jesienne, zrażona chłodem rosy, zawróciła pod stół.

– Każdy pyta, czy to prawda, że Węgrzy biją się z Rosjanami – Nagar nalewał whisky. – Jest w tym jakaś paskudna ciekawość... Czy to możliwe? Przecież to byłaby walka bez szans. Czy was kto podtrzyma, wesprze? Czy konflikt się nie poszerzy? Pij, Istvan, ty wiesz, że ja rzadko namawiam, ale dziś wódka dobrze ci zrobi. Pochłodniało jakoś, a spać się jeszcze nie chce.

Z ogrodu dolatywało żałosne zawodzenie szakali, jakby zanosiło się płaczem podrzucone niemowlę. Trompette ruszyła łbem udając, że nie słyszy, sapała z pyskiem ułożonym na przedniej łapie.

Istvan zatrzymał uniesioną szklaneczkę z bursztynowym płynem, pachnącym drożdżową fermentacją.

– Czy tam naprawdę się biją?

– Właściwie nie. Było parę starć. Spalono czołgi butelkami
z benzyną, więc się oddziały cofnęły na przedmieścia, stoją w pogotowiu. Nowy premier Nagy obiecał przeprowadzić rozmowy,
żeby całkiem opuściły stolicę. Powstańcy twierdzą, że obecność
Rosjan nie uspokaja, drażni; przypomina się wojna.

– Dawne czasy. Jedenaście lat temu, kto by o tym myślał – pociągnął whisky Terey.

– A gdzieś ty był wtedy?

– Broniłem Budapesztu, byłem ranny.

– Razem z Niemcami?

Istvan skinął głową.

– No widzisz. No, sam widzisz – zafrasował się Nagar. – Takich
jak ty są tysiące. Pamiętają, to w nich tkwi. Dobrze, że jesteś tutaj.
Już byłbyś strzelał.

– Nie.

– Tak się mówi – sapnął z powątpiewaniem. – A mnie się zdaje,
że byś strzelał. Wierz mi, łatwiej strzelać, niż myśleć.

– Nie, nie.

– Co nie?

– Ja do Rosjan więcej nie będę strzelał.

Nagar sondował, jakby prowadził śledztwo.

– Przecież oni się do was wpakowali.

– Nie tak dawno myśmy się wdarli do nich. Ja sam prawie dwa
lata byłem na froncie na Ukrainie. Płonęły wioski... Piekielna
zima, mróz dochodził do czterdziestu stopni. Spalić chałupę to
wyrok śmierci na chłopki, którą wypędzaliśmy w śnieg. Widziałem w czasie odwrotu skulone, stężałe postacie w zaspach. Moi
żołnierze rozstrzeliwali partyzantów, zresztą, kto wie, kim byli ci
schwytani. Nie podawałem komendy pal dlatego tylko, że miałem
pół litra śliwowicy i wykupiłem się. Z plutonem na egzekucję poszedł kolega. Wiesz, za co mu płaciłem śliwowicą? Nie za żadne

sumienie, tylko za to, że nie miał ochoty na taki mróz wyłazić z chałupy. Matka z pacierzem wpoiła we mnie, że za winę musi być kara, a jeśli jej nie ma, drżyj, bo coś gorszego przyszłość ci gotuje. Jak jeszcze nie ma kary, sam ją sobie wymierz, pokutuj. Kochać Węgry... Czy myślisz, że to znaczy zamykać oczy na naszą przeszłość? Ja jestem jednym z winnych, dlatego się lękam.

Nagar gładził obu rękami szklankę, którą wsparł na kościstym kolanie.

– To już są mistycyzmy, podjeżdża mi to Indiami. No, więc przypuśćmy, mój sprawiedliwy, ty byś nie strzelał. Ale do ciebie by strzelano. Niestety, historia nie szuka winnych i lubi odpowiedzialność zbiorową, a czasem wnuki płacą za fantazję i pychę dziadków. Tak, tak to już jest – zamrugał bezrzęsymi powiekami.

– Myślisz, że jest nadzieja? – Terey wyciągnął do niego rękę błagalnie.

– Cicho, zawsze jest nadzieja. To, co przed nami, jest tylko nadzieją. Prześpij się Istvan, jak ci radzi stary, mądry – tu zawahał się na moment i powiedział uśmiechając się przepraszająco dużymi oczami, jakby zaczerwienionymi od płaczu – Francuz. Nic już nie wymyślimy. Tam też jest noc. Trzeba czekać.

Istvan jednym haustem wychylił szklankę, w świetle gołej żarówki, ustawionej nisko, grube cienie wodziły się po ścianach i suficie, rozrastały się rogi ustrzelonych antylop i podobny do pnia ogryzionego przez rzekę wyłamywał się z muru łeb nosorożca.

– Proszę cię – zaczął, ale tamten zatrzepotał uniesionymi rękami.

– Ja wiem, co znaczy rodzina, choć zostałem sam na calutkim świecie. Będę pamiętał. Zadzwonię. Dobre czy złe.

Ciężkie kroki Istvana zastukały na płytach chodnika, ociekające wilgocią krzewy tłumiły echo.

Wystygły austin długo nie chciał zapalić, wreszcie motor warknął. Zaszła parą szyba płakała ściekającymi powoli kroplami. Uruchomił wycieraczki. Prowadził wóz jak automat. Tkwiło w nim rozpierające bólem, ciągle jeszcze niepojęte, pełne lęku zdumienie – jak to? Walki na ulicach Budapesztu, w Budapeszcie się pali?

W blasku reflektorów zobaczył parę nagich, chudych, obnażonych staruchów, z cienkimi prętami w ręku. Z szeroko otwartymi oczami pchali się w światło. Kiedy nacisnął klakson, zatrzymali się i wyciągnęli przed siebie bambusy jak czułki owada. Wtedy dopiero pojął, że ma przed sobą ślepców.

Wielkie turbany rozdymały im głowy, długie pasma materii pogrubiały okutane szyje, obnażone nogi jak nie dopalone patyki. Gdzie ich widziałem? Wyłania mu się, jak oglądany we śnie, obraz praczy dźwigających na głowach toboły z brudną bielizną, malowany przez Kanvala, ów żałosny podarek dla Grace w wieczór weselny. Ślepcy... Idą skroś nocy, która dla nich trwa wiecznie. Zatrzymał się, a oni utracili czujną martwotę owadów, dziurawili białą strugę reflektora cieniami lasek, ruszyli przed siebie, namacali auto i ominęli, niemal odczuwał, jak wodzą dłońmi po dygocących, mokrych od rosy blachach.

Margit. Przez tyle godzin nawet o niej nie wspomniał. Nie było jej. Przepadła. Przecież ją kocham, upewniał siebie, jednak mu nagłe odepchnięcie dokuczało, sprawiało ból. Jak mogłem o niej zapomnieć. Dopiero ci ślepcy...

A jednak myśl, że na niego czeka, że trzeba będzie opowiadać, powtarzać, niecierpliwiła, wolał być sam.

Zostawił wóz przed furtą. Nie chciało mu się podnosić żaluzji w garażu. Z dala widział żółte światło w oknie swego pokoju majaczące przez zasłonę. Miał niejasne poczucie winy, że czuwanie Margit go niecierpliwi.

Wchodząc w mroczną grotę werandy potrącił jakieś ciało. Wzdrygnął się, szukał po kieszeniach, wreszcie znalazł zapałki. W różowym płomyku zamajaczyły skulone postacie leżące na matach. Po kapeluszu zaciśniętym w pięści poznał czokidara, który przez sen opiekuńczo przygarniał szczupłą jak dziecko dziewczynę, okrywała ich splecione ciała gruba, buraczkowa nepalska derka.

Miłosny gest brunatnej ręki zdawał się oskarżać Istvana.

Dojrzał mroczne lśnienie długich splątanych włosów i już zapałka czerwonym, zgiętym pręcikiem dopalała się w dłoni.

Po omacku brnął ku drzwiom, odchyliwszy je trochę, na ile pozwalały warujące na progu ciała, wcisnął się do wnętrza. Szedł na jasną klingę światła, widocznego pod drzwiami pokoju.

Margit spała jak dziecko, z obu stulonymi dłońmi schowanymi pod policzek. Zsunął buty, poruszał się po rudym dywanie bezszelestnie. Zgasił zapalone radio, w którym pulsowało rozproszone, wabiące się popiskiwanie krótkofalówek. Wzruszyła go popielniczka pełna połamanych, zgaszonych papierosów z czerwonymi śladami kredki. Męczyła się niespokojna, czekała.

Sięgnął po miękki pled, złożony na skraju tapczana, i przykrył ją, jakby spychał w jeszcze większy mrok. Dosłyszał lekkie westchnienie, ale się nie ocknęła, był jej prawdziwie wdzięczny.

Chciał zapalić papierosa, jednak odłożył pudełko, trzask zapałki mógłby ją obudzić. Siedział w tępej zadumie, wstrząsany dreszczami znużenia.

Chyba chłopcy także usnęli, może nie ma wielkiego niebezpieczeństwa? Czy władza może się wymknąć z rąk tak z godziny na godzinę? Przecież są tam ludzie, którzy myślą, nie pójdą na żadną awanturę. Już nie chodzi o życie jednego czy nawet stu ludzi, ale o byt narodu, o cały dorobek przemian, które tyle nas kosztowały... Wyzwolenie – powracało w nim gorzko – wyzwolenie, ale jeszcze trzeba lat, żeby zapomnieć o tym, co przeszliśmy. Jeszcze raz przyzywamy gromy na własną głowę... Trzeba dyskutować, oskarżać, wołać o stryczek, samemu wlec winnych za kark i pchać pod mur, byle w zamęcie gniewnie wymierzanej sprawiedliwości, podobnym do zemsty, skażonym ślepą nienawiścią, jątrzącym poczuciem doznanych krzywd nie zatracić nadrzędnego dobra narodu, nie doprowadzić do zagrożenia samej republiki.

Kto się odważy stanąć naprzeciw ulicy, w której huczą okrzyki pełne świętego oburzenia, i nakaże milczenie, wyda rozkazy zdolne porwać za sobą tych, którzy w szale gotowi zabijać i niszczyć, choć wierzą, że wyważają bramy dla wolności? Jak ślepy żywioł

zamienić w rozumną siłę, która przez lata całe będzie służyła rozwojowi?

W zamyśleniu żuł ustnik niezapalonego papierosa. Jutro nadejdą jakieś depesze, przecież w takiej chwili ministerstwo nie zapomni o ambasadach. Może się uda zdobyć połączenie telefoniczne.
Usłyszeć głosy chłopców, nakazać, żeby słuchali matki. Grozić
i obiecywać... Niech się nie ruszają z domu, czy lepiej niech jadą
do babki, uciekają z Budapesztu? Nawet nie wiem, co się dzieje w naszej dzielnicy. Gdzie doszło do walk? Co spłonęło oprócz
muzeum? W komunikatach nie wymienia się spalonych domów.

Domy, zasobne wnętrza, starzyzna mebli wiedeńskiej secesji,
portrety szpakowatych opoi, z zadzierzystym wąsem, kredensy
pełne serwisów, które się parę razy do roku używa... Trzeszczy
pod butami stara miśnieńska porcelana, świecą zielone drzazgi
rozbitych szyb, kłaki wyłażą z foteli poprutych odłamkiem gra-
natu, śliskie, suche osypywanie się grubych kartonów fotografii
z oprawnego w spłowiały plusz albumu rodzinnego. Twarze dawno
umarłych trwalsze od tych, co wczoraj jeszcze żyli, a dziś jedno-
czą się z ziemią ich odczłowieczone kształty wprasowane tonami
stali, gąsienicą czołgu w ceglane rumowisko. Zwłoki dzieci, kobiet, obnażone bezwstydnie w zmiętych resztkach odzieży, strzę-
pach, poskręcane jak puste strąki, łona z naciekami laku, dobyte
nadmiarem światła walącym przez wielkie dziury w ścianach wybite ogniem artylerii. Ktoś zaczął bandażować rany, ale porzucił
opatrunki, bo zasypiali, bezwładnie przelewając się przez podtrzy-
mujące ich ramiona. Cegła pod uchem lub tom Jokaya wystarczyły
do ostatniego spoczynku. Trzciny z grudami tynku wiszą z sufitu.
Lustro nietknięte, ślepe jak kałuża ścięta pierwszym lodem, odbija
martwą pustkę rozbitego mieszkania.

Czołga się z pancerfaustem na balkon, z którego podmuch eksplozji zepchnął zmiętą kratę balustrady, w dole przez smugi dymów widać śliski od rosy bruk, drgają zerwane tramwajowe druty
sięgające ziemi. Słyszy dalekie chrapliwe komendy niemieckie.
Wypalone ruiny, wyjedzony ogniem rudy wrak auta, koła tkwią

w czarnych kałużach roztopionych opon. Daleko słychać wypruwane serie z automatów. Wnętrze ulicy wypełnia swąd tlących się szmat, włosów, ciał w zawalonych kamienicach, niewidoczny dla oka, a drażniący jak pajęczyna na twarzy, odór wojny.

– Nie, nie – żebrze zasłaniając oczy rękami – oby tylko uchronić to miasto od zagłady. O, jak ja nienawidzę wojny. Jakże nienawidzę tych, którzy ku niej popychają.

Pod opuszczonymi powiekami czuje pulsowanie pożaru, grzywiasty ogień wychyla się z okna kamienicy, huczy, wyżera dom od środka z niesytą gwałtownością.

Przeklęty czas służby cudzym podbojom tkwi w nim mocno, zepchnięte w niepamięć obrazy korzystają z pierwszej słabości, żeby pojawić się złowrogą wizją, straszyć we snach. To było, było. Wojna w nim i milionach ludzi jak mroczny osad jeszcze po latach nasączała pamięć jadami.

Wcisnął końce palców w zamknięte powieki do promienistego bólu, jakby chciał zetrzeć napór złowrogich zwidzeń, pochylił głowę i oparł czoło na szerokiej poręczy fotela. Oddychał głęboko znajomą wonią, obficie nasiąkniętą dymem z papierosów i słodkawym zapachem flitu.

Tatulku – głos rozpaczliwy syna zabrzmiał tak blisko, że poderwał się nasłuchując. Serce załomotało. Ciszę pokoju pogłębiał ledwie dosłyszalny oddech śpiącej kobiety. Powoli wracała świadomość, że głos dziecka był tylko senną zmorą. W owym stanie zmącenia trwożyły przeczucia, że Sandorowi stało się coś złego. W miarę jak rozpoznawał, że zmienny blask ognia stwarzało rażące światło spod abażura bliskiej lampy i duża ćma z basowym furkotem krążyła, rzucając plamy cienia na ścianę, powoli zaczął się uspokajać.

Spojrzał na zegarek. Piąta dwadzieścia. Instynktownie ocknął się w porę, by wysłuchać pierwszego dziennika. Włączył radio i zapalił papierosa. Pochłaniała go jedyna myśl.

Zaraz po hymnie, który rozbrzmiewał za głośno przybierającą falą modlitewnych indyjskich chórów, młody, wesoły głos zapowiedział słoneczną pogodę, ochłodzenie, wiatr z północnego wschodu. Nieznośnie długo trwało streszczenie mowy Kriszny Memona w ONZ-ecie, gdzie bronił prawa samostanowienia ludności algierskiej, przestrzegał przed naciskiem na Egipt. Koncentracja floty francuskiej i angielskiej w rejonie Malty... Wszystko dla Hindusów ważniejsze – zaciskał pięści – nawet pojawienie się szarańczy od wydarzeń w Europie.

Margit ocknęła się i spoglądała szeroko otwartymi oczami.

Przesiadł się na tapczan, położył dłoń na jej stopach przykrytych pledem. Nie wymienili ani słowa, czekali, kiedy się zaczną wiadomości ze świata.

Nagle padło – Węgry.

Mimo wezwań do składania broni, walki toczyły się dalej. Rząd nie panował nad sytuacją. Ludność domagała się ustąpienia Gerö. Robotnicy nie podjęli pracy, na wiecach wybierali rady fabryczne, uzbrojone patrole straży obywatelskiej obsadziły gmachy państwowe. Tłum obalił posąg Stalina. Zrywano z gmachów rządowych pięcioramienną gwiazdę, znikła ze sztandarów i czapek żołnierzy. Premier Nagy wzywa całą ludność do zachowania spokoju, przyjmuje delegacje młodzieży. Łowy na funkcjonariuszy milicji politycznej i samosądy trwają nadal. W całym kraju sytuacja jest poważna i napięcie wzrasta. W miasteczku Magyarovar awosze strzelali w tłum zebrany na rynku, który atakował budynek i próbował ich rozbroić, padły liczne ofiary. Zaobserwowano dalsze przesunięcia radzieckich jednostek pancernych okrążających Budapeszt.

Skąpe informacje brał za dobrą wróżbę. Im mniej się dzieje, tym lepiej. Odetchnął. Nie opowiadano o walkach na ulicach stolicy, o zniszczeniach i pożarach. Więc noc przeszła spokojnie.

– Usnęłam – żaliła się Margit – nie dotrwałam do twego powrotu. Dlaczego mnie nie obudziłeś?

Spojrzał na nią błagalnie, gładził dłonią jej stopy, których ciepło przenikało przez pled.

– Musiałem być sam.

Za oknem pokrzykiwały papugi i ruch się zaczynał w głębi domu.

Któryż to raz Terey próbował uzyskać połączenie telefoniczne z Budapesztem w ciągu tych dwu godzin na dobę, kiedy kabel brytyjski obsługiwał Europę „po tamtej stronie".

Odpowiedzi brzmiały uprzejmą nadzieją:
– Z Budapesztem w dniu dzisiejszym nie ma łączności. Proszę dzwonić jutro.

Ubłagał londyńską telefonistkę, żeby się dowiedziała, czy nie odpowiada numer, czy nie ma abonentki, a może powstało jakieś poważniejsze uszkodzenie linii? Usłyszał nawet niewyraźny dźwięk rozmowy prowadzonej po węgiersku. Brzmiało to jak „tu wojskowa centrala", zaczął wołać, że mówi pracownik ambasady w New Delhi, że rozmowa ma charakter oficjalny, jednak dźwięki zanikały, zmieniały się w spotęgowany wzmacniaczami bezradny bełkot i wreszcie miły głos z Londynu zawiadomił, że Budapeszt nie zezwala na żadne rozmowy zagraniczne.

Koledzy też próbowali nawiązać łączność z ministerstwem. Kiedy spotykali się z rana, widział ich bezradnie opuszczone ręce, dławiła go wściekłość i rozpacz. Przeczuwał najgorsze, jawiły mu się spalone mury i ślepe okna mieszkania, widział zwęglone ciała dzieci, pochowane w zbiorowym dole, na którym tkwi blaszana tabliczka z białym napisem – „Nieznani polegli w powstaniu".

Trzeciego dnia rozruchów prasa indyjska zaczęła zamieszczać fotografie. W ambasadzie wyrywali sobie gazety z rąk. Zdjęcia bywały bardziej okrutne niż komunikaty, widniały tam trupy awoszów powieszone na latarniach, straszliwie okaleczone, obdarte z mundurów. Kim byli ci ludzie? Może najniewinniejszych, prostych żołnierzy wypadek wydał w mściwe ręce?

Twarze tłumu, skamieniałe maski nienawiści i gniewu, wpatrywały się w młodych chłopców po cywilnemu, z bronią, stojących na czołgu i powiewających trójkolorowym sztandarem, w którym widać było dziurę po wydartej gwieździe. Z tępą grozą patrzył Istvan na gromadę kobiet przyciskających chustki do nosa, dławiących krzyk bólu i odrazy, a może broniących się przed odorem rozkładu, bo u ich stóp leżały rzędem zwłoki skoszonych salwą. Te kobiety przyszły rozpoznać swoich bliskich, ojców, mężów i synów, którzy chcieli zawładnąć bronią, zdobyć koszary. Niżej zdjęcie pochwyconego komendanta AVH w rozpiętym płaszczu wojskowym. Siedział z przedwcześnie wyłysiałą głową opuszczoną na piersi, w bezmyślnej zadumie, jakby zniecierpliwiony, że tak długo czeka na rozstrzelanie. Za nim stał żołnierz węgierski, z kokardą rewolucyjną na czapce, i osadzał bęben z nabojami w zamku pepeszy.

– Patrz, patrz – Ferenz podsuwał ilustrowane pismo. – Tak to naprawdę wygląda.

Całostronicowe zdjęcia: rozbity eksplozją czołg radziecki i wyprostowane, na wpół spalone zwłoki żołnierza pod murem, osypane szkłem z wytłuczonych okien.

Patrzył. Znał tę postawę sprężenia, kiedy śmierć podaje komendę, ostatnie baczność. Było mu żal tego młodego żołnierza, jasne włosy mierzwił wiatr. Było mu straszliwie żal Budapesztu.

Odezwa rządu Nagya, wzywająca do opanowania anarchii, brzmiała rozpaczliwym błaganiem. Ale jak uzbrojonemu, rozwścieczonemu tłumowi przemawiać do rozsądku? Za dużo nazbierało się zapiekłych krzywd, zbyt długo kneblowano usta, by teraz umiały milczeć. Wypuszczeni z więzień przypominali fałszywe oskarżenia, pokazywali blizny po torturach, wznosili ponad mrowiem zebranych na placach dłonie, z których w śledztwie wydarto paznokcie. Nie pamiętał nikt o zasługach przywódców, o zdobyczach ludu, o skoku cywilizacyjnym, pamiętano sklepy specjalne, limuzyny, donosicieli. Tłum żądał krwi, nie o sprawiedliwość szło, tylko o pomstę. I brał ją mordując okrutnie, wystarczyło krzyknąć: to awosz, sprzedawczyk, sługus Moskwy, by padł pod razami, by go zdeptano na krwawą miazgę – triumfalnie podawały zachodnie agencje.

Zbierali się w pokoju Ferenza, analizując korespondencję i reportaże, patrzyli sobie z troską w oczy, niemo pytali: co dalej?

– Najbardziej mnie niepokoi granica austriacka – Ferenz pokazywał rysunek w „Timesie". – Tamtędy mogą wepchnąć agentów
i dywersantów.

– Myślisz starymi schematami – krzyknął ze złością Terey – po
diabła mają posyłać, skoro cały naród słucha Szabad Europy, bo
my się boimy podać prawdę.

Ferenz patrzył spode łba, pasma karbowanych włosów zwisały
mu na czoło, odrzucał je niecierpliwym ruchem głowy jak źrebiec
potrząsający grzywą. Milczeli żując dławione jeszcze oskarżenia,
ale rosła między nimi nieufność.

Judyta wodziła niespokojnie oczami po ich gniewnych twarzach.

– A co na to wszystko ambasador? – zapytał Istvan. – Przecież,
na miłość boską, trzeba zająć jakąś zdecydowaną postawę! Nocą
dziennikarze dzwonili do mnie żądając komentarzy, myślałem, że
oszaleję, oni dosłownie nic z tego, co się u nas dzieje nie rozumieją. Trzeba zwołać konferencję prasową, wyjaśnić, podać jakąś
ocenę sytuacji.

– A ty rozumiesz, co się u nas dzieje? – żachnął się Ferenz. – Bo
ja bym się nie podjął...

– Czekasz, kto zwycięży?

– Czekam na oficjalny komunikat z ministerstwa. Jesteśmy
urzędnikami, nie wolno mi się bawić w jasnowidzenia i proro-
ctwa.

– Jesteśmy Węgrami – wycedził Istvan. – A tam się toczy walka
o naszą niepodległość.

– O socjalizm – poprawił znacząco sekretarz.

– Dla mnie to jedno, ale trzeba w ten socjalizm uwierzyć, nie
robić hasła dla naiwnych, nie wtajemniczonych, a samemu z góry
przystawać na wasalstwo, na lokajską usłużność.

– Licz się ze słowami – warknął Ferenz. – Odpowiesz za to!

Judyta podniosła pełne ramiona i westchnęła głęboko.

– Jest się o co kłócić? I tak nie możemy na nic wpłynąć. Musimy
czekać. Bajcsy dziś chciał przewąchać, jaka jest sytuacja, spotkać
się z ambasadorem radzieckim...

Obaj podnieśli głowy.

– ...ale tamten powiedział, że nie ma czasu.

Ferenz skrzywiony tarł czoło w zniecierpliwieniu.

– Może naprawdę nie ma.

Jednak Judyta jeszcze nie powiedziała wszystkiego, mądrymi sowimi oczami spoglądała wyrozumiale, zdawała się prosić: pozwólcie, że skończę.

– Wtedy Stary zadzwonił do Chińczyków – cedzeniem słów podkreślała wagę wiadomości – i ambasador dziś go przyjmie – spojrzała na wąski złoty zegareczek – za godzinę.

– Co o tym sądzisz? – pochylił się ku niej Istvan.

– A może Chińczycy nas poprą? – rozejrzała się bezradnie.

– Przestań z tym „nas"! – krzyknął sekretarz. – Jakich nas? Jest rząd, którego mamy słuchać, i zbuntowany wrogi tłum. Nie ma nas, tam gdzie Węgrzy do siebie strzelają. Trzeba wybierać. Musimy być po jednej stronie, a po której – wysunął dłoń ku Istvanowi – widać od razu. I z tego przyjdzie wyciągnąć konsekwencje. My nie możemy sobie pozwolić na anarchię, nawet w tym małym gronie. Nie wolno zapominać, jakie siły przyszło nam reprezentować, a pracownika obowiązuje posłuszeństwo wobec dyspozycji ministerstwa.

– Zwłaszcza gdy ich nie ma – Terey przedrzeźniał jego namaszczony ton.

– Póki nie ma nowych instrukcji, obowiązują dawne. Inaczej i tu byłoby rozprężenie jak w Budapeszcie.

– Ciekawam, czego Stary szuka u Chińczyków? – zamyśliła się Judyta. – Co oni mogą mu powiedzieć?

– Złożą deklarację przyjaźni z całym ceremoniałem parzenia jaśminowej herbaty – zbył Ferenz.

– I to ma znaczenie. Stary nie będzie się czuł osamotniony – przyznał Terey.

– Ja was bardzo proszę, nie kłóćcie się – zmęczonym głosem upominała Judyta. – No, powiedzcie sami, czy jeszcze mało nam się na kark wali?

– Po co do mnie przychodzisz i pytasz o zdanie? – syknął Istvan.

– Bo to należy do moich obowiązków, jak do twoich odpowiadać na moje pytania. Muszę wiedzieć, kogo mam pod bokiem.

Terey zacisnął pięści, nagła wściekłość kazała mu ciąć na oślep:

– Wiesz, co robią w Budapeszcie z takimi jak ty?

– Na szczęście tu nie jest Budapeszt, a ty nie prowadzisz zbuntowanego motłochu – Ferenz, wyprostowany, spokojnym krokiem opuścił pokój.

– No, i po co go niepotrzebnie drażnisz? – wzruszyła ramionami Judyta, jej smagłe, pełne ciało miało coś z macierzyńskiego ciepła.

– On ci zapamięta. Widział fotografie rozstrzeliwanych, czuje się zagrożony. Po co ma cię zaliczać do swoich wrogów?

– Poniosło mnie – przyznał. – Trudno, już powiedziałem.

– Ty też masz swoją porcję zmartwień. Ja wiem. Żona, dzieci... I nic, no nic nie można pomóc. Ja to znam. Tylko, że ja zostałam sama, a ty będziesz miał najbliższych. Pamiętaj, mimo wszystko trzeba żyć. Będąc tam, nad Kamą, zazdrościłam rodzinie, że sobie mieszkają w Budapeszcie. I w maju czterdziestego czwartego Niemcy wywieźli wszystkich do Auschwitz, wzięli do gazu i spalili. A ja żyję.

– Tak, jednak musisz pamiętać, że zrobili to Niemcy. Myśmy ich chronili i dopiero, jak wyszło na jaw, że gotowi jesteśmy kapitulować przed każdym, byle nie przed Rosją, szilasowcy zrobili pucz...

– Oni też byli Węgrami – powiedziała gorzko – sama nie wiem, dlaczego uparłam się być z wami, w Budapeszcie nie mam krewnych ani domu, ani nawet cmentarza. Ale z Izraelem też mnie nic nie łączy. Choć wy mnie zaledwie tolerujecie, jestem Węgierką, bo chcę nią być i nikt mi tego nie może zabronić. Bądź ostrożny z licytacją, kto jest lepszym patriotą...

– Nic przeciw tobie nie mówiłem. Ja cię naprawdę lubię.

– I co z tego, kiedy mnie nie rozumiesz? Masz pewność, że wyście musieli tak postąpić, najpierw iść z Hitlerem, a potem nas wydać.

– Czego ode mnie chcesz? Byłem w wojsku. Wszystkich zmobilizowali.

– Słuchaj, Istvan. Miałam przyjaciela, też był w tym wojsku, profesor konserwatorium, pianista. Nie dostał karabinu, tylko łopatę. Wydzielono Żydów, uformowano bataliony saperskie. Karabiny mieli ci, co ich pilnowali. Ci lepsi Węgrzy. Tam dopiero poczuł się Żydem.

– Ale przeżył, nie był na froncie. Nie poległ od rosyjskiej kuli – wykrzyknął zrozpaczonym głosem.

– Przeżył, tylko ręce... On już nigdy nie weźmie akordu, ma ręce robotnika od łopaty. A setkę jego towarzyszy tam pochowano. Rozwalano za byle co, do profesorów, doktorów, prawników strzelał pusztański czikos. W tych, co przeżyli, zabił Węgra. Istvan, mówię ci o tym, bo ja też ciebie lubię. Nie żądaj, żebym nad tobą płakała, dlatego że w Budapeszcie masz rodzinę. Ona przeżyje. Będziesz ją miał. A mojej nie ma.

Jakby dopiero teraz ją poznał, odsłoniły się przed nim obszary bólu i samotności. Nie wiedział, czy ma ją objąć, przygarnąć i prosić o przebaczenie, czy wyjść jak Ferenz, demonstrując urazę.

Siedziała patrząc mu w oczy twardo, duża, ciepła i godna największego współczucia, pochylił głowę i szepnął:

– Przepraszam, Judyto.

– Za co? Chciałam tylko, żebyś się zanadto ze swoimi rozterkami nie obnosił. Każdy ma tu garb, choć nie zawsze go widać.

Prawie uciekał do swego pokoju, upokorzony, w poczuciu winy. Szukał schronienia za biurkiem, skulony zagłębił się w codzienną stertę prasy, próbując zebrać wiadomości. Ton komunikatów był przychylny dla powstańczych działań. Korespondenci podkreślali ich charakter antyradziecki, chwalono samosądy nad komunistami.

Wszędzie wybite były w tytułach wezwania Nagya, by wojska rosyjskie opuściły Węgry. Cytowano ostrzeżenie tymczasowego Dowództwa Sił Lotniczych, że jeśli nie ustanie marsz kolumn rosyjskich w stronę stolicy, zostaną zbombardowane.

„Times" nie przewidywał wprawdzie zbrojnego konfliktu węgiersko-radzieckiego, komentator przyznawał, że rozmowy Nagya z Susłowem i Mikojanem mogą doprowadzić do znalezienia wyjścia z tej trudnej sytuacji, w jakiej znalazły się Węgry. Zastanawiał się, kim jest naprawdę Nagy, czy wykaże dość charakteru i rozumu politycznego.

Nie wynikało, że Zachód jest skłonny naruszyć ustalone sfery wpływów i układów wojskowych, to, co nazywano – równowagą zagrożenia, a na Wschodzie zwyczajnie – pokojem.

Z ulgą chłonął te rozważania, specjalnie je uwzględniał w sprawozdaniu, które przygotowywał dla ministerstwa. Pochylony, oddychał nadzieją, że konflikt wygaśnie, uda się uniknąć dalszego rozlewu krwi. Prawie nie słyszał stukania.

– Proszę wejść – mruknął sądząc, że to woźny, koledzy otwierali drzwi bez uprzedzenia.

Zdziwił się, kiedy zobaczył przejętą twarz Mihalya. Musiało się coś ważnego zdarzyć, jeśli wbrew zakazowi ojca ośmielił się zakraść w głąb budynku.

– Czy mogę, wujku?

– Czego chcesz?

– Zabrała ją policja. Ona jest aresztowana – powiedział tajemniczo.

– Kto?

– Nowa żona Kriszana. Ktoś nasypał cukru do baku i dlatego był wypadek. Myślą, że to ona...

– Niemożliwe!

Chłopiec patrzył z ogromną powagą, oczy błyszczały w napięciu.

– Naprawdę zabrali ją dziś rano. Kierowca mi powiedział.

– Po co miałaby to robić? Idiotyczne oskarżenie – uderzył pięścią w blat biurka, mówił nie do chłopca, tylko na głos myślał, protestując przeciw niesprawiedliwości – ona go tak kochała.

– Oni mówią, że z zemsty, bo zadręczył jej siostrę. Całe srebro jej zabrał i sprzedał, żeby kupić motocykl – chłopiec powtarzał szeptem zarzuty.

– Oni nic nie wiedzą.

– Ale Durga od razu się przyznała – upierał się Mihaly. – „To moja wina", krzyczała, „nie upilnowałam go, możecie mnie zabić, zasłużyłam na to...", więc oni ją zabrali. Wujku, czy tak samo myślisz?

– Nie – przygarnął go Istvan – jestem pewny, że Durga jest niewinna.

– Pojedziesz? Uratujesz ją? – tyle było nadziei i błagania w głosie chłopca, że obiecał interwencję.

– Trzeba jej bronić. A teraz uciekaj stąd, bo będzie skóra w robocie.

Chłopiec już się rozglądał po biurku i sięgał po dwukolorową kredkę, przewlekał spinacze w łańcuszek.

– Mogę wziąć? To mi się bardzo przyda – marszczył czoło widoczne spod rozchylonej grzywki.

– Bierz i zmykaj.

Chłopiec, dopadłszy drzwi, odwrócił się i jeszcze raz przypomniał:

– Wujku, obiecałeś.

– Bądź spokojny. Porozmawiam z policją.

Mihaly szurnął nogą i ukłonił się energicznie, zanim wyszedł z pokoju.

Jakby ją wybronić? Nachodziła go kocia, chytra twarz Kriszana z drobnymi zębami bielejącymi spod wąsików. Przecież on miał horoskop, że cukier mu szkodzi, przypomniał sobie ze zdziwieniem. Całe życie nie jadał słodyczy, sądząc, że ma słaby żołądek, że nadkwasota... I nie ustrzegł się, cukier go zgubił, tylko, jak na szyderstwo, spalony w tłokach. Horoskopy to brednie. Jeszcze jedna okazja, żeby zrzucić odpowiedzialność za własne życie na los, powiedzieć sobie: co ma się stać, stanie się, jak zapisano w gwiazdach. Jednak w tym, co Kriszana spotkało, tkwi okrutna drwina, przecież nie wziął do ust ani cukierka. Durga jest z pewnością niewinna, chociaż z rozpaczy gotowa siebie oskarżyć, a policja skwapliwie to podchwyci... Nagle przypomniał sobie, co opowiadała w wąskim pokoiku, pełnym pomruku maszyn do szycia, o chłopcach towarzyszących swemu bohaterowi. Jak w olśnieniu skojarzył – lizak na patyku. Malec, który na rozkaz kolegi zanurzył cukierka, benzyna musiała go zmyć, wyciągnął goły patyk. Istvan był pewny, że tak właśnie musiało się zdarzyć, dziwił się, że na to nie wpadł od razu. Wyjrzał przez zakurzoną siatkę na podwórze, chciał przywołać Mihalya, chłopiec pamięta każde słowo. Ma oczy otwarte i chłonny umysł. Trzeba przy nim uważać, bo wszystko powtórzy z bezwiedną, okrutną szczerością.

Na dole nowy kierowca, Hindus, polerował irchą mercedesa ambasadora. Stary musiał wrócić. Czym go uraczyli Chińczycy?

Zadzwonił telefon, odezwał się podniecony głos Nagara.

– Włącz radio, nadzwyczajna wiadomość. Masz tam chyba radio?

– Mam. Ale mów, co w Budapeszcie – domagał się pełen napięcia.

– Prawie spokój. Węgry nieważne, mamy nową bombę. Wojska pancerne Izraela uderzyły na Synaj, Egipcjanie wieją, ile sił w wielbłądach. Naser zapowiada, że będzie się bronił do ostatniego naboju, czyli niedługo. Wzywa pomocy Jugosławii i Moskwy. Ben Gurion kropnął mowę, że z tą arabską hołotą nie ma ani chwili spokoju, wyliczył incydenty graniczne, bojkot towarów, aresztowania bankierów-Żydów w Kairze, zapewniał oczywiście, że jego wyprawa ma charakter czysto porządkowy i czołgi ruszyły wyłącznie w celu umocnienia pokoju w rejonie kanału.

– Myślisz, że im się uda?

– Izrael? Najlepsza armia, nowoczesny sprzęt, oni rozgonią Egipcjan. Jutro będą nad kanałem. Francja i Anglia wysłały ultimatum do Egiptu i Izraela, żeby obie strony natychmiast przerwały ogień, wycofały się na dziesięć mil od kanału. Zbyt ważna arteria, żeby ją uszkodziły działania wojenne. Kanał ma być zabezpieczony wojskami angielskimi i francuskimi; rozumiesz całą grę?

– A co Ameryka?

– Za jej plecami Eden i Mollet próbują odzyskać kanał.

– Mówiłeś, że Izrael...

– To trzeci udziałowiec, nie ma akcji w bankach, musi włożyć krew swoich żołnierzy, stwarza powód do interwencji. Paskudna, ale wcale zyskowna rola. Włącz radio, dowiesz się szczegółów... I wpadnij do mnie, bo teraz dopiero się zagotuje i to wasze powstanie przestanie być prywatną aferą Węgrów.

– Zaczną się targi?

– Diabli wiedzą, jednak i to musisz brać w rachubę, od dziś rana stajecie się przedmiotem wymiany. Milczące przyzwolenie Zachodu. Niech każdy na swoim podwórku zaprowadza porządek. A co to oznacza, wiesz, byłeś żołnierzem.

– Dzwoń do mnie, Maurice – prosił – wieczorem będę.

– A co ja robię? Nie dzwonię?

Ze słuchawką w ręku jakby licząc, że jeszcze coś usłyszy, tkwił przechylony nad biurkiem, wpatrując się w stosy gazet i pospinane wycinki. Walka o zmiany została zagrożona wydarzeniami o zasięgu światowym.

Zapukano do drzwi, tym razem woźny wsunął głowę i oznajmił, że towarzysz sekretarz miał zebrać pracowników u towarzysza ambasadora, tylko że telefon nie łączy.

Terey ze złością położył słuchawkę.

Zastał już wszystkich, jednak jego spóźnienie nie zwróciło niczyjej uwagi, bo skupili się wokół radia, słuchali o miażdżącej przewadze dywizji pancernych, które wdzierały się na półwysep Synaj. Ultimatum obu mocarstw spotkało się z potępieniem opinii arabskiej, komentator wyrażał nadzieję, że Związek Radziecki i Stany Zjednoczone potrafią powstrzymać napastników i nie dopuszczą do rozszerzenia konfliktu.

Spiker z sympatią mówił o Egipcie – decydując się na walkę Naser odwołuje się do sumienia całego świata. Wiadomo, że sam Izrael potrafiłby go pokonać, cóż dopiero dwa mocarstwa, takie jak Anglia i Francja, jednak nie wolno dopuścić, by gwałt decydował w stosunkach międzynarodowych.

W Budapeszcie uspokojenie, żądania robotników przedłożono w nieustannie obradującym Komitecie Centralnym. Wśród wojsk rosyjskich kolportowano ulotki: Żołnierze radzieccy, nie strzelajcie do węgierskich robotników i chłopów! Nasza rewolucja wymiotła Rakosiego i Gerö, otwarła bramy więzień...

Istvan spostrzegł, że Bajcsy się żachnął, spojrzał czujnie po twarzach pracowników, jednak słuchali z godnym pochwały spokojem.

– Towarzysze – zaczął, i nabrał głęboko powietrza, wyprostował się, jakby mu wróciło poczucie pewności siebie. – Rząd premiera Nagya zapowiedział szereg reform, których wymagało dobro ludu. W kraju panuje spokój. Nie wolno nam wierzyć propagandzie imperialistycznej, która próbuje mącić, pchnąć nie tylko do bratobójczych walk, ale uwikłać nas w konflikt z naszymi sojusznikami, po to, by odwrócić uwagę od agresji na Suez.

Depesze, jakie otrzymałem z Budapesztu, mówią o całkowitym opanowaniu sytuacji, partia i rząd...

Szyfrant, który ukradkiem manipulował gałką radia próbując sprowadzić głos spikera do ledwie słyszalnego szeptu, trącony w ramię przez Ferenza, obrócił się i z głośnika dobiegło ostre wołanie:

– Wojska rosyjskie, których nieustannie przybywa, powołują się na Układ Warszawski... „Jeśli nie usuną się dobrowolnie, jesteśmy gotowi wypowiedzieć ten układ i ogłosić neutralność" – ostrzega premier węgierski.

Wszyscy odwrócili się w stronę radia, a Kereny skulił się jak winowajca.

– Zgaś! – krzyknął Ferenz, ruchy szyfranta wydały się zbyt wolne, więc wyrwał sznur z kontaktu.

Koloman Bajcsy nagle się pochylił, przybladł, jakby uderzony pięścią pod serce. Przełknął głośno ślinę, mamlał ustami, które się lepiły. Milczenie zaległo gabinet, Judyta podsunęła mu szklankę z wodą. Pił wielkimi haustami, przymknąwszy opuchnięte powieki.

– Towarzysze – powiedział cicho – sytuacja międzynarodowa może nas wepchnąć... Może jednak ten rząd... Proszę was, unikajcie niepotrzebnych zwierzeń, im dalej teraz od Amerykanów i Anglików, tym lepiej.

Od Francuzów – poprawił się po chwili – natomiast nakazuję wam spotykać się z dyplomatami naszego obozu, zwłaszcza z radzieckiej ambasady. Ja sam zwróciłem się... – przetarł bezwolną dłonią obwisły, niestarannie wygolony podbródek – zrozumcie, podług tamtych – sięgnął po gazetę i tarmosił ją szeleszcząc kartami – mogą i w naszym postępowaniu dopatrywać się zdrady. Bądźcie rozsądni, lepiej udać durnia, nawet stchórzyć, niż swoim odezwaniem dostarczyć dowodów, że u nas coś pęka. To, co mówię, jest poufne.

Stali oczekując ściślejszych dyspozycji, jednak ambasador usiadł ciężko i gestem ręki pokazał, że mogą odejść.

Rąbnęło go, choć próbuje jeszcze trzymać ster, udaje, że przewidywał wydarzenia. Czy nie przyszło mu na myśl po tym komunikacie, że może się nagle okazać – nie mam dokąd wracać? Tam, rodzą się nowe Węgry, czy znajdzie siły, żeby jeszcze raz zmienić twarz, potępić własne dawne postępowanie, przekreślić, co dotąd poczytywano mu jako zasługę? A może zostaje mu tylko droga, którą odeszli tamci, żegnani przekleństwami. Przegroda z bagnetów ocaliła ich od postawienia pod sąd.

– Towarzyszu ambasadorze – nachylił się przez biurko – dziś wieczorem będę w Agence France Presse, żeby nie było między nami niedomówień... Ja chcę wiedzieć.

– Was to nie dotyczy, Terey – sapał. – Ja też chcę wiedzieć całą prawdę, mam już dosyć chodzenia po omacku.

Wydał mu się godny litości, bliski załamania.

Po południu mimo zmęczenia Istvan nie poddał się obezwładniającej senności, kładł się i zrywał szukając w radiu komunikatów, telefonował do Kondratiuka, który go zapewniał, że na Węgrzech porozumienie zawarte, ruchy wojsk są dowodem odmarszu dawnych garnizonów i jedynie mąciciele mogą w tym dopatrywać się manewrów osaczających Budapeszt, wspomniał o poufnych rozmowach Nagya z Mikojanem, który miał specjalne pełnomocnictwa i do dziennikarzy wyraził zadowolenie z wyniku narad.

– Nie martwcie się, towarzyszu Terey, mamy uspokajające sygnały... Robotnicy nie oddadzą fabryk, a chłopi nie wypuszczą z rąk ziemi, agitacja reakcji zawiodła.

Jednak w radiu Kalkuta usłyszał, że wojska radzieckie przejęły lotniska i zakazano lotnikom węgierskim zbliżać się do samolotów.

– Sab, Agra dzwoni – krzyczał rozpaczliwie kucharz trzymając słuchawkę w końcach palców, jakby go parzyła.

– To ja – usłyszał z oddali głos Margit – jak się czujesz? Miałeś wiadomości z domu?

– Nie. Ale jestem spokojniejszy, sytuacja się wyjaśnia.

– Jestem ci potrzebna?

– Tak – powiedział żarliwie. – Przecież wiesz.

– Naprawdę chcesz?

– Czekam. Kiedy będziesz?

– Jutro. Przylecę wieczornym samolotem. Może po mnie wyjedziesz, będę sama.

– Już na stałe? Zostajesz w Delhi?

– Od ciebie będzie zależało. Więc do jutra.

– Będę na lotnisku. Całuję.

– Jeszcze chciałam cię prosić o przebaczenie – dobiegło go z wielkiego oddalenia. Co ona mogła zrobić? Tamtej nocy porzucił ją, odepchnął, wobec powstania, zagrożenia rodziny, stała się zbędna, gorzej, nie było jej, przestała istnieć.

– Przeprosić, za co?

– Źle o tobie myślałam.

– Odetchnąłem... Przecież to nie ma znaczenia, głupstwa. Widać zasłużyłem.

– Nie, to nie głupstwa. Pomyślałam, że mnie nie kochasz.

– Kocham. Jeszcze ci się to nie znudziło?

– Nie mów tak.

– Śpij dobrze. Pomyśl, tylko jeden dzień...

– Strasznie długo, cały dzień.

– Pomyśl o tym, co powiedziałem.

– Pamiętam, ale mi wcale nie jest lżej. Już bym chciała być z tobą.

– Jesteś zawsze.

Po chwili, jakby namysłu, szept pełen goryczy:

– Jesteś szczęśliwy, jeśli w to wierzysz...

– Do widzenia, moje słońce.

W drzwiach kuchni stał Pereira, blask żarówki prószył między jego nastroszone, siwe włosy, nasłuchiwał gotów do usług.

– Miss Ward przyjedzie jutro? – upewniał się wycierając sala-terkę, chuchając na szkło i pucując do połysku.

– Jutro wieczorem – potwierdził radca.

– Zrobię ciasto z ananasami – rozmarzył się – bardzo dobre. – Nagle spojrzał bystro i rzucił: – Czy to prawda, sab, że Anglicy robią wojnę z muzułmanami, bo na bazarze mówili.

– Nie. Oni już nie mają dawnej potęgi. Tylko straszą.

– Anglicy to byli prawdziwi panowie. Zaszczytem było służyć u oficerów królowej. Mógł taki, jak się rozgniewał, rzucić we mnie butem, ale jak płacił... No, i wtedy wszystko było tańsze, ryż od ich wyjścia trzykrotnie podrożał. Mnie się aż w głowie nie mieści, że taka potęga mogła się dać stąd wypędzić. Chyba jakiś podstęp, oni muszą mieć chytre zamiary.

– Nie pamiętasz, jak ryż wywożono do Afryki, a tu chłopi z gło-du tysiącami padali? Jeszcze tęsknisz do Anglików?

– Mnie nie brakowało niczego. A ryżu i dziś dla wszystkich nie starcza. Jeden ma, drugi nie. Tak było i będzie. Czy są Anglicy, czy nie.

– A kogo wolisz teraz: Rosjan czy Amerykanów? – poczęstował go papierosem.

Kucharz nie ośmielił się przy nim zapalić. Wsunął papierosa za ucho i mrużąc oczy oświadczył:

– Węgrów. Odkąd Anglicy poszli, wzięli mnie Węgrzy i już do nich przywykłem. Jeden odjeżdża, przekazuje mnie nowemu i da się żyć. Jakby sab musiał, proszę mnie polecić...

– Myślisz, że ja niedługo wyjadę?

– Kto może wiedzieć? Dla mnie taki przyjazd to jak narodziny, a odjazd jak śmierć. Żyję, bo sab pozwala mi żyć. Wszystko zależy od pana szczodrej ręki. Ja pamiętam, staram się ze wszystkich sił.

– Na razie nie myślę o wyjeździe – wzruszył ramionami radca.

– Na Węgrzech są zmiany, w radiu mówili.

– Tylko na samej górze, w rządzie.

– Zaczyna się od góry, a kończy na dole, kamień ze szczytu ściąga lawinę. Kierowca ambasadora mi szepnął, że słyszał – położył dłoń na piersi i skłonił głowę z wyrazem głupawej pokory – mają być duże zmiany. Ja sobie zaraz pomyślałem...

– On nie zrozumiał – roześmiał się lekceważąco radca.

Chodził tak niecierpliwym krokiem, że kucharz, by go uspokoić, zapewnił:

– Zaraz podaję.

– Zjedzcie z czokidarem. Wyjeżdżam.

U Nagara zastał kilku korespondentów, giełda wiadomości, gdzie mały, krzykliwy Maurice pierwszy wywoływał, co ma do sprzedania. Na kominku płonął ogień podsycany jeszcze bibułkowymi kopiami i zmiętymi taśmami dalekopisów. Smugi niebieskawego dymu z papierosów wisiały pod lampą. Wszystkie fotele były zajęte, prócz jednego, na którym warczała dropiata Trompette, a Francuz nie pozwalał jej spędzić. Siedział Misza Kondratiuk, Trojanowski, jeszcze drobniejszy niż Nagar przedstawiciel Sinhua, w niebieskim mundurku zapiętym skromnie pod szyję, przypominał grzecznego ucznia, i rozwalony na kanapie Jimmy Bradley, z nogami na stosie makulatury.

– Daję wam słowo, że atakują bez naszej zgody, poza plecami, nie prosili o radę – zaklinał się – to sprawka Francuzów. Chcą się odegrać za Wietnam i uratować Algier dla metropolii. Izraelczycy się trochę pospieszyli, walą starym mojżeszowym szlakiem...

– Chodzi nie tylko o Suez – powiedział Kondratiuk. – Jeżeli nie uda się Anglikom sprzątnąć Nasera, to chcą go przynajmniej nastraszyć, sprowadzić do roli szefa chwilowego rządu, który będą mieli w kieszeni. Nie podoba im się jako polityk jednoczący Arabów.

– Ja wam mówię, że Francuzi nam to zrobili na złość – upierał się Bradley, podsuwając służącemu szklankę do napełnienia – wiedzą, że spadek po nich i tak przejmiemy.

– Siadaj, Istvan. No, znajdź sobie miejsce – rozglądał się bezradnie gościnny gospodarz. Chińczyk już gotów był ustąpić miejsca, ale jakby przypomniawszy sobie o potędze kraju, który reprezentuje, siedział sztywno ze szklanką nie tkniętą, opartą na udzie.

– Nie ruszaj psa, pogryzie – ostrzegał Nagar – ona nawet na mnie zęby szczerzy.

Jednak Istvan klepnął przyjaźnie sukę, podrapał za uchem, aż się podniosła ziewając, i zeskoczyła na dywan, merdała łaskawie ogonem.

– Ma pchły? – zapytał Trojanowski.

– Tylu was bywa, że nie mogę ręczyć – rozłożył ręce Nagar.

– Jakie nowości?

– Zabitych mało, bo Arabowie się rozpierzchli, za to Izraelczycy wzięli prawie dwa tysiące jeńców. Wymiana depesz między Kremlem a Białym Domem. Żadna strona nie chce rozszerzenia konfliktu. Amerykanie pilnują arabskiej nafty, a Rosjanie mają dość kłopotów z Polską i Węgrami. Jednak za dyplomatycznymi posunięciami stoi siła. I są gotowi pośredniczyć, łagodzić, rośnie ich znaczenie w takich mediacjach – pospiesznie trzepał Nagar. – Stany są niezadowolone, że Francuzi robią hecę na własną rękę. Jest okazja dać im po nosie, przywołać także Edena do porządku i nie pozwolić, żeby jako jedyny obrońca Arabów wystąpił Chruszczow. Chyba, że nastąpi targ, wy róbcie na Węgrzech, co chcecie, a my sobie obsadzimy kanał...

– Nie znasz polskich spraw, to nie mów – uciszał go Trojanowski, jego niebieskie oczy świeciły się po ptasiemu. – Natomiast z Węgrami naprawdę będą kłopoty.

Skinęli zgodnie głowami, a skośnooki Misza westchnął ciężko:

– Ja tam byłem z Tołbuchinem, Rumuni się poddali, Bułgarzy przeskoczyli na naszą stronę, a Węgrzy nie, bili się do ostatka. Budapeszt padł, a oni jeszcze twardo trzymali granice Austrii.

– Dziwicie się? – wydął wargi Istvan. – U nas wtedy rządy wzięli szilasowcy. A wyście nie wyglądali zbyt zachęcająco... Przecież to nie było wyzwolenie, tylko podbój. Przecież pamiętasz?

– Słusznie – powiedział po namyśle Kondratiuk – wchodziliśmy nareszcie na terytorium wroga. U nas było dużo Ukraińców, którzy przeszli przez spaloną ziemię, słyszeli, co opowiadały kobiety, jak wyglądał wasz odwrót znad Dniestru.

– Koledzy, nie kłóćcie się, stare sprawy – uciszał ich Nagar – dla nas o tyle interesujące, jeśli mogą dziś jeszcze zaważyć na odruchach ogółu.

Chińczyk wodził bystrymi oczami, skupiony i milczący. Wydawało się, że każde wypowiedziane zdanie powtarza w myśli.

– Na szczęście na Węgrzech spokój – podjął Kondratiuk. – Warto spróbować wyjaśnić sobie, skąd się biorą u was antyradzieckie nastroje? Przecież my nic przeciwko wam, towarzyszu Terey, nie mamy. Niemcy też się z nami bili, a mają grubo więcej na sumieniu, i my próbujemy się z nimi dogadać, wychować, pozyskać, choć przez tyle lat się powtarzało: dobry Niemiec – martwy Niemiec. Za tydzień będziemy razem świętować trzydziestą dziewiątą rocznicę rewolucji – przypomniał Misza. – Wszystko się już ułagodzi i popijemy tęgo za przyjaźń.

Li-Ciuan spoglądał na niego z uwagą.

– Ja wiem, co wam dopiekło – zmrużył oczy Kondratiuk – myśmy was, Istvan, pobili, taka nieokazała na oko armia, bure, obszarpane płaszcze, wyplamione waciaki, ani to szyku nie trzyma, drobi jak kaczki, a idzie naprzód... Być pokonanym przez takich smoluchów, upokorzenie, co?

– Myśmy się dobrze bili – odwrócił się ku niemu Istvan.

– Nawet bardzo dobrze – przyznał – tylko po co się tym chwalić? Czegoście u nas szukali? Rumunom śnił się spadek po Rzymianach, no, to jeszcze rozumiem, ale wy? Nawet nie mieliśmy wspólnej granicy.

Twarz Tereya złagodniała, zrozumiał, że Rosjanin nie szydzi.

– Po zlikwidowaniu kotła pod Stalingradem... Jak wzięliśmy marszałka Paulusa...

– Poczekaj! – wtrącił się Nagar. – Teraz coś dla duszy – podniósł ręce ze stulonymi palcami jak dyrygent, nawołujący orkiestrę do skupienia. – Jedzcie paszteciki, póki gorące.

– To dla ciebie – poprawił go Trojanowski – dla duszy są słowa.

– Oj, źle cię, Marku, wychowali – pokręcił nad nim głową ze współczuciem. – To jest za małe i za dobre, żeby się liczyło dla ciała. To jest na jeden mlask, sama rozkosz. Czujesz czosnek? A ciasto lekkie jak puch? Oj, Trojanowski, Trojanowski, to ty nie wiesz, że całe narody karmi się tylko słowem, i jak one sobie to chwalą, chociaż nie tyją...

– Zgasił cię, siadaj, dwója – machnął na niego Istvan. – No, mów – prosił Kondratiuka.

– Idziemy w tej śnieżycy... Pod Stalingradem. Porozbijane, okopcone czołgi z wymalowanym krzyżem, stalowe trumny, zabici leżą przykurzeni mroźną kaszą, a twarze jak odlane z żelaza, skrzynki po amunicji, postrzelane beczki po benzynie, w których wiatr gwiżdże, aż mróz chodzi po plecach...

– Masz rację, trzeba dolać whisky. Maurice, co za hańba, u ciebie pusto? – przeszkadzał Bradley, zaglądając do kredensu pod łbem nosorożca.

– Purga miecie śniegiem, a przed nami ciemnieje kolumna, idą czwórkami w porządku. Na pewno nie nasi, inne mundury. Jeńcy, bo bez broni. Podjeżdżam bliżej łazikiem, a to Węgrzy. Oficer podszedł do mnie, zasalutował i spytał: „Czy idziemy w dobrym kierunku?" „A gdzie chcecie iść?" „Na Sybir. Jak nas wzięli do niewoli, powiedzieli, że pójdziemy na Sybir". Przyznam, że mnie zatkało, nie, to wcale nie było do śmiechu, imponowali. Szli w szyku, słuchali oficerów. Lepiej wyglądali niż Niemcy. Pokazałem im kierunek ku przeprawie, bo za Wołgą był punkt zborny, sortowano jeńców.

– Nikt ich nie pilnował? – zdziwił się Bradley. – Nie próbowali uciec?

– Dokąd? – zaśmiał się Kondratiuk. – Front się przetoczył na zachód ze sto pięćdziesiąt kilometrów. Stamtąd nie było ucieczki. W gromadzie pierwszy patrol by ich zawrócił, w pojedynkę utłukliby chłopi. Dokąd uciekać bez znajomości języka, w mróz, co powieki zlepia, szczypie jak obcęgami? Przegrali, musieli iść do niewoli, gdzie kazano. Dobre wojsko. Aż żal, że byli z Hitlerem.

– Radziecka armia była lepsza, kiedy Niemców pobiła – odezwał się Li-Ciuan.

– Brali masą – zasępił się Istvan – nie oglądali się na straty.

– Nam było spieszno nie tylko do zwycięstwa, zależało bardzo na miejscu, do którego dojdziemy w dniu zakończenia wojny, bo wiedzieliśmy, że wy – zwrócił się do Bradleya – prowadzicie swoją grę, chcecie usadowić się w Europie – Kondratiuk podparty na łokciu wichrzył dłonią włosy. – Ale kiedy myślę o wojnie, to mi się nieraz zdaje, że ją wygrały baby, nasze matki, żony i siostry, one toczyły bój bez chwały, przez całe lata... I nie ma dla nich dość godnego pomnika.

– Kobieta na to jest, żeby rodziła – powiedział spokojnie Li--Ciuan. – To wielkie szczęście oddać życie za ojczyznę. Jeśli sprawa dla ludu wygrana, dla komunizmu straty nie mają znaczenia.

– Jeśli się niewiele ma, to i niewiele traci – skrzywił się Bradley. – Wtedy łatwo ginąć. U nas ludzie nie kwapią się do umierania. Śmiertelne ryzyko musi być stokrotnie opłacone. Jak na wyścigach samochodowych albo przy akrobacji, na przykład przejście na linie ponad Niagarą. Uda się, dolary i sława, nie uda, to choć rodzina dostanie, będzie tatę wspominać jak świętego Mikołaja.

– Ale pchaliście się na Koreę, do Syjamu, Wietnam Południowy uważacie za swoją strefę bezpieczeństwa – obudził się w Nagarze Francuz. – Wszędzie was pełno.

– My jesteśmy prawdziwi demokraci. Jeśli nie możesz sam upilnować, daj temu, kto ma na to ochotę i dość siły; prawda Misza? – przeciągnął się na kanapie Bradley. – Nie ludzie, lecz technika teraz decyduje, atom, rakiety...

– Ludzie zawsze będą najcenniejsi – powiedział Chińczyk. –
Bombę i rakiety też oni robią.

– Nie lubię Niemców, choć mają tyle zalet – przypomniało się
Trojanowskiemu.

– A was kto lubi? – zapytał drwiąco Nagar. – Pyszałki, krzyka-
cze, obiecują, a nie dotrzymują, bałaganiarze...

– Kobiety lubią panów Polaków – powiedział Misza. – Koło
dam umieją dreptać, napuszeni jak indyki. W oczy zagląda, tokuje,
do rączki się schyli i ani się dziewczyna obejrzy, już go ma pod
kołdrą, uczyć się tego od nich, uczyć...

Obłąkany świat – zasępił się Terey – dobrzy chłopcy, każdy tej
wojny po swojemu doświadczył, każdy poniósł straty. Nagarowi
spalili w Oświęcimiu całą rodzinę, brat Jimmy'ego zastrzelony
nad Dunkierką poszedł do morza, Li-Ciuan bił się przeciw Japoń-
czykom, dwa razy ranny, i trzy lata temu nowa wojna z Amerykanami na Korei, posłany na ochotnika, o Rosjanach nie ma co
mówić. Kondratiuk koło Balatonu został zaprasowany w okopie,
kiedy jego dywizja próbowała zatrzymać pancerną armię. Niemcy
szli na odsiecz Budapesztowi, nie przedarli się, ale za jaką cenę...
Dziś znowu czołgi orzą piach pustyni, giną ludzie i czuje się swąd
w powietrzu, a oni kpią, bo tego wymaga fason wygów dzienni-
karskich, których nie może nic zadziwić ani przerazić.

Kiedy się rozchodzili, wysączywszy Nagarowi jeszcze jedną
butelkę, siadali do swoich wozów, Trojanowski przytrzymał go
i, trochę podpity, ściskał rękę szepcząc:

– W Warszawie na ulicach stoją zwyczajne paki, a do nich prze-
chodnie wrzucają pieniądze na lekarstwa i żywność dla Budapesztu. Ludzie mogą nie wiedzieć dokładnie, o co idzie, ale instynktownie czują: wielka sprawa, śmiertelne ryzyko.

– Dziękuję ci – potrząsnął nim Terey. – Myślę, że cały świat
rozumie...

– Nie cały, nie cały – kręcił głową Polak – rozbieżność interesów...

Auta odjechały, stali w ciemności rozjaśnionej szeregiem lamp
utopionych w zieleni drzew.

– Myślisz, że wyjdziemy cało?

– A ty sądzisz, że was zmaglują dla przykładu, na ostrzeżenie innych? Nie te czasy, kochany – ciął ręką powietrze. – W Polsce miał Chruszczow potwierdzenie, że można wszystko w zgodzie załatwić.

– Jesteśmy zdani tylko na siebie.

– Przecież macie światłych ludzi na czele. Naukowców, pisarzy...

– Ci, którzy świata nie widzieli poza Stalinem, dziś najwięcej krzyczą o wolności, już się znowu przepychają na czoło pochodu...

– Nie wierzysz, że w ludziach zachodzą zmiany?

– Wierzę, wierzę – powiedział gorzko – zwłaszcza w tych, co chcą utrzymać swoje fotele. Ty przecież wiesz, nie może być neutralnych Węgier. Odskoczymy z socjalistycznej jedności, od razu popadniemy pod amerykańską opiekę, zrobią z Węgier przyczółek... Trzeba to jasno widzieć.

– Wielu tak myśli. Będą przytrzymywać szalonych. Zobaczysz, wszystko się ułoży. Nie jesteście sami – łagodził Trojanowski. – W Warszawie robotnicy oddają krew dla waszych rannych. Żeby tu ktoś brał, to i ja – wysuwał lewą rękę zaciskając pięść.

Istvanowi chłodem powiało po twarzy, zwarły się szczęki. Ten Polak nie mówi o braterstwie, tylko ofiarowuje krew. Ona się liczy.

Szeptami skrzydeł, furkotem przelatujących ciem, zwabionych zapalonymi reflektorami austina, śpiewała ciepła noc indyjska. W niej błąkał się on, Istvan Terey, drobina Węgier zagubiona na azjatyckim kontynencie.

Podniecony głos spikera radiowego nazajutrz rano oznajmił, że lotnictwo angielskie zbombardowało Kair, Port Said i Aleksandrię, francuski krążownik zatopił fregatę egipską, ogniem działowym wgniatano w wodę łodzie z ocalałymi marynarzami. Nad zaatakowanymi miastami stoją dymy, są ogromne zniszczenia i liczne ofiary, głównie pośród najbiedniejszej ludności. Uciekające tłumy zostały ostrzelane z samolotów w locie koszącym. Sytuacja międzynarodowa uległa nagłemu pogorszeniu – głos spikera brzmiał ostrzegawczo – pokój świata jest zagrożony. O Budapeszcie jakby zapomniano. Istvan pomyślał z ulgą, że nie ma na Węgrzech żadnych nowych wydarzeń.

Dzięki Bogu – odetchnął – może my jednak błędnie oceniamy sytuację, szukając powiązań między powstaniem i napaścią na Suez?

Poręcz, malowana minią, palącą czerwienią przecinała szeroką płaszczyznę trawiastego lotniska. W dali zachodziło słońce, żółte, jakby wystygłe, pióra palm wyglądały na jego tle jak wycinanki. Istvan siedział przy małym stoliku, ciepły podmuch nawiewał woń suchych łąk, stygnącego betonu, smarów i benzyny. Małe ćmy wzbijały się z traw obłokiem, wirowały chwilę w świetle żółtym, rozproszonym, by roztopić się na niebie. Terey miał palcami słomkę, przez którą wyssał brunatny płyn coca-coli. Ogromny hangar niepokojąco milczał za plecami. Dwie kobiety w czerwieni siedziały skulone koło swoich tobołków, na pewno nie pasażerki, stopy miały bose, zrogowaciałe, fioletowe od zaschłej gliny. Pewnie przyszły odwiedzić krewnych pracujących na lotnisku, a może tylko pogapić się sennymi oczami na odlatujące samoloty.

Śpiew cykad zanikał, by po chwili natarczywie powrócić, spotęgowany aluminiowym okapem dachu. W przestworzach był wielki spokój. Bez zapowiadania przez megafon, niepostrzeżenie spłynął na trawiastą równinę samolot, grzmiał kołując po betonowej rozbieżni, ćmy nagle wyroiły się z traw jak siwy dym, próbowały ucieczki i kłębiły się wessane obrotami śmigieł.

Istvan czekał. Nie był to samolot z Agry, choć czas wyznaczony minął przed kwadransem. W biurze nie umiano wyjaśnić przyczyny.

Gromadka podróżnych zbliżyła się prowadzona przez stewardesę, dziwnie niezgrabną w europejskim mundurku. Przeszedł parę kroków ku bramce, bez myśli, że spotka kogoś ze znajomych. Z wnętrza samolotu jakby ze złością wyrzucano walizki i skrępowane rzemieniami worki pościelowe.

– Hallo! Panie Terey – zawołał tęgi, pełen godności mężczyzna, machając uniesionym parasolem.

Istvan poznał doktora Kapura.

– Skąd ten samolot?

– Z Bombaju. – Ciemna twarz świeciła brązem w zachodzie, wzdymał policzki porosłe czarnymi kłakami. – Ale ja wracam znad Kairu, pali się, lotnisko nie przyjmuje... Hajfa także odmówiła, kazali się wynosić, bo strzelają, a nawet na morzu jakieś okręty otwarły do nas ogień, widziałem tylko błyski pod nami i perełki sunące tak powoli w górę, że zdążyliśmy uciec – gestykulował żywo – dopiero Basra, stamtąd do Karaczi i Bombaj... Widziałem wojnę, widziałem prawdziwą wojnę.

– Na szczęście z daleka.

– Nie, całkiem z bliska, w Karaczi rozbito parę sklepów żydowskich, wśród muzułmanów wre, chyba ogłoszą świętą wojnę. Przez ten atak Anglii i Francji Naser zyskał nagle zwolenników, wyrósł na wodza. O, wiozą moje rzeczy. Łobuzy przygnietli kuframi – biegł, szarpiąc stertę płóciennych waliz, grożącą upadkiem – niech pan się cieszy wieczornym spokojem, kto wie, czy nie po raz ostatni.

Megafon dudnił, zapowiadano samolot z Agry.

Margit wypatrzył z daleka, szła prosta, w ogniach rdzawych włosów. Wyprzedzał ją mały człowieczek w zmiętej bieli. Wyraźnie zatrzymywano resztę podróżnych, by go mogła powitać gromada z girlandami w rękach. Chylili mu się do stóp, a on znudzony pozwalał, by mu na szyję wkładano wieńce, i natychmiast je strząsał na zgięte jak hak ramię służącego.

– Proszę zaczekać – zagrodził Tereyowi drogę strażnik. Przepuścił ogromnego cadillaca, który mknął na przełaj podskakując w trawach.

– Jest, zdaje się, zakaz wjazdu na lotnisko – zdziwił się radca.
– Brama zamknięta.

– On ma złote klucze, które wszystkie bramy otwierają – urzędnik zrobił gest liczenia palcami. – To Nizam Haidarabadu, przez niego było spóźnienie.

– Wiem, już się dowiedziałem, kto cię odprowadza – całował usta Margit. – Miałem mu ochotę nawymyślać. Takie ma auta i nie może zdążyć?

– Drzemał, a nikt nie ośmielił się go zbudzić. Sekretarz powiedział: jak musicie, to lećcie, ale dla mego pana podstawcie inny samolot. A ponieważ nie było innego, czekaliśmy – powiedziała. – To zresztą miły człowieczek, ciągle się do mnie odwracał i przysyłał przez służącego owoce.

– A ty już jesteś oczarowana.

– Tak – rozjaśniły się jej oczy – bo ciebie widzę.

Oddał bloczki bagażowe, służba je porwała i za chwilę przywlokła walizki do auta. Istvan ująwszy dłoń Margit patrzył na niebo opadające pod ciężarem purpury. Oszałamiająca rozrzutność zaciągających się fioletów niepokoiła i Nizama, zatrzymał auto, wychylił się nie wysiadając, drzwiczki dwuskrzydłowe otwarto szeroko, przytrzymywali je służący w mundurach godnych feldmarszałków. Istvan poczuł, że palce dziewczyny, które ujął tkliwie, splatają się w mocnym uścisku.

Odblask purpury padał na jej twarz, powlekał wargi rozchylone w zachwycie.

– Patrz, chłoń szaleństwo niebios – szeptał – ognie wróżące wiatr na jutro, mocny i upalny... Wiesz, co się dzieje z Kairem? Tam też wstają łuny, ale wzniecone ręką człowieka. Margit, patrz tam, niebo zdaje się syczeć od żaru.

Odwróciła się ku niemu, niebo było jej zbędne, dojrzał w oczach ogromne oddanie.

– Słuchaj, gdyby wybuchła wojna... Czy ty byś musiał wracać? A może by was tu internowali – marzyła. – Indie będą po naszej stronie. Wtedy byś został ze mną.

Rozdział XI

Gdyby Margit nie chciała pójść na przyjęcie i parą koni by jej nie zawlekli, oparłaby się namowom i została ze mną. Skoro jednak przyjechała do Delhi na dłużej, a dziekan zaprasza, wypada pokręcić się między profesorami – tłumaczył sobie Istvan wychodząc z domu samotnie. – Wieczorem będzie już tylko dla mnie... Jak długo takie party może trwać? Pierwsza nie może się wymknąć, zaraz by mówili, że stroni od nich. No, półtorej, najwyżej dwie godziny.

Może wpaść do Nagara? Pewnie jest u Rosjan, dostał zaproszenie. Nie szkodzi, zaczekam, lubię, jak szczękają dalekopisy. Przejrzę ostatnie komunikaty. Może akurat czegoś się dowiem? Nagar opowie, jak było w ambasadzie, bo Rosjan też będą korespondenci przyciskać – co z Węgrami?

Szóstego listopada. Trzydziesta dziewiąta rocznica. Wieczór chłodnawy, powietrze o smaku lekkiego wina zostawia na języku cierpki ferment. Rozległe trawniki, zasypane liśćmi baseny ze śpiącymi fontannami sycą oczy smutkiem jesieni. Niebo żółtawozielone, z niezdrowymi żyłkami czerwieni. Słychać rzadkie pacnięcia ciężkich kropel rosy. Muzyka owadów wygasa. Czasem z daleka nadbiega niby marne jej naśladownictwo, krótkie, natarczywe brzękanie dzwonków rowerowych i pobekiwanie riksz terkoczących motorem.

Idzie skrajem szosy. Zostawił auto, nigdzie mu się nie spieszy.

Przedwczorajsze martwe przyjęcie... Bajcsy w swojej rezydencji urządził niespodziewanie pokaz filmowy. O doświadczalnych uprawach ryżu w rozlewiskach naddunajskich. Pozory wielkiej strategii. Wiadomości z kraju brzmiały uspokajająco, więc chciał ściągnąć członków korpusu, trochę gości, udać, że już wszystko w porządku, skoro zajmujemy się sprawami agrarnymi. Przy okazji wysłuchać opinii, przewąchać, czego zachodnie placówki spodziewają się po nowym rządzie Nagya. „Przyjęcie odbyło się w miłej atmosferze" tak powinno wyglądać sprawozdanie dla MSZ-etu. Diabli nadali to przyjęcie. Istvan wzrusza ramionami, dwie cienkie bruzdy niedobrego uśmiechu rysują mu się w końcach ust. Ambasador kłócący się z żoną drepcze w miejscu, czekają na schodach, a gości nie ma. Na stołach butelki z coca-colą, wodą mineralną, nalane kieliszki ze śliwowicą i winem, tace pełne zakąsek, park iluminowany sznurami kolorowych żarówek. Długie rzędy pustych ogrodowych krzesełek i biała struga światła bijąca w rozpięty całun ekranu. Sześć osób, które zechciały przyjść, rozmawia szeptem jak w domu żałoby. Fatalny dzień! Pokaz wygląda na szyderstwo, goście snują się jak widma. Od szóstej rano znowu armaty grają wokół Budapesztu. Istvan widzi czerwone drzazgi dalekich wystrzałów kołyszących tumanami listopadowej mgły, przetacza się grom za gromem, szklanym szlochem rozbryzgują się na płytach chodników wytłuczone szyby, osypują zrudziałe, namokłe liście w parkach. Apel pisarzy, wołanie Węgierskiego Czerwonego Krzyża, by oszczędzono stolicę... „Czy pan pozwoli kieliszek palinki – zachęca Ferenz przechylając głowę – chłodny dziś wieczór..." i nieliczni, spłoszeni goście biorą, co im podsuwa usłużnie. Jest Trojanowski i radca do spraw kultury. Polacy nie zawiedli, przyszli Jugosłowianie. Jest prezes Towarzystwa Przyjaźni Indyjsko-Węgierskiej, wysoki, pomarszczony, z brunatną kaszmirską chustką narzuconą na ramiona i głowę, jak to zwykły robić wiejskie kobieciny, i przedstawiciel ministerstwa, ale małej rangi urzędniczek, bez znaczenia. Francuzi, Anglicy nie przyszli, mają Suez na głowie, a nie przyjęcia. Walki nad kanałem trwają. Amerykanie bojkotują ambasadę komunistyczną, bo Kadar wezwał Rosjan. Od dziś rana komunikaty TASS-u nazywają wydarzenia w Budapeszcie kontrrewolucją. Jeżeli ambasada urządza błahy pokaz filmowy, aprobuje interwencję. Rosjanie, Chińczycy nie przyszli, bo nie wiedzą, co się za pokazem kryje; może jakaś demonstracja? Za parę dni będzie wiadomo, kim są pracownicy ambasady węgierskiej w Delhi, po czyjej stronie się opowiedzą... Lepiej przeczekać, Istvan uśmiecha się gorzko. Ileż razy w ciągu ostatniego tygodnia ambasador przyzywał woźnego i pytał natarczywie, czy nie nadeszły zaproszenia na przyjęcie do Rosjan. Jednak dużych kopert ze złoconym nadrukiem nie było. „Może zapomnieli" – próbował pocieszać Ferenz, ale obaj wiedzieli, że takie pominięcie ma swoją wymowę. Kontrrewolucja. Wąskie, strome uliczki Budy zdobywane w grzmotach przewalających się czołgów. Nie chcieli nas widzieć – kiwa głową – woleli, żeby nasze żałobne twarze nie mąciły święta. Nie ma jeszcze instrukcji, jak się mają do nas odnosić... Bez wskazówek z ministerstwa nawet przyjaźń ulega chwilowemu zawieszeniu. Nagy oszalał, wypowiedział Układ Warszawski, ogłosił neutralność. Rosjanie dobrze wiedzą, co oznacza taka neutralność. Wszystkie pisma zachodnie triumfują zdjęciami pomordowanych komunistów. Mindszenty jawnie wezwał naród do walki. Neutralność... Neutralność wobec czego? Socjalizmu? Kapitalizmu? Wywalczyć powstaniem neutralność? Miecz w ręku szalonego. Zachwianie „równowagi wojskowej" żadnej stronie nie jest w tej chwili na rękę. Rosjanie mówią jasno: kto nie jest z nami, ten przeciw nam. Nagyemu władza wymknęła się z rąk, fala go poniosła, decydowała ulica. A w niej ślepa siła zbrojnego tłumu buchnęła zapiekłą nienawiścią i dawnymi urazami. Ten przeklęty major Stowne, gdy go spotkałem, wsadził pejcz pod pachę i ściskał mi rękę: „Gratuluję. Nareszcie zdecydowaliście się wyrwać z czerwonego wora, który wam na łeb zarzucono..." Jeżeli on tak myśli, a polityką się nie zajmuje cóż dopiero Rosjanie... Dlaczego mają nam ufać? Dlaczego Kadar w przeddzień uderzenia zniknął z czterema ministrami? Zachód mówił: połamany w więzieniu człowiek stchórzył, wypadł z gry... Zniknął z Budapesztu, już jest poza pierścieniem radzieckich wojsk, w Szolnok. Oskarża Nagya, formułuje nowy rząd. On chyba dopiero zaczyna walkę, o najwyższą stawkę, o Węgry? Czy o siebie? Po czyjej stronie jest słuszność? Czas pokaże... Czas.

Mimo woli przyspiesza kroku, poza nim zostaje ciężki kamienny Łuk Triumfalny, symbol wyzwolenia, na jakie ich stać. Kanciaste kolana unosiły się wysoko w paradnym kroku, błyskając spod kraciastych spódniczek, ponaglany gwizdem piszczałek odszedł ostatni oddział Szkotów.

Spojrzeniem mknie szeroką perspektywą alei ku dalekiemu gmachowi parlamentu, mrocznej bryle pożółkłej od poświaty z niebieskiego sklepienia. Na trawnikach pasą się święte krowy z pomazanymi minią garbami i swojsko kołacze miedziane brzękadło, wyznaczające stąpania zwierzęcia.

Wielki spokój, wiejska senność płynie z najbardziej okazałej arterii miasta. Daleko, jak niskie gwiazdy, mrugają światła nadlatującego auta. Ich blask roziskrza szklany koral zatknięty na krowim rogu pobożną ręką. Istvan z drżeniem myśli: ja tu chodzę, a moi chłopcy... Od razu – jakby magią przeniesiony – widzi ośmioletniego Gezę, dziecko wystawia głowę ponad parapet rozbitego okna, z zachwytem ogląda niezliczone koraliki zielone i pomarańczowe przecinające niebo nad parkiem, strzelają karabiny maszynowe świetlną amunicją.

– Odsuń się – mówi półgłosem, jakby syn mógł go usłyszeć. Zamroczony rozgląda się po niebie ciemniejącym nad ogromnymi drzewami, patrzy na długie rzędy jarzących się latarń, mógłby przysięgać, że przed chwilą był w Budapeszcie... Jeszcze ma zawrót głowy, przystaje bez tchu, jakby strącony z ogromnych wysokości. W uszach szum niedawnego lotu.

Przechodzą dwie kobiety z opatulonymi dziećmi. Pobrzęk bransolet na nogach i rękach, ciche śpiewne głosy. Wyszły z mroku, rozbłysły czerwienią sari i zapadły się w ciemność pod drzewami.

Podnosi głowę ku bardzo odległemu niebu, na którym ledwie parę gwiazd się słania, i z głębi serca zanosi prośbę: Zostaw mi ich. Ukryj. Osłoń. Tak rzadko Cię o coś błagam...

Gwiazdy przebiega leciutkie drżenie. Rozmazują się w oku zmąconym łzą wzruszenia.

Przecież chciałeś być wolny – sumienie zdaje się przypominać niejasne marzenia – gdyby nie Ilona, mógłbyś... Mówiłeś: ja też mam prawo jeszcze być szczęśliwy.

Nie za taką cenę, wstrząsa się.

Rozpaczliwie szuka dowodów, że nie jest najgorszy, wart tylko potępienia i rozdeptania. Garstka jakichś zasług, dobrych poczynań niesiona w zanadrzu, ale już napływa ogrom winy. Nie miałeś dla mnie czasu – oskarża głos – żądasz, żebym ja zajmował się tobą...

Przed nim olbrzymia i mroczna kadź pachnąca terem, kadź, w której zabił się Kriszan. Dotąd nie pojechał na policję upomnieć się o aresztowaną kobietę. A Mihaly tak prosił, ufnie zaglądał w oczy...

Jutro, obiecuje sobie, jutro, z samego rana.

Mimo wczesnej godziny ulice są opustoszałe. Rześwy chłód wymiótł Hindusów. Tylko sprzedawca orzeszków ziemnych drzemie, kucnąwszy nad piecykiem pełnym żaru, z głową nakrytą rozprutym papierowym workiem. Poprzez wyciągnięte dłonie czerwono mży rozdmuchiwane popielisko.

– Sab – skomli – sab, świeże, bardzo smaczne małpie orzeszki.

I Terey kupuje, jakby spełniał nakaz dobroci, której sam chce dostąpić. Torebka z liścia grzeje palce.

Jeśli moje oświadczenie nie wystarczy, poproszę Czandrę o pomoc. Biedna kobieta. A może lepiej, żeby Durgę zamknęli, pamięta chciwe oczy jej opiekunki i tych życzliwych, kryjących twarze w cieniu. Obiecywali suknie i błyskotki, a popychali na zniszczenie. Straciła ukochanego, jej ciało stało się niepotrzebnym, dokuczliwym ciężarem... Może je roztrwonić. Nie ma Kriszana, więc nie ma świata. Skokiem w ogień pochłaniający widomy kształt ukochanego już dokonała wyboru, umarła.

Mijają auta, w zielonawym świetle latarń dostrzega czerwone kurtki i złote sznury oficerów gwardii prezydenckiej. A może sam Khaterpalia przemknął... Za nim ogromna, czarna limuzyna z drobną białą skuloną postacią, tak, to Nehru ze swoją posępną i piękną córką. Spojrzał na zegarek. Ósma dziesięć. Właśnie zaczyna się wielkie przyjęcie w ambasadzie.

Jak ćma wabiona światłem kieruje się ku parkowi rozjarzonemu łunami reflektorów. Wielka budowla, fronton wsparty na kolumnach przypomina antyczną świątynię. Dwaj policjanci w białych rękawiczkach poganiają zajeżdżające auta. Drzewa podszyte światłem, piętra gałęzi oprószył blask zawieszonych żarówek. Czerwono paliły się rabaty pełne szałwii. Z daleka słychać brzęk skocznej muzyki i przybierający gwar ucztujących gości. Istvan przystanął w mroku. Na chodniku przykucnęła gromadka gapiów, pookrywali się prześcieradłami, dygoczą z chłodu, chłoną niezwykłe widowisko. Jedne auta wjeżdżają przez bramę, dygnitarzy państwowych podwożono po skrzypiącym żwirze ku schodom nakrytym dywanem, inni wysiadali z taksówek i z godnością stąpali, schlapani reflektorami stłoczonych aut. Kobiety w złotem przetykanych sari zdawały się płynąć w smugach perfum i słodkiej woni kwiatów. Niektóre miały na ramionach futrzane etole opuszczone nisko, odsłaniające szyję, ujęte w złote obroże skrzące od klejnotów.

Na trawiastej wysepce naprzeciw bramy zwarta grupka mężczyzn w bieli wykrzykiwała rytmicznie jakieś hasło. Nikt im nie przeszkadzał. Istvan sądził, że to zwolennicy nowego ładu demonstrują na cześć rewolucji. Hindusów stało ze dwudziestu. Nagle przestraszył go ból dotkliwy, usłyszał, pojął.

– *Hands off Hungary! Hands off Hungary!*

Do szeroko otwartej bramy podszedł pracownik ambasady, rosły, tęgi, z grzywą blond włosów. Granatowe ubranie jakby nieco za obszerne, spodnie marszczące się na żółtych butach. Zamienił parę słów z policjantami, przywołali oficera, pokazywali sobie grupkę demonstrujących, oficer bezradnie rozłożył ręce. Wołania przybrały na sile, goście wysiadający z aut zatrzymywali się na moment, nasłuchiwali i szybko ruszali w park pełen ogni, udekorowany odświętnie.

Nie chcą sobie psuć zabawy – zacisnął pięści – co ich obchodzi Budapeszt!

Pracownik ambasady wrócił z trzema Hindusami, nieśli, jak nieznaną broń, czarną tubę i pętle pozwijanych kabli, ustawili przy samej bramie wycelowaną w mrok ulicy. Z megafonu bluznęła potężna pieśń, przewalała się akordami chórów. Demonstrujący otwierali usta, ale głosu nie mógł dosłyszeć. Stali jeszcze chwilę, naradzając się, zbici w gromadkę, wreszcie bezradnie zaczęli odchodzić, rozpraszać się w mroku alei.

Ruszył za nimi. Chciał wiedzieć, kim są, skąd się wzięli. Kiedy ich dogonił i zapytał, otoczyli go życzliwie, ściskali ręce zziębniętymi palcami, wykrzykiwali jeden przez drugiego:

– Jesteśmy z uniwersytetu!

– Myśmy dziś wygwizdali samego Nehru, jak zaczął tłumaczyć, że uderzenie na Węgry jest słuszne...

– Zapomniał, za co siedział u Anglików – dyszeli mu w twarz zapachem korzennych potraw i lichych papierosów.

– Krętacz!

– Kapitulant!

Szczupły chłopczyna uwiesił się mu na ramieniu, splótł palce po kobiecemu z jego dłonią, ocierał się o policzek lepkimi kędziorami długich włosów, szeptał prawie w ucho:

– Kriszna Menon w ONZ-ecie powiedział, że nie może się zgodzić na działania wojsk z zewnątrz, wezwał Rosjan do opuszczenia Węgier.

– Nehru jeszcze parę dni temu mówił to samo – potwierdził inny, oskarżając gniewnie. – Nehru stchórzył.

– My wprawdzie nie jesteśmy militarną potęgą, ale naszą siłą jest prawda. Musimy być sumieniem ludzkości.

– Jak się Nehru tłumaczył? – dopytywał się Terey. – Przecież musiał wam coś odpowiedzieć.

– Że sprawa jest zbyt złożona, nie na nasze głowy, że kierujemy się odruchami serca, a nie rozumem politycznym... Żebyśmy się uczyli, a politykę zostawili starszym – jeden przez drugiego wołali, pełni oburzenia.

Klaskając sandałami o wilgotny asfalt szli w półmroku alei raźnym krokiem, żeby się rozgrzać, bo noc była na pogodę chłodna.

– Musieliśmy go zaatakować, że zmienia zdanie jak chorągiewka. Wtedy wyznał, że dopiero dziś dostał pełne raporty, i mówił: właśnie jest aktem odwagi, że zmienia ocenę sytuacji teraz, kiedy wie znacznie więcej, że ma nauczkę, by się nie spieszyć z sądami o sprawach, których nie przemyślał głęboko.

– Wtedy zaczęliśmy gwizdać.

– Nazwał nas bandą durniów.

– On już wystygł.

– Boi się Rosjan i Chińczyków!

– Siedzi u Rosjan w kieszeni – parskali nagłą złością. – Sprzedał się za te huty, co nam budują.

– Myśmy się sami zmówili, że pójdziemy pokrzyczeć pod ambasadą. Chcieli nam dać po pięć rupii, żebyśmy się wynieśli...

– A ten facet, który chciał więcej zapłacić, żebyśmy krzyczeli?

– Ale miał piękny wóz...

– Amerykanin.

– Od niego też nikt z nas nie wziął ani rupii... My jesteśmy niezależni.

– Jesteśmy młodzi, stać nas, żeby bronić prawdy dla samej prawdy.

Odprowadzili go pod willę Nagara. Umówili się, że odwiedzą nazajutrz w ambasadzie, prosili o broszury informacyjne, chcieli się zapisać do Towarzystwa Przyjaźni. Ten, który cały czas trzymał go czule pod ramię, szepnął:

– A ja chciałbym dostać trochę węgierskich znaczków, bo zbieram...

Istvan poczuł wzruszenie, byli bardzo dziecinni w swoich odruchach, ale szczerzy i żarliwi.

– My jesteśmy za socjalizmem – zapewniali, chwytając jego rękę w ciemności – ale gardzimy gwałtem.

Ledwie zatrzasnął furtkę, Trompette wyskoczyła z radosnym naszczekiwaniem, znudzona samotnością, próbowała wspiąć się mu na piersi i polizać po twarzy.

– Przestań o mnie wycierać zabłocone łapy – przytrzymywał ją za kark pieszczotliwie, choć dygotała z nadmiaru czułości, a różowy język podobny do płatka szynki wił się gotów do psich pocałunków.

– Pana Nagara nie ma – wychylił się z biura Hindus o kobiecych ruchach, łagodnym gestem zapraszał radcę, by zechciał spocząć.

– Co w Budapeszcie?

– Sytuacja opanowana.

– Słyszałem to i tydzień temu.

– Jest nowy rząd. W ciągu sześciu godzin wymieciono ulice, czołgami rozrzucono barykady.

– A co z poprzednim?

– Protestowali, odwoływali się do sumienia Europy. Ale nim się ono zbudziło – szydził melancholijnie – czołgi się przedarły pod parlament i premier szukał azylu w jugosłowiańskiej ambasadzie.

– A Mindszenty? – Terey pojął, że sekretarz nawet nie wie, o kogo chodzi. – No, kardynał? Wypuszczony z więzienia.

– Macie dziwne nazwiska, ani wymówić, ani spamiętać. On schował się u Amerykanów. W Budapeszcie godzina policyjna, zakaz zebrań, rozbrojono wojsko – rozkładał dłonie współczując.

– Po gromkich wezwaniach Zachód nie dał żadnej pomocy. Nawet protesty dyplomatyczne były po aptekarsku odważane. Już się przestaje prasa zajmować Węgrami, panie Terey. Już są nieważne – podkreślił z przekonaniem.

– A co jest ważne?

– Suez. Nadeszły komunikaty, że zatrzymano marsz jednostek angielskich i francuskich. Izrael też jest gotów wycofać wojska. Zmiękli, stracili rozpęd do podboju. Chruszczow wygrał – Hindus zdawał się namyślać, przypominać nasłuchy. – Liczyli, że się uwikła w rozgrywki na Węgrzech, tymczasem on załatwił jednym uderzeniem pięści. I od razu poparł Egipt. Zagroził, że pośle broń i ochotników, a to znaczy – wojna, trzecia wojna światowa. Więc co Amerykanom zostało? Poprzeć Arabów, bo inaczej Rosjanie zgarną całą sympatię. Anglicy i Francuzi zostali sami na placu boju. Kot skoczył na mysz i znalazł się nos w nos naprzeciwko warczącego psa, więc już rozgląda się, na które drzewo uciec, żeby się poczuć bezpiecznie.

Trzepotał długimi rzęsami, krzątał się po hallu przygotowując szklaneczkę dla radcy. Przypominał kobietę, która pod nieobecność męża zabawia gościa, trochę zakłopotana powtarza zasłyszane sądy, przerastające jej horyzonty umysłowe, grozi i rani, nawet nie wiedząc, co powiedziała.

Istvan zapadł się między poduszki fotela, przygnębiony wpatrywał się w porastające grzebykami płomieni dwie szczapy na kominku i nagle wszystko zaczęło go drażnić. Czarny łeb nosorożca, którego Nagar nie ustrzelił, tylko odkupił. Myślistwo uprawiane na pokaz, rasowy legawiec nie ułożony do polowania, francuska kuchnia dla zapomnienia o latach głodu, maski, za którymi krył się samotny, ścigany człowiek, tęskniący za dobrobytem i spokojem. Człowiek, który urodził się na styku trzech mocarstw: kajzerowskich Niemiec, cesarskiej Austrii i carskiej Rosji, odciął się od swego narodu i religii dzieciństwa, od pamięci o wymordowanej rodzinie, a tak niewiele zyskał w zamian... Może nawet jego homoseksualizm był także pozorem, nałóg, który mu ułatwiał wejście w krąg wyrafinowanych snobów, między zdziwaczałych, nudzących się artystów. Czego tu szukam? – zatrwożył się. – Nie, fakty zostają faktami, tylko komentarze potrafią zamienić je na pół i ćwierć prawdy, nadziać słodkim kłamstwem... Przyszedłem tu wyłącznie po komunikaty. Nagar ma je najszybciej. I lubi mnie... Więc nie ukrywa tego, co przez kilka godzin jest tylko jego własnością. Jutro usłyszę to samo z radia New Delhi, przeczytam w gazetach, fakty się starzeją przeraźliwie szybko, chwilę trwa ich znaczenie, owa godzina, w której zadziwiają, olśniewają niezwykłością poświęceń, porażają grozą. Nazajutrz, skoro się z nimi oswoimy, już tylko są, stają się prawie bezużyteczną wiedzą o życiu, o tym, co za nami, co minęło, przeszło.

Nie sposób ogarnąć sił przeciwstawnych, naród dwunastomilionowy i on sam jest sztonem w grze. Życie człowiecze, dobro najwyższe, dziesięciu, stu tysięcy nie ma żadnego znaczenia... Co można zrobić? Jak swoim pomóc? Po czyjej stronie stanąć?

Nie – potrząsa głową, jakby odpowiadał na czyjeś nagłe pytanie – ja nie będę strzelał do Rosjan. Wtedy mnie zmobilizowali, byłem w mundurze, lufa wskazywała przeciwnika. Nie miałem wyboru. Okazało się, że jest złą busolą, jeśli nie patrzysz w sumienie, nie uznajesz cudzych praw do chleba i wolności. Przecież chcieliśmy ocalić nasz kraj... A wyszliśmy z wojny okrojeni, wpisani w rejestr wrogów, obok tych, których ludzkość uznała za zbrodniarzy. Zrobiono z nas... Nie, trzeba mieć odwagę powiedzieć sobie: myśmy stali się, kosztem ogromnych ofiar, ruiny kraju, ich wspólnikami.

Teraz, po tym nieszczęsnym powstaniu, co z nami będzie?

Fakty mówią, że wystąpiliśmy przeciw tym, którzy, żeby nas wyzwolić, musieli podbić. A mieliśmy szansę w ręku... Czy mamy ją nadal? Kto się odważy raz jeszcze mówić o przyjaźni ponad świeżo rozlaną krwią? Przyjaźń, przecież o niej trąbili Rakosi i Gerö, a budowali więzienia, siali nienawiść... Kto stanie przed narodem i powie po tym, co zaszło: zaufajcie mi, jestem komunistą... Kadar tworzy rząd? A kimże on sam jest? W imię czego wezwał rosyjskie czołgi przeciw Węgrom, on, który także jest Węgrem? Co chciał ratować? Dziś ma przeciw sobie wszystkich, prócz garści, którzy podobnie jak on myślą, że ocalą Węgry, to, co jeszcze zostało z szaleństwa i pogromu. Czy naród może mu wierzyć, skoro armaty za nim agitowały...? Rosjanie nie mogą ufać, wyszedł z więzienia, otarł się o śmierć, fałszywie oskarżony, torturowany, z tego więzienia, które zbudowali jego towarzysze. Wyszedł z życiem, ale czy ocalił w sobie wiarę w socjalizm? Czy potrafi zapomnieć o doznanej niesprawiedliwości? A może przywołał Rosjan, żeby nareszcie mieć okazję wyrównania rachunków z dawnymi oprawcami, teraz będzie się mścił... Czy ma dosyć w sobie wielkości, by nie jątrzyć, nie potępiać, ale scalać, podźwignąć, wesprzeć, co jeszcze nie zostało obalone? Jakże Rosjanie mogą mu wierzyć, skoro naród wyzwolił go z celi, a więc jest przede wszystkim Węgrem?

Istvan podpiera głowę rękami, wpatruje się w migotliwe tańce płomyków, drewno przepalone pęka i garstka iskier pomyka w mroczny lej komina. Pies wzdycha ciężko, jakby dzielił jego udrękę.

Jeżeli zrobił ostatnie posunięcia, żeby zdobyć władzę dla osobistych porachunków i za sto lat tłum wywlecze jego kości z mogiły i utopi w Dunaju... Jeśli naprawdę chce ratować Węgry, biorąc na siebie straszliwy ciężar odpowiedzialności, podejrzeń i nienawiści, naród mu nie tylko wybaczy, ale zaliczy między bohaterów, których imiona wymawiać będą pokolenia ze czcią i wdzięcznością.

Najbliższe lata pokażą. Czas kaleczy, czas leczy.

To niejedno z przesileń w rządzie. Został sam na placu. On i bacznie obserwujący go Rosjanie. Gdyby można wiedzieć, czego on naprawdę chce?

Jedno pewne: u nas się trzecia wojna światowa nie zacznie.

W drzwiach pokazał się Hindus i przechylając kędzierzawą głowę oznajmił:

– Mam ostatnie wiadomości. Mimo obsadzenia granicy austriackiej przez wojska radzieckie, opuściło Węgry, jak obliczają tymczasowo, około dwustu tysięcy... Stany Zjednoczone powołały specjalną komisję, która rozmieści ich w obozach i ułatwi emigrację z Europy.

No, i mam odpowiedź – Terey zacisnął pięści – zaczyna się exodus... Kadar przegrał. Myśmy wszyscy przegrali.

Wpatrywał się w mrugające płomyki czerwonawo podświetlonej czeluści kominka. Wydało się, że z ogromnej dali rozpoznaje płonący Budapeszt. Wpatrywał się do bólu, z tępym natężeniem. Wreszcie otrząsnął zmorę i powiedział półgłosem:

– Nie. Nie chcę.

Suka zwróciła ku niemu plamisty łeb, oczekiwała rozkazów. Hindus, o którym zapomniał, stał wsparty o framugę drzwi.

– Nie będę dłużej czekał. Zadzwonię z domu. Do widzenia.

– Pan Nagar będzie niepocieszony, że pana wypuściłem – podał mu bezwolną, wąską dłoń.

Istvanem targnął lęk. Podjął z ziemi poskręcane taśmy. Wiadomości, które się mełły w dalekopisach, już dotyczyły innych krajów. Z umilknięciem dział w Budapeszcie świat jakby stracił zainteresowanie Węgrami, wydało mu się, że sprawa powstania opada w głąb wielkiego milczenia, które z wolna zatapia w niepamięci ich porywy, szamotania, krew i pospiesznie uklepane groby.

Wolał uniknąć spotkania z Nagarem, jego irytującej żywotności. Taką niefrasobliwą radość zdradza czasem i chirurg wołając: „Co za piękny guz, jak ślicznie narósł", tę zdolność miewają i malarze, gdy chłoną wyschniętą twarz żebraka i jego kolorowe łachmany w potopie światła tropikalnego jako linie godne utrwalenia i zestawienia barwnych plam.

Nawet nie spostrzegł, kiedy znowu znalazł się przed rozjarzonymi ogrodami radzieckiej ambasady. Przyjęcie się kończyło, goście zaczynali wyciekać. Megafon przerywał muzykę i wywoływano auta, które potulnie w chrzęście żwiru toczyły się ku schodom.

Nie było to jeszcze oficjalne zamknięcie, bo ambasador nie żegnał odchodzących i muzyka grała pod namiotem parku. Gapiów kucało niewielu, sennie spoglądających na zielonkawe ognie klejnotów, wężowe błyski złotych łańcuszków i dziwaczne stroje europejskich dyplomatów.

Stanął po drugiej stronie ulicy, pod rozłożystym drzewem, w mroku tak chłodnym jak zamarznięty atrament.

Auta wyjeżdżały tnąc snopami świateł. Na mgnienie wyłuskiwały z ciemności garstkę Hindusów, białe rękawiczki policjantów i pnie drzew. Przezornie mrużył oczy, nim go blask zatopił. Stał oślepiony, kiedy poczuł, że chłodne palce ujmują go nad łokciem i znajomy głos pozdrawia:

– Liczyłem, że pana spotkam. Ale od was nikt nie przyszedł. Niesłuszna demonstracja. Skoro już się stało...

– Jak pan mnie wypatrzył?

Mecenas Czandra pachniał yardleyem, smoking zacierał jego azjatycką obcość.

– Żadna sztuka. Chciałem pana zobaczyć i ukazał mi się pan w świetle reflektora jak na scenie. Czeka pan na kogoś? Czy możemy się przejść? Trochę wypiłem, oni mają dobrą wódkę, jednak chłód przenika, kiedy się stoi.

– Chodźmy. Sam nie wiem, co mnie tu przygnało – szczerze przyznał Terey.

– To ja – zatarł ręce adwokat – cały czas o panu myślałem.

Szli w ciemności, raczej się słysząc niż widząc. Z rzadka przenikali w światło lamp, bryzgające przez zdziczałe gałęzie. Wtedy Terey mógł dostrzec zaciśnięcie ust i lśnienie gładko ulizanych włosów Hindusa.

– Co pana, radco, łączy z żoną Khaterpalii?

– Nic. No, znam ją – zdziwił się Istvan.

– Nic, czy już nic, bo to różnica? – pytał dociekliwie.

– Znam jej męża z klubu, lubimy się, bywam u nich, jak pan wie, od czasu do czasu...

– Nienawidzi pana – powiedział z przekonaniem. – Musiało się coś wydarzyć... Niech pan dobrze poszuka w pamięci.

– Nie. Uważam oboje za życzliwych mi ludzi.

– Dziś rano umówiłem się z waszym ambasadorem. Miał pan rację, to człowiek z głową, zna się na interesach i chyba dojdziemy do porozumienia. Ona była przede mną...

– Pani Khaterpalia?

– Kończyli rozmowę. Nie czuła skrępowania, bo zalicza mnie do wspólników męża, powierzał mi trudne sprawy i ona wie, że potrafię je ukryć na dnie serca jak w studni. Nie jest pan ciekaw, o czym mówili?

– Ciekaw? Tak – przystanął, zwracając się w stronę Czandry. Grzęźli w ciemności, gorzkawym zapachu więdnących liści.

– Chyba ostrzegała ambasadora, że pan chce zostać po tej stronie, że pan nie wróciłby... Czy to prawda? Mnie pan może śmiało powiedzieć, ja jeden mogę panu pomóc.

– Ja? – parsknął oburzony. – Brednie! Chyba się pan przesłyszał.

– Tak myślałem. A szkoda. Pan by sobie dał radę. Ona coś mówiła o pańskich planach małżeńskich, zażyłości z Anglikami...

– Wymieniła jakieś nazwisko?

– No, jednak się pan zaniepokoił – Istvanowi wydało się, że adwokat rozchyla wargi w bezgłośnym, drwiącym uśmieszku. – Przy mnie tylko majora Stowne'a...

Odetchnął, stężenie w szczękach tajało.

– Bez znaczenia. Emeryt. Oczywiście, że go znam.

– Był oficerem Intelligence Service. Służba nigdy się nie kończy, to niemal powołanie... – dyskretnie zaznaczył.

– Nie wiedziałem – odciął się Istvan. – Stowne jest milczkiem, choć lubi wypić.

– Nie należy zbyt ufać pozorom – uprzejmie sprostował – stąpamy pewnie, bo nie wiemy, jakie pułapki kryją się wokół nas.

– Czy ona mówiła coś o... – zaczął Terey i nagle zamknął się w sobie. Nie! Czandra o Margit nie może wiedzieć.

– No, śmiało...

Istvan ruszył spokojnie jak ktoś, kto po dniu pracy pragnie użyć ruchu, przepłukać płuca chłodnym powietrzem nocy. Krokami liczył przydługie milczenie, jakie między nimi tężało. Czandra czekał, wreszcie – jak dla zachęty – zaczął:

– Nie wiem, co mówiła przed moim przyjściem, ale ma pan w niej wroga. Niebezpiecznego. To nie jest uległa Hinduska. Angielska krew. Działa z wyrachowaniem. No, powie mi pan? Nie?

Dwanaście, trzynaście, czternaście – odmierzał. Obok przelatywały auta pełne rozbawionych gości. Światło zmywało blaskiem trawniki mokre od ros.

– Pani Khaterpalia nie powinna opuszczać domu, czeka na małego gościa – ciągnął Czandra. – Ale może dla niej ważniejsze, żeby szkodzić? Co pan jej zawinił?

Wzruszył ramionami. Chciał zapomnieć ów epizod z nocy weselnej, spychał, pomniejszał, aż wydał mu się bez znaczenia, jednak tkwił jak jątrząca zadra.

– Opowiadałem panu o cudownym ocaleniu zmarłego brata naszego wspólnego przyjaciela, radży... Chyba pana doszło, że sprawa jest pomyślnie zakończona. Dla wszystkich. Dla zmarłego też. Pożył parę miesięcy życiem, jakiego nie znał, którego nie dali, i nie dadzą mu bogowie... Szkoda, że pan nie słyszał tego targu. Teść i rodzony brat domagali się ode mnie pewności, że on nigdy nie powróci, bo już nawet był gotów odejść do swojej samotni. Pan rozumie, co w ich pojęciu było pewnością, co ich mogło uspokoić raz na zawsze? Rozkoszny targ – zaśmiał się cicho – a wszystko dla dobra tego nie narodzonego jeszcze dziecięcia. I jak tu nie wierzyć w przeznaczenie? Przyjdzie na świat obciążone winą, bo Grace wysłuchała wszystkiego bez słowa protestu. Kocha to małe, woli, żeby nie musiało z nikim dzielić bogactwa.

– I pan z całą swobodą o tym mówi? – żachnął się. – Pan im to załatwił?

– Niemożliwe sprawy są moją specjalnością. Załatwiłem i zarobiłem. Przecież radża i rani wiedzieli, czego chcą, honorarium, które wypłacili, w pełni im uświadomiło, że domagają się ode mnie łamania praw boskich, i co trudniejsze, ludzkich. I wasza święta księga wspomina o Kainie. Nic nowego! Właściwie czy ludzkość zna inne zabójstwa? Ludzie powinni być braćmi, a wystarczy tylko ubrać ich odmiennie i wetknąć im patyk z różnokolorową szmatką i gotowi się wzajemnie mordować... Co się dzieje w pańskiej ojczyźnie? Zanim was rozjechali czołgami, Węgrzy patroszyli Węgrów powieszonych za nogi na latarni. Jak pan to nazwie? Sprawiedliwy wyrok – szydził – który z walczącego o wolność czyni oprawcę... Gdyby pan tam był, ciekawym, gdzie by się pan znalazł, czy między rozdeptywanymi na bruku, czy pośród tych, co wieszają, bo się komuś gęba nie spodobała i legitymacja z gwiazdą? A jakież pan ma prawo sądzić mnie i potępiać? – tłumaczył ze złowrogą łagodnością, ale Istvan czuł, że Czandra jest wzburzony. – Czy dlatego, że ja z panem jestem szczery, a pańscy przyjaciele nie? Chociaż to ludzie bliscy, krąg życzliwy: radża, jego teść, urocza, pełna oczekiwania, wsłuchana w swe łono rani

Grace. Lepiej niech pan poszuka w pamięci, czym pan ją uraził...
Wtedy spróbuję znaleźć ratunek.

Istvan łapał oddech, wydało mu się, że został obity po twarzy.
A nie wolno oddać, bo gada się nie bije, tylko zabija. Albo trzeba
ominąć, obejść z daleka...

Szli w ciemności pod niebem podobnym do sieci, błyskającym
węzłami gwiazd. Stąpali w jednym rytmie, w nogę. Zgadywał,
że Czandra powiedział mu o tamtej sprawie, by go zachęcić do
wyznań, wymienić swoje winy, poczuć mroczne wspólnictwo.
Spowiedź bez odpuszczenia? Radość potępionych, że jest ich tak
wielu, zwarty, sczepiony jak kleszczami rozpaczą tłum. Uważaj,
to jest śledztwo. On chce cię mieć – ostrzegał go wewnętrzny
głos.

Wbrew sobie, powoli składał wyrazy, omijając sedno niepokoju.

– Czy rani Grace powiedziała, dokąd chcę uciec?

– Tak – spadło uderzenie. – Trudno nam było uwierzyć, dziwne
miejsce panu wybrała, jakby zapomniała o Paryżu i Londynie. Pan
chce uciec do Australii?

Skulił się, stąpał jak automat.

Chciałeś wiedzieć, toś się i dowiedział. No, już znasz prawdę,
jesteś zdradzany... Tylko żebrać miłosierdzia.

– O, Boże – tchnął ledwie, jednak tamten z pochyloną głową już
pochwycił.

– A jednak pan zapamiętał – ucieszył się. – No, nie musi pan brać
tak dosłownie. Wystarczy, jak pan powie do mnie z przekonaniem:
ratuj, a zrobię wszystko, co pan zechce... Lub prawie wszystko –
poprawił się – jednak na pewno pomogę. Nazywają mnie przecież dobroczyńcą. Nie ma sytuacji bez wyjścia, tylko trzeba się raz
zdecydować. Trzeba wiedzieć, czego się chce. Dla siebie. O sobie,
wyłącznie o sobie powinien pan myśleć. Bo nas nikt nie kocha
prócz nas samych. Nikt, może pan być pewien, że nikt...

Weszli w gorzką woń rozsnutych dymów, z obu stron ścieżki
pojawiły się niezliczone ogniska, parę ostrych, czerwonych języków lizało noc, inne ledwie różowiały spod przygasłych popiołów.

Dostrzegali teraz szarawe kokony ciał spowitych w prześcieradła, leżących z podkurczonymi kolanami w pozie embriona.

– Dokąd myśmy się zapędzili? – Terey ocknął się, miasto wyznaczone światłami lamp zostało daleko za nimi. – Czy tu też palą umarłych?

– Nie. Ale i tak można o nich myśleć, choć jeszcze żyją. Chłodna noc. Śpią przy ogniskach. Bezdomni. Ubodzy, umiłowani przez Boga – haridżan. Tak ich nazwał Gandhi – szydził Czandra.

Stali chwilę, patrząc na ogromne obozowisko. Nasłuchiwali dalekiego płaczu niemowlęcia i chrapania śpiących, płomyki zdawały się szeptać zaklęcia, gryzły pospiesznie cierniste gałązki i badyle, które rozsypywały się na siwy popiół.

– Zimna noc – otrząsnął się Czandra.

Istvan spojrzał na niego, w nikłym poblasku ognia biały gors koszuli, smoking i rękawiczki, które uparcie naciągał, sprawiały wrażenie, że jest przebrany za kuglarza, za chwilę zacznie się występ na estradzie, tani, niewart ceny biletów, nawet oklasków.

– Wracamy – zgodził się i nie zważając na towarzysza zaczął iść krokiem coraz szybszym, jakby uciekał.

W hotelu Dżanpath portier wskazał mu klucz wiszący na tablicy z numerami pokoi.

– Miss Ward wróciła tylko na chwilę i od razu wyszła.

Niespokojny złapał taksówkę i kazał się wieźć do domu.

Wnętrze wozu pełne zaduchu, potu i mdłych pachnideł budziło obrzydzenie. Opasły kierowca w wystrzępionych swetrach bezwstydnie przygarniał lewą ręką młodego chłopca, który przymilnie chichotał. Stary ford trząsł się i zgrzytał, przepuszczał swąd spalonej oliwy. Istvanowi wydało się, że tamci, zajęci sobą, zapomnieli, dokąd mają go zawieźć.

Wysiadając z ulgą dostrzegł rozmazane, żółte światło u siebie w pokoju. Na wpół zbudzony czokidar prężył się przy wejściu na werandę. Na kocu w kącie kuliła się po psiemu przytajona dziewczyna.

Nie mógł trafić kluczem do zamka, choć spieszył się, nie chcąc kochanków krępować. Ręce mu drżały.

Margit podeszła do drzwi, przypadli do siebie z tak rozpaczliwą gwałtownością, jakby się mieli rozstać na zawsze. Milczeli objęci, jej czoło wsparte na szorstkim już policzku, a pod jego ustami sucha fala włosów pociemniałych w półmroku. Ciężar najdroższego ciała, które jest przy nim, bliskie, podległe. Czuł własne serce. Poprzez chropawą wełnę kostiumu poznawał jej ciepłe ciało, gładził, przygarniał z ogromną czułością. Cały świat utracił znaczenie, byli tylko we dwoje, sobie przeznaczeni.

– Dlaczego się nie położyłaś? Zostaniesz u mnie.

– Depesza, Istvan – szeptała dotykając policzka ustami.

Nie wypuszczał jej z ramion.

– Co tam jest?

– Nie wiem.

– Trzeba było otworzyć, nie mam przed tobą tajemnic.

– Otworzyłam, ale to po węgiersku – tchnęła, trzymając go kurczowo.

Drgnął. Uwolnił się z oplotu jej rąk, podszedł do biurka, wsunął pozginany arkusik w ostry blask lampy.

JESTEŚMY ZDROWI STOP NIE MARTW SIĘ KOCHANY STOP JUŻ SPOKÓJ STOP ILONA.

Rozchylił usta jak w modlitwie pełnej wdzięczności.

Żyją. Ominęło ich. Spojrzał na datę, nadane przedwczoraj. Podniósł głowę i zabolało go zrozpaczone spojrzenie Margit. Znowu od niej odszedł, zostawił ją za nieprzekraczalnym progiem.

– Wszystko w porządku – uśmiechnął się zakłopotany. – Żyją.

Wydało mu się, jakby oczekiwała innej wiadomości, oczy miała pełne udręki.

– No, to jesteś spokojny.

Objął ją, ale czuł, że drewnieje w ramionach. Już nie było między nimi tego zespolenia aż do zachłyśnięcia uwielbieniem, całkowitym oddaniem.

– Zostaniesz? – nie nakazywał, ale pytał.

Dotkliwie odczuła różnicę, pochwyciła tętnem krwi, nie uchem.

– Jak chcesz – odpowiedziała sennie, podeszła do fotela, rozpięła tweedową kurteczkę, zaczęła się rozbierać.

– Zgaś światło – skinęła ręką – zdawało mi się, że ktoś stoi pod oknem.

– Czokidar. Chciał się upewnić, czy może już się położyć, czy nadal ma udawać czuwanie.

– Odwieziesz mnie później – szepnęła, sprawdzając dłonią, że już jest nagi. Przygarnął ją. Drgnął, dotknąwszy twardych, chłodnych piersi, lekkiej wypukłości łona, tajało rozdzielenie.

– Nie... Nie... Chcę, żebyś była przy mnie, jak się obudzę, zanim otworzę oczy, muszę wiedzieć, że jesteś tu. Margit...

Przez mgnienie zapragnął zwierzyć się jej z niepokojów, opowiedzieć o rozmowie z Czandrą i przeczuwanym zagrożeniu, jednak pochłaniała go jej bliskość, przeczesał palcami gęste włosy niby wiosenną trawę, sunął dłonią po plecach jak po nagrzanym kamieniu nad brzegiem potoku, oddech jej szumiał przy uchu. Wydało mu się, że to las, którego wierzchołkami powiew kołysze, była mu znów całym światem.

Jakie to szczęście, zachłysnął się pełen wdzięczności, że mogę tak mocno kochać.

W ambasadzie depesza od żony wywołała poruszenie. Uznano ją za dowód, że nastąpiło całkowite uspokojenie, a zniszczenia nie muszą być duże, skoro poczta sprawnie działa.

– Jeżeli u ciebie w domu nic się nie stało, zresztą byłem tego pewny, zachodnia prasa specjalnie wyolbrzymia rozruchy – wpatrywał się w depeszę Ferenz – to i u mnie wszystko w porządku. Rodzice mieszkają o parę domów za rogiem przy Lenin Kerut.

Zebrali się w trójkę z Judytą. Istvan próbował przeniknąć ściągłą twarz Ferenza, upartą, o pociemniałych z niewyspania powiekach. Gryzie się, myśli, pierwszy raz okazał niepokój o rodziców. Nigdy o nich nie mówił, tak jakby się sam narodził i sobie wszystko zawdzięczał.

– Stary nareszcie oddycha, w nocy przyszła deklaracja Kadara, wyczytał z niej, co chciał, i chodzi dumny, że się nie zapędził w pochwały Nagya... Powtarzał mi trzy razy to samo zdanie: kto żąda wycofania wojsk radzieckich, ten świadomie czy nieświadomie opowiada się po stronie kontrrewolucji i prze do utraty niepodległości. Ja to przewidywałem... Mnie od początku powstanie śmierdziało kontrą.

– Znaczy, że nic nie zrozumiał – popatrzył Ferenzowi w oczy Istvan. – Nie doszło go albo nie chce wiedzieć, dlaczego zaczęły się rozruchy, musiałby uderzyć się we własne piersi.

– Myślisz, że ta krew nie została przelana na darmo? – zawahał się Ferenz. – Pewnie, błędy były, ale znów nie takie, żeby rozbijać cały aparat, rozwiązywać partię... Na kim się Kadar teraz oprze? Na tych, którzy się w porę schowali i tłum ich nie wydusił? Czy na powstańcach, którzy strzelali do Rosjan? Jedno wiem, że to za mało, żeby rządzić.

– Twardo mówisz – pokręciła głową Judyta – musiało ci mocno coś dopiec w tym tekście.

– Mnie? – skrzywił się Ferenz. – Przeczuwam zapowiedź porachunków, a jak one wyglądają, możesz zobaczyć w każdej amerykańskiej gazecie z reportażami z Budapesztu. Wystarczy kogoś na parę minut powiesić, a potem już długo można mu współczuć, żeśmy się pomylili. – Przesunął palcem wetkniętym za kołnierzyk, jakby go uwierało nakrochmalone płótno.

– Nie denerwuj się, jesteśmy w Indiach. W kraju tymczasem wszystko się ułoży. Byle tylko obce ręce nie mąciły – pocieszała Judyta.

– Szabad Europa rzuciła hasło: „Niszcz fabryki, uszkadzaj maszyny, żeby Rosja nie miała pożytku z twego warsztatu pracy". Miłe, co? – dobił ich sekretarz. – Sam słuchałem.

– No i kto im uwierzy? Przecież to sobie robiliby szkodę – wzruszył ramionami Istvan.

– Jak raz zaczęli strzelać – zasępiła się Judyta – a mieli o co... Nie ma nic bardziej tragicznego niż uczciwe porywy użytkowane przez wrogów, obracające się nam na zgubę. Od tłumu nie wymagaj rozwagi, to żywioł. Równie łatwo wynosi, dźwiga, jak niszczy.

– Dajcie mi tę deklarację do przeczytania – prosił Istvan – spieram się, a nie widziałem czarno na białym.

– Stary jej się pewnie uczy na pamięć, ale idź do szyfranta, da ci kopię – powiedział Ferenz. – Widać z niej, że byliśmy na skraju przepaści. Zachód planował, żebyśmy się porwali na Rosjan, podszczuwał, obiecywał pomoc, a tymczasem chciał sobie załatwić Suez. Stąd widać sens wydarzeń. Zaczynam rozumieć pośpiech Chruszczowa, musiał mieć spokój w Budapeszcie, wyrwał atuty z rąk przeciwników, którzy próbowali narzucić tempo gry. Nie dał Węgier i nie dopuścił do odebrania Suezu Naserowi.

Siedzieli w korytarzu na piętrze, blask padał na bujne włosy Judyty, pełną niepokoju twarz. Za oknem w żarze indyjskiej jesieni żeglowały nitki pajęcze, ogrodnik wygrabiał twarde liście. Nad czerwienią szałwii ulatywały żółte motyle.

– Co oznacza według ciebie „nie dał Węgier"? – nastroszył się Terey. – Węgry nie są łyżką, którą można wetknąć za cholewę. Nie dał, bo myśmy się nie dali uprowadzić Zachodowi, bo ludzie nie chcą fabrykantów w hutach Csepelu ani dziedziców na rozparcelowanej ziemi. Socjalizm, jaki by był, jest naszą własną sprawą, nie do oddzielenia od niepodległości.

Ferenz lekko przechyliwszy głowę przyglądał mu się z uśmieszkiem.

– Z ciebie jest gracz – wydął dolną wargę – więc idziesz na nową koniunkturę...

– Gracz? Współczuję wam, jeżeli w tym, co się u nas dzieje, możecie widzieć już tylko grę, a w politykach pionki na szachownicy. Czy wy, u diabła, nie jesteście Węgrami?

– Może zaczniesz jeszcze opowiadać, ile książek wydawano przed wojną, a ile się teraz wydaje, o zespołach amatorskich i muzeach otwartych dla ludu, to ci powiem: pisz notatnik agitatora, nie wiersze. Pisz, pisz, a zostaniesz naczelnym Szabad Nep – rozzłościł się Ferenz.

– Słuchaj, Istvan – próbowała odwrócić uwagę Judyta – dzwonił do mnie twój protegowany malarz, chciał się upewnić, czy ma szansę dostania stypendium.

– Nie jest to najpilniejsza sprawa – drwił Ferenz – kiedy całe Węgry zatrzęsły się...

– Dla Rama Kanvala ważna. Chyba pismo poszło? Grunt, żeby miał nadzieję, oni są nauczeni cierpliwie czekać.

Judyta spojrzała na Tereya prawie z litością, chciała coś wyjaśnić, ale wzruszyła ramionami i westchnęła:

– Poczeka do przyszłego wcielenia. Ty jesteś dobry chłopak, Istvan – zabrzmiało, jakby powiedziała: naiwny, a może nawet głupi.

– Chciałem ci oznajmić, że za to twój drugi protegowany – zaczął złośliwie Ferenz – no wiesz, zbieg z Cejlonu, literat...

– Ja go wcale nie popierałem.

– Ale nachodził ambasadę, dawałeś mu podarki, pożyczałeś pieniądze...

– Wydrukował dla nas dwa artykuły. Sam go, towarzyszu sekretarzu, podsunąłeś.

– Artykuły zerżnął z naszych broszurek. Tyle jeszcze potrafi. Nie robię ci, Istvan, wyrzutów, jednak lepiej, żebyś wiedział, kim się opiekujesz. On za parę dni wyjeżdża do Bundesrepubliki. Będzie pisał stamtąd pochwalne reportaże.

– A mówiłeś, że nie umie pisać – odciął się Terey.

– Napiszą za niego, napiszą, wystarczy, że podpisze – dobił go Ferenz. – Ty jesteś poetą, szukasz prawdziwej sztuki, a gardzisz zwyczajną tubą, bo to jest tuba do wynajęcia, i tak trzeba Dżaja Motala traktować. Kupili go Niemcy. Uprzedzili nas.

– Nie będą mieli wielkiego pożytku.

– Cała nasza pociecha – przyznała Judyta i chcąc zakończyć spory, dorzuciła: – Czy ktoś z was był w kinie? – Widząc ich zaskoczenie wyjaśniała: – Film nieważny, tylko kronika, wczoraj w Splendid Palace widziałam barykady na ulicach Budapesztu i zabitych powstańców. Mówię wam, dla tych paru minut musicie pójść. Serce się ściska, śródmieście pokiereszowane, sterczą wypalone domy.

– Pójdziemy, Istvan? – zachęcał Ferenz, mażąc palcem po szybie.

– Co tam rysujesz? Szubienicę?

– Nie. Twój monogram – odciął się Ferenz – duże T, choć to nawet podobne...

– Idźcie na ósmą – prosiła Judyta. – Czy wy musicie się wiecznie kłócić?

– Nie wiem, czy będę miał czas – wykręcał się, chcąc zabrać Margit.

– Co masz pilniejszego do roboty? – zainteresował się Ferenz. – Stronisz od nas, prawda, Judyto?

– Tak. Dawniej był inny – przyznała bezradnie. – Odmieniłeś się, Istvan.

– Zawracanie głowy!

– Wpadałeś na kawę, zawsze mieliśmy o czym pomówić – robiła wyrzuty.

– Pan radca stracił do nas zaufanie – przygwoździł Ferenz. – Znalazł sobie widać innych powierników.

– Sam wiesz, że to nieprawda – odwrócił się Istvan i chcąc przerwać rozmowę odszedł do swego pokoju. Pisał list w sprawie Rama Kanvala, gorąco zachwalając jego malarstwo. Kiedy milkły uderzenia w klawisze maszyny, słyszał głosy z korytarza, rozmawiali jeszcze. Zgadywał, że mówią o nim. Lewe ucho go piekło. Stara ciotka zawsze ostrzegała: lewe ucho cię pali, mówią o tobie źle, prawe – dobre wiadomości. Powracał natarczywy lęk, co Bajcsy wie o Margit, czy dał wiarę i jak ostrzeżenia zechce wykorzystać? Nie mógł usiedzieć na miejscu. Sięgnął po telefon, a kiedy odezwała się centralka, zażądał połączenia z prokuraturą. Hinduska długo poszukiwała prowadzącego śledztwo w sprawie wypadku motocyklisty Kriszana, wreszcie trafił na właściwego urzędnika, ten wysłuchał go cierpliwie, poprosił o nazwisko, litera po literze. Gdy Istvan skończył, niespodziewanie oświadczył, że interwencja jest zbędna, mimo że uwagi radcy ambasady są dla nich cenne, ale zatrzymana poprzedniego dnia została zwolniona. Stwierdzono niezbicie, że nie miała żadnego interesu, by pozbywać się męża, a jej samooskarżenie było wynikiem szoku, jakiego doznała.

Istvan z uczuciem ulgi, a trochę i zawodu, odłożył słuchawkę.

– Spóźniłem się – powiedział półgłosem.

Zastukano do drzwi, ale zanim zamyślony powiedział: proszę – wsunął się łysawy woźny.

– Ja w sprawie papierzysków – potoczył ręką po biurku, na którym piętrzyły się biuletyny i gazety – przecie pan radca nie ma już gdzie się ruszyć... Można uprzątnąć? Co odłożone, wezmę do archiwum, co zbędne do pieca, i będzie można oddychać.

– Dobrze. Bierzcie sterty z podłogi, właściwie i z biurka. Co potrzebne powycinałem i mam w teczkach.

– Ja wiem, urzędnik potrzebuje papierzysków, ale pan radca dawniejszy wojskowy, po co jak mysz w starych gazetach szeleścić. Wyniosę, przyjdą nowe – pomachał rękami, jakby chciał wzlecieć nad szczelnie zapchane półki. – Ja też, aby przejściowo tutaj...

Spojrzał na gwóźdź po zdjętym portrecie Rakosiego i mrugnął porozumiewawczo do Tereya.

– Myślałem, że będę w Indiach aby dwa lata i znów w nasze strony, a tymczasem przetrzymałem tych wielkich... Oni pospadali ze swoich wysokich stołków, a ja siedzę, swoje robię i nie muszę się niczego wstydzić.

Uśmiechnął się chytrze. Obejrzał swoje dłonie, jakby sprawdzał czy nie brudne.

– Zbieram śmieci...

– Czy wyście sobie troszkę nie łyknęli?

– Tak – przyznał – panu mogę powiedzieć... Wszyscy tu mają gęby pełne wielkich słów: walczą o socjalizm, ale delikatnie, z wygodami, za ciężką forsę. A ja tą ręką – stuknął lewą otwartą dłoń prawej – zabiłem czterech faszystów, tyle co wiem na pewno.

– Kiedy?

– Jak z Salomines poszedłem do czerwonych, do Hiszpanii. Robiłem w kopalni z Włochami, Polakami, Algierczykami, z całą hołotą. Nie mieliśmy nic do sprzedania prócz siebie.

– A tam?

– Nad Ebro? Tych, co zabiłem? Jeden był Hiszpan, paniczyk, bardzo przystojny gość, jak mu zawiązywałem oczy napluł na mnie. To rozumiem, prawdziwy wróg. I trzech Maurów... Ci umieli dźgać nożami.

– Co was tak naszło na wspominki?

– A bo ja z angielskim nie bardzo, nie czytam gazet... Czasem szyfrant powie, jak jest, ale się trzy razy dookoła obejrzy. Maleter rozstrzelany. Ja go znałem...

– Wolelibyście, żeby sobie sam w łeb strzelił?

Woźny patrzył zaskoczony.

– Myśli pan, że nie było wyjścia?

– Człowieku, nie wiem, wszystko jest domysłem. Ja też się męczę... Myślicie, że mi lekko? – poderwał się Terey. – A jeżeli ta śmierć ratowała tysiące innych? Patrzcie na to jak na straty w walce.

Pochylił głowę, spoglądał na Tereya spode łba, gorzki grymas wykrzywił mu wargi.

– Nie, panie radco, nie mogę. To byłoby za dobrze. Wy, jak już się stanie, zawsze potraficie wykołować człowieka, że trzeba, że są różne racje, a ja swoje wiem.

Popatrzył znowu na własne ręce surowym, taksującym spojrzeniem, jakim ojciec patrzy na synów, kiedy wracają z pola do roboty.

– Ja, choć zabijałem, mam czyste ręce – wyprostował się. – Chodzę sobie po ambasadzie i przyglądam się towarzyszom. Oni czują zmiany i każdy myśli, jak się ustawić.

– Przecież to ludzkie.

– A ja się tam nie martwię, czy mnie zwolnią z roboty, bo mogą przyjść lepsi. Dam sobie zawsze radę. Tylko chciałbym do końca mieć pewność, że co robię, nie jest dla pełnej miski, że się służy narodowi. Ja bym i dziś krwi nie odmierzał na kropelki, jak trzeba, to trzeba. Co mogę więcej dać prócz życia?

Terey podszedł do niego, uścisnął mu mocno rękę, szeroką, która nawet po latach zachowała guzowate stwardnienia.

– Ja też tak myślę. I takich są tysiące.

– Dlaczego im się tak trudno zmówić i wygnieść te wszy, co nas oblazły? Całe życie myślałem, że jedna partia... Ech, widzieliśmy, jak jest. – Nagle poderwał zaczepnie brodę. – Niech pan powie, że to zależy od takich jak ja. Lepiej pójdę do magazynku i kropnę jednego. Bo co tam ja, pan, ambasador, Węgry są ważne! Węgier trzeba pilnować. I tak już nas oberżnęli, że nie można swobodnie splunąć, bo leci za granicę i dobrzy sąsiedzi się obrażają.

Podszedł do drzwi i na wpół żartobliwie się skłonił.

– Przepraszam, panie radco, za śmiałość. Ja nieuczony jestem, może czym uraziłem.

Terey uważnie słuchał kroków w długim korytarzu. Żeby się tylko nie natknął na Ferenza, ten by mu dał szkołę!

Zaczął krążyć niespokojnie, przemierzał gabinet jak celę, po przekątnej od drzwi do okna. Spoglądał przez nie na ślepą ścianę garaży, okrytą gęstwą przykurzonych liści.

Ileż razy pokpiwali z woźnego, nazywano go pijaczyną z zasługami. A przecież to jeden z tych, na których można liczyć, kiedy trzeba ofiary. Przemknęło mu: Nie towarzysze, a gwoździe, jest czym zbić, wiązać, umocować ściany domu. Wejdą w miękkie drewno i będą trzymać. Nawet sobie tego nie poczytają za zasługę. Po prostu uważają, że właśnie po to istnieją. A my? A kimże ja jestem? – wyrzucał sobie. – Jakie mam prawo go pouczać.

I nagle wydało mu się, że jeszcze nie doszedł do swego rozdroża, a próba jest przed nim, próba, o której stara się nawet nie myśleć.

W lustrze odbijała się twarz postarzała, ściśnięta jak pięść. „Wychudłeś, Istvan, gryziesz się, a ja nie mogę ci pomóc, ulżyć, choć wiem, co cię dręczy" – powracał pełen wielkiej życzliwości głos Margit, czuł, jak wodzi palcami po zwartych szczękach, sinych od wygolonego zarostu. Na myśl o niej przymykał oczy jak kot w smudze słońca, napięcie łagodniało.

Powinienem się opanować, bo z lada powodu nastąpi takie spięcie, że będę żałował. Trzeba bez przerwy pamiętać, że nie wolno narazić Margit, o nią też, o każdy dzień z nią dzielony muszę mądrze walczyć.

Budapeszt kładł się czadem na sny, dławił niejasnymi obrazami, w których do bólu pojmował własną bezsilność. Budził się nagle, jakby go ktoś targał za ramię. Przerażony nasłuchiwał, czy nie dzwoni telefon. Serce kurczyło się gwałtownie. I z ogromną ulgą odnajdywał Margit obok siebie, czuł ciężar jej uda, najdroższy zapach skóry i włosów przy skroni. Wiedział, że ona nie śpi, tylko udaje sen, by choć chwilę odpoczął, zapomniał. Leży przyczajona, w szeroko otwarte oczy sypie się ciemność. Z wdzięcznością odkrywał, że czuwa nad jego nerwowym snem, nagłym jak przyciśnięcie kontaktu wyłączeniem świadomości, a przecież chciał jak najdłużej sycić się jej obecnością, wsłuchiwać w oddech, którego rytm z wolna się uspokajał, choć jeszcze przebiegały w nim westchnienia jak fałdki po wodzie trąconej powiewem, zachłyśnięcia, jakby tłumiła płacz nieukojony. I nagle głowa zapadała się głębiej w poduszkę. Zasnął, a we śnie ją tracił, choć przyrzekał sobie, że będzie czuwał, przyjmował tę darowaną godzinę nocnego zjednoczenia jak utwierdzenie w miłości. Wysoko w rogu okna zielonawo rozmazywał się szczerbaty jesienny księżyc.

– Śpij – prosiła łagodnie, wodząc dłonią po jego szerokiej piersi – musisz starać się odpocząć... Ja wiem, że jest ci bardzo ciężko, ale spróbuj usnąć.

Pełen wdzięczności i zawstydzenia, że ją porzuca, całował leniwymi wargami i nie wypowiedziawszy ani odrobiny z czułości, jaka go zatapiała, usypiał niepostrzeżenie.

Budził się roztaczając przed sobą pewność długich nocy, kiedy będą już naprawdę razem, jak mąż z żoną, karmił serce, uciszał głód ciała nigdy nie zaspokojony, a jedynie tłumiony na krótko pieszczotą, uległością, kiedy się Margit przed nim otwierała jak księga ciepłych tajemnic. Marząc o długich nocach nie draśniętych miedzianymi trąbkami kogutów, o śnie i przebudzeniach, które są tylko po to, by się upewnić, że jest, że tak mocno jest przy nim, omijał, przesadził jednym skokiem ową przeszkodę, jakby dawno stała się nieważna, zmalała, zmieniła się w suchy kłos złamany w poprzek ścieżki, niewart dostrzeżenia w stąpaniu pośpiesznym, w rytmie podwojonych kroków. W tych snach zagubił Ilonę, zepchniętą w przeszłość, między dawno przeżyte sprawy, podobne do wyblakłych, starych fotografii. Przypominają, żeśmy pod tymi drzewami obozowali, śpiewali przy ognisku, ale to już minęło, nieważne, odległe. Aż jawiło się ogromne zdziwienie, jak wtedy mogło mu się zdawać, że był szczęśliwy, skoro dopiero dziś naprawdę wie, czym może być miłość. Całe dotychczasowe życie było jednym wielkim oczekiwaniem, sposobieniem się jeszcze nieświadomym na spotkanie Margit. Z dwóch krańców globu nieomylnie los wiódł ich ku sobie i od owego weselnego wieczoru zaczynają się liczyć najszczęśliwsze dni. Grace nie było. Nie było, to przypadek, pomyłka. Musiałem być ślepy, przecież już tamtego wieczoru spotkałem Margit, a jeszcze nie przeczuwałem, kim się dla mnie stanie.

Grace... Zdolność do intryg, plotek, którymi zatruwają sobie życie indyjskie damy, i chłodne angielskie wyrachowanie. Nie jest kobietą, którą można by odgrodzić w żeńskiej części domu, skazać na życie między kuchnią i łożem. Ma swoje sekretne plany i sama potrafi je przeprowadzić. Nawet stan nazywany błogosławionym nie uczynił jej łagodniejszą. Potworna narada w sprawie wygrzebanego z żałobnego stosu pretendenta do spadku... Była wtedy. Wiedziała, milczała, a więc uznała racje, które ojcem i mężem kierowały. Jak trafiła do Bajcsyego? Zna go z przyjęć oficjalnych, jednak nie tylko z samej mściwości z nim się spotkała... A może jej ojciec zrobi uprzejmość Staremu i dokona przelewu ze swego zagranicznego konta? Co w zamian zyska? A gdyby tak poprosić o rozmowę z Bajcsym, apel Kadara stwarza świetny pretekst, lepiej wychodzić niebezpieczeństwu naprzeciw... Co Ferenz w tej deklaracji wyczytał, że gotów kąsać na oślep? Kadar, jeszcze jeden mąż opatrznościowy. Jeśli się oprze na starym aparacie, oni wszyscy na razie będą za nim, uszczęśliwieni, że nie zażądał rozliczenia. Bolą mnie Węgry. Mój naród. Wezwał tamtych na pomoc... Komu na pomoc? Chciał ocalić rewolucję. Już ma spokój w Budapeszcie – gorycz podpływała pod gardło. Rewolucja jest obosiecznym mieczem, niech nikt się nie łudzi. Ludzie nie tylko dostają swój należny chleb, ale i uczą się myśleć.

Czas pokaże... przyłapuje się na tym, że mówi sam do siebie, zapatrzony w ścianę garaży, przywaloną chluśnięciami zieleni. Oby nas to nie kosztowało za dużo. Wydaje się, że własny naród ma podcięte żyły i krew spływa nie powstrzymywana. I co wtedy? Odwoływać się do sprawiedliwego sędziego, czekać na wyrok za pół wieku?

Zdecydowanym krokiem ruszył do pokoju szyfranta, zastukał w pancerne drzwi.

We wnętrzu stał aparat radiowy, pękata kasa i wąski stół z lampą kreślarską – zupełnie kabina telegrafisty na statku, nie brakowało i wąskiej podnoszonej pryczy przypiętej do ściany.

Kereny zwrócił ku niemu bladą, nalaną twarz, z głośnika radioaparatu dobiegały węgierskie głosy, które szyfrant prawie odruchowo stłumił.

– Łapiecie Budapeszt?

– Czasem, jak noc i pełnia, bywają czyste odbicia, można przypadkiem chwycić – tłumaczył kreśląc linie palcem w powietrzu.

Więcej nie dociekał. Było jasne, że szyfrant słuchał Szabad Europa.

– Co nowego?

– Szepiłow oświadczył, że wojska radzieckie opuszczą Węgry w każdej chwili. Wystarczy, żeby Kadar zażądał. Nie ma z nim żadnych kwestii spornych...

– I on tego nie zażąda – potrząsnął głową Terey.

– Bo jutro by go nie było.

Kereny przyglądał mu się z twarzą senną, niemal obojętną.

– Podawali właśnie – obaj wiedzieli kto, choć nie wymieniali stacji – że poważnie uszkodzono kopalnię uranu. Byli zadowoleni, że nie uda jej się uruchomić przed upływem pół roku.

– Więc Węgrzy dali się nabrać – uderzył pięścią w stół – udała się emigrantom prowokacja... Nawoływali, żeby niszczyć fabryki, bo co ich obchodzą Węgry? Cała ta płatna psiarnia szczeka, jak im każą, a nasi ślepo wierzą wszystkiemu.

– Szabad Europa ma tak szybko wiadomości, aż to dziwi człowieka – zamyślił się szyfrant – muszą mieć wtyczki wysoko.

– Teraz nie sztuka. Dwa tygodnie mieli otwarte granice, jeździli tam i nazad. A ludzie już sami nie wiedzą, kto chce dobra Węgier, kto ma rację: Nagy, który dał nura do Jugosłowian, Mindszenty, który zwiał do Amerykanów, Kadar, który wczoraj wyszedł z więzienia Rakosiego, a dziś sprowadza czołgi... W głowie się mąci. Obłęd! Ja do was przyszedłem po deklarację, bo z rozmów z towarzyszami widzę, że każdy z niej co innego wyczytał... Szukali tego, co chcieliby w niej znaleźć.

– Dwie stroniczki podali, zapisałem – wyciągnął z szuflady teczkę z bibułkowymi kopiami – ale tego nie wolno mi z rąk wypuścić, niech pan tu czyta...

Istvan podszedł do zakratowanego okna, odwrócił się plecami i szybko przerzucił komunikat. Kadar wyjaśniał, że na decyzję jego wpłynęły akty dzikiego terroru, samosądy, które nie zmierzały do karania winnych bezprawia, ale godziły w komunistów, jak i on dopiero co zwolnionych z więzień Rakosiego i Gerö. Tłum zamordował sekretarza Komitetu Budapeszteńskiego Imre Meze, dyrektora Muzeum Wojskowego w Csepel Sandora Siklaya, oddanego sprawie Węgier towarzysza Karamarę... Władza wyśliznęła się z rąk Nagyemu, jego rząd był bezsilny. Wkroczenie Rosjan stało się koniecznością historyczną, jeśli Węgry nie miały stać się drugą Koreą. Jednak tajna policja zostaje rozwiązana i dawne metody stalinowskie już nie wrócą, winni zostaną pociągnięci do odpowiedzialności...

Terey pokiwał głową. Ten punkt musiał zaniepokoić Ferenza, bo zasługi, które otworzyły mu drogę do dyplomacji, mogły się okazać przewiną, zależnie od tego, kim będą ludzie rozpatrujący jego przeszłość.

Podniósł głowę i napotkał uparte, czujne spojrzenie szyfranta.

– No, i co pan na to?

Radca wzruszył ramionami.

– Diabli wiedzą, co się kryje za takim oświadczeniem.

Kereny pochylił się nad szufladą i wyciągnął w skupieniu paczkę papierosów, częstując kossuthami Tereya, podał mu ogień i rzucił mimochodem:

– A ćwierć miliona poszło na wygnanie, przynajmniej tak mówią – jakby chciał go jeszcze dobić. – Nie tylko zbuntowani studenci, ale cała nasza drużyna, mistrz świata w piłce nożnej, stracona.

Powiedział z takim rozgoryczeniem, że radca musiał się uśmiechnąć.

– Można przeboleć...

– Tam są chłopcy na wagę złota, każdy ich weźmie i zapłaci, ile zechcą. Nie będą już grali w naszych barwach. Gorzej niż klęska, pan wie, jakie to wrażenie wywoła na świecie? W opinii milionów kibiców leżymy. Koniec z Węgrami! – Wydmuchnął z oburzeniem smugę dymu. – Nic mnie nie obchodzi, jeśli całe ambasady zwieją, urzędników byle kim się zastąpi, ale bramkarza albo skrzydłowych... gdzie znaleźć takie talenty?

Terey, chociaż nie umiał dzielić jego rozpaczy, rozumiał wzburzenie.

– Wolna Europa mówiła o dezerterach z placówek?

– Tak. Wyliczali z Nowego Jorku, Paryża, Londynu... Atakowali ambasadę w Wiedniu, bo nasi się zabarykadowali i nie wpuścili emigrantów, to ważny punkt, na szlaku... Długa lista. Ciekawym, czy i u nas ktoś nie wyskoczy? Ale kto chciałby zostać w Indiach?

Terey rzucił:

– Nie muszą tu zostawać, mogą jechać, gdzie chcą. Tylko dla takich Kadar nie jest Węgrem, a kraj uważają za stracony... Uczuciowe szczury. Ciekawym, ilu spośród tych, co zbiegli za granicę, wymachując narodowymi chorągwiami, długi czas siedziało wysoko za biurkiem, w cenzurze, w sądach, w bezpieczeństwie? Była okazja, to unikając sądu spłynęli, przezornie pomazawszy sobie twarze krwią poległych. Zrobili się wielkimi powstańcami. Jutro ich posłyszymy przez radio, jak będą oskarżali partię, wydadzą szczegóły ciemnych historii, a dobrze wiedzą, bo sami...

– Gdybym was nie znał, towarzyszu – szyfrant obracał z namysłem papierosa – pomyślałbym: dymna zasłona. Rozmawialiście z woźnym?

Istvan kiwnął głową.

– Wypił trochę i tak sobie zaczął naszych po kolei brać pod światło... Każdy dziś miałby jakieś powody, żeby powiedzieć w pewnej chwili: cześć. Nawet Stary, bo już wyżej nie pójdzie, a co odłożył, przekazał do Szwajcarii, tego mu i Kadar nie odbierze.

– A wy? – zahaczył go radca. – Macie na miejscu żonę, dziecko, dobry zawód – pokazał na pancerną szafę – byłoby na wymianę, CIC przyjęłoby was z otwartymi rękami.

– Pewnie... Tylko trzeba, żebym ja chciał, a mnie się nie spieszy... Ja się nie obrażam na socjalizm.

– A coście o mnie mówili?

Szyfrant zawahał się, jednak zdusiwszy papierosa wyrąbał:

– Żona i dzieci w kraju, ale i to niepewna kotwica. Ilu właśnie było zadowolonych, że się mogą urwać od rodziny. Wy zostaniecie, ale możecie sami się spalić, towarzyszu, mówię szczerze, bo wy zaraz skaczecie do oczu. Nie patrzycie komu...

– Nie martwcie się o mnie.

– Już ładne parę lat jeżdżę po zagranicy i powiem wam, radco, że jest odmiana. Dawniej byśmy tak nie rozmawiali. Jeden by się drugiego bał. Dobrze już, że można do człowieka gębę otworzyć... Choć też jeszcze trzeba wiedzieć do kogo. I u nas nie brak szkolonych, co by drugiemu chętnie na łeb wleźli, byle ich tylko władza mogła lepiej sobie upodobać, pozłocić. Ale ja wiem, jaki kto jest. Powiedzą tak, zrobią, powiedzą nie, też pięknie. Jednak blachy już mi na oczy nie założą. Było raz i dość.

– A cóż was do mnie przekonało?

– Towarzyszu radco – Istvan pojmował, że ten zwrot miał dla szyfranta szczególne znaczenie – wyście mi dziecko uratowali.

– Ja?

– Mihaly wszystko opowiedział, nawet w gazetach było: oszalały słoń.

– Ech, takie gadanie – bagatelizował Terey – on sam zawrócił.

– Ale mógł nie zawrócić – wpatrywał się w niego szyfrant – wtedy miazga. Mihaly nie zmyśla.

– Chyba, że mu się czasem duchy zwidują – uśmiechnął się radca.

– Jak Mihaly mówi, znaczy, że coś tam widział – bronił dziecka Kereny. – Hindi też się nauczył szybciej jak stary, sam nie wiem kiedy.

Nagle Terey zobaczył, że ożywiona twarz Kerenyego chmurnieje, nabiera obrzędowej powagi, odwrócił się, w drzwiach, które otwarły się bezszelestnie, stał ambasador.

– O czym wy sobie tak na boczku? No, mnie się nie musicie krępować – zachęcał wysuwając białą dłoń.

– Mówiliśmy właśnie o duchach – zaczął niefrasobliwie Terey. – Czas taki, że lepiej o duchach niż o polityce.

– O czym? – nastroszył grube brwi ambasador.

– Przecież mówię, o zwidzeniach Mihalya.

– Tak – podchwycił szyfrant – on widział zmarłą żonę Kriszana... Jeszcze przed wypadkiem.

– Głupstwami się zajmujecie – rozgniewał się nagle na przypomnienie wydalonego kierowcy. – Dajcie już raz spokój nieboszczykom, towarzyszu Terey. Sami nic nie robicie, nie nachodźcie drugich. Przeszkadzacie w pracy.

Oparł grube, kosmate dłonie o stół przy aparacie radiowym.

– Jest co nowego? – spytał. Szyfrant pokręcił przecząco głową. – Nie? Co w ministerstwie sobie myślą? Powinni dać cynk nam pierwszym, wtedy można mieć wpływ na prasę, podsunąć naświetlenia politykom, robić coś, a nie dowiadywać się dopiero od wrogów, nadstawiać tyłka i czekać, kto pierwszy przyłoi.

Wyciągnął z kieszeni zmiętą, pokreśloną notatkę i położył na stole, jak gracz kładzie atutową kartę.

– Nadajcie zaraz. A wy, towarzyszu Terey, nie uciekajcie, chcę z wami pomówić.

Przyparł Istvana do futryny, położył rękę na ramieniu, dmuchał mu w twarz kwaśnym odorem fajki. Chwilę patrzyli sobie w oczy.

– Lepiej zajdźmy do was, będziemy swobodniejsi – popychał radcę przed siebie poufale, zaznaczając swoją przewagę.

I teraz kolej na sprawę Margit – przygotowywał się do obrony, niespokojnie czekając, z której strony Bajcsy go będzie próbował zaskoczyć.

Ambasador rozsiadł się w foteliku radcy, wyjął fajkę i skórzany kapciuch, długo nabijał tytoń, przyglądając się Tereyowi z ukosa.

– Do kogo dzwoniliście dziś z rana, Terey?

– Ja? – zdziwił się. – Ach, tak, do prokuratury. Pan ambasador już wie? Dobry wywiad.

– Linia była za długo zajęta, telefonistka się tłumaczyła – mamrotał trzymając fajkę w mięsistych wargach i spoglądając posępnie. – Co to za konszachty?

– Dzwoniłem w sprawie drugiej żony Kriszana. Zatrzymali ją niesłusznie – mówił jak o wydarzeniu bez znaczenia – oskarżali, że wsypała cukier do baku...

– A wy możecie już przysięgać, że to nie ona? – przetoczył zwalisty tors, aż fotelik zaskrzypiał, oparł się łokciami na biurku. – Co was u diabła to obchodzi?

– Rozmawiałem z nią.

– Po co? – ryknął nagle. – Ja mam tego dość! Skończcie z tym, Terey.

Radca milczał, przyglądając się, jak wzburzony sapie, jak mu chodzi wzdęte podgardle.

– Powiedzcie, co się z wami dzieje? – zaczął niespodzianie tonem pełnym życzliwości. – Przyjrzyjcie się sobie w lustrze.

– Widuję się co rano przy goleniu – mruknął Terey.

– Są zmiany, co? Po prostu nie ten człowiek. Oczy podkute, twarz, jakbyście z baby nie złazili, i ta pobudliwość, z każdym szukacie zwady...

– Ja?

– Martwicie się o swoich? Przecież dostaliście od żony depeszę. Liczę, że teraz ją tu ściągniemy. Zaczniecie dobrze sypiać. Nerwy, Terey, trzeba trzymać w garści. Tropik zżera. Wiecie, co ja bym wam zaproponował? Mnie was szczerze żal – skrzywił się współczująco – jak się trochę uspokoi, weźcie sobie dwa, trzy tygodnie odpoczynku, dobrze wam zrobi wyjazd.

Mimo życzliwego brzmienia głosu, pochwycił baczne spojrzenie spod przymkniętych powiek z dwiema żółtymi plamkami, jakby grudkami odłożonego łoju. Instynktownie zgadywał, że ambasador ma jakieś wyrachowanie, żeby się go pozbyć.

– Dziękuję, panie ambasadorze, ale czy kolegom nie będzie przykro...

– Ferenz was z powodzeniem zastąpi. Nie mówię, żebyście jutro jechali. Towarzyszu Terey, ja wam pójdę na rękę, nie powinniście się na mnie boczyć. Pora, trzeba odpocząć.

Pogmerał ręką w pliku wycinków.

– Szkalują porządnych towarzyszy, psy na nich wieszają. Jedyna ich wina, że chcieli socjalizmu, a naród nie nadążał. Po czyjej stronie wy jesteście, Terey? – wycelował w niego cybuszkiem fajki, z którego mglił się siny dymek.

– Pan ambasador wie, nie ma o czym mówić.

– Kadar przejął wszystkie hasła powstańców, żeby się utrzymać, ale od deklaracji do wykonania jest na szczęście sporo czasu, ludziska obmacują guzy, podliczą szkody i zaraz im przejdzie, ostygną w zapałach. Wielkie mi zmiany, tak jakbyś czapkę przedział, a głowa została ta sama, głowa która wie, czego chce. Wy to możecie uważać za oportunizm, kiedy widzicie, jak ślinię palec i badam, z której strony wiatr wieje, a ja wam mówię, Terey, że tego mnie nauczyło życie. Trzymajmy się złotego środka. – Widząc, że radca nieskory jest do podejmowania dyskusji, pyknął fajką i zapytał: – Jak oceniacie nasz pokaz filmowy...? Nieudany, co? Jeszcze jeden dowód, że trzeba przeczekać, aż oburzenie przycichnie. I wtedy kapać po kropli, artykulik do prasy, wysłać Hindusa do nas na reportaż, umieścić parę fotografii z winobrania, ładne dziewczyny, żeby się każdy oblizał. Ale na to trzeba czasu. Jak wrócicie wypoczęci, obmyślimy kampanię.

Trzeba go podrażnić, żeby puścił farbę – nachylił się ku Bajcsyemu.

– Czy udało się panu ambasadorowi załatwić ten przelew? Przydał się na coś mecenas Czandra?

Bajcsy obrócił się jak uderzony znienacka, ale twarz radcy pełna była skupionej gotowości podległego, oddanego szefowi urzędnika.

– Czandra – gwizdnął cicho z uznaniem – ministerialna głowa, nawet nie przypuszczałem, że macie takie znajomości. Wyrażał się o was z uznaniem. Ja sobie jednak bez niego poradziłem. Możecie zapomnieć o tamtej rozmowie.

Podniósł się, tęgim zadem odsuwając krzesło. Wypukał fajkę o róg biurka, szurnięciem nogi rozcierając popiół.

– Ustalcie z Ferenzem, kiedy wyjedziecie. Może w grudniu, żeby mieć wolne święta?

Stojąc już w drzwiach zapytał:

– A gdzie byście pojechali?

– Nad morze, na południe... śni mi się ocean.

– Prawdziwy Węgier – wymamrotał na wpół drwiąco ambasador. – Bombaj, Kalkuta?

– Jeszcze dalej. Koczin. Mały port.

– Mały, ale ważny. Zawadzają o niego wszystkie linie z Anglii i Włoch, na Malaje i dalej do Australii.

Odwrócił się i wyszedł zostawiając drzwi na oścież otwarte. Terey patrzył na jego barczystą sylwetkę, pochyłe plecy, nie był pewny, czy ta Australia nie była sygnałem ostrzegawczym, na który czekał.

– Pojadę – szepnął – byłbym głupi, gdybym nie skorzystał.

Puścił wentylator, wielkie śmigi rozpędziły dym fajki, który niebieskim woalem stał pod sufitem.

Zaczął pracować z taką pasją, że aż się wzdrygnął, gdy zadzwonił telefon. Posłyszawszy nazwisko złagodniał.

– Ach, to pan, Ram Kanval... Właśnie dziś o pańską sprawę pytałem.

– Tu Kanval, ale brat, ja jestem tłumaczem, miałem zaszczyt pana poznać – sprostował cienki głos z kogucią zadzierzystością.

– Nie wiedziałem, czy pana radcę jeszcze w pracy zastanę. Dzwoniłem do domu.

Istvan spojrzał na zegarek, dochodziła czwarta.

– Rzeczywiście późno.

– Czy nie zechciałby pan odwiedzić mego brata? Dziś jeszcze.

– A co się stało?

– Mówię ze sklepu... Może pan podjedzie do nas.

– Takie pilne?

– Chyba tak.

– Ale mogę zjeść obiad? – zażartował. – Niedługo potrwa. Będę o piątej.

– Pamięta pan radca drogę? Na wszelki wypadek wyjdę na róg alei, przed nowymi blokami.

Głos mimo jasnego brzmienia był pełen troski, więc spytał:

– Coś się stało z Ramem?

– Tak, ale już lepiej. Jest przytomny, pan radca okazywał mu tyle życzliwości...

– Dobrze, będę...

Co się tam mogło stać? Dlaczego Ram nie dzwonił? Pewnie się im na złość zagłodził. Może chce kilkadziesiąt rupii pożyczki? Nie, dość, jeden jego obraz mi wystarczy. Więcej nie kupię. Nie mam ścian, żeby je wieszać. W Budapeszcie? Ilona powiedziałaby: nasi chłopcy malują lepiej. A Margit? Czy jej się naprawdę podobały, może kupiła wiedziona litością lub żeby mi zrobić przyjemność? Nie, ona jest bardzo współczesna. – Wydało mu się, że obrazy Kanvala świetnie by pasowały do wnętrza małego domku o szerokich oknach ze skrzynkami kipiącymi pożarem nasturcji, przypominałyby obojgu lato indyjskie, ów rok, kiedy się poznali. Już widać szaroniebieską ścianę i pełną żaru płaszczyznę z malowanymi niby-postaciami. Na kominku stoi czarny dzban i pęk

rdzawych gałęzi, obok kamienna głowa, którą dostał od Czandry.
– Nasz dom, Margit i mój. Przez szerokie okno pola kukurydzy,
niebo koloru farbki i jeden obłok, na nim żuraw studzienny...

Nagle się uśmiechnął, pejzaż australijski, który za oknem umieścił, jawił się przypomnieniem stron rodzinnych, kraju chłopięcej
szczęśliwości.

Zamykał szuflady na klucz, zbiegł pogwizdując po schodach.
Woźny drzemał w hallu, z głośnym stuknięciem, by go zbudzić,
położył klucz na stoliku.

Woźny otworzył jedno oko, ledwie skinąwszy głową na pożegnanie, schował klucz do kieszeni i zapadł w drzemkę, ruszając
zabawnie wąsami, po których łaziły muchy. Musiał sobie dobrze
łyknąć. Milczała pusta ambasada, pracownicy dawno wyszli.

Całując Margit opowiedział jej pospiesznie o telefonie, nawet
myjąc ręce przytrzymywał drzwi nogą, żeby jej nie tracić z oczu.
Był szczęśliwy mogąc wodzić za nią oczami, wydało mu się, że
w jego obecności nie stąpa, tylko zdaje się tańczyć.

– Możesz mnie zabrać? – spytała ostrożnie i na wszelki wypadek przygotowała torbę z lekarstwami, kazała wygotować strzykawki. Obiad skończyli szybko ku zadowoleniu służby.

Prowadząc austina zdążył odczytać duży napis: Gabinet Figur
Woskowych, film grozy.

– Zapomniałem ci powiedzieć – dotknął jej uda – że dziś idziesz
ze mną do kina. Muszę zobaczyć dodatek, są zdjęcia z powstania,
pokazują Budapeszt.

– Na którą idziemy?

– Na szóstą, jak będziemy wracać od Kanvala, o tej porze nie
spotkamy nikogo ze znajomych. Będą sami Hindusi, bo to tańszy
seans.

Przecięli dzielnicę willową, powietrze pachniało po wiejsku
oborą i sianem, wiezionym na skrzypiących tongach. Już z daleka
zobaczył znajomą sylwetkę, granatowa marynarka z metalowymi
guzikami, jakie noszą w angielskich internatach, białe, szerokie,
nakrochmalone spodnie.

– Co się stało?

Drobna twarz, w której tylko oczy błyszczały, pełne wyrzutu, i wąs długo nie przystrzygany, obwisły, kosmykami wchodził do ust.

Kanval kołysał głową, szczęśliwy, że się spotkali, że już ich ma i prowadzi do brata.

– On wypił jakąś truciznę. Teraz lepiej. Nie mogłem mówić przez telefon, bo tam wszyscy nadstawiają ucha, a w sklepie znają naszą rodzinę. Nie chce powiedzieć, czym się otruł... Żona jest przy nim.

– Samobójstwo?

– My nawet nie chcemy o tym myśleć – odżegnywał się zawstydzony. – Jednak tak to wygląda. Ostatnio bardzo mu szwagier dokuczał i teść mu podburzał żonę... Oni sądzą, że jemu się nie chce pracować. Malowanie według nich nie jest pracą, a innej nie dostał, choć sam widziałem, ile się nachodził... Marzył, że stąd ucieknie, że na parę miesięcy zapomni o Indiach. Pan radca obiecał stypendium. Bardzo liczył na wyjazd do Węgier – nagle zawołał piskliwym głosem: – W lewo teraz, przez rów... Skończyli z wodociągiem, rozkopują, żeby położyć kable.

Czerwony kurz dymił spod kół, które kruszyły grudy spieczonej gliny.

Przed domem gromadka dzieci bawiła się szklanymi kulkami, głośną wrzawą witały celne uderzenia. Szczupła dziewczynka w kwiaciastych spodniach kucała na środku jezdni, potrząsając triumfalnie woreczkiem ze zdobytym łupem.

Po stromych schodach, z czerwonymi plamami wyplutego betelu, wspięli się szybko do mieszkania rodziny Rama Kanvala. Posmutniała ciżba krewnych czekała na radcę, wymienili szybkie uściski rąk i z szacunkiem patrzyli na Margit, bo mały tłumacz zdążył oznajmić, że jest lekarką.

W ciemnawym pokoju leżał chory owinięty kocami, kształt wychudzonego ciała ledwie rysował się w fałdach materii. Obok łóżka stała gliniana misa z białym płynem.

Istvan odsunął zasłonę z okna i światło zachodu dobyło żółtozieloną, lśniącą od potu twarz Rama. Usta rozchylone chciwie chwytały powietrze, leżał bezwładnie, tylko oczy mu biegały pełne własnego nie kontrolowanego życia.

– Żona mu dała dużo zsiadłego mleka – tłumaczył brat. – Jednak wszystko zwraca.

– Bardzo dobrze – pochwaliła Margit. – Mleko jest odtrutką. Badała słuchawką pracę serca, liczyła tętno. Wyłuskała strzykawkę i naciągnęła z ampułki żółtawy oleisty płyn.

– Dam mu na wzmocnienie. Czym on się truł?

– Naparzył jakieś zioła – bezradnie rozkładał ręce siwy, tęgawy ojciec. – Gdybyśmy wiedzieli, że to tak będzie, nikt by mu jednego słowa nie powiedział.

– Spokój, przede wszystkim spokój – nakazała Margit. – Nie wchodzić, nie rozpaczać nad nim... Będzie spał. Drgawki ustają. Czy był już lekarz? Gdzie żona?

Przy drzwiach oparła się drobna kobieta w chłopskim, bawełnianym sari. Głowę miała tak nisko zwieszoną, że Istvan widział wyraźnie ukarminowany przedziałek i żałobne skrzydła rozplatających się włosów. Ciasne rękawy białej bluzki wrzynały się jej w ramiona.

Ram Kanval poznał Tereya, uśmiech na kurczowo zaciśniętych wargach przypominał twarze konających na tężec.

Radca pochylił się nad pryczą, ujął dłoń zimną i spoconą, ciążyła mu bezwładnie.

– Jeszcze nic straconego, panie Ramie, jeszcze pan pojedzie. Obiecuję panu.

– Nie – sapnął. – Oni panu kłamią... Powiedzieli dziś, że nie chcą mnie ani moich obrazów.

Mówił przerywanym szeptem, logicznie, tylko oczy to uciekały na sufit, to robiły zeza.

– Zatrucie jakimś alkaloidem? – troskała się Margit. – Na płukanie żołądka za późno... Co miał, oddał z mlekiem. Dawka nie była śmiertelna, ale już znać skutki porażenia. Niewiele można pomóc. Liczę, że przetrzyma.

– Będzie żył? – brat domagał się prawdy, wygrzebując zgiętym palcem kłaki wąsów spomiędzy warg.

– Jeżeli będzie chciał, jeśli będzie walczył... – odpowiedziała zwijając gumowe rurki słuchawek. – Od was zależy, czy będzie miał po co.

– Słuchaj, Ram – potrząsnął jego ręką Terey – przysięgam, że jeśli nie do nas, pojedziesz do Czech, do Rumunii, wszyscy attaché to moi koledzy.

– Powiedzieli, że moje obrazy są przeciw socjalizmowi, zdegenerowana sztuka – cedził szeptem – że nie na to stłumiono u was rozruchy, żeby ludzi zatruwać taką wystawą.

– Ferenz – zżymał się radca.

– Nie. To sam ambasador. Już przepadło...

– Nic nie przepadło – krzyknął wzburzony Istvan. – Pojedziesz do Paryża, poruszę niebo i ziemię.

Ram Kanval krzywił wargi w grymasie uśmiechu, źrenice zataczały koła, zbiegały się w kątach oczu, nie panował nad ich ruchami, musiało go to męczyć, pot gęściutki jak piana wystąpił na czoło.

– Musisz żyć, słyszysz? Żyj, to pojedziesz!

– Nie krzyczcie, ja was słyszę na czerwono – szeptał.

Naraz zaczął się dławić, zginały go skurcze, aż na wargach pokazało się trochę białawych grudek serwatki. Żona uklękła przy łóżku i ocierała mokrym ręcznikiem twarz.

– On nie żyje – skomliła – zostawił mnie...

Margit szorstko odsunęła jej ręce.

– Nie, usnął. Dajcie mu spokój. Nie męczcie pytaniami. Zasłoń okno, światło go razi. Hałas widzi kolorami... Ja bym go wolała odesłać do szpitala – zwróciła się do starszego pana w wielbłądziej kamizelce, którego obnażone kolano, widoczne spod zmiętej dhoti, dygotało nerwowo.

– Po co? Tu wszyscy przy nim czuwamy, ma dobrą opiekę. Lepiej go nie męczyć. Szpital kosztuje. I tak już cała kamienica huczy, że go zabiliśmy – szarpnął za ramię skuloną przy łóżku

synową i rozkazał: – Połóż mu w nogach butelki z gorącą wodą...
Jak go pilnowałaś? To twój mąż.

– Wyście go zadręczyli, wy nic się nie znacie – skoczyła do
teścia, wymachiwała przed twarzą rękami otwartymi jak szpony.

– Przed chwilą był na barsati kupiec i chciał, żebym sprzedała jego
obrazy, dawał za każdy po dziesięć rupii.

– I sprzedałaś? – zaniepokoił się brat. – Taka okazja.

– Nie jestem głupia... dawał po dziesięć, da i po dwadzieścia.

Istvan dojrzał, jak powieki malarza uniosły się nieco, źrenica
pływała niespokojnie, na wargach formował się już nie grymas,
a cień uśmiechu.

– Same farby więcej kosztują, nie sprzedawajcie – prosił szeptem.

Tłum dzieci zaglądał do sieni, gdzie siwa kobieta opowiadała
o wypadku. Gdy przepchali się na schody, mały chłopiec wyszarpnął dziewczynce z kokardami woreczek, kulki rozsypały się kaskadą i spadały stukając twardo po stopniach. Dzieci z wrzaskiem
rzuciły się, by je łapać.

– Dziękuję panu – skłonił się tłumacz, końce wąsów miał lepkie
od śliny. – Pan mu dał nadzieję.

– Nie, nie ja, ten handlarz. Mnie już nie wierzy.

Wyjechali na szosę i wtedy zwrócił się do Margit.

– Jeszcze jedna ofiara Budapesztu. Ja wcale nie kpię, gdyby nie
powstanie, byłby naszym stypendystą.

Spojrzawszy na zegarek zamilkł, pochylił się skupiony nad kierownicą, dochodziła szósta.

– Zaparkuję wóz, a ty biegnij do kasy po bilety. Hindusów mijaj
śmiało, nikt nie zaprotestuje... Kolonialne nawyki, czasem wydaje
mi się, że lubią czuć się poniżani.

Dostali się bez trudu, weszli na balkon w chwili, gdy wygasza-
no światła. Usiedli na pierwszych wolnych miejscach. Po barwnej
reklamówce ukazującej pulchnego młodzieńca cierpiącego na ból
głowy, któremu dobry duch ofiarowuje cudowne pigułki Aspro,
zaczął się dziennik nowości. Siedzieli przytuleni. Ręka Margit

odnalazła dłoń Istvana, pogładziła, a potem spoczęła łagodnym uściskiem, jakby dając znak – nie dręcz się, jestem z tobą, to, co będziesz oglądał, już się stało, jest przeszłością.

Budowa tamy w Bakra Nangal, nowoczesne miasto Czandigar, przeciwsłoneczne łamacze światła przypominają w oknach puste plastry miodu lub cienko krajany ser szwajcarski, pałac sprawiedliwości o gigantycznych kolumnach jak asyryjska świątynia, jakieś woły brną w rzadkim błocie i ślimaczym ruchem wloką drewnianą bronę, na której stoi kilkoro dzieci, żeby kołki głębiej drapały rozbełtaną breję...

I nagle Istvan drgnął. Na ekran spadła trójka myśliwców, szły stromo ku ziemi, ukazało się miasto jak z białych klocków przywalone kożuchem dymu, tłum, z tej wysokości podobny do wylewającego się płynu, uciekał w ogrody i gaje palmowe. Odetchnął głęboko: to nie Budapeszt ani żadne z naszych miast. – Atak lotnictwa izraelskiego na Port Said – dobiegł go głos spikera. Z samolotów strzelali i tłum rozpadał się na pojedyncze, ruchliwe figurki, które biegły przed siebie zygzakiem, nim upadły, zdawały się udawać śmierć owadzim sposobem. Ale Istvan wiedział – była prawdziwa. Na ekranie wyglądało to nawet estetycznie, ludzie się przewracali jak kręgle, szmerek uznania przebiegł po sali oswojonej z takimi scenami z amerykańskich batalistycznych filmów.

Budapeszt pokazano od pomnika stojącego nad Dunajem. Bem w kapeluszu z zakręconym kogucim piórem, tłum z uniesionymi głowami słuchał mówcy, który się wdrapał na kamienie cokołu.

Nie było w tym ujęciu nic niezwykłego, a jednak Margit czuła, jak pod jej dłonią zwarły się na poręczy fotela palce Istvana, zmienił mu się oddech, uniósł głowę, zdawał się wybiegać naprzeciw obrazom. Pospolite twarze, obnażone głowy tłumu śpiewającego przyjmował najgłębszym wzruszeniem, bo to Węgrzy, jego rodacy, czuł z nimi niepojętą dla niej łączność, wspólnotę, która nie będzie jej udziałem. Podpatrywała go ukradkiem, jego reagowaniem odbierała znaczenie obrazów zmiennych jak obłoki pędzone wichurą.

Zbliżenie na wpół oderwanej tablicy z napisem Stalin Kerut i wyglądająca spod niej dawna nazwa Andraszi ut. Kamera pokazuje ulice, którymi przewala się tłum, z gmachów zwisają długie, trójkolorowe flagi z wydartymi w środku dziurami... Wyszarpano gwiazdę. Bateria armat w parku strzela między domy, żołnierze w mundurach podobnych do rosyjskich, z kokardami na czapkach, piastują w rękach długie pociski. Przy komendzie wymyka im się z ust obłoczek pary... Nie ma dźwięku, tylko podkład muzyczny, obraz drga, widać zdjęcia robione z ręki przez przypadkowego świadka. Tłum na placyku, głowy zadarte, nagle z okna na czwartym piętrze wylatuje człowiek, uderza ciężko jak worek mąki o bruk lśniący wilgocią. Innych w mundurach wyprowadzają, kopniakami pędzą pod mur, jakiś młody mężczyzna w kapeluszu z kitką i dubeltówką w ręku uderza młyńcem w plecy opierającego się oficera, aż kolba pęka... Wściekły bije lufą jak drągiem, odłamana kolba z długim rzemieniem podryguje na bruku. Ci w mundurach stojąc pod murem wyciągają ręce, tłumaczą coś, błagają. Nagły skurcz krzywi ich twarze, wyglądają jak dzieci kulące się z przerażenia, wołające w ciemności: mamo... A to już jest w nich. Padają tępo, twarzą nie osłoniętą ramieniem uderzają o płyty chodnika, inni opierają się o mur, szorują po nim plecami, znacząc czarny naciek, bo krew na ekranie jest czarna i wołanie o litość jest czarną plamą otwartych ust – zapowiedź nocy, która ich nakryje.

– Nie. Nie – dociera z widowni głos napięty odrazą. Istvan odwraca głowę, jakby chciał poznać, kto krzyczał.

Płonące domy, czołgi, długa kolumna zdjęta ukradkiem zza rolety, wieloczłonowa, pełzająca gąsienica skręca pomału niknąc za narożnikiem.

– Niedaleko stąd mieszkam – szepcze jej w ucho i znowu chłonie wnętrze pokoju na ekranie: ostra, fanatyczna twarz, kardynał udziela wywiadu w ambasadzie amerykańskiej.

Tu już jest dźwięk i po pierwszych słowach węgierskich przejmuje tłumaczenie spiker. Margit zadowolona, że nareszcie rozumie, potakuje ruchami głowy. Ale dochodzi ją szept Istvana:

– Wezwał do walki, a sam uciekł... I on jest winien tej krwi.

Przejście przez granicę, tłum wlokący walizki i tobołki. Deszcz leje, chłód, obłoki pary z ust dymią, oskarżenia, płacz. Żołnierze składają broń przed oficerem straży granicznej. Austriak sprawnym ruchem obmacuje uda zbiega, przetrząsa wewnętrzne kieszenie płaszcza, pytając twardym niemieckim dialektem: Nie masz granatów? Cała broń zdana?

Kobiety w białych czepkach z krzyżem na opasce niosą z polowej kuchni posiłek dzieciom. Cały ekran wypełnia zbliżenie uśmiechniętej twarzyczki ze łzami na policzku, ujęte poprzez menażkę, z której dymi para.

Margit czuje łzy pod powiekami, pociąga nosem. On mógł tam być – ściska rękę Istvana – mogli go zabić, pochować między drzewami, których konary grożą, odarte z liści. A gdyby udało mu się ujść za granicę... Byłby wśród tych, którym Zachód spieszy z pomocą. I rozjarza się w niej radość, że przecież on jest tu, w Delhi, za granicą, bardzo daleko od Węgier, już tam nie wróci, bo ona go zatrzyma, zastąpi mu drogę.

– Widziałaś, jak było?

– Straszliwe – czuje jego drgnienie, więc się poprawia – wielkie.

– Nie możesz nas zrozumieć – zaczął i umilkł. Z ekranu powiała ku nim dłonią dziewczyna, mknęła na wodnych nartach, znacząc dwa pieniste ślady. – Chodź już – ujął Margit trochę za mocno – wyjdziemy.

Wstała posłusznie. I wtedy zapaliły się światła, obnażając puste krzesła i stłoczonych po brzegach spóźnionych widzów, którzy ruszyli falą w poszukiwaniu swoich miejsc. Zmierzając ku wyjściu Istvan dostrzegł zmienioną, przybladłą twarz Ferenza, który też go zobaczył i odprowadzał oczami. Puścił ramię Margit, szepnął:

– Idź szybciej.

Kiedy wsiedli do wozu, długo nie zapalał motoru.

– Co ci jest? – nachyliła się zaniepokojona. – Pozwól, ja poprowadzę.

– Dobrze – zgodził się łatwo. Zmienili miejsca i Margit podała mu zapalonego papierosa.

– Istvan, po czyjej ty jesteś stronie?

Zaciągnął się i odpowiedział cichym głosem:

– Jak rozmawiam z Ferenzem, wiem, że powstańcy mają słuszność, to samo z ambasadorem, jak z Judytą, innymi, myślę, co robić, żeby ratować Węgry przed rozdarciem. Samo istnienie państwa. Możemy przestać istnieć, rozdzielą nas, znikniemy z map. Tak się działo nawet z większymi narodami.

– Może być aż tak źle? – nie dowierzała marszcząc czoło. – Nie odpowiedziałeś... Za kim ty się opowiesz?

– Nie wiem, nie wiem, mówię ci z całą szczerością. I to mnie męczy, doprowadza do wściekłości... Po prostu jeszcze za mało wiem o tym, co zaszło...

Czokidar z bambusem przyłożonym do ramienia witał ich po wojskowemu.

Siedząc w fotelu z pochyloną głową długo zapalał papierosa.

– Żałuję, żeś na to musiał patrzeć.

– Nie... Muszę wiedzieć. Dopiero teraz ogarniam rozmiary klęski.

– Gdybyś nawet był w Budapeszcie, też byś widział fragment wydarzeń. Nie pogrążaj się w rozpaczy, tylko myśl, co można ocalić, jak się wydostać z tej matni. Ci, którzy przekroczyli granicę, nie przestali być Węgrami. Mogą dla waszej sprawy więcej zrobić niż tamci z kneblem w ustach.

Popatrzył na nią mrużąc oczy.

– Tak. Na to by wyglądało. Na razie świat jest poruszony tragedią Budapesztu, ale jutro będzie ich miał dość, staną się tylko uciążliwymi cudzoziemcami. Żeby zostać w Kanadzie, w Brazylii, które ofiarowały zbiegom gościnę, trzeba pracować, stać się podobnym do innych, przestać obnosić swoje stygmaty. Krótko mówiąc, rok po roku zacierać własne pochodzenie, sprowadzić je do ukrytych w szufladzie pamiątek, przyjdzie im wyrzec się tego, o co podjęli walkę.

– Więc uważasz, że powinni byli naprawdę zostać? – Zasępiła się.

– A ty? Co ty byś zrobił? Wróciłbyś na niepewne do tego Kadara?

– A co mnie on obchodzi? Wracałbym do ojczyzny. Zrozum, wyście jeszcze nigdy nie byli naprawdę zagrożeni. Twoja Australia to nie państwo, a kontynent. Tylko człowiek, który się dusi, wie, czym jest otwarte okno. Kadar musiał przejąć hasła powstania, bo zmian domagał się naród. Jeżeli uczciwie będzie je chciał spełnić, trzeba mu pomóc. Ze wszystkich sił. Jeżeli skłamał, nic go nie uratuje. Ale to jest przyszłość, dopiero czas pokaże.

– Wolisz tutaj poczekać – rozchyliła usta wstrzymując oddech.

– To nie ode mnie zależy. Moja sprawa jest inna. Margit, ja cię kocham. Pamiętaj o tym.

Uśmiechnęła się w udręczeniu, opuściła niebieskawe powieki, spostrzegł, jak bardzo jest znużona, podniecona, miał dla niej czułość i wdzięczność. Po swojemu, odmiennie, ale dzieli z nim niepokój.

Podniósł się i przysiadł na poręczy fotela, oparła mu głowę na piersi i objęci trwali w dobrym milczeniu.

– Powiedz mi – szepnął, gładząc rude, sypkie włosy – jak ci idzie na uniwersytecie? Przystojne chłopaki ci studenci? Masz tremę przed wykładem?

Po siódmej zaczął krążyć niespokojnie. Nagle oświadczył, że ma pilną sprawę do załatwienia, o której zapomniał, i mimo że kucharz nakrywał do stołu, sięgnął po kluczyk do auta.

– Wrócę za pół godziny. Bardzo przepraszam.

Skinęła głową, że rozumie, zaczeka.

– Czy pani będzie jadła, bo wszystko gotowe? – zatrwożył się Pereira. – Czy zaczekamy na saba?

– Nie jestem głodna – powiedziała spokojnie, ale ręce jej drżały, kiedy nalewała whisky i szumiał naciśnięty syfon.

Gdy wrócił, jak zapowiedział, nie miała odwagi o nic zapytać. Dopiero, gdy leżeli przy sobie i pieścił sennie jej gładkie kolano na swoim udzie, wyznał półgłosem:

– Skłamałem ci, Margit. Ale wstydziłem się. Jeszcze raz pojechałem do kina obejrzeć ten dodatek. Wszedłem bez biletu, dałem rupię portierowi. Stałem w ciemności i patrzyłem. Wydawało mi się, że za pierwszym razem przeoczyłem jakieś ważne dla mnie szczegóły... Wpatrywałem się w twarze, czy nie poznam kogoś ze znajomych.

Słuchała skulona, jakby zziębnięta. Tamto zawsze będzie mu bliższe – pomyślała z rozpaczą. – On mnie głaszcze odruchowo, jak psa.

Inaczej odczytał jej spokój, nagłe odrętwienie.

– Jesteś mądra, Margit, bardzo mądra... O tym, co się tam stało, lepiej milczeć.

– Nie – zakołysała głową na poduszce – powinniśmy ze sobą mówić. Kiedy milczysz, nie jestem pewna, czyś się czegokolwiek nauczył. Czy zrozumiałeś, że to była daremna ofiara? Przeraża mnie myśl, że jutro może cię skusić odruch samobójczy... Cudze doświadczenia dla was jakby nie istniały. Czy każdy musi nadstawiać grzbiet po swoją porcję razów?

– To nie jest tak – obruszył się całując jej włosy. – Widzisz, że nie robię głupstw.

– Chcę, proszę cię, żebyś tam nie wracał – powiedziała twardo.

– Chcę cię ratować. Ja wierzę w twój talent. Czy myślisz, że oni pozwolą ci szczerze pisać? Tak, jak byś pragnął?

– W tej chwili na pewno nie.

– No, więc miejże odwagę powiedzieć: nie wracam do klatki.

Pierwszy raz mówiła tak brutalnie. Rzeka uchodźców dodała jej odwagi, jeśli tylu ich przedarło się za granicę, czemu ten jeden, wybrany, jeszcze się waha...

– Nie wracam – szepnął dotykając wargami jej skroni – nie wracam, i jeszcze nic mnie do tego nie nagli.

– Chciałam ci przypomnieć, że nie odnowiłam kontraktu na przyszły rok. Od stycznia jestem wolna.

– Co będziesz robiła? – wsparł się na łokciu.

– Czekała. Na ciebie. Będę cierpliwie przecinała nici, którymi jeszcze jesteś związany z przegraną sprawą... Najmocniejsza więź została przepalona powstaniem. Sam widziałeś, że ci, co chcą walczyć, prawdziwi patrioci, opuścili Węgry. Oni będą mącili spokój sytym, nie pozwolą zasnąć wolnym narodom, będą przypominać. Na ciebie czeka Australia, cały kontynent, który możesz poruszyć, obudzić sympatię do własnego kraju.

Istvan słuchał ze zdławionym sercem.

– Przecież nie każę ci decydować za godzinę ani jutro. Wiem, że ci będzie ciężko, ale wtedy ja będę z tobą. Nie pozwolę, żeby cię zniszczyli, ty masz pisać, tworzyć... Czy w waszej literaturze nie ma takich poetów, którzy poszli na wygnanie, a wracali w sławie, książki ich podawano z rąk do rąk jak pochodnie?

– Oczywiście, byli.

– No widzisz, no sam widzisz – triumfowała.

Leżeli w ciemności. Przejeżdżające auta rzucały ruchome plamy świateł na ściany. Wydało mu się, że ktoś próbuje zajrzeć do wnętrza, przyświecając sobie latarką. Przeniknęło go uczucie odrazy. Nie były to wspomnienia z Indii, snuły się szepty, ukradkowe spojrzenia, którymi sprawdzał odległość od nieproszonych uszu. Jedni koledzy ostrzegali przed drugimi, padały słowa jak kamienie: agent, szpicel, donosiciel. Wtedy powtarzał się dowcip o tym, że chcąc zostać członkiem związku pisarzy trzeba wydać dwie książki i trzech kolegów. Nagrody, przychylne głosy w prasie, lansowanie nazwisk i tytułów, choćby niegodnych zauważenia, i znikanie innych, wyciszanie ku zdziwieniu czytelników odbywało się za naciśnięciem guzika, na wyraźne zlecenie ludzi mających niewiele wspólnego z kulturą. Pamiętał o tym, a jednak budził się w nim opór, Margit żądała, by dzielił jej niechęć do Węgier. To jego ojczyzna. Jak o matce, nie wolno mówić źle.

– Myślisz, że ja jestem głupia, że nie wiem, co się u was działo – mówiła szeptem, czuł ciepły oddech na szyi – chciałam cię lepiej zrozumieć, przeczytałam wszystko, co wyszło po angielsku o krajach za żelazną kurtyną...

Wzruszyło go to wyznanie i trochę rozbawiło, musiała to odczuć, bo dodała gorąco:

– To wcale nie jest śmieszne. Powiesz: wszystko propaganda i oszczerstwa, a ja pamiętam, co mówił Chruszczow, nic nie trzeba dodawać...

Przygarnął ją ramieniem, kołysał na piersi, próbował wzburzenie ukoić. Cisza rozrastała się w całym domu. Nawet wielkie śmigi wentylatora pod sufitem stały nieruchome, tylko w błyskach reflektorów z rzadka przemykających się aut cienie obracały się i wydłużały bezgłośnie.

– Wielka Brytania też kryje mroczne sprawy, tylko jest ta różnica, że jeszcze żaden premier nie ośmielił się o nich tak jawnie mówić... – wyrzucał z siebie z gorzkim wzburzeniem, jakby oskarżał.

– Niech ci Hindusi opowiedzą o tkaczach, którym obcinano palce, o wymordowaniu rodziny ostatniego Mogoła, tu w Czerwonym Forcie major lansjerów królowej wystrzelał nawet małe dzieci i za to został parem Anglii... A podsycanie waśni między Arabami, bo ropa naftowa jest cenniejsza od krwi? A generał Templer, który sprowadzał Dajaków do walki z partyzantką malajską i bardzo ich zachwalał, bo ścinali jeńcom głowy... No, a Suez, widziałaś przecież jawną zbrodnię, ale biedota się nie liczy, z wiosek można bezkarnie robić cel, jak na poligonie.

Tężała mu w ramionach, czuł jej obcość. Bolało go to, a jednak musiał bronić świata, w którym żył, z którym łączyła go wspólnota walki i tworzenia.

– Gdybym cię nie rozumiał, moja bardzo kochana, gdybym nie wiedział, że mówiłaś pełna niepokoju i rozterki, że chcesz mego dobra i wydaje ci się, że mnie ratujesz, po tym, co usłyszałem, trudno byłoby nam rozmawiać...

Odważał słowa z namysłem, trzymając ją w ramionach, niełatwo przychodziło wypowiedzieć całą gorycz.

– Ty jesteś dla mnie dobra, bardzo dobra, nie dlatego że jesteś uległa, ale naprawdę myślisz o mnie, o Istvanie Tereyu, który ma jedno życie. Nawet nie wiesz, czy to, co piszę, ma jakąś wartość, a jednak wierzysz w moje zdolności, w moim zachowaniu, w słowach do ciebie zwróconych i gestach tkliwych znajdujesz pewność, że się nie mylisz. Miłość daje ci instynktowne poznanie, wydaje mi się nieraz, że wiesz o mnie więcej niż ja sam o sobie. Przeczuwasz poetę Istvana Tereya, który mógłby dopiero się narodzić, gdyby był z tobą, znasz potęgę miłości. Znasz swoją siłę, żarliwą gotowość oddania... Czasami w nocy się budzę, bo mi się śniłaś, i szukam ciebie. Gardło mam ściśnięte, smak krwi w ustach. Jestem gotów krzyczeć, że ciebie przy mnie nie ma, bo naszła mnie myśl, że cię utraciłem albo żeś się mnie wyrzekła. Margit, ja mam pewność, że nikt mnie tak nie kochał jak ty i nikt mnie już tak kochać nie będzie, że mam w ręku dar bezcenny, jedyny. Gdyby ci powiedzieli: jeżeli Terey ma żyć, ty musisz umrzeć, nie byłoby cienia wahania u ciebie. Powiedziałabyś – bierzcie mnie. A czy może być większa ofiara od życia?

Tajała pomału, tuliła twarz do jego ramienia, kiedy cichł, lekkim dotknięciem warg zdawała się prosić, żeby mówił dalej, w języku, który nie był jego ojczystym, pamiętała o tym i dręczyła ją myśl, że te słowa po węgiersku miałyby inne, może piękniejsze brzmienie, a wiodłyby bliżej tego, co chciała pojąć, zgłębić, przeniknąć.

– Gdybyś mi się tylko oddawała, byłbym ci wdzięczny, pragnąłbym cię, bo dla mnie jesteś najpiękniejsza, ale nie byłoby to tak wiele. Dar ceniony, ale nie taki znów niezwykły. Margit, niewiele jest w świecie prawdziwej miłości, choć tyle się o tym mówi, jeszcze więcej pisze. Ci, co jej nie zaznali, gotowi przysięgać, że jej nie ma. Jesteś dojrzałą, rozumną kobietą, masz swój zawód, doświadczenie życiowe. Powiedz, ile razy kochałaś tak jak teraz? Sama mówiłaś, że w końcu liczą się te dwie miłości. Sprzed lat... Stanley, pełna największej żarliwości, po dziewczęcemu naiwna. Nie spełniona, nie sprawdzona, raczej przeczucie żywiołu: z szumu we wnętrzu muszli, którą przykładałaś do ucha, wyobrażałaś sobie ocean. Byli w twoim życiu mężczyźni, wykreśliłaś ich imiona, bo się, jak mówisz, nie liczyli, aż wreszcie jestem ja. Przywiany z drugiego krańca świata, z obcego ci narodu, z trudem zamykający myśli w twoim języku. Nie znasz tysięcy spraw, które mnie pochłaniają, a jednak bez wahania powiesz – to jest ten. Na ciebie czekałam, tylko do ciebie chcę należeć, więcej, chcę pomóc, byś stał się tym, kim być powinieneś.

Udo jej zsunęło się po jego kolanie, wsparła głowę dłońmi, ledwie dostrzegał wilgotne lśnienie szeroko otwartych oczu.

– Mów – prosiła – mów.

– Ostatniego wieczoru w Agrze powiedziałaś siadając przy mnie, bo właśnie się zbudziłem... Widziałem w twojej twarzy otchłań dobroci i oddania: „Chciałabym, żebyś był trędowaty..." Żachnąłem się, miałem w oczach ogryzione, bez stóp i dłoni kadłubki na wózkach, bełkoczących nędzarzy, którym się rzuca jałmużnę. „Czyś ty oszalała?" – krzyknąłem, zły na ciebie. Wtedy pogładziłaś mnie tkliwie i powiedziałaś: „Przecież wtedy by się ciebie cały świat wyparł. A ja bym cię nie odstąpiła, wtedy nareszcie miałbyś pewność, że cię kocham". Wydało mi się to dziwaczną metaforą, dziś wiem, że było w tym coś z prawdy, jesteś do tego zdolna. Do najgłębszej, aż bolesnej radości, mogąc się poświęcać ponad ludzką wytrzymałość, oddawać rozrzutnie, bez wyrachowań...

– Mów – szepnęła, kiedy zamilkł.

– Dobrze, Margit – położył dłoń na jej dłoni ciepłej, przychylnej – będzie bolało, ostrzegam.

– Mów – tchnęła, sunąc ustami po jego piersi.

– Pamiętałaś o moich chłopcach, wiedziałaś, że ich mam. Dla Gezy i Sandora kupiłaś rzeźbione zwierzątka, słonie, bawoły, tygrysy... Wybierałaś starannie. Zapamiętałem wszystko, twój przekorny uśmiech, bo to miała być dla mnie niespodzianka, i była, zawstydziłaś mnie, toś ty o nich pomyślała, nie ja, ojciec. Pamiętam każdy gest, marszczyłaś zabawnie nos, sprawdzając, czy to naprawdę sandałowe drewno... Pudełko zabawek od ciebie, ale ty zostawałaś w cieniu, więc są ode mnie, i cieszyłaś się, że uzupełniasz mnie, czynisz lepszym. A teraz żądasz, żebym wyjechał z tobą, bez wahania zabierasz im ojca. Margit, kocham cię, ale ja nie chcę stracić dla ciebie...

Szarpnęła się jak ryba, gdy nagle poczuje wbity hak.

– Nie, Istvan – krzyknęła rozpaczliwie, uderzając pięściami w poduszki – ty przecież mnie znasz! Nie myśl o mnie źle. Miałam jedno pragnienie, ratować cię przed losem tamtych, ja cały czas w kinie drżałam, że mógłbyś być jednym z zastrzelonych, zmiażdżonych albo wygnanych i bezdomnych, którzy odchodzą na tułaczkę z gorzką świadomością, że przegrali, albo że nie rozumieli i doprowadzili do zniszczeń w stolicy, którą tak kochają. Ty chcesz być wolny. Twórca musi być wolny, i ja tylko w tym chciałam ci pomóc. Jestem głupia, głupia. Wybacz mi, Istvan. Nigdy nie śmiałabym żądać, żebyś wyrzekł się dzieci.

Uderzyła czołem o jego dłoń, ciepłe łzy spływały mu po skórze. Gładził jej kark litując się nad nią i nad sobą. Szczęki zacisnęły się do bólu.

– Przecież ja nie chcę, żebyś cierpiała.

– Dobrze zrobiłeś, powinieneś mnie bić, jeśli widzisz, że jestem bezmyślna, podła. Chciałam jak najlepiej, a teraz dopiero widzę, że cię nie dość mocno kochałam. Nie pamiętaj mi tego. Proszę cię...

– Ja jestem jak trędowaty, Margit, co najmniej dla jednej trzeciej ludzkości, bo jestem stamtąd, od czerwonych, wolałabyś, żebym wyrzekł się kraju, a on jest tam, żebym rzucił rodzinę, a ona jest tam, żebym zapomniał języka, którym tam mówią... Chcesz, żebym dostąpił przez zdradę oczyszczenia. Zastanów się, przecież byś mną gardziła, nie mogłabyś mi już nigdy zaufać. Skoro zdradził tyle, jakąż mogę mieć pewność, że nie wyreknie się i mnie.

– Nie dręcz – jęczała – wiem, że mówiłam podle, ale naprawdę tak nie myślałam.

Był z nią, czuła jego obecność skrajem ciała, które go dotykało, miała jego dłoń otwartą pod czołem, a jednak wydało jej się, że odszedł daleko i spogląda wzgardliwie, smakuje gorzko pomyłkę.

– Jestem winien, Margit – powiedział cierpiąc jak ona – nie powinienem był cię kochać. Wychodzić ci naprzeciw, każdym gestem, każdym pocałunkiem przysięgać wierność. Nie mogłem, nie umiałem się ciebie wyrzec. I dziś tego nie potrafię. Jestem taki szczęśliwy, że cię znalazłem, że cię mam. Nie każ mi przyspieszać tej godziny, która musi przyjść. To ja ciebie powinienem błagać o wyrozumiałość, bo mówiąc: zostań ze mną, nie mówię o dniu ostatnim, o godzinie śmierci. A tak powinno być... Tylko odpycham jak tchórz ową niedaleką datę, rok, dwa lata, próg, którego nie przekroczymy razem. Zdaje mi się, że cię dobrze poznałem, i wiem, ile jesteś warta. Modlę się czasem: Boże, daj, żeby ona była szczęśliwa. A przecież to przywoływanie miecza, który nas rozdzieli, modlitwa przeciwko tobie i mnie. Bo skoro ja nie mogę odepchnąć, pogrzebać przeszłości, powiedzieć: umarł Istvan, umarł ojciec, umarł Węgier, a narodził się ktoś, kto prócz bólu, wstrętu do siebie samego nic nie ma do ofiarowania. Przecież ten, kogo byś zabrała ze sobą, to nie byłbym ja, zrozum, ja też gardziłbym sobą... Czy mogłabyś być ze mną szczęśliwa?

– Istvan, nie powinnam była tego powiedzieć – szlochała.

– Powinnaś. Za długo unikaliśmy tej rozmowy. Tyś myślała: decyzja należy do niego, nie chcę, by wyglądało, że go łowię. Nie będę ponaglała, samo się stanie. A ja omijałem pytania, które musiały paść, bo tego wymaga uczciwość, musimy oboje z całą dobrą wolą, wzajemnie się wspierając na nie odpowiedzieć. I ty mi musisz w tym pomóc, i ja tobie.

– Teraz mówisz tak, jak zawsze o tej chwili myślałam – zachłysnęła się ocierając łzy. – Jeszcze nic nie jest przesądzone. Jeszcze wszystko może się odmienić – w głosie jej brzmiała wielka nadzieja – przecież nie po to mi cię dawał, by jeszcze bardziej pognębić... Widzę, jaka mogę być szczęśliwa. Pragnę wielkiego spokoju, jaki znajduję w tobie, i to ma być mi odebrane? Na szyderstwo? On nie może tak okrutnie się nami bawić...

Oddychała urywanie, słowa łamały się w drżeniu, jakie zostało po niedawnym płaczu.

Wiedział, że to już nie do niego przemawia, nie z nim, a o niego się targuje z Tym, kogo oboje, choć wiedzieli, że jest, chcieli pominąć w rachubach.

Istvan gładził jej głowę, która jak odrąbana ciężko stoczyła mu się na pierś. Nie było w tej pieszczocie nic ze zmysłowości, sama czułość, sama nadzieja ukojenia odchodzącego jak burza, gnana wichurą łkania targającego wnętrznościami.

Leżeli obok siebie, oddechy się przenikały, włosy pachnące lekko miał podścielone pod skroń. Ciemność rosła nad nimi, gniotła, aż trudno było oddychać. Zdawało mu się, że słyszy szelest lecących płatków niewidocznej sadzy, a może tylko jej rzęsy ocierały się o jego pierś. Wydawało mu się, że są jak para świeżo wyklutych piskląt, których nie przyjęła kwoka, włożonych do garnka pełnego szarych piórek i puchu, przerażonych nieznanym losem, tulących się ku sobie, we własnym cieple szukających otuchy.

Słyszał pospieszne szczękanie zegarka położonego na stole, metalowa tacka oddawała nikły dźwięk, jakby szczęki chciwego owada cięły niestrudzenie podpływający mrok. Oddech Margit wyrównywał się, musiała zamknąć oczy, bo jedna spóźniona łza, wyciśnięta spod powieki, spłynęła mu po żebrach, łaskocząc.

Ramiona drętwiały, ale unikał najmniejszego poruszenia, żeby jej nie zbudzić. Myślał, że już śpi, kiedy powiedziała szeptem, zaskakując głosem przytomnym, chłodnym:

– Nie mówmy już, Istvan, dosyć zadaliśmy sobie ran.

– Tak.

– Chcę, żebyś spał. Te ostatnie dwa tygodnie znać po tobie, musisz odpocząć. Musisz spać.

– Nie mogę...

Przesunęła dłonią po czole, jakby ścierając powracające złe myśli.

– Myśl o chłopcach, kochają cię, choć może nawet o tym nie wiedzą, mają cię, choć tego nie cenią... Myśl o nich. Żyją, potrzebują ciebie.

– Myślę o tobie.

– Na to będziesz miał jeszcze dużo czasu – powiedziała – do końca życia. Kiedy już nie będę przy tobie.

Umilkli, wsłuchani w przyspieszone uderzenia serc, przerażeni słowami, które wypowiedziała, bezsenne noce samotnych, oddzielonych, kiedy pamięć broczy obrazami, torturuje i nawracają uporczywe pytania: dlaczego, czy nie można było inaczej?

Całował ją serdecznie jak dziecko, okrywał starannie kocami i leżąc na wznak nasłuchiwał jej oddechu w ciemności, która się mrowi, ulatuje i opada czarnym makiem. Zdawało mu się, że zgrzytający owad w zegarku przyspieszył swą pracę, drąży, tnie czas niestrudzenie. Jego malutkie szczęki dogryzły się Istvanowi do serca.

– Ty musisz wyjechać – Margit podsunęła filiżankę porannej kawy.

– To samo zalecił mi ambasador. Ale teraz nie mogę. Nie wiem, czy tam już naprawdę ucichło.

– Co mu powiedziałeś? Jak cię puszcza, to uciekaj.

– Powiedziałem, że pojadę do Koczinu.

– Gdzie to jest?

– Na południu, na samym krańcu Indii.

– Ale dlaczego tam?

– Z przekory, żeby go zaskoczyć. Zaraz po przyjeździe do Indii oglądałem kolorowy film, morze, palmy, białe plaże. Małe domki, ocean i na horyzoncie żagle podobne do latawców. Powiedziałem sobie: muszę tam pojechać. Zimą jest dobra pora, nie za gorąco.

– No, to pojedziesz.

– Jeszcze nie wiem.

– Ja będę wolna piętnastego grudnia – zastanawiała się – kontraktu nie przedłużyłam.

– Pojechałabyś?

– Tak. Choć wiem, że to nie ma sensu, będę się wlokła za tobą do końca.

– Nie mów tak.

– Koczin, Koczin – szeptała. – Chyba dostatecznie daleko od ambasady. Czy oni ci bardzo mną dokuczają?

– Niewiele o nas wiedzą, na szczęście. Przestałem bywać w klubie.

– To właśnie wygląda dziwnie. Coraz trudniej będzie ci mnie ukryć. Musisz się pokazywać między ludźmi. Nie możesz tak unikać. Trzeba, żeby cię widzieli, tego wymaga rozsądek. Obiecujesz?

– Kiedy ja wolę czekać na ciebie. Myślę... Nie brakuje mi towarzystwa.

– Marzysz – powiedziała smutno.

– Czy i tego mi zabraniasz?

– Kiedy marzysz, zajmujesz się tą, którą stwarzasz. Ja, żywa, jestem ci mniej potrzebna. Istvan, o ileż ty jesteś szczęśliwszy ode mnie. Możesz całemu światu mówić pisaniem, że cierpisz. A ja... mam tylko ciebie i jeszcze się waham, nim słowo wypowiem. – Przygarnęła jego dłoń, położyła na piersi. – Pojedziemy razem do Koczinu. Jeśli zechcesz.

– Wymkniemy się, znikniemy wszystkim z oczu. Będziemy tylko dla siebie.

– Nawet nie wiesz, co mówisz – broniła się przed obrazami tej radującej samotności na bezludnych plażach południa. – To straszne.

– Będziemy szczęśliwi.

– Żeby potem odepchnąć się wzajemnie na dno rozpaczy?

Całował jej włosy szepcząc błagalnie:

– Nie mów tak, proszę cię, nie mów.

Ucichła, trzymała go tylko kurczowo, jakby przyszłość miała ją oderwać, znieść daleko, skąd już nie będzie powrotu.

– Słuchaj – powiedziała nakazująco – w sobotę przyjeżdża Salminen, w niedzielę ma odczyt, prosił, żebym mu zestawiła materiały, zrobiła wyciągi liczbowe. Będę zajęta.

– Całe dwa dni? – uniósł się dotknięty, że obcy staruch zabiera mu własność.

– Przyjeżdża autem. Muszę na niego czekać w hotelu. Nie powiem przecież, że jestem u ciebie. W niedzielę wypada mu towarzyszyć, co ty sobie wyobrażasz? Byłby bardzo dotknięty, gdyby mnie na sali brakło. W sobotę możesz przyjąć kolegów. W niedzielę idź do klubu, chyba nie chcesz, żeby się nami zajęli?

– Nie chcę nikogo oglądać. Nie mam siły z nikim rozmawiać.

– Ja ciebie nie pytam, czy chcesz. Musisz – powiedziała z naciskiem – dla naszego dobra. Naprawdę pragnę z tobą pojechać do Koczinu. Całe święta we dwoje.

– Dobrze – przystał.

– A niedziela?

– Od paru dni męczy mnie Nagar, żebym się wybrał z nim na kaczki. Ale to nie jest polowanie, piknik klubowy.

– Tym lepiej, znowu cię wszyscy zobaczą.

Westchnął tylko głęboko.

– Nie musisz mordować kaczek, niech sobie żyją – szeptała. – A wieczorem przyjdę do ciebie i wszystko opowiesz. Pamiętaj, że to musi być wesoła opowieść. Słyszysz?

– Tak.

– A teraz pocałuj mnie – mruczała udając, że jest dzielna, że o nocnych rozmowach już zapomniała, że myśli tylko o dniach najbliższych, układa starannie plany, wierzy, że takich dni będzie wiele, całe mnóstwo, aż zaczną oboje o nich mówić: lata.

W rozległej dolinie leniwie płynęła Dżamuna, nurt znaczył się iskrzącą łuską. Łachy pozarastały wikliną, kępami trzcin trzymetrowych o przegiętych jak kogucie pióra kitach fioletowych nasion. Drzemały podmokłe łąki z oknami mulistych stawów, oblegane murem sitowia, poprzegradzane grząskimi strugami, ledwie widocznymi spod kołtuna splątanych traw. Brzegi ich ostre zaczepiały o ubranie, jak brzytwą cięły dłoń, która nieopatrznie za nie chwyciła, nawet na cholewach myśliwskich butów zostawiały białe zadrapania. W tej gęstwinie lęgły się kaczki. Jedynym ich wrogiem bywał szakal, który zwabiony sennym popiskiwaniem mógł wybrać młode z gniazda. Ale gdy już stara wyprowadziła je na wodę, w cieniste korytarze strumieni, przykrytych grzywą szalejących traw, były bezpieczne, a żyzny muł zapewniał obfite żerowisko.

Ptactwo nie ostrzelane rwało się do lotu opornie, lubiło zapaść w sitowiu, przeczekać myśliwych, wędrujących wzdłuż koryta, zapuszczających się w labirynt kęp, w wielkie trzciny, skąd bił zaduch butwiejącego zielska, mdło ciepły, odurzający rozkładem.

Pod wysokim niebem zaszłym melancholijną mgiełką jesieni dubeltówki postukiwały niegroźnie, bez echa, jakbyś dla żartu strzelił z papierowej torby.

– Trzymaj psa. Nie puszczajcie go! – krzyczał piskliwym głosem Nagar, a dwaj służący wlekli łaciatą Trompette, która po każdym strzale wyrywała się, ujadając rozpaczliwie. Ślepia miała nabiegłe krwią, kłapała pyskiem, z którego ciekła ślina. – Ona jest podobna do żony, która nie widzi ustrzelonych kaczek, tylko wymyśla za każde pudło – zagadywał Nagar bliźniaczki, panny Partrige.

Fanny, energiczna, piegowata, brzydka, ale pełna temperamentu dziennikarka pisywała w magazynach kobiecych, dużo podróżowała. Specjalnością jej były reportaże obyczajowe, krótko mówiąc, praktyki erotyczne Papuasów i Polinezyjczyków, drewniane futerały bogato rzeźbione zakładane na członek przez plemiona na Borneo, sprawy z pogranicza magii, medycyny pierwotnej i trucicielstwa, o których bardzo moralne, zasuszone Angielki czytywały z wypiekami na twarzach. Druga z sióstr jeździła z nią na przyczepkę, posłuszna brzydula, o wiecznie zdziwionych niebieskich oczach, kędzierzawych włosach koloru słomy, na imię miała Anna, jednak wszyscy przezywali ją Muflonem, nawet siostra, na co pogodnie przystawała. Pomagała sławnej bliźniaczce, trochę fotografowała. Uwielbiała Fanny i uważała ją za niedościgły ideał. Obie nie strzelały, tylko uczestniczyły w polowaniu. Fanny czujnie stąpała wikłając się w wysokiej trawie, Anna czekała jej rozkazów z aparatem gotowym do zdjęć.

Nagar w lekkim płóciennym kapeluszu, z torbą, lornetką na piersi i pasem lśniącym miedzią zatkniętych nabojów wydawał im się najwdzięczniejszym obiektem, zwłaszcza że całą drogę opowiadał o polowaniu na tygrysy. Wymieniały między sobą porozumiewawcze spojrzenia, Muflon sygnalizowała siostrze: to jest story dla ciebie, a Fanny odpowiadała: już złapałam, ale i ty zapamiętaj, bo się może przydać.

Bliźniaczki nigdy się nie rozstawały, odkąd ich rodzice zginęli w bombardowaniu Londynu. O tej parze krążyły plotki, nazywano je – państwo Partrige i zapraszano zawsze obie, kpiny przyjmowały życzliwie i często nawet same o sobie opowiadały pikantne anegdoty, jednając ogólną sympatię.

Powietrze odrętwiałe znaczyły smugi z wolna snujących się dymów, rozwleczonych jak siwe pajęczyny. Kucharze otoczeni gromadą chłopców wiejskich przykucnęli, podsycając ogniska ciernistymi gałązkami i snopami badyli. Na łysych wierzchołkach starych drzew czuwało kilka sępów, po wystrzałach, jakby w uznaniu dla śmierci zadawanej ptactwu, klepały się po bokach twardymi skrzydłami.

Istvan nie wziął kucharza, licząc, że Nagar i tak go zmusi do wspólnego obiadu. Przyjechał z panną Shankar, odmienioną strojem myśliwskim. Zamiast sari – w kraciastej flanelowej koszuli z kieszeniami, pod którymi rysowały się drobne piersi, ściągnięta pasem, w butach do jazdy konnej budziła powszechny zachwyt. W ręku miała lekką jednorurkę, ptaszniczkę. Podniecona opowiadała cały czas o swoim domu, o rodzinie tak, że nie musiał się wysilać, by ją bawić rozmową. Kierowca, posępny Sikh, raz po raz spoglądał w lusterko, sprawdzając, co się dzieje z Tereyem, skoro tak milczy, a dziewczyna wybucha wabiącym śmiechem. Ogromne oczy miały aksamitną czerń; wiśniowe usta, dołeczek na smagłym policzku wabiły dziewczęcą, nie rozbudzoną świeżością.

A jednak z ulgą podrzucił ją pannom Partrige, które bezceremonialnie, zachwycone jej urodą, zmusiły, by z podniesioną jednorurką pozowała im do zdjęcia.

– Zamawiam fotos – podnosił dwa palce przysłonięty po pas trawami amerykański dziennikarz – wolę to niż kaczki.

– Nie dam ci, Bradley – zastrzegła się Fanny. – Będziesz kolegom imponował, że to twoja narzeczona...

Panna Shankar słuchała z wypiekami na twarzy, z lufą wycelowaną w niebo, sparaliżowana oczekiwaniem na syk migawki.

– Już? – pytała jak dzieci w zabawie w chowanego. – Mogę się nareszcie ruszyć? Przecież ja bym też chciała choć raz wystrzelić... Pan Nagar grzmi jak karabin maszynowy, wypłoszy kaczki w promieniu paru mil.

Terey pomykał ukradkiem między kępy krzewów o przywiędłym liściu, pachnące tytoniowym fermentem. Brnął w chrzęszczących trawach, zżółkłych od letniej suszy, kierował się ku staremu korytu, gdzie przez bure snopy bystrzyna świeciła jak świeżo ostrzony sierp.

Pod trampkami elastycznie uginało się grzęzawisko, cmokała podpływając woda, jednak plątanina ogromnych traw nakładzionych warstwami pozwalała stąpać bezpiecznie. Przez drelich spodni ściągniętych w kostce czuł szorstkie haczyki traw, jak drapanie niezliczonych pazurków. Czasami w sitowiu coś zaszeleściło, chwytał uchem trzepoty i znowu szmery cichły, tylko świerszcze sykały w dwu tonach, nakazując czujność.

Zdziczałem – wyrzucał sobie – odwykłem od ludzi, dobrze, że jeszcze nie spostrzegli, jak bardzo mnie ostatnie miesiące zmieniły. Przecież od wszystkich uciekam! Nie kaczek szukam, tylko samotności.

Za nim szedł młody Hindus, w turbanie z przybrudzonej szmaty, zawiązanym niedbale, koniec spadał aż na kark, osłaniając przed dokuczliwymi muchami. Trzymał się w odległości kilkunastu kroków, oddalał, to przybliżał, byle nie stracić myśliwego z oczu. Jednak nie przeszkadzał, nawet jego stąpanie nie mąciło uwagi.

– Sab – przyłożył dłonie do ust, ale ostrzegał szeptem – tam. Dwie tłuste kaczki.

W cieniu nawisłych gałęzi, ledwie marszcząc oliwkową wodę, płynęła ciasno para cyranek. Istvan przecząco potrząsnął głową. Zamachał dłońmi, potem zdjął strzelbę uwieszoną na szyi i złożył się w powietrze. Tamten skinął, że zrozumiał, bo dał nura w krzewy. Rozmachał się i rzucił kawał zbutwiałego korzenia, aż plusnęło w zaroślach. Kaczki biły w wodę, która zdawała się kleić do skrzydeł, nim wyprysnęły ponad zarośla, Istvan pozwolił im wzlecieć, lękając się, że odbitą śruciną może drasnąć chłopca. Ciężko pracowały wznosząc się ponad kity trzcin. Wystrzał smagnął powietrze, jedna spadła jak kamień, tępo łomotnąwszy o ziemię, druga leciała jeszcze, kwacząc w śmiertelnym przerażeniu, zostawały za nią w powietrzu białawe puchy wyskubane ziarnami ołowiu.

Nagle, jakby stuknęła dziobem w szybę, zawirowała i młócąc skrzydłami zaryła się w sieć gęstych traw.

– Piękny strzał – usłyszał za sobą ochrypły głos. W trzcinie, nieruchomo stał major Stowne, w spranych drelichach, z ciemną lufą dubeltówki przypominał czaplę.

– Przepraszam – bąkał zawstydzony Terey. – Nie widziałem pana... Nie byłbym się tu wpakował.

– O to właśnie chodzi, żeby mnie nie było widać. Pan przejdzie, a ja zostanę. Wy dokoła straszycie ptactwo, a ono ciągnie tu, gdzie spokojnie, prosto pod lufę. Proszę spojrzeć – odchylił butem grzywę nawisłych traw i pokazał kilka ubitych ptaków – nie skarżę się... Uwaga, lecą. Niech pan strzela.

Od strony obozowiska, gdzie nie ustawała pukanina wystrzałów, nadlatywało stadko kaczek, pięć, siedem – liczył Terey, wodząc lufą, już nie miał wyrzutów, biorąc przednią trójkę na muszkę. Po strzale jedna zaczęła opadać i zderzyła się z żółknącymi krzewami, aż się posypały liście. Stowne nawet nie schylił się po swoją, tylko gwizdnął wzywając chłopca. Hindus, przytrzymując zębami podkasaną koszulę, ubłocony do pół uda, w zamoczonej przepasce na biodrach, potrząsnął zdobyczą.

Stał w słońcu i dygotał z zimna, a może z przejęcia, bo szczerzył zęby w uśmiechu.

Strzelanina nad rzeką nie ustawała, jakby ktoś ciskał kamieniami w dno beczki.

– Monsieur Nagar szaleje – marszczył czerwonawą twarz Stowne. – Pan był żołnierzem, więc pan go instynktownie unika... Kiedyś poszedłem z nim na kuropatwy i musiałem pełzać, bo strzelał jak czołg na wszystkie strony. Na żadnym froncie nie byłem w takim ogniu.

– Chce zostać królem polowania – drwił Terey.

– I zobaczy pan, że zostanie. Ja go znam. Prawdziwy lis, zapowiedział chłopcom, którzy aportują nasze kaczki, że za każdą, którą mu odniosą, dostaną pół rupii... No, nie mówiłem? A gdzie pan ma swoje?

Istvan obejrzał się po krzewach. Hindus zniknął. Wiechy trzcin chwiały się ledwo dostrzegalnie. Podniósł ptaka, którego ostatnio strącił, leżał z szeroko rozłożonymi skrzydłami, błyskając niebieskim lusterkiem i mieniącą się szyją. Przytroczył rzemykiem u pasa.

– No, co? Zgadłem? – triumfował siwy major. – Może pan zostać, jeżeli pan kaczkom nie przeszkadza, to tym bardziej mnie. Dobre miejsce, starczy dla nas obu.

Ale Istvan podniósł tylko dłoń do kapelusza i rozgarnął splątane trawy, oddalając się bez słowa.

Kluczył długo, mocując się z zaroślami, które jak wnyki chwytały go za nogę. Kilka razy słyszał przelot kaczek i kwakanie, ale krzewy i snopy trzcin dwakroć od niego wyższe zasłaniały pole widzenia. Trafił na bagniste zaklęśnięcie, gdzieś pod warstwami uwiędłych traw ciekł strumyk, musiał go ominąć, nie miał ochoty zamoczyć się i ubłocić. Daleko odszedł, bo nie dochodziły go strzały. Czuł zmęczenie, niewidoczne słońce przypiekało. Postanowił wracać, dotrzeć do wysokiego brzegu i polami zatoczywszy koło zajść od drogi, którą przyjechali.

Jestem na polowaniu, jak Margit przykazywała, a jednak byłaby niezadowolona, bo jestem sam. Przecież chciała, żebym się rozerwał, uwolnił od samotności.

Dochodząc do suchych łąk, ustrzelił jeszcze jednego ptaka, który samobójczo leciał prosto na lufę. Nieczysty strzał, za duże skupienie śrucin poszarpało brzuch. Kiedy podniósł kaczkę, dłoń ciepło spłynęła krwią. Mimo że wycierał o trawy, lepiła się do kolby.

Chmary muszek wirowały mu wokół twarzy, obsiadały otwarte dzioby ptaków przytroczonych do pasa.

– Hallo, mister Terey – usłyszał za sobą rozradowany głos. Od strony ogołoconych, skamieniałych pól i zagonów kukurydzy obranych z ziarnistych kolb, spośród badyli zbielałych od słońca wynurzył się Bradley. Przypominał wyrośniętego chłopca pucołowatą twarzą i zmierzwionym blond jeżem.

– Niech pan patrzy, co upolowałem... To nie byle głupia kaczka.

Istvan dojrzał pawia. Ponad pięć Amerykanina wystawał w grzebieniu granatowych, stroszących się piórek mały łebek, a długi, mieniący się ogniami wiecheć ogona zamiatał kurz.

– Niech go pan natychmiast ukryje! – rozkazał.

– Dlaczego? To smaczny ptak.

– Ale święty.

– Ani mi się śni...

– Będą przykrości. Możemy wszyscy oberwać kamieniami, a oni wcale nie są tacy potulni...

Bradley upuścił pawia i stał nad nim niezdecydowany.

– Niech pan wyrwie ogon, utnie skrzydła i nóżki, a resztę owinie w cokolwiek i od razu do auta...

– Diabli nadali, na tym ogonie najbardziej mi zależało – trącił ptaka butem – przeklęty kraj. Sami nie zjedzą i drugim nie dadzą.

Terey już nie czekał, ruszył przed siebie szybkimi krokami. Bradley dogonił go.

– Miał pan stracha, co?

– Nie, tylko już jestem głodny.

– A mnie w gardle pali, och, wypiłbym ze trzy puszki piwa, byle z lodu... Chyba mają.

– Na pewno mają. Jeśli chodzi o Nagara, ręczę.

– Za piwo z lodu odpuszczę mu Suez. Ale im poszło po nosie, choć bez strat, klęska gorsza w skutkach od Dien Bien Fu, wszystkich Arabów mają przeciw sobie... Dostali kopniaka.

– Dajcie mi spokój z polityką – warknął Terey.

Szli obok siebie ścieżką, cienie kładły się na zetlałą trawę, z której jak kości wystawały białawe kamienie, wygładzone przez rzekę. Grzały się na nich jaszczurki, ruchliwe szkieleciki obciągnięte zielonawą skórą.

– Wie pan, że Fanny nie jest taka zła – zaczął Bradley – ale ta druga... Do Fanny zabierał się kiedyś facet, zaprosiła go do domu, wypili, położyli się do łóżka, a jak chłop skończył, Fanny woła: „Chodź tu, Muflon, chodź, siostrzyczko, pokażę ci prawdziwego mężczyznę... To dziś rzadkość". No i co miał chłop robić, ratował honor, przygarnął tę bidulę w pikowanym szlafroczku w niezapominajki, a Fanny kucnęła obok na tapczanie i dopilnowała, żeby wszystko odbyło się, jak należy – wybuchnął głośnym śmiechem.

– Sam to panu mówił?

– Nie – przyznał skrzywiony. – Fanny się raz pochwaliła, wesoła dziewczyna.

– To tylko publicity...

– Chyba tak, lubią ją wszyscy, ale jako kolegę, nie kobietę, pewno opowiadała na wabia. Za to panna Shankar mogłaby iść na reklamę coca-coli... O, jak rozkosznie pachnie pieczenią – zatarł duże dłonie. – Istvan – klepnął go ciężką ręką w plecy – wypijemy sobie.

– Naciągniemy Nagara, jestem gotów i moje kaczki mu dorzucić, byle wydobył whisky. Król polowania musi stawiać.

– Lubię cię, Terey, trzeba ponosić ofiary dla przyszłości. Zwłaszcza, gdy tak pachnie.

Witała ich radosna wrzawa, pytały dziewczęce głosy, ile ustrzelili. Istvan potrząsnął mizerną parą zwisającą u pasa, a Bradley ryknął:

– Ustrzeliłem ogromne ptaszysko, ale poleciało za rzekę...

– Chyba samolot Air India – podsuwał Nagar. – I na pewno go nie trafiłeś... Ja mam czternaście kaczek.

– Niech żyje król! – wołał wielkim głosem Bradley. – Hej, napełnijcie puchary! Tylko czy towarzysz Terey może wypić taki toast? – pytał scenicznym szeptem. – Może ja bym za niego...

Goście leżeli na pledach w cieniu drzew, wypoczywali. Nagar rozłożył strzelbę i chciał im zaimponować trąbieniem na lufie, jednak dźwięk był zgoła odmienny i bawiło to Bradleya tak, że pokładał się ze śmiechu. Wesołość udzieliła się i Fanny Partrige, która oświadczyła się Amerykaninowi, zapowiadając, że będzie to małżeństwo z dodatkiem, tu pokazała zapłonioną siostrę.

Nawet Hindusi uśmiechali się powściągliwie.

– Najpierw muszę zjeść – zastrzegał się Bradley, usiadł w kucki, umieścił między kolanami menażkę i jadł łyżką ryż obficie polany korzennym sosem. – Będziecie ciągnęły słomki, dopiero kiedy zjem... – oblizywał łyżkę, mrużąc porozumiewawczo oczy – która z was, jak się położę, będzie miała zaszczyt opędzać ze mnie muchy...

Major Stowne nachylił się do Tereya i szepnął:

– Dżentelmen tak nie postępuje – kiwał głową z ubolewaniem. – Różne rzeczy można mówić, ale nie przy służbie.

Pod drzewami gromadą stali aportujący chłopcy, dostali każdy na liściu chochlę ryżu, jedli palcami, wodząc po twarzach rozbawionego towarzystwa oczami pełnymi zdumienia i krowiej łagodności.

– Zaraz, sab – uspokajał Tereya kucharz – przygrzeję mięso. – Kucał mrużąc oczy i dmuchał w popiół wygasłego ogniska. Białe płatki wyżarzonych badyli ulatywały, wirując. – Ryż jest na pewno ciepły, owinąłem garnki grubo w stare gazety.

Sępy łomocząc skrzydłami zeskakiwały na ziemię, szły kiwając długimi szyjami. Szukały kości, resztek wygarniętych z menażek, wypukiwanych o pnie. Wydzierały sobie z dziobów strzępy zatłuszczonych papierów.

– Właściwie, dlaczego by do nich nie strzelić – zżymał się Bradley. – Śmierdzą mi przy jedzeniu...

– Tego się nie robi – skarcił go Stowne, twarz mu poczerwieniała od alkoholu – one są wstrętne, ale pożyteczne, w odróżnieniu od dziennikarzy. Od razu was pełno, gdziekolwiek strzelają... Tylko, że one naprawdę czyszczą świat.

Słońce świeciło łagodnie, mgiełki stały nad szerokim, pełnym piaszczystych łach korytem rzeki, kaczki nadlatywały, siadały, miękko ześlizgując się na wodę, trzęsły kuprami, kwakały, jakby uradowane, że już ustał pogrom.

– Trompette – zaniepokoił się Nagar – gdzie jest Trompette?

Biegła długimi susami, niosąc w pysku cyrankę. Poszła do pana i patrzyła mu długo w oczy, nawet nie zamerdawszy ogonem.

– Jeszcze jedna, którą postrzeliłem i nie mogliśmy odnaleźć. Piętnasta – triumfował. – Tu ją połóż, tu, panu do nogi – dziobał palcem powietrze.

Pies wahając się postąpił krok.

– To ta jedyna – poprawił szeptem Stowne – która mu się dała postrzelić.

Istvan leżąc na boku sięgnął po garnek z ryżem otulony gazetami, wyjął go z opakowania. Spod pokrywki mgliła się para. Nałożył sobie i czekał, aż przestygnie.

Nagle wzrok jego padł na pomazany zaciekami tłuszczu tytuł niewielkiego komunikatu: śmierć węgierskiego dziennikarza. Sięgnął po gazetę.

„UPI. Wczoraj został postrzelony znany dziennikarz węgierski Bela Sabo, gdy usiłował przekroczyć granicę austriacką. Mimo udzielenia mu pomocy, zmarł. Bela Sabo był wybitnym reportażystą, jego książka o ruchach wolnościowych w Afryce zatytułowana «Tam, gdzie diabeł jest biały» była tłumaczona na wiele języków. Tragiczna śmierć Sabo wywołała poruszenie w świecie dziennikarskim..."

Wpatrywał się w brudną od sadzy, pomiętą gazetę z odciśniętym kręgiem dna. Odruchowo gładził ręką szukając tytułowej strony.

Bela nie żyje. Zabity.

Osłupiały wpatrywał się w przestworza niebieskie, dymne, w migotanie nurtu na skrętach pełzającej rzeki, migotanie, od którego bił blask szczypiący w oczy.

– Tutaj, Trompette, kochana psinko... – namawiał Nagar, sięgając ręką do obroży, by przytrzymać oporną sukę.

Bela zabity. Pies kładzie kaczkę u nóg Nagara. Nie ma go, nie ma. I już nigdy. Kaczka otwiera skrzydła, odbija się jak sprężyna, skacze Nagarowi na pierś, łomocze go po twarzy i z ramienia wzlatuje w powietrze. Bela zabity. Co to za ryk śmiechu? Wszyscy tarzają się, wyją i klaszczą. Nagar ociera dłonią zabłocone policzki. Suka patrzy z wyrzutem nabiegłych krwią ślepi, pysk ma pełen piór. Skąd te pióra? Dlaczego się śmieją? Bela nie żyje.

– Ona chciała uratować honor naszego króla myśliwych – wrzeszczy Bradley. – Chwyciła mu żywą kaczkę.

Bela, Bela, dlaczego ja nic nie przeczułem – zasłania twarz rękami.

– Trudno to nazwać polowaniem – słyszy tuż obok szept majora Stowne'a czuje zapach curry i whisky – ale muszę przyznać, zabawa pierwszorzędna... Nawet ten smutny Węgier dławi się ze śmiechu.

Zataczając się Istvan odchodzi. Chłopcy hinduscy rozstępują się na widok jego pobladłej twarzy. Idzie na oślep, trafia na pień drzewa. Chciałby ranić się, odczuć ból cielesny, gdyż ten w sercu rozpiera tak, że stoi z otwartymi ustami, bez oddechu.

Po gładkiej, jakby bielonej korze, biegnie dróżka rudych mrówek. Dotarłszy do jego wczepionej dłoni gromadzą się, naradzają, a potem obchodzą, zaglądając, badają różkami szpary między rozwartymi palcami. Beli nie ma. Do kogo mówić, do kogo mówić, kto to zrozumie? Przysięgali, że zawsze razem...

Wraca na dawne miejsce, nie wierzy, musi sprawdzić, może się pomylił, może tam było inne nazwisko albo inne imię... Tylko kłąb sępów, chrzęszczą dzioby pełne nadartego papieru, toczy się garnek, po którym depczą, wytrząsają resztki ryżu.

Chce ptaszyska kopnąć, pochwycić za nagie, wijące się szyje i zdusić. Dokoła łoskot skrzydeł, zaduch padliny.

Stoi nad strzępami gazety, przewróconym garnkiem. Słyszy pogodny śmiech Bradleya:

– Wyżarły mu. Już nic nie zostało.

Rozdział XII

W obu listach Ilony próżno było doszukiwać się obrazu, a nawet klimatu wydarzeń. Odniósł wrażenie, że pisała ostrożnie, świadoma niejednych oczu, które będą czytać jej listy, zanim dotrą w ręce adresata. Najważniejsze, że cała rodzina żyje. Tylko Sandor chorował na grypę, przeziębił się, bo trudno było uprosić szklarza, wszędzie były wybite szyby. Żywności nie brakowało, chleb dostarczano sprawnie, pokazało się też mięso, kłopotów dotkliwych nie odczuła, bo rodzice przysłali ze wsi dużą paczkę z prawdziwą salami, paprykowaną słoniną, baraniną, blaszane pudło jaj, które doszły cało, zagrzebane w trocinach.

Uśmiechnął się czytając drobiazgową relację, lubił dokładność Ilony, zdawało mu się, że doleciał go cierpki zapach bukowych trocin, jakby przywarły do dłoni. Widział stół pod oknem wychodzącym na wąskie podwórze z gankami kuchennych schodów, które dudnią pod tabunem rozbrykanej dzieciarni.

List, w którym prosił o szczegóły śmierci przyjaciela, musiał się minąć z jej listami, bo nie wspomniała o Beli ani słowem. A może nie wiedziała, co się z nim stało? Choć mogła zatelefonować do redakcji. Tylko czy w redakcji został ktoś z dawnych pracowników, z kim się obaj przyjaźnili?

Pamiętał lata, kiedy na podobne pytania padała wymijająca odpowiedź, nijaka, dobierano słowa jak przy ciężko chorym, by go nie drażnić, i wreszcie kończyła się rozmowa niemal obrzędowym zwrotem: powiem ci, jak się spotkamy, rozmowa nie na telefon. Po diabła w takim razie były telefony? Żeby dać znak życia? Czy dla ucha nadzorującego?

Z listów wyczuwał ulgę, że już się zmagania przesiliły, że jest nareszcie spokój i jakiś ład. Wpatrywał się w krótkie zdanie: ostatnie dni były bardzo ciężkie. I zaraz jakby dla zatarcia śladów, czując, że już za wiele powiedziała, szczegółowo o szklarzach i szybach, których brakło w całym mieście.

Na pozór urzędowali normalnie, a jednak można było zauważyć, że inne ambasady od nich stronią, na przyjęciach gasły rozmowy, grupki rozpływały się w tłumie gości, gdy podchodził ambasador lub Ferenz. Zdawało się, że otoczenie czeka niecierpliwie wystąpień, demonstracji, że urzędnicza podległość k a ż d e m u rządowi pozbawiła ich godności reprezentowania prawdziwych interesów Węgier. To nie tylko drażniło, ale i upokarzało.

Terey był na nieco innych prawach, po prostu lubili go w klubie i korpusie, jednak tolerancja, życzliwość, jaką napotykał, stając się niepojętym przywilejem, budziła podejrzenia u swoich.

Prawdziwe poruszenie wywołał jego wiersz w bombajskim „Indian Illustrated Weekly". Przełożył go sam, od dawna chciał Margit pokazać, jak brzmią jego strofy. Doradziła kilka poprawek, pomogła dobrać zwroty właściwe angielskiemu językowi. Wiersz był o Budapeszcie, o tęsknocie za urodą miasta.

Kiedy został wezwany do ambasadora i przechodził spiesznie przez pokój Judyty, ponieważ drzwi gabinetu zastał otwarte i już od progu widział naburmuszoną minę Starego, który ssał wygasłą fajkę, mogła mu tylko przesłać spojrzenie pełne lęku i współczucia. Tak patrzą sąsiedzi na znajomego, z którym co dnia się stykali, i nagle okazał się mordercą żony, podpalaczem, a co najmniej zboczeńcem.

Jeszcze drzwi nie zamknął, a już Koloman Bajcsy uderzył wierzchem dłoni w rozłożone stronice grubego tygodnika i warknął:

– Co to ma znaczyć, Terey?

– Wiersz. Prosili to posłałem.

– Z kim uzgadnialiście?

– Przecież towarzysz ambasador sam zalecał, że trzeba się znowu przypomnieć w prasie.

– Wiersz o Budapeszcie; wiecie, jak dziś to odczytają?

– Czy dlatego, że było powstanie, ma zniknąć nazwa stolicy? Ja to napisałem dawno.

Bajcsy wpatrywał się w niego kamiennymi oczami.

– A co to znaczy: liście z plamami krwi, łańcuchem skute brzegi. – Podkreślał znaczenie słów, obracając cybuszkiem fajki. – Wy ze mnie nie róbcie durnia.

– Metafory. Na jesieni liście się czerwienią, a most zawieszony na łańcuchach spina oba brzegi Dunaju – tłumaczył z obelżywą dokładnością. – Towarzysz ambasador pamięta wiszący most?

– Ale kto o tym wie? – ryknął. – Wy się, Terey, doigracie. Kto mi zwrócił uwagę na wasze wybryki? Ambasador, z którym się przyjaźnię. Mnie – dzgał się fajką w pierś jak nożem – mnie gratulował, że mam takich urzędników, co wiersze potrafią pisać. Ja dobrze rozumiem, co on chciał powiedzieć. Ja sobie wypraszam, żebyście ze mnie robili pośmiewisko.

– A może on się zna na poezji? – ośmielił się zauważyć radca z rozbrajającą naiwnością.

– On? Skąd? Tu trzeba być czujnym, nie ma czasu na zabawę. Więcej wam powiem, Terey, nie wolno niczego opublikować bez mojej zgody. Możecie być sobie wielkim poetą, ale w kraju, nie tu, gdzie każde słowo trzeba trzy razy wziąć pod światło, nim się je wydrukuje. Jesteście na służbie, moim urzędnikiem. Nie będziecie na własną rękę prowadzić gierek politycznych. Od tego mnie tu postawili.

Gdyby mógł, kazałby mnie wychłostać – przemknęło Tereyowi. Przyglądał się wielkim rękom, porosłym czarnym, kędzierzawym włosem, jak zaciskają się w pięści i otwierają w bezsilnej wściekłości.

– No, cóż się tak na mnie patrzycie? Zrozumieliście, czego żądam?

– Tak. Chciałem tylko uprzedzić, że jeszcze jeden wiersz się ukaże w bengalskim miesięczniku literackim z moim życiorysem i bibliografią.

Bajcsy chwytał oddech.

– I znowu tam będzie o krwawych liściach i kajdanach? Macie mi w tej chwili ten wiersz wycofać.

– Boję się, że to zrobi jeszcze gorsze wrażenie, będę musiał jakoś umotywować i napiszę, że ambasador sobie życzył.

– Piszcie wyłącznie we własnym imieniu.

– Nie mogę. Jestem za tym, żeby wiersz się ukazał. Pierwsze okruchy poezji węgierskiej w Indiach.

Bajcsy wbił w niego źrenice, oddychał jak po biegu.

– A o czym jest ten drugi wiersz? – zapytał spokojniej.

– O miłości.

Zagrało mu w gardle, skinął głową z powątpiewaniem.

– O miłości? Zależy, co tam wetknęliście. O miłości do kobiety? – pytał podejrzliwie.

– Tak.

– I tam znowu będą metafory?

– Politycy też się posługują metaforami, nie tylko poeci. Będzie w tłumaczeniu na bengali.

– To już lepiej – odetchnął. – Niech się drukuje, ale to wy poniesiecie konsekwencje. Na przyszłość zaczniecie jednak od tego biurka, ja chcę obejrzeć każdy papierek, który posyłacie do indyjskich redakcji.

Siedział gniotąc dłonią mięsiste policzki, wreszcie zmęczonym głosem spytał:

– Terey, dlaczego wy mnie z takim upodobaniem drażnicie? Raz kolnę i z całą waszą sławą jak balonik pękniecie.

– Możecie na mnie nakrzyczeć, poza tym nic. I odesłać do kraju. A tam w ministerstwie też były zmiany. Myślicie, że was tak kochają, ambasadorze, powiecie słowo, a wszyscy zaraz na kolana... Nie te czasy. Dobrze wiecie, że ja się napełniam własnym gazem, jeśli już użyję waszego porównania z balonikiem... i poszybuję. A może wasi chłopcy będą się o mnie w szkole uczyć? No tak, oni powinni mieć maturę. I wy o tym wiecie równie dobrze, jak ja. Mnie nie musi nikt nadmuchiwać. Ja i poza ambasadą mam jakąś wartość.

Zmięta twarz Bajcsego świeciła od potu, nagle zachrypiał:

– Wyjdźcie.

– Czy wasze wątpliwości dostatecznie wyjaśniłem towarzyszu ambasadorze? – Terey podnosił się, gotów pożegnać zwierzchnika.

– Wynoście się! – ryknął ambasador. – Zejdźcie mi z oczu, bo będzie nieszczęście... Ja już was nie trawię, Terey.

Zerwał się, stanął odwrócony plecami przy oknie. Nie obejrzał się nawet, gdy radca zamykał drzwi gabinetu.

– W piekielnym humorku, co? – nachyliła się przez biurko Judyta. – Chciał cię pożreć?

– Tak, ale w porę spostrzegł, że mnie nie strawi – zmrużył oczy Istvan. – Wiesz, co go tak wzburzyło? Homeopatyczna dawka poezji, wystarczył jeden mój wiersz w „Indian Illustrated".

– Rozsądny to ty nie jesteś.

– Jakbym był tylko rozsądny, nie zostałbym nigdy poetą – przyznał smutno. – Stary też sam nie wie, czego chce. Najpierw mnie woła, a potem oświadcza, że nie chce na mnie patrzeć, przecież ja mu się nie narzucam.

– W dobrym humorze jesteś – zdziwiła się. – Miałeś wiadomości z domu?

– Żyją, mają co jeść, cały dach nad głową i okna oszklone; czego chcesz więcej?

Chwilę milczała skupiona z palcem przy ustach, wreszcie szepnęła:

– Ferenz ma jakiś twój list. Lepiej, żebyś go odebrał, tylko nie wspominaj, że ci mówiłam.

Wzburzony ruszył prosto do pokoju sekretarza, ale próżno szarpał klamkę, drzwi były zamknięte na klucz. Ferenz wyszedł.

U siebie na biurku obok pozwijanych gazet w opaskach z grubego papieru, codziennej porcji przynoszonej przez woźnego, spostrzegł wąską kopertę z węgierskim nadrukiem – p o c z t a   l o t n i c z a. Uważnie obejrzał, czy była odklejona. Na odwrocie brakło adresu nadawcy, jednak wydało mu się, że pismo poznaje.

Postukawszy kopertą o blat biurka, ostrożnie odciął nożyczkami brzeg. Wyciągnął arkusiki zapisane niespokojnym pismem. Spojrzał na podpis ostatniej ze złożonych kartek, nagły żal w nim zaskowyczał – list był od Beli.

Nie ma dnia, żebym o Tobie nie myślał. Strasznie mi Ciebie brakuje. Przyłapałem się na dialogu, który prowadziłem z Tobą, idąc przez Hösök tere. Ogromny zwalony posąg leżał na bruku, postać nadludzką twarzą zwrócona ku niebu, z ciemieniem pobielonym przez ptactwo, jakby niewidoczną dotąd dla nas siwizną. Póki stał, nie podlegał czasowi, nie starzał się, rósł w sławie. Jakiś człowiek walił w jego głowę młotem na długim trzonku, aż skorupa z brązu jęczała, jednak twarz była odporna. Tamten się rozgrzał, zrzucił kurtkę, białą koszulę przekreślały szelki, unosił młot z rozmachem i tłukł furiacko. Dokoła pusto, gromadki przechodniów czaiły się przed uchylonymi bramami domów, między metalicznymi odgłosami kucia słychać wysoki gwizd zabłąkanych pocisków, strzelano za parkiem zoo, w kierunku przedmieść.

Szedłem przez plac, prawie pozbawiony świateł, odblask na mokrym bruku i szynach tramwajowych. Miałem uczucie, że śnię. Mały, zawiedziony człowieczek mści się, wali młotem, jak dziecko bije piąstką róg stołu, o który nabiło sobie guza. Chciałem mu się przyjrzeć z bliska, przyznaję, była w tym jakaś dziennikarska ciekawość, pomnik na bruku, pierś w mundurze z brązu jęcząca pod obuchem młota. Za co ten człowiek próbujący go rozkruszyć mścił się? Stracił kogoś z bliskich? Czy była to tylko nienawiść zawiedzionego w swoich wyobrażeniach o wielkości, o nieomylnym, o bóstwie? A może karał go za własną ślepą ufność, za przywiązanie i miłość, może to jeden z tych, którzy skandowali w marszu jego imię, niepomni na sygnały krzywd, bo tylko on miał za nich myśleć i ustalać prawa. Ten furiacki trud człowieka z młotem wcale mnie nie radował... Łatwiej było ten pomnik rozkruszyć razami, po których nawet nie zostawał ślad, poza dzwonieniem spiżu, niż zmienić przekonania ludzkie, wyprostować przygięte karki, wbić w głowę, że gwałt, którym się on posługiwał, właśnie dzięki podniesieniu do norm prawnych, po trzykroć jest zbrodnią. Jego zabrała śmierć, a współpracownicy odarli z zasług, pokazali, jakim był naprawdę. Jednak zostały dawne jady i pogarda dla zwyczajnego człowieka, który powinien tylko słuchać i wielbić. Nienawidzą dawnego bożyszcza, przed którym się płaszczyli, ale w głębi ducha i dziś pobłażaliby „mokrej robocie", bo przecież bywają sytuacje, w których najprościej sięgnąć po tamte, jednak skuteczne metody, i raz-dwa sprawy załatwić.

Tak mówiłem do Ciebie i dziś Ci wszystko opisuję. Podszedłem do kamiennego cokołu, kiedy z alei wyjechał czołg i ostrzelał plac z karabinów maszynowych. Mówię Ci, to było jak w złym śnie... Nawet się nie bałem, tak jakby mnie wydarzenia nie dotyczyły. Wyjrzałem zza granitowego cokołu, nade mną sterczały olbrzymie buty z cholewami, z których wystawały na szyderstwo wetknięte wiechcie słomy. Na pustym placu leżał tylko posąg, martwą wąsatą twarzą zwrócony ku niskiemu niebu, w chybotliwym blasku rakiet znad Dunaju zdawał się drwić... Czołg się wtoczył na plac, dziurawił kulami porzucony tramwaj aż sypały się resztki szkła z rozbitych okien. Obawiali się zasadzki. Kołysząc tonami stali podpłynął w stronę parku. Na asfalcie zostały odciśnięte pręgi po gąsienicach. Błyskało się za mostem kolejowym i raz po raz pruły serie broni maszynowej. Byłem sam obok leżącego posągu na mrocznym placu. I nagle zobaczyłem, że z jego pustego wnętrza wypełza, wlokąc kurtkę, ten pogromca, mściciel, który tam się ukrył. Splunął w dłonie i uderzył młotem w głowę, jęknęła jak pęknięty dzwon. Te odgłosy kucia wywabiły gapiów przed bramy, znowu zaczął się ruch, przemykanie pod ścianami.

Zapisuję to dla Ciebie. Nie udało mi się listu skończyć. Piszę teraz po dwudniowej przerwie. Widziałem dziś zastrzelonych pod murem cmentarza. Leżeli jeden przy drugim, jakby szukali w sobie ciepła. Powiedziano mi, że to donosiciele, agenci. Ktoś ich niby rozpoznał, wezwał ludzi z ulicy, którzy ich doprowadzili, wydali w ręce straży robotniczej. Rozwalono bez śledztwa. Idę z ludem stolicy, niesie mnie ten mocny prąd, ale są chwile, kiedy rozgrzeszając odruchy nienawiści, pospiesznie tłumacząc sobie – tak musi być, to cena, którą trzeba zapłacić – czuję chłód na czole, dokąd nas ten burzliwy nurt powlecze. Istvan, tłum jest straszny. Dobrze, żeś tego nie musiał widzieć... Stalin mówił: raczej dziesięciu niewinnych, niż żeby jeden wróg się wymknął – to była zbrodnia, ale dziś z równym pośpiechem karze się niesprawiedliwie, już mówili mi o powieszonych niesłusznie, jest w ulicy jakiś straszliwy pęd, wyrównują rachunki, jakby nie wierzyli, że przyjdzie prawo i trybunały jawnie wymierzą sprawiedliwość. Tłum jej pragnie, zaraz, już, krew za krew, za doznane upokorzenie biją oficerów śledczych, dawnych panów życia i śmierci, plują w twarz i tamci nawet nie ośmielą się zetrzeć śliny ściekającej im z czół... Patrzą martwym okiem, już wiedzą, co ich czeka. Co robić, Istvan? Wybaczać? Jutro ochłoną ze strachu i wielkoduszność poczytają jako naszą słabość, albo co gorsza – głupotę. Skrzykną się, im nie chodzi ani o naród, ani o socjalizm. Oni chcą władzy, pławią się w poczuciu bezkarności. Gardzą tymi, w imię których występują, uważając za mierzwę ludzką. No, powiedz sam, co zrobisz z tymi sędziami, którzy skazywali niewinnych, zaczynali rozprawę z wyrokiem w teczce, zgodnie z telefonicznym zaleceniem, z tymi specjalistami od przesłuchań, którzy wyrywali paznokcie, maltretowali fizycznie i moralnie, zmuszali torturami do podpisywania zeznań, przyznania się do nie popełnionych win? Co robić z lekarzami, którzy cynicznie oświadczali, skazując więźnia politycznego na bunkier mniejszy od trumny, na piwnicę z wodą po kolana: „to człowiek nie koń, wytrzyma. A jakby kipnął, napiszemy świadectwo zgonu: grypa, serduszko. Trumnę się zaplombuje i gotowe”. Dasz im się wymknąć? Czy nie lepiej wydusić, gdy mamy ich w garści? Kiedy się palce robotników wczepiły w wygolone, podpłynięte tłuszczem podgardla, aż dobywa się z nich skrzek przerażenia? Dziś będziemy się bawić w śledztwo, sąd, wyrok prawomocny. A jutro im zrobią amnestię. To oni niszczyli nie tylko ludzi, ale i socjalizm, łamali charaktery, straszyli i przekupywali młode pokolenie. Dokoła mnie wre, miotam się na oślep, nie wiem komu wierzyć, tyle sprzecznych informacji, a wszystkie od naocznych świadków, wykrzyczane gniewnie, potwierdzone przysięgą, ludzie widzą to, co chcą widzieć, Istvan, możesz być szczęśliwy, że jesteś od tego z daleka, przyjedziesz, wrócisz na gotowe. Rozpacz każe rąbać na oślep. Słyszę, jak po Kerucie grzmią patrole czołgów, huczą motory. Oby pozwolili nam się oczyścić, powinniśmy to zrobić własnymi rękami. Bez niczyjej pomocy. Polacy się starają... Ile się o nich mówi, stawia za przykład, ale oni nie mają pojęcia, co u nas było przez tamte wszystkie lata. Nigdy z Niemcami nie szli. Nie byli zatruwani.

Istvan, Komitet obraduje bez przerwy, dzień i noc palą światła i spierają się gniewne głosy, wchodzą uzbrojone delegacje, karabiny wieszają w szatni zamiast płaszczy. Czuje się, że węgierska ziemia drży. Wielkie godziny. Pod oknami przeciąga pochód, młodzi wołają: „Nie wierzyć Nagyowi... On tylko gada". „Władza w ręce komitetów rewolucyjnych!" Idę ulicą. Idę w tłum. To rzeka burzliwa. Jej się powierzam. Ja chcę dobra tego narodu, ja chcę dobra Węgier.

Ściskam Cię
Twój Bela

PS Minęły znów dwa dni. Jest spokój, a więc możemy być zadowoleni. Nie wierzę w pocztę, jeszcze niesprawnie działa, daję ten list korespondentowi z Wiednia, który dziś odjeżdża, bo u nas nie dzieje się nic niezwykłego. Chwała Bogu. Tylko o takich komunikatach marzę.

3 listopada 1956, Budapeszt.

*PS Jeszcze słowo: Wierz mi, wyjdziemy cało z tego zamętu,
to niemożliwe, żeby w naszym obozie dwa kraje socjalistycz-
ne, dwie armie związane układem obronnym obróciły przeciw
sobie lufy.*

Twój czerwony Bela

Zamroczony spogląda tępo na mapę Indii, trójkątny zarys lądu
podobny do zeschłego sera. Za oknem niebo jaśnieje i pobekuje
klakson. Pewnie znowu w otwartym wozie za kierownicą rozsiadł
się Mihaly.

A nazajutrz o świcie... powraca złowrogim przypomnieniem. Jak
mogłeś im zaufać, Bela? Naród to nie tłum, który depcze portrety
i huczy na placach wygrażając bronią, wydartą żołnierzom. Tak,
dziś łatwo ostrzegać. I z każdym dniem, im dalej od pamiętnej
daty, łatwiej będzie rozpoznawać znaki nienawiści, szaleństwa,
prowokacji i jawnej kontrrewolucji. Ale oni nie chcieli widzieć,
jak przedtem wywożeni samolotem towarzysze z kierownictwa
nie chcieli słyszeć głosów protestu, narzekań i wołań o sprawiedliwość. Bela nie żyje. Nawet nie można powiedzieć – poległ. Tylko
tyle podała UPI: raniony przy próbie przekraczania granicy austriackiej. A więc dałeś się porwać tłumowi, wyciekającej ludz-
kiej rzece, nierozumnym siłom, uległeś zaczadzeniu, opuściłeś
Węgry.

Czy ten list, który wiotczeje w palcach, ma być wezwaniem,
testamentem? Skoro jednak dotarł, może jest już tylko ostrzeże-
niem... A jeśli to znak, żebym nie wracał? Jeśli nie ma ojczyzny,
do czego wrócę? Czy wolno tak myśleć nawet w najczarniejszej
godzinie?

Jeżeli o śmierci Beli podały wiadomość zachodnie gazety, musieli go pochować w Austrii, nawet nie na węgierskiej ziemi. Zresztą, czy to ma jakieś znaczenie? Magiczne przywiązanie. Ziemia
jest wszędzie jednaka. Nie. Nie. Ta, na której stawialiśmy pierwsze nieporadne kroki... W jej trawach kryłem twarz, ocierałem łzy

pierwszych upokorzeń. Biłem ją gniewnie bezsilną pięścią, targałem, żeby mi się nie wymknęła, bo tak wirowała po szalonej gonitwie, aż dzwoniło w uszach. Ta, którą nazywałem w najpiękniejszym z języków, bo moim własnym, węgierskim. Czeka na mnie, wiem. Niewielkie miejsce na moją miarę.

Ze śmiercią Beli i ja się zapadłem, rozwiałem, nie ma już świadków chłopięcych zabaw, pławienia koni, koczowania na wyspie zarosłej rokitą na Dunaju, kiedy niepostrzeżenie nagły przybór mało nas nie zatopił śpiących w szałasie. Beli jednemu powiedziałem, że kocham Ilonę, jeszcze wtedy przed maturą. Chciałem go zatłuc, kiedy mi porwał jej fotografię i wyśmiewał się skacząc po ławkach i podnosząc wysoko, a potem, jak go złapałem, rzucił chłopakom, zwrócili oszpeconą dorysowanymi wąsami i brodą. Życzyłem mu wtedy śmierci. I ma ją. A przecież go kochałem, bo mnie znał, dzielił niepokoje, tyle nocy przegadanych do brzasku. Nazywaliśmy to gorzko – zabawy w zbawienie ojczyzny. Oddany przyjaciel. Świetny kolega, pełen radości życia. Gotów zawsze do wypraw i szalonych pomysłów. Niemożliwe, żeby się nad nim powietrze zamknęło jak woda, bez śladu.

Słowa o utraconym przyjacielu dzieciństwa.... O umieraniu mnie samego w odchodzących bliskich. – Zawstydził się. Czy każde wzruszenie jest gotów wymienić na słowa z podświadomym wyrachowaniem, że jutro wydrukuje, rzuci jak ziarno ptactwu.

Pogrążył się w pościgu za dalekimi obrazami, zwidywały się naddunajskie łąki, kwilenie żałosne spłoszonych czajek, wikliny, duże kotki porosłe złotawym wiosennym puchem, wiatr gałązkami kołysał, trącając tygrysie trzmiele, które narzekały basowym graniem, woda przeraźliwie niebieska, rwała strumykami i w każdym śladzie końskiego kopyta powoli zbierała się rtęć... Nagle posłyszał ciężkie stąpanie na korytarzu i dostrzegł, jak drgnęła naciśnięta klamka.

– Wejść! – zawołał prostując się czujnie.

– Ja nie chcę przeszkadzać, dlatego słuchałem, czy maszyna nie stuka – mamrotał woźny.

– Czego chcecie?

– Nic. Ja tylko chciałem zapytać, czy pan radca odebrał swój list.

Istvan ścisnął cieniutkie kartki, złożone w harmonijkę i pokazał woźnemu kopertę.

– Dziękuję. Mam.

– Nie, nie ten. W starych gazetach, które stąd uprzątnąłem, znalazłem list pana ręką pisany. Tom go niósł tutaj, ale spotkał mnie sekretarz i powiedział, że sam odda, i posłał mnie do magazynu.

– A dlaczego myślicie, że mógł nie oddać? – przechylił głowę radca.

– Widziałem, jak czytał, a potem gdzieś poniósł. Ja tam nic nie wiem... Jednak widzi mi się, że pan to pisał i przyłożył gazetą, a potem coś wypadło i pan radca zapomniał. A to taki list, co lepiej, żeby do akt nie trafił.

– Wyście go czytali?

Kręcił się zakłopotany, przestępował z nogi na nogę.

– Ja słabo z angielskim. Koperta była osobno, czytałem, panie radco, ładny list – położył dłoń na piersi. – Towarzysz Ferenz jest u siebie. Można zaraz...

Istvan ruszył ku drzwiom.

– Czekajcie tu.

Wszedł do gabinetu sekretarza, który rozjaśniał na jego widok.

– Oddaj list – warknął.

– Zaraz. Siadaj, gdzie ci się spieszy? Chciałem ci zwrócić osobiście.

Pogrzebał w szufladzie i wyciągnął nie zaklejoną kopertę. Od razu spostrzegł: Miss Margaret Ward. Agra. Nie śmiał zajrzeć do środka, sprawdzić, który to z jego listów i jakie wyznanie zawiera. War spłynął mu wzdłuż kręgosłupa. Dławiła wściekłość na siebie samego, tyle zabiegów i ukrywania po to, by się tak głupio rozłożyć, pokazać do dna.

Ścisnął kopertę w kieszeni marynarki. Dużo by dał, żeby już móc zajrzeć, co się w środku kryje.

– Siedź – zachęcał Ferenz – gdzie lecisz? Chyba nie na pocztę, bo data sprzed dwóch miesięcy, może poczekać. Kiedy jedziesz na odpoczynek?

– Przed świętami.

– Na długo?

– Ile się da, jak najdłużej! – westchnął żarliwie.

– Takeśmy ci dokuczyli? – żalił się Ferenz. – No, cóż... – Wyjął portfel i uważnie odliczył dziesięć banknotów. – Masz tutaj tysiączek. Bierz, nie zawracaj głowy. Uczciwie zarobione. Twoja prowizja od firmy za skrzynki whisky sprowadzone na twoje zamówienie. Tylko bez komedii. Bierz, jak ci daję.

Istvan nie patrzył na podsuwane pieniądze, tylko w życzliwie uśmiechniętą twarz sekretarza, próbował przeniknąć, jaki podstęp się w tym kryje.

– Na pieniądze nie masz się co obrażać. Na mnie możesz. Chyba nie myślisz, że jestem Judaszem aż tak rzetelnym, że dzielę się srebrnikiem ze swoją ofiarą? Nie pokazałem tego listu nikomu. Twoja prywatna sprawa. Mogę mieć różne do ciebie zastrzeżenia... – spojrzał na kieszeń, w której Istvan miał odebrany list, jakby go chciał dotknięciem przeniknąć – jednak zapamiętaj to sobie, nie kopię pod tobą dołków.

– Dziękuję – wybąkał po namyśle Terey. – Nic nie zyskam, jak tych pieniędzy nie wezmę. Skoro moje konto obciążyłeś zamówieniem, chyba mi się należą. Pierwszy interes, który mimo woli dzięki tobie zrobiłem.

– Żebyś ty nie był taki narwany – westchnął Ferenz – moglibyśmy się rozejrzeć za następnymi. Można by zarobić, ale na ciebie trudno liczyć.

– I raczej nie licz – zgarnął banknoty. – Ja nie jestem człowiekiem interesu.

Już we drzwiach dobiegł go szept:

– A ja nie jestem twoim wrogiem. Chętnie bym ci pomógł, jakbyś zdecydował się na to...

– Na co? – odwrócił się gwałtownie.

Ale sekretarz machnął ręką.

– Na nic. Ty i tak mi nie ufasz, nie ma o czym mówić.

– Oddał? – niepokoił się woźny.

– W porządku – wyciągnął zmięty list i gdy się drzwi zamknęły, wstrzymując oddech, przebiegł kilkanaście linijek. Czytał okiem nieprzyjaznym, podejrzliwie, doszukując się ukrytych związków między prostymi słowami a swoim postępowaniem, planami, decyzjami, jakie w ich mniemaniu mógłby podjąć. „Wiesz, Margit, nie mam przed tobą tajemnic. Mówię ci wszystko, tak jak jest". Te słowa zdają się godzić w sekrety służbowe ambasady, prawdziwe i urojone. „Będzie, jak zechcesz. Wystarczy, żebyś mnie wezwała i jadę... Jesteś całym moim światem". Tak, ten zwrot mógł zastanowić Ferenza, obudzić podejrzenie, czy przypadkiem nie wpadły mu w ręce wyznania skłonnego do zdrady dezertera, który już dojrzał, żeby wybrać wolność. Dogadzałaby im moja ucieczka. Wobec zbiega, zresztą dawno go o to posądzaliśmy, nasz kolektyw – jakże w tym wypadku słowo nabiera blasku – wykazał prawdziwe oddanie sprawie socjalizmu i wam, towarzyszu... Tu zostawić należy na razie wolne miejsce do wpisania właściwego nazwiska, bo nie wiadomo, czy Kadar się miesiąc utrzyma...

– Niedoczekanie wasze – przygryzał wargi w bezsilnym gniewie. I już rozlewało się goryczą zwątpienie. A dlaczego by ich nie posłuchać? Oni boją się samodzielności, wiszą na posadach. Jednak dwieście tysięcy wyciekło z kraju. Bela, za którego prawość ręczyłbym głową, padł przedzierając się do Austrii. Czy mi wolno sądzić, że jestem mądrzejszy od tamtych? Jak mogę wątpić w patriotyzm Beli? Dlatego, że go zabili?

List opowiadał o wydarzeniach zaledwie sprzed miesiąca. Strasznie dawno. Odległa przeszłość. List, jak gałązka odciśnięta w węglu, niewiele powie o szumie pradawnego boru. Przepadła epoka, może po latach do pogrzebanych wspomnień dobiorą się potomni... Trzeba iść dalej. Od patrzenia za siebie odwagi mi nie przybędzie. Grób Beli na austriackim cmentarzu nie doda nadziei, ostrzega. Żadna kula mnie tu nie dosięgnie. Granice kraju dawno poza mną.

Jednak pocierając końcami palców powieki czuje, że granica jest w nim, nie przekroczona.

Wyjechać, zerwać obrożę...

Już dosyć ambasady, tych samych twarzy, rozmów i pretensji, które drażnią jak swąd spalonego pierza.

Ciężko wsparł głowę na dłoni, odgrodził się od świata. Przecież los kryje w zanadrzu nieznane wydarzenia, a śmierć nie jest najgorszą z niespodzianek. Jestem gotów, dojrzałem do spotkania ostatecznego. Jednak podsuwając siebie wyrokom, dopuszczał i odmienne rozwiązanie, bo gdyby Ilona... Wszyscy byśmy ocaleli, zyskali, nawet Ty. Nie musiałbym rozbijać Twoich Kamiennych Tablic. Można potrzaskać dziesięcioro przykazań w bezsile gniewu. Jednak nie ma od nich uwolnienia. Towarzyszą wyryte w sumieniu, ważą każdy czyn, kładąc znak aprobaty lub potępienia, by w ostatniej godzinie przywalić i oskarżyć na wieczność.

Dlaczego nie miałbym się otrząsnąć, uwolnić od przeszłości, zacząć nowego życia? Odciąć od wszystkiego, co było, od siebie też. Niech się na brzegu australijskim narodzi nowy poeta Istvan Terey, piszący po angielsku. Przecież potrafię pisać w tym języku. Mam dowody, że mogę się przestawić. Drukują mnie.

Może po latach ktoś się doszuka, że pochodziłem z Węgier, wyda mu się to odkryciem. I to wszystko. Ludzie łatwo wybaczają zdrady i zapominają, że mowa ich miała być: tak – tak, nie – nie, jako słupy graniczne między dobrem i złem. I dla siebie pragną wyrozumiałości, chcą, abyśmy dla siebie nawzajem byli pobłażliwi, nie zauważyli win, bo jesteśmy wspólnikami.

Skoro żadna z kul wystrzelonych w Budapeszcie nie przyniosła mi swobody, mam żonę... Obowiązki... Ohydne to, co mi się snuje. Ileż razy prześlizgiwałem się po drobnych tytułach notatek: zabił żonę, pchnął nożem żonę, i wzruszałem ramionami: czyż dwoje rozsądnych, kulturalnych ludzi nie może znaleźć prostszego wyjścia, rozejść się nie tracąc dla siebie szacunku, zostając przyjaciółmi, odejść bez przekleństw i zniewag? Czy naprawdę śmierć jest łatwiejszą drogą? A może zasądzony morderca był uczciwszy?

Zabił, bo chciał być wolny. Zagradzała mu drogę, więc pchnął nożem. A ja uporczywie myślę, że któraś z kul wystrzelonych na oślep mogła mi przynieść wyzwolenie. Jestem mordercą, choć mam czyste ręce, zanadto się w tych teoretycznych rozważaniach lubuję, zbyt skwapliwie na taką możliwość przystaję... Zanadto ją podsuwam Temu, kogo wolę nazywać dyskretnie losem, zbiegiem okoliczności lub przypadkiem.

Ilonie mam za złe, że jej istnienie przypomina mi mnie samego sprzed lat, czułego i głupio zakochanego. Gdyby o tym można było nie pamiętać! Powiedzieć: nie wiedziałem jeszcze, przygarniałem ją w czadzie jaśminów, nic jeszcze z życia nie rozumiejąc, ślepe szczenię.

Czandra by mnie rozgrzeszył prostym tłumaczeniem, z lekką drwiną – ten, co wtedy przysięgał i naprawdę pragnął obietnic dotrzymać, to nie jesteś ty. Komórki obumierają w ciele i zostają zastąpione innymi, co ileś tam lat następuje pełna wymiana, pańska żona do pana przywykła, nie zauważyła, że obok niej żyje obcy, wcale nie ten, z kim brała ślub, inny człowiek. Jakże pan, żyjący, może ponosić odpowiedzialność za kogoś, kogo dawno nie ma, dlatego wyłącznie, że pan nie zmienił nazwiska i nadal się ogląda, kiedy zawołają – Istvan Terey? Ale jeszcze kimś zupełnie innym może pan zostać, stworzyć sam siebie. Tylko trzeba mieć odwagę powiedzieć: mogę, więc będę. Jedynie pierwszy krok jest trudny, potem przekona się pan, że zakazy sam pan sobie stwarzał. Nie ma nieprzekraczalnych granic. Nie ma żadnych. Jeżeli On jest, niechże pana spróbuje zatrzymać. Przecież pan Go sobie stworzył z dziesiątką nakazów i nosi jak garb. Zamiast życzyć śmierci żonie, niech pan Go zabije, a to niewielka sztuka. Wystarczy powiedzieć: nie ma, i ja sam będę pracodawcą. I od razu wszystko staje się proste.

Uciekać... Uciec tam, gdzie będziemy szczęśliwi. Wziąć Margit za rękę i poprowadzić ją. Powrócić do kraju.

Niech mówią, co chcą. Nic mnie nie obchodzi cały świat. Nie istnieje poza nami. Dopiero nasze spojrzenia budzą go do życia, a słowa mogą utrwalić doskonalszy, nie zdeptany niczyją stopą.

Trzeba mieć odwagę powiedzieć sobie – ja decyduję. Moje szczęście jest prawem. Ja. Ja i Margit. Bo chcę ją posiadać. Bo mi potrzebne jej uwielbienie, oddanie, upragnione przez nią samą.

Jednak z dna wstawało błaganie: pomóż mi, ja nie chcę... A jednak aż do bólu chciał, pragnął, pożądał. Było w tym drążeniu podstępne wyrachowanie, próbował Go zmusić, szantażował – jeśli mi nie znajdziesz, nie podsuniesz zgodnej z Twymi prawami możliwości posiadania tej kobiety, nie dziw się, że musiałem je łamać, i to już nie będzie moja wina... Ja zabiegałem, szukałem wyjścia.

Opędzał się od tych naprzykrzających myśli, skomlenia pełnego przewrotnej logiki, jakby wywodów z pokątnej kancelarii adwokackiej, gdzie zawsze podejmą się czarne wybielać. Czandra mi się kłania. Czandra ofiarowuje swoje usługi – myślał z odrazą.

Telefon zadzwonił.

Uniósł słuchawkę zły, że mu przeszkadzają.

– Istvan? Tyś mnie na dzisiaj zapraszał... Nic się nie zmieniło? – dosłyszał cierpką tonację w głosie Trojanowskiego.

– Tak, cieszę się, że trochę pogadamy.

– Żona zdrowa? Dzieci dobrze się uczą? W Budapeszcie wstawiono szyby i zaczynają odnawiać fasady ospowatych kamienic? Jesteś już w lepszym nastroju?

– W domu wszystko w porządku.

– A u ciebie?

– Nic, jestem zmęczony. Mam obiecany urlop.

– Skoczysz do Węgier?

– Nie. Jadę nad morze. Urlop w kraju urzędowania – przytoczył obrzędowy zwrot.

– Tyś się urodził pod szczęśliwą gwiazdą. Zazdroszczę ci. Do wieczora. Zamawiam „drewniany talerz" i czerwone wytrawne.

– O której będziesz?

– Jak nadam telegramy. Jeszcze jedno... A może już wiesz? Pani Khaterpalia poroniła.

– Co? – krzyknął, jakby tamten go oskarżał.

– Mówił Nagar, a Nagar wie wszystko. Po wizycie lekarza czuła jakiś niepokój i nastąpił niespodziewany przedwczesny poród. Dziecko martwe.

– Co się stało? Taka dorodna kobieta.

– Diabli wiedzą. Może dawne grzeszki radży? Skąd wiesz, że on jest zdrów? I pieniądze czasem nie wystarczają. Zaskoczyłem cię tą nowiną?

– Straszne. Ona tak się cieszyła – wyszeptał.

– Jak każda matka. Trudno. Przeznaczenie.

– Nie wiesz, gdzie ona jest? W szpitalu?

– Zadzwoń do Nagara albo do radży. Nie wiem. Do wieczora.

– Do widzenia.

Odłożył słuchawkę. Biedna Grace. Dosięgło ją nieszczęście ze straszliwą celnością. Tyle przemyślnych zabiegów, byle zapewnić nie narodzonemu cały spadek. Przekreślone plany i wyrachowania. Wszystko na nic. Przypomniał sobie werandę klubową i Grace, jak kładzie, przyciska jego dłoń do łona, by wyczuł ruchy. A jeśli to było moje? Otrząsnął się ze zgrozą. – Nie, nie!

Nerwowo krążył po pokoju. Zadzwonił do radży.

Służący odebrał telefon, obiecał powiadomić pana. Głos był pełen spokoju i usłużności, jakby się w domu nic nie zdarzyło.

– Już wiesz? – posłyszał Khaterpalię. – Dziękuję ci. Grace nikogo nie chce widzieć. Nawet mnie. Nie przychodź.

– Bardzo wam współczuję.

– Wiem, ty ją lubisz – westchnął, a po długim milczeniu wyjąkał ochrypłym głosem: – Najbardziej boli i złości, że to się stało w dwie godziny po wizycie Kapura, powiedział, że wszystko jest okay, za dwa tygodnie urodzi... Mogą być lekkie bóle, bo już łożysko się obniża, ale wszystko w porządku. Dlatego zlekceważyłem jej niepokój. Bo Grace nagle się zalękła, że ono się nie rusza... Uspokajałem, że pewno śpi. A ona się upierała, że nie, że jeszcze nigdy tak długo nie było spokojne. Lekarz też się nie spieszył. A potem łaził po niej słuchawką, coraz bardziej zaniepokojony. „Nie mogę pochwycić tętna. Nie słyszę". I zaraz zaczął się poród.

Udusiło się pępowiną dwa razy okręconą wokół szyjki. Jakby je ktoś naumyślnie zdławił.

Istvan wiedział, że radża cierpi, uważa to, co go spotkało, za straszną niesprawiedliwość, szyderstwo losu. Ręka, w której trzymał słuchawkę, zrobiła się śliska od potu. Jeśli ja to tak odczułem, cóż dopiero on?

– Mogę w czymś pomóc?

– Nie. Miał czub mokrych czarnych włosów, twarzyczkę skrzywioną jak do płaczu. Mówili, że był do mnie podobny, a nie do Grace; straciłem syna.

– Jak to lekarz tłumaczy?

– Czy to nie wszystko jedno? Życia nie wróci. Kapur mówi, że płód był nieduży, jak zwykle pierwsze dziecko. Pod wpływem jakiegoś wzruszenia matki, a bodźce się udzielają, wykonał obrót i zaplątał się. Ale Grace nie miała żadnych zmartwień, taka była szczęśliwa.

– To okropne. Przekaż jej moje...

– Dobrze – przerwał. – Jak tylko się uspokoi, dam ci znać. Trzeba jej stworzyć pogodne otoczenie, zebrać przyjaciół, nie dopuszczać myśli o... Ona tego dziecka nawet nie widziała. Niech cały wypadek będzie jak zły sen. Kazałem usunąć wszystko, co by je przypominało, wózek sprowadzony z Londynu, wyprawkę, łóżeczko. Ona już z tym wózkiem chodziła po hallu, żeby spróbować jak to będzie. Nie ma. Nie było. Nie mieliśmy w ogóle dziecka. Były tylko marzenia. Dziękuję ci, Istvan. Wiedziałem, że ty... Będziesz pierwszym, kogo bym chciał przy niej widzieć. Tylko ostrzegam, mów o czymkolwiek, nawet że się w niej podkochujesz, bylebyś nie wracał do tamtej sprawy. Rozumiesz?

– Tak.

– Teraz kilka dni spokoju. Póki się nie oswoi. Dam ci znać. Pamiętaj, dziecko jest przed nią, dopiero przyjdzie za rok, za półtora. Tamtego nie było.

Istvan milczał ogłuszony. Magiczne myślenie, on wierzy, że uda mu się ból wyprzeć z pamięci, utopić jak to małe skulone ciałko, które pochłonęła woda Dżamuny.

Za oknem świeciło jaskrawe słońce i wiatr niósł tumany czerwonego pyłu, miesił gęstwę liści na oplecionej pnączami ścianie garażu.

Automatycznie załatwiał ostatnie pisma. Z ulgą opuścił gmach ambasady. Mihaly w dżokejce z zadartym daszkiem huśtał się na skrzydle otwartej bramy, która żałośnie skrzypiała.

– Wujku, zabierz mnie... Przejadę się z wujkiem.

– Nie jadę do domu – odpowiedział przez opuszczoną szybę austina.

– Już mnie nie lubisz jak dawniej. Nie mamy sekretów.

– Siadaj, szantażysto – uchylił drzwiczki – ale nieprędko cię odwiozę.

Za omszałą, szturmowaną przez ciernie świątyńką o dachu szczerbatym, podobnym do nadgryzionego jabłka, zaczynały się plantacje miejskie, długie zagony rudych lwich paszczy i zielonawej rezedy, paliły się pola szałwii tak radosną czerwienią, aż migotało w oczach. Jesień nie przeszkadzała bujnemu rozwojowi roślinności, jeśli tylko gumowe węże zraszały ziemię.

Kupił naręcze ogromnych, fioletowych gladioli, kwiaty otwierały mięsiste kielichy. Przymykając oczy w słońcu, Mihaly piastował je ostrożnie.

– Pachną mokrą ziemią – skrzywił się rozczarowany.

Istvan dołączył kopertę ze zdaniem, które nie było prawdą: „Dzielę Twój ból, Grace". Czuł lęk, niejasne przeczucie, że dłoń sprawiedliwa, którą przyzywał, może i jego dosięgnąć. Jeśli chcesz, żebym ja rozstrzygał, dobrze, stanie się – powracało jak złowróżbna muzyczna fraza dalekich chórów. Grace straciła upragnione dziecko. Cios najdotkliwszy. Wiedział, co odebrać... A czego mnie pozbawi? – wzdragał się. Jak czarna wstążka rozwijał się daleki śpiew i głucho pokasływały bębny pod płaskimi uderzeniami wychudłych dłoni. Czyż nie jestem godzien, by sięgać po to, co masz najcenniejszego, skoro nazywasz mnie panem swoim?

Zatrzymawszy auto przed bramą parku, posłał Mihalya, żeby doręczył bukiet i list; nie było czokidara, który jak pies na łańcuchu zawsze się kręcił, strzegąc wejścia. Drzwi pałacu stały otwarte i mroczne, okiennice na piętrze zamknięte na głucho.

Chłopiec biegł już z powrotem, błyskały jego kolana.

– Nie było w hallu nikogo, więc położyłem kwiaty na stole – dyszał uszczęśliwiony – ale będą zdziwieni!

Kiedy auto ruszyło, zwrócił do Istvana zarumienioną twarz i nieśmiało prosił:

– Jak już tutaj jesteśmy, czy nie moglibyśmy zjeść lodów? Tak okropnie gorąco.

– Nieładnie, Mihaly, naciągać wujka – obruszył się, jednak nie umiał odmówić. – Jadłeś już obiad? Nie chcę mieć awantury z twoją mamą.

– Lody to nie jedzenie – tłumaczył chłopiec. – Zresztą ja nie będę się chwalił... Jeżeli wujek chce, to będzie dzisiaj nasza tajemnica.

Pod arkadami Connaught Place handlarze amerykańskich i angielskich ilustrowanych pism rozłożyli swój towar na chodniku barwnym dywanem. Terey zatrzymał się, książki zawsze go przyciągały. Chudy, z zapadniętą piersią Hindus, z siwiejącym wąsem, oderwał się od kolumny i tchnął czosnkiem:

– Mam zakazany towar: „Sekrety Czarnej Pagody" i „Noce Indyjskie", mam i fotosy, trzydzieści klasycznych pozycji.

Wzruszył ramionami. Hindus zaglądał mu w oczy łzawo.

– Sab, a może adres pięknych dziewcząt?

Z przyzwyczajenia, żeby nie zabijać nadziei w oczach błyszczących głodem, zbył go:

– Nie, nie dzisiaj. Innym razem.

Handlarz zgiął się w pokłonie. Wyglądało, że pod ciężarem ogromnego turbanu złamie mu się chuda, żylasta szyja.

W cukierni zdjęto zasłony, słońce wpadając przez okna prześwietlało ławice niebieskawych dymów papierosowych. Wentylatory nie szumiały, więc gwar głosów rozpadał się wyraźnie na angielski i hindi. Ciche śmiechy kobiet, brzęk łyżeczek i kłaśnięcie w dłonie, które miało przywołać kelnera, zwracały uwagę sąsiednich stolików. Plisowane misternie turbany Sikhów tkwiły gęsto w zacisznych lożach, błyskały tłustą czernią ciasno pozwijane brody. Niełatwo było o miejsce.

Terey rozglądał się bezradnie.

– Wezmę na waflu, do ręki – ratował sytuację Mihaly.

Ruszyli w stronę bufetu spowitego w obłok pary syczącego zjadliwie ekspresu.

Istvanowi zdawało się, że w ciasnym przejściu o coś zaczepił, ale zaraz poczuł, że przytrzymała go ręka.

– Niech się pan do nas przysiądzie – usłyszał głos mecenasa Czandry. – Kapura pan zna. Doktorze, proszę zrobić trochę miejsca... Co dla chłopca? Pan, mocną kawę, wiem.

– Lody – odpowiedział odruchowo, siadając z ulgą. Uścisnął chłodną, kościstą dłoń adwokata i ciepłą, mocną lekarza.

– Dziecko musi jeść powoli – doradzał Kapur, wydymając pełne policzki. – Łatwo o przeziębienie... Pan już wie? A ja przepowiadałem, za dużo szczęścia naraz – przewracał wyłupiastymi oczami – bogactwo, młodość, zdrowie.

– I miłość, miłość – podpowiadał szyderczo Czandra.

– Ona ma wypisane na dłoni, urodzi jeszcze dwoje.

– A jeśli będą córki? – zapytał mecenas.

– Trzeba próbować do skutku – rozłożył bezradnie dłonie lekarz. – Przecież oboje są młodzi. Jeszcze nic straconego. Ona może rodzić.

Kelner przyniósł srebrny pucharek pełen lodów z wetkniętymi kokosowymi ciasteczkami. Nalewał kawę z retorty, którą postawił nad spirytusowym palnikiem, niebieski płomyk świecił w półmroku żałobnie.

– Doktorze – wsparł się na łokciu Czandra – płaci pan rachunek, a w zamian dam panu okazję do poważnego zarobku. Wielka okazja, niech pan się szybko decyduje.

Kapur uśmiechnął się nieufnie i skinął, jakby mówiąc: niech stracę.

– Myślę, że jednak nie obejdzie się bez mojej pomocy – zaczął szeptem mecenas.

– Trzeba od tego było zacząć – obruszył się lekarz. – Już wiem, co mnie czeka. Moje ryzyko, a pański zysk, nie ma głupich, nie zgadzam się. Rachunek i tak płacę – uspokajał.

– Jeszcze nie powiedziałem ostatniego słowa. Radża stracił syna. Przecież o syna najbardziej chodziło. Czekały go wielkie pieniądze, fortuna. Nie podzielona.

– No, i nie muszą się spieszyć, czeka nadal; nie dostaniemy legatu ani pan, ani ja – wydął grube wargi Kapur.

– Spokojnie... Ja panu mówię, że już jest za późno. I my obaj możemy sporo zyskać, jeśli będziemy działać w porozumieniu.

Nagle Kapur spoważniał. Przechylony nad stolikiem zajrzał głęboko w spokojne, kryjące kocią senność źrenice adwokata. Mięsisty nos węszył interes. Nagle odwrócił głowę, jakby przypomniał sobie o zbędnym świadku.

– Może później? – rozkleił się z mlaśnięciem wargi.

– Mister Terey nam nie przeszkadza. Im więcej osób o tym wie, tym lepiej – cedził Czandra z naciskiem. – Wdowa po starszym bracie radży spodziewa się dziecka.

– Niemożliwe – żachnął się doktor. – Był odrażający, straszliwe oparzenia, blizny... Ja go widziałem.

– Kiedy się kocha, chce się mieć dziecko. I ona je poczęła. Jej ono było potrzebne. Nie będzie jałową wdową, ale matką młodego radży. Starszego dziedzica.

– Przecież tamten umarł.

– I został spalony. Ale zdążył posiać następcę. Że to był brat radży, mam na piśmie dowody: orzeczenie sądu i protokół podpisany przez wszystkich zainteresowanych członków rodziny z teściem Vidżajavedą włącznie. Sprawa nie do podważenia, choć mogą próbować. Moja w tym głowa.

– Który miesiąc? – łakomie nachylił się doktor.

– Mówi, że dwa razy już nie krwawiła.

Istvan brodą wskazał na chłopca, który spuściwszy powieki był pochłonięty skrobaniem lodowej góry.

– Jeszcze nic pewnego – zafrasował się Kapur. – Jeszcze można opłacić służących, podać zioła, ona może stracić.

– Dlatego spiszemy z nią umowę i pan ją weźmie pod szczególną opiekę, doktorze – stuknął kościstą piąstką w stół.

– Radża nam nie daruje... Pan mu pomagał – wahał się Kapur, jednak już dostrzegł możliwość zyskania nieograniczonych wpływów i zdobycia zaufania wdowy.

– W każdym wypadku musi pan być przy niej – szepnął Czandra. – To pański obowiązek, doktorze. Moja rzecz, żeby okazał się dobrze płatny. Po królewsku. Gra o fortunę. Khaterpalia i jego teść dobrzy kupcy, nie będą się targowali.

Istvan patrzył na ich twarze rozjaśniające się uśmiechem pełnym skupienia – doszli do ładu, rozumieją się.

– Pan jest groźnym człowiekiem, mister Czandra – powiedział cicho radca – po tym, co pan mi wtedy nocą opowiadał...

– Ja? Ach, tak – machnął niedbale suchą dłonią, mącąc smugę dymu. – Chce pan przez to powiedzieć, że ze mną interesy niełatwo zakończyć? No, tak. Ale przecież zna pan moją specjalność: dobroczyńca. Czyż nie powinienem się zająć sprawami biednej, oczekującej dziecka kobiety, która dwukrotnie utraciła męża? Zwłaszcza że widzę grożące jej niebezpieczeństwo.

– Niezwykła sprawa – kręcił głową Kapur, wydymał kosmate policzki, dmuchał w nos.

– Tylko niezwykłe mnie interesują.

– Radża już o tym wie? – zapytał Istvan.

– Im później się dowie, tym dla wszystkich lepiej. Ma dość jednego zmartwienia. Nie proszę pana o tajemnicę. Myślę, że rozsądek nakazuje jakiś czas jej dochować. Po co mu stwarzać sytuacje przymusowe? Prawda?

Istvanowi wydało się, że wie, o czym adwokat myśli.

– Tak będzie bezpieczniej – potwierdził doktor. – Dziś jeszcze pójdę do wdowy, zbadam, chcę mieć pewność.

– Z kobietami różnie bywa. Ale skoro ona chce dziecka – namyślał się głośno – to zawsze może je mieć.

– Czas od śmierci męża – przypomniał Kapur. – Dziecko nie może się urodzić za późno, bo zakwestionują. I wygrają.

– A w siódmym miesiącu?

– Wcześniaka łatwo rozpoznać – ostrzegł lekarz.

– Rozważania teoretyczne jeszcze – przeciął Czandra – na wypadek... Na razie ona się spodziewa dziecka. Normalna ciąża. Trzeci miesiąc. Chcę to mieć od pana na piśmie.

Istvan słuchał z odrazą. A przecież nie musieli się przed nikim kryć. Mówili o pomocy i opiece, o sprawach, które nie kolidowały z prawem.

– Lubi pan, mecenasie, występować w roli losu – zajrzał mu w zmącone, ciemne źrenice.

– Los? A cóż to właściwie jest, jeśli nie mój zamysł? – dźwignął twarz zarozumiale. – Wiara, bogowie... Nie jestem narzędziem przeznaczenia, ale nim kieruję, drogi panie. Ja się i bogami potrafię posługiwać.

– A jednak lubi pan pieniądze i w końcu one są celem – upierał się radca.

– Pan mnie obraża. Dla mnie są tylko środkiem. Gardzę nimi, więc pchają mi się w ręce. Odbierając je karzę jednych, dając nagradzam drugich. Uwielbiam niespodzianki, które sam przygotowałem. Myślałem, że już pan moją bezinteresowność poznał. Gdyby pan znalazł się w tarapatach...

Chłopiec nagle odłożył z brzękiem łyżeczkę.

– Wujku, chodźmy.

– Może chcesz jeszcze jedną porcję? – próbował go pogłaskać Czandra, ale Mihaly odsunął się, unikając dotknięcia kościstej dłoni, która, podobna do gada, wykonała półkolisty ruch w niebieskim od dymu powietrzu.

– Nie, nie... Ja już chcę wracać.

– Często o panu myślę, mister Czandra – szepnął Istvan.

– To dobrze, ja też mam wrażenie, że pan mnie przyzywa – przerwał mu.

– Myślę, że jest pan bardzo nieszczęśliwy.

– Ja? Głupstwa – żachnął się. – Czego mi brakuje?

– Pan by chciał, żeby pana kochano, uwielbiano. Wszystko, co pan posiada, jest zapłacone, kupuje pan przyjaźń, kobiety, nawet błogosławieństwo żebraka.

– Nieprawda! – podniósł głos. – Muszą mi być wdzięczni. Spełniam ich pragnienia.

– Wujku, ja poczekam w aucie – cofał się jakby przestraszony Mihaly.

– Zaraz idziemy. Do widzenia, doktorze. Do widzenia.

Czandra ścisnął mu dłoń z nieoczekiwaną siłą.

– Już niedługo, i to pan będzie tym najnieszczęśliwszym, ja to panu przepowiadam. Zawsze we mnie znajdzie pan powiernika.

Patrzył w oczy Tereyowi prawie błagalnie.

– Swoje sprawy załatwiam sam.

Odwrócił się i ruszył wzburzony ku drzwiom, Mihaly biegł pierwszy wlokąc go za rękę.

– Wujku, to niedobry człowiek – szeptał – będzie ci szkodził.

– Niewiele może. Gorsze są krzywdy, które sami sobie wyrządzamy.

– Jadłem lody – mamrotał, kuląc się na siedzeniu austina – i nagle zacząłem się bać. Jego oczy wszystko zjadają, twój uśmiech, smak moich lodów, z początku były bardzo dobre, a potem czułem tylko łyżeczkę, zjadał mi bicie serca, nawet plamę słońca ze stolika. Od niego idzie zimno jak od umarłych.

– Słonia się nie bałeś, a przed starszym panem, który chce ci ciastko zafundować, nagle uciekasz? Mihaly, co się stało? – uspokajał chłopca, wpatrzony w ulicę pełną rowerzystów i riksz motocyklowych, skowytem klaksonu płoszył tłum.

– Wujek słyszał o dziewczynce, której wiedźma podarowała jabłko, ona ugryzła i zasnęła, jakby umarła, albo dała grzebień, ona go wpięła we włosy i zapomniała, kim jest, albo ukłuła w palec ten najmniejszy i wycisnęła kropelkę krwi. A potem wiedźma wzięła ten paluszek do ust i wypiła z niej wszystką krew... I nie było śladu rany. Albo wzięła jej koszulkę i skręcała tak długo, aż ją udusiła, choć to była sama koszulka i dziewczynka siedziała między rodzicami, którzy nic nie mogli pomóc. Albo zaprowadziła ją przed wielkie lustro i kiedy dziewczynka patrzyła na siebie, pchnęła ją i lustro zamknęło się za nią, zostało nieme, nikomu nie zdradziło, gdzie ona jest...

Terey słuchał z niepokojem, tak czasem dzieci majaczą w wysokiej gorączce. Chłopiec mówił półgłosem do siebie. Dotknął czoła. Było chłodne.

– Przecież wiesz, że to bajki – łagodził jego podniecenie.

– Ja wiem, że on by to potrafił naprawdę i jeszcze inne gorsze rzeczy – upierał się – dlatego nic bym od niego nie przyjął.

– Nie, to nieszczęśliwy człowiek. On ma dużo pieniędzy, pomaga ludziom.

– Jego pieniądze są z nim w zmowie – szeptał z przerażeniem w oczach – one zabierają inne z cudzych kieszeni i do niego wracają, nim wybije północ. A jakbyś je chciał zatrzymać, to zamienią się w zeschłe liście albo w muszelki...

Istvan pomyślał nagle ze wzruszeniem, że chłopiec ma dar, którego próżno by się doszukiwał u własnych synów: fantazję, zdolność tworzenia... Wrażliwa wyobraźnia. Może Indie zapadną w niego i po latach, kiedy już będzie dorosły, wspomni dzisiejsze spotkanie i najdzie go uczucie grozy, mecenas Czandra urośnie na sługę ciemności. A jeśli chłopiec instynktownie przeczuł? Przecież on sam też miał chwile nieodpartego wstrętu do uczynnego adwokata.

Niebo pozieleniało i wystygło. Ogromnymi liśćmi papajów kołysał powiew. Młodzi Sikhowie z kokami jak u dziewcząt puszczali czerwonego latawca w kształcie sępa. Para łaciatych szczeniąt skubała się za ogony. Przyjazny chłód wstawał od ziemi, nadciągał krótki zmierzch i pierwsze, jakby wymyte, gwiazdy jawiły się nad stygnącym horyzontem.

Chciałbym, żeby serce tego chłopca mnie zachowało. Nagle wydało mu się, że nie w synach, a właśnie w nim pozostanie nie poprzez krew, geny, lecz przez poufnie wypowiedziane słowo, wtajemniczenie, chłopiec mógł dziedziczyć jego cechy, pragnienia i nadzieje. Wydało mu się, że jest jak kukułka, która w chłonny umysł dziecka podrzuca własne niepokoje, budzi stulone skrzydła. Mihaly przecież kiedyś powiedział, wyrwało mu się westchnienie: ja chcę być taki jak ty, wujku. Przecież on mnie nie zna – uśmiechnął się oczami, stwarza sobie, wyobraża o wiele lepszego, czyst-szego, swój ideał.

Czyżby nieustannie tęsknił za synami? Spojrzał ukradkiem. Mihaly rozpogodzony ścigał oczami latawce, dwa, trzy, jak rybki ślizgały się, schodząc z rozświetlonych przestworzy ku ziemi na mroczne dno.

– Wujku, możemy na chwileczkę stanąć i popatrzeć? O, ten duży leci, żeby je zjeść. On je podziurawi.

Wysiedli z wozu. Przygarnął chłopca i z zadartymi głowami patrzyli na tańce pomarańczowych i żółtych latawców, wlo-kących za sobą ogony podobne do girland. Nitek nie można już było dostrzec, więc ruchy latawców, nurzających się w ostatnim poblasku zachodu, zdawały się swobodnym igraniem zbiegłych, pełnych swoistego życia, zabawek dziecięcych. Poprzez cienką tkaninę czuł ciepło ufnego ciała. Słuchał okrzyków zachwytu, gdy strącony papierowy sęp zapadł między drzewa, a tamte dwa małe zdawały się w łagodnym powiewie wspinać wyżej i wyżej, ponad pierwszą promienistą gwiazdę, która migotała zielono, chwiejna, jakby niepewna miejsca wybranego na tę noc.

Kiedy odwiózł chłopca i zawrócił do domu, na schodach weran-dy dostrzegł dwie przytulone postacie, czokidara i jego dziewczy-nę. Wartownik zerwał się służbiście, zapalił światło pośród liści. Narzeczona czmychnęła w mrok jak jaszczurka. Mijając wyprężo-nego żołnierza, który ruszał podkręconymi wąsami, jakby chciał coś powiedzieć, widział małą skuloną w gęstwie pnączy, tylko sar-nie oczy błyskały w cieniu gałązek.

– Kiedy wesele?

– Za tydzień, sab. Najlepszy dzień, już są sprawdzone horosko-py, gwiazdy nam sprzyjają.

Terey wzruszył ramionami kładąc rękę na klamce. Kucharz już nadbiegał i zapalał światła w hallu, przez pomyłkę włączył wen-tylatory, które wirowały pod sufitem. Gwiazdy? A cóż one mają z tym wspólnego? Jak to dobrze, że mogą zrzucać na nie odpo-wiedzialność za własne życie, modlić się do nich lub wygrażać,

a one wiszą nad nami, wirują w mroźnych wysokościach, kamienne, obojętne.

– Pani nie ma – oznajmił czochrając siwiejącą szczeć Pereira. –
Pani nie będzie dziś na noc.

Pokiwał głową na znak, że wie, choć chwilę łudził się, że za-
stanie Margit przyczajoną w fotelu, trochę senną, że go pochwyci,
zaczepi końcami palców, zanim zdąży nacisnąć kontakt, i będzie ją
całował długo, długo, wspierając czoło o jej skroń.

Kucharz snuł się w ciemności boso, bezszelestnie. Zapalił lampę na biurku. Maski uśmiechnęły się ze ścian wyszczerzonymi zębami.

– Jest list, sab – wymachiwał paskowaną po brzegach lotniczą
kopertą.

Istvan poznał okrągłe litery, pismo Ilony. Koperta otworzyła się
łatwo, ledwie ostrzem noża podważył, jakby była do tego przy-
zwyczajona.

Wewnątrz tkwił arkusik i fotografie. Ilona. Wysokie, trochę dziecinne czoło ujęte w skrzydła czarnych włosów. Mocne brwi, oczy
patrzące uczciwie, prosto. Oczy, które nie mają nic do ukrywania.
Usta pełne, skore do śmiechu. Ładna, bardzo ładna, śliczna – stwierdził – chyba nawet ładniejsza od Margit. Wpatrywał się w tę twarz,
jakby chciał przypomnieć sobie, dlaczego ją spośród tylu innych
wyróżnił, pokochał. Ona jest podobna do Hinduski, zdziwił się
i już rysował punkt między brwiami, przyciemniał powieki, wie-
szał gruby naszyjnik ze srebra... Odłożył zdjęcie poza krąg światła
i zabrał się do czytania listu. Powszednie, znane z innych, opowieści o postępach synów, o gardle Sandora, o marzeniach Gezy, że
ojciec przywiezie małpkę, choćby najmniejszą. Nagle trafił na zdanie: „Czy Ty masz czas o nas kiedy pomyśleć jak o domu? Chciałabym, żebyś tu już był z nami”. Nie wołanie tęsknoty ani wyznanie
miłości tylko przypomnienie, że do nich należy. Nie lubiła jawnych
gestów ani światła, gdy spoczywała naga, ani nawet lustra, kiedy
ją, odchodząc do redakcji, w przedpokoju całował. Łapał jej kose
spojrzenie, rzucane na tego niemego zbędnego świadka.

Odszedłem. Stałem się obcy. Przeglądam własną przeszłość jak książkę o cudzym życiu, beznamiętnie.

Raz jeszcze ujął w dłoń fotografię i podziwiając urodę młodej kobiety odczuł zadowolenie, spokojnie myślał: jeszcze może zacząć nowe życie, nie załamie się, znajdzie łatwo mężczyznę, który ją pocieszy.

Co ona o mnie myśli? Właściwie to obojętne. – I nagle litując się nad samym sobą, nad własną udręką, uwierzył, że kiedy znajomi, dowiedziawszy się o ucieczce, zaczną potępiać i piętnować zdradę, Ilona będzie go broniła. Już słyszał jej spokojny głos: może tak jest dla niego lepiej, może uwierzył, że będzie pisał inaczej, któż wie, co go zmusiło? Jemu też nie jest lekko.

Oczy Ilony duże, ciemne, omroczone rzęsami, spoglądały bez zmrużenia. Gniewało go to. Natarczywe, dociekające spojrzenie.

– Tak jak jej kazał ten dureń fotograf – żachnął się upuszczając kartonik na biurko, bo usłyszał na werandzie kroki i głos czokidara, który zapewniał, że sab już od godziny powrócił. Tak, to musiał być Trojanowski.

– Hallo, cóż tak siedzisz o suchym pysku? – wołał od progu. – Sezamie, otwórz się – pociągnął oburącz za uchwyty rzeźbionej skrzyni i z uznaniem witał wynurzające się spod wieka szyjki pękatych butelek.

– Nie witasz się? – spytał Istvan.

– Lubisz chiński ceremoniał? „Hallo" ci nie wystarczy? No, to pozwól – złożył dłonie jak do modlitwy i skłonił się głęboko – namaste dżi. Bądź pochwalony, o szlachetny!

Umościł się w fotelu, skrzyżował wyciągnięte nogi. Zapalił papierosa.

– Czokidar umila ci samotność sprowadzając dziewczynki? – zerknął czujnie spod opuszczonych powiek, czy trafił. – Właśnie jedną ukrył przede mną.

– Nie, to jego narzeczona. Mają się za tydzień pobrać.

– No, no... Teraz rozumiem. Górale z Nepalu mają odmienne obyczaje, Hindusowi przed ślubem nie dano by dziewczyny nawet obejrzeć, żeby jej nie pokalał spojrzeniem. Od taksowania towaru są rodzice i swat. Fotografia wystarczy. A u nas zaraz by chcieli wyjeżdżać na wspólny biwak, z namiotem i kajakiem. Popróbować, przebadać dokładnie. I rozchodzą się prawie bez żalu. Ot, jeszcze jedno doświadczenie.

Kucharz wsunął głowę i upewniwszy się, że kieliszki są nalane, wniósł tackę z gorącymi, pieprznymi kuleczkami zjeżonymi od zatkniętych wykałaczek.

– Niewesoło u was – zaczął gryząc zakąskę. – Dziś tłum robotników zebrał się pod parlamentem, domagali się, żeby skończyć z represjami... Żądali powrotu Nagya. Spóźnili się. Kadar do nich przemówił, obiecał, że wywiezieni wrócą. I ludzie wierzą, że tego dopilnuje, ale ma trudny początek.

Pił złotawą śliwowicę.

– A co ci z domu piszą?

– Właściwie nic ciekawego – rozłożył ręce Terey – wszystko w porządku. Żyją, żona pracuje, dzieci się uczą.

– To znaczy, że jest ciężko.

– Po diabła ich wzywał – żachnął się Istvan. – Czy nie można było tak jak u was?

– Nie bądź dzieckiem. Po pierwsze, oni już u was byli, po drugie, to Kadara wezwano. Muszę przyznać, że mi imponuje odwagą. Wziął na siebie odpowiedzialność za los Węgier. Przecież czuje otaczającą go niechęć – mówił zamyślony – ale on ma przed sobą cel, wielką sprawę, to pozwala wytrzymać ciśnienie. Wie, co uratował. Walka o naród, o przyszłość tym trudniejsza, bo jeszcze samotna. No, ma, ma ludzi... Jednak wielu przyłączyło się myśląc, że tego wymaga taktyka, podejrzewają, że chce władzy, że się odegra za więzienie. Motywy ich działania nieważne, tylko skutki. Grunt, żeby miał rok, dwa lata czasu. Potem zaczną go szanować.

Rozejrzał się po pokoju, jakby dopiero teraz zaniepokoiła go cisza.

– Puść trochę jakiejś muzyki. Smutno tu.

Otworzył radio. Przybierając na sile wlała się melodia z jakiegoś amerykańskiego filmu o białej emigracji: Anastazja. Kołysał stopą rytmicznie, podobała mu się tęskna piosenka śpiewana niskim trochę ochrypłym kobiecym głosem.

– Więc myślisz, że Chruszczow się z Nagym pospieszył? – zapytał Istvan przyciszając radio.

– Chciał ułatwić Kadarowi – skrzywił wargi – uprzątnął mu plac. Nie liczył się ze skutkami. Ma dzisiaj strajki na Węgrzech. Ale i to minie, żeby jeść, trzeba pracować.

– Nie lubię takiego załatwiania spraw.

– A kto lubi? – uśmiechnął się drwiąco Trojanowski. – Umowy. Gwarancje... Jesteśmy dorośli ludzie. Umowy dotrzymuje się, jeśli nie zmieniły się warunki, w których były podpisywane, no i gdy silniejszy chce dotrzymać. Tłumacząc to na język dorosłych – ma nadal w tym interes. Tak robią wszyscy, prócz nas, Polaków. Biliśmy Turków pod Wiedniem, żeby uratować przyszłego okupanta, zostaliśmy do końca przy Napoleonie, choć wszyscy go odstąpili i można było od cara co najmniej pół Polski wytargować... Wierność do końca. Do ostatniego wystrzału. Za to nas świat musi podziwiać i ma za durniów. Szaleni Polacy! E... – machnął gniewnie dłonią – nasi komuniści to też romantycy – a potem dorzucił jakby do siebie – tylko że potrafią chodzić po ziemi...

Sączył w zamyśleniu śliwowicę.

– Gdyby nimi nie byli, nie byłoby dzisiejszej, tej Ludowej – dodał odstawiając kieliszek.

– I ty jesteś taki sam – podrwiwał Istvan. – Nieodrodny...

– Co robić? Urodziłem się dziedzicznie obciążony – westchnął, drwiąc nieszczerze. – A nawet czasem jestem z tego dumny.

– Pewnie by ci odpowiadał Mindszenty? Kardynał, dobrowolny więzień w ambasadzie amerykańskiej, nie opuścił Węgier – wyliczał Terey.

Trojanowski wsparł się na łokciu, potarmosił blond czuprynę dobrze przerzedzoną. Niebieskie oczy świeciły zaczepnie.

– Nie ufam takim patetycznym gestom. Czy to test dla mnie na inteligencję? Sprostujmy jedno: opuścił Węgry, opuścił, bo jest na amerykańskim terytorium, choć ciągle jeszcze u was. Nic nie zrozumiał z sytuacji, w której się znalazł po wyjściu z więzienia.

Wydało mu się, że wraca to, co było, poczuł się nagle przywódcą nie duchowym, a politycznym, wzywał do walki. A potem dał nura – rozejrzał się szukając papierosów, które mu Istvan podsunął w miedzianym indyjskim pudle. – Nie ma kossuthów? Wolę mocne... Ale Kościół ma doświadczenie, to mądra instytucja. Nie uznaje dezercji.

– Od nikogo nie możesz żądać, żeby pchał się na męczeństwo – zaprotestował Istvan. – Przecież by go rozstrzelali. To stary człowiek.

– No, właśnie... Byłoby godne zamknięcie żywota. Kościół uznaje dwa wyjścia dla swoich dostojników: trwanie z wiernymi do końca, aż po mur, pod którym się staje, docenia posiew krwi. Ona nie idzie na marne. Zresztą to samo myślą komuniści. Idea, za którą nie warto ginąć, to idea, dla której nie ma po co żyć.

– Drugie wyjście?

– Trudniejsze, bo wymaga nie tylko żarliwości i serca, ale i rozumu. To roztropne, mądre paktowanie ze zwycięzcami, bo w końcu do tego musi dojść... i Kościół to ceni, może nawet więcej. Ale do tego trzeba bardziej niż siebie kochać swoją owczarnię.

– Ty jesteś katolikiem? – spytał Istvan.

– Jakby ci to powiedzieć – zakłopotał się – tak z całą szczerością: byłem. Można wyrzekać się, a to za nami się wlecze, tradycja, przyzwyczajenia, niemal magiczne gesty... Ale zachowałem nadzieję, że sam problem istnieje – wydmuchał dym w sufit. – Przydałoby się, żeby jednak był. Odpycha się te myśli, nie ma na nie czasu. Robimy wszystko, żeby natarczywy głos zagłuszyć.

– A więc dopiero po śmierci? – szepnął czujnie Istvan.

– Jesteśmy z nią oswojeni, wiemy, że życie jest śmiertelną chorobą. Ale komu się chce o tym pamiętać na co dzień? Powiem ci, nie wyobrażam sobie, żebym mógł inaczej leżeć na cmentarzu jak pod krzyżem. Nie męcz człowieka... Chyba nie po to mnie zaprosiłeś?

– Chciałem cię prosić o poparcie – zaczął, a Trojanowski odwrócił się ku niemu zaskoczony. – Mam tu malarza.

– Hindus?

– Znasz go, tym łatwiejsza rozmowa. Ram Kanval. Miał do nas jechać. Ale wiesz, jak to durnie nazywają: sztuka zdegenerowana.

– Oj, coś mi się brzydkiego przypomina, jak słyszę ten naukowy termin – przeciągnął się dziennikarz. – No, mów dalej.

– Bajcsy utrącił mu stypendium. U was jest największa swoboda, weźcie go. Szkoda człowieka. Chciał się z rozpaczy otruć, wspominam o tym tylko dla twojej wiadomości. No, rusz głową. Pomożesz?

Trojanowski milczał z przymkniętymi oczami.

– Słuchaj, ja wyjeżdżam, kładę ci sprawę na sercu – upierał się. – Spróbuj raz załatwić nie po polsku, bo wy się roztkliwiacie, obiecujecie, a na drugi dzień zapał mija i zapominacie na amen.

– Dobrze. Pomówię z naszym radcą od kultury – zgodził się wreszcie. – Licz na mnie, choć za skutki nie ręczę.

– Tylko o to mi chodziło. Dziękuję. Ja wiem, że on się u was spodoba. A teraz dość. Chodźmy na kolację. Co wolisz? Wino, śliwowicę?

– Zostańmy już przy tym samym – Trojanowski zagarnął butelkę i nie wypuszczając z ręki kieliszka ruszył do jadalni. – Ale pachnie. Cały czas mi czegoś brakowało, a ja po prostu jestem głodny – klepał przyjaźnie Istvana w ramię.

Wyłowił w prasie wzmiankę, że w Kalkucie i Bombaju wystąpili dwaj znani dziennikarze, zbiegowie z Węgier. Jednak ich nazwiska nie kojarzyły się pracownikom ambasady z żadnymi publikacjami ani gazetą, w której mieli pracować.

Istvan chętnie by z nimi porozmawiał, wysłuchał opowieści o powstaniu w wersji jednej strony, tej przegranej, nawet choćby go to miało obciążać w oczach ambasadora, jednak trasa emisariuszy emigracyjnych omijała New Delhi.

Na pierwszych stronach tłustym drukiem „Hindustan Times" i „Hindustan Standard" alarmowały o starciach patroli na granicy Kaszmiru i rozruchach w Tybecie. Oskarżali Chińczyków, że naruszają odwieczne indyjskie terytorium, choć tylko na dwóch głównych szlakach karawanowych forty z nieliczną załogą wyznaczały strefę zainteresowania wyżynnymi pustaciami, jałowymi dolinami, w których swobodnie koczowały gromady pasterzy wypasających jaki i owce, lub przechodzili z biciem w gongi i ptasim gwizdem piszczałek pielgrzymi zmierzając do Lhassy czy klasztorów buddyjskich w Kulu. Wymiana strzałów właściwie bez znaczenia echem odbiła się w prasie, służąc do wzmocnienia rządu, któremu na rękę były interpelacje posłów żądających nowych kredytów na zbrojenia.

Węgry zniknęły z pierwszych stron, wyparte przez bliskie tybetańskie wydarzenia. W sprawozdaniach z obrad ONZ-etu wyłowił notatkę, że jeszcze robiono proceduralne złośliwości przedstawicielom Kadara na wniosek Argentyny czy Chin Czang Kaj-szeka, jednak już widać było, że komuniści wygrali i zmusili Zachód do uznania nowego rządu.

Istvan krążył po ambasadzie, zaczynał rozmowy, podpatrywał kolegów, by nagle zerwać się, uciec, zaszyć w swoim gabinecie. Wydawało mu się, że oni wiedzą więcej, mają dostęp do poufnych informacji, należą do wtajemniczonych, gdy on został poza kręgiem.

– Nie szalej, przestań się zadręczać – Ferenz kładł mu ręce na ramiona – przysięgam ci, że nic się nie dzieje. Powiedziałbym ci zaraz. Ty sam jesteś źródłem niepokoju. Weź się w garść, bo się nerwowo wykończysz. Wyjedź, odpocznij. Stary dał zgodę na twój urlop.

– Nie wyganiajcie mnie tak, sam wyjadę – opędzał się pełen podejrzeń.

– Kiedy?

– Za parę dni. Zrozum, że ja ciągle czekam, wydaje mi się, że jak tylko wyjadę z Delhi, zaraz się coś takiego wydarzy, co pokrzyżuje moje plany.

– Najlepszy dowód nerwowego wyczerpania – triumfował. – Nic się nie zdarzy, zapewniam cię. Po prostu jesteś przewrażliwiony. Inaczej nie byłbyś poetą, tylko buchalterem.

– Chyba masz rację.

Kiedy wracał do domu, ogarniały go nowe wątpliwości, prze-czucie, że grozi coś złego. Jednak dni mijały monotonnie, podob-ne, bez niespodzianek. Aż oskarżał się o histeryczne nastroje, pisał listy do Ilony, z całym okrucieństwem wyjaśniając, że kocha inną, chce zacząć nowe życie, prosząc, by go zrozumiała, jeśli nawet nie może wybaczyć, a potem darł je z odrazą, wiedząc, że kłamie wbrew najlepszej woli, a ból, który by sprawił, niczego nie prze-cina ani nie kończy. Siadał naprzeciw Margit ze szklanką w ręce i szukał w jej oczach pewności, pił sporo, chociaż alkohol nie da-wał upragnionego oszołomienia.

Garnął się do niej, zasypiając czuł na swoim udzie ciężar kola-na, które dłonią senną obejmował, ażeby po krótkim śnie zbudzić się od razu przytomny i w nagłej trwodze nasłuchiwać równego oddechu śpiącej i płaczu szakali buszujących w ogrodach.

Margit nie ponaglała, choć zdawało jej się, że im dalej uciekną od New Delhi i ambasady, tym łatwiej odciąć go, wyrwać z krę-gów węgierskich niepokojów.

– Skończyłam wykłady – powiedziała spokojnie w przeddzień święta Divali.

– No, to co? – obruszył się, jakby go oskarżała.

– Nic. Jestem wolna.

Oczy miała ufne i czyste, aż zawstydził się gniewnego odru-chu.

– Chcesz jechać?

– Chcę być z tobą – tłumaczyła łagodnie. – Mam więcej czasu dla ciebie. Myślałam, że się ucieszysz.

– Dobrze – odwrócił głowę, jakby postanowienie na nim wy-mogła. – Likwidujemy hotel, pakuj się, zostawisz u mnie walizki. Pora wyjechać.

– Czy nie lepiej wziąć wszystko ze sobą? – rozważała ostrożnie.

– Myślisz, że nie wrócimy do Delhi? – napastliwie zajrzał jej w oczy.

– Może byłoby lepiej – szepnęła – ale zrobię jak zechcesz.

Pod jego wrogim spojrzeniem pochyliła głowę, jak przygarbiona nadmiernym brzemieniem, rudawe włosy osunęły się falą zasłaniając twarz. Nie odgarnęła ich zwykłym ruchem, pozwalała, by spadały bezwolną kaskadą.

– Wszystko, po co byś tu wracał, można kupić – powiedziała wreszcie. – Zostawmy część bagaży. Rozumiem, chcesz stworzyć pozór, że wyjeżdżamy tylko na święta. Czy uspokajasz samego siebie, że jeszcze czas na ostateczną decyzję?

– A ty myślisz...

– Nic nie myślę. Wiem. Ja tylko chciałabym ci pomóc. Ale ty musisz sam. Inaczej byś mnie znienawidził.

W głębokiej ciszy słyszeli pokrzykiwanie kucharza, brzęk moździerza, w którym ubijał korzenie. Obok w zakurzone siatki druciane w oknach skrobały gałązki pnączy, szarpane wieczornym wiatrem.

– Dobrze, jedźmy jutro – powiedział nagle.

Ożywiła się, odsunęła pasmo włosów na ucho, błysnęła rozpogodzonymi oczami.

– Jutro. O świcie – parł już teraz zdecydowany – uciekamy na białe plaże, o których marzyłem. Chyba woda spłucze moje zmartwienia, zagrzebiemy je w piachu... Margit, pomóż mi – nachylił się nad nią.

Objęła go, przygarnęła mocno.

– Przecież ja tylko tego pragnę.

Pogrążył twarz we wzburzonych włosach, znajomym zapachu, który chłonął aż do szumu krwi.

– Jesteś dobra dla mnie – całował jej szyję.

Kiedy chłopcy hotelowi znosili jej spakowane walizki do auta, już zapadał zmierzch. Na balkonach i kamiennych parapetach tarasów prowadzących do ogrodu drgały migocząc setki zapalonych światełek. Złotawe języczki lizały ciemność. Domy już oświetlono na uroczyste powitanie święta Divali. Na dachach, w oknach, nawet przy stopniach domów pulsowały światełka. Przed budami nędzarzy płonęły knoty w blaszanych pudełkach z olejem. Każdy chciał zwabić boginię szczęścia do swojego domu, wytyczał jej drogę, rozjarzał wejście. Istvanowi zrobiło się przykro. Miał kupić płaskie świece i glinianych strażników z kagankami, ale w nawale zajęć przed wyjazdem zgubiło mu się indyjskie święto.

Całe miasto pachniało świeczkami, taniec światełek, ciepły, żywy płomień odmieniał budowle, przydawał uroku. Ponad konarami drzew dygotały ognie gwiazd, ogromnych, szklistych, jakby niebo opuściło się między domy, strząsnęło błyszczące okruchy na progi, mury i ścieżki. Bogini Lakszmi z lampą w obu dłoniach prowadziła szczęśliwy los ku oczekującym, błagającym w mroku.

– Ciekawy jestem, czy nasz dom będzie miał światła, nie dałem pieniędzy kucharzowi, zapomniałem na śmierć – uprzedzał Istvan.

Kiedy jednak wjechali na trawiasty plac z ulgą spostrzegł chwiejny grzebyk płomyczków na niskim murze, mroczna grota werandy kosmatej od pnączy rozbłysła żółto lampkami. Czokidar stał w rozkroku, wsparty na grubym bambusie, u jego stóp trzy rzędy światełek migotały przyginane niedostrzegalnym powiewem, tylko nogi jak wykute z brązu rozjaśniała trawa ognista. Ogromny cień padał na ścianę, czyniąc go czuwającym wysłannikiem doskonałych.

– Zapalił – odetchnął z ulgą – zasłużyli na nagrodę... I do naszego domu szczęście ma oświetloną drogę.

Czekała przed furtką póki nie wprowadzi austina do garażu. Kucharz z triumfującą miną witał ich, przykucał, patyczkiem poprawiając przechylone knoty.

– Nie jest gorzej jak u innych, prawda, sab? – dopominał się pochwały.

– Nawet ładniej – poklepał go po ramieniu Terey – nie poskąpiłeś świec.

– Dla Lakszmi trzeba być szczodrym, jeśli ma nas nawiedzić – odpowiedział przymilnie i nieznacznie podał mu rachunek ze sklepu za lampki wotywne.

– Dobrze, masz tutaj.

– To za dużo, sab – przekrzywił głowę na chudej szyi jak sroka, która nie może w dziobie udźwignąć kości.

– Weź wszystko. Za to, że pomyślałeś.

– Och, sab, twoje szczęście jest naszym szczęściem, ty wiesz. Czokidar się żeni, bo ma dobrą pracę, moja cała rodzina ciebie, panie, błogosławi. I sprzątacza rodzina. I ogrodnika. Ty, panie, jesteś jak mocne drzewo, a my jak ptaki, co uwiły gniazda w twoich gałęziach. Ty masz dłoń otwartą i nie wydzielasz miarki ryżu jak w innych domach. Sab – skandował niby zaklęcie unosząc dłonie ku liściastym frędzlom pnączy – niechaj bogini Lakszmi wejdzie w ten dom i tobie, i pani przyniesie dary.

Długie cienie padały na ściany, pachniało jak w świątyni płonącym olejem i świecami. Zgromadzona służba oddała im pokłon.

– I my wam życzymy wszelkiej pomyślności – odpowiedział.

– Zostawiam dom waszej opiece, gospodarzcie w naszym domu rozumnie. Jutro jadę na południe kraju.

– Czy na długo, sab?

– Na kilka tygodni.

Kiedy się znalazł w pokoju, zdziwiony i niespokojny podszedł do Margit. Siedziała zgarbiona, ukrywszy twarz w dłoniach.

– Co się stało? – rozchylał jej ręce odsłaniając twarz mokrą od łez.

– Nic – oczy jej spod zlepionych rzęs świeciły pełnym blaskiem – tyś pierwszy raz powiedział: w naszym domu...

Chylił się nad nią zaskoczony, powoli zaczynał rozumieć, rosła litość, że tak niewiele trzeba, by mogła wznieść na jednym odruchowym słowie całą budowlę przyszłości. Ona mnie kocha – powracało jak oskarżenie – kocha.

– Chciałabym to zawsze słyszeć, do ostatniego dnia – szeptała przywierając do niego mokrym, rozpalonym policzkiem.

Poprzez siatki w oknach mrowiły się rozmazane światełka na murach sąsiednich willi, zaciągało dotkliwym smutkiem, jakbyś krepą powiał nad kwaterami wiejskiego cmentarza w dzień, kiedy się płomykiem świecy wspomina zmarłych.

– Jutro jedziemy – odpychał złe myśli. Przegięła się ku niemu, ocierała policzkiem mrucząc z zadowolenia, jak mała dziewczynka, której brakło słów, by wyrazić rozradowanie i wdzięczność za nieoczekiwany dar.

Leżeli na białym, drobnym piasku tak blisko, że mogli się dotknąć wyciągniętą ręką, kilka metrów od ich stóp zmętniałe fale gasły na wygłaskanym, ubitym skraju jakby ogromnej misy uwieńczonej zwałami ostro pachnącego zielska. Ocean wzdymał się łagodnie, przechylał, spychając wody ku wybrzeżom. Na horyzoncie prawie nieruchomo, żółte i czerwonawe, jak trójkąty ostrzem wsparte o szarawą wodę, tkwiły żagle manewrujących łodzi. Nawet trudno było tak nazwać te kilka luźno związanych w dziobie belek, otwartych jak rozpruty wachlarz, żeby swobodnie mogła się przelewać morska woda zmydlona od pian. Łodzi nie było widać, tylko powoli obracające się ściemniałe pod słońce trójkąty połatanych żagli błąkały się skrajem nieba jak zerwane latawce.

Odwróciwszy głowę chłonął surowy profil Margit, przysłonięty rozwianymi włosami, niebieskawa zieleń zmrużonych oczu migotała szczęściem. Usta lekko się rozchylały w głębokim oddechu, drobne piersi, ledwie osłonięte, wyzywały spod namokniętego kostiumu kąpielowego.

Rozpłynęły się, przepadły zatłoczone zaułki Starego Delhi, tłum prący ślepo, nawała ciał, o które musieli się ocierać, by przejść ulicą, dławiący odór rynsztoków, uryny, trociczek, fermentujących łupin z owoców, pachnideł, swąd płonącego masła w wotywnych kagankach i kuchenny olej palmowy, który wżerał się we włosy, tkwił w odzieniu.

Tutaj, na rozległej plaży, byli sami, zdani na siebie, radośnie zagubieni, niepotrzebni całemu światu wypoczywali nawet nie słysząc postękiwania fal, które z uporem rozlewały się, zgarniając żwir i różowe muszelki. Przeciągał nad nimi wilgotny powiew, łagodził skwar południa. Powietrze nad obszarem piasku nie zdeptanego niczyją stopą żyłkowały zielone migoty i liście powyginanych palm unosiły się w opasłym locie wstrząsając skórzanymi frędzlami.

– Nie śpij – drasnęła końcami palców jego bok oblepiony piachem gładkim i sypkim.

– Nie śpię, myślę – odpowiadał przeciągając się. – Wiesz, że za dwa dni gwiazdka?

– Liczysz dni? Wiesz dokładnie, ile ich upłynęło?

– Po co? I tak będziemy za krótko. Wiem o gwiazdce, bo z zarządu hotelu dostałem list z pytaniem, co chcemy na uroczysty dinner.

– Nie wierzą, że Daniel powtórzy wiernie, a to sprytny chłopak – chwaliła służącego, którego im przydzielono wraz z domkiem.

– Wypisano całe menu, wystarczy podkreślić.

– Dlaczego to zrobiłeś beze mnie? Powinniśmy się byli naradzić.

– Będziesz miała niespodziankę.

– Na pewno zamówiłeś jakieś okropności, jak wtedy w chińskiej restauracji. Kiedy mi szef kuchni wytłumaczył, z czego to jest, czułam, że się we mnie wszystko buntuje.

– Ale ci smakowało. Póki nie wiedziałaś, jadłaś z apetytem. Zamówiłem dla nas dary morza.

– A gdzie indyk z kasztanami i daktylami?

– Jeszcze żyje, ale wystarczy zamówić sześć porcji. Skrzętnie wyliczyli: kurczę dwie porcje, kaczka cztery, indyk dwanaście... Oprócz nas są tylko dwie starsze Angielki. Aż dziwne, że takie pustki. Spodziewałem się, że będzie najazd.

– Tęsknisz za innymi kobietami? Już ci nie wystarczam?

Zaczerpnęła garstkę białego piasku i patrzyła, jak przez palce wycieka.

– Nie pleć.

– Cieszę się, że trochę odpocząłeś, samotność dobrze nam zrobiła.

– Na razie mało tu ludzi, bo Suez jeszcze zakorkowany, ale na Nowy Rok przyjadą, będzie pełno na plaży.

– Wcale mi nie są potrzebni – obruszyła się – tak mi dobrze
– bawiła się usypywaniem z piasku kopczyka na jego piersi. – Lubię morze. Jest w nim tyle spokoju.

– Choć zmordowałem się prowadzeniem austina, pierwszej nocy nie mogłem usnąć, słyszałem je – wyszeptał – ma różne głosy, gada i wabi, pomrukując niecierpliwie. Zdawało mi się, że korzystając z ciemności wpełza na brzeg, szoruje po wydmach, zatapia plaże i chytrze nas obchodzi. W ciemności szum wody potężnieje.

– Wstawałeś, słyszałam jak wychodziłeś na werandę. Ale nie chciało mi się oczu otworzyć.

– Patrzyłem, jak ono świeci, ląd był czarny, a fale fosforyzowały, jakby pełne utopionych gwiazd. Bałem się jak mały chłopiec, że i nas przypływ zmyje razem z domkiem.

– Ja się nie boję morza – wydęła zarozumiale usta. – Lubię, jak mnie niesie.

– Za daleko wypływasz. Wołam na ciebie, a ty udajesz, że nie słyszysz.

– Płyniesz obok – zajrzała mu w ciemne oczy – i myślę, że płynąłbyś do końca. Ciężko się zdecydować na powrót. W morze płynie się lżej, a do brzegu o wiele trudniej.

– Oglądałem mapę w kapitanacie portu, zatoka ma prądy przybrzeżne, lepiej o tym pamiętać... Może nas wynieść daleko.

– Przecież byś mnie nie zostawił – położyła mu dłoń na pociemniałej piersi – nie bałabym się odejść z tobą.

– Niedobre myśli – otrząsnął się – głupie!

Morze gadało głośniej, przewalało się zmywając grubymi jęzorami wygładzony piasek nadbrzeża.

– A jednak nocami bywają jakieś niepokoje – mówiła, pochłonięta zabawą w piasku czystym jak cukier. – Przedwczoraj słyszałam krzyki i jakby pościg, dziś w nocy strzały.

– Pytałem Daniela, mówi, że policja robi zasadzki na przemytników... Pomyśl o tych pustych domkach, wcale bym się nie zdziwił, gdyby w nich przechowywano złoto albo opium. Woda od razu głęboka, można kutrem podpłynąć pod sam brzeg. Zresztą te ich łodzie-tratwy mogą szorować po dnie.

– Masz fantazję – powiedziała z uznaniem – już jesteś gotów wymyślić całą historię. Wystarczy, że ktoś przebiegł wzdłuż wybrzeża, jedna wystrzelona rakieta; a może to są ćwiczenia?

– Oni także szmuglują ludzi, uciekinierów z Pakistanu, mówił mi Daniel, jak jeszcze spałaś.

– Uciekają... Od siebie nie uciekną. Wolność jest w nas. Trzeba z całym uporem i odwagą wyłamać się z tej obręczy, którą nam gwałtem narzucono – zwróciła się ku niemu, czuł jej dłoń oblepioną piaskiem wspartą na udzie.

– Nie narzucono, chyba że gwałtem nazwiesz miejsce urodzenia, język i los, który powinnaś dzielić z innymi. Resztę obowiązków podjęliśmy dobrowolnie i wiesz dobrze, że to cząstka nas samych.

– Prymitywne więzy krwi – opuściła głowę niechętnie.

– Nie. Mówię o najgłębszej wspólnocie ze światem zastanym przy urodzeniu, który powinniśmy przetwarzać, zmieniać.

Dobiegał z daleka chwiejny tryl wygrywany na piszczałce. U stóp osypiska, między przechylonymi palmami kokosowymi, ciemniał tors kuglarza grającego swoją piosenkę. Wyglądał jak bez głowy, bo jego białawy turban zlewał się z jasnym piaskiem, który się mełł spod ochłapów darni spalonej od słońca.

– Łatwiej zmieniać świat niż siebie – szepnęła z żalem. – Świat, świat! A cóż to jest, jeśli nie zabawa w piasku? Widziałeś już, ile z tego zostaje. Mogłeś się przekonać.

– A ty? Jaką mi rolę wyznaczasz? – podniósł się na łokciu, zaglądał jej w oczy, końce podwiniętych rzęs pojaśniały od słońca.

– Bądź nareszcie sobą, wolny. Pisz tak, jak zechcesz. Nie licz się z nikim.

– Nawet z tobą?

– Nawet ze mną – upierała się. – Pisz o swoich Węgrach, ale wyzwól się z obroży, która cię dławi, ze swego czasu, z jego doraźnych układów. Nie musisz być urzędnikiem, dla którego szefowie

są wyrocznią. Myśl o tym, co jest twoje, własne, niepowtarzalne...
Co chcesz ludziom powiedzieć? Ludziom, nie tylko Węgrom.

– Dla mnie szefowie nie są wyrocznią – uśmiechnął się – za
często się zmieniają, a to, co chciałbym powiedzieć do Węgrów,
powinno trafić do każdego człowieka, który myśli i czuje odpowiedzialność za los zbiorowy.

– Czas... Twój, nasz, musimy mu podlegać. Nie pozwól się
ugniatać, wplątać w zmowy na rok, na dwa. Jesteś nadziany cudzymi słowami, wyciągasz dłonie i same składają się do oklasków.
To nawet nie jest cyrk, bo gwałt nie wymaga zręczności.

– Przestań – prosił – nie dręcz mnie.

– Ja? – udawała zdziwienie. – Dlatego cię to dotyka, bo myślisz
tak samo.

Znowu dobiegło ich z dali ptasie popiskiwanie żebraka, pochła-
niał je szum przelewających się wód.

– Na co on liczy? – wpatrywał się w nagi tors ciemniejący pośród guzowatych, na wpół obnażonych korzeni palmowych. Jak
kogucie ogony zwisały nieruchomo liście w niebie pełnym drga-
jącego światła.

– Jest podobny do mnie – zamyśliła się. – Chce zwrócić na siebie uwagę.

– Dlaczego siadł tak daleko?

– Nie chce być natarczywy.

– Myślisz, że czeka na nas?

– Żebrak, choć nie tak bezwstydny jak ja, ale na pewno żebrak.
My się od razu poznajemy – rysowała palcem łuki na piasku i patrzyła tępo, jak powiew sunąc plażą spycha ziarnko po ziarnku.

Odwrócił się gwałtownie, przyciągał ku sobie.

– Nie mów tak, lepiej uderz, mniej by bolało – dyszał jej w usta
całując. – Wszystko, co mam, jest twoje.

– Prócz ciebie samego – kołysała głową. – Jestem biedniejsza
od tego żebraka, bo on nie wie, co może mieć, a ja wiem, czego mi
odmawiasz, co mi wydzierasz.

– Ja?

– Ty... To ty mnie nie chcesz.

Całował jej niebieskawe powieki, wygładzał wargami brwi. Na ramionach odkrywał szorstki osad morskiej soli. Próbował czułością stłumić, rozproszyć jej smutek. Jednak przemawiał tylko do ciała wygrzanego w słońcu, leniwie przyzwalającego na pieszczoty jak oswojone zwierzę.

– Zostaw – prosiła, kiedy wyłuskał jej białawą pierś, miażdżył chciwymi ustami – ten Hindus...

– Daleko – układał ją w ciepłym wgłębieniu, w białej kolebce.

Rozrzuciła szeroko ramiona, a on wsparł się jak rozkrzyżowany na jej dłoniach, splatając palce do bólu, słyszeli dalekie nuty, ptasie wołania i głębokie, oporne stękania morza zakończone mokrym chrzęstem zmywanego piachu, syczeniem wsiąkających pian.

Spoczywali obok siebie ociężali, senni, przywaleni blaskiem niewidzialnego słońca. Dotknięcie dłoni, pewność, że są tu, związani przychylnymi ciałami, pulsowała we krwi głęboką, spokojną radością.

– Idziesz do wody? – przeciągnęła się leniwie.

– Trzeba – poderwał się, chwycił mocno za dłonie, dźwignął z piasku.

Trzymając się biegli po uklepanym, wylizanym do czysta skraju plaży. Ocean świecił, aż bolało w oczach, srebrny i niebieski. Cofał się wabiąc, by nagle podjąć ich wysoką falą, która spychała ziemię w głąb, spiętrzona zmywała chłodem rozpalone torsy, podawała następnej. Brzeg odchodził niepostrzeżenie, jakby z ich woli, oddalał się, domki przycupnęły na palach niby na nóżkach, przyczajone do ucieczki, palmy zmieniały swoje miejsca. Zdawało im się, że stoją w miejscu podrzucani między tymi samymi wodnymi pagórkami, a brzeg wędruje łagodnie, uwolniony od ich obecności i czujnych spojrzeń. Istvan poznawał lekki napór prądu.

Dokoła słyszał jakby podjudzające oklaski mokrych dłoni i łakome cmoknięcia fal. Obudziła się w nim uwaga. Zielony czepek Margit wyskakiwał wysoko i zsuwał się w głębokie bruzdy. Płynęła spokojnie i śmiało, wyprzedzała go o kilka jardów. Odwracała głowę, krzywiąc się, gorzka woda szczypała oczy. Wiedział, że Margit go ciągnie za sobą, wystawia na próbę, igra z niebezpieczeństwem.

Już posłyszeli basowe postękiwania boi tłuczonej falą, zatapianej i wypływającej z głuchym pojękiwaniem ulgi.

– Margit! – krzyknął. – Dosyć... Wracamy.

Głos ugrzązł w lepkich szelestach rozkolebanych wód. Nie był pewny, czy go usłyszała.

Podpłynął do boi, uchwycił się pierścienia szorstkiego od pęcherzyków rdzy, fala wlokła go, próbowała ukręcić, porwać. Musiał uważać, żeby nim nie otarła o blachy porosłe ostrymi muszlami.

– Margit! – krzyknął z gniewem, dosłyszała, ciało zmieniało położenie, zawisło nad głębiną, uniosła dłoń, która zaświeciła jak płatek cynfolii na znak, że rozumie. Z ulgą zobaczył, że zawraca.

Parskając, marszcząc zabawnie nos z obrzydzeniem uczepiła się przechylonej boi, prąd nimi szarpał, ciała obijały o siebie.

– Masz dość?

– Przynajmniej jedno z nas musi mieć rozsądek – żachnął się obejmując złuszczony stożek blaszanego pływaka.

– Stchórzyłeś – triumfowała po dziecinnemu. – Mogłabym tak płynąć i płynąć... Woda niesie, piastuje – klepała przechyloną, pomykającą gładziznę narastającej fali.

– Pamiętam, ile mamy do brzegu – szamotał się z boją, która, pełna niezwykłego życia, próbowała go strząsnąć jak narowisty koń.

Rzeźwa morka otrzepywała ziarna piasku, smagała barki. Palmy zaczynały się ku sobie nachylać i ciężkie ich skrzydła udawały lot.

Słysząc skrzypienie uklepanej warstwy piachu, szybkie stąpanie Margit, aż zagryzał wargi: wariatka, nie mógłbym jej uratować. Chłodem przeniknął żal, że mogliby oboje... Ja też. Zostałbym z nią. I jakoś łatwiej o tym pomyśleć, gdy woda ciepłym jęzorem liże stopy, niż: odpłynę z nią do Australii.

– Kawał drogi do hotelu – Margit ze zdziwieniem odezwała się za nim. Ale nas zniosło... Mógłbyś poczekać. Niewiele cię obchodzę.

– Samaś chciała. Jestem głodny – przyspieszał kroku, widząc, jak jej cień go wyprzedza.

– A ja jestem szczęśliwa – maszerowała przy nim, odciskając głębokie ślady, które tuż za nimi morze zacierało, uklepując, jakby przypominało, że istnieje tylko chwila, więc powinni się nią nacieszyć.

Czuł ssącą aż do bólu radość, że są razem, razem, tylko dwoje, idą wąską drogą, którą morze i słońce powleka zmiennym srebrem, zwierciadlanym, i błyskami. Sami jak w dniu stworzenia. Mogliby tak wędrować wieczność całą, fala gada po swojemu i stąpnięcia zdają się śpiewać.

Patrzył na migocące krabiki nie większe od ziarnka grochu, kiedy wyciągał po nie rękę, kuliły nóżki i pozwalały, by je uciekająca woda zabrała ze sobą, ukryła w zmąconej głębi.

Nachylił się uparcie próbując je pochwycić, ale nawet przykryte dłonią zakopywały się w piasek szybciutko, a woda w zmowie z nimi zacierała ślad.

Zbierał więc płaskie muszelki podobne do różowych płatków skamieniałego kwiecia.

– Dla Mihalya? – podała mu gumowy czepek.

Napełnił go jak chroboczącą sakiewkę okruchami zwapniałych gąbek i gałązek koralu, wyszlifowanymi, pełnymi marmurowych żyłek kamykami, których kolory gasły natychmiast po wyschnięciu, aż zwilżał je w fali, niepewny, czy nie uległ złudzeniu, a morze z uchylonej dłoni nagłym chluśnięciem wyłuskiwało zdobycz.

Dla kogo zbieram? Ciężkim osadem napływała myśl o rozliczeniu z tej szczęśliwej godziny; nie, nie dla Mihalya. Odruchowo zbierał dla chłopców, a raczej za nich, ich oczami szukając skarbów, skoro nie byli razem, nie brodzili w zwierciadlanej wodzie, pełnej zmiennych ogni. Bezsensowny odruch. Przecież im tego śmiecia nie wyślę. Fala podbiegła sycząc, szurała po płyciźnie, odwrócił się i w uchodzącą, pełną wydartych kosmatych wiechci, wytrząsnął łupy i doczekawszy usłużnego chluśnięcia, opłukał czepek, aż zalśnił turkusem.

– Dlaczego tak zrobiłeś? – powiedziała ze szczerym żalem. – Jaki ty jesteś przekorny.

Spojrzał na owal jej twarzy ujęty w miedź pozlepianych włosów, w oczy, przelewała się cała świetlista zieleń morza, zrobiło mu się bezgranicznie smutno, jakby oszukiwał, a ona z całą ufnością na to przystawała. Ucałował ją na pocieszenie, jak się całuje dziecko, szepcząc – śpij spokojnie.

Przed nimi błyszczała szeroka droga na skraju wód i białawej plaży wygładzona gasnącymi falami. Z daleka dostrzegli skręcony, czarny kształt podobny do pnia z korzeniami, które ocean przywleka, jakby wyzbywając się wszystkiego, co może kazić jego wnętrze. Bury warkocz uschłych chwastów, morszczynu, nadgniłych desek z plamami smoły wydzielał ostrą woń. Dwie wrony rąbały dziobami wielką jak miednica meduzę wyłapując ochłapy zmętniałej galarety.

– Popatrz – zatrzymała się z wyciągniętą ręką.

Na wpół zaryty w uklepanym piachu leżał poczerniały, spękany topielec. Włosy, brwi i rzęsy porosły rdzawymi grudami soli, oczy miał wpadnięte, jakby go słońce raziło, wbiegająca woda opływała zwłoki, przyrzucając je plecionką cieniutkich traw. Kilka much wisiało niziutko, w monotonnym brzęku wibrując miką skrzydełek, jednak nie siadały. Piana bryzgała wysoko.

– Nie dotykaj – powstrzymała Istvana. – Woda go nie zabierze. Trzeba dać znać do hotelu.

– Wygląda jak kawał zbutwiałego drewna. Wcale nie budzi odrazy – spojrzał na Margit spłoszoną i niechętną. – Nie ma nogi. Zupełnie jak modna rzeźba.

– Przestań.

– Ile dni niosły go fale? I już nie razi, jednoczy się z ziemią, po której chodzimy. Zadziwiająco szybko się odczłowieczył.

W podmuchach wiatru niosło się pojękiwanie gongu jak podzwonne, z hotelu wzywano na lunch.

Ruszyła szybkim krokiem, prawie uciekała, choć kształt na wpół zatarty przyciągał, wydało jej się, że zwłoki zmieniły położenie i topielec próbuje wstać, iść za nimi, ale zbity, mokry piach już go do połowy wessał, uwięził i nie puszcza.

– Nie dowiemy się nigdy, co go spotkało. Nie mogę o nim myśleć tylko jak o materii w rozkładzie, wraca napomnienie, żeby nim się zająć, grzebać umarłych – przypomniała półgłosem.

– Spalić – poprawił. – W ostatnim tygodniu nie było burzy. Musiał utonąć albo zwyczajnie umarł i wyrzucono go za burtę.

– Ale wtedy owijają w całun, przywiązują kamień.

– Trzeba prześcieradło mieć – wzruszył ramionami. – Był nagi, nawet bez opaski.

Znowu na piachu szkliła się ogromna rozdziobana meduza, dalej leżało ich kilka, kilkanaście, cmentarzysko kopulastych, nietrwałych odlewów, które słońce rozpuszcza w cuchnącą kleistą ciecz.

Skręcili przez plażę buchającą żarem na przełaj, grzęznąc po kostki w białym piachu jak w popiele niedawno wygasłego ogniska. Odmieniło się widzenie morza, zatoki pełnej pokruszonych zwierciadeł. Brnęli sennie w stronę pawilonu, gdzie na cienistej werandzie służba hotelowa nakryła stoliki. W szparze słonecznej migały białe serwety ułożone misternie.

Prowadziła ich melodyjka wygrywana przez Hindusa usadowionego między korzeniami palm. Minęły go kobiety w spłowiałych sari z płaskimi koszami na głowach, oddały pokłon i dzwoniąc srebrnymi bransoletami sunęły drobnym krokiem w stronę morza.

Kiedy dochodzili do swego domku, wybiegł im naprzeciw szczupły, chłopięcy służący, uśmiechnął się szeroko i podał płaszcze kąpielowe.

Margit pierwsza wsunęła się pod prysznic, nagrzana od słońca woda rozpuszczała sól, która skleiła jej rzęsy.

– Chodź prędzej, zdaje się, że znowu braknie wody – wołała. – Korzystaj.

Kiedy ubrany w płócienne spodnie i jasną koszulę wyszedł na werandę, Margit rozmawiała z Danielem. Prosta zielona sukienka oblamowana białą wypustką czyniła ją bardziej dziewczęcą, rude włosy związane białą wstążką spływały na prawe ramię, opalenizna różowiła skórę.

– Przemytnicy ludzi dla jednego zmarłego nie będą zawracać, zwłaszcza że to obcy – opowiadał z niezrozumiałym uradowaniem. – Rozbiorą, żeby nie można było poznać, i rzucają w morze.

– Kto się zajmie zwłokami – Istvan pokazał na migocące półkole zatoki, pełne przelewającego się srebra.

– Zadzwonią z hotelu, przyjdzie policjant i nakaże starszym z wioski, żeby spalili ciało. Sam go nie dotknie, bo nie wiadomo, na co tamten umarł, może dżuma, a on już jest uczony i wie, co to bakterie – szczerzył białe zęby w przymilnym uśmiechu.

Żar rozpalonego piasku parzył przez sandały, smalił jej łydki. Dochodząc do centralnego pawilonu Istvan widział, jak Daniel wiesza na poręczy wypłukane kostiumy. Powietrze drgało wzlatując, melodyjka fletów splatała się z sykaniem koników piaskowych, bzykaniem śmigających much i trzepotem liści palmowego gaju w dostałą symfonię wakacyjnego odpoczynku. Gdy weszli w rozkoszny cień hotelowej werandy, wydało mu się, że to pełnia lata ociekająca jak plaster miodu, gdy powiew zaszeleścił kartami dużego kalendarza i podwinął datę 23 grudnia.

– Proszę wybaczyć moją śmiałość, ale państwo są bardzo lekkomyślni – nachylił się ku nim maitre d'hotel, ubrany w białe nakrochmalone płótno. – Obserwowałem przez lornetkę. Państwo wypływacie za daleko.

– Myśli pan o rekinach? – zlekceważył ostrzeżenie Terey. – Już przywykliśmy do waszej tablicy: „Niebezpieczeństwo rekina!" No, i co z tego? Przecież przyjechaliśmy się kąpać.

– Trudno wracać do brzegu – nachylał się zatroskany. – Prąd spycha. Ja nawet nie myślałem o rekinach, jeszcze nie było wypadku, żeby atakowały białego.

– Jeśli nie do brzegu, na pewno dopłynęlibyśmy do łodzi rybackich, oni by nas wyciągnęli.

– Niestety nie – zafrasował się, przyzywając kelnerów, żeby już podali. – Jeśli morzu odbiera się ofiarę, której pragnie, sięgnie po kogoś z rodziny ratującego. Zawsze po utonięciu człowieka są lepsze połowy, wdzięczność morza. Rybacy nie ratowaliby, oni chcą być w zgodzie z żywiołem, z którego czerpią zyski. Oni w to wierzą. Chcą go sobie zjednać.

– Wszystko inaczej, niż sobie wyobrażamy – westchnęła Margit, ale już jej uwagę przyciągnął podsuwany półmisek i piwo nalewane z puszek osiadające mgiełką na wysokich szklankach. – Może i ten sadhu, co gra na piszczałce z tykwy, też nie jest żebrakiem.

– Pozwolę sobie zaznaczyć, że byłoby swego rodzaju nietaktem rzucać mu jałmużnę – zaniepokoił się.

– Miałem ochotę, ale byłem w slipach.

– Całe szczęście. To bardzo bogaty babu, do niego należy i ten hotel, i mnóstwo łodzi rybackich, ma składy kopry i domy w porcie.

– A przesiaduje nad morzem i gra jak biedak, który czeka na miedziaki.

– To jego modlitwa, jest czcicielem morza. Widzi w nim bóstwo – wyjaśniał jak dzieciom, nie pojmującym niczego z wiedzy dorosłych.

Kiedy zostali sami, Margit wymieniła ukłony z dwiema starymi Angielkami w drugim rogu werandy i zapytała, czy im się tutaj podoba. Wodząc obojętnymi oczami po wielkiej niebieskiej przestrzeni odpowiedziały, że jak wszystko inne w folderach miejscowość jest przechwalona. Wprawdzie pogoda ładna, ale pusto, smutno i zaraz po świętach odlecą do Kolombo.

– Po co je zaczepiasz? – gasił przyjazne zapędy Istvan. – Nie opędzimy się od nich. Jedz.

– Chyba nie są szczęśliwe.

– Mają konto, podróżują, robią co chcą.

– Za późno, wszystko przyszło za późno: bogactwo, poznawanie świata, nawet przyjemności stołu. One już źle trawią, słyszałam, jak prosiły o kleik ryżowy. Ale mają nadzieję, że znajdą szczelinę, by się wymknąć ze swego wieku, dręczy je starość, której nie chcą się poddać. Żałosne.

– I śmieszne w tych dziewczęcych sukienkach z jaskrawo pomalowanymi ustami. Perły na indyczych szyjach. Wodzą spojrzeniem za każdym Hindusem. Czy one siebie nie widzą w lustrze?

Szli w stronę niebieskiego domku.

– Są strasznie biedne – powiedziała z przekonaniem. – Nie wierzą w miłość, nawet jeśli ją kiedyś przeżyły. One już ufają tylko pieniądzom.

– I to jest wstrętne – kopnął pogardliwie skorupę kokosa, która potoczyła się podobna do małpiego czerepu. – One ich kupują.

Milczała stąpając lekko po ubitej ścieżce, zadętej smugami piasku pełnego skrzeń, potrząsnęła głową z wyrzutem i szepnęła prawie do siebie:

– Każdy jakoś kupuje sobie miłość... Ja też.

Odwrócił się gwałtownie, ujął za ramiona, zajrzał w głąb jasnych oczu, w których lśnił odblask pogodnego nieba.

– Czy jest ci ze mną aż tak źle?

– Nie. Sam dobrze wiesz – odpowiedziała poważnie. – Jednego pragnę, żebyśmy już szli po australijskim brzegu, żeby wreszcie skończyła się ta huśtawka...

Stali w pełnym słońcu, ciepły wiatr wzdymał spódnicę Margit, ponad rudymi włosami kołysały się przygięte pióra palm. Czuł tętno jej krwi, zapach skóry i powolny, budzący nienawiść swoim spokojem, szum i łoskot oceanu.

– Margit, przecież ty jesteś mądra.

Wpatrywała się udręczona w jego ciemne oczy, spoglądające uczciwie i bezbronnie, mocną linię brwi, spalone czoło i włosy, które rozdmuchiwał powiew.

– Mądra? – zastanowiła się. – Czy to u ciebie znaczy, że nic nie czuję? Jak ktoś tonie, woła o pomoc, miota się, nawet idąc pod wodę, widać jego rękę, jak szarpie powietrze. Wiem, rzuciłbyś się, Istvan, na ratunek. Każdemu. Ale mnie nie dostrzegasz... Jem, piję, opalam się na plaży, śpię z tobą, ale ja tonę, zrozum to, Istvan, tonę.

Milczał. Pochylił głowę, cienie ich połączone tworzyły u samych stóp jedną plamę na białym piasku.

– Rozumiem.

– Nie. Przynajmniej tego mi oszczędź. Gdybyś rozumiał, nie zostawiałbyś mnie w niepewności. Przecież to ja ciebie na sam kraniec Indii przywlokłam. Dalej nie mam siły. Jedźmy do Kolombo. Zdecyduj się na jeden krok.

Patrzył na nią z ogromną tkliwością.

– Po to zaczepiałaś Angielki, one tam lecą... – pogładził ją i szepnął: – Nie dręcz się, jadę z tobą.

Mimo słonecznego dnia źrenice jej kryły zmącenie smutkiem.

– Nie wolno ci tak mówić. Wiesz, że to nieprawda. Przecież kupuję cię sobą. Masz moje ciało, zapominasz o mnie. Mówisz: jesteś dobra, mądra, kochasz mnie, a potem się to przeciw mnie obraca. Chcesz, żebym ja się ciebie wyrzekła, bo tobie brak odwagi. W imię tych swoich wymyślonych racji, za którymi ja wiem, co się kryje: Ilona, chłopcy... W tej chwili ci ją przysłaniam, bo jestem blisko.

– Zrozum...

– Rozumiem więcej od ciebie – zsunęła jego dłonie – i dlatego mi tak ciężko.

– Ale jestem z tobą – krzyknął, zaciskając pięści w poczuciu bezsiły.

– Myślisz, że dla skazanego odwlekanie wyroku jest takim wielkim szczęściem? – mówiła półgłosem, odwracając głowę w stronę morza, które niestrudzenie sunęło ku białym plażom.

Przygarnął oporną i zdrętwiałą, całował skroń, powoli nakłaniała się ku niemu, nim odtajała, i nachylona dała się prowadzić. Czuł drżenie, jakie ją przebiega, wargi miała gorące i suche, słońce – pomyślał – za dużo leżeliśmy na słońcu, wydało mu się, że Margit ma podniesioną temperaturę.

Zbliżali się do niebieskiego domku w milczeniu, pojednani, wsparci o siebie. Z otwartego wnętrza dobiegało powolne stukanie maszyny do pisania. Zatrzymali się, uśmiechając porozumiewawczo. Kręcąc głową, skupiony i przejęty, służący uderzał dwoma palcami w klawisze. Powiew lekko kołysał białym grzybem podwiązanej moskitiery. Daniel był czujny, obejrzał się i spłoszony odskoczył od maszyny.

– Bardzo przepraszam – kulił się jak pies, który nabroił i czeka na cięgi.

– Co piszesz? – zajrzał mu przez ramię Istvan, ale chłopiec szybciej wyciągnął kartkę.

– Nic. Naprawdę nic.

– Pokaż.

Była to jakby pieśń spisana po angielsku, jeszcze nieporadna, ale świeża i pełna wzruszenia. O gwieździe betlejemskiej, która świeci w oku wołu i srebrzy kark ośli, oddechy ciepłe przenikają grzejąc nagie, nieporadne nóżki niemowlęcia. Zwierzęta mu współczują, bo znają świat, kamieniste drogi, długie wędrówki w kurzu i spiekocie, razy spadające na grzbiet, smagnięcia biczem i ciężar nad siły, przeczuwają zgon, kiedy warg spękanych nie zwilży nawet wilgotna gąbka. Para bydląt lituje się nad nowo narodzonym, który pragnie świat podbić miłością.

– No, a co dalej? – spytał zaskoczony.

– Już tylko życzenia. Radosnych Świąt – zawstydził się. – Chciałem list położyć na stole, razem z prezentem dla memsahib. To miała być niespodzianka.

Wyciągnął zza koszuli długi sznur drobniutkich, opalizujących muszelek, starannie dobranych i oszlifowanych. Przesypał je na wyciągniętą dłoń Margit. Naszyjnik zachował jeszcze ciepło jego skóry.

– Kto cię nauczył tej pieśni?

– Nikt, sab, ułożyłem ją sam. Przepraszam, że ruszałem maszynę, myślałem, że tak jest bardziej elegancko.

Łagodne jego oczy wyrażały pokorę, długie ciemne palce splatały się błagalnie.

– Chciałem przygotować podarek, bo przecież ja też coś od państwa dostanę – tłumaczył z dziecięcą szczerością.

Terey zawstydził się, że o tym nie pomyślał.

– A co byś wolał? Podarek, czy pieniądze, za które możesz sobie kupić, co zechcesz...

Daniel podniósł kształtną głowę, spoglądał zakłopotany. Margit potrząsnęła dłonią pełną nawleczonych muszelek, chrzęściły, podzwaniały lekko. Za oknem szumiało morze, zbielałe pasma pian sunęły ku brzegom, gasły na niewidocznej plaży. Wydmy zamiecione morką migotały niespokojnie. Suchy, jakbyś pruł ceratę, trzask liści palmowych chwilami wpadał do pokoju.

– Oczywiście Daniel ma ochotę na jedno i drugie – wybawiła chłopca z kłopotu. – Dasz mu krawat, ten koloru mango. I trochę rupii, jak mówiłeś.

– Państwo pójdą do kościoła? O północy jest msza, na pamiątkę narodzin. Przyjdzie dużo rybaków. I będzie szopka, w której wszystko się rusza, chłopcy nad nią pracowali cały rok.

– Pójdziemy, dobrze? – prosiła Margit. – Tu i tak nie ma co robić... A ty chyba masz dość tej samotności we dwoje.

– Zobaczymy jeszcze – bronił się osaczony. Zapomniał, całkiem zapomniał. Czyżby to było nieśmiałe zaproszenie od Tego, kogo usuwał z myśli, wypędzał ze słonecznej plaży, skazując na zamknięcie w kaplicy, jak kłopotliwy bagaż zostawia się w przechowalni? – A gdzie to jest? – zapytał nieprzyjaźnie.

– Niedaleko stąd, za wioską, w gaju palmowym. I ksiądz jest z Europy, prawdziwy zakonnik, z brodą.

– Jakiej narodowości?

Daniel zatrzepotał bezradnie długimi rzęsami i rozłożył ręce.

– Nie wiem. Biały.

Margit zachęcała:

– Pójdziemy i zobaczymy.

Za oknem pojawiły się postacie z płaskimi koszami na głowach, zagadały gardłowym głosem. Daniel im odpowiedział i zadowolony, z uśmiechem, który mu układał twarz w miłe dołeczki, oznajmił:

– Przynieśli gwiazdę. Ja zamówiłem dla saba gwiazdę morską u rybaków, kazałem, by złowili dużą. Potrafię ją zasuszyć, żeby nie straciła koloru. Sab ją przyczepi na masce auta, tak robią Anglicy, kiedy stąd wyjeżdżają.

Z werandy, przechyleni przez poręcz, mogli zajrzeć do wnętrza koszów. Przyrzucone morszczynem gmerały odnóżami związane łykiem półmetrowe kraby, wzdymały się jak żywe sakiewki żółtawe mątwy, mrowiły się ich ramiona zwierzęce a na wpół roślinne, podobne do liści agawy. Czasem spod zielska błysnęło oko wybałuszone, bez powieki, budzące wstręt.

– Proszą, żeby sab kupił langusty. W kuchni hotelowej mogą przyrządzić. Świeżo złowione, żywe. – Brał je ostrożnie w dłoń, podnosił do góry, ażeby pokazać, jak trzepoczą opancerzonym ogonem. – Niedrogo, sab, bardzo smaczne danie.

Kobiety stały nieruchomo, nawet nie mogły ku nim unieść twarzy. Zdawały się na pośrednika. Blask słoneczny padał na płaskie koszyki, zapalały się krople tęczowymi iskrami na łuskach ryb i skorupach krabów, błysnąwszy spadały na obnażone piersi, wyssane, puste wory zwisające spod niedbale narzuconych sari.

– Nie będziesz mnie chyba zmuszał, żebym jadła te okropności – odsunęła się Margit. – Zwłaszcza po tym, cośmy widzieli na wybrzeżu.

Unieśli głowy, popatrzyli ku rozległym plażom. Spomiędzy wydm wstawała smuga dymu, palono już zwłoki.

Owinięty w biel wysoki mężczyzna stał tam strzegąc niewidocznego ognia.

Dobiegło ich żałosne pogwizdywanie piszczałki.

– Sadhu przeprasza morze – powiedział sennie Daniel i zaczął bez obrzydzenia grzebać dłonią w zielsku, wybierał langusty i trzymał cały pęk za długie wąsy.

W ciszy słyszeli chrzęst pancerzy, trzepot gniewny ogonów. Morze szumiało słabiej, jakby oddaliło się od lądu.

Ściskając tkliwie dłonie Margit, szeptał:
– Obyś na przyszłe święta była już w Australii.

– Wcześniej, wcześniej – dopowiedziała niecierpliwie. – I razem... No, proszę cię, powtórz, bo to strasznie ważne.

W białej sukni głęboko wyciętej z naszyjnikiem nieforemnych turkusów na szyi, które harmonizowały z kolorem jej oczu, wydała mu się urzekająco piękna, włosy prześwietlone miedzianym poblaskiem w żywych zmiennych płomykach świec rzucały cienie na czoło. Szal lekki, przetykany złotymi nićmi osuwał się z ramion.

– Wiesz, że tego samego pragnę – szeptał zapatrzony w jej chłodne oczy, teraz pełne iskier radości.

– Ale powtórz – upierała się nachylając ku niemu, jakby przyciągana nieodpartą siłą.

– Z tobą. Z tobą.

Na srebrnej tacy stał półmisek z resztkami skorup i czerwonym pancerzem langusty, której wąsy rzucały ruchomy cień na biel obrusa, a troskliwie ułożone łapy jak z koralu grzęzły w liściach jarmużu. Płat piersi indyczej i nadzienie pachnące gałką muszkatołową, słodkie i piekące, z sałatką z ananasa zjedli popijając chłodnym winem.

Po morzu, które pokryło się zmienną świetlistością, bardzo daleko sunął rząd złotych punktów, zmierzał na południe pasażerski statek. Płynął tam, dokąd ona chciała wyruszyć. W milczeniu odprowadzili go oczami, póki nie roztopił się w mroku.

– Wszystko bym dał, żebyś była szczęśliwa.

– To będę. Dobrze wiesz, że to od ciebie zależy.

Pod skrzydłami palmy rozochocone Angielki podnosiły kieliszki i zapominając na chwilę o troskliwie nachylonych z chłodną gotowością Hindusach, w białych smokingach, zawołały do Margit:

– *Merry Christmas!*

Unieśli kieliszki. W ciemności za oknami otwartymi ku zatoce jasnym, pospiesznym rytmem rozdzwoniła się sygnaturka. Jakby nią przywołany, ukazał się na schodach tarasu Daniel. Margit z zadowoleniem dostrzegła, że założył nowy krawat, podarunek Istvana.

– Naprawdę, chcesz? – opierał się jeszcze. – Czy nie lepiej pójść plażą przed siebie, nad samym morzem...

– Nie, nie – otrząsnęła się z odrazą. – Zobaczmy kaplicę, jak oni się modlą.

Kiedy zeszli z rozjarzonej werandy hotelu, noc jakby złagodniała, piasek świecił i biło od wydm ciepłe tchnienie. Nad kępami suchych traw ulatywały świetliki. Dzwonek naglił, kołacząc za gajem palmowym.

– Uprzedziłem księdza, że państwo przyjdą – chwalił się Daniel.

– Bardzo był ucieszony. Proszę tędy, trzeba uważać na korzenie. Ścieżka kręci.

Między pochylonymi łagodnie pniami palm kokosowych mrowiło się od gwiazd, dużych, roziskrzonych niespokojnie, i takich, które ledwie drasnęły mrok.

Teraz zobaczyli wiernych, kobiety i dzieci, sylwetki przesuwały się bezszelestnie między drzewami, tylko mała lampka zawieszona u przegubu bardzo czarnej ręki rozjarzała kolorową plamę odświętnego sari. Światełek przybywało, zbiegały się, łącząc w łagodny blask, który bił z otwartych wrót.

– Nie wierzyłem, że państwo przyjdą – odezwał się przyjazny głos, wysoka postać oderwała się od ściany. Istvan poczuł chropawy i ciepły uścisk, ręka spracowana, nawykła do trzonka siekiery i łopaty. – Tu mało kto z gości zagląda, wolą morze.

Stali przed bramą kaplicy, w ciepłych migotach świec dostrzegali siwą, nie ugładzoną brodę, natarczywe spojrzenie spod krzaczastych brwi. Zakonnik był w płóciennym pomarańczowym habicie, kolorze bonzów buddyjskich, w sandałach na bosych nogach.

– Państwo z Anglii?

– Nie. Pani jest z Australii, a ja z Węgier.

Zakonnik trzymał jego dłoń, jakby się bał, że Terey ją wyrwie i ucieknie.

– Mój Boże, to niespodzianka! – zachłysnął się i nagle zaczął pospiesznie po węgiersku: – Ja też jestem Węgrem, z Koloszwaru. Salezjanin. Tkwię tu od tysiąc dziewięćset dwunastego roku...

– Wtedy jeszcze Węgrzy nie byli wolni.

– Węgrzy są zawsze wolni. Tylko królestwo... Pan jest emigrantem?

– Nie. Jestem z kraju.

Zaglądał mu zachłannie w twarz.

– I może pan tam wrócić?

– A ojciec nie może?

– Zależę od woli przełożonych. Przywykli, że tu jestem, i ja się z tym pogodziłem. Nie myślałem, że Bóg mi sprawi taką radość na święta. Mogę mówić w ojczystym języku. Ja tu nawet paru chłopców nauczyłem, chwytają słowa jak taśma magnetofonu, ale to nie są Węgrzy. Jakbym papugę uczył.

– Czy my ojca nie zatrzymujemy?

– Nie. Ojciec Tomasz Maria de Ribeira, Hindus z Goa, odprawia mszę. Ja później, dla rybaków, kiedy wrócą z połowu.

– Po jakiemu wy mówicie? – Przysunęła się Margit, o której prawie zapomnieli. – Ksiądz jest Węgrem?

– Tak.

– No, to się cieszysz.

– Tak, nie bądź zazdrosna. Czy ojciec miał kontakt z naszą ambasadą?

– Nie. Kiedyś przysłali pismo, żebym się zarejestrował, ale odłożyłem i tak leży.

– A paszport?

– Tu mnie wszyscy znają. Nikt o dokumenty nie pyta. Ja też nigdzie nie zamierzam wyruszać. A na tę ostatnią drogę to i paszport niepotrzebny. Boże, jakie to szczęście mówić po węgiersku. Państwo są małżeństwem?

– Nie.

– Ale pan jest katolikiem, skoro pan tu przyszedł – zaniepokoił się, zgarniał brodę ręką.

– Tak.

– Może państwo chcą przystąpić do...

– Jesteśmy prosto od stołu. To niemożliwe. Może innym razem.

Stali chwilę w milczeniu, zakonnik jakby zawstydzony własną natarczywością.

– Przepraszam. Tak bardzo chciałbym wysłuchać spowiedzi w naszym języku. Jakie to dla mnie szczęście obdzielić łaską rodaka. Tu, w Indiach. To nie przypadek sprowadził pana do mnie. Margit stała oparta o futrynę, zaglądała w głąb kościoła. Ciepły odblask padał na jej zaróżowione policzki, igrał na włosach. Z wnętrza biły śpiewne głosy odmawiających litanię i zapach korzenny rozgrzanej ciżby.

Kobiety wchodząc, świadome spóźnienia, przepraszały, chyliły się łagodnie, dotykały czołem wydeptanego progu, całowały końce palców, którymi się wsparły o posadzkę. Narzucały na włosy koronkowe chusteczki, spojrzawszy na Margit jak na osobę źle wychowaną, wsuwały się do wnętrza.

– Więc pan może zobaczyć nasz Budapeszt?

Nic nie odpowiedział.

– Ojciec nic nie wie o listopadowych wydarzeniach, o Kadarze?

– A kto to jest?

– Ani o powstaniu, o walkach w Budapeszcie?

– Nie. Radia nie mam. Gazet nie czytam. Ale niech pan mówi, co się tam zdarzyło?

Od czego tu zacząć, jak w paru zdaniach opowiedzieć? Istvana ogarnęło nagle zniechęcenie. Trzeba by zacząć od... Całą historię ostatnich czterdziestu lat...

– No, już jest spokój – powiedział gorzko.

– A tak się zdenerwowałem. Chwała Bogu. Lepiej nie czytać gazet, dziennikarze takie teraz piszą sensacyjne tytuły, człowiek zaczyna myśleć, że chyba już jutro wojna... A tymczasem nic się takiego strasznego nie dzieje. Nic. I dobrze.

W głębi kaplicy zaświergotał dzwonek. Starzec odwrócił się, opadł ciężko na kolana. Karcąco machnął dłonią, ucinając rozmowę, naglił do skupienia.

Istvan ponad klęczącym tłumem dojrzał w ciemnych palcach księdza złoty płomień kielicha i kruchy biały krążek.

Kobiety podpełzały na klęczkach, prostowały się nagle, a potem opadały czołem do ziemi, skulone bez tchu. Tłum postaci spowitych w biel parł do ołtarza. Mężczyźni szurali bosymi stopami, w kroku kołysał im się wielki guz podwiązanego dhoti, luźną spódnicą opadał niżej kolan.

Czy oni zdają sobie sprawę, co się tu dokonuje? Pojmują tajemnicę? Ja wierzę. Ja wiem, ale nie korzystam ze źródła. W owej chwili poraziło go wyłączenie ze wspólnoty, postawienie w stan oskarżenia. Sam sobie był prokuratorem i sędzią. – Dopóki zostanę z Margit, nie ma ułaskawienia. Pan nie nawiedzi sługi, nie wypowie słowa, które ocala na wieczność.

Przysłonił twarz dłonią, aby skryć grymas gniewu i dotkliwego żalu do samego siebie. Przecież o tym wszystkim wiedziałem, przynajmniej powinienem był wiedzieć, jeśli czuję taką wyższość nad współwyznawcami z keralskiej wioski, gromadą rybaków, zbieraczy kopry, włókna kokosowego, chłopek brodzących na polach ryżowych, dziewcząt, przygiętych pod ciężarem piastowanego rodzeństwa. Każde z nich mogło tu podejść ufnie po błogosławiony chleb, Tylko ja jeden nie, dopóki... Skazuje się z własnej woli na odłączenie, porzuca ich, jeszcze jedna zdrada pod pozorem zdobycia wolności.

Margit prześlizgnęła się ku Istvanowi, łagodnie wsparła na ramieniu, dotknięcie przenikało przez cienki materiał, potęgowało ból.

– To było piękne – szepnęła, łaskocząc mu szyję włosami. Ona nic nie pojmuje? Ogląda ołtarz i modlący się tłum jak widowisko pełne kolorów i światła. I ja jej nic nie będę próbował tłumaczyć, musiałbym mówić przeciw sobie. On istnieje, z tym gotowi jesteśmy się nawet pogodzić, jednak powinien nam służyć jak laska, żeby się można było wesprzeć, i potem, chcąc mieć obie ręce wolne na chwytanie świata, odstawić do kąta. Odwiedzany w kościele jak w muzeum. Podziwiamy rzeźby, witraże, poczęte z zachwytu kornego uwielbienia. Wybuchły wspomnieniem obrazy wycieczek oprowadzanych po świątyniach, z zadartą głową wpatrzonych we fresk na sklepieniu, puszczających mimo uszu wyślizgane recytacje przewodnika, który zachwala taneczne gesty barokowych świętych albo okrutne sprężenie ciemnej postaci w chwili konania.

Przygarnął Margit, jakby się lękał, że ją odepchnie. Zwróciła się z ufnością, dobrą, czułą.

– Państwo tu na długo? – odezwał się misjonarz po angielsku. Światło padając z otwartych wrót mazało się żółcią na skraju jego wystrzępionej sutanny i bosych nogach w zdeptanych sandałach.

– Ze dwa tygodnie... Chętnie przyjdziemy księdza odwiedzić – wyciągnęła rękę. – Tu jest taki spokój. Istvanowi też będzie miło porozmawiać w ojczystym języku.

– Czy pan przyjdzie? – zwrócił się zakonnik wprost do Istvana, zaniepokojony jego milczeniem.

– Nie – powiedział półgłosem i nie zważając na Margit odwrócił się, brnąc w głębokim mroku między palmami, gdzie wśród szeptów i lekkiego brzęku bransolet znikały wydłużone postacie keralskich rybaczek; powoli rozpływały się ciepłe światła kołysanych latarek.

– Co się z tobą stało? – w głosie dziewczyny brzmiał niepokój.

– Po co mnie tu ciągnęłaś? – wybuchnął niesprawiedliwym gniewem. – Ja przeczuwałem.

– Myślałam, że ci sprawię przyjemność. Co on powiedział? Czego od ciebie chciał?

– Ach, nic... Sam sobie stwarzam trudności – uchwycił jej dłoń, podniósł do ust. – Przepraszam.

– Ale o co wam poszło?

Odwrócił się tak niespodziewanie, że prawie na niego wpadła.

– Naprawdę, chcesz wiedzieć?

Ton głosu ostrzegał.

– Jeśli coś przykrego – zawahała się. – To może nie dziś... Ale jestem z tobą, możesz na mnie też zrzucić ciężar, nie ugnę się.

– Kiedyś i tak musi dojść do tej rozmowy – ściszył głos, za nimi w niewielkiej odległości szedł służący, znał te ścieżki, więc zgasił latarkę, jednak bawił się naciskaniem guziczka, ostre plamy światła wyłuskiwały kostropate pnie palm biegnące ku niebu, pęki suchych traw i zakurzone, prawie czarne gałęzie krzewów.

– Przecież jest zawsze wyjście – zmęczenie i senny smutek miała w głosie – jednak nie wymagaj tego ode mnie, zostawmy to losowi jak Hindusi.

– O czym ty mówisz?

– Gdybym nie żyła...

Zacisnął palce na jej ramieniu, potrząsnął z rozpaczą.

– Nie wolno ci nawet o tym pomyśleć!

Całował jej czoło i oczy, gniótł wargami powieki, mierzwił brwi, policzki miała rozpalone i słonawe, usta mimo kredki od spodu spieczone.

– Życie moje – dyszał kołysząc ją przytuloną do siebie.

– A Ilona? – szepnęła. – Istvan, proszę cię, przynajmniej przed sobą nie kłam. Tyle razy mówiliśmy o przyszłości, nie licząc się, tak jakby już umarła. No, więc miej odwagę, pomyśl, że ja odejdę, uwolnię cię.

– Nie chcę. Nie mogę.

Drżała, jakby przejęta chłodem, od morza ciągnęło słonawym powiewem, zapachami butwiejących zwałów roślinnych i wilgotnego piasku, nadlatywał niechętny łoskot bijących fal.

Przycisnęła jego dłoń do ust i policzka, na którym poczuł łzy.

– Tu jest ścieżka, sab – białe światło chlusnęło między zjeżone, suche trawy.

– Idź pierwszy, Danielu – rozkazał puszczając Margit.

– Państwo nie widzieli szopki, trzech króli, słoni, one kołyszą trąbami – zachwalał półgłosem. – Po mszy chłopcy kręcą korbką i wszystkie figury chodzą dookoła żłobka. Gwiazda świeci. Święty Józef pali hukę jak zwyczajny Hindus.

– Pani się źle czuje.

– Mam trochę gorączki – przyznała oblizując suche wargi.

– Za dużo memsab leżała na słońcu – mruczał oskarżycielsko służący. – Za długo w morzu. I słońce, i woda wypijają siły. Sab nie powinien pozwalać.

Wstępowali między wydmy. Grzęźli w głębokim piasku, który popiskiwał pod stopami. W ciemnej dali mrugała białym okiem latarnia morska i grzbiety długich zwałów wodnych mżyły jak próchno rozdmuchiwane powiewem.

Daniel zgasił lampkę, ciemność nie była dotkliwa, bo i piasek wymyty do połysku pozwalał dojrzeć na wpół zagłaskane ślady.

Kierowali się, nie spiesząc, na pomarańczowe okna hotelowej restauracji. Chrapliwe głosy zatoki gasiły ledwie słyszalny brzęk muzyki z pawilonu. Wrzaski saksofonu, urywany rytm perkusji chwytali jak zagubione sygnały.

Służący stąpał pewnie i jakby przyspieszył kroku, zzuł sandały, trzymał w ręku. Margit poszła za jego przykładem. Piasek w głębi jeszcze nie wystygł, rozstępując się pod naciskiem grzał stopy.

Istvanowi wydało się, że już tak kiedyś było, jakby znał zatarty ciemnością krajobraz przysypany szklistym pyłem gwiazd, sylwetkę przewodnika wyznaczoną ciepłym światłem dalekich lamp, a może we śnie czekał, by go przyjazna dłoń wywiodła z lęków, wskazała azyl.

Ujął rękę Margit, dziewczyna drżała.

– Chłodno ci?

– Smutna jestem – odpowiedziała z namysłem – przepraszam cię, niemiły ze mnie towarzysz.

Byli już blisko domków kempingowych, wspartych tylną ścianą o stromy brzeg, a przodem dźwigniętych na słupach, ku którym podpływały nieruchomo fale siwego piasku. W oknach jak w czarnych zwierciadłach wirował deszcz gwiazd. Ostre głosy cykad odprowadzały ich niby alarmujące dzwonki. Wierciły w uchu, dokuczały.

– Co to, sab? – spłoszył się nagle Daniel.

Latarka, którą zaświecił, tylko przeszkadzała, oczy już przywykły do ciemności. Jakieś duże zwierzę wyskoczyło spomiędzy wydm i biegło zygzakiem, aż przepadło w mroku. Cykady grały jak oszalałe.

– To był człowiek – służący oświetlił rozpłynięty ślad.

Wokół tropu widniały koliste, małe zaklęśnięcia, ziarna piasku zlepiała wilgoć, poczuł ją Istvan palcami, sprawdzając, czy to nie krew.

– On wyszedł z wody.

– Zostaw – pochwyciła go Margit za rękaw – uciekł i mamy spokój, co on cię obchodzi. Proszę, wróćmy już do domu.

Jednak wyraźny trop wabił, Daniel odsłaniał go białą smugą światła.

– Biegł na czworakach jak pies. On tu gdzieś musi być – zachęcał do poszukiwań.

– Nie bój się, Margit, wracamy.

Przyspieszyli kroku, nasłuchiwali czujnie. Sapanie morza przycichło, trąbka hałasowała, cykady sygnalizowały sobie ich przejście długimi seriami zgrzytów.

Wgłębienia w piasku nikły, weszli na spieczony, żwirowaty grunt porosły suchą, rzadką trawą, kłującą jak ości rybie.

– Zaczekaj – prosiła Margit wkładając sandały.

Istvan przystanął, widział, jak plama świetlna otarła się o ich domek, liznęła okno, opadła na schodach werandy, wpełzła między pale wspierające podłogę.

– Sab, mamy go! Tu się schował – usłyszał triumfalne wołanie Daniela.

Zostawił dziewczynę, podbiegł i przykucnął obok służącego, opierając obie dłonie na ziarnistej ziemi. W kręgu rażącego światła wciśnięty między pale i stok pagórka kulił się Hindus w mokrych szmatach oblepionych piaskiem. Spod nikłego wąsa jak u warczącego psa szczerzyły się zęby. Nie zasłaniał oczu. Ściskając w ręku kamień, krzyczał coś gardłowo.

– Rozumiesz, co on mówi? – zapytał Istvan służącego.

– Tak, prosi, byśmy go nie zabijali – odpowiedział ze zdumieniem.

– Powiedz mu, kim jesteśmy. Zapytaj, skąd się tu wziął?

Daniel powtórzył przejętym głosem i od tej chwili służył jako tłumacz. Margit przysiadła obok i wpatrywała się w Hindusa, odwracał głowę, przygwożdżony stożkiem blasku.

– Zgaś – rozkazał Istvan.

– Nie trzeba – powstrzymała Daniela. – On jest ślepy.

– Kazał mi przysięgać na Durgę, że mu nie zrobimy krzywdy, że go nie wydamy – tłumaczył służący rozdygotanym z podniecenia głosem. – Uciekł z barki, płynął kierując się na szum wybrzeża. Myślał, że go ścigamy. Pani doktor miała rację. On jest ślepy. Zaklina, żeby go nie zabijać, bo nic nie widział. Mówi, że ma brata bardzo bogatego, że brat nam się odwdzięczy, jak go ukryjemy.

Długo trwały namowy, by wszedł z nimi do domu. Margit posłała służącego do kuchni hotelowej po miskę ryżu. Zaszłe bielmem oczy dawały chudej, spalonej twarzy wyraz tępego osłupienia. Wypełznął wreszcie, przyznając, że jest głodny. Na jedzenie się nie rzucił, poprosił o wodę, umył dłonie i usta przepłukał wypluwając za próg, który namacał chwytnymi jak u małpy palcami stóp. Siadł skrzyżowawszy nogi, podsuniętą miskę z ryżem osadził między udami i jadł powoli nasłuchując pogłosów morza i orkiestry z hotelu.

Daniel kucał przed nim jak pies nad jeżem, niepewny: atakować czy uznawać za domownika...

– Zapytaj, dlaczego brat się nim nie zajął, jeśli jest taki zamożny?

– Sab, on jest śpiewakiem, układa wiersze, a starodawne mówi z pamięci. U nas takich szanują. On chciał się dostać na Cejlon, do świątyni Buddy... Jego wszędzie nakarmią i przenocują. To prawdziwy sadhu – wyjaśniał z dumą. – On był w Benares. Brat go nie zatrzyma, on ma własną drogę. Prosi, żeby jutro nadać depeszę do Bombaju i brat na pewno przyjedzie.

– Czy może odzyskać wzrok? – Istvan nachylił się ku Margit. – Chciałaś bodaj jednemu człowiekowi w Indiach pomóc naprawdę. Masz okazję, jeżeli jego brat tu się zjawi, możesz mu poradzić, jak go leczyć.

– Trzeba operować, trochę będzie widział. Nie jestem wróżką, tylko lekarzem, musiałabym go dokładnie zbadać.

– On prosi o kilka butelek, garnek z wodą i dwa zwyczajne widelce – oznajmił Daniel – zaśpiewa nam.

– Skąd ja tu wezmę butelki po nocy – wzruszył ramionami Istvan.

– Poszukam, sab, przyniosę z kuchni hotelowej. Znajdę – Daniel wymknął się w noc.

Przed ślepym śpiewakiem wnet stanęło siedem butelek po winie. Z zadziwiającą zręcznością napełniał je wodą do różnego poziomu, uderzał trzymanym na płask widelcem i bacznie nasłuchując tonu zestawiał szklaną gamę. Kiedy widelcem po szkle przeciągnął, ledwie trącając, butelki zaśpiewały jak ksylofon. Sprawdził dłońmi rozstawienie, postukiwał, jakby upewniając się, czy trafił. Wreszcie uspokojony powiedział coś do Daniela rozkazując.

– Zaśpiewa, a ja mam tłumaczyć. Prosi, żeby o nic nie pytać, bo sam jeszcze nie wie, czy potrafi. Będzie głosem umarłych.

– Chcesz tego słuchać? – zapytał Margit, ale ona tylko narzuciła szal i skinęła głową. Siedziała oparta o niego ciasno, nagle zadrżała.

– Co ci jest?

– Nic – położyła palec na usta.

– U nas się mówi: śmierć mnie przeskoczyła – szeptał, bo już ostre tryle zadzwoniły pod mocnymi uderzeniami i śpiewak, odchyliwszy głowę, zaczął monotonną recytację. Daniel powtarzał głosem bezbarwnym, chwilami wahał się, szukając angielskiego słowa, chciał nadążyć za strofami ślepca. Grube cienie jawiły się na ścianach, między jasny ton szkła wpadały postękiwania morza i pstre hałasy orkiestry, jednak pomału cały świat zaczął odpływać, zostawały słowa podobne do zawodzeń płaczki.

– Królestwo Lanka, szmer nie wysychających strumieni, drzewa pachną mokrymi mango, deszcz ożywczy siecze ogromne liście bananowców, całe snopy owoców gładkich jak skóra dziewczęca czekają dłoni głodnego, na palmach stukają kokosy jak bodące się koźlęta, w żyznym błocie kłosy ryżowe łaskoczą dłoń niby wąsy kocie. Powietrze pełne ptactwa, a morze dzwoni łuską rybią... Królestwo Lanka to ziemia, po której stąpali bogowie, to wyspa przeznaczona dla sprawiedliwych, oddana łagodnym i pracowitym... Kraina sytości.

Ci, co uciekli spod noża muzułmanów, ci, którzy krążą między rozpalonymi domami, szukając pracy. Ci, których oczy wypłakały wszystkie łzy i puste są jak dłoń żebraka. Ojcowie udając nadzieję odchodzą co ranka, aby nie słyszeć płaczu głodnych dzieci, nieśmiało pytających, czy dziś będą jadły, odchodzą, odchodzą jak najdalej, przysiadają w cieniu i osłabli drzemią, a wtedy w uszach szumią im gaje palmowe, dłoń rozczesuje pęki ryżowych kłosów, o wargę spękaną i suchą wspiera się owoc mango, i marzą o królestwie Lanka, o kraju sytych, za morzem...

I przyszedł nocą obcy, i szeptali długo, naradzali się, dzieci usnęły. Krążyła wieść, że jest taka barka, która się przemknie morzem, w królestwo Lanka.

Tylko ci znajdą ocalenie, co mogą płacić. Długo i z troską liczyli, krążyły z ręki do ręki zdjęte z kobiet ozdoby, srebrne druciane kółeczka, złoty pieniądz z łańcuszkiem, o pierś wytarty jak listek, lżejszy od skrzydła motyla... Mało, za mało jest złota, by drogę opłacić do raju.

Dotykali głów uśpionego potomstwa, wybierali ofiary. Sprzedawali córki w niewolę do domów, co nie mają drzwi, tylko zasłony z chrzęszczących prętów bambusa, domów, w których kobieta nie zaśnie. Synów sprzedawali chłopom, którzy ich ramiona obmacywali, palcem sprawdzając zęby, jak u wołu... Pieniądze, skarby swoje, a mogłeś je zamknąć w garści, oddawali nocnemu gościowi. Wystawiał kwity, których nie umieli odczytać, ale ufali, wierzyli. Nie pierwszy był to ładunek i nie ostatni pielgrzymów tęskniących za rajem, za wyspą Lanka.

Ja chciałem z nimi popłynąć. Stąpać śladami Sindharty, księcia, co śmierci się nie bał. Ode mnie nie chcieli zapłaty, znali mnie, pieśnią płaciłem, słuchałem ich szybkich oddechów, trafiałem w serca. Nocą nas prowadzono, trawy chwytały za stopy, gałęzie czepiały się rąk, jakby wołając – nie odchodź! Ale ja byłem w gromadzie, kobiety niosły przede mną swoje malutkie dzieci, mężczyźni kroczyli za mną z tobołkiem odzieży i ryżem, weszliśmy w wodę, przelewała się wolno, trzymałem rękę przyjazną takiego jak ja wędrowca ku ziemi sytych, królestwu Lanka.

– Nie bój się – ujęli za ramię – tu płytko i barkę już widać. Nie bałem się, wcześniej słyszałem, jak fala dudni o burtę. Wciągnięty w drewniane koryto, upchany ciasno jak w gnieździe, ciepłe czułem ich ciała, które już morzył sen. A żagiel wzdęty od morki skrzypiał na maszcie. Sternik wziął mnie w opiekę. Kazał mi śpiewać o walce, jaką Hanuman stoczył z parą olbrzymów. Płakała reja, pachniało smołą i przyjaznym morzem, a kiedy milkłem, poili mlekiem z młodych kokosów, karmili ryżem w liściu zwiniętym jak bawoli róg. Byli dla mnie dobrzy, prosili tylko, by im jeszcze śpiewać o ziemi Lanka. Płynęliśmy dwa dni, bo czułem słońca oddech, a trzeciej nocy, gdy witając świt mewy kwiliły jak zbudzone dzieci, sternik kazał wysiadać. Sprawdzali żerdzią, woda wokół płytka, ląd niedaleko. Odchodzili cicho. Spuszczali się w fale bez brzęku bransolet, błogosławiąc szeptem tych, co przemycić ich mieli do raju, królestwa Lanka.

Szklany dźwięk butelek uderzanych metalem przenikał do dreszczu młodą kobietę, głos chrapliwy, wołanie o kraju, do którego tęsknili wszyscy głodni, szarpało niepokojem. Śpiewak jakby zapomniał o słuchaczach, pomnażał nieomylnie uderzenia, z uniesioną twarzą i białym okiem posągu zawodził skargę niebu i dalekiemu morzu.

Daniel się skulił, tłumaczył szeptem, nie przeszkadzał, tylko poddawał odnaleziony sens wołania, które rozbrzmiewało w nich obojgu, jakby je sobie przypominali, mową tajemną. Palce Margit, gorące i suche, wcisnęły się pod dłoń Istvana. Tak dziecko chowa się u matki, byle nie widzieć zagrożenia. Muzyka w sali restauracyjnej ustała, wcale tego nie zauważyli, jedynie głosy morza przybliżały się, jakby przyzwane zostały na świadka.

– Chciałem zejść w wodę, ale mnie wstrzymali, kazali milczeć. Byli przecież dobrzy, wierzyłem, że mnie do brzegu podwiozą, barka bez ludzi odpływała lekko. I wtedy pierwszy jęk dobiegł znad fali, odkryto zdradę, że dalej głębina, a brzeg odległy, brzeg, a może dym. Słyszałem płacze, wycie i błagania. I już rekiny tną falę nadbiegłą. Biły jak wiosłem, parskały jak woły, i jako wieprze mlaskały w korycie, tak to wspólnicy zacierali ślady, topiąc wołanie gasnące pod niebem królestwa Lanka.

Nagle światło lampy zapulsowało i zaczęło gwałtownie wyciekać z żarówki, został tylko czerwony drucik, wreszcie i on zgasł. Istvan chciał ruszyć po świecę, ale go Margit przytrzymała, obejmując za szyję, wtedy pojął, że śpiewakowi ciemność nie przeszkadza.

Uderzenia w butelki dzwoniły jak garście żwiru rzucane w szybę. Trafiał bez wahania, akordy śpiewały w mroku. Nagle naszło ich straszne podejrzenie, że opowieść, której słuchają, mówi o prawdziwych wydarzeniach. Noc napierała na ściany domku pomrukiem i szumem, pośród dalekich gwiazd latarnia wymachiwała na oślep swoim żółtym mieczem jak osaczony olbrzym.

– Zanim ostatni głos zgasiła fala, sternik czuwał i krążył, oni musieli patrzeć na to widowisko, ja dziękowałem bogom za ślepotę. Słyszałem, jak się trą stada rekinów, czułem śmierć bliską. I nie jej się bałem, tylko ćwiartowania ciała, które żyje, tętni krwią. Strwożone, nagie i bezbronne. Tamci, już pożarci, spłacili winy. Kwiląc z niewiedzy, wolni od przeszłości, znów się narodzą w pięknym kraju Lanka. Czekałem śmierci, a sternik zażądał, żeby im śpiewać. Barka dygotała w pomyślnym wietrze i skrzypiały liny. Oni mnie rybą karmili, wody pachnącej rdzą nikt nie odmówił. A nocą wysłuchałem targu o mą głowę. Sternik przysięgał, że ślepy nie zdradzi. Kiedy przybili tutaj i rzucili kamień zamiast kotwicy, a brzeg posłyszałem w łoskocie fali, doczekałem nocy. Woda mnie zniosła na ubity piasek, ale się morze nagle rozmyśliło, niesyte ofiar, i wlokło ku sobie... Lecz się wydarłem i biegłem przez wydmy w trwodze, że ściga. I to wyście pierwsi, którym mówię o tej ucieczce do ziemskiego raju, o ludziach, co się nigdy żywym nie poskarżą, bo się narodzą nieświadomi losu, jaki ich spotkał u samych bram Lanka.

Uderzył w jeden jasny, wibrujący ton i dwakroć klasnął dłonią w deski podłogi, aż zadudniły głucho głosem bębna.

A potem wielkie milczenie odmierzały już tylko westchnienia pełzającego morza.

Śpiewak zwiesił głowę w bezmiernym wyczerpaniu. Daniel dygotał z przejęcia, jakby dopiero z ostatnim słowem tłumaczenia ogarnął złowrogą opowieść.

– Zapytaj go, czy jutro zezna wszystko przed policją. Wezmę go autem, nikt się nie dowie.

– Nie, sab. Mówi, że będzie milczał. Policja nie uwierzy.

– Ale czy to możliwe? – zacisnęła kurczowo dłoń, czuł, jak się wpijają jej palce. – Czy on mówi prawdę? To nie jest poemat?

– Taka jest prawda ziemskich ucieczek do raju – odpowiedział przejęty Daniel.

– Gdzie ta wyspa szczęśliwości? – pytała wzburzona.

– Cejlon – rzucił Istvan pospiesznie. – Przecież nie można go tak zostawić. Musimy...

Ślepiec z uporem czegoś się domagał od Daniela.

– On prosi, żebyśmy go skryli do przyjazdu brata. Dwa, trzy dni. Jest pewny, że brat rzuci wszystko i przyjedzie. Upiera się, że bogowie odsłonili mu tę tajemnicę, by śpiewał o pochłoniętych przez ocean, pożartych przez rekiny.

– Do diabła, ale tamtych już nic nie uratuje. Trzeba wyłapać piratów i powiesić! – burzył się Istvan.

– On mówi: sprawiedliwość zostawmy bogom. Piraci są tylko wykonawcami woli tego, kto dał im barki i zezwolił na przemyt. Sab – dodał od siebie po chwili – u nas nie ma kary śmierci. Nawet Gandhi nie pozwolił stracić swego mordercy.

– Mam tego dosyć: on mówi, on chce, on nie chce, ja tutaj decyduję; słyszysz?

Hindusi rozmawiali między sobą pospiesznie, wreszcie Daniel wstał i oświadczył skupiony:

– Ja nic nie słyszałem, sab. Ślepy dobrze radzi. Zanim dojdzie do prawdziwego śledztwa, oni i mnie, i jego otrują, lepiej milczeć.

– Kto?

– Piraci, przemytnicy ludzi.

– Rozumiesz coś z tego? – zwrócił się Istvan do Margit w bezradnej wściekłości. – Jakże im pomagać, kiedy sami tego nie chcą.

– Noc nie jest dobrym doradcą. Nie powinien tu zostać. Na pewno go będą szukali.

– Gdzie go ukryć – niepokoił się Istvan.

– Ja bym go teraz w ciemności przeprowadził do misji, niech się ojcowie nim zajmą – doradzał Daniel. – Może sab pójdzie ze mną, bo ja się boję.

– To i ja – uniosła się Margit, jednak zaraz zrezygnowała. – Idźcie, zaczekam. Jestem strasznie zmęczona. Idź sam.

Usiadła w ciemności pod bielejącym kłębem podwiązanej moskitiery, skulona, bez sił.

– Połóż się.

– Dobrze – zgodziła się łatwo.

Dotknął czoła zatrwożony, biło od niej gorąco, włosy na skroni lepił pot. Przejął go lęk, że jest chora, bardzo chora.

– Nic mi nie jest. Trochę gorączki – upierała się – łamie mnie w stawach. Wezmę aspirynę, spadnie.

– I ten piekielny brak światła. Znajdziesz proszki?

Daniel wydobył spod dhoti latarkę, struga białego światła poraziła oczy.

– Zgaś – prosiła szeptem. – Są w szufladzie. No, idźcie już. Muszę być teraz sama. Zrozum, im wcześniej wyjdziesz, tym szybciej wrócisz.

Niewidomy wstał trącając butelki, które dźwięknęły krótko. Nasłuchiwali, wydało im się, że w odgłosach morza rozróżniają zdławione hałasy, liczne stąpania. Cisza była taka, że słyszeli jak ziarna piasku przylepione do mokrych szmat Hindusa teraz osypywały się na podłogę. Pulsowanie krwi bolało w uszach. Ślepy zagadał szeptem. Daniel tłumaczył:

– On mówi, że można iść. To tylko morze się dąsa.

– Weź, będę spokojniejsza – tchnęła mu w ucho. Poczuł, że wciska długi, zimny przedmiot, który szklaną wilgocią błysnął w mroku. – Uważaj, lancet.

Wzruszył ramionami. Co ona sobie wyobraża, jesteśmy na plaży należącej do hotelu, tuż obok śpi służba. A brzegiem nawet chodzą patrole. Bełkot ślepego fantasty przejął lękiem Margit, noc, gorączka sprzyjały zwidzeniom. A przecież nic nam nie grozi.

Z odrazą ujął oblepione piaskiem nagie ramię ślepca, pomagał mu zejść ze stopni. Dotknięcie chłodnej skóry, szorstkiej od przywartych ziaren, przypomniało mu tamten martwy kształt osadzony przez fale.

Odwrócił się i z ulgą zobaczył, że Margit znika pod namiotem rozplecionej moskitiery.

Ściskając lancet brnął przez plażę jak w wystygłym popiele, czuł tłusty i morski zapach rozwichrzonych włosów ślepca. W co ja się wplątałem? Przecież nie będę się z nikim bił – dyplomata z nożem, nocą, na wydmach, przemyca zbiega z barki pirackiej... Obłąkana historia. Najchętniej rzuciłby lancet, jednak bał się, że go później nie odnajdzie. Szum morza szturmującego plażę uciszał niepokój swoim powolnym rytmem.

Kiedy mijali ostatni, zamknięty na głucho, kempingowy domek, Istvan położył lancet na stopniu. Pod niebem ciężkim od gwiazd cała opowieść wydała się gorączkowym majaczeniem. – Jutro za dnia będę się śmiał ze swojej łatwowierności.

Odczekał, ukryty wśród palm, w mroku gęstym jak sadza, aż Daniel odda ślepca pod opiekę misji.

Nasłuchiwał suchego trzasku ogromnych, strzępiastych liści, sennego postękiwania wysokich pni. Lękał się o Margit. Już chciał wracać, kiedy służący wychynął z mroku bezszelestnie.

– Powiedziałem ojcom, że z pańskiego polecenia, więc od razu go wzięli – zaczął szeptem. – Jego brat zapłaci.

– Jeżeli on ma brata – mruknął niedowierzająco.

– Ja mu wierzę, on nie kłamie. – Po chwili wahania dodał: – Zbiegowie z Pakistanu przychodzili, odchodzili, nikt się ich znik-

nięciem nie martwił. Koczowali w porcie, żebrali, teraz poszli. Nie
ma, tym lepiej, po kłopocie... Cejlon się broni przed ludźmi z Indii,
ale są szczeliny, przeciekają.

– I nikt o tym nie wiedział?

– Może i coś się o uszy obiło, ale kto by uwierzył. Uwierzyć,
znaczy zabić nadzieję, sab. A to przyzwolenie na śmierć, powolną,
z głodu.

Stąpali w mroku pełnym gwiazd, piasek skrzypiał. Morze po-
stękiwało jak niemowa, próbowało niezdarnie coś wypowiedzieć
jękami i mlaskaniem. Całe wybrzeże wygasło, tylko jedna latarnia
kiwała ku nim przyzywająco smugą blasku.

– Ja myślę, że oni wszyscy ginęli, sab – podjął szeptem – dlatego nikt nie oskarżał piratów.

– Jednak brakowało potwierdzenia, że ktoś dopłynął cało. Tu
zostawali ich synowie, córki.

– Nie chcieli pisać, żeby nie zdradzić. A może nie umieli? I dokąd pisać? Czekali znaku stamtąd, a potem zapominali. Rodzice,
wydając dzieci w niewolę, też przeznaczyli je na zatratę.

– I ty możesz o tym wszystkim tak spokojnie?

– Takie to już życie człowieka, sab. Wszyscy się łudzimy, że
tam, gdzie nas nie ma, na pewno jest lepiej.

Istvana ogarnęła wściekłość, byłby go najchętniej złapał za ramiona i trząsł: ty durniu, ty przeklęty durniu, czemu się nie bun-
tujesz? Całe rozważanie Hindusa wydało mu się pozbawione sensu, a jednak dopuszczał możliwość takiego tłumaczenia zbrodni,
o jaką się otarli.

– Zastanów się, Danielu, warto zabijać dla garści srebra, paru
obrączek i naszyjników?

– Oni tego nie robią dla łupu, muszą pobierać opłatę, inaczej
nikt by im nie wierzył, że dowiozą – szeptał przytrzymując Istvana. – Oni tych ludzi ofiarowują morzu.

Istvan kroczył z zaciśniętymi szczękami – obłędne kłamstwo,
jeden sobie wymyślił, a drugi tępo wierzy!

– Morze daje ryby, morze nas żywi, trzeba zapewnić sobie jego
przychylność. Inaczej będzie się gniewać i samo sięgnie po ofiary.

Rybacy od pokoleń... Od morza zależy los, czy to dziwne, sab, że je sobie chcą zjednać?

– I ty jesteś katolikiem? – szarpnął go za ramię z wściekłością.

– Nie rozumiesz, że to zbrodnia i te łotry gotowe zwabić nowe ofiary?

– Zbiegowie i tak by poumierali z głodu. A tak... Ja ich w wodę nie spychałem. Sami chcieli. Lepiej się nie wtrącać. Jestem katolikiem. Ja też chcę żyć wiecznie. Niech każdy się ratuje, jak potrafi. Wszystko, co się dzieje, jest z przyzwolenia Bożego. Jeśliby nie chciał, nie dopuściłby do ich śmierci.

Daniel nic nie rozumie, a na pewno myśli, że ja też... Kasty i los. Dla niego nie ma bliźnich. Potrafi uśpić po hindusku miłość do Boga. Uśpić współpracę z Nim, współtworzenie siebie i zastanej ziemi, która po mojej śmierci może być lepsza, piękniejsza o ślad mego istnienia.

Od rozległych plaż zmywanych falami niósł się mokry odór, jakby psa zgonionego w deszczu.

– Ja bym się w to nie mieszał, zostawił pomstę Bogu, ona ich znajdzie, gdy dopełni się pora – tłumaczył półgłosem Daniel. Dochodzili już do linii domków na palach, cichych i mrocznych jak zimujące ule.

– Z samego rana nadasz telegram, może jego brat okaże więcej rozsądku i potrafi go przekonać, żeby złożył zeznania.

– Dobrze, sab.

– Do jutra, Danielu. Daj mi swoją latarkę.

Wbiegł po stopniach przysłaniając palcami strugę światła, rozsunął moskitierę. Pochylił się nad śpiącą. Margit leżała z pięściami u na wpół otwartych ust, lśniły stróżki potu i nitki śliny. W jej zdławionym oddechu brzmiał niedawny płacz.

Pod stopą chrupnęło coś jak ziarnko piachu, odsłonił latarkę, na deskach bielały rozsypane pastylki. Naszedł go śmiertelny lęk, że mogła się otruć, nieumyślnie, w gorączce po ciemku sięgnąć do innej torebki. Podniósł jedną i z ulgą rozpoznał wytłoczony znak BAYER. Jak echo wracały słowa – gdybym umarła, wszystko byłoby prostsze. Skoro sam nie możesz się zdecydować, dokonać ostatecznego wyboru, zostawiasz losowi, przyzywasz rozjemcę... Nie, nie. Zaufaj, daj mi jeszcze trochę czasu. Ja sam swoje sprawy rozwiążę.

Z rękami złożonymi na udach, bezradnie, patrzył jak się gwiazdy mrowią w prostokącie otwartych drzwi.

Jakby odgadła przez sen, że jest przy niej, przetoczyła się na bok, szukała go dłonią, wzruszało ślepe, ufne dążenie ciała, podsunął rękę, którą ujęła bezwładnymi palcami, były gorące i lepkie. Niech się złości, a ja i tak z rana przywiozę lekarza, to może być coś poważnego. Margit nie zna tropikalnych chorób. – Przypomniał sobie, że w termosie jest woda z lodem, wystarczy wcisnąć parę cytryn. Zdawało się, że oprócz monotonnych głosów z zatoki słyszy głuche, natężone uderzenia jej serca. Spoglądał na ciemną plamę jej włosów, niejasny zarys ciała okrytego prześcieradłem. Komary cięły go po kostkach. Ukąszenia piekły jak iskry. Drapał się podeszwą sandała w nogę. Ostatni holownik zajęczał długą nutą, przywołując obraz zmierzchu nad Dunajem. Chylił się nad jej posłaniem zapadając w krótką drzemkę, nie tracił poczucia, że ona przy nim jest, że ma jej służyć. Dawno nie przeżywał takiego jednoczenia się w miłości, nie podlegającej wołaniu ciał, głębszej, uciszonej. I wtedy dojrzał na progu lancet, o którym zapomniał, jak srebrzystą rybkę wyrzuconą na brzeg, ale to było w innym domku, nie tutaj, trzeba go będzie z rana przynieść, bo dzieci znajdą i zabiorą.

Zbudził się z poczuciem, że coś strasznego się stało. Światło lampy mżyło pod sufitem, zbędne w jasności wstającego dnia. Margit leżała obok, oczy otwarte patrzyły na niego, jakby się miała zaraz rozpłakać. Białe niebo bez jednej chmurki zwisało nad uciszonym morzem. Tylko mewy pokrzykiwały głosami pełnymi zdziwienia, całym stadem kolebiąc się na fali.

– Dawno nie śpisz? – zapytał.

Poruszyła głową, że nie, wyszeptała:

– *Merry Christmas*. Zepsułam ci święta.

– Nie mów tak – dotknął jej czoła, gorączka nie opadła. – Chcesz pić?

– Daj mi inną koszulę, ta cała mokra. I odsuń się, jestem wstrętna.

– Trzeba wezwać lekarza – pocałował jej suche, chropowate wargi.

– Nie całuj – prosiła – nie wiemy, co mi jest, a jakbyś i ty zachorował...

– Leżelibyśmy razem – próbował żartować, wyciągając z szafy bieliznę śliską i przejrzystą jak woda. Pomógł jej zmienić koszulę, przez mgnienie widział drobne piersi, nagie i bezbronne.

– Co mi lekarz powie? Nic mnie nie boli, nie ma żadnej wysypki. Trzeba poczekać. Choroba musi się ujawnić.

Mówili półgłosem. Patrzyła w drzwi otwarte ku morzu.

– Taki piękny dzień. Idź popływać przed śniadaniem.

Przymknęła powieki, miała wyraz zmęczonego dziecka, raziło ją światło słonecznego dnia. Wyjęła z kąta ust termometr i spróbowała go natychmiast strząsnąć, jednak zdołał odczytać: 39,2. Starała się uśmiechnąć, że to nic, bez znaczenia.

– Wyjdź – przymilnie namawiała – za parę minut wrócisz.

– Jesteś słaba, pomogę ci.

– Do łazienki sama dojdę. – Opuściła wąskie stopy, wstała oparta o łóżko. Smagły zarys ciała przeświecał przez leciutką tkaninę, głębokie wycięcie obnażało ramiona wyzłocone upałem. Muszę taką zapamiętać, zdaną na mnie, uległą, bezbronną. Podtrzymał ją, przyjęła to z ulgą, dała się prowadzić.

– Zostaw – wyszeptała.

Całował jej skroń, chcąc dodać odwagi, zapewnić, że z nią jest.

Rozebrał się pospiesznie, rzucając spodnie na krzesło. Zgasił zbędną już lampę. Kiedy zszedł na chłodnawy piasek, wstrząsnął nim dreszcz, powietrze miało w sobie coś z wody, świtowe zamącenie, rozproszoną świetlistość i ziąb. Biegł oddychając głęboko zapachem morza, radując się sprawnością mięśni, posłuszeństwem ciała. Przy ostatnim domku zatrzymał się, aż go zdziwiło, że lancet nie leżał na stopniu, tam, gdzie go zostawił. Śladów stóp nie dostrzegł, zatarł je wiatr poranny.

Przyklęknął badając, czy nie spadł w piasek. Pomiędzy palami wspierającymi podłogę, wyszlifowanymi smaganiem wiatru, przytaił się brunatny szczur i przyglądał się bez lęku ślepkami w żółtych obwódkach.

Ruszył biegiem, bryzgając w wodę łagodnie poprzechylaną niewidoczną falą, rozstępowała się oporna, senna jeszcze, stado mew spływało, jakby od niechcenia porzucając bezludny brzeg.

Tuż przed oczami widział na gładziźnie wody drobne pyły naniesione z lądu, lekkie kruszynki sadzy z holowników; obok zamajaczył fioletowym abażurem kolisty kształt wielkiej meduzy, która nieuchronnie zbliżała się ku plaży, ciemnawej smugi pasku, na której ją słońce zabije.

Ciął wodę brunatnymi ramionami, nie płynął, ale się pławił, tarzał, zapadał w głąb i bił rękoma wynurzając się po pas jak ptak, który się zrywa do lotu. Radość z nowego dnia, z miłości do kobiety, spełnianej i większej nad pożądanie, uskrzydlającej. Czułość i ogromna wdzięczność, że ona chce z nim być, dzielić ten dzień. W dali jak dzieci śmiały się głosy mew unoszonych powolną falą i statek w porcie pohukiwał basem.

Wezwany lekarz w starannie zaplisowanym turbanie, mimo słuchawek zawieszonych na szyi, łaził po plecach Margit kosmatym uchem, przywierał policzkiem, a ona gięła się pod ciężarem jego wielkiej głowy. Ponieważ gorączka nie spadała – a był już trzeci dzień – przypuszczał, że to rodzaj paratyfusu, dosyć na wybrzeżu pospolitego, ale organizm memsab z nim się wkrótce upora. Chcąc zaznaczyć, że uznaje modne lekarstwa, zaproponował penicylinę, bo właśnie otrzymał świeżą, jednak Margit wzruszyła tylko ramionami. Osłabła, włosy straciły miedziany połysk. Próbowała je rozczesywać, ale jej ręce omdlewały, siadała jakby wyjedzona gorączką, spocona, z oczami błyszczącymi niezdrowym ogniem.

– Okropnie zbrzydłam – skarżyła się odkładając lusterko. – Chyba kochasz naprawdę, jeśli możesz na mnie patrzeć bez wstrętu.

Tkwił w trzcinowym fotelu i czytał na głos zabawną nowelę z grubego numeru „Indian Illustrated Weekly" w nieznanym poczuciu spokoju i wewnętrznego ładu, wydawało mu się, że są od dawna małżeństwem, a więc, to co ich łączy, zostało uznane przez otoczenie, poręczone i wsparte doświadczeniem. Spojrzał na nią ukradkiem, zbrzydła – ale przecież kocham ją nie tylko za urodę i wdzięk. Darzy mnie spokojem. Rozumiemy się i ufamy sobie.

– Sab – stanął we drzwiach werandy Daniel w białym płóciennym ubraniu, przy którym twarz i ręce stawały się jeszcze ciemniejsze. – Sab, przyjechał ten bogaty brat.

– Tylko nie rób głupstw – prosiła.

– Porozmawiam z nim na werandzie, drzwi otwarte, wszystko usłyszysz, możesz mnie w każdej chwili odwołać.

W słońcu przed domkiem stał mężczyzna ubrany po europejsku, w białej koszuli i krawacie, twarz miał oliwkową, oczy patrzące czujnie spod gęstych brwi, w ręku trzymał lekki słomkowy kapelusz.

– Czy nie przeszkadzam? Ja tylko na chwilę. Już widziałem się z bratem, opowiedział mi wszystko, musiałem przyjść podziękować.

– Proszę, niech pan siada.

Skłonił się, uścisnął mocno dłoń Istvana. Wszedł lekko po stopniach i siadł z kocim wdziękiem.

Daniel niósł tacę z coca-colą, lód w szerokim termosie, przecięte na pół cytryny i metalowy wyciskacz podobny do dziadka do orzechów.

– Napije się pan whisky?

– Z przyjemnością. Przepraszam, ale kto tam jest? – wskazał na drzwi pokoju.

– Moja... – zawahał się, jakby zeznawał w śledztwie – żona. Niestety chora.

– Ach, wiem... Lekarka. Pytałem, bo rozmawiamy o sprawach poufnych. Nie lubię, kiedy jest za wiele uszu. Na szczęście widać dokoła.

– Chyba, że ktoś jest pod nami.

– Nikogo nie ma, sprawdzałem – uśmiechnął się zadowolony, że o tym zawczasu pomyślał. – Chciałem prosić, żeby pan tamtą sprawę zostawił mnie.

– Zawiadomił pan policję?

– Nie. Mister Terey, nie trzeba zapominać, że jest pan z czerwonej ambasady, ja zaś z partii kongresowej. Tu w Kerali rządzą na razie komuniści, koalicja wsparta głosami „dzikich posłów" czy, jak pan woli, „niezależnych". Komuniści mają pewną popularność, bo chcą rozsądnych reform. Ale to by znaczyło, że ktoś musi oddać, stracić, żeby inni zyskali. A ci, co mają, wcale się do rozdawania nie kwapią. Ten rząd się nie utrzyma, Delhi go zdejmie. Jeśliby teraz wyszła na jaw sprawa przemytu na Cejlon, będzie tylko kartą w grze, przynajmniej tak ją opozycja potraktuje. Powiedzą, że komunistom zależy na oburzeniu wyborców, nie na sprawiedliwości. Ci potopieni zbiegowie z Pakistanu, z innego państwa, są ludźmi znikąd.

– Czy mam rozumieć, że pan jest przeciw komunistom, a jednak nie rezygnuje pan z dochodzenia sprawiedliwości? – potrząsnął szklanką Terey, słońce oparło mu się o bose stopy w sandałach, łasiło jak kot.

– Słusznie pan to ujął. Jeżeli pan złoży zeznania, a mój brat ich nie potwierdzi, pan przecież nie zna malajalan...

– Ale Daniel...

– Pański służący tłumaczył klasyczny poemat. Prawda, mój chłopcze? – zwrócił się do Daniela kucającego w cieniu pod domem, zapatrzonego tęsknie w pofałdowany przestwór morza.

– Tak, sab.

– Kiedy się ma pieniądze, dużo można załatwić. Jestem tutaj dobę i wiem prawie wszystko. Nawet gdyby ich aresztowano, wymkną się ostatecznej karze. Niech pan ma do mnie trochę zaufania.

– Kiedy mnie nie wolno milczeć – powiedział twardo.

– Milczał pan już trzy dni, ja wiem, pan czekał na mnie. Znajdą się inne jeszcze usprawiedliwienia. Nie o wszystkim, co się wie, trzeba zaraz bębnić każdemu. Milczenie nie jest kłamstwem, tylko rozwagą. Jak pan złoży zeznanie, potraktują je jako element gry politycznej, pan jest od komunistów. Proszę mi zaufać, ja to załatwię.

– Jaką mam gwarancję, że dzisiaj w nocy nie załadują nowego transportu zbiegów, by ich zostawić rekinom na pożarcie?

– Żadnej, prócz mego słowa.

– Ja nawet nie wiem, jak się pan nazywa.

– A po co to panu? – ciemne oczy wpatrywały się surowo, wargi pod przystrzyżonym wąsem zwęziły się w niedobrym uśmiechu.

– Oni chcieli zabić mego brata. Ocalał, bo jest sadhu, śpiewak bogów. To bogowie pozwolili zobaczyć ślepemu prawdę, pan jest tylko jednym ogniwem, pan go przyjął, nakarmił, zaprowadził do kryjówki. I mnie wezwał. Reszta do mnie należy. Życie mego brata jest więcej warte niż barka pełna żebraków. Teraz ja przyleciałem, ja jestem inny. On ma większe bogactwa, dla mnie niedostępne, ale ja mam dosyć rupii, żeby znaleźć ręce, które pomogą sprawiedliwości. Wierzy mi pan?

Nachylony wpatrywał się w twarz Tereya, na palcach obu rąk miał grube, złote pierścienie z rubinami.

– Tak, wierzę. Muszę.

– Ile panu zapłacić za pomoc? Niech się pan nie krępuje. Mam dosyć, a cokolwiek pan zrobił dla mego szalonego, świętego brata, nie ma dla mnie ceny.

Terey zobaczył, że służący podniósł głowę, wpatruje się z napięciem, mlasnął lepkimi wargami, jakby chciał krzyczeć.

– Nic. Naprawdę nic dla niego nie zrobiłem.

– Przepraszam – szeptał – że powiedziałem przy nich – wskazał na Daniela i otwarte drzwi sypialni. – Tu jest notes, niech pan napisze. Pan jest z dyplomacji, boi się pan jakichś kłopotów, przysięgam, nikt nie będzie wiedział.

– Nie. Ja bym tak przyjął każdego, kto szuka pomocy.

W ciszy żaliły się mewy i stado siwych wron wrzeszczało, łapiąc dziobami zmętniałą soczewkę meduzy, szklącej się w słońcu.

– Jeżeli nie pieniądze, to czym się mogę odwdzięczyć?

I wtedy rozległo się ciche wołanie, jakby przyszła jej nagła myśl, jest jednak sposób.

– Istvan, chodź tu na chwilę.

Zerwał się mało nie rozdeptawszy kapelusza, który wiatr niepostrzeżenie strącił z parapetu.

– Co chciałaś, kochanie?

Siedziała z głową lekko przechyloną jak nasłuchujący ptak, włosy miała zebrane grzebykami za uszy, przylepione ciasno, niebieskie oczy promieniały odkryciem. Kiwała, żeby się nachylił.

– Powiedz mu, niech weźmie brata do dobrego okulisty, ja mu dam adres. Kataraktę można operować. Wróci mu wzrok.

Pocałował ją w czoło, teraz nieco chłodniejsze. Powtórzył propozycję Margit. Hindus palił papierosa, cienie mew latających ku śmietnikom za hotelem, oswojonych jak gołębie, przemykały mu po kolanach i twarzy zanurzonej w blask.

– Mówiliśmy o tym nieraz, przecież nie jestem wioskowym chłopem, któremu świat przysłaniają bawole zady. Nie, drogi panie, ani brat, ani ja się na to nie zgadzamy. Czy pan jest pewny, że to, co mógłbym mu ofiarować, jest lepsze od tego, co tworzy? A że jest piękne i wielkie, wiem, nieraz czułem łzy, słuchając jego pieśni. To jest poeta. I całe Indie są jego. I to wszystko, co nas zachwyca, razem z nim przepadnie. Jego pieśń jest jak gałąź kwitnąca.

– Niech pan spisze i wyda.

– Próbowałem, odpadnie dźwięk i gest, osypie się to, co niepowtarzalne, jak płatki z rozkwitłej gałęzi.

– Zostaje magnetofon, taśma utrwali wiernie.

– A gdzie pan znajdzie światło owej godziny, żar bijący z glinianych ścian, pył miękki jak dywan i krzyk spragnionego jastrzębia, twarze zasłuchanych chłopów, którzy porzucili swoje niesyte ciała, uprowadził ich, wmieszał w losy walczących bogów... Nie,

to nie jest mój brat – powiedział z oddaniem – was nic nie obchodzi, wasza dobroć jest bezmyślna. Dla was jeszcze jeden ślepy,
a przecież to wy jesteście kalekami, słyszycie jego pieśni, a nie
rozumiecie, bo nie znacie mowy malajalan – wybuchnął drapiąc
rękami powietrze. – Ja chodziłem do misyjnej szkoły. Wiem, kim
był Homer... Chcę, by pan zrozumiał. Czy ośmieliłby się pan pro-
ponować Homerowi, że mu spróbuje przywrócić wzrok? Czy pan
rozumie żałosną śmieszność tego pomysłu? Co mu pan może dać
więcej nad to, co już posiada, co z własnego wnętrza dobywa?

Brat musiał być jego miłością i dumą. Istvanowi wydało się, że
Hindus mógłby jak tygrysica w obronie małego rozszarpać, gdyby
posądził, że bratu grozi krzywda. Oni są szaleni. Z nimi nie można
się porozumieć. Mają nad nami przewagę, nie spieszą się, wierzą,
że będą żyli niezliczoną ilość razy, porwani w wiry przemian.

– Więc pan nic nie chce – w głosie zabrzmiała uraza – a ja nie
lubię być dłużnikiem.

– Niech pan wesprze misję. Tam go ukrywali.

– To nie są nasi przyjaciele. Uczą, że tylko raz żyjemy, szczepią
obcy nam pośpiech. Nie mogę dać ani paysa na misję.

Schylił się po kapelusz, ale Daniel stojąc w dole na piasku już
go podawał.

– Raz jeszcze, dzięki – schwycił dłoń Tereya drapieżnie, ścisnął
do bólu. Musiał uprawiać yogę – pomyślał – silny, a wygląda tak
niepozornie.

Hindus skinął na służącego, który skwapliwie pobiegł za nim,
kornie słuchał rozkazów. Czarna, kędzierzawa głowa chyliła się
w gorliwym potakiwaniu, jak u ptaka dziobiącego ziarno.

Morze z poprzechylanych zwierciadeł biło srebrnym ogniem.
Od plaży wracały obie Angielki pod parasolkami, jasnymi jak na
obrazach Renoira, towarzyszył im młody chłopak spalony na brąz,
wymachiwał kolorowymi kostiumami, wykręcał z nich tęczowe
iskry.

– Nieszczęśliwy pomysł – przepraszała Margit pokornym uśmiechem, wyciągając ręce – my się tych Indii nigdy nie nauczymy.

Usiadł przy niej. Podjął tygodnik nagrzany od słońca, pachnący farbą drukarską, jednak nie czytał. Chłonął dziewczynę spaloną od gorączki, z pociemniałymi powiekami, zmiętą, biedną i upragnioną.

– Chodź – szepnęła i przygarnęła jego głowę do ramienia, ułożyła przy sobie jak dziecko. – Zostań tak chwilę. Nie, nie całuj, jestem lepka, oprzyj się, chcę się twoją obecnością nacieszyć. Ty nigdy tego głodu nie zrozumiesz.

– Rozumiem – mruknął i wydało mu się, że ją naprawdę rozumiał. Dotykał rzęsami jej nagiej szyi, z nabrzmiałymi zielonawymi żyłkami pod złotą skórą, dostrzegał drobniutkie zmarszczki, a raczej ich daleką zapowiedź, tak to będzie wyglądać, kiedy przyjdzie na nie czas, jednak tylko lotny pył i pot je zarysował, pył wysiany z przesypujących się białych wydm, w ciepłym i porywistym wietrze, który kołysał kokosowymi palmami, trzeszczał w liściach jak bliski pożar.

– Jest mi lepiej. Spróbuję jutro wstać. Istvan, nie myśl o ślepym śpiewaku, zostaw Hindusom, niech sami dochodzą sprawiedliwości.

– To chciałaś mi powiedzieć?

– Nie – zamilkła na chwilę, słyszeli pogłos przypływu, wrzaski spłoszonych mew i ostrożne zgrzytanie pazurków wodnego szczura, który się wspinał po słupie podpierającym podłogę. – Myślałam o naszym starym domu, o całej rodzinie, gdybyś ich znał, od razu wiedziałbyś, dlaczego jestem taka... Dziadek trzymał pieniądze w garści do końca, ojciec u niego praktykował jako prokurent. Dziadek nie szczędził mu upokorzeń, przy urzędnikach go beształ. Na gwiazdkę zamiast podarków dawał nam koperty z czekami... Podarek, który nie wymaga myślenia o nas. Musiałby wybadać, o czym marzymy, jeździć po sklepach i kupować, prościej wypełnić czek. Pamiętam Boże Narodzenie na jachcie, nocleg w zatoce, ogromnego żółwia pieczonego we własnej skorupie, nadziewanego bananami. Póki żyła mamusia, przestrzegaliśmy tradycji: uroczysty dinner, panowie w smokingach, ja w białej długiej sukni z koronkami, myślałam, że w takiej wezmę ślub... Ale już mi przeszło, nie martw się – pogładziła go żartobliwie pocieszając. – Straszne, jak nam czas wyjada przeszłość. Kiedyś grzebałam w szafie i natrafiłam na mamy chusteczkę, zapach perfum tak mi ją przywrócił, że płakałam jak smarkula. Nasz kuzyn Donald...

Spostrzegł, że ma łzy na końcach rzęs, ale już się uśmiecha. Samym spojrzeniem zachęcał, by dalej opowiadała.

– Mówiłam ci o starym zegarze w hallu.

– Co ma kształt kobiety wspartej pod bok i tarczę zamiast twarzy – szepnął, wiedział, że się ucieszyła.

– Tak. Donald dostał pistolet pneumatyczny i strzelał do wahadła. Dziadek go przyłapał, strasznie się rozzłościł. Nie dlatego, że to pamiątkowy zegar, tylko że cel za duży, wielkości spodka, i on nie trafiał... Dziadek zabrał pistolet, założył bolec i także chybił. „Z tego nie można strzelać, psujesz sobie oko" – krzyknął i wyrzucił pistolet na ulicę. Nim Donald zbiegł po schodach, już mu go łobuziaki porwali. Ja ci opowiadam takie głupstwa, ale to był mój dom, ten prawdziwy, bo inne są tylko miejscami do nocowania. A do domu się wraca. Tam chciałabym urodzić naszego syna czy córeczkę. A najlepiej jedno i drugie. Zobaczysz, że go polubisz. Będzie nasz. Ojciec woli bardziej nowoczesny, a ja ten stary. Zresztą ojciec myśli teraz tylko o swoim nowym dziecku. Zepchnięta w kąt, drażnię, potyka się o mnie jak o przeszłość. Nie umiem się cieszyć tym małym braciszkiem. Chyba dlatego, że go nie widziałam. Zanadto przyzwyczaiłam się, że jestem jedynaczką, a może ty mi wszystko przysłaniasz?

Drasnęło go dotkliwie przypomnienie rozłożystego domu bielonego wapnem z rozpuszczoną niebieską farbką. Próg wysoki i wyszczerbiony. Jakże trudno było mu przez niego przeleźć. Lata całe rąbano na nim drewka na podpałkę. Ostre drzazgi wbijały się w goły pośladek. Widzi sień z zapachem suchej gliny, wyłożoną płaskimi kamieniami. Ma w uszach przelewający się pisk mrowia żółtych, brunatno na grzbiecie pręgowanych piskląt, które gnają na szczęknięcie klamki kutej z żelaza, podobnej do baraniego rogu.

Światła niewiele, okna zastawione mirtem i donicami z balsaminką. Na łóżkach spiętrzone poduchy, lekki zapach świeżości i wilgoci, bo pościel wynoszono w sad, żeby wiatr ją przewiewał i nagrzało słońce. W takim łóżku się urodził... I mógłby zasypiać na zawsze, wsłuchany w spokojną pogwarkę sąsiadów i rżenie koni, dalekie naszczekiwanie psów, skrzypienie studziennych żurawi.

Jednak w tym domu nie mógłby już żyć. W Budapeszcie, gdzie chłopcy, Ilona... To było tylko mieszkanie. Mógłby je zmienić, bez żalu przenieść się na inną ulicę. Choćby do Budy, pod zamek. Jeśli dom stracił na znaczeniu, zamienił się w miejsce tymczasowego postoju, może i kraj? Czy nie wystarczy, że jestem człowiekiem? Wolnym, bez korzeni.

– Słuchaj – zaniepokoiła się Margit – posłałeś życzenia do swoich?

– Do chłopców? Dawno, dwa tygodnie temu...

– Myślałam o kolegach z Delhi, o ambasadorze.

Wzruszył ramionami.

– Oni też o mnie zapomnieli.

– Jednak ty powinieneś pamiętać... Napisz karty noworoczne. Zawstydzisz ich – prosiła.

– Jesteś dobra dziewczyna – podniósł się, bo usłyszał stąpanie po schodach werandy.

– Sab – zawołał półgłosem Daniel. – On mnie specjalnie wziął ze sobą. Mam oddać podarek. Oni już wyjechali.

– Powiedziałem, że nie chcę żadnych podarków.

– On był pewny, że pan przyjmie ten drobiazg – skrzywił twarz w blasku niskiego słońca, podnosił w obu rękach gładką, zieloną kulę młodego orzecha kokosowego. – Może pani napije się świeżego mleczka, bardzo zdrowe... Mam naciąć? – gotów był do usług i już sięgał po nóż.

Istvan oglądał niezdecydowanie wielką, jak piłka nożna, zieloną, pełną gładkich lśnień kulę kokosa. Znać było na niej kilka rys, ślady odrąbywania tasakiem. Podniósł do ucha i potrząsnął, we wnętrzu zachlupotało.

– Trzeba u nasady, gdzie jeszcze miękka skorupa, trzykrotnie wbić ostrze, wyjąć odcięty kawałek jak trójkątny korek – pokazywał służący, włóknista tkanka chrzęściła pod zagłębiającym się ostrzem.

Przyniósł wysoką szklankę i Terey przelał zmącony, chłodny płyn. Nagle z wnętrza kokosu wysunął się złoty łańcuszek zakończony wisiorkiem w kształcie listka podobnego do dłoni.

– Margit – zawołał zdziwiony. – Jak to chytrze wpuszczone do środka?

– Niespodzianka, sab – zginał się Daniel klepiąc po udach z rozradowania. – On mądry, wiedział, że kokos pan przyjmie. – Wbiliśmy dwa noże i rozchylili miąższ. Łańcuszek wśliznął się jak do skarbonki, a orzech zwarł prawie bez śladu. – Sab, medalik z ręką Buddy przynosi szczęście.

– Pójdziesz i oddasz im zaraz – wyłowił nożem naszyjnik. Z blaszki ściekały krople.

– Mówiłem, że ich już nie ma. A może memsab naszyjnik się spodoba? – doradzał mrużąc oczy z przyjaznym porozumieniem.

– Chcesz go na pamiątkę? – trzymał łańcuch w końcach palców, złota dłoń o rysunku kwiatu lotosu błyskała czerwono zanurzona w smugę słońca.

– Piękna robota – podtrzymywała dłonią włosy, próbując zapiąć na karku zameczek.

– Dłubią, polerują, bo mają czas, kształt uświęcony od wieków. Podoba ci się?

Skinęła głową, przyciągnęła Istvana ku sobie, całowała w policzek.

Przysiadł na krawędzi łóżka, trzymał ją opartą o pierś. Słyszeli suche drapanie miotły z liści palmowych, którą Daniel wymiatał werandę, gniewny brzęk much pijanych kroplami lepkiej coca-coli i lament jednej uwięzionej we wnętrzu pustej butelki, wibrujący krzyk owadziego przerażenia. Morze jakby utrudzone posapywało sennie. Trzymał dziewczynę mocno, pod ustami miał jej rdzawe, splątane włosy, na których przeświecały blaski zachodu. Mucha grała wysoką wibrującą nutą.

Margit też ją musiała usłyszeć, bo szepnęła:

– Idź, wypuść ją. Albo zabij.

Nie spieszył się, oddychał spokojem.

– I przynieś mleczko kokosowe.

Wstał niechętnie, przewrócił butelkę na tacy szyjką ku zachodzącemu słońcu i mucha znalazła drogę do wyjścia. Rozpaczliwe bzykanie ustało. Niosąc szklankę próbował ukradkiem słonawego, rzeźwego płynu. Margit piła dużymi haustami. Widział drgnienia napiętej szyi.

– Smakiem przypomina łzy – szepnęła.

Dosięgnął go przejrzysty błękit jej oczu, mało nie jęczał.

Jeszcze przez trzy dni nie pozwalał jej leżeć na plaży. Mimo powiewu od morza, który łagodził upał, niewidoczne słońce odbierało siły. Sam też rzucał się w fale na krótko, wypływał niedaleko, wiedząc, że go śledzi pełna niepokoju, na wpół ukryta w cieniu, wsparłszy głowę o nagrzaną ścianę werandy.

Biegł ku domkowi w suchych tchnieniach żaru bijącego od białego piasku. Przynosił jej muszlę różową, wielką jak dwie dłonie, skorupę kraba lub zielony okruch szkła z butelki, wyszlifowany falą z szorstkości, matowy, jakby już oskrobany ze śladów cywilizacji i mechanicznej produkcji, szklany kamyk, przez który świat inaczej zupełnie wyglądał. Skorupa kraba, najeżona po brzegach kolcami, służyła im za popielniczkę, muszla leżała na parapecie okiennym, szkiełko jak zakładka tonęło w książce czytanej opornie.

Zdobyte skarby niepostrzeżenie Daniel wymiatał, usuwał z pola widzenia i zapominali o nich jak dzieci, które porzucają łopatkę i wiaderko, odwołane do innej zabawy.

W sylwestra najeżdżało się aut, od zmierzchu między domkami biegali tędzy mężczyźni w błazeńskich czapeczkach, z balonikiem przyczepionym z tyłu do spodni, trąbiąc piskliwą nutą na papierowych rożkach. Starsze panie o farbowanych włosach osypanych pozłotką podsuwały obnażone ramiona młodym chłopcom, unosiły skraj długich sukien, jakby w bród przechodziły potok, wlokły kochanków, chichocząc i podrygując jak małe dziewczynki. Sala restauracyjna buchała żółtymi światłami, rytmem pospiesznym, drażniącym i gwarem głośnych rozmów. W krzewach cykady próbowały przekrzyczeć muzykę, pieniły się brzękiem.

Nocą siedział na werandzie z Margit, nie ciągnęło ich w tłum wrzeszczący na przekór muzyce. Gdy dostrzegli w białawym odblasku morza wędrujące pary, sylwetki wczepione w siebie jak w śmiertelnym zmaganiu, uśmiechali się porozumiewawczo. Istvan znajdował dłoń Margit, gładził lekko, nasycony spokojem. Siedzieli do późna, wpatrując się w światełka przepływających statków, tak odległe, że mieszały się z ogromnymi gwiazdami, rozmawiali niespiesznie, długie chwile ciszy odmierzało pulsowanie wód. Dopiero komary zwabione ogniami restauracji zapędzały ich pod moskitierę.

Ale następnego ranka było po dawnemu pusto i cicho. Goście ładowali się niepostrzeżenie do aut i wymykali ku miastu, jakby zawstydzeni nocnymi wybrykami. Na brzegu zostały pootwierane domki, dudniły uderzenia trzcin po wywleczonych materacach, z opustoszałych wnętrz niosły się śpiewne zawodzenia służby, przywracającej ład.

Zręczny jak cyrkowiec Daniel przyniósł na głowie tacę ze śniadaniem. Margit sadowiła się na leżaku opierając bose nogi na poręczy werandy. Sukienka kretonowa w geometryczne zielone i fioletowe ryby, rozpięta od góry do dołu, odsłaniała jej ciało jakby z czerwonawego złota zanurzone w żar słoneczny. Kostium kąpielowy barwy turkusa opinał je ciasno.

Rozmawiali o przyszłości, tej, w jaką chciał uwierzyć.

– Będziesz pisał o swoich Węgrach, nikt ci tego nie zabroni. Zapominasz, że nie musisz mnie utrzymywać – tłumaczyła jak upartemu dziecku. – Nareszcie możesz być sobą, nie oglądając się na ławę przysięgłych, która uważa się za uprawnioną do wyrokowania, jak i co powinieneś pisać.

– Mówiłaś, że Węgry zabieram ze sobą – rozważał półgłosem.

– To prawda. Ucięty film... Wstecz mogę oglądać wszystko, komentować przywołane obrazy, wzruszać się, że tam byłem, uczestniczyłem w wydarzeniach. Aż po datę wyjazdu. A potem zacznę gromadzić, wyławiać z gazet drobne komunikaty, notatki, ślady wydarzeń, by mieć wyobrażenie o tym, co w kraju się dzieje, resztą będą domysły. A jeśli przewidywania zawiodą i moi Węgrzy okażą się inni, niż ich sobie wymarzyłem, nie potrafię ich postępowania zrozumieć i może zacznę ich nienawidzić lub gardzić nimi?

W miarę jak słońce na dobre sadowiło się na jej kolanach grzejąc nieznośnie, zsuwała ramiączka, na wpół odsłoniła drobne piersi, zagłębienie między nimi iskrzyło się kropelkami potu.

Nawet włosy podgarnęła i przerzuciła nad oparciem leżaka, bo przeszkadzały, lepiąc się do karku. Została chwilę w tym geście z rękami ponad głową, oddychała głęboko z na wpół przymkniętymi powiekami.

– Niewielu z uciekających zdaje sobie sprawę, że przestaje dzielić los narodu, odrywa się od wspólnoty. Nawet jeślibym lepiej z oddalenia widział, co może Węgrom zagrażać, i swobodniej mógł przemawiać, zostaje jedno wielkie niedopowiedziane zastrzeżenie: „Ale ty z nami nie będziesz dzielił przyszłości, nie nadstawisz grzbietu, tyś już wysiadł, powiedziałeś swoje – nie – no i dość, możemy nawet rozumieć taką decyzję, ale przynajmniej oszczędź nam pouczeń". Mimo sentymentów, przywiązań, okazywanych od święta, z każdym rokiem coraz bardziej stawałbym się obcy. I to jest prawda. Wszystko, co napiszę tam o Węgrach, będzie pisaniem o przeszłości...

Ujęła jego rękę, położyła sobie na sercu, głaszcząc.

– A czy musisz ją wlec za sobą? Znajdziesz sto tematów, inny kraj, nowi ludzie... Będziesz mógł odkryć na nowo Australię nawet nam, Australijczykom, bo będziesz oglądał po raz pierwszy innymi oczami. Jesteś zatruty polityką. Czy musisz być psem przy pędzonym stadzie, zabiegać drogę, obszczekiwać, nawracać?

Odebrał jej swoją rękę.

– Wiesz, czyim psem mogę być nie tracąc godności.

– Moim? – szepnęła gładząc mu włosy.

– Nie, i nie twoim.

– Strasznie trudno się z tobą porozumieć. Robisz się nudny. Zawsze możesz pisać o sobie, przecież mówicie: człowiek jest jak wszechświat. Artyście nigdy się nie sprzykrzy opowiadać o sobie. Idź, popływaj, ostudź głowę, mój ty wielki pisarzu na pięciolatkę, samobójco. No, co tak na mnie patrzysz? Przecież wstydzisz się nawet przed samym sobą przyznać, że zabijasz własny talent. Wierzysz, że spłynie anioł i pochwyci cię za rękę jak Abrahama, gdy godził we własnego syna. Ale wy, katolicy, nie lubicie zaglądać do Biblii – drwiła okrutnie. – A może trochę liczysz na mnie? Ja wezmę na swoje sumienie, uwolnię z więzów i uprowadzę dostatecznie daleko, żebyś mógł się rozgrzeszyć. Ja, słyszysz, ja – uderzyła dłonią, aż klasnęło – chcesz, żebym się stała głosem przeznaczenia, to nim będę. I, przysięgam ci, ocalę w tobie poetę. – Wargi stężały grymasem bólu i gniewnej niecierpliwości. – Tylko nie każ mi się za długo prosić, bo to upokarza. A teraz idź.

Zwinęła się, podłożyła pod czoło zgiętą rękę, wydało mu się, że płacze. Stał nad nią chwilę, gotów przyklęknąć i objąć, szepcząc słowa pocieszenia, jednak rosło poczucie zniewagi, drewniał urażony. Zszedł na plażę. Zsunął płaszcz kąpielowy, słońce dotykało jego ramion jak trener badający mięśnie zawodnika, nagle zaczął biec, rzucił się w wodę i crawlem pruł stumetrówkę. Nie oglądał się, czuł potrzebę zmagania, nawet ryzyka. Kiedy wyrównał oddech i popłynął żabką, powierzchnia nachylonych fal błyszczała jak z miki, kłuła w oczy. Woda koloru farbki goryczą osiadała na wargach. Płynął uparcie, oddalał się od brzegu, choć wiedział, że Margit już wysunęła się z cienia i przechylona nad poręczą wypatruje jego głowy, która raz po raz niknie w zaklęśnięciach niebieskich skib. Przyzywa go gestami uniesionej ręki, żeby zawracał. Właśnie dlatego się nie oglądał. Pamiętał, że przyjdzie mu stoczyć uporczywą walkę, by dotrzeć do plaży. Prąd spychał niepostrzeżenie, Istvan, wynoszony z fali na falę, jakby nie pianę łapał dłonią, ale grzywę pławiącego się konia.

Nagle coś mu powiedziało – dość. Opuścił nogi w głębinę, kołysało jak spławikiem wędki. Obejrzał się. Brzeg uciekł daleko. Weranda była pusta. Przeliczył domki. Nie mylił się, Margit odeszła, wcale za nim nie patrzyła. Pozwalając się znosić spokojnie, skosem spływał wzdłuż plaży. Godzinę później wyszedł na brzeg potykając się, runął na gorący piasek, dyszał z otwartymi ustami, w których brakło śliny.

Nie ustaliłem daty wyjazdu, więc myśli, że nie dość mocno ją kocham. Smaga jak konia, żebym wziął przeszkodę. Biedna, czemu się dręczy, mało ma dowodów?

Niebo jak z cynkowej blachy, nie zabielił się lotny obłok ani skrzydła mewy.

Wracał powoli skrajem wody. Chluśnięcia fal zabiegały przejście, przydeptane osiadały pianą na stopach. Wypatrywał muszli albo gałązki ukruszonego korala, żeby ją zanieść na przebłaganie.

W palmowy gaj wjeżdżały pierwsze taksówki, wysypywały się całe rodziny hinduskie, matki i dzieci, po sześć, osiem osób, aż dziwnie mu było, że taka gromada wepchała się do ciasnego wnętrza. Kobiety w długich sari pod strażą swoich mężczyzn, osłonięte parasolkami, brodziły w wodzie, z piskiem uskakiwały, gdy szło ciepłe chluśnięcie zdradliwej fali. Braminki z zamożnych rodzin bały się słońca, chroniły jasną skórę przed opalenizną, która by je upodobniła do pogardzanych plemion drawidyjskich.

Trzy dziewczyny omotane w różowe tiule weszły po pas do wody, kucały plaszcząc dłońmi o powierzchnię, bryzgając iskrami kąpały się jak stare węgierskie chłopki, w koszulach spiętych w kroku agrafką. Stał chwilę, gotów skoczyć z pomocą, wiedział, że nie potrafią pływać, ale one wyszły z wody, która ciągnęła, ssała ich przejrzyste suknie. Namokły tiul lepił się do patykowatych ud. Mężczyzna w błękitnej koszuli wyrzuconej na wąziutkie spodnie palił papierosa i nie czuwał nad kąpiącymi się, tylko zaglądał wrogo w twarz Tereyowi, jakby go odpychał. Wzruszył ramionami i pobiegł mokrym pasem plaży. Zwał wyrzuconych roślin pachniał rybą i jodem, jak cekiny świeciły na zaschłych porostach zdrapane łuski.

Znalazł wreszcie rosochatą gałązkę koralu, białą jak z soli, odtajało w nim, po dziecinnemu cieszył się, że ją podaruje Margit.

Pod przechylonym pniem palmy siedział stary Hindus i grał na piszczałce wieczorne pozdrowienie morzu i zachodzącemu słońcu.

Minął go z daleka, nawet długi cień nie musnął stóp skulonego starca. Pamiętał, że i cień niewiernego może plamić, obrażać, czynić niegodnym zespolenia z bóstwem.

Pokój wydał mu się pusty. Margit leżała milcząca za opuszczoną moskitierą. Rozchylił siatki i od razu napotkał oczy natarczywe, niespokojnie pytające.

– Przepraszam – wyciągnęła rękę. – Byłam nieznośna.

Ujął jej dłoń, odwrócił i położył gałązkę koralu, różowiała w niskim blasku, z otwartych drzwi buchało amarantem.

– Źle się czujesz?

– Nie. Tylko nie miałam siły patrzeć, jak płyniesz w morze. Gdybyś mnie kochał... Wiem, że robiłeś mi na złość. Choć uciekłam z werandy, cały czas ciebie widziałam, tu, na moskitierze.

– Nie sądziłem, że masz taką wyobraźnię.

– Wyobraźnię – westchnęła – mam po prostu serce. Nie chcę cię utracić. Nie chcę, Istvan.

– Czego się boisz? Jaka ty jesteś niecierpliwa.

– Można i tak to nazwać – szeptała wodząc palcami po grudkowatych naroślach gałązki koralowej – ale już teraz będę spokojna, nie sprawię ci więcej kłopotu, przysięgłam sobie.

Poczuł nagle zazdrość o ten kawałek koralu, który pieściła końcami palców. Znał tkliwe stulenie warg, zgłodniałe zaklęśnięcie policzków. Na niebie czerwony sok wieczoru, słyszał szum morza o roztopionej miedzi, judzące krzyki mew, które sadowiły się do snu.

– Przecież jestem z tobą – całował ją, otwierał wargi, które do niego chciwie przywarły, odnajdywał gorzkawy od nikotyny smak języka.

Wtuliła się nie wypuszczając z dłoni kolczastej gałązki koralu, która kłuła w ramię.

Nagą piersią przygniótł ją, dławił. Nie zważali na drzwi otwarte, przez które widział fioletowy piasek i czerwone, na wpół zakrzepłe wody zatoki, leniwie kołyszące małe jak pomarańcza słońce. Brał ją z gniewną niecierpliwością, siłą się wdzierał. Jeszcze próbowała się opierać, a już wbrew sobie wybiegała naprzeciw.

Kiedy odrzuciła głowę i jęczała śpiewnie, dźwignęła go fala ogromnej rozkoszy, dobył z niej ten głos jakby napinając strunę do ostatka, aż po granicę, która grozi pęknięciem, wielkim milczeniem.

Spoczywali znużeni, gładził jej piersi, końcem języka próbował smaku ramienia tak słonawego, jakby wyszła z morza.

– Myślisz, że wystarczy pogłaskać mnie, ucałować, pieścić i zapomnę o wszystkich niepokojach – szeptała z sennym rozżaleniem.

– I nie mylisz się. Zapominam, ale tylko na chwilę, kiedy jestem ciebie pełna, kiedy cię chłonę. A później tamten niepokój powraca tym ostrzej, że wiem, co mogę stracić. Istvan, Istvan, chciałabym przy tobie usypiać, nawet choćby to miał być sen ostatni, bez przebudzenia.

Uciszony gładził ją z uczuciem ogromnej pustki, ani jednego słowa nie znajdował na pocieszenie, które nie zabrzmiałoby fałszywie. Osaczała go rozpacz.

Słońce do połowy zapadło w morzu, roztapiało się podpalając horyzont.

Przytuleni, odchyliwszy brzegi moskitiery zróżowione odblaskiem, śledzili ostatni rąbek, zanurzył się i od razu nastał wczesny wieczór. Źrenice mieli pełne tęczowych cekinów, rozpoznawali się w nagłym mroku lekkimi dotknięciami jak niewidomi.

– Dobrze mi z tobą – podłożyła mu ramię pod kark, kołysała lekko – bardzo dobrze.

Wejść w tętno jego krwi, umocnić się w jego pamięci. Muszę być dla niego bardzo czuła. Jeślibym kiedykolwiek miała go utracić, zostanę w nim. Będzie wiedział, że go kochałam. Można mieć żonę, brać kobiety i nie zetknąć się z miłością, nie zaznać tego ogromnego poczucia oddania, zjednoczenia. Przecież i ja budziłam się obok innych mężczyzn – myślała z niepokojącą jasnością – i było mi z nimi dobrze, a żaden nie dał tego, co on. Jeżeliby sięgał po inną kobietę, będzie musiał do mnie się odwołać, ze mną ją porównać, pamiętać, pamiętać. Jednak nie powiedziała ani słowa, lękając się, że go urazi, że ją źle pojmie, czuła bezradność i tylko łasiła się, ocierała policzkiem o jego pierś. A on przywołany, obudzony z zamyślenia, całował jej oczy, jakby dopiero w tej chwili wróciła z dalekiej wędrówki, jakby ją odnalazł stęskniony po bardzo długiej nieobecności.

– Sab. Sab – klaskał Daniel stojąc przy stopniach werandy. – Przyszedł czarpasi z poczty.

Skąd on wie, że nie powinien wchodzić – pomyślał z uznaniem Terey – intuicja czy delikatność? A może tylko dobra angielska tresura.

Uwolnił się z jej ramion, które powoli opadły, spoczywały jak zdarte pnącze pozbawione nie tylko podpory, ale sensu istnienia.

Szukał monet w spodniach wiszących w szafie, narzucił szlafrok i boso wyszedł na werandę.

– Daj tu.

Chłopiec wszedł po schodkach i ukłoniwszy się głęboko położył depeszę na poręczy. Z kasty najniższej, wierzył, że nawet Europejczyka może pokalać jego dotknięcie – pomyślał Istvan.

Otworzył szorstki druczek i odwracając się plecami do umierającego nieba przeczytał z trudem: ISTVAN TEREY. COSHIN. HOTEL FLORIDA. PRZYJAZD DO DELHI KONIECZNY STOP WAŻNA SPRAWA OSOBISTA STOP FERENZ.

Wrócił do Margit, zapalił małą lampkę i podał depeszę. Czytał przez ramię, rozważał, co mogło się wydarzyć.

– Pojedziesz? – zapytała, jakby oczekując, że zaprzeczy.

– Muszę. Jeszcze jestem urzędnikiem ambasady.

– Jesteś ze mną, na samym krańcu Indii, mógłbyś teraz powiedzieć: zostanę, pojadę za dwa tygodnie, żeby zlikwidować swoje

sprawy. Powiedzieć im: żegnam, oczywiście, jeśli na tę uprzejmość zasługują.

– Zapominasz, że to tylko urlop, wypada mi wrócić.

– Mam tu na ciebie czekać?

Milczał, opuścił głowę.

– I jak długo każesz mi się samej męczyć? – dodała szeptem.

– A może wolałbyś, żebym pojechała z tobą?

– Tak – ożywił się – jasne, jedziemy razem.

– Mam cię odprowadzić do końca – uderzył go obcy, niechętny
głos.

– O co ci chodzi?

– A jeżeli chcą cię odesłać na Węgry?

Niepokój ściął mu twarz jak lodem.

– Nie. Oni by mi z radością to oznajmili – zaciskał usta. – Nie
żałowaliby przyjacielskiego kopniaka.

– Na wszelki wypadek zadzwoń. Żądaj wyjaśnień.

Ubrał się pospiesznie. Nim wyprowadził wóz, już stała przy nim
opanowana, gotowa służyć pomocą i radą.

Kiedy wydostali się na asfaltową szosę, przyhamował gwałtownie, z gaju palmowego wypadł długi, czarny samochód, kierowca spostrzegłszy niebezpieczeństwo zwolnił trochę za późno,
w ostrym świetle reflektorów, które wlało się do wnętrza tamtego wozu, dojrzeli starego Hindusa, sadhu grywającego morzu na
piszczałce, twarz kosmata ze zmrużonymi oczami przypominała
grymasem rozwścieczonego kota, i już auto pomknęło, jedynie
czerwone światełka rozjarzały się i gasły.

– Poznałaś go? Chłopskie dhoti wygląda jak przebranie. A ja nie
wierzyłem Danielowi.

– Jedź – splotła dłonie. – Na poczcie każą nam czekać.

Wielkie ćmy zapalały się w strudze światła, chrząszcze uderzały
twardo o maskę jak kasztany wystrzelone z proc. Na szybie zostawały bryzgnięcia.

Miasto witało ich z daleka dymami, swądem spalonego oleju
i odorem kisnących rynsztoków, zagęściły się światła w sklepi-
kach, zanim wjechali między murowane domy.

Niski budynek poczty stał mroczny i pusty, tylko jedno okienko świeciło matową szybą. Zastukał raz i drugi, ktoś zapytał gardłowo, jednak nie ruszył usłużyć.

Nagle gwałtownie uniósł się ten ślepy ekran i wyjrzała wąsata twarz urzędnika.

– O, bardzo przepraszam – przywdział odświętny uśmiech – nie wiedziałem...

Podał formularz do wypełnienia: kto, do jakiego stanu i miasta, ile minut.

– Delhi – przeczytał kręcąc głową – daleko. Trzeba będzie poczekać.

Usiedli w dusznym wnętrzu na wytłuszczonej ławie. Rozmawiali szeptem. A tamten opuścił okienko i zdawało się, że powrócił do drzemki, kiedy niespodziewanie zadźwięczał telefon.

– Sab wejdzie do kabiny, czy będzie mówił z mojego aparatu, bo lepszy. Tam, jak te dzikusy gadają, muszą coś robić z łapami i skubią sznur, jak dhoti, dłubią w słuchawce jak w uchu... W kabinie przerywa.

Wlepił oczy, ciekaw rozmowy ze stolicą. Mimo zapewnień urzędnika, że to dobry aparat, ledwie potrafił wyłowić zniekształcony głos.

– Halo! Halo! – wykrzykiwał. – Tu Istvan. Istvan Terey. Słyszysz mnie? Co się stało? Po co mam jechać do Delhi? Coś ważnego?

Wreszcie poprzez szum i trzaski porozumieli się i Ferenz odgadł z kim rozmawia.

Margit znieruchomiała na ławce, zacisnęła dłonie i wsparła się na nich brodą. Słuchała z napięciem, próbując z wykrzyczanych słów domyślić się odpowiedzi tamtego dalekiego głosu, który mógł być wyrokiem.

– Nie rozumiem. Jutro ruszam. W czwartek będę u was. Ale czego Stary chce ode mnie?

Urzędnik miał taką minę, jakby wyciskał sok z cytryny, tak bardzo pragnął, żeby słowa nie uciekały, żeby dotarły do słuchawki na końcu drutu.

– Ale powiedz choć, czy to dobra czy zła wiadomość? Pozdrów Judytę. Będę na pewno w czwartek.

Trzymał jeszcze słuchawkę, jakby się łudząc, że najważniejsze dopiero teraz usłyszy, że Ferenz się rozmyśli i wyrąbie całą prawdę. A może rozwieje podejrzenie, wybuchając śmiechem?

Wtedy napotkał udręczone spojrzenie dziewczyny i zapomniał o przyczajonej głowie Hindusa. Położył słuchawkę niedbale wsuwając rękę w głąb okienka jak w paszczę chciwego zwierzęcia, które jednak nie może jej zamknąć.

– Czegoś się dowiedział?

– Nic, właściwie nic. Mówił, że niespodzianka. Żebym przyjechał nie zwlekając. Ambasador tak mu zalecił. Słyszałaś, o co pytałem. Powiedział, że to dla mnie ważna wiadomość, że nie będę już sam. Rozumiesz coś z tego?

Zapłacił niecierpliwie, mimo że urzędnik jeszcze coś sprawdzał w rachunku, który mu się wydał zawrotny. Telefon kosztował jedną czwartą jego pocztowej pensji, więc oczekiwał takich wiadomości, które by potwierdzały jego wyobrażenia o zarobkach cudzoziemców ze stolicy i wielkich interesach.

Kiedy już wsiedli do auta, Margit pełna złych przeczuć położyła mu dłoń na ramieniu.

– A może przyjechała twoja rodzina? Żona czeka w Delhi?

– Puściłby farbę. Nie robiłby tajemnicy.

– Naprowadzał cię, powiedział, że nie będziesz samotny.

– Wiesz, to możliwe – uczepił się jej tłumaczenia. – Mogą mieć idiotyczne pomysły z „niespodzianką".

Pruł w ciemności szosą nad morzem, które przypominało zaorane pole. Białe ćmy niosło ukośnie jak pierwsze płatki śniegu.

– Powiedz, jaka ona jest?

– Kto?

– Twoja żona.

Pochwycił jej twardy profil, uparty rysunek brody, ciemne włosy falowały, jakby nurkowała w wodzie, nie w ciemności.

– Jest inna – zaczął ostrożnie.

– Wiem, jest przede wszystkim matką twoich chłopców – powiedziała zawistnie. – Ale wystarczy, żebyś zechciał, to i ja... Czy będziesz miał odwagę powiedzieć jej: wracasz sama do Budapesztu?

– Bądź spokojna, potrafię.

– Jeszcze się wahasz? Chyba nie żądasz, żebym ja się z nią rozmówiła?

– Zostaw to mnie.

– Pamiętaj, jestem z tobą – powiedziała jak kolega, który innemu dodaje otuchy przed spotkaniem z silniejszym przeciwnikiem.

– Koniec naszych wakacji. Kiedy ruszamy?

– Rano. Jak najwcześniej.

Wjechali w biały piach wokół hotelu, świecił nieprzyjaźnie jak naftalina rozsypana pod wiekiem kufra. W reflektorach zjawił się Daniel i pokazał, gdzie ustawić auto, żeby miało jak najdłużej cień. Nie wiedział, że to już było zbędne.

– Zgaś światło, ściągniesz moskity.

– Dziś nie zasnę, posłuchajmy morza – prosiła. – Nasza ostatnia noc.

– Jest o czym myśleć – wyniósł pled, rozścielił na schodkach domku, okrył jej nogi. – Masz papierosy?

Szczęknęła zamkiem torebki, podsunęła mu paczkę szeleszczącą celofanem. Na mgnienie zobaczył jej pochyloną twarz w żółtym płomyku zapalniczki.

Daleko przed nimi bielało morze, mokre szuranie i szelesty, jakby pracowicie przesypywało żwir i lepki piasek, z którego wycieka strugami woda. Wzdychało i mamrotało jak człowiek, który odwala ciężką robotę.

Objął dziewczynę ramieniem, mimo dymu z papierosa chwycił zapach jej włosów, wyraźny, poruszający krew, bardzo własny.

Oczy błąkały się po ławicach gwiazd, które odmieniając swe blaski ulatywały, nikły i jawiły się od nowa kłębkami świetlistych puchów.

Pomiędzy palami, na których domek się wspierał, przebiegały szczury wodne, piasek się osypywał, szeleściły papiery wleczone na wyściółkę do nor w porytym brzegu pagóra.

Mam ją – zastygał wstrzymując oddech – mam naprawdę. Mam, bo ona chce do mnie należeć. W niej znajduję potwierdzenie tego: mam. Jeżeli Ilona przyjechała... Trzeba jej powiedzieć uczciwie – już wybrałem. To proste, trzeba tylko jawnie stanąć obok Margit, wobec wszystkich, niech widzą.

Kiedy siedzieli przytuleni na drewnianych schodach w przyjaznej ciemności, wydało mu się to łatwe, choć czuł, że będzie cierpiał i zadawał ból.

Paliła w milczeniu, nagle prztyknięciem palców odrzuciła papierosa, aż syknął w piachu iskrami. Jarzył się czerwonym punktem, rozdmuchiwany niedostrzegalnym powiewem, jakby go ktoś podjął i kończył chciwie.

– O czym myślisz? – budził dotykając karku.

– Że jeszcze jestem z tobą. Że te dni tak szybko przemknęły, czuję się jakby oszukana. Wracamy jutro, a ja jeszcze... Co ja chciałam tu odnaleźć? Co mi się wymknęło... – szeptała bezwolnie.

– Chciałaś przeciąć nici, które mnie wiążą z krajem.

– I nie udało mi się.

– Udało, zastąpiłaś im drogę. Ale starczyło jednej rozmowy, żeby więzy znowu się zacisnęły.

– Z tym twoim Węgrem – mówiła powoli, rozważając – i ja nawet nie pomyślałam...

Spoza grzyw czarnych palm wysunął się brzeżek księżyca, zbielało pół nieba. Płynął wprost na latarnię morską, jakby jej migoty ciągnęły nieodparcie. Milczeli.

– Myślisz, że ja przegrałam?

– Nie – zaprzeczył gorąco. – Masz mnie.

– Żeby to była prawda... Kochasz, ale jestem na którymś tam miejscu, nawet siebie stawiasz przede mną: ty masz honor, głębokie poczucie uczciwości, obowiązki, które wziąłeś, szanujesz prawo... Może i za to cię kocham. Choć nie chcę się do tego przyznać, wyrok zapadł.

– Myślisz o Delhi?

– Tak. Przecież zwlekałeś. Nie chciałeś sam. Wolałeś, żeby decyzja przyszła spoza nas obojga. Przyzywałeś... i teraz masz.

– Żeby mi stu ambasadorów wygrażało i tak sam w końcu postanowię – obruszył się łapiąc oddech. – Tamto tylko przyspieszy nasz wyjazd.

– Więc już wiesz, co zrobisz? – patrzyła przed siebie, w biały wiatrak latarni morskiej.

– Wiedziałem od początku.

Oczekiwał, że zapyta jeszcze, będzie dociekała prawdy, jednak ona wspierając się na jego ramieniu przypominała:

– Jutro cały dzień za kierownicą. Musisz odpocząć przed drogą.

Pod dłonią miał jej proste plecy, wiódł ją w głąb pokoju, nie zapalali światła. Łowił uchem znajome szelesty, stąpnięcia bosą nogą, nim wychyliła się z mroku bezbronna i naga. Stała z opuszczonymi rękami, jakby przejęta nagłym chłodem, klęczał przed nią o pół kroku, nie uczyniła jednego ruchu, żeby się znaleźć przy nim, by oparł policzek o jej płaskie łono, opasując biodra ramionami.

– Margit – szeptał – płomyku mój.

Kiedy jej dotknął, drgnęła, przywarła, napierała na jego usta.

– Chłonę ciebie, jakby to były ostatnie chwile mego życia. Jakbym tyle tylko mogła zabrać na wieczność całą.

– Nie mów tak – prosił. Dłonie jego gładziły biodra, splatały się w ciasną obręcz.

Położyła mu ręce na ramionach, opadała, twarde szczyty jej piersi sunęły po nim, chłodnawa skóra ześlizgiwała się miękko, aż w chmurze włosów skroń jej spoczęła na jego ramieniu, czołem wsparta o szyję, pulsująca, słyszała młot dudniący od wewnątrz, czuła drżenie. Klęczeli chwilę zasłuchani w siebie jak konie na pastwisku, które stoją głowa przy głowie, wpatrzone w zachodzące słońce, i tylko dreszcz przebiega po sierści pełnej czerwonawych lśnień.

Ranek wstał wymyty krótkim, rzęsistym deszczem, liście palm lśniły jak świeżo polakierowane. Morze kołysało srebrem i zielenią.

– Jest zmienne jak twoje oczy – powiedział, kiedy wyszli z wody, a lekki powiew suszył ciała.

– Nasza ostatnia kąpiel – przystanęła, by jeszcze chwilę sycić się spokojem zatoki.

– Przestań – prosił – ciesz się, że wstał piękny dzień, jakby nam niebo sprzyjało.

– Będzie skwar. Poprowadzimy na zmianę, dobrze? – nachylona otrzepywała piasek ze stóp. – Polubiłam tę zatokę, czułam się szczęśliwa.

– Może tu jeszcze wrócimy.

Spojrzała ogromnymi oczami, zdawały się mówić: i ty w to wierzysz? Sygnaturka świergotała jękliwie, ktoś targał jak w gniewie i nagle urwał z fałszywym brzękiem.

Pośród smukłych pni palmowych, u stóp podrytego pagórka stał dżip, policjanci w krótkich spodenkach i czerwonych turbanach tkwili nieruchomo, wysoki brzeg roił się od półnagich, spowitych w biel rybaków.

Niewiele musieli nadłożyć drogi, żeby zobaczyć, co ten tłum zwabiło. Chłopi w skupieniu śledzili zabiegi policjantów badających niewyraźne ślady podpłynięte sypkim piaskiem.

Między nimi skulony, niby w pokłonie, leżał stary sadhu, czołem wsparty o ziemię, obie ręce przyciskał do piersi, jakby chciał przytrzymać coś bardzo cennego, co mu się wymknęło. Parę kroków dalej potoczyła się tykwa, z czarnymi otworkami, zdobna w szkiełka, i ugnieciony staniol przylepiony żywicą, pospolita piszczałka, jakich używali poskramiacze wężów, handlarze ziemnych orzeszków i żebracy.

– Proszę się nie zbliżać – zatrzymał ich policjant – czekamy na fotografa.

– Co mu się stało?

– Nie żyje. To był bogacz, trząsł okolicą, będą kłopoty.

– Zwłaszcza dla rodziny – oficer błysnął spod podkręconego wąsa białymi zębami – żeby ustalić wysokość spadku.

– Wypadek? Samobójstwo? – zapytał Istvan. Wiatr poruszał siwe kosmyki na spalonym karku zmarłego.

– Trzyma obie ręce na trzonku noża, jednak mógł to być tylko odruch, ktoś go pchnął, a on jeszcze chciał wyciągnąć i tak upadł.

My byśmy wszyscy woleli, żeby to było samobójstwo. Prowadził rozległe interesy, nie zawsze jasne... Jednak wierzący Hindus nie popełnia samobójstwa, nawet nędzarz zniesie głód, trud nad siły, czeka na swój koniec, chce oczyszczony cierpieniami uzyskać szczęśliwsze życie, narodzić się w zamożnej rodzinie – tłumaczył z cierpką pogodą.

Rybacy stali nad samym osypiskiem, które obnażało sploty brunatnych korzeni palmowych, kłębili się i popychali, żeby lepiej widzieć.

Nagle brzeg z głuchym stęknięniem zjechał, pruła się darń, a ciemne, chude postacie zeskakiwały w piach.

Oficer oparł gwizdek o siną wargę, ale już policjanci pogrozili pałkami i rybacy rozbiegli się z krzykiem, unikając bambusa. Ci, którzy wleźli na brzeg, schowani za pniami palm, parskali śmiechem jak chłopcy w czasie gonitwy.

– Poczekaj – przytrzymywała Istvana – jest fotograf.

Umocował statyw, robił różne ujęcia zwłok, przyklękał, kładł się na piasku, wydawało się, że bije pokłony przed zmarłym. Wreszcie odwrócono trupa, nogi rozprostowały się jakby z ulgą, opadły ręce i spod żeber wyjrzał czarny, zdobny miedzią trzonek noża.

– Możemy iść – odetchnęła Margit. – Tyś widział, jak oni na mnie patrzyli? Jakby nie widzieli kobiety. Żałowałam cały czas, że nie mam płaszcza kąpielowego.

– Na co czekałaś? – brnęli przez sypki piach. – Może to on wysyłał zbiegów do raju?

– Czciciel morza. Ja od razu o tym pomyślałam. Chcesz wiedzieć, po co zostałam? Musiałam zobaczyć nóż. Tyś w nocy wychodził, przez sen czułam chłód twojej skóry, kiedy wróciłeś. I nie oddałeś mi lancetu.

– Wydało ci się, że mógłbym?

– Wierzysz, że jesteś powołany, by przyspieszać wyroki sprawiedliwości – powiedziała z naciskiem. – Gdybyś miał pewność, że stary jest winien śmierci tych bezbronnych, a może się wymknąć, bo jest sadhu, bo jest bogaty i policja woli z nim nie zadzierać... Ty byś nie oszczędzał ani siebie, ani najbliższych. Znam cię.

Wpatrywał się w jej zaciśnięte usta, stąpała szybko, aż ruda grzywa dobyta spod turkusowego czepka pływackiego omiatała jej plecy, piasek rozstępował się pod wąskimi stopami.

Zanim pod tuszem spłukali morską gorycz, pochwycił ją w ramiona, odwrócił ku sobie. Stali tak, oddychając szybko, oczy miała z chłodnego ognia.

– Czego chcesz? – spytała. – Przecież zabijałeś, sam mówiłeś.

– Wtedy była wojna.

Przechyliła głowę i nagle zrozumiał, że jest do niego podobna, tak samo twarda. Jak ona umiałaby nienawidzić. Przyjechała do Indii. Chciała pomagać nędzarzom. Przyjechała po swoją szansę, wyzywając los. No i ma go... Pogrążyła się w miłość, w nieogarniony żywioł, ale już wie, że jest od niej silniejszy.

– Żeby zabić nie trzeba noża – powiedziała znacząco. – A teraz mnie puść.

Weszła pod tusz, zsunęła ramiączka kostiumu. W piersi jaśniejsze od ramion bił grad kropel, zanurzyła twarz w pieniste srebro, zamknęła oczy, piękna i odległa.

– Sab! – wołał z werandy Daniel. – Morderstwo na plaży! To nie był dobry człowiek. Sab, kanistry napełniłem. On zostawił mnóstwo pieniędzy. Sandwicze są w koszyku i góra pomarańczy. Chyba aresztują jego bratanków, bo oni powinni dostać spadek.

Na masce austina widniała wysuszona czerwona rozgwiazda.

Deszcze, ulewy monsunowe nie zniszczyły dróg, koryta górskich rzek powysychały, płytka, roziskrzona woda mełła się pod kołami auta. Zdawało im się, że opony z ulgą zanurzały się w bystrzynę prążkującą żółty, denny piasek. Przebijali się między górami o ścianach brunatnoczerwonych jak zakrzepła krew. Zbite cierniste krzewy porastały stok. Ziemia wypalona suszą, stratowana wiatrami, wydrapana, odmieciona świeciła po spękaną caliznę. Niebo nad nimi uciekało wysoko, puste, z rzadka poznaczone czarnym krzyżykiem jastrzębia, który obracał się powoli i odprowadzał ich nie racząc poruszyć skrzydłami.

W kotlinach dął suchy wiatr, niósł niewidoczny pył, którego jałowy smak czuli w ustach, z kroplami potu ściekał barwiąc koszulę na czerwono. Przez opuszczone szyby wpadało tchnienie jak z pieca, wzdymało lekką sukienkę Margit. Posłuszna namowom, mocując się, zdejmowała kolejno bieliznę. Dysząc pokładała się na rozparzonych oparciach, odchylała rozpiętą sukienkę. Włosy sztywne od kurzu spowijały czoło zmatowiałym oprzędem.

Zatrzymali się nad rzeczułką, zrzucili sandały, woda migotała wesoło. Stada drobnych rybek przewiewały jak cienie. Istvan podniósł maskę auta, dolał wody do chłodnicy. Stroma ściana wąwozu nie rzucała cienia, biegały po niej wyschnięte jaszczurki, jakby je czerwona glina parzyła, ziajały z otwartymi pyszczkami w osłupieniu.

Margit patykiem wydłubywała zapieczone osy i polne koniki wbite pędem powietrza w pory chłodnicy, zamyślona obracała w palcach mieniące się skrzydło motyla. Istvan nalewał benzynę do baku, parowała w upale drgającą mgiełką.

Rozmawiali ze sobą niewiele, siedzieli odurzeni żarem południa, trzymając bose stopy w pomykającej żwawo strudze, palili papierosy, gorzkie, nie dające żadnej przyjemności, tępo spoglądali na chmarę rybek, które nadpłynęły, aż zakipiała woda, dreszczem elektrycznym trzepotały się obijając o nogi.

– Trzeba ciągnąć dalej – rzucił ogarek w wodę – jeżeli mamy nocować w porządnym hotelu, dotrzeć do Haidarabadu.

– Dobrze, tylko pozwól mi się wykąpać.

Zrzuciła sukienkę, przyklękła i rwała blask, ochlapywała się migotami, ciało jej szczupłe nabierało lśnienia późnego złota, łagodnie osunęła się z głębokim westchnieniem układając się na piaszczystym dnie płytkiej rzeczki. Woda dokoła niej poróżowiała od zmytego kurzu.

– Margit! – krzyknął, otwierała niechętnie oczy, słońce dokuczało. – Siadaj.

Podał jej rękę i dźwignął, lgnęła ku niemu ociężała i chłodna.

– Spójrz! – pokazał. – Tam koło białego kamienia. Wygląda jak korzeń, na którym prąd się łamie szkliście, jednak widać, że ma własny ruch i sprężoną gotowość.

– Wąż – spłoszyła się, kuląc nogi. Wilgoć na piersiach, nagim, jaśniejszym brzuchu i brunatnych udach w gorącym tchnieniu przeciągającym od czerwonych skał zanikała, jakby skórę natarła oliwą.

Istvan sięgnął po kamień, wąż jakby odgadując jego zamiary przepadł pod wodą. Żyłkowana prądem powierzchnia raziła oczy srebrem i czerwienią odbitych ścian.

– Wsiąkł – powiedział bez złości, ciskając na płask kamykiem, odbijał się krzesząc skry.

– Myślisz, że jadowity? – Margit gwałtownie naciągnęła sukienkę, która przywarła żarem do wilgotnych pleców.

– Mam go poszukać i sprawdzić?

– Jedźmy już – prosiła – zepsułeś mi całą przyjemność.

Istvan umoczył koszulę w wodzie, wykręcił i narzucił na ramiona. Z przeciwnej strony zjeżdżały jaskrawo pomalowane, przeładowane ciężarówki, zatrzymywały się w środku koryta jak woły u wodopoju. Rozmamłani kierowcy złazili w wodę, ze stulonych dłoni pili, parskając, płukali usta i nos. Cały wąwóz rozbrzmiewał ich krzykami. Przyglądali się z zaciekawieniem, czy wyprowadzi austina na osypisko, ale motor odpoczął i wyniósł ich bez wysiłku. Kierowcy zaczęli bryzgać na siebie wodą jak rozbrykane dzieci, już zapomnieli o cudzoziemcach.

Od rozprażonych margli biła woń rdzy i zeschłych traw. Cykady na poczerwieniałych od kurzu przydrożnych drzewach dygotały świdrującymi dzwonkami. Szosa się wiła, przepadając między wzgórzami, wznosząc, to opuszczając się w rozległe doliny, zmuszała do czujności. Skupiony naciskał klakson, trudno było przewidzieć, czy za kępą drzew nie trafi na szarżujące kopiasto wyładowane ciężarówki.

Zwolnił. Stromą ścieżką zstępowały ku szosie kobiety z kulistymi naczyniami na głowach. Były w samych spódnicach. Wyssane piersi zwisały niby suszące się skarpety, na zwęglonych słońcem torsach błyskały potrójne srebrne naszyjniki. Wytykały palcami miedziane włosy Margit, mówiły coś pospiesznie, osłaniały oczy dłonią, topiąc twarz w grubym cieniu.

Łuk drogi poniósł ich za rzadki zagajnik.

– Chciałabyś je sfotografować – zwrócił się do Margit. – Miały ładne ozdoby, takich się u złotników nie dostanie, można je spotkać jeszcze po wioskach, z dala od miast.

– Nie – zajrzała mu sennie w oczy – nic nie kupię, nie potrzebuję pocieszenia.

– Miały brzydkie piersi – dodał chwilę później, jakby dopiero teraz sobie przypomniał.

– Zdążyłeś zauważyć?

– O tobie myślałem. – Prowadził ze swobodą, trzymając kierownicę jedną ręką. Drugą dotykał jej uda i dłoni położonej bezwładnie. Przeschnięta koszula nadymała się furkocząc w żarze, cofnął palce, bał się, że ich lepki ciężar parzy i dokucza.

W Bangalur wbili się w ciżbę aut i tłumy rowerzystów. Ogrody drzemały, kurz przygasił lakierowane liście, tylko białe ściany willowych dzielnic krzyczały w słońcu. Nie chciało im się jeść, wypili kawę mocną i słodką, gotowaną z mlekiem. Sprzedawca ją studził przelewając z wysoka wąziutką strugą, jakby żonglując miedzianymi naczyniami, rozciągał kleiste nici. Na nocleg było jeszcze za wcześnie, sprawdzali trasę na mapie, gwar miasta męczył, nawiewały kisnące odory śmietników, smażonych tłuszczów, słodkawą woń odchodów, zdecydowali, że trzeba jechać dalej, kierunek Haidarabad. Wiedział, że noc ich złapie w górach, sądził, że staną w którymś z wioskowych zajazdów.

Kiedy podjechał zatankować benzynę i napełnić zapasowe kanistry, Margit, chcąc rozprostować nogi, przeszła się ciasną uliczką, otoczona tłumem ciemnoskórych postaci w białych i niebieskich koszulach, wypuszczonych na niedbale zawiązane dhoti. Młodzi mężczyźni z łagodnym uporem ofiarowywali usługi, gotowi towarzyszyć, doradzać, a przynajmniej przyglądać się, komentując każdy gest, odzienie, kolor włosów. Wąskie sklepiki zionęły mocnym, korzennym zapachem, w powietrzu wisiał kurz i smugi dymu z kopcących piecyków, cierpki swąd palonego krowiego łajna.

Trafiła w kiosku na miejscowe gazety w języku angielskim i zagraniczne stare tygodniki ilustrowane. Kupiła papierosy, zapałki, niezdecydowana rozłożyła żółtawą stronicę pisma i napotkała tytuł: „Demonstracje w Budapeszcie nie ustają". Sprawdziła datę, wiadomość była sprzed dziesięciu dni, korespondent donosił, że tłum robotników zebrany przed parlamentem żądał, by zwolniono aresztowanych. Ucieszyła się opinią komentatora, że wiece protestacyjne nadal trwają, i Kadar będzie miał wiele trudności, zanim pozyska zaufanie społeczeństwa rozgoryczonego i wzburzonego niedawnymi wypadkami.

Zaczęła grzebać w plikach dzienników, przeglądając stronę za stroną, szukała wiadomości z Węgier. Kupiła kilka gazet i zwinęła ciasno upychając w torbie podróżnej.

Długo jechali środkiem spragnionej doliny, słońce poczerwieniało, wystarczyło, żeby je na chwilę spuścili z oczu i już usunęło się między grzbiety porosłe dżunglą spłowiałą od suszy.

Pośród chałup, glinianych gniazd przylepionych do skał, szukali wody. Półnagi stary chłop o twarzy z hebanu zaprowadził ich do studni, a raczej głębokiego skalnego zbiornika. Wodę czerpano skórzaną sakwą, lina nawijała się skrzypiąc, grube bryzgi ściekały w kamienne gardło, śpiewając i dzwoniąc, od tych głosów szczodrze rozlewanej wody jeszcze bardziej chciało się pić, niecierpliwie napierali ramionami na szprychy kołowrotu.

– Nie pij – zagrodziła mu drogę Margit – zobacz, to nie woda, tylko zupa z utopionych chrząszczy...

– Nic mi nie będzie – upierał się czując nareszcie rozkoszny chłód przeciekający przez nadstawione dłonie.

Ale i starzec groził uniesionym palcem ostrzegawczo. Wyciągał sakiewkę na szerokie obmurowanie zbiornika i dobywał z wnętrza prawie czarne kule kawonów. Nóż z chrzęstem zagłębiał się wycinając różowe, soczyste półksiężyce. Rzeźwiący sok ciekł po brodzie i piersi, Istvan wgryzał się łapczywie, siorbał i mlaskał. Nad nim wirowały chmarami rude muszki, pchające się na oślep w oczy i usta.

– Najlepsze, co jadłem w Indiach – powiedział z głębokim przekonaniem, myjąc dłonie w strudze wody, wyciekającej z dziurawego skórzanego wora.

Starzec nie przyjął zapłaty, dołożył im jeszcze dwa kawony na drogę. Kiedy jednak w godzinę później znużeni jazdą napoczęli nową kulę, już im tak nie smakowała. Kawon mdło ciepły, nadgotowany zsiadającym się skwarem, budził obrzydzenie, nawet sok podkisł, czuli jakby smak wytłoków i fermentu.

Niebo przypadło do ziemi, zorze gasły, fiolety ociężałe jak mieczem przeszył daleki blask zachodu. Ziemia ziała jeszcze żarem dnia. Jechał nie zapalając reflektorów. Na horyzoncie dopalało się słońce i choć tryskało długimi pękami promieni, podobnymi do rozpaczliwego wołania o pomoc, wytoczył się bliski księżyc i niebieskawą poświatą zatopił doliny.

– Jedź teraz ostrożnie – prosiła. – A może ja cię zastąpię?

– Nie, przeszła mi senność.

Wspierając się na długim kosturze skrajem drogi kuśtykał zgarbiony staruch. W światłach wozu podniósł rękę, jednak zaraz opuścił, rozpoznawszy, że to nie ciężarówka. Istvan powoli wytracał szybkość. Minęli go, stając za kępą drzew, których pnie świeciły jak pomazane wapnem.

– Weźmiemy starego?

– Tyle słyszałam o dakoitach – zaczęła. Przez tylną szybę wypatrywała, jak wlecze nogę owiniętą niby tobół.

– Dakoici nie tykają Europejczyków, zdaje mi się, że nami gardzą – zaczął. – Jesteśmy poza świętym układem kast, gorsi od najgorszych... Albo uważają nas za żywiołowe klęski, które tylko można przeczekać.

Kulawy stanął, nie wierzył oczom. Nie rozumiał, co do niego mówili, znał wyłącznie własne narzecze, bo i kilka słów w hindi, jakie Terey wypowiedział, też go nie zachęcało do wsiadania. Wreszcie pojął. Oddał kij i przycupnął skulony przy samych drzwiczkach, jakby w każdej chwili gotów był wyskoczyć. Dyszał starczym płytkim oddechem. W leniwym powietrzu dusznej nocy z nogi cuchnęło ropą.

– Co mu jest? – zastanawiała się Margit. – Może trąd?

– Nie – uśmiechał się okrutnie – nie rozpoznałaś jeszcze? To śmiertelna choroba, nazywa się: życie. Ma różny przebieg, ale zawsze kończy się zgonem. On dobiega kresu.

Jechali w rozpylonym świetle księżyca, góry połyskiwały jak w śniegu, może nawet na wysokich stokach rozgwieżdżone niebo strząsnęło rosę. Blask reflektorów wycinał z drogi czerwony klin ubitej kołami gliny, zapieczonej w upale.

Nagle zamajaczyło przed nimi stado baranów, stłoczone wzbijało rudawy obłok kurzawy. Mężczyźni spędzali karłowate krowy w rów, zmuszając do kozich skoków. Buchnęły wonie obory: mleka i łajna. Kobiety przystanęły, wysokie, w szalach zarzuconych na głowy. Psy przebiegały w świetle reflektorów, błyskały czarne ich wargi i białe kły.

Siwa smuga dymu drzewnego wisiała w powietrzu tuż nad grzbietami spłoszonych owiec. Kobiety niosły miedziane naczynia zawieszone na osękach, żar spał w popiele, wieczny ogień, Istvan łapał nozdrzami znajomy zapach domu.

Wtedy kulawy staruch zaczął krzyczeć, a do auta podbiegli mężczyźni z długimi włóczniami, jeden miał strzelbę na ramieniu.

– On chce do swoich, on chce wysiąść – domyśliła się Margit. Gdy tylko nacisnęła klamkę, kulawy wysunął się na drogę, wyszarpnął kij, dopadł pasterzy, opowiadał wymachując dłońmi.

Lewa strona szosy już była wolna, Istvan włoczył się między szare grzbiety spychając stado.

Kiedy wtopili się w niebieskawy chłód nocy, zapytał:

– Nic cię nie uderzyło w wędrówce nomadów?

Milczała.

– Oni szli cicho, jakby pędzili skradzione stada, owce nie miały brzękadeł, a krowy kołatek, nawet psy nie szczekały... Roztopili się w mroku.

– Tylko zapach tlącego się drewna został i odór ropiejącej rany, tak jakby on jeszcze siedział za nami – skuliła się z gniewem. – Nawet nie jestem pewna, czy nie myślał, żeśmy go chcieli porwać? Pasterze nie wyglądali na uszczęśliwionych jego powrotem.

– Porzucili go, jest dla nich ciężarem. Szukają nowych pastwisk, wody. Nie mogą stracić bydła dla jednego kulawego, starego człowieka. Stado ich żywi, więc muszą przede wszystkim o nie dbać. Nie wypalone suszą łąki to mleko od krów i owiec, bo mięsa nie tkną, wolą skonać z głodu... Mleko to życie. Musieli starego zostawić, chcieli żyć.

– A myśmy go znowu im podwieźli – szepnęła.

– Pewnie go już zostawili – mówił nie odwracając głowy, wpatrzony w czerwonawy ochłap drogi odarty z ciemności. – Żyją zgodnie z bezlitosnymi prawami przyrody.

Przed jedenastą zatrzymali się w dużej wsi, chłopi paląc fajki leżeli przed chałupami na łóżkach jak mumie poowijane w białe prześcieradła. Ogniska tliły się czerwono, gdy je rozdmuchał powiew. Dym chronił woalem przed moskitami, które się lęgły w na wpół wysuszonych zbiornikach.

Otoczyli auto, paru młodych mówiło po angielsku. Wysoki mężczyzna z ochotą poprowadził ich do zajazdu. Skierował auto ścieżką dla pieszych. Istvan musiał zawrócić, bo austin nie zdołał przecisnąć się między glinianymi murami, na których suszono krowie placki.

– Za wąsko – powiedział młody chłop z taką dumą, jakby zrobił wielkie odkrycie.

Nad powierzchnią srebrnej wody wystawały rogate łby bawołów, oczy w świetle reflektorów zapalały się jak klejnoty. Stopnie świątyni, szczerbate, rozsadzone kępami ostrych traw, prowadziły nad uciszone zwierciadło. Księżyc ogromny i bardzo bliski czaił się za mangrowcami, rozczapierzone konary wrastały w ziemię sznurami napowietrznych korzeni, tworząc pieczary pełne rozproszonego światła.

Zawrócili ostrożnie, od wody zalatywała ostra woń gnijącego zielska, szlamu i mierzwy. Brzeg zastygł w srebrze i czerni, dziobaty od śladów niezliczonych racic.

Objechali wieś, minęli kuźnię, skąd bił sypiący iskrami blask i podzwaniał wesoło młot, w chłodzie nocy kowale wykańczali robotę. Wzdłuż gęstej trzciny cukrowej zajechali pod murowany ośmiokątny dom, z oknami wąskimi jak strzelnice. W drzwiach zamkniętych ramą z drucianą siatką majaczyło łagodne światło naftowej lampy.

– Tutaj, sab, można zanocować – ucieszył się – w dawnej kaplicy metodystów.

Gasnący pomruk motoru przywołał starucha okutanego w połatany koc. Za budynkiem przysiadła szopa, gdzie kryła się kuchnia zajazdu i kurnik. Otwarte palenisko rzucało ruchliwy blask na sufit, z belek zwisały frędzle pajęczyn kosmatych od sadzy. Wyrostek, kucnąwszy przy ogniu ciął nożycami starą rynnę w rzymskie piątki i odginał ostre końce ku górze. U stóp leżała wychudzona suka z obwisłymi sutkami. Na jej grzbiet chłopiec próbował dopasować człony pancerza zjeżonego grzebieniem kolców. Wybijał gwoździem na pniaku otwory i przewlekał wiązania z drutu. Suka na każde wezwanie wstawała potulnie i wzdychała ciężko.

– Woda wnet zakipi – dorzucał patyków dozorca – państwo pewnie mają własną herbatę, to poproszę, u nas tylko miejscowa, wysuszona w dymie. Kurczaki szybko sprawię.

Podszedł do żerdek, gdzie spał drób z łebkami wetkniętymi pod skrzydła, pogmerał badając rękami wagę. Ptaki przebudzone kwiliły. Wybrał dwa, niósł je łopoczące skrzydłami i krzyczące rozpaczliwie, wyjął chłopcu z rąk nożyce i zatrzymał się w drzwiach ochlapany jak wapnem poświatą księżyca.

Kurczaki chrypiały przeczuwając śmierć, która je strachem paraliżowała, zwisały jak martwe. Jednym szczęknięciem nożyc odciął łebki, puszczał ptaki na wydeptaną trawę. Rzucały się do ucieczki, tryskając czarną krwią w księżycu, skakały wlokąc skrzydła, zataczały kręgi jak pijane, zanim wyprężone zaryły się w kępach chwastów.

Suka wyszła w dziwacznym pancerzu ze sterczącymi kolcami niby zwierz z baśni, zlizywała krew z wyschniętej murawy, jakby z musu, przełamując wstręt.

– Po co ją tak ubraliście? – zapytał Terey.

– Już dwa psy zabrała synowi pantera – rozgadał się stary. – Psina ma szczenięta, za małe, żeby wyżyły, syn chce ją uzbroić. Ona rozumie, że to dla jej dobra.

Kurcząt nie skubał, tylko zdzierał skórę razem z pierzem, które mu się lepiło do palców ciemnych od krwi. Suka capnęła wyrwane wnętrzności, połknęła jednym kłapnięciem wychudłego pyska.

– Nie będę jadła – szepnęła Margit. – Chcę się umyć, herbaty i spać.

– Dopilnuję, żeby nie skąpił przypraw.

– Woda jest w beczce pod sufitem, ale chłodna. Wystarczy za sznur pociągnąć i będzie się lała. Druga beczka pod ścianą, obok czerpak, do umycia po... Ustęp jest tutaj, ale kto by tam z małą potrzebą wychodził na dwór, tylko proszę spłukać. Już śpi jeden gość z ministerstwa, nieważny, Hindus. Żebym wiedział, że państwo przyjadą, byłbym kupił więcej jarzyn, jakieś konserwy i zarezerwował najlepszą część hotelu – powiedział z dumą.

Księżyc się rozjarzył, zaglądał w twarze, niepokoił, naszło ich zmęczenie, a chłód górskiej nocy przejmował dreszczem. Drgające światło zieleniło ściany szopy, lśniło na wypatroszonych kurczakach. Suka zwęszyła odcięte łebki i schrupała, dławiąc się dziobami.

Chłopiec wyszedł z kuchni, żeby pomóc Istvanowi rozłożyć toboły z pościelą przytroczone na dachu auta, ale uderzony zielonym kręgiem pełni, stał długo z zadartą głową jak urzeczony.

Margit wśliznęła się do szopy, usiadła na pniaku za plecami strażnika zajętego paleniskiem. Grzebał rękami w żarze, jakby się go ogień się nie imał, skwierczały pióra, które do palców przywarły, przykry swąd rozszedł się po izbie.

Dlaczego zabicie tych kogutów odczułam jak osobistą krzywdę? Nic się nie stało, reszta kurcząt znowu zapadła w sen, nie zauważą jutro, że jest ich mniej. Czy i nas tak porywa bezwzględna dłoń, w imię jakichś tylko dla niej oczywistych racji? Niedobre zwidzenia, jakbym parła na oślep ku czemuś, czego jeszcze nie ogarniam, ale co mnie dosięgnie. Czy w krzyku zarzynanych ptaków można posłyszeć własny głos przedśmiertnej trwogi? – Wciskała palce między rozchylone zęby, przygryzała do bólu, który sprawiał ulgę. Ten porzucony, kulejący pasterz, podwieźliśmy go, żeby jeszcze raz poczuł się odepchnięty, przeżył rozpacz osamotnienia. Zostawią go na drodze, zdradzą. Będzie się starał ich dogonić w gorączce, wlokąc chorą nogę. Wyprzedzi go długi cień, a popędzać będzie skowyt, pożądliwy szloch hieny, stąpającej jakby z przetrąconym grzbietem, przemykającej się od wykrotu do wykrotu, pod krzakami, w mroku, wabionej rozkładem ciała... Ona też nie chce krzywdy człowieka, chce tylko padliny, gnijącego ścierwa. Jej szczęki kłapią, zdolne zmiażdżyć najgrubszą kość. I tamten kulawy wiedział, że tak wygląda jego śmierć. Jeżeli nie tej nocy, to jutro. Pojutrze. Czy nie powinnam była zostać przy nim, rozerwać szmaty, choćby się bronił, ciąć, opatrzyć? Czy zrobiłam wszystko, co możliwe? Ulga, że go podrzucili, oddali własnemu plemieniu, może i rodzinie, oskarża. Leczenie tutaj powinno być gwałtem. Kobiety kołyszące naczynia z zarzewiem jak przed wiekami, mężczyźni strzegą wędrującego stada z włóczniami w ręku... Może nawet są szczęśliwi, wystarczy tylko uznać, że takie właśnie życie jest jedynie dostępne, nieuniknione jak los. Czy nie wszystko jedno, jak się umiera? Przejdzie się czarną furtą, samotnie, wymykając z ramion, które by chciały zatrzymać. Czy warto się tu wiązać, czepiać kurczowo, szamotać? Może ten człowiek, który przysiadł na skraju drogi, odrzucił kij, bo już wie, że się nie obroni, że jest skazany, bo umarł dla swoich bliskich, którzy odstąpili i już się pogodził. Czuje odór hieny, skomlącej w żądzy szarpania, pożerania tego jeszcze ciepłego ciała.

Modliła się, kryła twarz w dłoniach, modliła się, podpowiadając ratunek kulawemu, przecież nadjedzie jakaś ciężarówka, może krzyknąć, zatrzymać, obudzi się w nim wola walki. Jednak ma gorzką pewność, że chory człowiek nie zawoła, spłoszona światłami i rykiem motoru hiena powróci.

W półsennym płaczu oskarżała siebie, żebrząc o miłosierdzie dla tamtego, którego i najbliżsi się wyparli. I zostaną niewinni, czyści. Bo nie wiedzą. Błogosławiona niewiedza.

– Zaraz będą kurczęta – stary odwracał brunatną, porytą twarz w ruchliwym odblasku płomieni.

Drzwi się otworzyły. Istvan powiedział, że posłanie gotowe, nie mógł pojąć, dlaczego Margit wstaje i obejmuje go tak rozpaczliwie.

– Śpiące dziecko? – gładził jej plecy, przygarniał. – Zaraz cię ułożę, nakarmię.

– Czy myślisz – szeptem domagała się odpowiedzi, pełna napięcia – że oni tamtego zabrali ze sobą?

– Kogo?

– Tego starucha z chorą nogą – gniewając się, że od razu nie pojmował, tłumaczyła. – Widziałam, jak się za nim skradała hiena.

– Oczywiście, że go zabrali. Drzemałaś, zmora cię męczyła. A tyś już pewnie chciała mnie za niego wymienić i poświęcić mu życie? – wyśmiewał ją przyjaźnie. – Znasz uświęconą zasadę *non violence*, nic nie zmieniaj siłą... Niech się zło samo zniszczy, a my doskonalmy siebie. Niech nam świat w tym nie przeszkadza. Ani żadna hiena – dodał.

– Chyba nie mówisz tego poważnie? – przeraziła się.

– Oczywiście, że nie. Chciałem ci przypomnieć prawa kraju, w którym jesteśmy tylko gośćmi. Oni muszą sami się z tym uporać. Nie w pojedynkę, jako narody, jako państwo.

– *Mother India* – westchnęła.

– Właśnie, przypomnij sobie matki, które pod ścianami lepianki rozciągają uniesione pasma włosów swoich córek pod słońce, iskają, wyczesują wszy i puszczają tuż obok w trawy; nie wolno zabijać, bo życie jest święte... Daj spokój, daj sobie spokój z wyrzutami, cóż znaczy jeden kulawy – powtórzył – życie powraca...

Zajęty rumieniącymi się kurczętami, które przypiekał na drucianej siatce w żarze drzewnych węgli, stary dozorca zdawał się nie zauważać, że goście czekają. Suka poskrobała łapą, odepchnęła skrzypiącą przegrodę i poszła w mroczny kąt. Usłyszeli cienki, żałosny skowyt szczenięcia.

Margit rzuciła się na pomoc. Suka legła przy młodych, nadziewając jedno na ostrze pancerza. Nie pozwalała skomlącego malca wydobyć. Istvan przyświecił latarką. Warczała na Margit, gotowa kąsać, drgały podkurczone wargi obnażając kły. Żałosny pancerz obciskał jej grzbiet, niepotrzebny w domowym wnętrzu. Lizała rozcięty brzuch kluchowatego szczenięcia, przewracała łapami inne, zmierzające nieomylnie ku jej sutkom. W sierści podobnej do puchu roiło się od żółtych przezroczystych pcheł.

– Przestań zajmować się całym światem – twardo pociągnął ją ku sobie – chodź jeść.

Dźwignęła się posłusznie. Pieczone kurczęta pachniały. Chrupiące po wierzchu soczyste mięso zachowało ostry aromat przypraw. Ledwie spróbowała, zaczęła ogryzać nóżkę łapczywie.

Suka zostawiła skomlącego malca i podeszła czekając w napięciu, aż jej rzucą kostki. Na blaszanych kolcach igrał blask odsłoniętego paleniska. Pełgały płomyki, ulatywały zygzakiem czerwone iskry. Kurczęta popiskiwały przez sen, chwilami wyciągały szyje i przekrzywiwszy łebki spoglądały okiem jak z rubinu, pełnym zdziwienia, by go zaraz wsunąć pod skrzydło. Może im się coś zwidywało, może słyszały jeszcze tamten krzyk.

Weszli do wnętrza służbowej kwatery, pchnięta rama drzwi z siatką drucianą zaczepiała o kamienie posadzki, przykro skrzypiąc. Za przepierzeniem z desek oblepionych tapetą ćmiło jeszcze światło, ponad przegrodą snuł się dym, nieznajomy palił papierosa. Pościel, podróżne materace rozłożone na pryczach, osłaniały stare wojskowe moskitiery, malowane w plamy zielone i żółte.

– Który wybierasz? – spytała ziewając.

– Czy nie wszystko jedno? Śpię z tobą.

– Nie – zaprzeczyła ruchem głowy, wskazała kciukiem na ściankę chwiejną jak parawan, nikłe promyki przetryskiwały otworami wydłubanymi w tapecie.

Pokazał jej na końcu korytarza hak wbity w belkę z przywiązanym sznurem, objaśnił mechanizm. Z beczki po benzynie woda kapała głośno. W otworze spływu, przykrytym oślizłą kratą, coś chrobotało. Ściągnęła sukienkę, poprosiła, żeby jej wody napuścił, myła się przełamując niechęć, medalion w kształcie ręki Buddy polśniewał, rzucając złote znamię na piersi.

Gdy woda zaczęła spływać przez sito, jak z konewki, w otworze pod posadzką zachrobotało, szczur uciekał piszcząc.

W ciemności niewidoczne komary ulatywały nad nimi, przędąc rozedrgane głodem bzykanie, piekły ukłucia jak iskry z ogniska.

Porozumiewali się szeptem, bo echo pomnażało głosy pod beczkowatym stropem dawnej kaplicy. Gdy wracali, odchyliła się zasłona u sąsiada, ukazał się szczupły, łysiejący mężczyzna w paskowanej pidżamie.

– Niech się państwo nie krępują moją obecnością – skłonił głowę – skoro jesteśmy skazani na wspólny nocleg... Proszę postępować tak, jakby mnie nie było. Pokazałem się na dowód, że nie śpię.

– Jeszcze pan pracuje?

– Pełnia nie daje zasnąć. Ciągnie mnie na dwór, do księżyca. Słyszy pani, jak szakale zawodzą? One też czują niepokój.

Wyraźnie czekał na podjęcie rozmowy, jednak skłonili się i przeszli do swojej części.

Rozbierała się w półmroku, rzeczy nie było gdzie powiesić, więc złożyła sukienkę w nogach łóżka pod moskitierą. Istvan siedział zamyślony, czuł w pulsowaniu krwi znużenie długą jazdą, wymagającą skupienia i uwagi. Gdy przymknął powieki, majaczyły pomarańczowe urwiska w ostrym słońcu, niebieskie cienie i popielate cierniste chaszcze na stokach gór, prawie czarne kawony, z których woda spływa, jakby skórkę powleczono woskiem, piersi Margit jasne, ledwie muśnięte opalenizną w migotach płytkiej strugi.

– Myślisz o tym, co nas czeka w Delhi? – szepnęła niewidoczna pod dropiatą siatką, jakby ukryta w koronie drzewa.

– Nie. Jestem spokojny.

– A Budapeszt?

– Dużo bym dał, żeby wiedzieć, co się tam dzieje naprawdę. Cisza jak na cmentarzu. Wszyscy chcą zapomnieć o tym, co było.

– Znowu demonstracje pod Komitetem Centralnym, robotnicy szli pochodem z zapalonymi gazetami.

– Skąd wiesz? – podniósł czujnie głowę.

– Kupiłam pisma. Jeszcze długo się tam nie uspokoi.

– Dlaczego mi od razu nie powiedziałaś?

– Nie chciałam cię denerwować.

– Gdzie masz gazety?

– Zostały w aucie. Przecież nie będziesz czytał przy latarce.

Usłyszała tylko skrzypienie utykającej ramy z drucianą siatką. Za chwilę począłapał i sąsiad. Leżała z dłońmi pod głową na wpół usypiając. Szczur z trzaskiem wyłamywał drzazgi z drewnianej kraty ścieku. Z piskiem ulgi przecisnął się i smyrgnął pod ścianą, nie widziała go, przytajona za moskitierą. W gęstym mroku pazurki skrobały o kamienie, z gniewną zaciekłością zabrał się do szarpania jakichś papierów. Z troską pomyślała o Istvanie, na pewno siedzi w aucie i przy latarce po raz któryś wczytuje się w krótką notatkę. Niepostrzeżenie usypiała.

W blasku pełni Istvan mógł czytać, oddychał uspokojony. Jeżeli robotnicy mogą robić wiece i maszerować ulicami, paląc partyjną gazetę, a salwa nie rozproszyła tłumu, to znaczy, że nowy rząd czuje się pewnie. Nie jest tak źle – oddychał z ulgą.

Dokoła świat pobielał niestałą poświatą. Lepianki spały w dole podobne do porzuconych klocków, stożek niewielkiej pagody obsiadły małpy i zdawało się, że mogą z łatwością skoczyć na ogromną, za bliską tarczę księżyca. Sadzawka jeżyła się dwugłowymi potworami, łby przeżuwających bawołów odbijały się w wodzie ciężkiej jak rtęć.

Daleko łańcuchy górskie skrzyły się od gwiazd. Powietrze drgało pełne niebieskich pyłów, połyskliwych, niepokojących. Koguty ochrypłymi głosami obwołały północ, rozległa cisza kładła się na serce. Nie mąciło jej bliskie łkanie szakali, pomykały parami zaniepokojone niezwykłą jasnością pełni.

Na dziedzińcu, w kałuży ruchliwego srebra, wlokąc długi, pokraczny cień, krążyła milczkiem suka w dziwacznym pancerzu, podobna do przedpotopowego zwierza. Wsparty o ścianę zajazdu, po chłopsku przykucnął urzędnik, Hindus, okrywszy się kocem, łyse ciemię lśniło w ulewie księżyca.

– Pilno panu utracić siebie, zagubić się we śnie? – przytrzymywał Tereya. – Niech pan usiądzie na kamieniu. Porozmawiamy chwilę. Co za wspaniała noc. Pani już usnęła na pewno.

Przed Istvanem nagle odsłoniło się urzekające piękno nocnej godziny. Przeniknęło go wzruszenie, jakby ostrzegawczy żal: syć się, chłoń pełnię nad Indiami, może już ostatni raz oglądasz taką noc w górach Ghatu... Wzruszenie dławiło jak w chwili pożegnania. Jakże bardzo pragnął wywołać Margit, niech z nim dzieli milczenie w zmiennym blasku pełni.

– Przyjechałem tu, żeby zwalczać największą plagę kraju – szkła okularów Hindusa lśniły jak z lodu. – Ludzie nawet o tym nie wiedzą, a są przecież pożerani...

– Pan jest łowcą tygrysów? – zdziwił się Terey.

– Nie. Mam na myśli krowy.

– Święte?

– Wszystkie są święte, te uwieńczone w miastach i te stada zdziczałe, które włóczą się nocami i wypasają uprawy, niszczą pola, przepada jedna piąta plonów... Niech pan pomyśli: krowa na każdych dwu mieszkańców czterystumilionowego rojowiska narodów, krowa, która daje odrobinę mleka, żywi się tratując zagony, nie wolno jej zabić, a mięso zjedzą psy i szakale. Skórę mogą ściągnąć jedynie niedotykalni, dopiero gdy padnie ze starości, a więc wtedy, gdy i skóra jest niewiele warta. Te miliony krów są naszą klęską, niszcząc pola głodzą ludzi, zabierając im pokarm pozbawiają życia. Te stada wędrujące niepostrzeżenie pożerają ludzi.

Chude jego ręce w świetle księżyca jak z zaśniedziałego brązu wyciągały się ku wiosce uśpionej w dolinie, głos miał fanatyczne brzmienie. Długie cienie kładły się na zbielałą ścianę dawnej kaplicy.

– Chłopi to rozumieją? Nie boi się pan, że mogą pana ukamienować?

– Gdybym tłumaczył, że wytępienie, selekcja skarłowaciałego bydła jest konieczna dla ich dobra, na pewno by mnie zatłukli – w głosie brzmiała gorycz i szyderstwo – ale mówię, że to potrzebne dla dobra krów. Mówię o ich głodzie, o męczeńskiej śmierci, kiedy je sępy szarpią za życia... I chłopi płaczą bardziej niż nad własnymi zagłodzonymi dziećmi. Przecież widzieli krowy chore, z gruźlicą, zakażone bangiem, którym zwisa na wpół zgniły płód... Dobrze wiedzą, o czym mówię, i przyznają mi rację. Bardziej chcą pomóc krowom niż sobie.

– I ma pan jakieś wyniki tej agitacji?

– Tak. Muszą wydzielić pastwiska, wybrukować wodopoje, oddzielić sztuki zdrowe, nie śmiem powiedzieć: hodowlane, a usunąć chore, na razie na leczenie. Pomocnikami weterynarza muszą być mahometanie, im religia pozwala, nie mają wahań, mogą bez grzechu zabijać. A wszystko odbywa się z zachowaniem ostrożności, bezboleśnie, trzeba się z krowami cackać, żeby nas nie rozniósł sfanatyzowany tłum, zbrojny w kije, kamienie i sierpy. Wiem, że to, co czynię, jest wbrew woli tych ludzi, każdy z zachwytem poświęciłby własne życie, by ratować na wpół zdychającą krowę. Gdyby moje zamiary przejrzeli, byłbym dla nich demonem niszczącym źródła ich uświęcenia. Krowa, matka dobroci, żywicielka... Ta, która daje oczyszczenie z win... Wystarczy przyjąć, połknąć – panczgawia – pięć wydzielanych przez nią składników magicznego leku: mleka słodkiego i kwaśnego, masła, łajna i uryny.

– Pan jest niewierzący? – nachylił się ku niemu zaskoczony.

Pokazał świętą nić w rozchyleniu koszuli, która przepasywała mu pierś. Był więc braminem, może zbuntowanym, ale pozostawał w najwyższej kaście.

– Chcę pomóc ludziom, chronić ich życie – powiedział zamyślony.

Nagle Istvan spostrzegł, że Hindus pali papierosa w dłoni zwiniętej w trąbkę, tak żeby nie dotknąć go ustami, i uśmiechnął się lekko. Nawet i ten świętokradca lęka się, że papieros mógł być zrobiony przez maszynę, którą obsługiwał nieczysty albo przez niego pakowany, wolał unikać skażenia.

Przed nimi księżyc toczył się grzęznąc w wierzchołkach drzew wykutych ze starego srebra. Tarcza jego rozjarzała się, to zdawała przygasać, pulsowała blaskiem, żył. Szakale skomliły i zanosiły się spazmatycznym szlochem. Tak, ten człowiek po angielskich szkołach, śmiały, uparty, kochał życie ludzi ponad życie bydła, ale tych, których pragnął ocalić od głodu, wolał zachować w starych podziałach kastowych, na miejscu, które im wyznaczyło urodzenie, los, bogowie.

Widział chudą piąstkę Hindusa, która różowiła się ogieńkiem skrywanego papierosa, gdy ją do ust przyciskał. Suka w pancerzu siedziała na środku podwórza, zadarłszy łeb wtórowała szakalom zawodzącą nutą. Potem jakby przerażona tą martwą, ulatującą twarzą księżyca, w trosce o szczenięta drapała do drzwi. Uchyliły się pod naporem łap i fałszywym brzękiem zaczepiały o blaszane kolce.

Naszło go przemożne widzenie tego świata jako całości, kochał i urzędnika, wroga krów, który obok przycupnął, i sukę, co wdzierała się do uśpionej szopy, i starucha, choć zarzyna kurczęta, i te kurczęta, popiskujące przez sen w oczekiwaniu na swoją kolej. Kochał nawet głosy szakali, jakby ich skarga dobyta z głodnych trzewi była cząstką i jego błagań... Wszystkie poczynania człowiecze wydały mu się ogromnie cenne, choć wiedział, że są jakby pisane patykiem na ścieżce, którą stopy i racice zadepczą, wiatr zasypie kurzawą, a jednak był pewien, że trzeba ten trud przemieniania świata podejmować, do ostatniego uderzenia serca, do ostatniego tchu. Czuł, że jest blisko urzekająco prostej i wielkiej tajemnicy, którą ta noc zaraz przed nim odsłoni, aż będzie drżał zdumiony,

że dawno jej nie odgadł... Jeszcze kilka minut... Srebrna maska
o zatartych rysach zdawała się chrzęścić w wierzchołkach drzew
na przełęczy, łamać konary. Nigdy nie był tak blisko prawdy, pragnął jej i lękał się, że go przemieni.

I wtedy koguty w wiosce zaczęły piać ochryple jak na trwogę,
zawtórowały im w szopie młodziki niewprawnymi głosami. Z głębi budynku dobiegło wołanie Margit, pełne sennej trwogi.

Wszedł do środka.

Gdy rozchylił moskitierę, pochwyciła go za rękę, przycisnęła
kurczowo do rozgrzanej piersi. Serce łomotało pod dłonią.

– Przelękłaś się? Przecież jestem – szeptał, a ona wiotczała,
z ulgą opadała na posłanie.

– Coś tu łaziło blisko. Pewnie szczur – sama sobie tłumaczyła.
– Zawołałam, a tyś przepadł. Zrobiło mi się straszno, za siatką
w drzwiach widziałam ten wstrętny księżyc i ktoś tam siedział
skulony, czaił się, żeby mi powiedzieć coś bardzo niedobrego...
– mamrotała, nie wypuszczając jego dłoni.

– To nasz sąsiad – roześmiał się lekko. – Jest pełnia. Niezwykle
piękna noc. Rozmawiałem chwilę, posiedzieliśmy na progu.

I nagle spostrzegł po wyrównanym oddechu, że ona już go nie
słyszy, choć odruchowo przytrzymuje, już odeszła daleko w mocny sen.

Wszedł na swoje łóżko i rozbierał się powoli pod moskitierą.
Komary nadlatywały i tłukły się o siatkę. Sąsiad przyczłapał, długo
chrząkał i spluwał. Istvan usypiał, a jeszcze słyszał lekkie chlap-
nięcia, aż nagle przypomniał sobie z ulgą, że woda kapie ze zbiornika, po kilka kropel na raz. Zamykał i uchylał ciężkie powieki,
a światło wciąż się tliło w otworkach wywierconych w tapecie.

Przeraziło go, że zatopiony blaskiem księżyca jednoczył się
z całym światem, a pominął, wyparł się tej, którą kochał naprawdę. Nasłuchiwał jej spokojnego oddechu. Przeszkadzał mu chrobot stąpań szczurzych, zgrzyty i szelesty. Prawda. Czym jest dla
niego? Czy przysięgając wierność Ilonie kochałem mniej? Może
inaczej, i sam byłem inny – szukał usprawiedliwienia. Zobaczył

rzekę białą, pełną własnego blasku, i ktoś go ostrzegał, że to jest właśnie prawda. Na przekór sobie, z gniewną śmiałością zmierzał ku niej, zanurzył stopę i ze zgrozą pojął, że to rozpalony do białości metal toczący się jak z niewidocznego pieca ognistego, by zastygnąć w nieznanych formach... Widział taki spust stali w Csepel, w Budapeszcie. Nie czuł bólu, tylko noga, na której stąpał tak pewnie, której ufał, że nie zawiedzie, cząstka jego samego, rozpuściła się, a on straciwszy równowagę leciał ku zatracie w oślepiające światło.

Zbudził się, odruchowo sprawdzając dłonią, czy ma nogę. Stopa piekła go, musiał ją wysunąć poza moskitierę, wepchnąć pod materac śpiwora. Drapał się długo, z zadowoleniem, że ma nogę, drzemał i znowu darł paznokciami ślady nakłuć. Moskity musiały wcisnąć się pod siatkę, bo zdawało mu się, że trąbią wprost w ucho, muskają, łaskoczą skrzydłami, ale nie walczył, tylko zasłaniając się dłonią usypiał.

Rankiem wypili mocną herbatę, samą esencję i w zachwycającej pogodzie ruszyli na Haidarabad. Sąsiad Hindus już wstał, o świcie, by uprawiać ablucje na stopniach świątyni nad zbiornikiem wygładzonym, nalanym niebem po brzegi. Mimo źle przespanej nocy nie czuli zmęczenia. Młode słońce tryskając przez przydrożne drzewa dyszało im w twarze.

W południe Margit siadła za kierownicą, a jego naszło jakby odurzenie, senność, głowa mu zwisła, wiedział, że jadą przez równiny porosłe rzadkimi kępami drzew, obrazy niepostrzeżenie przenikały w zwidzenia, usypiał wdychając zapach suchych liści, wygaszonych ognisk i leciutki, ledwie do pochwycenia, perfum towarzyszącej dziewczyny.

Obudził się zawstydzony, śledził ją chwilę spod przymkniętych powiek, chwytał jej troskliwe spojrzenia, sprawdzała, czy mu nagłe wstrząsy nie dokuczają, serdeczny uśmiech jak blask jawił się na jej twarzy, przewiewał, zanikał, czuł mocne, wewnętrzne związki ze stanem spokojnego szczęścia, jaki przeżywał, i jej nie narzucającą się obecnością, po prostu była przy nim, zastępowała, gotowa dzielić z nim godzinę, dzień męczącej podróży, czy nawet los.

Rozmowy, które prowadzili, dotyczyły spraw prostych, odpoczynku, jedzenia, miejsc wybranych na biwaki, stanu wozu i zapasów benzyny. Nocą przypadali do siebie na krótko, wymieniając pieszczoty bez słowa, i zasypiali nagle, a księżyc azjatycki, z wieczora pomarańczowy, nocą straszył jak twarz natarta kredą. Białe światło, rozmazane na moskitierze, zawodzenia szakali budziły ich na chwilę, nasłuchiwali i uspokojeni garnęli się ku sobie, łagodnie osuwając się w ruchliwą ciemność.

Dwa dni później, w samo południe wjechał czerwono zakurzony austin na przedmieścia Delhi. Szosę przecinał tor i jak na złość strażnik w koszuli, spod której wystawały długie chude nogi, przywoławszy gromadkę dzieci zasunął żelazne wrota i zamknął na wielką kłódkę. Mimo że pociąg miał nadejść dopiero za dwadzieścia minut, nie było siły, która by go zmusiła do przepuszczenia auta. Zarządzenia obliczono na powolne tongi zaprzężone w woły.

Stało ich kilka, z tępo zwieszonymi łbami, gzy cięły im podbrzusza. Słychać było lepkie chlaśnięcia ugnojonych ogonów. Woźnice przykucnęli nad rowem i oddawali mocz pogadując sennie. Marabut ze starczą głową i wolem u dzioba stał na jednej nodze nad oskrobanymi do białości gnatami padłej krowy. Nikt nie wypatrywał dymu na skrzących się szynach, nikomu się nie spieszyło. Wiaterek się zrywał, gnał kłęby kurzu, buszował po skamieniałych polach.

Daleko przed nimi piętrzyły się bryły domów o płaskich dachach, w spłowiałym niebie migotały jak strząśnięte ulotki stada krążących gołębi.

– Najpierw odwieziesz mnie do hotelu – postanowiła Margit – potem dowiedz się, co za niespodziankę przygotowali ci w ambasadzie, i dasz znać, będę czekała.

– Nie lepiej od razu do mnie?

– Nie.

– Bądź dobrej myśli.

Milczała z dłońmi splecionymi na uniesionych kolanach. W oczach miała smutek.

Wysiadł, przecierał irchą przednią szybę, na której krwawymi gwiazdami porozbijały się bąki. Nadlatywał basowy, jak akord organów, gwizd lokomotywy, maszynista ostrzegał z daleka. Rwał pociąg, zaledwie kilka prawie pustych wagonów, w tym dwa z chłodzeniem – dla Europejczyków i bogaczy.

Pociąg dawno przeszedł, plamka ledwie widoczna na horyzoncie, powiewał dymem jak miotełką z końskiego włosia, którą się woźnice oganiali od much, nim dróżnik raczył otworzyć kłódkę i rozchylić żelazne wrota.

Istvan skowycząc klaksonem wymijał tongi, pierwszy przeskoczył tory, zanim rząd wozów we wrzaskach i skrzypieniu ogromnych kół zaczął się toczyć ku miastu.

Kiedy wysadził ją przed słoneczną fasadą hotelu w cienistej alei, gdzie Tybetanki pod drzewami porozkładały na matach swój zabytkowy śmietnik, ułomki posągów, fałszywe brązy i drewniane maski, słyszał, jak chłopcy z recepcji radośnie wołają:

– Kumarii Ward. Doktor Ward.

Obijali walizki o ruchome drzwi, kolanem pchając blachy błyszczące wypucowaną miedzią. Poczuł, że wrócił do domu. Zaczęło mu się nagle spieszyć. Wdychał miejskie zapachy asfaltu, rozprażonych płyt chodnika i kurzu, woń spalin i trociczek.

Wyskoczył na śmiało, z rozmachem zaplanowaną perspektywę alei, Łuk Triumfalny – Brama Indii różowiała na tle spowiałego nieba. W głębi kępa wysokich drzew i namioty cyrkowe, oddychające na wietrze. Tam szukał Kriszana... Dalej droga do ambasady, do Judyty, do miejsca, które tu nazywał – domem.

Zaskoczyło go, że czokidar nie stał przed furtką, wejście do ogródka było otwarte. Koza z wymionami sterczącymi na boki, obijającymi się o kosmate nogi popatrzyła na niego żółtym, niechętnym okiem i dalej skubała nadwiędnięte dawno nie podlewane kwiaty.

Musieli przecież usłyszeć pomruk motoru, jednak nikt nie wychodził go witać. Na werandzie potknął się o barłóg i koc, stało gliniane palenisko pełne siwego popiołu, garnczek, w którym roiły się muchy. Pełno zeschłych liści pozwijanych suszą trzeszczało pod nogami.

Odeszła go cała radość powrotu w stare kąty. Dom się rozprzęgał, już był pewny, że nie czeka Ilona ani chłopcy. Drzwi do hallu nie zamknięto na klucz, wszedł do dusznego wnętrza kierując się gwarem głosów, pełen wzbierającego gniewu na niedbalstwo. Z daleka poznawał starcze gderanie kucharza i rozlazły głos sprzątacza, jakieś obce kobiece pochlipywania.

Zaskoczył ich stanąwszy na progu. Oprócz domowników spostrzegł i służących z sąsiedztwa, ukucnęli kręgiem, obradowali sięgając dłonią do wielkiej patelni pełnej ryżu i jarzyn. W kuchni dławił swąd spalenizny, potu i dymu z papierosów.

– Sab – przeraził się sprzątacz. – Namaste dżi.

Stary Pereira wytarł umazane palce o połataną, rozpiętą koszulę i złożył dłonie, składając niski ukłon, aż mu się zatrzęsła nastroszona siwa czupryna.

– Co za zbiegowisko? Co się tu dzieje? Dlaczego dom zapuszczony, brudny? Otwierać okna, sprzątacz – krzyczał. – Za godzinę ma tu być porządek.

Obcy wymykali się przygięci, na czworakach chyłkiem, dopiero w żarze dziedzińca prostowali grzbiety, dudniły ich bose stopy o kamienie.

– Nam powiedziano, że sab już nie wróci – łypał spłakanymi oczami kucharz. – Myśmy nie dostali zapłaty za nowy miesiąc.

– Kto wam powiedział? – wzburzenie podeszło mu do gardła, łomotało w skroniach.

– Mister Ferenz. Był tu i zabrał całą pocztę – tłumaczył się przestraszony.

– Jaką, u diabła, pocztę?

– Listy, co do pana przyszły... Ambasador kazał.

– Kto wam pozwolił? Co wy tu beze mnie wyprawiacie? Już ja was pogonię!

Ruszył twardym krokiem do hallu, gdzie sprzątacz otworzył na oścież okna, kurz złocił się w smugach słonecznych. Dostrzegł czokidara przed domem, a drobna, pochylona dziewczyna, której opadające włosy przysłaniały twarz, zwijała pospiesznie legowisko, jak pies kopie jamę w ziemi, by zagrzebać kość.

Światło wlewające się przez okna obnażyło warstwy pyłu, który osiadł na blacie stołu. I nagle Istvanowi wydało się, że jest intruzem, powoduje zamieszanie, jakby zmarły, którego już wyprowadzono i pochowano, nagle upomniał się o swoje miejsce wśród żywych.

Pereira załamawszy ręce stał przed nim pełen troski.

– Sab, co z nami będzie? Czy nas ten nowy weźmie na służbę?

– Jaki nowy?

– Jeszcze go nie ma, dopiero przyleci.

Stał oszołomiony, teraz zrozumiał.

– Skąd wiecie? – zapytał cicho.

– Od służących ambasadora. Ośmieliłem się zapytać pana sekretarza, jak tu przyszedł, chodziło przecież o nas, z czego będziemy żyli... I on to potwierdził. – Spoglądał z postarzałą twarzą, szukał jeśli nie ratunku, to nadziei.

Istvanowi zrobiło się gorzko, żal jak szklana drzazga kłuł we wnętrznościach. Załatwili mnie, obsmarowali, poszły szyfrówki naglące, żeby mnie odwołać. A dla niepoznaki wypchnęli z Delhi... Jak głupi, naiwny szczeniak uwierzyłem w ich życzliwość. Pojechałem z dziewczyną, sam wetknąłem dowody do ręki. Tylko jedno w ich wyrachowaniach zawiodło – wróciłem. Zrobiłem im ten kłopot.

Patrzył na sprzątacza, chude, ciemne ramiona miotały się, mokrą ścierką przecierał zakurzone siatki druciane w oknach, przypomniały mu się nakręcane zabawki, w których pękła sprężyna, jeszcze parę ruchów, drgań i stają, jakby w wielkim zdumieniu, że już koniec, martwieją. *Sweeper* też jeszcze wykręcał ścierkę, czerwonawy pył zabarwił wodę, ze szmaty na parapet kapała krew. Zrobiło mu się służby bardzo żal. Był ich jedynym źródłem utrzymania, nie tylko ich, ale i rodzin, których nigdy nawet nie poznał, całej gromady żon, teściów, dalekich krewnych, mieli zapewnioną trzy razy dziennie garść ryżu wyniesioną ukradkiem, był, jak mówił czołobitnie Pereira, ich ojcem i matką, był ich szczęśliwym losem, nawet nie zdając sobie z tego sprawy. Co z nimi teraz będzie? Na razie mają drobne oszczędności, mogą je wydzielać, dozować, zjadać przeszłość... A potem? W czysto wypranych, nakrochmalonych koszulach, będą obchodzić pracowników ambasad, wciskać łapówki w ręce takich jak oni nędzarzy, przymilać się, pokornie prosić, bo kucharze bywają wszechmocni, ich protekcja może znowu wprowadzić do kuchni, gdzie rozkosznie pachnie gotowana strawa, gdzie się nie odważa ryżu przed wsypaniem do garnka, ani mąki na ciapaty nie odlicza się na kopiaste łyżki... Żyć, uwiesić się znowu przy jakimś cudzoziemcu. Pliki wytłuszczonych świadectw nie wystarczą, trzeba obiecać stałą daninę z każdej pensji tym, którzy ich mogą polecić. Będą płacić za samą obietnicę pracy, za nadzieję, która ich będzie trzymała przy życiu.

– Zanim wyjadę, spróbuję was gdzieś umieścić – rzucił Pereirze, który powtórzył, przetłumaczył jego słowa i jakby blask padł na twarze, kłaniali się, podnosząc złożone modlitewnie dłonie do czoła, dziękowali, błogosławili.

Telefon. Margit chciała wiedzieć, czy w domu wszystko bez zmian.

– Zostałem odwołany – powiedział bezradnie.

– Bardzo dobrze – usłyszał jej głos jasny, nawet pełen zaczepnej energii – spodziewałam się tego. Chyba się nie martwisz? Tak, Istvan, pora zakończyć sprawę. – Po chwili namysłu dodała: – Co myślisz robić? Niczego nie postanawiaj, zanim do ciebie nie przyjadę.

– Muszę się widzieć z ambasadorem. A tu dopiero zaczynają sprzątać... Margit, dam ci znać, jak wrócę – prawie prosił.

– Bądź spokojny. Opanuj gniew, słyszysz? Pamiętaj, że jestem z tobą. Czekam. Pomyśl, oni są już dla ciebie bez znaczenia, niepotrzebni, jesteś wolny, rozumiesz, masz nareszcie tę przewagę, możesz być sobą! Gdy oni boją się mówić, co myślą, boją się własnego cienia... Czym się przejmujesz? Jeżeli jesteś wzburzony, zabraniam ci tam iść w tej chwili. Chcesz im sprawić przyjemność, pokazać, że cię dosięgli, że boli? Istvan, nimi nawet nie warto gardzić, można tylko współczuć.

Milczał wsparty ręką o jasnoniebieską ścianę. Już powracał spokój, rosła zimna zawziętość, pragnienie obrachunku.

– Słyszysz mnie? – wołała zaniepokojona. – Istvan, przecież zrobili ci przysługę. Nawet powinieneś być im wdzięczny. Zdecydowali za ciebie. Masz to za sobą. Słyszysz?

– Tak.

– Oni nas nie mogą rozdzielić.

– Tak.

– Więc nic się nie stało. Rozumiesz?

– Tak. Jestem spokojny. Jadę do ambasady zrobić im niespodziankę. Myśleli, że tu nie wrócę.

– No, widzisz... Myśleli rozsądnie. Zadzwoń najpierw, zanim pojedziesz. Trzymaj się, kochany.

– Dobrze. Naprawdę jestem spokojny.

– Wierzę ci, jedź.

Nie kładąc słuchawki, rozłączył naciskając widełki. Był już opanowany. Wykręcił numer ambasady. Odebrała Judyta.

– To ty, Istvan? – zdumiała się, nim w zakłopotaniu spytała: – Już wiesz?

– Dowiedziałem się od służby. Chciałbym rozmawiać ze Starym.

– Pół godziny temu pojechał na lunch do rezydencji, ma u siebie nowego ambasadora, Japończyka. Ferenz na mieście. Pustki, nie ma nikogo.

– A co jest – zapytał drwiąco – poza odwołaniem mnie?

– Muszę z tobą pomówić. Nie masz prawa oskarżać mnie. Ty nic nie wiesz. Istvan, czy ty wracasz? Przepraszam, że cię tak pytam, ale od tego zależy, jak się zachowasz... Nie pal za sobą mostów. Przyjedź, jest tu twoja pensja, szkoda żeby przepadła, przyda ci się. Rupie wymienisz na funty. Dla głupiego gestu nie daj się oskubać, bierz, co ci się należy.

– Na to mam zawsze czas. Jadę do Starego.

– Bądź ostrożny. On ciebie nie znosi – szepnęła, a potem dodała pospiesznie: – on się ciebie boi.

Nie obchodziło go, co powie dalej, położył słuchawkę. Teraz gotowa służyć dobrymi radami, a na pewno milczała, kiedy go niszczono. Jestem spokojny – powtarzał, jestem zupełnie spokojny. Na ścianie ciemniało odbicie jego spoconej dłoni.

Telefon jeszcze raz zadzwonił, jednak nie podjął, pewny, że to Judyta chce się usprawiedliwiać. Ona nie jest zła. A Ferenz? A szyfrant? Każdy z osobna nie jest zły, ale jak się zbiorą razem... Jedno drugie popycha, pilnuje, żeby się nie zawahali. Oni nie są źli, ale i nie są dobrzy. Nie tylko dla mnie, ale i dla siebie, dla siebie też.

Przeszedł do hallu, odprowadzały go czujne spojrzenia służących.

– Jest pierwsza – popatrzył na zegarek – lunchu już nie zdążysz, zrób wczesny dinner na piątą, dobry, postaraj się – zalecał – na dwie osoby. Tu masz pieniądze – położył banknot, uprzedzając zabiegi kucharza. – Jutro wam zapłacę.

– Za cały miesiąc?

– Nawet jeżeli wyjadę.

Tego nie trzeba było tłumaczyć. Wyszedł do auta, które stało jeszcze nie umyte ze śladami długiej drogi, czokidar usłużnie otworzył drzwiczki i tupnąwszy stanął na baczność. Na placyku trawiastym jego żona gałęzią popędzała kozę, która wspinała się na murek ogrodu zasmakowawszy w drobnym kwieciu. Napięcie minęło, odprężenie przyszło nagle, czyżby sprawy nabrawszy właściwej proporcji, przestały drażnić?

Margit ma rację. Nic się nie stało, nic, i niespodzianie uśmiechnął się do swego odbicia w zakurzonym lusterku. Wiedział jednak, że zapomniał o małym słowie – jeszcze.

Ulicami Delhi zmierzał nie spiesząc się w stronę rezydencji. Mijał riksze motocyklowe z daszkami o kształcie baldachimów, pucołowaci, kosmaci Sikhowie wsparci na kierownicach miętosili gruszki trąbek z rozmarzonym uśmiechem.

Postawił wóz daleko od bramy. Białe kolumny rezydencji oplatała passiflora. Dokoła klombu szalał na rowerze młodszy syn Bajcsyego. Pod kołami trzeszczały pozwijane liście, wpadały między szprychy dzwoniąc śpiewnie. Chłopiec mało na radcę nie najechał.

– Uważaj! – krzyknął uskakując.

– To ty uważaj – odpowiedział mały zuchwalec. – Ja jestem u siebie.

I pomknął dalej alejkami, szorując opuszczoną stopą przy gwałtownych skrętach.

Za pałacykiem skryty w cieniu stał wóz z białą chorągiewką i czerwonym kółkiem w środku. Lunch z Japończykiem jeszcze się nie zakończył.

Czokidar, niski, na krzywych żylastych nogach, zabiegał mu drogę. Słońce skrzyło się na rękojeści noża zatkniętego za pas.

– Sab do kogo? – widząc, że śmiało zmierza ku schodom, speszył się. – Pan ambasador zajęty.

Istvan poczuł się jak intruz, nie znał strażnika, nowy, świeżo przyjęty. Zakłuło go: czyżby naprawdę znalazł się poza gromadą, wydzielony, napiętnowany? Chłopiec na rowerze leciał wprost na nich, rozstąpili się.

– Wpuść go! – wrzasnął. – To swój.

Wszedł po schodkach do obszernego hallu, usiadł w wygodnym fotelu, postanowił zaczekać, aż gość odjedzie. Chciał sam na sam rozmawiać z ambasadorem. Z otwartych drzwi do jadalni dobiegał go basowy śmiech i pełne namaszczenia strzępy zdań. Chyba tu ostatni raz jestem – myślał z ulgą. Ileż razy stał na schodach i witał podjeżdżających gości, ściskał dłonie, park migotał kolorowymi światełkami, orkiestra grała stare walce, chrzęścił żwir pod kołami samochodów, zapach spalin mieszał się z perfumami kobiet zaszytych w śliskie jedwabie. Miał to już za sobą, i ten nieszczęsny pokaz filmowy w czasie walk w Budapeszcie, rzędy pustych krzeseł. Musnęło wspomnienie wstydu, jaki przeżyli. Ale inne przyjęcia były udane, śliwowica i tokaj potrafiły rozruszać nawet powolnych Hindusów, tańczyli, śpiewali. Nie chciało im się odjeżdżać. Gdy wreszcie zostawali sami, ambasador jednym szarpnięciem zrywał gotową muszkę – nigdy nie nauczy się jej wiązać jak człowiek z towarzystwa – rozpinał zmiękłą od potu koszulę smokinga i nalewał sobie wina; no, łyknijcie, pozwalał łaskawie, no, Ferenz, jazda Terey! Już spuściliśmy wodę, poszło. Można w swoim gronie odetchnąć.

Na ścianach wisiały obrazy przedstawiające hutników w czerwonym blasku pieca, murarzy na rusztowaniach, świniarkę bełtającą karmę tłoczącym się do koryta prosiakom, obrazy podobne do kolorowanych fotografii, nagradzane i kupione, a że nie sposób było ich wystawić, posyłano na placówki, wypożyczano, jednak nikt się o zwrot nie upomni, z ulgą je spiszą na straty. Fotele, czerwony dywan pochodziły z Indii, wielki wazon ze świeżo ściętymi gałęziami fioletowych nibykwiatów, wydawały się postawione przypadkowo, osobno, ten dom nie był domem, tylko miejscem krótkiego postoju.

Palił papierosa rozparty, a właściwie odchodził, żegnał siebie samego, urzędnika służby dyplomatycznej. Margit ma rację – nic się nie stało. Naprawdę nic.

– Więc jednak pan przyjechał? – podeszła do niego ambasadorowa. Nie słyszał kroków na grubym dywanie, widać znudziła ją rozmowa w języku, którym słabo władała.

Podała mu rękę ciężkawą, jak do podtrzymania, bez uścisku powitalnego.

– Proszę siedzieć... Zaraz skończą – pokazała ruchem głowy jadalnię. – Nie ma pan żalu do męża? Chciałabym, żeby pan go zrozumiał, on musiał – próbowała przeniknąć zamkniętą twarz. Oczy duże, orzechowe, nawet ładne, spoglądały na Tereya łzawo.

– Przyszła instrukcja, żeby po cichu oczyścić placówkę z niepewnego elementu. Nie on pana wyznaczył, kolektyw zadecydował. Mąż mówił, że panu nie zrobi krzywdy. Przecież musiał być ostrożny. Czy pan rozumie?

– Tak. Za dużo rozumiem.

– Nikt nie wierzył, że pan wróci. Gdyby pan nie wyjeżdżał, wszystko potoczyłoby się inaczej. Ale opinia jeszcze nie poszła. Niech pan z mężem porozmawia, tylko proszę go oszczędzać. Ma teraz tyle zmartwień – zwierzała się zwiedziona jego spokojem, prawie uważając go za sprzymierzeńca – źle sypia, serce go dusi – nachyliła się do radcy, położyła obie ręce na podołku, dłońmi do góry jak plotkująca chłopka, rysy miała proste, uczciwe. – Wielkie zmiany w rządzie, doszli do władzy inni towarzysze, nie wszyscy mu życzliwi. Dokąd miał partię za sobą, wiedział, do kogo trafić i jak przemówić, zawsze swoje przeprowadził. Ja się nie raz bałam, bo tak się stawiał, tyle żądał, on mnie ma za głupią. I chyba słusznie, bo wszystko dostał, aż mi czasem straszno. Jakby się odwróciło, nie przetrzyma. Niech pan będzie dla niego wyrozumiały – prosiła.

Z daleka dobiegały głosy pożegnania, lunch się kończył, i ona wiedziała, że powinna pojawić się przy gościu.

– Pan może wrócić do kraju. Do Budapesztu. Czy pan mi wierzy, że ja zazdroszczę?

– Wierzę.

– Tutaj nie ma ludzi. U nas bywają wyłącznie dyplomaci – westchnęła ciężko – żeby nie wiem jak ostrożnie, żeby piastować jak zepsute jajko, i tak obgadają, wyśmieją. A trzeba ich przyjąć. Jak pan będzie wyjeżdżał, niech pan o żonie pamięta, ja wiem, gdzie można dostać ładne jedwabie na Starym Delhi, skórki z jaszczurek na sandałki i torebki. Chętnie z panem pojadę, jak ambasadora nie będzie.

Bajcsy odprowadzał drobnego Japończyka, sam wielki, ciężki, zdawał się wypychać go każdym oddechem. Spostrzegłszy Tereya żachnął się, skinął mu głową, że zaraz wraca. Krótki jak mgnienie wyraz zakłopotania przyniósł Istvanowi ulgę. Ambasadorowa spłynęła naprzeciw gościa, który stał z pochyloną głową, gładko przyczesane włosy świeciły, jakby miał ciemię pociągnięte lakierem.

Motor zawarczał i szum ścichł na żwirze. Witał te odgłosy jak bokser dźwięk gongu wzywającego na środek ringu.

– No, zjawiliście się nareszcie, Terey – nie podawał ręki, tylko ciężkim krokiem obchodził, jakby obwąchując. – Jest dla was niespodzianka. Przyszło odwołanie.

– Tak jak chcieliście, ambasadorze.

Nasępił się, ściągnął brwi.

– Tak, jak tego chciałem – przyznał, miał odwagę wziąć decyzję na siebie. – No i co, wracacie?

– A jak wy dostaniecie odwołanie, ambasadorze, wrócicie?

– Nie igrajcie, Terey – mówił wolno – ja was w porę ostrzegałem, prosiłem po dobremu – obejrzał się, spostrzegłszy, że żona jeszcze stoi, machnął ręką. – Odejdź. Zostaw nas samych. Ja mam coś do powiedzenia panu radcy.

Odczekał, aż znikła w jadalni i zwrócił się do Tereya. Spoglądał chwilę nieprzyjaźnie oblizując obwisłe wargi.

– Zachciało wam się śledztwa na własną rękę i nie ma świadków – rozłożył dłonie.

– Nie ma – przyznał spokojnie i wyjmował papierosa szeleszcząc celofanowym opakowaniem.

– Chcieliście mnie wykończyć – przypierał Bajcsy.

– Nie, po co?

– Dziś tak mówicie – luzował krawat i odpinał kołnierzyk, jakby mu brakło tchu – dziś dopiero. A ja mam was w ręku – podsunął zaciśniętą pięść. – Są dowody, czarno na białym – odczekał chwilę i rzucił: – Wiem, z kim byliście nad morzem...

– No i co z tego? – nie spuszczał źrenic Terey. – Co was to obchodzi? Dwa lata obiecujecie przysłać żonę i nie ma jej dotąd.

Czuł wstręt do siebie za to powiedzenie, jednak argument się liczył. Ambasador wydał mu się wiejskim kowalem, starym cyganem, którego przebrano w jasnoniebieski, czesuczowy garnitur, ale zapomniano przedtem wykąpać, jego palce smoliły, zostawiały ślady kopcia na białym kołnierzyku, rozśmieszyło go porównanie, choć wiedział, że to sadza z fajki, którą odruchowo ubija palcami.

– Ja wam przytrę rogów, Terey, do krwi przytrę – groził – ja jeszcze nie napisałem opinii, starczy, że przypnę protokół z naszego zebrania, co towarzysze mówili, a mają was bardziej na oku, niż sądzicie, jak z procy wylecicie z ministerstwa.

– Ja tam wcale nie mam ochoty zostać, mylne rozpoznanie – uciął wsparty niedbale o poręcz fotela.

– Zgniotę was, Terey – powiedział z lubością, mrużąc oczy – będziecie jeszcze piszczeć. Nie takich jak wy robiłem małymi.

– Na waszym miejscu byłbym ostrożniejszy, ambasadorze, po co zapowiadać... Spróbujcie – było mu wstyd, że szarżuje, tamten miał nad nim przewagę, mógł zaszkodzić, oskarżać, a tłumaczenie się było połową winy. – Są towarzysze, którzy pamiętają wasze zasługi.

– Ja siedziałem, wy mi tego nie odbierzecie – łomotnął pięścią w pierś, aż zadudniło.

– Ani myślę – sprostował ochoczo. – Tylko że tych zasług nieco przyrosło. Wyście lubili twardy kurs. Przez takich jak wy był Budapeszt.

Bajcsy się nie zachwiał, dobry gracz, przyjmował ciosy. Czyżby ten poecina, to małe piszące draństwo, ten parszywy inteligencik miał swoje krecie korytarze, sięgał wysoko, czyżby coś wiedział, czego on jeszcze nie zna, dostał jakiś sygnał?

– Chcecie wiedzieć, co wam zarzucali towarzysze? – zaczął wyliczać, ujmując całą dłonią grube zmiękłe palce. – Pierwsze: mało pracujecie, jesteście leń, a to kraj do podboju – zaraz się poprawił – do pozyskania. Wam tylko baby w głowie, wycieczki, zabawy. Nikt prócz was nie należy do klubu, jesteście snobem. Krąg waszych znajomych: bywacie, zapraszają was, popadacie w zażyłość z kapitalistami, bo kim jest radża Khaterpalia? A jego teść? A ten krętacz Czandra? A major Stowne, który pracuje dla wywiadu i wszyscy prócz was o tym wiedzą. A co tu robi ta Australijka, która się do was przyczepiła? Wyście sobie ładny krąg dobrali – skandował – to już nie są podejrzenia, ja mam w ręku dowody, była ostatnia pora, żeby was odwołać albo – ważył słowa – odepchnąć, odciąć się od was.

– Gołosłowne zarzuty – udawał obojętność.

– Gołosłowne? Mnie podsuwaliście śmierdzące kontakty, mnie osobiście – dźgał się palcem w pierś. – A wasza podejrzana ciekawość? Przyłapałem was w pokoju szyfranta, dokąd nie wolno wchodzić.

– Chciałem przeczytać deklarację nowego rządu.

– Trzeba się było do mnie zwrócić, ja bym wam udostępnił. A te dziwne wymówki, opukiwanie ludzi, szukanie w nich słabych miejsc; kto rozpijał mi personel? Daliście woźnemu whisky? Sześć butelek. Co za to od niego chcieliście wydostać?

Tylko panować nad sobą – gasił papierosa Istvan – na pewno zaraz wyskoczy z certyfikatami, które dawałem Ferenzowi, podłożyłem się...

– Wszystko już? – spytał, sam się dziwiąc, że głos brzmi spokojnie.

– A wam nie wystarczy? Co byście zrobili na moim miejscu? Ja tylko poprosiłem, żeby was odwołano – nachylił się ku Tereyowi, twarz mu jakby obwisła w dobrotliwej trosce – nie chciałem was niszczyć. Napisałem, że na wasze żądanie, że macie dosyć rozłąki z rodziną.

Istvan nie był pewny, czy Bajcsy z niego szydzi, czy przywaliwszy winami, upokorzywszy, chce podnieść z klęczek jak syna marnotrawnego, gestem na pozór wybaczającym, miłosiernym, podnieść i przycisnąć do piersi tak mocno, żeby udusić.

– Słusznie – przyznał układnie – myślę, że wam tego, ambasadorze, nie policzą jako chwile słabości.

– Człowieku – niemal gładził ojcowskim głosem pieszczotliwie – na co ci było za mną chodzić... Czegoś węszył i kopał?

– Lubię wiedzieć – skrzywił się, jakby grymasząc, Istvan.

– Ale po co?

– Szukałem prawdy – wyznanie brzmiało jak wymyślne kłamstwo, aż sam się zawstydził.

– Na czyje zlecenie? – widząc, że z niesmakiem milczy, tłumaczył, jak upartemu dziecku. – Ja tu zostanę. Mnie nie można ruszyć, bo nawet już nie wypada. Jakby Bajcsyego tknęli, zaraz zaczną pytać: a dlaczego nie resztę? Już wyniosło mnie za wysoko.
Krytykować mnie, to podważać partię. Tylko ci, co nic nie robią,
są bez skazy. Rozumiesz? Ja nie mam ochoty ustąpić miejsca byle
durniowi! Jak trzeba było odwalić brudną robotę, mnie ją powie-
rzali. I byłem wtedy dobry. A teraz patrzą na mnie jak na zbrod-
niarza. A przecież za takimi jak ja coś zostało, stoi, jest; czy to się
już nie liczy? Czy ja kiedy mówiłem, że jestem niewinny baranek?
– dyszał z rozchylonymi ustami, odruchowo, gniewnie upychał tytoń do fajki, ale nie zapalał, wiedział, że dym by go dusił. – Chcę
być wiceministrem, to będę... Zechcę odpocząć, to pojadę do małego, wygodnego kraju, do takiej Holandii, i przeczekam. Mnie
niżej nie zepchną... Może nie będę, jak wy, w szkolnych wypisach,
ale historię republiki robili i tacy jak ja – obwisłe podgardle drgało
poruszone płytkim oddechem. – Na emeryturę mnie nie spławią.
Nie dam się żywcem pogrzebać. Zostanę tam, gdzie mnie partia
postawi – jednak brzmiało to, jakby on partii rozkazywał.

Istvanowi przypomniały się obawy ambasadorowej, instynk-
towny lęk, żeby przeciążona struna nie pękła. Bajka o złotej rybce,
Stary znał zaklęcia, wiedział, w jakie ucho je szepnąć. I spełniało
się, ale partia nie jest złotą rybką. I na jego rękach ciastowatych,
mokrych od niezdrowego potu, trudno byłoby dziś domacać się
odcisków, śladu ciężkiej pracy, bo to sprawy dawne, utył, szczelnie wypełniał szerokim zadem coraz wygodniejsze fotele, stracił
odporność, choć jeszcze myśli, że ją ma, pierwsze niepowodzenie
go złamie, oklapnie, będzie jak flak. Nie czuł do niego nienawiści,
prawie był wdzięczny, że może współczuć.

– Wam się zachciało prawdy? A po co? Będzie wam lżej, jak
poznacie? Napieracie się, a sami nie wiecie czego... Prawda żże-
ra jak kwas. To cena władzy. Niektórzy z tych, co rządzą, znają
prawdę. I muszą ją w sobie kryć, gdyby ją narodowi wykrzyczeć,
ludzie zatkaliby sobie uszy i uciekli. A trzeba usta otwierać, żeby

co dnia wydawać rozkazy, kierować, rządzić. Jakże ja wam, Terey, zazdroszczę tej waszej chłopięcej niewiedzy!

Ręce mu się trzęsły, spostrzegł i oparł je twardo na rozchylonych kolanach.

– Ja was nie chcę topić – szeptał z wściekłością – tylko zejdźcie mi z oczu. Jedźcie do kraju, do Australii, czy do diabła. Bylebym was tu nie oglądał. Tych waszych pytających, dobrych, głupich oczu.

Istvan wiedział, że Bajcsy był zbyt wzburzony, żeby grać. Miażdżył, znał swoją przewagę. Słyszał jego sapanie. Przed oczami miał podgardle oskrobane nierówno, siwe i czarne niedogolone włosy, rysy na skórze workowatej podeszły potem. Rozmowa musiała go wiele kosztować. Nie, ja nie będę go atakował, nie zadam ciosu. Nie chcę. Nie chcę. – I nagle wydało mu się, że widzi ambasadora w Budapeszcie, idącego starczym, suwającym krokiem, przystaje wsparty o drzewko, nie zważając na przechodniów, którzy się za nim oglądają, dyszy z rozchylonymi fioletowymi wargami. Powietrze lekkie, przemyte ulewą wiosenną, lśnienia na mokrym chodniku, na liściach, kutych z żelaza kratach ogrodów, bezmiar powietrza, a jemu brak tchu. Suwa nogami po ziemi, która od dawna przestała być placem boju, a stała się mimo płyt chodnika grząska, miękka. Usuwa się, a jeśli jeszcze czuje ją pod podeszwami, to nieprzyjaźnie, stała się natarczywa, przypomina o sobie, czeka.

Służący przyniósł na tacy dwie malutkie, kruche filiżaneczki kawy.

– Napijcie się – powiedział Stary rozkazująco.

Jak przebudzony patrzył na zmiętą twarz Bajcsego, który sięgnął po jedną i niósł do warg rozchylonych. Ręka drżała siejąc brunatne krople na dywan.

– Mam nie wracać do pracy?

– Tak będzie lepiej.

Stojąc w drzwiach odwrócił się, zobaczył ciężką zgarbioną postać w podciągniętej za wysoko marynarce, wtłoczoną między oparcia fotela.

– A moje listy?

– Ja kazałem – brał wszystko na siebie, pewny, że udźwignie – są w kasie pancernej. Powiedzcie szyfrantowi, niech wam wyda. Nie są mi już potrzebne, chyba się dogadaliśmy.

Wyszedł z przyćmionego wnętrza między filary wspierające ganek. Odetchnął głęboko, pił czyste, aromatyczne powietrze, jakby wydostał się z pyłu, lekkiej zawiesiny, zdmuchniętego popiołu z fajki, która dławiła ambasadora. Czokidar uchylił ciężką bramę, ogród zdawał się spać w zimowym słońcu. Nawracały strzępy zdań, rozważał gesty, intonację głosu, znajdował odpowiedzi bardziej trafne, cięte, aż się dziwił, że mu dopiero teraz przychodzą na myśl, z grymasem niezadowolenia wzruszał ramionami, jakby ten, co miał podpowiadać, spóźnił się, a ocena została wpisana. Jednak Ferenz nie zepchnął na mnie interesu z whisky, kupioną na dyplomatyczne certyfikaty, a mógł, nie umiałbym się wytłumaczyć. Jemu by uwierzyli. W końcu wolał, żeby w ogóle o tym nie było mowy, bronił i własnej skóry. Podświadomie pragnął kolegów widzieć w lepszym świetle, głodny życzliwości i dobroci.

Od ścian ambasady echo niosło podwojony zgrzyt jego kroków po płytach chodnika.

Pora urzędowania minęła. Między palmami w zielono pomalowanych cebrach stał woźny i pilnował indyjskich sprzątaczy, żeby odpięli chodnik i wytrzepali, a nie, jak to zwykli robić, pogłaskali po wierzchu szczotką.

– To pan jest, towarzyszu radco? – rzucił się z tak szczerą radością, że Istvan nie mógł odepchnąć wyciągniętej ręki. – A mówiłem: dam sobie głowę uciąć, że wróci.

– Aleście naskarżyli o butelkach.

– Jak mogłem milczeć, kiedy oni na pana naskakiwali? Powiedziałem, bo mi nikt marnej butelczyny nie podarował. Mówiłem, jaki pan jest, a oni zaraz na odwyrtkę i z tego wyszedł zarzut. Ja chciałem bronić. Trzeba się w język ugryźć, nim się powie słowo. Ja przecie... Chyba mi pan wierzy – zaklinał się, ściskając mu dłoń.

– Teraz wierzę, ale mnie zabolało.

– Przecie ja bym dla was, towarzyszu radco... Ale jak ambasador mówi, że wie z pewnego źródła, że pan nawiał, to zamilkłem, wziąłem ogon pod siebie.

– I podpisaliście – gorzko wypomniał Istvan.

– Podpisałem. Nie ja jeden. Tak wypadało, nie było się co upierać.

– Dobra, stary, nie ma o czym mówić. Najważniejsze, żeście się na mnie nie zawiedli.

– Wyszło tak, jakby nam kto w pysk dał.

– Szyfrant jest jeszcze?

– Jest, jest u siebie. I pani sekretarka też.

Przeskoczył zwinięty kłąb chodnika w połowie schodów jak zbyt wysoki próg. Ledwie otworzył drzwi, Judyta wstała zza biurka i rzuciła mu się na szyję jak uratowanemu. Całowała. Nie objął jej, stał z opuszczonymi rękami. Ciepłe, duże, życzliwe ciało garnęło się do niego, widział tuż przed sobą żyłkowane niebiesko powieki, łagodne orzechowe oczy.

– Gniewasz się? Nie wybaczysz? Istvan, zrozum, Bajcsy miał informację od jakiejś kobiety, absolutnie pewną, że z tą Australijką odpłynąłeś z Koczinu. Słuchaj, ja dzwoniłam do ciebie nad morze. W hotelu powiedzieli, że nie ma takiego. Oni zawsze naplączą, inaczej wymawiają nasze nazwiska. Powiedzieli, chociaż się upierałam, że było jakieś małżeństwo i już wyjechało. Pewno, żeby się mnie pozbyć. Telefon z Delhi ich poraził. A potem zebranie, ambasador mówił z takim przekonaniem, że już zna fakty, że nam oznajmia... Ta kobieta...

Grace – błysnęło mu – na pewno Grace.

– Stało się – położył Judycie dłoń na ramieniu.

– Istvan, czy ty ją kochasz? – zapytała trwożliwie. – Co z wami będzie?

Stał bez słowa, jak uderzony młotem, dopiero teraz go dosięgło pod samo serce.

Odwrócił się z niechęcią, po brzegi wypełniony gorzkością, pochwycił jej spojrzenie, litość i dobroć, jakby ona znała, miała za

sobą taką próbę i dotykając własnych blizn pragnęła go podtrzy-
mać, szepnąć – widzisz: jem, ubieram się, pracuję, chyba żyję.

Gdy zabębnił pięściami w pancerne drzwi, czuł dotkliwy skurcz
w brzuchu, jaki miewał w czasie wojny przed natarciem. Dostało
mnie – powracał w nim refren żałobny – ale mnie dostało.

Drzwi uchyliły się pomału, bił zza nich dym, jakby się wewnątrz
paliło, ale zobaczywszy na stole blaszane pudełko pełne pognie-
cionych papierosów, smugi zawieszone w powietrzu, niebieskie
ponachylane płaszczyzny, które tamten przejściem zmącił, zrozumiał, że stało się coś ważnego.

– Przyszedłem po swoje listy.

Szyfrant spojrzał czujnie, o nic nie spytał, jak zwykle mrukliwy,
trochę senny i myślą daleko, otworzył pancerną kasę, podał grubą
kopertę z numerem na wierzchu.

– Odwołano mnie dyscyplinarnie?

– Nie. Na własną prośbę. Data odlotu do uznania kierownictwa
placówki. Rozmawiał pan z ambasadorem?

Istvan rozchylił kopertę, wytrząsnął na stół kilka listów. Poznał od razu pismo Ilony. Ogarnęła go wściekłość, wszystkie były
otwierane. Na niektórych widniał w rogu znaczek wypisany czerwoną kredką – litera F.

– Jakie dostałem, takie zwracam – uprzedził jego gniew.

– Co to znaczy? – pokazał palcem.

– Żeby sfotografować. Chce pan pewnie filmy i zdjęcia? Mam
osobno. Proszę tylko pokwitować odbiór. U mnie musi być porządek.

On nie jest winien, dostał tylko polecenie, wykonał. Z trudem
się opanowując, kładł podpisy na otwartej księdze. Chwycił drżą-
ce zmrużenie oczu i nagle zaświtało mu, że szyfrant umyślnie nie
zapytał, z czyjego upoważnienia odbiera papiery i fotografie, po
prostu idzie mu na rękę. Może się nawet naraża.

– Czy pan też czytał te listy?

– Siedzę, czekam godzinami, nudzę się... Czytałem. Niech pan
zerknie na te zaznaczone. Przesyłka czekała na kurierów. W porę
pan wycofuje.

Istvan rozchylił kartkę. Na górze widniał napis AFP, pisał Nagar.

Drogi.

Doszła mnie wiadomość, że pożegnałeś ambasadę. Podobno się żenisz, mimo doświadczeń z pierwszą. Masz jechać do Melbourne? Będzie mi Ciebie brakowało, wiesz jak Cię lubię. Jeżeli mógłbym Ci w czymś pomóc, pamiętaj, możesz liczyć na mnie. Nie wracasz do Węgier, zdrowy rozsądek zwyciężył, pochwalam decyzję. Bierz ze mnie przykład, straciłem ojczyznę, zyskałem cały świat. Ściskam.

Maurice

Drugi list był od Czandry, proponował w imieniu spółki, do której weszli radża Khaterpalia i jego teść oraz sam Czandra, objęcie nadzoru inwestycji na terenie Australii, budowy nowoczesnej tkalni i przędzalni bawełny, którą powierzyli dawnemu wspólnikowi panu Arturowi Ward.

Znając zainteresowanie pana jego córką, sądzę, że moja, a raczej nasza oferta, bo jest ona wynikiem poważnych rozważań i dowodem zaufania, może panu odpowiadać. Warunki pozostają do uzgodnienia.

Więc dlaczego się waham? Tylu osobom sprawiłbym radość, jakże wygodnie byłoby powiedzieć: myśmy przewidywali, od dawna się na ucieczkę zanosiło... jest winny, nareszcie mamy winnego! Placówka została oczyszczona z niepewnego elementu. Ambasador nie oszukiwał mówiąc – mam dowody. To były wystarczające dowody. Takich listów się nie pisze, jeśli za nimi nie kryją się zwierzenia, plany niedalekiej przyszłości. Bajcsy wiedział, co robi, wielkodusznie zwracał listy, ale zachowywał fotokopie. List Czandry uspokajał zadrażnioną ambicję, przywracał mu niezależność finansową, nie będzie się czuł jak książę małżonek... Było z czym zacząć. Miał ochotę plunąć w otwarty sejf, zanim pogna do Margit, przygarnie, ukołysze w objęciu, szepcząc: uciekajmy stąd, jedźmy, jedźmy już!

Szyfrant przyglądał mu się spod oka, wydmuchując niebieski dym, skłębiony w świetle kreślarskiej lampy zapalonej mimo dnia.

Ręka, w której trzymał list Czandry, opadała jakby karta była z ołowiu.

– Nęcąca oferta, co? Przyjmie pan?

Milczał.

– Kiedy pan jedzie?

– Nie wiem.

Szyfrant uśmiechnął się, jakby usłyszał świetny dowcip.

– Może polecicie razem z ambasadorem – nachylił się i triumfował – godzinę temu przyszła szyfrówka, został odwołany.

– Wie o tym?

– Nie. Na razie my dwaj. Zabawne, prawda?

Twarz jego miała coś z wyrazu kota, który mysz przytrzymuje pazurkami, rys zaskakującego okrucieństwa, jest pewny, że i ja mam dość powodów do nienawiści, szuka na tę godzinę wspólnika.

– Kiedy go zawiadomicie?

– Nocą. Lepsze wrażenie. Możecie mi wierzyć, nie sprawdzi, o której przyszła depesza, będzie miał o czym myśleć do samego rana. On mnie tyle razy tu trzymał jak psa na uwięzi, bo mu się wydawało, że coś nadejdzie. Całe noce kazał warować. Maszynę się lepiej traktuje. Teraz ja mu tę noc zabiorę, wyrwę poduszkę spod głowy, nasypię gorących węgli. On już dzisiaj nie zaśnie.

W potulnym, nieskorym do rozmowy człowieku, skazanym na samotność przez sam charakter jego pracy, odkrywała się stężona wściekłość.

Zamyślił się.

Jeśli Kadar wymienia ludzi, zmiana kursu nie będzie tylko manewrem, wybiegiem, ale sensem życia, nadzieją Węgier.

– Jak go od cycka odstawią, zobaczy pan, że zacznie pluć na Węgry i socjalizm mu zaraz obrzydnie. Niech pan z nim leci i za kark go dostawi, żeby mu gębę wytarli w tym, co narobił. Ale ja się boję, że gdy zwęszy sytuację, wnet zrobi się chory, wyprosi leczenie w Szwajcarii, gdzie lokował pieniążki. I przy nich zdrowie odzyska. On zniknie, zapomną go szybciutko, ale opinie, które wystawił, będą nadal ważyły na losie takich jak my. Dlatego panu dałem fotokopie i klisze, choć pan nawet o nich nie wiedział. On się do pańskiej skóry nie dobierze, będzie musiał bronić własnej – mówił głosem zapiekłym z długo dławionego gniewu, nagle ścichł, posłyszeli stukanie do drzwi. Szyfrant położył palec na ustach. Nasłuchiwał, poznawszy głos Judyty odsunął rygle.

– Chodź, odbierzesz pensję za styczeń – powiedziała – będzie ci potrzebna.

Uścisnął rękę szyfranta i poszedł z Judytą do kasy. Podpisał jedyne wolne okienko na liście, którą wypełnili szczelnie pracownicy ambasady.

– Czy mogłabym ci w czymś pomóc? – zapytała nieśmiało.

– Tak – powiedział żarliwie – i widząc jej twarz skupioną, oczy pełne napięcia, uśmiechnął się lekko.

– Nic trudnego, chciałem cię prosić, żebyś zatrzymała moich służących dla tego nowego, który przyjdzie na moje miejsce.

– Dobrze, to głupstwo. Dopilnuję.

– Wiem. Dlatego się z tym do ciebie zwracam.

Zwinął pachnące swoiście, śliskie od świeżości banknoty i skłoniwszy się jej, zbiegł po obnażonych kamiennych schodach, z których zdjęto czerwony kokosowy chodnik.

Obok auta stał Mihaly i chustką od nosa przecierał błotnik, odstępował o krok i przyglądał się z uznaniem wykonanej robocie. Wyczyszczona blacha raziła jak plama.

– Jak to dobrze, wujku, że wróciłeś – uśmiechnął się szeroko, aż pojaśniał cały – bez ciebie tak nudno. Nikt nie ma czasu... Wszyscy mnie odpędzają, każdemu zawadzam, pętam się pod nogami – naśladował zabawne głosy woźnego i Ferenza.

– A pani Judyta?

– Daje mi cukierki jak maluchowi.

– Wcale nie jesteś mały – położył mu rękę na ramieniu.

– Pewnie, bo jak trzeba coś kupić na rynku, mama mnie posyła, wtedy już jestem duży, a jak chcę sam pójść do kina, to na mnie krzyczą, żebym się daleko sam nie wypuszczał. Mały, mały – przedrzeźniał. – Hindusi tacy jak ja już mają żony. Naprawdę, mówił mi Sikh, z którym gram w badmintona, że go już ożenili, a ma dopiero osiem lat.

Istvan przygarnął go z serdecznym współczuciem, chłopiec pozbawiony rówieśników odczuwał osamotnienie.

– Jesteśmy bardzo zajęci.

– A dlaczego ty możesz ze mną czasem porozmawiać? Dlaczego dla ciebie nie jestem głupi, głupi – wykrzywiał się jakby do tych, którzy go siłą wpychają w niemowlęctwo, z którego wyrósł.

– Bo lubię z tobą rozmawiać.

– Nie – zaprzeczył gorąco – ty mnie lubisz. Czy to prawda, że uciekniesz?

– Coś ci się pomyliło.

– Wujku, zabierz mnie ze sobą – podniósł ufnie bystre ślepka, szukał porozumienia.

– Wiesz, że to niemożliwe. Ojciec cię nie puści.

– Tak, a mama by puściła. Czy ta pani pojedzie z tobą? – spytał z nieświadomą chytrością, grzebiąc w kieszeni spodni. – Wujku, ja chciałbym ci coś podarować.

Istvan jakby zapomniał o nim, o całym świecie. Pytanie wracało jak pogłos echa w opustoszałych komnatach, przelewało się. Brzmiało napomnieniem, oskarżało.

– Wujku – szarpał go za rękę – nie śpij. Przyłóż do ucha, tylko nie otwieraj, bo ucieknie.

Wciskał mu tekturowe pudełeczko, które wydarł z kieszeni. Wieczko było pokłute szpilką.

Patrzył na chłopca, na jego wyciągniętą dłoń z podarkiem, jakby nie pojmował o co chodzi. Wreszcie się zmusił do uśmiechu.

– Znowu masz ptaszka – przypomniał sobie zabawy z polnymi konikami.

– A nie, mam cykadę. Złapałem na lusterko... Ustawiłem między listkami, błyszczało jak kawałek słoneczka i ona przyleciała. Chodziła po liściu i dzwoniła, a potem się przyglądała, dlaczego ta druga nie odpowiada. Wujek ją weźmie? Ona najbardziej lubi środek z sałaty i sok z pomarańczy. Bierze rączkami listek i śmiesznie spija. I łypie oczkiem, czy jej nie odbiorę.

Zawiązał pudełeczko i położył na siedzeniu austina.

– Wujku – powiedział zamyślony – dlaczego ja nie jestem twoim synem?

– Bo masz swego ojca – ujął dłoń chłopca, uścisnął po koleżeńsku. – Dziękuję ci.

– On nie jest mój, on jest ambasady. Słyszysz, jak dzwoni? Ona się ze mną żegna – kiwał odjeżdżającemu ręką, był już uszczęśliwiony.

Jeszcze przez chwilę widział w lusterku małego, z grzywką stroszącą się nad czołem, samotnie stojącego w słońcu na czerwonej drodze.

Gdy wydostał się w aleję, musiał zwolnić, całą szerokością jezdni szedł tłum krzyczących oberwańców, spod bosych nóg wstawał kurz. Nad skłębioną burzliwą ciżbą zwisał na dwóch drągach czerwony transparent z białymi, wijącymi się słowami w hindi. Zaglądali do auta, mazali palcami wzdłuż karoserii, jeden rzucił mu bibulastą ulotkę. „Sprzątacze prywatni New Delhi. Żądajcie wypłacania całej pensji, nie tylko zaliczek". Więc jednak coś się ruszyło, za pracę domagali się umówionej zapłaty od swoich panów, nie wystarczało samo wyżywienie.

Pereira chrzęszcząc nakrochmalonym ubraniem, na którym znać było płaszczyzny odciśnięte żelazkiem, dreptał koło stołu, czekał sygnału, żeby podawać. Na środku obrusa stał w miedzianym naczyniu pęk mdło pachnącej rezedy.

– Nareszcie jesteś. Co ci powiedział ambasador? Chcą cię odesłać?

– Tak – powiedział nieswoim głosem. Był jakby rozdwojony, słyszał nakaz: patrz, no patrz, bo masz ją, możesz z nią zrobić co zechcesz. I drugi: to już było, przecież wybrałeś dawno, miej odwagę!

– Chcą żebym wracał. Jak najszybciej. Polecę.

Choć wyraz jego twarzy nie zapowiadał nic dobrego, nie przestawała się łagodnie uśmiechać, jakby to ona kryła przyjemną niespodziankę.

– Słusznie. Trzeba uczciwie rozmówić się z twoją żoną. Jadę z tobą.

– Nie – wyrzucił kamień, nie słowo. – Nie możesz.

– Dawno o tym myślałam. Mogę – machnęła niecierpliwie dłonią – przecież mnie tam nie zjedzą.

Nagle, jakby po raz pierwszy zobaczyła jego twarz poszarzałą, pełną bólu i zawziętości.

– Chyba, że nie chcesz – wyszeptała.

– Nie chcę.

– Więc, gdzie mam czekać?! – krzyknęła w lęku.

– Nie czekaj – to nie były słowa, tylko głazy przetaczane z trudem.

Jeszcze nie pojmowała, wpatrywała się z bezmiernym zdumieniem, jakby dopiero teraz się przed nią odkrył, szpetny, budzący odrazę. Wpatrywała się tak, jakby nie mogła rozpoznać znajomych rysów, jakby ktoś się pod nie podszył – ale przecież on jest, jej Istvan, który kocha, któremu wierzy, oddając nie tylko siebie, ale całą przyszłość, życie, życie.

– Zrozum, Margit, ja...

Potrząsnęła głową, cofała się wyprostowana.

– Dość. Nie dotykaj mnie. Ty kłamco, ty mały podły kłamco – stała chłodna, wyniosła. – Zawołaj auto – rozkazała szeptem, który był gorszy od krzyku. – Słyszałeś? Powinnam była to przewidzieć.

Milczał, nie próbował się bronić, tylko patrzył na nią z rozpaczą, jak oddycha nierówno, zamknąwszy powieki. Stała oparta o uchylone drzwi.

– Ja ci nie kłamię.

– Nie, ty nie kłamiesz – odmierzała ciosy z okrutnym spokojem – ty tylko wierzysz w to, co mówisz. Co ci wygodne.

Zastukano w ramę okienną.

– Jest taxi – wołał usłużnie Pereira. – Zatrzymałem, co mam powiedzieć?

Stali naprzeciw siebie, nie ośmielił się postąpić kroku. W sobie czuł ból, jaki jej zadał.

– Ty mnie nigdy nie kochałeś? – przechyliła się, jakby miała upaść, chwyciła ręką za framugę drzwi, wsparła się. Chwiała głową, jakby ciągle jeszcze nie pojmowała swojej ślepoty czy ogromu jego podłych zabiegów. – Dlaczegoś mnie nie zabił? Przecież mogłam się tam utopić, taka szczęśliwa – jęczała. Nagle zwinęła się i wypadła na werandę.

Rzucił się za nią, ale już drzwiczki starej taksówki zatrzasnął kucharz i z pochyloną siwą głową stał po kolana w niebieskim dymie spalin. Strzelając, warcząc, auto ruszyło i zniknęło za zakrętem.

Słońce rozlane za poprutymi liśćmi raziło w oczy. Wodząc dłonią po ścianie wrócił do swego pokoju, osunął się, zarył skulony w fotelu. Nalał whisky i natychmiast nietkniętą odstawił. Przełykał, jakby coś utkwiło mu w krtani. Słyszał głos krzątającego się kucharza z ogromnego oddalenia.

– Sab, czy coś się stało? Czy zrobiłem źle, że zawołałem taksówkę?

Potrząsnął głową, że nie, bo to naprawdę już nie miało znaczenia. Jak przebudzony odganiał uprzykrzoną gadaninę.

– Nie. Nie podawaj. Zjedzcie sami. I później też nie. Dziś już nie. Idźcie. Chcę być sam.

Ze zdumieniem pamięta, że twarz miał spokojną, widział się w lustrze. Potrafił wypłacić im pensję, wysłuchać podziękowań, zapewnić, że zostaną nadal zatrudnieni, że nic się nie stanie, nic.

Jak ona mogła powiedzieć, że ja nie, czymże jest więc morze bólu, w którym się pogrążam, jeśli nie miłością. Żyję nią, ale wyszarpnąłem z siebie. Najstraszniejsze, że to ja sam, mając ją tak ufną, uległą, sam własnymi rękami... Rozpaczliwie szukał pierwszego kroku, kiedy zobaczył, kiedy go odwiodła pewność, że on ma prawo, że on jest inny, może nie liczyć się. Stwarzam prawa, więc mogę je łamać. I połamałem nas oboje. Można we wściekłym buncie potrzaskać Kamienne Tablice, podeptać w furii, z poczuciem radosnego wyzwolenia. Oswobodzić się od nich. A jednak znów drogę zastąpią, będą grozić, wypalą swoje znaki... „I nie opuszczę cię aż..." słyszy swój głos, bo umilkły fletnie organów, Geza i Sandor skandują – bo z naddunajskiej brałem siłę ziemi i jej zostanę synem, a potem głupimi wargami wyszeptane tysiące razy: wierzę, wierzę, wierzę. Miliony powtarzały słowa przyrzeczeń i nawet nie wiedzą, dlaczego je dotrzymują. Dwieście tysięcy wyszło z granic, może połowa jeszcze wróci. Inni wierzą tak, jakby oddychali, bezwiednie, szczęśliwi jak wół i osioł nad żłobem, wysłuchano ich próśb, nie wodzono na pokuszenie, by stali się prawodawcami, by sądzili, i zapomnieli, że osądzeni będą. Byłbyś z nią szczęśliwy. Byłbym, byłbym, wiem. Za cenę potrójnej zdrady. Zrozumiałem ostatni krąg, w nocy, klęczałem na piasku, przed wrotami kaplicy o polepie z gliny i krowiego nawozu jak w hinduskich aszramach, słuchałem śpiewnego rytmu nieznanego języka, a przecież wiedziałem dobrze, co mówią – ja, przyszły brat odłączony. To ja, to ja nie chcę za tę cenę. Powiedziała, że nigdy nie kochałem... A przecież zrobiłem to dla miłości, która i ją obejmuje, wchłonie. Ma mnie za obłąkanego. Wolałbym, żeby to była prawda. Chcę, chcę wierzyć. Jak jej wytłumaczyć, czy można wytłumaczyć przebitemu nożem dlaczego tak trzeba? Czemu go pchnęła kochająca ręka? Ja jej nie kłamałem mówiąc, że jest moim życiem. Tylko moim, wyłącznie moim, moim i jej; odwróceni plecami do całego świata mogliśmy się sycić.

Garbi się, wciskając palce w powieki do promienistego bólu, do czerwonych skaz, mamrocze.

– Musiałem, musiałem, musiałem.

Tężeje w trwodze o nią, przelicza stopnie, po których wstępowali, pamięta o tamtym, wisiał ze spętanymi rękami w rozgrzebywanym żarze, skwierczały włosy w ogniu, ale to robili wrogowie, a dziś on sam, ten umiłowany... Po stokroć gorzej. A jeżeli ona w tej godzinie, pchnięta na samą krawędź rozpaczy, widzi tylko ciemność jako ukojenie?

Podnosi głowę opornie, wstaje. Do telefonu biegnie obijając się o wysunięte krzesło. Nakręca numer hotelu. Jest u siebie – oddycha, słysząc po terkocie sygnału szczęk podniesionej słuchawki.

– Margit – szepcze w to odpychające milczenie – Margit – musi żebrać. – Czy mogę cię zobaczyć?

– Po co – słyszy głos, w którym nie ma już nadziei.

– Chcę ci powiedzieć...

– Już wszystko usłyszałam.

I szczęk, jak nożyc. Odłożyła.

Wraca na fotel. Mimo że sobie tłumaczył, wyjaśniał, podsuwał jej słowa, gesty, decyzje, nie przestawał się trwożyć. Ona jest bardziej od niego osaczona. Wydana na gęstniejący napór ciemności. Żadnej nadziei. Rozumiał. Przestała czekać.

Z przerażeniem pojmował, że nie było w jej słowach przesady, gdy szeptała – lepiej, gdybyś mnie zabił.

Nie można, nie można wytłumaczyć. Cóż z tego, że i on dosięga dna rozpaczy? Cierpienie nie jednoczy. Odpycha, budzi niechęć nawet u najbliższych. Wstydliwa sprawa, nie do obnoszenia, jak choroba.

Brzydził się sobą, że może tak spokojnie myśleć i działać, nawet poprawiać krawat wprawnym ruchem, pamiętać o zamknięciu drzwi na klucz. Spłoszony czokidar poderwał się ze stopni werandy stając na baczność, lewa dłoń mżyła poblaskiem skrywanego papierosa. Dziewczyna, jak młode zwierzątko przytuliła się do balustrady, wtopiła w kipiące pnącze, żeby jej nie zauważył. Tak przynajmniej udawał, ale wiedział dobrze, że siedzieli objęci. Nie zazdrościł, pobłażał ich szczęściu, które znowu dzięki jego zabiegom zyskało przyszłość.

Wyprowadził wóz. Jechał jak w odrętwieniu, prowadząc odruchowo, jakby drzemał za kierownicą. Wszedł do hallu. W recepcji go znali. Tak, panna Ward poprosiła o rachunek, wyjeżdża. Przynieśli bilet lotniczy z AIR INDIA. Kazała się zbudzić o piątej, przed szóstą ma samolot do Bombaju. Teraz jest na górze. Przed chwilą prosiła, żeby nie łączyć telefonów z miasta. Wszystko wiedzieli. Więcej od niego. Zawahał się uspokojony tylu zaleceniami, które wskazywały... Jednak to może przyjść niespodzianie, nagle wszystkie zabiegi, przygotowania ucieczki okażą się zbędne. Nie ośmielił się wejść na górę. Spojrzenia służby dociekliwe, widywali ich tyle razy. Nie mógł wytrzymać w jaskrawo oświetlonym hallu. Duży bęben z przezroczami: czerwone mury obronne Fathepur Sikri, białe marmurowe tulipany grobowca Tadż Mahal, niebieskie morze i poprzechylane łagodne palmy, jak długie ptasie szyje przypominały miejsca, w których bywał z Margit, odwracał oczy i widział dokładnie nawet pod zamkniętą powieką. Uciekł do auta, wtulił się w kąt. Zdawało mu się, że jest blisko niej. Waruje, jest o krok.

Śledził okna, jedne zapalały się żółto i różowo, inne gasły. Wpatrywał się, aż spostrzegł, że szuka okien jej dawnego pokoju, a teraz przecież ma inny, którego nie zna. Powinna wiedzieć, że jestem tutaj. A może teraz dzwoni do niego raz po raz, a on jest blisko, głuchy, w blaszanej skorupie auta, przywalony cieniami drzew. W zmiennym świetle latarń dostrzegł gromadki przechodzących mężczyzn. Za parą Anglików krok w krok szedł Hindus w ogromnym turbanie i bełkotał zaklęcia, że dziś wyjątkowo pomyślny dzień na wróżby, gwiazdy odkryją los, ale tamci wiedzieli, co ich czeka, wystarczyło im, co mogli sami sobie zapewnić. Straciwszy nadzieję zawrócił do podjazdu hotelowego, zajrzał do Istvana i zawołał cicho:

– Sab – ale widząc, że siedzi z przymkniętymi oczami, nie ośmielił się budzić, odszedł powoli, zawiedziony.

Wydarzenia mają swój nieomylny bieg, odkrywają logikę powiązań. Nawet Grace... Ona tylko przyspieszyła.

Czy właśnie dla Margit przyjechał do Indii? Utwierdzał się w przekonaniu, że dla tej próby się narodził, przez lata dojrzewał.

Biegli ku sobie z dwu krańców globu, prowadzeni nieomylnie, by... Tak się musiało stać. Każdy inny wybór byłby zaprzeczeniem prawdy. Czy od początku wiedział, jak musi postąpić, chociaż nie chciał się sam przed sobą przyznać, zwlekał, odsuwał od siebie godzinę konania? Przecież nie w chwili, gdy wykrztusił – nie, nie chcę, ale wcześniej, znacznie wcześniej skazał ją i siebie. Do tej decyzji dochodził w męce, opornie, popychany krok za krokiem.

Wtedy nad morzem, o północy, kiedy już czuł, że od wyroku nie ma odwołania, a ona spała z twarzą wciśniętą w zgięte ramię, i chwytał w jej oddechu ciche zachłyśnięcia jak tłumione echo niedawnego płaczu, musiał być sam. Sam. Odczekał, aż jej się oddech wyrówna, ułagodzi. Wymotał się spod moskitiery. Skrzypnęły stopnie werandy. Pod palcami ziarnisty, wystygły piach rozległej, zamarłej plaży. Niebo z węzłami gwiazd zwisało jak sieć rozpięta nierówno. Morze przewalało się na pochyłości brzegu, ściekały wody trąc milionami muszelek. Wał wyrzuconego morszczynu, czarny za dnia, zwęglony słońcem mrowił się obcym życiem świecąc jak próchno.

Stąpał bezwolnie obsuwając się po stokach wydm, szedł na światło latarni morskiej, najniższej z gwiazd, zapalonej ludzką ręką.

Morze było o krok. Czuł całym ciałem bezmiar wzdymających się i opadających wód, niosło solą i roślinnym rozkładem. Powiew rozdmuchiwał mu włosy na piersi, opływał uda, przenikał ostrzegawczym dreszczem.

Zatrzymał się na twardym zlizywanym skraju, piana gasła u stóp z sykiem podobnym do tłumionego westchnienia.

Świat.

Zwidzenie świata: kłębowisko cierpiących, zmordowanych bydlęcym trudem, przerażonych. Czymże jest jego rozpacz wobec tej otchłani bólu i nędzy?

Zdawało mu się, że słyszy odległy przybierający na sile skowyt, ale to zwoływały się dalekie holowniki.

Tylu kona w tej godzinie. Nie doczekają świtu. Serdeczna łza krystalicznego żalu. Już nie przybędzie czynów. W ostatnim oddechu poraża pewność, że więcej mogli dokonać, boli ogrom poniechanego dobra.

Stoję w ciemności nagi wobec morza, jałowej ziemi i gwiazd, sam, jak w chwili śmierci. Obym się mógł wyliczyć z dni, które mi jeszcze zostały, i zdławił myśl o sobie, o radości ciała, uznaniu jak piana nietrwałym.

Jakby czując ich wokół siebie, zjednoczony z tymi, którzy tej nocy żegnają świat, ośmielił się unieść czoło, wielkie gwiazdy wisiały jak dźwignięte ostrza.

Wesprzyjcie mnie, bym dokonał bodaj w cząstce, coście napoczęli, od czegoście się uchylili, bym kroków parę dalej postąpił na drodze przez was opuszczonej. Zabierz mi oczy – jeśli widzą tylko powierzchnię rzeczy – buchało ofiarnym płomieniem. – Zamień język w węgiel, jeśli używa słów na igranie. Niechaj zostanie we mnie jedna myśl, jedno pragnienie: oddawać siebie bez wyrachowań, bez jednego słowa wdzięczności, nawet bez nadziei, do ostatniego skurczu serca, do dna, do zaparcia się samego siebie w imię twoje, któryś jest miłością. Tobie chcę służyć przez wydanie się najbiedniejszym, nigdy niesytym, zawistnym, okrutnie spragnionym miłości i w nią już nie wierzącym. Czekają na mnie, choć nic o mnie nie wiedzą. Oni – najbliżsi, z mego narodu i z kontynentów odległych, widzę tę twarz zbiorową, usta otwarte chrapliwym oddechem, czoło ociekające potem... Twarz utrudzona, bolejąca, człowiecza... Twoja.

Oswojony z ciemnością dostrzegł na polśniewającej gładziźnie tysiące, setki tysięcy krabików nie większych od ziarenek grochu, jak toczą z mułu jeszcze mniejsze kuleczki. I już szła nowa fala. I jeśli nie miała ich zmyć i zabrać ze sobą, pochłonąć, była ostatnia pora zaryć się, ukryć, przeczekać, aż spłyną wody potopu. Wydostawały się z uklepanego piachu i zaczynały od nowa... Pokolenia i czas, ludzkie mozolne budowanie, tworzenie wbrew zagładzie. Cały brzeg mrowił się fosforyzując od nieustępliwego, spiesznego działania.

Choć wołanie, które rzucił w ciemność, zostało bez odpowiedzi, w powolnym falowaniu wód zbielałych grzebieniami pian i uporczywym mrowieniu się krabów, które nie ustawały w pracy, znajdował pokrzepienie.

I wtedy wrócił do Margit, która drgnęła przez sen czując chłód jego ciała. Leżał z otwartymi oczami stężały z bólu.

– Po coś przyjechał? – usłyszał szept Margit, wydawało mu się, że jeszcze ma zwidzenia.

– Musiałem być przy tobie.

Gorzkie skrzywienie warg, cień, wspomnienie uśmiechu.

– Bałeś się, że...

– Tak.

– Przyjechałeś z troski o mnie czy o siebie?

W półmroku alei włosy pod światło latarni zalśniły jak miedź, twarz była niewidoczna. Otworzył drzwiczki, zawahała się, a potem zgarbiona usiadła, nie spojrzawszy na niego. Oczami uchodziła w głąb alei, ku długiej linii drzew przetykanych zielonawymi płomieniami lamp.

– To byłoby najprostsze – powiedziała wreszcie. – Bo co mam z sobą począć... Zabrałeś mi wszystko. – Umilkła śmiertelnie znużona.

Nagle uniosła głowę i oczy ich spotkały się w lusterku.

– Jakże ty mało o mnie wiesz. Nie bój się – powiedziała twardo – nie zrobię tego. Już byś się ode mnie nie uwolnił. Już byś mnie dźwigał przez wszystkie noce, które nie będziemy razem. To straszne, Istvan, ale nawet po tym, co zrobiłeś, nie mogę cię nienawidzić. Nie mogę.

– Musiałem – ośmielił się szepnąć, przeszyty bólem.

– Musiałeś, musiałeś – pochyliła czoło. – Jakże Go nienawidzę. Przeklęty idol, bez twarzy, nie do obalenia, bo nie, jak my, z materii – bluźniła kurczowo zaciskając ręce. – Dla Niego poświęcasz nas oboje.

Słuchał, każde słowo paliło, spopielało. Dosięgła go straszliwie. Głębiej nie mogła ranić.

– Ja się nie zabiję, słyszysz. Nie dręcz się, idź, odpocznij... Idź spać – szepnęła kładąc mu rękę na pochylonym karku wybaczającym gestem.

Zagryzł wargi, dygotał pod jej dotknięciem. Nagle wydarł się z niego szloch, łzy mężczyzny połamanego bólem. Litością jest ich nie widzieć.

– Czy ty mi kiedyś wybaczysz? – jęczał. – To mnie, to mnie powinnaś oskarżać.

Zaprzeczyła powolnym ruchem głowy.

Nadjeżdżające auto pchnęło ją ostrym blaskiem, oczy miała szeroko otwarte, jak ślepa. Martwiała, widząc przed sobą dni puste, pustynię nie do przebrnięcia, czas, gdy sama będzie jak kamień pośród kamieni.

– Idź już – prosiła szeptem – skończ to czuwanie przy umarłej.

– Pozwól mi zostać... Pozwól, żebym cię odwiózł, chcę być do ostatka.

– Jak portier zadzwonił, że ten pan czeka, krzyknęłam: który? Ten, co zawsze – rozgryzała gorycz nazwania. – Zeszłam, żeby sprawdzić. Myślałam, że nie będziesz miał odwagi. A jednak to byłeś ty. I wszystko wróciło. Jesteś.

Nieśmiało odkrywał w ciemności zarys jej twarzy, prosty nos, zwężone wargi, z których krew uciekła, a pamiętał nabrzmiałe, rozchylone, oczekujące.

– Kiedy wrócisz – zaczęła, a brzmiało to tak, jak czasem szepczą zmęczeni chorobą konający: kiedy już mnie pochowacie – chciałabym, żebyś...

Czekał drżąc, w ogromnej gotowości, przysięgając sobie, że spełni wszystko, czego zażąda.

– Nie daj się ugniatać, broń się... Bądź równie twardy, okrutnie twardy, jak jesteś dla mnie.

Do ostatka myślała tylko o nim – on, jego pisanie było ważne. Wierzyła, że jest twórcą. Może powoływać słowem do życia, wskrzeszać i zatrzymywać czas.

Stary handlarz orzeszków kołysał na bambusowej listwie swój kopcący piecyk, pięć czerwonych płomyków naginał niedostrzegalny powiew. Jakby nie mogąc znieść, że ktokolwiek tej nocy odejdzie zawiedziony, wzięła z jego ręki stożek skręcony z gazety, pachnącej naftą. Nie otworzyła, leżał między nimi.

Stary złapał pieniądz, odszedł parę kroków i, jakby tknięty uczciwością, zawrócił i podał jeszcze jedną torebkę.

– Przeczuwałam, że tak się skończy – otwierała kurczowo dłonie, jakby próbowała chwycić wymykające się nici. – A nie chciałam się pogodzić, nie mogłam uwierzyć.

– Wszystkiego żałujesz? Wolałabyś, żebyśmy wcale...

– Nie – po raz pierwszy spojrzała na niego – bez ciebie nie wiedziałabym, jak można być najszczęśliwszą kobietą na świecie. Mam ci dziękować? Czy to chcesz ze mnie wymusić? Obdarowałeś, żeby odebrać całą radość, połamać.

Słowa smagały, kulił się, przyjmował razy.

Z ciemności wyszli żebracy, dzieci i kobiety, popiskiwali jak głodne ptactwo, zaglądali do wnętrza, stali długo, cierpliwie z wyciągniętymi rozczapierzonymi dłońmi.

Wygrzebywała z kieszeni ostatnie monety. Tłoczyli się, krzycząc i popychając, w świetle przejeżdżających aut widział ich chude nogi, postrzępione łachmany. Nie mogli się pozbyć skomlącej gromady, żebracy wtykali twarze w okienko, stukali palcami w blachę. Wielkie, błyszczące oczy wpatrywały się spod skudlonych włosów oczekując ręki, która sypnie miedziakami.

– Daj im – prosiła.

– Już nas nie opuszczą.

Gdy rzuciła całą garść na chodnik, zapalił reflektory, zaskowyczał klaksonem i odjechali, uciekli.

– Jestem od nich biedniejsza – szepnęła – ja nie mam nic.

Jechali nad Dżamuną. W dole dogasały stosy żałobne, rzeka rozmywała odblask podobny do rudych sęków. Wiózł ją przez Stare Delhi. Na chodnikach jak kokony bezgłowe leżeli omotani w brudne prześcieradła bezdomni, świeciły jak na urągowisko girlandy kolorowych żarówek, kołysały się uwiązane na sznurach olbrzymie sylwetki bohaterów filmowych. Byliśmy tu – myślał gorzko, z każdym miejscem wiązało się jakieś wspomnienie – odwiedzaliśmy w pokoiku, za warsztatem krawieckim żonę Kriszana, kupowaliśmy sandałki, pierwszy spacer, kiedy ją jak w głęboką wodę pchnąłem w dymy suszonego krowiego łajna, swąd palonych ciał, przaśny zapach pieczonych na blasze placuszków, pogrążała się w prawdziwe Indie.

– Dokąd mnie wieziesz? – spytała sennie.

– Nigdzie – przelękniony zaraz się poprawił: – Bliżej świtu... A ty może chcesz wracać?

– Nie mam dokąd.

Zrobiło się chłodno, trawa przygięta, zdeptana, świeciła od przedrannej rosy. Niebo zbielało i noc pękała poza kępami ogromnych drzew ognistą szczeliną.

Podjechali pod hotel. Czekał, że pozwoli mu pójść za sobą, ale nakazała dłonią, by został. Dwóch zaspanych boyów, ziewając i drapiąc się pod pachami, ruszyło po walizki. Wysiadł z auta, otworzył wieko bagażnika.

– Powinnaś coś zjeść – przypomniał, ale spojrzała tak, że umilkł.

Nic nie miał w ustach całą dobę, nie czuł głodu, tylko gorycz, mulisty osad żółci. Mijając podmiejskie ogrody, zatrzymał wóz. Mimo jej protestów wywołał starego Hindusa z szałasu obstawionego konewkami i kazał naciąć róż.

– Ile? – zapytał trąc dłonią trzeszczący zarost, ziewając, aż błyskały żółte kły w bezzębnych ustach.

– Dużo – krzyknął niecierpliwie. – Wszystkie.

Przyniósł snop prawie czarnych pąków, o sztywnych liściach, pachnących świeżością nocy, mokrym nasieczonym zielskiem.

– Po co? – zapatrzyła się w mięsiste płatki z kroplami rosy. Trzymała je martwo na kolanach.

Drogą pełzającą łagodnymi skrętami jechali przez jałowe wzgórza. Tutaj spotkali sadhu, który rzucił wszystko, by pójść za swoją prawdą.

I już ukazało się lotnisko. Bielały aluminiowe, karbowane dachy hangarów. Otoczyli ich podróżni, kobiety z dziećmi, z tobołkami, do których przytroczono garnczki. Megafon bełkotał w obcym języku, głos zmuszał do skupienia i nużył, bo nic nie mogli zrozumieć. Pili kawę z ekspresu, którą podawała im piękna dziewczyna z ogromnymi kolczykami. Pili kawę, niemo patrzyli na siebie. Wąsaty urzędnik poprosił miss Ward na wagę, zanotował na bilecie. Istvan poczuł, że jego ramiona pamiętają, nosiły, piastowały dziewczynę. Słychać było narastające porykiwanie zapuszczanych motorów, jak głosy skrzydlatych bestii wyrywających się w przestworza.

Nagle wywołano basem:

– Lot do Nagpuru, tam przesiadka na Bombaj i Madras.

Smukłouda stewardesa w mieniącym się niebieskim sari uniosła obnażone ramiona i wabiła ich długimi palcami.

Opuścili dudniący jak beczka hall aeroportu, zeszli na rozległe trawiaste równiny lotniska, odkrył się piękny, pogodny dzień.

Samolot bielał w blasku, podtoczono schodki.

Margit przycisnęła kolący pęk róż, które dopiero teraz nabierały czerwieni. Nie podała mu ręki i on nie śmiał po nią sięgnąć. Widział jej twarz mizerną, postarzałą, powieki żyłkowane niebiesko, oczy, w których była sama rozpacz.

– Nie wolno tak, Istvan – szeptała pobladłymi wargami – nawet psa tak nie wolno.

Odwróciła się i prawie biegła w stronę samolotu, żeby nie dojrzał, jak dygoce z płaczu. Stewardesa ujęła ją pod ramię i jak chorą wprowadzała do wnętrza.

Zanim odtoczono strome schodki, Hinduska ukazała się raz jeszcze i złożyła na platformie róże Margit. Przypomniał sobie zakaz wywożenia roślin i owoców. Lęk przed zarazą.

Ryknął najpierw lewy motor, potem prawy, samolot obrócił się w miejscu, ostry podmuch szarpał białymi spódnicami bosonogich posługaczy, którzy przygięci pchali schodki.

Wpatrywał się w okrągłe okienka, słońce w nich jarzyło się jak w zwierciadłach. Samolot powoli sunął podskakując, swąd spalin uderzył w piersi, wzdymał koszulę, tarmosił po psiemu nogawki spodni, kurz niosło kłębami i ostre ziarna wbijały się w czoło. Przysłonił oczy, a gdy dłonie opuścił, samolot był plamką, która się rozpłynęła w świetlistym błękicie. Toń się zamknęła.

Kiedy już siedział w aucie, niezdolny rąk położyć na kierownicy, cykada Mihayla zaczęła w pudełku dzwonić jak szalona. Rozwiązał nitkę, uniósł wieczko i wytrząsnął ją na trawę, widział, jak szkliście zalśniły jej skrzydła, wzleciała kierując się ku wierzchołkom drzew, skąd dobiegało zgrzytanie metalicznych trybów, koncert nadchodzącego upału.

Torebka z pożółkłej gazety, rożek skręcony ciasno, w którym chrzęściły orzeszki, ona trzymała w ręku. Trwał bez oddechu, rósł w gardle skowyt, chciał odwrócić głowę, bić nią w żelastwo, brakło tej dłoni złotawej, oczu promiennych jak niebo po pierwszym śniegu, oczu patrzących ufnie spod fali miedzianych włosów. Nie ma już Margit. Nie ma. I to ja sam, ja sam.

Ból się rozrastał tępy, osadzał na dnie serca czarnego od jadów, wędrował tętnicami, miażdżył. Rozchylił usta łapiąc powietrze. Przymykał oczy, widział kładące się w ciepłym podmuchu zeschnięte trawy, czerwone kamieniste wzgórza, nadmiar słońca, siekło miotłami płomieni.

26 lutego 1965

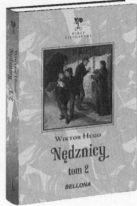

Wiktor Hugo
Nędznicy.
Tom 1 i 2

Powieść w planach Wiktora Hugo miała być panoramicznym obrazem całego społeczeństwa francuskiego XIX wieku oraz wykładnią
poglądów autora na kwestie porządku społecznego, walki z nędzą
i wykluczeniem. Na kartach *Nędzników*, poprzez główne wątki
fabularne oraz liczne dygresje, Hugo prezentuje swój program,
oparty na wierze w możliwość pozytywnej przemiany każdego człowieka oraz w ciągły, obejmujący wszystkie dziedziny życia postęp.
Praca nad tym epickim dziełem trwała blisko dwadzieścia lat.
Powieść *Nędznicy* łączy elementy powieści realistycznej z silnymi
elementami romantycznymi.

Zapraszamy na strony www.bellona.pl, www.ksiegarnia.bellona.pl
Bellona Spółka Akcyjna, ul. Bema 87, 01-233 Warszawa,
Dział Wysyłki, zamowienia@bellona.pl, tel. 22 457 04 49

www.bellona.pl

Erich Maria Remarque
Na ziemi obiecanej

Ostatnia, nigdy niepublikowana powieść wybitnego pisarza. Erich Maria Remarque – klasyk literatury niemieckiej i światowej, autor głośnej i wielokrotnie wznawianej w Polsce powieści *Na Zachodzie bez zmian* – *Na ziemi obiecanej* rozpoczął pisać na rok przed śmiercią. Opowiada ona o losach uchodźców niemieckich, głównie Żydów. USA to dla nich ziemia wolności i spokoju, świat nowych możliwości. Na obczyźnie ludzie ci nie są jednak w stanie uwolnić się od wspomnień koszmaru prześladowań i niekończących się ucieczek. Akcja powieści nagle się urywa. Jak autor zamierzał ją zakończyć dowiadujemy się w ogólnych zarysach z pozostałych w spuściźnie pisarza notatek.

Zapraszamy na strony www.bellona.pl, www.ksiegarnia.bellona.pl
Bellona Spółka Akcyjna, ul. Bema 87, 01-233 Warszawa,
Dział Wysyłki, zamowienia@bellona.pl, tel. 22 457 04 49

www.bellona.pl

Druk i oprawa:
CPI Moravia Books s.r.o.
Brnenská 1024, CZ-69123 Pohorelice